ALFAGUARA

CLÁSICOS

Papel certificado por el Forest Stewardship Council®

MIXTO
Papel procedente de fuentes responsables
FSC® C117695

Penguin Random House Grupo Editorial

Primera edición: marzo de 2018
Cuarta reimpresión: junio de 2021



Printed in Spain — Impreso en España

ISBN: 978-84-204-8742-7
Depósito legal: B-267-2018

Impreso en Limpergraf
Barberà del Vallès (Barcelona)

AL 8 7 4 2 D

# LOS MEJORES CASOS DE SHERLOCK HOLMES

SIR ARTHUR CONAN DOYLE

Traducciones de Esther Tusquets y Juan Camargo
Ilustraciones de David M. Buisán

ALFAGUARA

# Índice

Rache

# ESTUDIO EN ESCARLATA

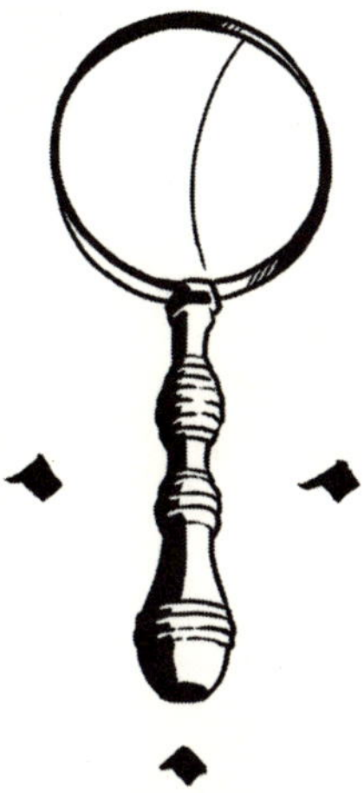

# PRIMERA PARTE

## REIMPRESIÓN DE LAS MEMORIAS DE JOHN H. WATSON, DOCTOR EN MEDICINA, Y EX MÉDICO DEL EJÉRCITO

1

# EL SEÑOR SHERLOCK HOLMES

El año 1878 me doctoré en medicina en la Universidad de Londres y me trasladé a Netley con el fin de asistir al curso obligatorio para cirujanos del ejército. Al terminar mis estudios allí, fui destinado al 5.° de Fusileros de Northumberland como cirujano auxiliar. Por aquel entonces el regimiento estaba destacado en la India, y, antes de que yo pudiera incorporarme, estalló la segunda guerra de Afganistán. Al desembarcar en Bombay, me enteré de que mi unidad había cruzado la frontera y se había adentrado ya en territorio enemigo. Sin embargo, seguí viaje, con otros muchos oficiales que se encontraban en la misma situación, y conseguí llegar sano y salvo a Candar, donde encontré a mi regimiento y me incorporé en el acto a mi nuevo puesto.

La campaña proporcionó honores y ascensos a muchos, pero a mí solo me trajo desdichas y calamidades. Me separaron de mi brigada y me destinaron al regimiento Berkshire, con el que participé en la desastrosa batalla de Maiwand. Allí fui herido en el hombro por una bala jezail, que me destrozó el hueso y me rozó la arteria subclavia. Habría caído en manos de los asesinos gazis a no ser por la lealtad y el valor de que dio muestras Murray, mi ordenanza, que me tendió sobre un caballo de carga y logró llevarme a salvo hasta las líneas británicas.

Consumido por el dolor y debilitado por las prolongadas penalidades, me trasladaron, en un gran convoy de heridos, al hospital de la base Peshawur. Allí me restablecí, y, cuando ya podía pasear por las salas e incluso tomar un poco el sol en la veranda, caí enfermo de tifus, ese flagelo de nuestras posesiones de la India. Durante meses me debatí entre la vida y la muerte, y, cuando por fin reaccioné e inicié la convalecencia, estaba tan débil y extenuado que un consejo médico dictaminó que se me enviara de regreso a Inglaterra sin perder un solo día. Por consiguiente, me embarcaron en el transporte militar *Orontes*, y un mes más tarde tomaba tierra en el muelle de Portsmouth, con la salud irremediablemente dañada, pero con un permiso del paternal gobierno para intentar recuperarla en los siguientes nueve meses.

Yo no tenía parientes ni amigos en Inglaterra, y era por lo tanto libre como el aire, o todo lo libre que se puede ser con una asignación diaria de once chelines y seis peniques. En tales circunstancias me dirigí, como es lógico, a Londres, gran sumidero al que son arrastrados inevitablemente todos los haraganes y desocupados del Imperio. Durante un tiempo me alojé en un buen hotel del Strand, y llevé una existencia incómoda y sin sentido, gastando el dinero de que disponía con mucha mayor liberalidad de lo que podía permitirme. El estado de mis finanzas llegó a ser tan alarmante que pronto comprendí que, o abandonaba la metrópoli y me iba a languidecer al campo, o tenía que cambiar por completo mi estilo de vida. Elegida la segunda alternativa, mi primera decisión fue abandonar el hotel e instalar mis cuarteles en un alojamiento menos pretencioso y menos caro.

El mismo día que llegué a esta conclusión, estaba en el Criterion Bar, cuando alguien me dio un golpecito en el hombro y, al volverme, reconocí al joven Stamford, otrora mi ayudante en el hospital. Ver un rostro amigo en el inmenso páramo de Londres es un verdadero placer para un hombre solitario. En el pasado no habíamos sido especialmente amigos, pero ahora lo acogí con entusiasmo, y él, por su parte, pareció encantado de verme. Llevado de mi arrebato de alegría, le invité a almorzar en el Holborn, y hacia allí nos dirigimos en un coche.

—¿Qué ha sido de su vida, Watson? —me preguntó, sin ocultar su asombro, mientras traqueteábamos por las concurridas calles de Londres—. Está tan delgado como un fideo y tan moreno como una nuez.

Le hice un breve resumen de mis aventuras, y apenas había terminado cuando llegamos a nuestro destino.

—¡Pobre amigo! —me dijo él en tono compasivo, tras escuchar mis desdichas—. ¿Y qué hace ahora?

—Busco alojamiento —respondí—. Intento resolver el problema de conseguir habitaciones confortables a un precio razonable.

—Qué curioso —observó mi acompañante—. Es usted la segunda persona que me habla hoy en estos términos.

—¿Y quién ha sido la primera? —pregunté.

—Un colega que trabaja en el laboratorio químico del hospital. Se lamentaba esta mañana de no encontrar a nadie con quien compartir unas bonitas habitaciones que había encontrado, y que eran demasiado caras para su bolsillo.

—¡Por Júpiter! —grité—. ¡Si está buscando de verdad a alguien con quien compartir las habitaciones y los gastos, yo soy su hombre! Prefiero tener un compañero a vivir solo.

El joven Stamford me miró de un modo raro por encima de su vaso de vino.

—Usted no conoce todavía a Sherlock Holmes —dijo—. Tal vez no le guste tenerlo constantemente de compañero.

—¿Por qué? ¿Qué tiene de malo?

—¡Oh, yo no he dicho que tenga nada malo! Alimenta ideas un poco raras, le entusiasman determinadas ramas de la ciencia. Pero, que yo sepa, es un tipo decente.

—Estudia medicina, supongo.

—No. No tengo la menor idea de lo que pretende hacer. Creo que domina la anatomía, y es un químico de primera, pero, que yo sepa, nunca ha seguido cursos sistemáticos de medicina. Sus estudios son poco metódicos y muy excéntricos, pero ha acumulado gran cantidad de conocimientos insólitos que asombrarían a sus profesores.

—¿No le ha preguntado usted nunca a qué piensa dedicarse?

—No, no es hombre que se deje llevar fácilmente a confidencias, aunque puede mostrarse comunicativo cuando le da por ahí.

—Me gustaría conocerlo —dije—. Si he de compartir alojamiento, prefiero a un hombre estudioso y de costumbres tranquilas. No estoy lo bastante fuerte todavía para soportar mucho ruido y barullo. Tuve bastante de ambas cosas en Afganistán para lo que me resta de vida. ¿Cómo podría conocer a ese amigo suyo?

—Seguro que está en el laboratorio —respondió mi compañero—. A veces pasa semanas sin asomarse por allí, y otras veces trabaja allí desde la mañana hasta la noche. Si usted quiere, podemos ir en coche después del almuerzo.

—Claro que sí —contesté.

Y la conversación tomó otros derroteros.

Mientras nos dirigíamos al hospital tras abandonar el Holborn, Stamford me informó de otras peculiaridades del caballero con quien me proponía yo compartir alojamiento.

—No me eche a mí la culpa si no se llevan bien —me dijo—. Solo sé de él lo que he averiguado en nuestros esporádicos encuentros en el laboratorio. Ha sido usted quien ha propuesto este arreglo, de modo que no me haga responsable.

—Si no nos llevamos bien, será fácil separarnos —respondí—. Pero me parece, Stamford —añadí, mirándole fijamente—, que debe tener usted alguna razón concreta para lavarse las manos en este asunto. ¿Tan insoportable es ese individuo? Hable sin rodeos.

—No es fácil explicar lo inexplicable —respondió, riendo—. Holmes es un poco demasiado científico para mi gusto... Raya en la falta de humanidad. Puedo imaginarlo ofreciéndole a un amigo una pizca del más reciente alcaloide vegetal, no por malevolencia, entiéndame, sino simplemente porque su espíritu curioso quiere formarse un idea clara de sus efectos. Para hacerle justicia, creo que ingeriría él mismo la droga con idéntica tranquilidad. Parece sentir pasión por los conocimientos concretos y exactos.

—Lo cual está muy bien.

—Sí, pero puede alcanzar extremos excesivos. Si llega hasta el punto de golpear con un palo los cadáveres de la sala de disección, toma una forma ciertamente chocante.

—¡Golpear los cadáveres!

—Sí, para verificar qué magulladuras se pueden producir en un cuerpo después de la muerte. Se lo vi hacer con mis propios ojos.

—¿Y dice usted que no estudia medicina?

—No. Sabe Dios cuál será el objetivo de sus estudios. Pero ya hemos llegado, y usted podrá formarse su propia opinión.

Mientras él hablaba, doblarnos por un estrecho callejón y traspusimos una puertecilla lateral, que daba a un ala del gran hospital. El terreno me era familiar, y no necesité guía para subir la lúgubre escalera de piedra y recorrer el largo pasillo de paredes encaladas y puertas color pardusco. Casi al final se abría un bajo pasadizo abovedado que llevaba al laboratorio de química.

Era una sala muy alta de techo, con hileras de frascos por todas partes. Sobre varias mesas, bajas y anchas, se agolpaban retortas, tubos de ensayo y pequeños mecheros Bunsen de vacilantes llamas azules. En la habitación solo había un estudiante, que se inclinaba sobre una mesa apartada, absorto en su trabajo. Al oír el sonido de nuestros pasos, dio media vuelta y se levantó de un salto con una exclamación de alegría.

—¡Lo he encontrado! ¡Lo he encontrado! —le gritó a mi compañero, corriendo hacia nosotros con un tubo de ensayo en la mano—. He encontrado un reactivo que se precipita con la hemoglobina y solo con la hemoglobina.

Si hubiese descubierto una mina de oro, su rostro no hubiera reflejado mayor satisfacción.

—El doctor Watson, el señor Sherlock Holmes —nos presentó Stamford.

—¿Cómo está usted? —me dijo Holmes cordialmente, estrechándome la mano con una fuerza que yo habría estado lejos de atribuirle—. Veo que ha estado en Afganistán.

—¿Cómo diablos lo sabe? —pregunté atónito.

—Carece de importancia —dijo, sonriendo para sí mismo—. Ahora se trata de la hemoglobina. Sin duda usted percibe la importancia de mi descubrimiento, ¿verdad?

—Es interesante desde el punto de vista de la química, claro está —respondí—, pero desde el punto de vista práctico...

—Pero, hombre, ¡es el descubrimiento más práctico de la medicina forense de los últimos años! ¿No ve que nos proporciona una prueba infalible para las manchas de sangre? ¡Venga conmigo!

En su impaciencia, me agarró por la manga de la chaqueta y me arrastró hasta la mesa donde había estado trabajando.

—Tomemos un poco de sangre fresca —dijo, clavándose en el dedo una gruesa aguja y dejando caer en una probeta la gota de sangre—. Y ahora añado esta pequeña cantidad de sangre a un litro de agua. La proporción de sangre es como mucho de una millonésima parte. Y estoy seguro, no obstante, de que podremos obtener la reacción característica.

Mientras hablaba, echó unos cristales blancos en el recipiente, y después agregó unas gotas de un líquido transparente. Al instante, el contenido adquirió un apagado color caoba y un polvillo pardusco se precipitó en el fondo del recipiente de cristal.

—¡Ajá! —exclamó, batiendo palmas, tan contento como un niño con zapatos nuevos—. ¿Qué me dice de esto?

—Parece una prueba muy delicada —observé.

—¡Magnífico! ¡Es magnífico! La vieja prueba del guayaco

resultaba muy burda e insegura. Lo mismo ocurre con el examen microscópico de los corpúsculos de sangre. Ese último carece de valor si las manchas tienen unas horas. Pues bien, mi prueba funciona por igual con sangre nueva y con sangre vieja. De haberse inventado antes, cientos de personas que ahora andan sueltas por ahí habrían pagado hace tiempo sus crímenes.

—Ah, ¿sí? —murmuré.

—Las causas criminales giran constantemente alrededor de este punto. Meses después de haberse cometido un crimen, las sospechas recaen en un individuo. Se examinan sus trajes y su ropa interior, y se descubren unas manchas pardas. ¿Son manchas de sangre, o manchas de barro, o manchas de óxido, o manchas de fruta, o qué son? Es una cuestión que ha desconcertado a muchos expertos, y ¿por qué? Porque no existía un análisis fiable. Ahora tenemos la prueba de Sherlock Holmes y ya no habrá problemas.

Al hablar le brillaban los ojos; se llevó una mano al corazón y se inclinó, como si correspondiera a los aplausos de un público imaginario.

—Sin duda hay que felicitarlo por ello —observé, bastante sorprendido ante su entusiasmo.

—El año pasado tuvo lugar en Frankfurt la causa contra Von Bischoff. No cabe duda de que le hubieran ahorcado si hubiera existido esta prueba. Y los casos de Mason en Bradford, y el famoso de Muller y Lefevre en Montpellier, y de Samson en Nueva Orleans. Podría citar una veintena de casos en los que mi prueba habría sido decisiva.

—Parece usted un almanaque viviente de delitos —dijo Stamford con una sonrisa—. Podría iniciar una publicación en esta línea y llamarla «Noticias policiales de antaño».

—Pues su lectura sería muy interesante —comentó Sherlock Holmes, aplicándose un pequeño parche en el pinchazo del dedo—. Debo andar con cuidado —añadió, volviéndose hacia mí con una sonrisa—, porque manejo venenos con mucha frecuencia.

Extendió la mano mientras hablaba, y vi que estaba salpicada de pedacitos de parche similares, y descolorida por los ácidos corrosivos.

—Hemos venido para tratar un asunto —dijo Stamford, sentándose en un alto taburete de tres patas y empujando otro con el pie hacia mí—. Mi amigo anda buscando alojamiento, y, como usted se lamentó de no encontrar a nadie con quien compartir un alquiler, pensé que lo mejor sería ponerlos en contacto.

A Sherlock Holmes pareció encantarle la idea de compartir su alojamiento conmigo.

—Tengo echado el ojo a unas habitaciones de Baker Street que nos vendrían que ni pintadas. Espero que no le moleste el olor del tabaco fuerte.

—Yo mismo fumo siempre tabaco de la marina —respondí.

—Vamos bien. Suelo llevar conmigo sustancias químicas y a veces hago experimentos. ¿Le molestará esto?

—En absoluto.

—Veamos qué otros defectos tengo. A veces me deprimo y no abro la boca durante días. Cuando esto ocurra, no debe pensar que estoy enfadado. Déjeme solo y pronto se me pasará. Y ahora, ¿qué tiene que confesarme usted a mí? Es conveniente que dos individuos conozcan lo peor del otro antes de vivir juntos.

Este interrogatorio de segundo grado me arrancó una sonrisa.

—Tengo un cachorrillo —dije—, y me molesta el barullo porque tengo los nervios deshechos, además me levanto a las horas más intempestivas y soy extremadamente perezoso. Tengo un surtido de vicios distintos cuando me encuentro bien de salud, pero en el presente estos son los principales.

—¿Incluye usted el violín en la categoría de barullo? —me preguntó con ansiedad.

—Depende de quién lo toque —respondí—. Cuando el violín se toca bien, es un placer de dioses; cuando se toca mal...

—De acuerdo, pues —exclamó, con una alegre sonrisa—. Creo que podemos considerar zanjado el asunto. Si las habitaciones le gustan, claro.

—¿Cuándo las veremos?

—Venga a recogerme mañana a las doce del mediodía. Iremos juntos y cerraremos el trato —me respondió.

—De acuerdo, a las doce en punto —le dije, estrechándole la mano.

Le dejamos trabajando con sus productos químicos y regresamos caminando a mi hotel.

—Por cierto —pregunté de repente, parándome y dirigiéndome a Stamford—, ¿cómo demonios supo que vengo de Afganistán?

Mi compañero sonrió con una enigmática sonrisa.

—Esta es precisamente su pequeña peculiaridad —dijo—. Mucha gente se ha preguntado cómo descubre ese tipo de cosas.

—Vaya, ¿se trata de un misterio? —exclamé, frotándome las manos—. Es muy emocionante. Le estoy reconocido por habernos puesto en contacto. «El más apropiado tema de estudio para la humanidad es el hombre», usted ya sabe.

—Entonces estudie a Holmes —dijo Stamford, al despedirse de mí—. Me parece que le va a resultar un problema peliagudo. Apuesto a que él averiguará más cosas de usted que usted de él. Adiós.

—Adiós —le respondí.

Y seguí caminando hacia mi hotel, muy intrigado por el individuo al que acababa de conocer.

## 2

## LA CIENCIA DE LA DEDUCCIÓN

Nos encontramos al día siguiente, como habíamos acordado, e inspeccionamos las habitaciones del número 221 B de Baker Street, a las que se había referido en nuestra entrevista. Consistían en dos cómodos dormitorios y una única sala de estar, espaciosa, ventilada, amueblada con gusto e iluminada por dos amplias ventanas. Tan satisfactorias eran las habitaciones en todos los aspectos, y tan moderado nos pareció el precio cuando lo dividimos entre dos, que cerramos el trato allí mismo y tomamos inmediatamente posesión de ellas. Aquella misma tarde trasladé mis cosas desde el hotel, y a la mañana siguiente llegó Sherlock Holmes con varias cajas y maletas. Durante un día o dos estuvimos muy ocupados deshaciendo el equipaje y colocando nuestras cosas del mejor modo posible. Hecho esto, empezamos gradualmente a aposentarnos y a adaptarnos a nuestro nuevo entorno.

Ciertamente, Holmes no era una persona con la que resultara difícil vivir. Sus modales eran tranquilos y sus costumbres, regulares. Era raro que estuviera fuera de casa después de las diez de la noche, e invariablemente había desayunado y había salido antes que yo me levantara por la mañana. A veces pasaba el día en el laboratorio, a veces en las salas de disección, y en ocasiones dando largos paseos, que al parecer le llevaban a los barrios más bajos de la ciudad. Nada excedía su energía cuando le daba la fiebre del trabajo, pero de tanto en tanto se producía una reacción violenta, y permanecía días enteros tumbado en el sofá de la sala, sin apenas pronunciar palabra ni mover un músculo desde la mañana hasta la noche. En tales ocasiones, advertía yo en sus ojos una mirada tan absorta y ausente que, si la templanza y la integridad de su vida no me lo hubieran impedido, habría sospechado que era adicto a algún estupefaciente.

Con el transcurrir de las semanas, mi interés por Holmes y mi curiosidad por saber cuáles eran los objetivos de su vida se fueron acrecentando y profundizando. Ya su mero aspecto bastaba para atraer la atención del observador menos atento. Medía más de seis pies y era tan extremadamente delgado que parecía todavía más alto. Sus ojos eran agudos y penetrantes, salvo en los intervalos de sopor a los que he aludido; y su fina nariz aguileña confería a todo su semblante un aire vivaz y decidido. También su barbilla, prominente y cuadrada, revelaba a un hombre resuelto. Aunque sus manos estaban invariablemente manchadas de tinta y cubiertas de marcas causadas por productos químicos, Holmes poseía una extraordinaria delicadeza de tacto, como tuve ocasión de observar con frecuencia al verle manipular sus frágiles instrumentos de trabajo.

El lector tal vez me tome por un entrometido impertinente si le confieso lo mucho que aquel hombre excitaba mi curiosidad y en cuántas ocasiones intenté romper la reserva que mostraba en cuanto le concernía. Sin embargo, antes de emitir un juicio, debe recordar hasta qué punto estaba mi vida vacía de objetivos y cuán pocas cosas atraían mi atención. Mi salud me impedía aventurarme al exterior, a menos que el tiempo fuera excepcionalmente benigno, y no disponía de amigos que vinieran a visitarme y rompieran la monotonía de mi vida diaria. En tales circunstancias, acogí con avidez el pequeño misterio que envolvía a mi compañero y pasé gran parte de mi tiempo tratando de desvelarlo.

No estudiaba medicina. Él mismo, respondiendo a una pregunta mía, había confirmado lo que Stamford ya me dijera sobre esta cuestión. Tampoco parecía haber seguido el tipo de lecturas que pudiera llevarle a licenciarse en ciencias ni en ninguna otra formación académica. Pero era notable el celo que mostraba en determinados estudios, y sus conocimientos, dentro de excéntricos límites, eran tan extraordinariamente amplios y detallados que sus observaciones me asombraban. Sin duda nadie trabajaría con tanto ahínco ni se procuraría una información tan precisa a menos de perseguir un objetivo concreto. Los lectores poco metódicos se distinguen rara vez por la exactitud de sus conocimientos. Nadie carga su mente de minucias sin tener una buena razón para hacerlo.

Su ignorancia era tan notable como sus conocimientos. De literatura contemporánea, de filosofía y de política no parecía saber apenas nada. En cierta ocasión cité a Thomas Carlyle, y Holmes me preguntó con toda ingenuidad quién era el tal Carlyle y qué había hecho. Pero mi sorpresa alcanzó su punto culminante cuando descubrí casualmente que ignoraba la teoría copernicana y la composición del sistema solar. Que a principios del siglo XIX, un hombre civilizado pudiera no saber que la tierra gira alrededor del sol me parecía un hecho tan insólito que apenas podía darle crédito.

—Parece usted estupefacto —me dijo, sonriendo ante mi expresión de asombro—. Pues bien, ahora que lo sé, haré lo posible por olvidarlo.

—¡Olvidarlo!

—Mire —me explicó—, considero que el cerebro del hombre es originalmente un pequeño desván vacío, que uno debe ir llenando con los enseres que prefiera. El necio mete en él todos los trastos que encuentra, de modo que los conocimientos que podrían serle útiles no disponen de lugar, o, en el mejor de los casos, están mezclados con tantas otras cosas que es difícil dar con ellos. Ahora bien, el artesano habilidoso pone mucho cuidado con lo que introduce en su cerebro-desván. Solo tendrá las herramientas que puedan ayudarle en su trabajo, pero de estas tendrá un buen surtido, y todas dispuestas en un orden perfecto. Es un error creer que el cuartito tiene paredes elásticas y puede dilatarse sin límite. Créame, llega un momento en que todo conocimiento añadido supone el olvido de algo que antes sabías. Es, por tanto, de máxima importancia no permitir que datos inútiles desalojen a los útiles.

—Pero el sistema solar... —protesté.

—¿Qué diablos me importa a mí? —me interrumpió impaciente—. Usted dice que giramos alrededor del Sol. Si girásemos alrededor de la Luna, ello no supondría la más insignificante diferencia para mí o para mi trabajo.

Estuve a punto de preguntarle en qué consistía el tal trabajo, pero algo en su actitud me indicó que la pregunta no sería bien recibida. Sin embargo, reflexioné sobre nuestra breve conversación, y me esforcé en sacar mis propias deducciones. Él había dicho que no adquiriría ningún conocimiento que no sirviera a su objetivo. Por lo tanto, todo el saber que poseía le era útil. Enumeré mentalmente las variadas cuestiones sobre las que me había demostrado estar excepcionalmente bien informado. Incluso cogí un lápiz y las puse por escrito. Cuando concluí el documento, no pude evitar una sonrisa. Decía lo siguiente:

SHERLOCK HOLMES. SUS CONOCIMIENTOS.

1. De literatura: ninguno.
2. De filosofía: ninguno.
3. De astronomía: ninguno.
4. De política: escasos.
5. De botánica: desiguales. Conoce bien la belladona, el opio y los venenos en general. No sabe nada de jardinería...
6. De geología: prácticos pero limitados. Distingue de un vistazo los diferentes tipos de suelos. Después de sus paseos, me ha mostrado las salpicaduras de sus panta-

lones y, a partir de su color y consistencia, me ha explicado de qué parte de Londres procedían.

7. De química: profundos.
8. De anatomía: precisos, pero poco sistemáticos.
9. De literatura sensacionalista: inmensos. Parece conocer todos los detalles de todos los horrores perpetrados en este siglo.
10. Toca bien el violín.
11. Es experto en el críquet, el boxeo y la esgrima.
12. Posee buenos conocimientos prácticos de la ley inglesa.

Al llegar a ese punto de mi lista, la tiré, desesperado, al fuego. Si conciliar todos estos conocimientos y discurrir una profesión en la que se precisen es el único modo de averiguar los objetivos de ese individuo, me dije, ya puedo darme por vencido.

Veo que antes he aludido a sus facultades para el violín. Eran realmente notables, pero tan excéntricas como el resto. Yo sabía bien que era capaz de ejecutar piezas musicales, y piezas difíciles, porque, a petición mía, había tocado algunos *Lieder* de Mendelssohn y otras de mis obras favoritas. Pero, si se le dejaba a su aire, rara vez ejecutaba verdadera música o intentaba tocar piezas reconocibles. Recostado toda una velada en su sillón, solía cerrar los ojos y pasaba descuidadamente el arco por las cuerdas de su violín, cruzado sobre las rodillas. A veces los acordes eran sonoros y melancólicos. Otras, fantásticos y alegres. Evidentemente reflejaban los pensamientos que le ocupaban, pero no me atrevería a determinar si la música le ayudaba a pensar, o si lo que tocaba era solo el resultado de un capricho o fantasía. Aquellos solos exasperantes hubieran podido sublevarme, a no ser porque solía rematarlos tocando, en rápida sucesión, toda una serie de mis piezas preferidas, como leve compensación por haber puesto a prueba mi paciencia.

Durante la primera semana no recibimos ninguna visita, y empecé a pensar que mi compañero andaba tan falto de amigos como yo mismo. Pero pronto descubrí que tenía muchas relaciones, y en las más distintas capas de la sociedad. Una de ellas era un tipo cetrino, de cara de rata y ojos oscuros, que me fue presentado como el señor Lestrade y que vino a casa tres o cuatro veces la misma semana. Cierta mañana llegó una jovencita, elegantemente vestida, y se quedó media hora o más. Aquella misma tarde vino un visitante raído, de pelo canoso, con apariencia de buhonero judío, que me pareció muy nervioso. Y fue seguido por una anciana de aspecto descuidado. En otra ocasión se entrevistó con mi compañero un caballero de cabello blanco, entrado en años; y, en otra, un mozo de estación con su uniforme de pana. Cuando uno de esos personajes inclasificables hacía acto de presencia, Holmes solía pedirme permiso para utilizar la sala, y yo me retiraba a mi dormitorio. Siempre se disculpaba por ocasionarme molestias. «Tengo que utilizar esta habitación como despacho», me decía, «y estas personas son clientes míos». De nuevo se me presentaba la ocasión de hacerle una pregunta a quemarropa, y de nuevo mi delicadeza me impedía forzar las confidencias de otra persona. En aquel tiempo yo imaginaba que Holmes tenía una razón de peso para no aludir al tema, pero pronto disiparía él mismo esta impresión trayéndolo a colación por propia iniciativa.

Un 4 de marzo, y tengo un buen motivo para recordar la fecha, me encontré, al levantarme un poco antes de lo habitual, con que Sherlock Holmes no había terminado todavía de desayunar. La casera estaba tan acostumbrada a que me levantara tarde que ni había puesto mis cubiertos ni me había hecho el café. Con la irrazonable petulancia de los seres humanos, toqué el timbre y le notifiqué con sequedad que ya estaba listo. Después cogí una revista de encima de la mesa e intenté entretenerme con ella, mientras mi compañero masticaba en silencio su tostada. Uno de los artículos tenía una marca a lápiz junto al encabezamiento y, naturalmente, le eché un vistazo.

Su título, algo ambicioso, era «El libro de la vida», y pretendía demostrar lo mucho que un hombre observador podía aprender mediante un preciso y sistemático examen de cuanto encontraba a su paso. Me pareció una curiosa mezcolanza de ingenio y disparate. El razonamiento era estricto y profundo, pero las conclusiones resultaban rebuscadas y exageradas. El autor pretendía deducir los pensamientos más ocultos de un hombre a partir de un gesto fugaz, la contracción de un músculo o una mirada. Según él, era imposible engañar a un hombre adiestrado en la observación y en el análisis. Sus conclusiones eran tan infalibles como las proposiciones de Euclides. Y tan sorprendentes serían sus resultados para los no iniciados que, hasta conocer los procesos mediante los cuales había llegado a estas conclusiones, bien podían considerarlo un nigromante.

«A partir de una gota de agua», decía el autor, «el hombre que razona con lógica puede inferir la posibilidad de un Atlántico o un Niágara sin haber visto ni haber oído hablar de uno ni de otro. Toda la vida es una gran cadena, cuya naturaleza se nos muestra en cada uno de los eslabones. Como todas las otras artes, la ciencia de la deducción y el análisis solo puede adquirirse mediante un estudio paciente y prolongado, y no hay vida lo bastante larga para permitir a un mortal alcanzar su grado máximo de perfección. Antes de ocuparse de los aspectos morales y mentales de la materia, que presentan las mayores dificultades, el investigador debe empezar por dominar los problemas más elementales. Debe aprender, al encontrarse con otro mortal, a distinguir de una mirada cuál es su pasado, y a qué oficio o profesión se dedica. Por muy pueril que parezca, este ejercicio aguza la facultad de observación y le enseña a uno dónde debe mirar y qué debe buscar. Las uñas de las manos, las mangas de la chaqueta, las botas, las rodilleras de los pantalones, las callosidades de los dedos índice y pulgar, la expresión del rostro, los puños de la camisa, cada una de estas cosas revela claramente la profesión de un hombre. Que todas ellas juntas no consigan dar la clave a un investigador competente resulta inconcebible».

—¡Qué inefable estupidez! —grité, lanzando la revista encima de la mesa—. Jamás en la vida había leído tantas bobadas.

—¿De qué se trata? —preguntó Sherlock Holmes.

—De este artículo —dije, señalándolo con la cucharilla mientras me sentaba a desayunar—. Veo que usted lo ha leído, puesto que lo ha marcado. No niego que está escrito con ingenio. Y, sin embargo, me exaspera. Se trata, evidentemente, de la teoría de un desocupado que elucubra esas pequeñas y bonitas paradojas en la reclusión de su propio estudio. No tiene aplicación práctica. Me gustaría encontrarme a este tipo metido en un vagón de tercera del metro y preguntarle el oficio de sus compañeros de viaje. Apostaría mil a uno contra él.

—Perdería usted su dinero —comentó Holmes con calma—. En cuanto al artículo, lo escribí yo mismo.

—¡Usted!

—Sí, tengo dotes para la observación y la deducción. Las teorías que he expresado aquí, y que a usted le parecen tan quiméricas, son de hecho extremadamente prácticas, tan prácticas que me dan de comer.

—¿De qué modo? —pregunté sin poder contenerme.

—Bien, tengo una profesión muy personal. Supongo que soy el único que la practica en el mundo. Soy un detective-consultor, si usted entiende lo que es esto. Aquí en Londres hay un montón de detectives del gobierno y un montón de detectives privados. Cuando esos señores andan desorientados, acuden a mí, y me las ingenio para ponerlos en la pista acertada. Me suministran todas las pruebas, y generalmente soy capaz, con ayuda de mis conocimientos de la historia del crimen, de indicarles el camino a seguir. Existe un estrecho parecido familiar entre los delitos, y, si conoces al dedillo todos los detalles de mil de ellos, es raro que no puedas desentrañar el mil uno. Lestrade es un detective muy conocido. Hace poco andaba desorientado en un caso de falsificación, y esto fue lo que le trajo hasta aquí.

—¿Y los demás?

—En su mayor parte los envían agencias privadas de investigación. Son personas, todas ellas, que tienen problemas y necesitan una pequeña orientación. Yo escucho su historia, ellos escuchan mis comentarios, y a continuación me embolso mis honorarios.

—¿Pretende decirme que, sin abandonar su habitación, usted puede resolver enigmas que otros hombres no han sido capaces de resolver, a pesar de haber visto todos los detalles por sí mismos?

—Así es. Tengo una especie de intuición para ello. De vez en cuando se presenta un caso un poco más complejo. Entonces tengo que moverme y ver las cosas con mis propios ojos. Como sabe, poseo gran cantidad de conocimientos especiales, que aplico al problema y que facilitan maravillosamente su solución. Las reglas deductivas que expongo en el artículo que ha suscitado su desprecio tienen un valor inconmensurable en mi trabajo práctico. La observación es en mí una segunda naturaleza. Usted pareció sorprendido cuando le dije, en nuestro primer encuentro, que venía de Afganistán.

—Alguien se lo habría dicho, sin duda.

—Nada de eso. Yo sabía que usted venía de Afganistán. A fuerza de hábito, los pensamientos fluyen tan aprisa por mi mente que llegué a la conclusión sin tener conciencia de los pasos intermedios. Los hay, sin embargo. El curso de mi razonamiento sería: He aquí un caballero con aspecto de médico, pero con aire castrense. Se trata, pues, de un médico militar. Acaba de llegar del trópico, porque tiene el rostro moreno y ese no es el tono natural de su piel, ya que sus muñecas son blancas. Ha padecido infortunios y enfermedades, como muestra claramente su rostro macilento. Le han herido en el brazo izquierdo. Lo mantiene rígido y en una postura poco natural. ¿En qué lugar del trópico ha podido pasar muchas calamidades y ser herido en el brazo un médico del ejército inglés? Obviamente en Afganistán. Toda esta secuencia de pensamientos no me llevó un segundo. Y entonces comenté que usted venía de Afganistán, y le dejé asombrado.

—Tal como lo cuenta parece muy sencillo —dije, sonriendo—. Me recuerda al Dupin de Edgar Allan Poe. No imaginaba que tales individuos pudieran existir fuera de las novelas.

Sherlock Holmes se levantó y encendió su pipa.

—Sin duda usted cree hacerme un cumplido al compararme con Dupin —arguyó—. Pero, en mi opinión, Dupin no valía gran cosa. Ese truco suyo de irrumpir en los pensamientos de sus amigos con una observación pertinente, tras un cuarto de hora de silencio, es realmente muy artificioso y superficial. No carece, sin duda, de cierto talento analítico, pero no era, en modo alguno, el prodigio que Poe parecía imaginar.

—¿Ha leído usted a Gaboriau? —le pregunté—. ¿Se ajusta Lecoq a su idea de un detective?

Sherlock Holmes resopló con sarcasmo.

—Lecoq era un chapucero lamentable —dijo con enojo—. Solo tenía una cualidad recomendable, y era su energía. Ese libro me puso literalmente enfermo. El problema era cómo identificar a un preso desconocido. Yo habría podido hacerlo en veinticuatro horas. A Lecoq le llevó unos seis meses. Podría servir de texto para enseñar a los detectives lo que no deben hacer.

A mí me pareció bastante indignante que tratara con tanto desdén a dos personajes que habían suscitado mi admiración. Me acerqué a la ventana y estuve contemplando el ajetreo de la calle. Ese tipo puede ser muy listo, me dije, pero no hay duda de que es un engreído.

—En nuestros días ya no hay crímenes ni hay criminales —se lamentó—. ¿De qué sirve en nuestra profesión la inteligencia? Sé bien que dispongo de la suficiente para hacer famoso mi nombre. No existe ni ha existido hombre alguno que aportara al descubrimiento del crimen tantos estudios y tanto talento natural como yo. Y ¿para qué? No hay crimen que descubrir; a lo sumo alguna torpe fechoría con un móvil tan transparente que hasta un funcionario de Scotland Yard puede reparar en él.

Yo seguía molesto por el engreimiento con que Holmes hablaba. Me pareció preferible cambiar de conversación.

—¿Qué buscará ese tipo? —pregunté, señalando a un individuo robusto, modestamente vestido, que bajaba despacio por el otro lado de la calle, mirando ansioso los números de las casas.

Llevaba en la mano un gran sobre azul y era evidentemente portador de un mensaje.

—¿Se refiere a ese sargento retirado de la Marina? —preguntó Sherlock Holmes.

¡Cuánta jactancia y fanfarronería!, me dije. Él sabe que no puedo verificar su conjetura.

Apenas me había cruzado por la mente este pensamiento, cuando el hombre que observábamos distinguió el número de nuestra puerta y cruzó corriendo la calzada. Oímos un fuerte aldabonazo, una voz grave procedente del vestíbulo y pesados pasos que ascendían por la escalera.

—Para el señor Sherlock Holmes —dijo, entrando en la habitación y entregándole la carta a mi amigo.

Se me brindaba la oportunidad de domeñar la arrogancia de Holmes. ¡Poco podía él imaginarlo cuando lanzó su conjetura!

—¿Puedo preguntarle, amigo —dije con suavidad—, cuál es su profesión?

—Conserje, caballero —rezongó—. Tengo el uniforme arreglando.

—¿Y antes? —pregunté, lanzando una mirada maliciosa a mi compañero.

—Sargento de infantería ligera de la Marina Real. ¿No hay respuesta? Perfectamente, caballero.

Entrechocó los talones, levantó la mano en un saludo y se largó.

3

# EL MISTERIO DE LAURISTON GARDENS

Confieso que quedé atónito ante aquella nueva prueba de la eficacia práctica de las teorías de mi compañero. Mi respeto por su capacidad analítica aumentó extraordinariamente. Con todo, todavía anidaba en mi mente cierta vaga sospecha de que pudiera tratarse de un montaje con el propósito de deslumbrarme, aunque escapaba a mi comprensión qué podía pretender con ello. Cuando le miré, había acabado de leer la nota, y sus ojos habían adquirido la expresión ausente y apagada del ensimismamiento.

—¿Cómo demonios lo dedujo usted? —le pregunté.

—¿Qué deduje? —dijo malhumorado.

—Pues que era sargento retirado de la Marina.

—No tengo tiempo para fruslerías —respondió con brusquedad, y añadió con una sonrisa—: Disculpe mi descortesía. Ha roto el curso de mis pensamientos, pero tal vez dé lo mismo. Así pues, ¿de verdad no ha sido capaz de ver que ese individuo era un sargento de Marina?

—Claro que no.

—Era más fácil darse cuenta de ello que explicar cómo me di cuenta yo. Si a usted le pidieran que probara que dos más dos son cuatro, tal vez se viera en apuros, y, sin embargo, está seguro del hecho. Incluso desde el otro lado de la calle, pude distinguir una gran ancla azul tatuada en el dorso de la mano del individuo. Eso olía a mar. Pero su porte era militar y llevaba las patillas reglamentarias. Ya tenemos, pues, al marino.

Era un hombre con ciertas ínfulas y ciertos aires de mando. Habrá usted observado lo erguida que mantenía la cabeza y cómo balanceaba el bastón. Un hombre sólido, respetable, de mediana edad... Todo indicaba que había sido sargento.

—¡Asombroso! —grité.

—Trivial —dijo Holmes, pero me pareció, por la expresión de su rostro, que le complacían mi evidente sorpresa y admiración—. Acababa de decir que ya no había criminales. Al parecer estaba equivocado... ¡Vea esto!

Y me tendió la nota que había traído el mensajero.

—¡Dios mío! —exclamé tras echarle una ojeada—. ¡Es terrible!

—Parece salirse un poco de lo común —observó Holmes sin perder la calma—. ¿Le importaría leérmela en voz alta?

La carta que leí decía:

> Mi querido señor Sherlock Holmes:
>
> Esta noche ha tenido lugar un feo asunto en el número 3 de Lauriston Gardens, junto a Brixton Road. Al hacer la ronda, nuestro policía vio allí una luz hacia las dos de la madrugada, y, como la casa está deshabitada, sospechó que pasaba algo. Encontró la puerta abierta, y en el salón de la parte delantera sin amueblar, descubrió el cadáver de un caballero bien vestido, que llevaba en el bolsillo unas tarjetas con el nombre «Enoch J. Drebber, Cleveland, Ohio, EE. UU.». No han robado nada, ni hay indicios de cómo ese hombre pudo encontrar la muerte. Hay manchas de sangre en la habitación, pero el cuerpo no presenta ninguna herida. No entendemos qué hacía la víctima en la casa vacía. De hecho, todo el asunto es un galimatías. Si puede pasar usted por aquí en cualquier momento, antes de las doce, le estaré esperando. He dejado las cosas in statu quo hasta tener noticias suyas. Si le fuera imposible venir, le proporcionaría datos más precisos y consideraría una gran gentileza por su parte que me favoreciera con su opinión.
>
> Su atentísimo
>
> TOBIAS GREGSON

—Gregson es el tipo más listo de Scotland Yard —comentó mi amigo—. Él y Lestrade constituyen lo mejorcito de una panda de ineptos. Ambos son rápidos y enérgicos, pero espantosamente convencionales. Además no se pueden ver ni en pintura. Sienten tantos celos uno del otro como un par de bellezas profesionales. Será divertido este caso si los dos se ponen a seguir la pista.

Yo estaba atónito al ver la calma con que Holmes desgranaba sus comentarios.

—¡Creo que no hay momento que perder! —exclamé—. ¿Desea que vaya a pedir un coche?

—No estoy seguro de querer ir. Soy el tipo más irremediablemente perezoso del mundo... Bueno, cuando me da por ahí, porque en ocasiones puedo ser bastante activo.

—Pero ¡si es precisamente la oportunidad que tanto esperaba!

—¿Qué supondrá eso para mí, querido amigo? Aun admitiendo que resuelva el caso, puede tener la certeza de que Gregson, Lestrade y compañía se atribuirán todo el mérito. Son las consecuencias de actuar en privado.

—Pero suplica su ayuda.

—Sí. Sabe que soy mejor que él, y lo reconoce ante mí. Pero se cortaría la lengua antes que confesarlo ante otros. De todos modos, podemos ir a echar un vistazo. Trabajaré por mi cuenta. Así, al menos, podré reírme un poco de ellos si no saco otro provecho. ¡Vamos!

Se puso aprisa el gabán y empezó a moverse de un lado a otro con una energía que daba muestras de que había dejado atrás su anterior crisis de apatía.

—Coja su sombrero —me dijo.

—¿Quiere que vaya con usted?

—Si no tiene algo mejor que hacer, sí.

Un minuto más tarde estábamos ambos en el interior de un cabriolé que el cochero conducía a toda prisa hacia Brixton Road.

Era una mañana nublada y con niebla, y un velo de color apagado pendía sobre los tejados de las casas, cual un reflejo del barro que debajo cubría las calles. Mi compañero estaba del mejor humor del mundo, y parloteaba acerca de los violines de Cremona y las diferencias entre un Stradivarius y un Amati. Yo me mantuve callado, porque aquel tiempo gris y lo melancólico del asunto que nos ocupaba me deprimían el ánimo.

—No parece prestar usted mucha atención al caso que tiene entre manos —le dije por fin, interrumpiendo sus disquisiciones musicales.

—Faltan datos —me respondió—. Es un error garrafal teorizar sin disponer todavía de todas las pruebas. Altera el juicio.

—Pronto tendrá usted sus datos —observé, señalando con el dedo—. Estamos en Brixton Road y, si no me equivoco mucho, esta es la casa.

—Sí lo es. ¡Pare, cochero, pare!

Estábamos todavía a unas cien yardas, pero insistió en que bajáramos, y terminamos el camino a pie.

El número 3 de Lauriston Gardens tenía un aspecto sórdido y maléfico. Formaba parte de un grupo de cuatro casas un poco alejadas de la calle, dos ocupadas y dos vacías. Estas últimas tenían tres hileras de ventanas desnudas y sin adornos, salvo, aquí y allá, unos letreros de «Se alquila», extendidos como una catarata sobre los mugrientos cristales. Un jardincillo salpicado por una erupción de plantas enfermizas separaba cada casa de la calle, y lo cruzaba un sendero amarillento, que parecía una mezcla de arcilla y grava. La lluvia caída durante la noche había convertido todo el lugar en un barrizal. Rodeaba el jardín un muro de ladrillo de tres pies, rematado por una cerca de madera. Contra el muro se recostaba un fornido agente de policía, rodeado de un grupito de desocupados que estiraban el cuello y esforzaban la vista, con la vana esperanza de alcanzar a ver algo de lo que ocurría en el interior.

Yo había supuesto que Sherlock Holmes entraría a toda prisa en la casa y se sumergiría de cabeza en el estudio del misterio. Nada parecía más lejos de su intención. Con un aire displicente que, dadas las circunstancias, consideré rayano en la afectación, anduvo arriba y abajo por la acera, mirando distraídamente el suelo, el cielo, las casas de enfrente y la hilera de verjas. Terminado ese escrutinio, avanzó despacio por el sendero, o mejor dicho por la franja de césped que lo bordeaba, sin levantar los ojos del suelo. Se detuvo dos veces, y en una ocasión le vi sonreír y le oí lanzar un grito de satisfacción. Había muchas huellas de pisadas en el húmedo suelo de arcilla, pero, como los policías habían ido y venido por el sendero, yo no entendía que mi amigo esperara sacar algo de allí. Había tenido, no obstante, pruebas tan extraordinarias de la agudeza de sus facultades perceptivas, que no dudaba fuera él capaz de ver muchas cosas que para mí estaban ocultas.

En la puerta de la casa nos encontramos con un hombre alto, pálido, de pelo rubio, con un cuaderno en la mano, que se abalanzó hacia nosotros y estrechó efusivamente la mano de mi compañero.

—¡Cuánto le agradezco que haya venido! —dijo—. Lo he dejado todo tal como estaba.

—¡Excepto esto! —replicó Holmes, indicando el sendero—. Ni el paso de una manada de búfalos hubiera ocasionado mayores destrozos. Claro que usted habría sacado ya sus conclusiones, Gregson, antes de permitir que esto ocurriera.

—He estado muy ocupado en el interior de la casa —dijo evasivamente el detective—. Está también aquí mi colega, el señor Lestrade. Pensé que él cuidaría de ese detalle.

Holmes me miró y enarcó las cejas con sarcasmo.

—Con dos hombres como usted y Lestrade en la brecha, no restará gran cosa que descubrir a una tercera persona —dijo.

Gregson se frotó las manos, satisfecho de sí mismo.

—Creo que hemos hecho cuanto era posible hacer —respondió—. Sin embargo, es un caso extraño, y sé que a usted le gustan estas cosas.

—¿Usted no ha venido hasta aquí en coche de alquiler? —preguntó Sherlock Holmes.

—No, señor.

—¿Tampoco Lestrade?

—No, señor.

—En tal caso, vayamos a examinar la habitación.

Tras este comentario incongruente, Holmes entró en la casa a zancadas, seguido por Gregson, en cuyo rostro se reflejaba el asombro.

Un corto pasillo, polvoriento y con el entarimado gastado, llevaba a la cocina y a la despensa. Dos puertas se abrían a uno y otro lado. Era obvio que una de ellas llevaba cerrada semanas. La otra correspondía al comedor, y allí había tenido lugar el misterioso crimen. Holmes entró, y yo le seguí con esa opresión en el pecho que provoca la presencia de la muerte.

Era una habitación grande y cuadrada, que parecía todavía más espaciosa debido a la ausencia total de muebles. Un papel vulgar y chillón ornaba las paredes, pero estaba cubierto de manchas de humedad, y en algunos puntos se había desprendido y colgaba a tiras, dejando al descubierto el revoco amarillo. Frente a la puerta había una aparatosa chimenea, coronada por una repisa de mármol blanco de imitación. En una esquina de la repisa sobresalía el cabo de una vela roja. La única ventana estaba tan sucia que la luz era tenue e imprecisa, y lo teñía todo de un gris apagado, intensificado por la espesa capa de polvo que recubría la habitación entera.

En todos estos detalles reparé más tarde. En aquellos momentos mi atención se centró en la solitaria, macabra e inmóvil figura que yacía sobre el entarimado, con los ojos ciegos y vacíos fijos en el techo descolorido. Era la figura de un hombre de cuarenta y tres o cuarenta y cuatro años, de mediana estatura, ancho de hombros, con encrespado y rizado cabello negro y una barba corta. Vestía levita, un chaleco de paño grueso, pantalones de color claro y camisa de cuello y puños inmaculados. A su lado, en el suelo, había un sombrero de copa, bien cepillado y en buen estado. El cadáver tenía los puños apretados y los brazos extendidos, mientras que las extremidades inferiores estaban trabadas una con otra, como si hubiera padecido una agonía muy dolorosa. En su rígido rostro había una expresión de horror y, me parecía a mí, de odio, como jamás la había visto en un ser humano. Esa maligna y terrible contorsión, unida a la estrecha frente, la nariz aplastada y el prognatismo de la mandíbula, daba al cadáver un curioso aspecto simiesco, acentuado por su postura retorcida y forzada. He visto la muerte bajo muchas formas, pero nunca con una apariencia tan terrible como en aquella habitación sucia y oscura, que daba a una de las principales arterias del Londres suburbano.

Lestrade, tan flaco y parecido a un hurón como siempre, estaba de pie en el umbral y nos saludó a mi compañero y a mí.

—Este caso armará mucho ruido —comentó—. Supera todo lo que he visto, y no he nacido ayer.

—¿No hay ninguna pista? —inquirió Gregson.

—Ninguna en absoluto —respondió Lestrade.

Sherlock Holmes se aproximó al cuerpo y, arrodillándose a su lado, lo examinó con atención.

—¿Están seguros de que no tiene ninguna herida? —preguntó, mientras señalaba las numerosas gotas y manchas de sangre que rodeaban el cadáver.

—¡Absolutamente seguros! —exclamaron ambos detectives.

—En tal caso, es obvio que la sangre pertenece a un segundo individuo, presumiblemente al asesino, si es que ha habido un asesinato. Esto me trae a la memoria las circunstancias de la muerte de Van Jansen, en Utrecht, el año treinta y cuatro. ¿Recuerda usted el caso, Gregson?

—No, señor.

—Pues léalo, debería usted leerlo. No hay nada nuevo bajo el sol. Todo se ha hecho ya antes.

Mientras hablaba, sus ágiles dedos volaban aquí y allá y a todas partes, palpando, oprimiendo, desabrochando, examinando, aunque sus ojos tenían la misma expresión ausente que ya he comentado. El examen fue tan veloz que se hacía difícil adivinar la minuciosidad con que se había llevado a cabo. Por último, olisqueó los labios del muerto y echó un vistazo a las suelas de sus botas de charol.

—¿No lo han movido en absoluto? —preguntó.

—Solo lo imprescindible para nuestro examen.

—Pueden llevarlo ya al depósito —dijo Holmes—. No queda nada que averiguar.

Gregson tenía a punto una camilla y cuatro hombres. A su llamada, entraron en la habitación, levantaron al desconocido y se lo llevaron. Mientras lo movían, un anillo cayó tintineando y rodó por el suelo. Lestrade lo cogió y lo miró desconcertado.

—Aquí ha habido una mujer —exclamó—. Es el anillo de boda de una mujer.

Nos lo mostró, mientras hablaba, en la palma abierta de su mano. Nos agolpamos todos a su alrededor y lo observamos. No cabía duda de que aquel aro de oro puro había lucido alguna vez en el dedo de una novia.

—Esto complica más las cosas —dijo Gregson—. Y sabe Dios que ya eran lo bastante complicadas antes.

—¿Está seguro de que no las simplifica? —inquirió Holmes—. No averiguaremos nada más mirando el anillo. ¿Qué han encontrado en sus bolsillos?

—Todo está aquí —dijo Gregson, y señaló los objetos colocados en uno de los peldaños más bajos de la escalera—. Un reloj de oro, número 97163, de Barraud, de Londres. Una cadena de oro Príncipe Alberto, muy pesada y sólida. Un anillo de oro macizo, con emblema masónico. Un alfiler de oro en forma de cabeza de buldog, con rubíes por ojos. Un tarjetero de piel de Rusia con tarjetas de Enoch J. Drebber de Cleveland, que coinciden con las E. J. D. de la ropa interior.

Ningún monedero, pero sí dinero suelto por valor de siete libras y trece chelines. Una edición de bolsillo del *Decamerón* de Boccaccio, con el nombre de Joseph Stangerson en la guarda. Dos cartas, una dirigida a E. J. Drebber y la otra a Joseph Stangerson.

—¿A qué dirección?

—Al American Exchange del Strand, para quien pasase a buscarlas. Ambas son de la Guion Steamship Company y hacen referencia a la salida de sus barcos desde Liverpool. Es obvio que este desdichado estaba a punto de regresar a Nueva York.

—¿Han hecho alguna averiguación acerca del tal Stangerson?

—Inmediatamente —dijo Gregson—. He enviado anuncios a todos los periódicos, y uno de mis hombres ha ido a la American Exchange, pero todavía no ha regresado.

—¿Han preguntado en Cleveland?

—Esta mañana hemos enviado un telegrama.

—¿Cómo se plantearon las preguntas?

—Simplemente expliqué detalladamente lo sucedido, y dije que agradeceríamos cualquier información que pudiera sernos útil.

—¿No pidió detalles acerca de algún punto que le pareciera crucial?

—Pedí informes sobre Stangerson.

—¿Nada más? ¿No hay algún detalle sobre el que parece girar todo el caso? ¿No quiere telegrafiar de nuevo?

—He dicho todo lo que tenía que decir —replicó Gregson con enojo.

Sherlock Holmes rió entre dientes, y parecía a punto de hacer una observación, cuando Lestrade, que había permanecido en la sala mientras nosotros manteníamos esta conversación en el vestíbulo, apareció de nuevo en escena, frotándose las manos con pomposa autosatisfacción.

—Señor Gregson —dijo—, acabo de hacer un descubrimiento de máxima importancia y que se nos hubiera pasado por alto si yo no hubiera examinado cuidadosamente las paredes.

Al hombrecillo le centelleaban los ojos mientras hablaba, y era evidente que experimentaba un oculto júbilo por haberse apuntado un tanto sobre su colega.

—Vengan conmigo —dijo, mientras volvía a meterse apresuradamente en la sala, donde parecía respirarse un aire más limpio desde que se habían llevado a su lúgubre ocupante—. ¡Ahora pónganse aquí!

Prendió una cerilla en la suela de su zapato y la acercó a la pared.

—¡Miren esto! —dijo en tono triunfal.

Ya he comentado que el papel se había desprendido en algunos puntos. En aquel rincón de la sala colgaba una larga tira, que dejaba al descubierto un recuadro amarillo de tosco revoco. En el espacio vacío habían garrapateado en letras rojo sangre una sola palabra:

RACHE

—¿Qué les parece esto? —exclamó el detective, con los aires de un presentador que exhibe su espectáculo—. Había pasado inadvertido porque está en el rincón más oscuro de la habitación y a nadie se le había ocurrido mirar aquí. El asesino o la asesina lo ha escrito con su propia sangre. ¡Vean el goterón que se ha escurrido pared abajo! En cualquier caso, esto descarta la idea del suicidio. ¿Por qué escribieron precisamente en este rincón? Se lo diré. Fíjense en la vela de la repisa de la chimenea. En aquel momento estaba encendida, y, al estar encendida, este rincón que ahora es el más oscuro era el mejor iluminado de la pared.

—¿Y qué significa esto, ahora que usted lo ha encontrado? —preguntó Gregson con desdén.

—¿Qué significa? Significa que alguien iba a escribir el

nombre femenino Rachel. Pero algo le interrumpió o la interrumpió antes de que le diera tiempo a terminar. Recuerden esto: cuando el caso se resuelva, comprobarán que una mujer llamada Rachel está involucrada. Ríase cuanto le venga en gana, señor Holmes. Usted será muy hábil y muy inteligente, pero no olvide que más sabe el diablo por viejo que por diablo.

—¡Le ruego de veras que me disculpe! —dijo mi compañero, que al estallar en una carcajada había enojado al hombrecillo—. Usted tiene el mérito indiscutible de haber sido el primero en descubrir esta inscripción, que, como dice, tiene todas las trazas de haber sido escrita por el otro participante del misterio de la última noche. Yo no he tenido aún tiempo de examinar la habitación, pero, con su permiso, voy a hacerlo ahora.

Mientras hablaba, se sacó del bolsillo una cinta métrica y una gruesa y redonda lente de aumento. Con esos dos instrumentos, recorrió silenciosamente de un lado a otro la estancia, deteniéndose unas veces, arrodillándose otras y tumbándose incluso en una ocasión de bruces en el suelo. Tan embebido lo tenía su tarea que parecía haber olvidado nuestra presencia, porque estuvo todo el tiempo mascullando para sí mismo, en un fuego graneado de exclamaciones, gruñidos, silbidos y breves gritos de ánimo y de esperanza. Mientras lo observaba, no pude evitar pensar en un perro de caza, de pura raza y bien adiestrado, que avanza y retrocede entre los matorrales, gañendo con impaciencia, hasta encontrar de nuevo el rastro perdido. Continuó su exploración durante al menos veinte minutos, midiendo con todo cuidado la distancia entre huellas que eran completamente invisibles para mí, y aplicando a veces la cinta métrica a las paredes de forma igualmente incomprensible. En cierto lugar recogió con gran cuidado del suelo un montoncito de polvo gris y lo guardó en un sobre. Por último, examinó con su lupa la palabra escrita en la pared, revisando cada una de las letras con minuciosa exactitud. Hecho esto, pareció darse por satisfecho, pues volvió a meterse la cinta métrica y la lupa en el bolsillo.

—Dicen que la genialidad consiste en una infinita capacidad de esfuerzo —observó con una sonrisa—. Es una pésima definición, pero se aplica bien al trabajo del detective.

Gregson y Lestrade habían observado las maniobras de su colega amateur con notable curiosidad y cierto desdén. Era evidente que no habían llegado a comprender, como yo empezaba a hacerlo, que incluso los actos más insignificantes de Sherlock Holmes tenían una finalidad determinada y práctica.

—¿Qué opina usted de todo esto? —le preguntaron los dos.

—Si me permitiera ayudarles a resolver el caso, les robaría el mérito que les corresponde —observó mi amigo—. Lo están haciendo tan bien que sería una pena que alguien se entrometiera. —Al decir esto su voz rezumaba sarcasmo—. Pero si me tienen al corriente del curso de la investigación —siguió—, será un placer para mí ayudarles en lo que pueda. Entretanto me gustaría hablar con el agente que encontró el cadáver. ¿Pueden darme su nombre y dirección?

Lestrade consultó su cuaderno.

—John Rance —dijo—. Ahora no está de servicio. Lo encontrará en el 46 de Audley Court, Kennington Park Gate.

Holmes anotó la dirección.

—Venga conmigo, doctor —me dijo—. Iremos a verle. Les diré algo que puede ayudarles en este caso —prosiguió, dirigiéndose a los dos detectives—. Ha habido un asesinato, y el asesino ha sido un hombre. Mide más de seis pies, está en la flor de la edad, tiene pies pequeños para su estatura, calzaba recias botas de puntera cuadrada y fumaba un cigarro Trichinopoly. Llegó aquí con su víctima en un coche de cuatro ruedas, tirado por un caballo con tres herraduras viejas y una nueva en la pata delantera derecha. Es muy probable que el asesino tuviera un rostro rubicundo, y llevaba las uñas de la mano derecha extraordinariamente largas. No son más que unos pocos datos, pero tal vez les sean útiles.

Lestrade y Gregson se miraron el uno al otro con una incrédula sonrisa.

—Si este hombre fue asesinado, ¿cómo lo hicieron? —preguntó el primero.

—Veneno —dijo Holmes lacónicamente, mientras echaba a andar—. Una cosa más, Lestrade —añadió, volviéndose desde la puerta—: «Rache» es la palabra alemana que significa «venganza»; de modo que no pierda el tiempo buscando a una tal señorita Rachel.

Y tras este dardo imprevisto, lanzado a la manera de los jinetes partos en su huida, se marchó, dejando boquiabiertos a sus espaldas a los dos rivales.

4

## LO QUE JOHN RANCE TENÍA QUE CONTAR

Era la una cuando abandonamos el número 3 de Lauriston Gardens. Sherlock Holmes me llevó a la oficina de telégrafos más cercana, desde donde envió un largo telegrama. Después tomó un coche y ordenó al cochero que nos llevara a la dirección que nos había dado Lestrade.

—No hay nada como los datos de primera mano —comentó—. Lo cierto es que ya me he formado una idea completa del caso, pero no estará de más que averigüemos todo lo que se pueda averiguar.

—Me sorprende usted, Holmes —le dije—. Sin duda no puede estar tan seguro como pretende de los datos que les dio.

—No cabe el menor error —respondió—. Lo primero que observé al llegar fueron las dos huellas que las ruedas de un carruaje habían dejado. Ahora bien, hasta la noche pasada no había llovido en toda la semana, de modo que las ruedas que dejaron esas marcas tan profundas tuvieron que hacerlo la última noche. También había huellas de cascos de caballo, y el perfil de una de ellas estaba más nítidamente marcado que el de las otras tres, lo cual indica que la herradura era nueva. Puesto que el coche estuvo allí después de que empezara a llover y no estuvo allí en ningún momento de la mañana, según asegura Gregson, tuvo que estar allí en el curso de la noche, y, por consiguiente, llevó a los dos individuos a la casa.

—Parece bastante claro —dije—. Pero ¿y la estatura del otro hombre?

—Bien, en nueve de cada diez casos la estatura de un hombre puede deducirse de la longitud de sus pasos. Es un cálculo bastante sencillo, pero no voy a aburrirle con números. Yo disponía de las huellas que los pies de ese individuo habían dejado en la arcilla del exterior y en el polvo del interior de la casa. Además había un medio de verificar mi cálculo. Cuando un hombre escribe en la pared, suele hacerlo instintivamente a la altura de los ojos. Las letras se hallaban a poco más de seis pies del suelo. Era un juego de niños.

—¿Y la edad?

—Mire, si un hombre es capaz de dar sin el menor esfuerzo zancadas de cuatro pies y medio, no puede haber alcanzado la edad de las arrugas y las canas. Esa era la anchura de un charco del sendero del jardín por el que tuvo evidentemente que pasar. Las botas de charol lo rodearon, pero las de puntera cuadrada lo traspusieron de un salto. Todo esto no encierra ningún misterio. Me limito a aplicar a la vida cotidiana algunos de los preceptos de observación y deducción que propugnaba en aquel artículo. ¿Hay algo más que todavía le tenga intrigado?

—Las uñas de los dedos y el cigarro Trichinopoly.

—La inscripción de la pared se hizo con un dedo índice bañado en sangre. Gracias a mi lupa observé que al hacerlo habían rayado el enlucido, lo cual no habría ocurrido si el hombre hubiera llevado las uñas cortas. Recogí un poco de ceniza esparcida por el suelo. Era de color oscuro y formaba escamas... Solo un cigarro Trichinopoly produce ese tipo de ceniza. He hecho un estudio sobre las cenizas de tabaco. De hecho, he escrito una monografía sobre el tema. Me vanaglorio de poder identificar de una ojeada las cenizas de las distintas marcas de cigarro y tabacos. Es precisamente en detalles como este donde se diferencia un detective experto de tipos como Gregson y Lestrade.

—¿Y el rostro rubicundo?

—Ah, eso fue una conjetura más osada, aunque estoy seguro de llevar razón. No debe preguntarme esto en el punto en que se halla ahora el caso.

Me pasé la mano por la frente.

—La cabeza me da vueltas —comenté—. Cuanto más piensa uno en él, más misterioso se vuelve. ¿Cómo entraron aquellos dos hombres, si fueron dos hombres, en una casa deshabitada? ¿Qué se hizo del cochero que los llevó hasta allí? ¿Cómo puede un hombre obligar a otro a ingerir veneno? ¿De dónde salió la sangre? ¿Cuál fue el móvil del asesinato, ya que no se trata de un robo? ¿Cómo fue a parar allí el anillo de la mujer? Y, sobre todo, ¿por qué escribió el segundo hombre la palabra alemana «Rache» antes de largarse? Confieso que me siento incapaz de conciliar todos estos datos.

Mi compañero sonrió con aprobación.

—Ha resumido usted los puntos difíciles de la cuestión de forma concisa y acertada —dijo—. Quedan todavía muchos aspectos oscuros, aunque tengo ya formada una opinión acerca de los hechos principales. En cuanto al descubrimiento del pobre Lestrade, se trata solo de una añagaza para lanzar a la policía por una pista equivocada, sugiriendo que el crimen es obra de socialistas y sociedades secretas. La inscripción no fue hecha por un alemán. Habrá observado que la A estaba escrita al modo alemán, pero cuando un alemán auténtico escribe en letras de imprenta, utiliza caracteres latinos. Podemos afirmar, pues, con certeza que no fue escrito por un alemán, sino por un torpe imitador que se excedió en la imitación. Fue simplemente una artimaña para desviar la investigación hacia pistas erróneas. No voy a contarle mucho más de este caso, doctor. Usted sabe que un prestidigitador pierde crédito en cuanto explica el truco, y, si le muestro demasiados elementos de mi método de trabajo, llegará a la conclusión de que, a fin de cuentas, soy un individuo bastante corriente.

—Nunca haré tal cosa —le respondí—. Usted ha aproximado tanto la investigación detectivesca a una ciencia exacta como nadie podrá hacerlo en el futuro.

Mi compañero se sonrojó de placer ante mis palabras y ante la seriedad con que las pronuncié. Yo ya había observado que, en lo concerniente a su arte, era tan sensible a los halagos como cualquier muchachita en lo concerniente a su belleza.

—Le confiaré algo más —dijo—. Botas-de-charol y punteras-cuadradas llegaron en el mismo carruaje, y recorrieron juntos el sendero como buenos amigos, probablemente cogidos del brazo. Una vez dentro, recorrieron arriba y abajo la habitación, o mejor dicho, botas-de-charol permaneció inmóvil, mientras punteras-cuadradas recorría arriba y abajo la habitación. Pude leer todo esto en la capa de polvo, y pude leer que mientras andaba se excitaba más y más. Lo prueba que diera zancadas cada vez más largas. No paró de hablar ni un instante y se fue enardeciendo hasta ponerse, sin duda, hecho una furia. Entonces tuvo lugar la tragedia. Le he contado todo lo que sé en este momento, el resto son suposiciones y conjeturas. Disponemos, no obstante, de una buena base de trabajo como punto de partida. Y ahora debemos apresurarnos, porque quiero ir esta tarde al concierto de Halle para oír a Norman Neruda.

Esta conversación había tenido lugar mientras nuestro coche discurría a través de una larga sucesión de sucias calles y sombríos callejones. El cochero se detuvo de pronto en el más sucio y sombrío de ellos.

—Ahí dentro está Audley Court —dijo, señalando una estrecha hendidura que se abría en la línea apagada de ladrillos—. Aquí me encontrarán ustedes cuando vuelvan.

Audley Court no era un lugar agradable. El estrecho callejón nos condujo a un cuadrángulo enlosado rodeado por sórdidas viviendas. Nos abrimos paso entre grupos de niños sucios y cuerdas con sábanas descoloridas tendidas a secar, antes de llegar al número 46, cuya puerta ostentaba una chapita de bronce donde estaba grabado el apellido «Rance». Al preguntar, nos dijeron que el agente estaba en la cama, y nos hicieron pasar a una salita que había en la entrada, para que le esperásemos allí.

Apareció poco después y parecía un poco molesto porque hubiéramos perturbado su sueño.

—Presenté mi informe en comisaría —dijo.

Holmes se sacó medio soberano del bolsillo y jugueteó con él meditabundo.

—Pensamos que nos gustaría oírlo todo de sus propios labios —dijo.

—Tendré mucho gusto en contarles todo —contestó el agente, sin apartar los ojos del pequeño disco de oro.

—Cuéntelo todo a su modo y tal como sucedió.

Rance se sentó en el sofá de crin y frunció el entrecejo, como si estuviera decidido a no omitir nada en su narración.

—Se lo contaré desde el principio —dijo—. Mi turno es desde las diez de la noche hasta las seis de la mañana. A las once hubo una pelea en El Ciervo Blanco, pero aparte de esto todo estuvo bastante tranquilo durante mi ronda. A la una empezó a llover, y me encontré con Harry Murcher, el que tiene la ronda de Holland Grove, y estuvimos juntos en la esquina de Henrietta Street de palique. Después, quizá a las dos o un poco más tarde, pensé que iría a echar un vistazo y a ver si todo iba bien en Brixton Road. Aquello estaba muy sucio y solitario. No me tropecé con alma viviente en todo el camino, aunque me pasaron uno o dos carruajes por el lado. Iba yo andando sin prisa, pensando, dicho sea entre nosotros, lo bien que me vendría un buen latigazo de ginebra caliente, cuando de repente el brillo de una luz me atrajo los ojos desde la ventana de esa casa. Bueno, yo sabía que esas dos casas de Lauriston Gardens estaban vacías, porque resulta que el propietario de ellas no quería cambiar los desagües aunque el último tipo que vivió allí la palmó de tifus. De modo que quedé turulato al ver la luz y sospeché que algo iba mal. Cuando llegué a la puerta...

—Se detuvo usted, y regresó a la entrada del jardín —le interrumpió mi compañero—. ¿Por qué lo hizo?

Rance se sobresaltó y miró fijamente a Sherlock Holmes, con el asombro reflejado en el semblante.

—Bueno, eso es verdad, señor —dijo—, aunque Dios sabe cómo ha hecho usted para saberlo. Mire, cuando llegué a la puerta de la casa estaba todo tan silencioso y tan solo que me dije que no me vendría mal que alguien estuviera conmigo. A este lado de la tumba nada me asusta, pero pensé que quizá el tipo que la palmó de tifus andaba por allí vigilando los desagües que lo mataron. Eso me dio una especie de mareo y me fui a la verja para ver si veía la linterna de Murcher, pero no había rastro ni de Murcher ni de otro.

—¿No había nadie en la calle?

—Ni un alma viviente, caballero, ni un perro pulgoso. Bueno, después reuní ánimos y volví atrás y empujé la puerta. Todo estaba en silencio, así que entré en el cuarto donde ardía una lucecita. Había una vela en el mármol de la chimenea, una vela de cera roja que parpadeaba, y a su luz vi...

—Sí, ya sé lo que vio. Dio unas vueltas por la habitación, y se arrodilló junto al cadáver, y después cruzó la habitación y trató de abrir la puerta de la cocina. Y después...

John Rance se levantó de un salto, con cara asustada y ojos suspicaces.

—¿Dónde estaba usted escondido para ver todo esto? —gritó—. Me parece que sabe un montón más de lo que tendría que saber.

Holmes se echó a reír y le tiró su tarjeta al agente a través de la mesa.

—¿No irá usted a arrestarme por el asesinato? —dijo—. Soy uno de los perros de la jauría y no el lobo. El señor Gregson y el señor Lestrade pueden atestiguarlo. Sigamos, pues. ¿Qué hizo usted a continuación?

Rance volvió a sentarse, sin perder, no obstante, su expresión de desconcierto.

—Volví a la verja y toqué mi silbato. Eso hizo venir a Murcher y a dos más.

—¿Seguía la calle desierta?

—Bueno, sí seguía, por lo menos de alguien que pudiera hacer algo útil.

—¿Qué quiere decir?

Las facciones del agente se distendieron en una sonrisa burlona.

—He visto tipos trompas a manta en mi vida —dijo—, pero ninguno tan escandalosamente trompa como ese. Estaba apoyado en la verja cuando yo salí y cantaba a grito pelado algo de una Nueva Bandera Columbina de Barras o algo por el estilo. No se aguantaba de pie, y de poder ayudarme, nada.

—¿Qué tipo de hombre era? —preguntó Sherlock Holmes.

Esta digresión pareció irritar un poco a John Rance.

—Era un borracho fuera de serie —dijo—. De no estar nosotros metidos en tanto jaleo, se habría encontrado él metido en chirona.

—¿No se fijó usted en su rostro, en su ropa? —le interrumpió Holmes, impaciente.

—Claro que tuve que fijarme. Si tuve que aguantarlo, yo y Murcher entre los dos, para que no se cayera. Era un tío larguirucho, con la cara roja, con la parte de abajo cubierta...

—Esto me basta —exclamó Holmes—. ¿Y qué fue de él?

—Ya teníamos bastante trabajo sin ocuparnos de él —dijo el policía, en tono ofendido—. Seguro que se las arregló para llegar a su casa sin problemas.

—¿Cómo iba vestido?

—Con un gabán marrón.

—¿Llevaba un látigo en la mano?

—¿Un látigo? No.

—Debió dejarlo dentro —rezongó Holmes—. ¿Y después de esto no oyeron ni vieron pasar un carruaje?

—No.

—Aquí tiene su medio soberano —dijo mi compañero, levantándose y cogiendo el sombrero—. Mucho me temo, Rance, que usted no ascenderá en el cuerpo. Debería utilizar para algo más que como adorno esta cabeza que sostiene sobre los hombros. La última noche pudo ganarse los galones de sargento. El individuo que sostuvo entre sus brazos es el hombre que tiene la clave de este misterio y al que andamos buscando. De nada sirve discutirlo ahora, pero le aseguro que es así. Vámonos, doctor.

Anduvimos juntos hacia el coche, dejando a nuestro informador incrédulo, pero obviamente inquieto.

—¡Pobre idiota! —rezongó Holmes con acritud, mientras regresábamos a casa—. ¡Pensar que tuvo un golpe de suerte tan extraordinario y que no supo sacarle provecho!

—Sigo sin acabar de entender nada. Cierto que la descripción del hombre encaja con la idea que usted tenía del segundo participante en el misterio. Pero ¿por qué tuvo que regresar a la casa? No parece la conducta propia de un criminal.

—El anillo, amigo mío, el anillo. Por eso volvió. Si no tenemos otra forma de pillarlo, siempre podremos utilizar el anillo como cebo. Lo atraparé, doctor; le apuesto doble contra sencillo a que lo atraparé. Y a usted le estoy muy agradecido por todo. De no ser por usted, no habría salido de casa y me hubiera perdido el estudio del caso más interesante con que me he encontrado. Estudio en escarlata, ¿no? ¿Por qué no utilizar un poco la jerga artística? En la madeja incolora de la vida encontramos la hebra escarlata del asesinato, y nuestro deber consiste en desenredarla, separarla de las restantes y sacar a la luz hasta el menor de sus detalles. Y ahora a comer, y luego a Norman Neruda. Su ejecución y su forma de pulsar las cuerdas son maravillosas. ¿Cuál es la piececita de Chopin que toca tan estupendamente? Tra-la-la-lira-lira-la.

Y aquel sabueso aficionado siguió gorjeando cual una alondra, reclinado en el asiento del coche, mientras yo meditaba acerca de las múltiples facetas del alma humana.

## 5

## NUESTRO ANUNCIO ATRAE A UN VISITANTE

Nuestras actividades matinales habían sido excesivas para mi delicada salud, y por la tarde estaba exhausto. Después de que Holmes se fuera al concierto, me tumbé en el sofá e intenté dormir un par de horas. Fue inútil. Mi mente estaba demasiado excitada por todo lo ocurrido, y en ella se agolpaban las más extrañas fantasías y conjeturas. Cada vez que cerraba los ojos, veía ante mí los crispados rasgos del hombre asesinado. La impresión que me había producido aquel rostro era tan siniestra que se me hacía difícil no sentir cierta gratitud por quien lo había borrado de la faz de la tierra. De haber facciones que reflejaran los vicios más detestables, estas eran, sin duda, las de Enoch J. Drebber, de Cleveland. Sin embargo, yo reconocía que debía hacerse justicia, y que la depravación de la víctima no implicaba que la ley dejara impune al asesino.

Cuantas más vueltas le daba, más sorprendente me parecía la hipótesis de mi compañero de que aquel hombre había sido envenenado. Recordaba que le había olisqueado los labios, y no me cabía duda de que había detectado algo que le hizo concebir esta idea. Además, si no había sido un veneno, ¿qué había causado la muerte de aquel hombre que no tenía heridas ni marcas de estrangulamiento? Pero, por otra parte, ¿de quién era la sangre que cubría el suelo? No había señales de lucha, ni la víctima tenía un arma con la que hubiera podido herir a su antagonista. Mientras no se resolvieran todas estas cuestiones me parecía que dormir no iba a ser cosa fácil, ni para Holmes ni para mí. La calma y la seguridad es sí mismo que él mostraba me convencieron de que ya había forjado una teoría que explicaba todos lo hechos, pero no tenía la más remota idea de cuál podía ser.

Holmes regresó muy tarde, tan tarde que comprendí que el concierto no le podía haber ocupado todo ese tiempo. La cena ya estaba servida antes de que él apareciera.

—Ha sido magnífico —dijo mientras tomaba asiento—. ¿Recuerda usted lo que dice Darwin sobre la música? Afirma que la capacidad de producirla y de apreciarla existió en la raza humana mucho antes que la capacidad de hablar. Tal vez por eso influye en nosotros de un modo tan sutil. Persisten en nuestras almas vagos recuerdos de aquellos siglos nebulosos en que el mundo estaba todavía en su niñez.

—Es una idea bastante amplia —observé.

—Nuestras ideas tienen que ser tan amplias como la naturaleza si deben interpretar la naturaleza. ¿Qué le ocurre? No tiene usted buen aspecto. Ese asunto de Brixton Road lo ha trastornado.

—Sí lo ha hecho, la verdad. Mis experiencias en Afganistán deberían haberme endurecido más. Vi a mis propios compañeros hechos pedazos en Maiwand sin perder por ello los nervios.

—Lo entiendo perfectamente. Estamos ante un misterio que estimula la imaginación, y donde no hay imaginación no hay horror. ¿Ha visto el periódico de la tarde?

—No.

—Da una versión bastante correcta del asunto. No menciona el hecho de que, al levantar el cuerpo, cayó al suelo un anillo de compromiso de mujer. Mejor así.

—¿Por qué?

—Mire este anuncio —me respondió—. Lo envié esta mañana a todos los periódicos, inmediatamente después de salir de la casa del crimen.

Me tendió el periódico y miré el punto que me señalaba. Era el primer anuncio de la columna de «Objetos Perdidos». Decía:

> Encontrado esta mañana en Brixton Road un anillo de oro puro de pedida, en plena calle, entre la taberna El Ciervo Blanco y Holland Grove. Dirigirse al doctor Watson, 221 B, Baker Street, entre las ocho y las nueve de esta noche.

—Discúlpeme por usar su nombre —me dijo Holmes—. Si hubiera utilizado el mío, alguno de esos zoquetes hubiera podido reconocerlo y pretender entrometerse en el asunto.

—De acuerdo. Pero, suponiendo que alguien acuda, yo no tengo el anillo.

—¡Oh, claro que lo tiene! —dijo, tendiéndome uno—. Este puede servir. Es casi una copia exacta.

—¿Y quién espera usted que acuda?

—Pues el hombre del gabán marrón y el rostro rubicundo, nuestro querido amigo de las punteras cuadradas. Y, si no viene él, enviará a un cómplice.

—¿No le parecerá demasiado peligroso?

—En absoluto. Si mi visión del caso es correcta, y tengo buenas razones para creer que lo es, ese hombre correrá cualquier riesgo antes que renunciar al anillo. En mi opinión, se le cayó al inclinarse sobre el cadáver de Drebber, y no lo advirtió en aquel momento. Tras abandonar la casa, descubrió que lo había perdido y regresó a toda prisa, pero la policía, alertada por la vela que él insensatamente había olvidado encendida, se había adueñado del lugar. Tuvo que fingirse borracho para disipar las sospechas que podría haber suscitado su presencia junto a la verja. Póngase en el lugar de ese hombre. Al examinar detenidamente lo sucedido, se le tuvo que ocurrir que también era posible que hubiera perdido el anillo en la calle después de salir de la casa. ¿Qué hacer entonces? Esperar ansioso los periódicos de la tarde con la esperanza de encontrar-lo entre los objetos perdidos. Desde luego, habrá reparado en mi anuncio. Y no cabrá en sí de gozo. ¿Por qué habría de temer que se tratara de una trampa? A sus ojos no hay razón alguna para que el hallazgo del anillo se relacione con el asesinato. Verá como sí viene. Vendrá. Lo tendrá usted aquí antes de una hora.

—¿Y entonces?

—Oh, puede dejar que sea yo quien me ocupe de él. ¿Dispone usted de un arma?

—Mi viejo revólver reglamentario y algunos cartuchos.

—Será mejor que lo limpie y lo cargue. Nos enfrentaremos a un hombre desesperado, y, aunque lo pille desprevenido, más vale estar preparados para cualquier cosa.

Fui a mi dormitorio e hice lo que me pedía. Cuando regresé con el revólver, habían quitado la mesa, y Holmes se entregaba a su ocupación favorita: rascar las cuerdas de su violín.

—La cosa se complica —dijo, al verme entrar—. Acabo de recibir respuesta al telegrama que envié a Estados Unidos. Mi visión del caso era correcta.

—¿Y consiste en...? —pregunté con impaciencia.

—Mi violín mejoraría con cuerdas nuevas —observó Holmes—. Métase el revólver en el bolsillo, Watson. Cuando llegue este individuo, háblele en tono normal. El resto déjemelo a mí. No lo alarme mirándole con demasiada insistencia

—Ahora son las ocho —dije, consultando mi reloj.

—Sí. Probablemente estará aquí antes de unos minutos. Abra un poco la puerta. Así está bien. Ahora ponga la llave por dentro. ¡Gracias! Mire este curioso libro viejo que encontré ayer en un tenderete, *De jure inter gentes*, editado en latín en Lieja el año 1642. La cabeza del rey Carlos todavía seguía sobre sus hombros cuando se imprimió este librito de lomo marrón.

—¿Quién lo imprimió?

—Philippe de Croy, quienquiera que fuese. En la guarda, escrito en tinta borrosa, se lee: «Ex libris Guliolmi Whyte».

Me pregunto quién sería el tal Guliolmi Whyte. Un pragmático jurista del siglo XVII, supongo. Su escritura tiene rasgos legalistas. Pero parece que ahí viene nuestro hombre.

Mientras hablaba, sonó con insistencia la campanilla. Holmes se levantó sin hacer ruido y aproximó su silla a la puerta. Percibimos los pasos de la criada a través del vestíbulo y el seco chasquido del pestillo al abrirlo.

—¿Vive aquí el doctor Watson? —inquirió una voz clara pero un poco áspera.

No pudimos oír la respuesta de la criada, pero la puerta se cerró y alguien empezó a subir la escalera. Los pasos eran inseguros y nuestro visitante arrastraba los pies. Al oírlos, cruzó por el rostro de mi compañero una expresión de sorpresa. Avanzaron despacio por el pasillo, y sonó un golpecito en la puerta.

—Adelante —exclamé.

A mi requerimiento, en lugar del individuo violento que esperábamos, entró renqueando en la habitación una mujer muy vieja y arrugada. Parecía deslumbrada por el súbito resplandor de la luz y, tras doblar la rodilla en una reverencia, se nos quedó mirando con ojos legañosos y parpadeantes, mientras sus dedos temblorosos hurgaban en su bolsillo. Eché una mirada a mi compañero, cuyo rostro había adquirido una expresión tan desolada que me costó un esfuerzo contener la risa.

La vieja sacó un periódico de la tarde y señaló nuestro anuncio.

—Es esto lo que me ha traído aquí, buenos caballeros —dijo, haciendo otra reverencia—. Un anillo de oro de pedida en Brixton Road. Pertenece a mi hija Sally, casada desde hace solo el tiempo de doce meses y con un marido que es camarero en uno de los barcos de la Union Line, y no quiero ni pensar lo que dirá si va y vuelve y la encuentra a ella sin anillo, porque ya es bastante bruto cuando está bien, pero cuando está trompa es brutísimo. Para que ustedes sepan, Sally fue al circo anoche con...

—¿Es este el anillo? —pregunté.

—¡Gracias a Dios! —gritó la vieja—. Sally será esta noche una mujer feliz. Sí, este es el anillo.

—¿Y cuál es su dirección? —pregunté, cogiendo un lápiz.

—El 13 de Duncan Street, en Houndsditch. Muy lejos de aquí.

—Brixton Road no cae entre ningún circo y Houndsditch —dijo Sherlock Holmes con acritud.

La vieja dio media vuelta y lo miró fijamente con sus ojillos enrojecidos.

—El caballero me preguntó mi dirección —dijo—. Sally vive en el 3 de Mayfield Place, Peckham.

—¿Y el apellido es...?

—El mío es Sawyer, el de Sally es Dennis, porque se casó con Tom Dennis, que es un tipo listo y honrado cuando está en el mar, todo hay que decirlo, no hay camarero que aprecien más en la compañía, pero en tierra, con las mujeres y las tabernas...

—Aquí tiene su anillo, señora Sawyer —la interrumpí, obedeciendo una señal de mi compañero—. Es evidente que pertenece a su hija, y me alegra poder devolverlo a su legítimo dueño.

Farfullando bendiciones y protestas de agradecimiento, la vieja se lo metió en el bolsillo y se fue, arrastrando los pies, escalera abajo. En el preciso instante en que ella salió de la habitación, Holmes se levantó de un salto y corrió a su dormitorio. Regresó enseguida, arropado en un amplio abrigo y una bufanda.

—Voy a seguirla —me dijo apresuradamente—. Tiene que ser su cómplice y me llevará hasta él. Espéreme levantado.

La puerta del vestíbulo acababa de cerrarse de golpe cuando Holmes bajaba ya la escalera. Mirando por la ventana, pude ver que la vieja caminaba penosamente por la acera de enfrente y que su perseguidor la seguía a poca distancia. O toda su teoría es equivocada, me dije, o está a punto de introducirse en el corazón del misterio. No hacía falta que me pidiera que le esperara levantado, porque sentía que no iba a poder conciliar el sueño hasta conocer el resultado de su aventura.

Eran casi las nueve cuando Holmes se marchó. Yo no tenía ni idea del tiempo que podía tardar, pero me senté impasible, dando chupadas a mi pipa y hojeando *Vie de Bohéme,* de Henri Murger. Dieron las diez, y oí los ligeros pasos de la criada yendo a acostarse. Las once, y cruzaron ante mi puerta los pasos más solemnes de la casera, que se dirigía también a la cama. Eran casi las doce cuando oí el seco sonido de la llave de mi compañero. Supe al instante, al ver su expresión, que no había tenido suerte. La contrariedad y el regocijo parecían luchar en su interior, hasta que de pronto se impuso el sentido del humor y prorrumpió en una estrepitosa carcajada.

—¡Por nada del mundo quisiera que los de Scotland Yard se enteraran de esto! —exclamó, mientras se desplomaba en su sillón—. Me he burlado de ellos tantas veces que no dejarían de echármelo en cara el resto de mis días. Yo puedo permitirme reír, porque sé que a la larga me saldré con la mía.

—¿Qué ha pasado, pues? —pregunté.

—Oh, no me importa narrar un episodio que me deja en mal lugar. Aquella criatura había andado un trecho, cuando empezó a cojear y dio claras muestras de que le dolían los pies. Entonces se paró y detuvo un coche que pasaba por allí. Me las arreglé para estar lo bastante cerca para oír la dirección que le diera al cochero, pero mi esfuerzo fue innecesario, porque la gritó en voz tan alta que hubiera podido oírla desde el otro extremo de la calle. «Lléveme al 13 de Duncan Street. Houndsditch», gritó. Esto empieza a parecer verdad, pensé, y, tras verla instalada en el interior, me encaramé a la parte trasera del coche. Es un arte que todo detective debería dominar. Pues bien, hacia allí traqueteó el carruaje, sin que el cochero tirara una sola vez de las riendas hasta que llegamos a la calle en cuestión. Yo bajé de un salto antes de que estuviéramos ante la puerta, y recorrí con aire despreocupado y sin apresurarme lo que restaba de camino. Vi que el coche se detenía. El cochero bajó del pescante, y le vi abrir la portezuela y quedarse esperando. Pero no salió nadie. Cuando llegué donde él estaba, buscaba frenéticamente a tientas en el interior vacío, mientras se desahogaba con el repertorio mejor surtido de palabrotas que he oído en mi vida. No había el menor rastro ni señal de la pasajera, y me temo que pasará bastante tiempo antes de que cobre el importe del viaje. Al preguntar en el número 13, resultó que la casa pertenecía a un respetable fabricante de papeles pintados, llamado Weswick, y que nunca habían oído los nombres de Sawyer o Dennis.

—¿No pretenderá usted decirme —exclamé asombrado— que aquella débil vieja tambaleante fue capaz de saltar del coche en plena marcha y sin que ni usted ni el cochero se dieran cuenta?

—¡Al diablo lo de vieja! —dijo Sherlock Holmes con brusquedad—. Nosotros sí nos comportamos como viejas bobas dejándonos engañar de ese modo. Se trata con seguridad de un hombre joven y enérgico, además de ser un actor fuera de serie. La caracterización era inimitable. Advirtió sin duda que le seguían, y utilizó ese truco para darme esquinazo. Eso demuestra que el hombre que perseguimos no está tan solo como imaginaba, sino que tiene amigos dispuestos a arriesgarse por él. Bueno, doctor, parece usted agotado. Hágame caso y acuéstese.

Verdaderamente me sentía exhausto, de modo que seguí su indicación. Dejé a Holmes sentado ante los rescoldos de la chimenea, y a altas horas de la noche pude escuchar los melancólicos y apagados sones de su violín, indicio seguro de que seguía reflexionando sobre el extraño problema que se había propuesto resolver.

## 6

## TOBIAS GREGSON MUESTRA DE LO QUE ES CAPAZ

Al día siguiente los periódicos informaban ampliamente de lo que llamaban «el misterio de Brixton». Todos traían un largo relato de lo ocurrido, y algunos le dedicaban además sus editoriales. Había datos que yo desconocía. Todavía conservo en mi álbum de recortes abundantes fragmentos y extractos referentes al caso. He aquí un resumen de alguno de ellos.

El *Daily Telegraph* señalaba que pocas veces se había dado en la historia del crimen una tragedia de características tan extrañas. El nombre alemán de la víctima, la ausencia de cualquier otro móvil y la siniestra inscripción en la pared, todo apuntaba a que era cosa de refugiados políticos y de revolucionarios. Los socialistas tenían muchas ramificaciones en Estados Unidos, y sin duda el difunto había infringido alguna de sus leyes no escritas y habían terminado con él. Tras aludir al Vehmgericht, al agua tofana, a los carbonarios, a la marquesa de Brinvilliers, a la teoría de Darwin, a los principios de Malthus y a los asesinatos de Ratcliff Highway, el artículo concluía poniendo en guardia al gobierno y solicitando una vigilancia más estrecha de los extranjeros residentes en Inglaterra.

El *Standard* comentaba que estas atrocidades criminales son frecuentes bajo los gobiernos liberales. Surgían como consecuencia de la irritación de las masas y el consiguiente debilitamiento de toda autoridad. El difunto era un caballero americano que había residido unas semanas en la metrópoli. Se había alojado en la pensión de madame Charpentier, en Torquay Terrace, Camberwell. Le acompañaba en sus viajes el señor Joseph Stangerson, su secretario particular. Los dos se despidieron de su patrona el martes, 4 de este mes, y se marcharon a Euston Station con el manifiesto propósito de tomar el expreso de Liverpool. Más tarde fueron vistos juntos en el andén. Nada más se supo de ellos hasta que se descubrió el cadáver del señor Drebber, como hemos contado, en una casa deshabitada de Brixton Road, a muchas millas de Euston. Cómo llegó hasta allí y cómo encontró la muerte son cuestiones envueltas todavía en el misterio. Nada se sabe del paradero del señor Stangerson. Nos alegra saber que el señor Lestrade y el señor Gregson, de Scotland Yard, se ocupan conjuntamente del caso, y podemos esperar confiadamente que estos famosos agentes resuelvan pronto el misterio.

El *Daily News* señalaba que no cabía la menor duda de que se trataba de un crimen político. El despotismo y el odio al liberalismo que animaban a los gobiernos del Continente habían arrojado a nuestras costas a un montón de hombres que podrían haberse convertido en excelentes ciudadanos, de no haber estado amargados por el recuerdo de todo lo que habían sufrido. Entre esa gente regía un estricto código del honor, y cualquier infracción del mismo era castigada con la muerte. No debían escatimarse esfuerzos para encontrar al secretario, Stangerson, y para averiguar algunos detalles de los hábitos del difunto. Se había dado ya un gran paso al descubrir la dirección de la casa donde se había alojado, éxito que se debía sin duda exclusivamente a la perspicacia y la energía del señor Gregson de Scotland Yard.

Sherlock Holmes y yo leímos juntos estas noticias durante el desayuno, y a él parecieron divertirle mucho.

—Ya le dije que, pasara lo que pasara, Lestrade y Gregson saldrían bien librados.

—Dependerá de cómo vayan las cosas.

—Oh, ¡eso carece de importancia! Si atrapamos al hombre, será gracias a sus esfuerzos; si se nos escapa, será a pesar de sus esfuerzos. Si sale cara gano yo y si sale cruz pierdes tú. Hagan lo que hagan, tendrán partidarios. *Un sot trouve toujours un plus sot qui l'admire.*

—¿Qué demonios es esto? —exclamé, pues en ese instante nos llegó desde el vestíbulo y desde la escalera el rumor de muchos pasos apresurados, acompañados de audibles muestras de disgusto por parte de nuestra patrona.

—Es la división del Cuerpo de Detectives de Baker Street —dijo mi compañero, muy serio.

Y, mientras hablaba, irrumpió en la habitación media docena de los golfillos más sucios y desarrapados que he visto en mi vida.

—¡Firmes! —gritó Holmes con brusquedad.

Y los seis inmundos pilletes se alinearon como otras tantas estatuillas indecorosas.

—En adelante, enviadme solo a Wiggins para que me informe, y el resto de vosotros que espere en la calle. ¿Lo habéis encontrado, Wiggins?

—No, señor, qué va —dijo uno de los muchachos.

—Tampoco lo esperaba. Debéis insistir hasta conseguirlo. Aquí tenéis vuestra paga. —Le dio a cada uno un chelín—. Bien, ahora largo de aquí, y volved la próxima vez con mejores noticias.

Los despidió agitando la mano y los chicos corrieron como ratas escalera abajo, e instantes después oímos sus agudas voces en la calle.

—Se puede sacar más de uno de esos pequeños mendigos que de una docena de policías —comentó Holmes—. La mera presencia de una persona con aspecto de funcionario sella los labios de cualquiera. Estos chicos, en cambio, se meten por todas partes y se enteran de todo. Y son más listos que el hambre; lo único que les falta es organizarse.

—¿Los está utilizando en el caso Brixton?

—Sí. Hay un punto que me gustaría comprobar. Y solo es cuestión de tiempo. ¡Vaya, ahora sí que vamos a enterarnos de algunas novedades! Ahí viene Gregson calle abajo, con la satisfacción reflejada en cada rasgo de su rostro. Seguro que viene a vernos a nosotros. Sí, se ha detenido. ¡Ahí está!

Sonó con violencia la campanilla de la calle, y unos segundos después el detective de cabello rubio subía de tres en tres los escalones e irrumpía en nuestra sala.

—¡Mi querido colega —gritó, estrechando la mano inerte de Holmes—, felicíteme! He dejado todo el asunto tan claro como la luz del día.

Un asomo de ansiedad pareció cruzar por el expresivo rostro de mi compañero.

—¿Quiere usted decir que ya está en la pista correcta? —preguntó.

—¡La pista correcta! Señor mío, ¡tenemos a nuestro hombre bajo siete llaves!

—¿Y cómo se llama?

—Arthur Charpentier, alférez de la armada de Su Majestad —exclamó pomposamente Gregson, frotándose las manos regordetas y sacando pecho.

Sherlock Holmes suspiró aliviado y se relajó con una sonrisa.

—Tome asiento y pruebe uno de estos cigarros —dijo—. Estamos ansiosos por saber cómo lo ha logrado. ¿Quiere un poco de whisky con agua?

—No diré que no —respondió el detective—. Los tremendos esfuerzos que he realizado los dos últimos días me han dejado exhausto. No tanto el esfuerzo físico, ya me entiende, como la tensión mental. Usted se hará perfectamente cargo de ello, señor Sherlock Holmes, pues ambos trabajamos con la mente.

—Me honra usted demasiado —dijo Holmes, muy serio—. Escuchemos cómo ha llegado a un resultado tan satisfactorio.

El detective se sentó en el sillón y empezó a dar chupadas

complacido a su cigarro. De repente, prorrumpió en una carcajada y se dio una palmada en el muslo.

—Lo divertido del caso —exclamó— es que el tonto de Lestrade, que se cree tan listo, ha seguido desde el principio una pista equivocada. Anda tras el secretario Stangerson, que no tiene más relación con el crimen que un niño de pecho. Seguro que a estas alturas ya le ha echado el guante.

La idea divirtió tanto a Gregson que rió hasta quedar sin aliento.

—¿Y cómo dio usted con la clave?

—Ah, se lo contaré todo. Por supuesto, doctor Watson, esto debe quedar entre nosotros. La primera dificultad con que nos enfrentamos fue averiguar los antecedentes del americano. Algunas personas habrían esperado a obtener respuesta a los anuncios o a que individuos interesados se presentaran a suministrar voluntariamente información. Pero este no es el estilo de Tobias Gregson. ¿Recuerda el sombrero que había al lado del cadáver?

—Sí —dijo Holmes—, de John Underwood e Hijos, 129 de Camberwell Road.

Gregson pareció un tanto alicaído.

—No creí que hubiera reparado usted en ello —dijo—. ¿Ha estado allí?

—No.

—¡Ajá! —gritó Gregson con alivio—. Nunca se debe desperdiciar una oportunidad, por pequeña que parezca.

—Para una gran mente no hay nada pequeño —observó Holmes en tono sentencioso.

—Pues bien, fui a la tienda de Underwood y le pregunté si había vendido un sombrero de esa talla y características. Consultó sus libros y lo encontró enseguida. Había enviado el sombrero a un tal señor Drebber, que se alojaba en la pensión Charpentier, en Torquay Terrace. Así conseguí su dirección.

—¡Ingenioso, muy ingenioso! —murmuró Sherlock Holmes.

—A continuación visité a madame Charpentier —siguió el detective—. La encontré muy pálida y afligida. Su hija estaba también en la habitación, una muchacha de belleza extraordinaria. Tenía los ojos enrojecidos y le temblaban los labios mientras yo hablaba. No se me pasó por alto. Empecé a pensar que había gato encerrado. Ya conoce usted la sensación que le invade a uno, señor Sherlock Holmes, cuando husmea el rastro correcto, una especie de estremecimiento nervioso.

»—¿Se ha enterado, usted de la misteriosa muerte del señor Enoch. J. Drebber, de Cleveland, que fue últimamente su huésped? —pregunté.

»La madre asintió con la cabeza. Parecía incapaz de articular palabra. La hija se echó a llorar. Tuve más que nunca la sensación de que aquella gente sabía algo.

»—¿A qué hora salió el señor Drebber de su casa para tomar el tren? —pregunté.

»—A las ocho —dijo ella, tragando saliva para dominar su nerviosismo—. Su secretario, el señor Stangerson, dijo que había dos trenes, uno a las nueve quince y otro a las once. Pensaba tomar el primero.

»—¿Y fue esta la última vez que le vio?

»Al hacerle esta pregunta, se produjo en el rostro de la mujer un cambio terrible. Una lividez mortal invadió sus facciones. Pasaron varios segundos antes de que pudiera pronunciar un simple «sí», y, cuando lo hizo, su voz era ronca y forzada.

»Hubo un momento de silencio, y después habló la hija con voz clara y tranquila.

»—Nada bueno puede venir de la falsedad, madre —dijo—. Seamos francas con este caballero. Sí volvimos a ver al señor Drebber.

»—¡Que Dios te perdone! —gritó madame Charpentier, alzando las manos y derrumbándose en el sillón—. Has asesinado a tu hermano.

»—Arthur preferiría que dijéramos la verdad —replicó con firmeza la muchacha.

»—Será mejor que ahora me lo cuenten todo —dije—. No hay nada peor que las medias palabras. Además, ustedes ignoran lo que nosotros sabemos del caso.

»—¡Que las culpas recaigan sobre ti, Alice! —exclamó su madre, y después, dirigiéndose a mí—: Se lo contaré todo, señor. No vaya usted a creer que la inquietud que siento por mi hijo se debe a que tema haya participado en este terrible asunto. Es completamente inocente. Lo que me asusta es que a sus ojos y a los de los demás pueda parecer implicado. Lo cual es, sin embargo, imposible si tenemos en cuenta su carácter, su profesión y sus antecedentes.

»—Lo mejor que puede usted hacer es confesar los hechos —observé—. Tenga la seguridad de que, si su hijo es inocente, no saldrá perjudicado.

»—Alice, quizá sea mejor que nos dejes solos —dijo, y su hija se retiró—. Bien, señor —siguió diciendo la madre—, yo no tenía intención de contarle todo esto, pero dado que mi pobre hija ha confesado, no me queda otra alternativa. Una vez decidida a hablar, se lo contaré todo sin omitir detalle.

»—Es lo más sensato que puede hacer.

»—El señor Drebber estuvo con nosotros casi tres semanas. Él y su secretario, el señor Stangerson, habían viajado por el Continente. Observé en todos sus baúles una etiqueta de Copenhague, lo cual indicaba que era la última ciudad donde se habían detenido. Stangerson era un hombre discreto, reservado, pero siento decir que su jefe era muy distinto. De hábitos groseros y maneras brutales. Ya la primera noche de su llegada agarró una borrachera descomunal, y era muy raro verlo sobrio después de las doce del mediodía. Trataba a las criadas con una libertad y una familiaridad muy desagradables. Y lo peor fue que pronto adoptó la misma actitud con mi hija, Alice, y más de una vez le habló de un modo que ella, afortunadamente, es demasiado inocente para entender. En cierta ocasión la estrechó por la fuerza entre sus brazos, insolencia que obligó a su propio secretario a reprocharle su conducta, impropia de un hombre.

»—Pero ¿por qué toleraron todo esto? —inquirí—. Supongo que usted puede deshacerse de sus huéspedes cuando quiera.

»La señora Charpentier se ruborizó ante mi pertinente pregunta.

»—¡Ojalá le hubiera despedido el mismo día que llegó! —dijo—. Pero la tentación era muy grande. Me pagaban una libra diaria cada uno, catorce libras a la semana, y estamos en temporada baja. Soy viuda, y situar a un hijo en la armada sale caro. Me dolía perder este dinero. Obré como creí más conveniente. Pero lo último que hizo pasaba de la raya y le comuniqué que tenía que irse. Ese fue el motivo de su marcha.

»—¿Qué más?

»—Sentí un gran alivio cuando le vi irse. Mi hijo está ahora de permiso, pero yo no le había contado nada, porque tiene un carácter violento y adora a su hermana. Así pues, me quité un peso de encima al cerrar la puerta tras ellos. Pero, ay, antes de que transcurriera una hora sonó la campanilla de la calle y me enteré de que el señor Drebber había regresado. Estaba muy nervioso y evidentemente borracho como una cuba. Entró por la fuerza en la habitación donde yo estaba sentada con mi hija e hizo algunos comentarios incoherentes asegurando que había perdido el tren. Después se volvió hacia Alice y, delante de mí, le propuso que se fugase con él. "Eres mayor de edad", le dijo, "y no hay ninguna ley que te lo impida. Yo tengo dinero de sobra. No te preocupes por la vieja y vente ahora mismo conmigo. Vivirás como una reina". La pobre Alice estaba aterrada y trató de alejarse de él, pero la aferró por la muñeca y quiso arrastrarla hacia la puerta. Yo grité, y en el acto entró en la habitación mi hijo Arthur. Ignoro lo que sucedió después. Oí juramentos y el confuso rumor de una pelea. Estaba demasiado aterrada para levantar la cabeza. Cuando alcé los ojos, vi a Arthur en el umbral, riendo, con un garrote en la mano. “No creo que este caballerete vuelva a molestarnos”, dijo. “Iré tras él para ver lo que hace.” Con estas palabras, cogió su sombrero y se lanzó calle abajo. A la mañana siguiente nos enteramos de la misteriosa muerte del señor Drebber.

»Esta declaración salió de los labios de la señora Charpentier entre muchas pausas y vacilaciones. A veces hablaba tan bajo que yo casi no podía captar sus palabras. Sin embargo, tomé nota taquigráfica de cuanto dijo, para que no hubiera posibilidad de error.

—Es realmente emocionante —dijo Sherlock Holmes con un bostezo—. ¿Qué sucedió después?

—Cuando madame Charpentier dejó de hablar —prosiguió el detective—, comprendí que todo el caso dependía de un solo punto. Mirándola fijamente, de un modo que siempre me ha dado resultado con las mujeres, le pregunté a qué hora había regresado su hijo.

»—No lo sé —me dijo.

»—¿No lo sabe?

»—No. Tiene su propia llave y entra sin llamar.

»—¿Fue después de que usted se acostara?

»—Sí.

»—¿Cuándo se acostó usted?

»—Alrededor de las once.

»—De modo que su hijo estuvo fuera al menos dos horas, ¿verdad?

»—Sí.

»—¿Y no pudieron ser cuatro o cinco?

»—Sí.

»—¿Y qué hizo durante todo este tiempo?

»—No lo sé —respondió, blanca como el papel.

»Después de esto, claro, no faltaba nada más. Averigüé el paradero del teniente Charpentier, me llevé dos agentes conmigo y le arresté. Cuando le di un golpecito en el hombro y le pedí que me acompañara sin armar jaleo, nos contestó con tranquilidad: “Supongo que me arrestan por estar implicado en la muerte del canalla de Drebber". Nosotros no le habíamos dicho nada del caso, y su modo de aludir a él era de lo más sospechoso.

—Mucho —dijo Holmes.

—Llevaba todavía el pesado garrote con que su madre le describe al verlo salir tras Drebber. Una gruesa tranca de roble.

—¿Cuál es, pues, su teoría?

—Mi teoría es que siguió a Drebber hasta Brixton Road. Una vez allí, se enzarzaron en una trifulca, en el curso de la cual Drebber recibió un golpe del garrote, quizá en la boca del estómago, que le mató sin dejar señal. La noche era tan lluviosa que no había nadie por allí, de modo que Charpentier arrastró el cuerpo de la víctima hasta el interior de la casa deshabitada. La vela, y la sangre, y la inscripción en la pared, y el anillo, pueden ser otras tantas tretas para lanzar a la policía tras una pista falsa.

—¡Buen trabajo! —dijo Holmes, con voz alentadora—. Hay que ver, Gregson, cómo progresa. Todavía haremos de usted un hombre de provecho.

—Me jacto de haber llevado el caso limpiamente —contestó el detective con orgullo—. El joven declaró por voluntad propia que, tras haber seguido un rato a Drebber, este le vio y tomó un coche para escapar. Cuando él regresaba a casa, se encontró con un viejo camarada de tripulación, y dieron un largo paseo juntos. Al preguntarle dónde vivía ese viejo compañero, fue incapaz de dar una respuesta satisfactoria. Creo que todas las piezas del caso encajan ahora extraordinariamente bien. Lo que más me divierte es pensar que Lestrade partió de una pista equivocada. Me temo que no llegará muy lejos. ¡Pero, caramba, aquí tenemos a nuestro hombre!

Era, en efecto, Lestrade, que había subido la escalera mientras nosotros hablábamos, y entraba ahora en la habitación. Sin embargo, el aplomo y la desenvoltura que caracterizaban, por lo general, su porte y su vestimenta habían desaparecido. Su rostro alterado reflejaba preocupación, y traía la ropa desaseada y en desorden. Era evidente que había venido con la intención de consultar a Sherlock Holmes, pues al ver a su colega pareció incómodo y desconcertado. Permaneció de pie en el centro de la habitación, manoseando nervioso su sombrero y sin saber qué hacer.

—Es un caso extraordinario de veras —dijo al fin—, un asunto de veras incomprensible.

—¡Ah! ¿Eso cree usted, señor Lestrade? —exclamó Gregson en tono triunfal—. Ya me parecía que llegaría a esta conclusión. ¿Ha conseguido dar con el secretario, el señor Joseph Stangerson?

—El secretario, señor Joseph Stangerson —dijo Lestrade con gravedad— ha sido asesinado esta mañana, hacia las seis, en el hotel Halliday.

7

# LUZ EN LA OSCURIDAD

La noticia que nos daba Lestrade era tan decisiva y tan inesperada que los tres quedamos atónitos. Gregson se levantó de un salto, derramando lo que quedaba de su whisky con agua. Yo miraba en silencio a Sherlock Holmes, que tenía los labios apretados y el entrecejo fruncido.

—¡También Stangerson! —murmuró—. La trama se complica.

—Ya era lo bastante complicada antes —masculló Lestrade, cogiendo una silla—. Parece que he caído sin querer en una especie de gabinete de crisis.

—¿Está usted seguro... —tartamudeó Gregson—, está usted seguro de la veracidad de esta noticia?

—Vengo ahora mismo de su habitación —dijo Lestrade—. Fui el primero en descubrir lo que había ocurrido.

—Gregson nos ha expuesto su punto de vista en la materia —observó Holmes—. ¿Le importaría explicarnos lo que usted ha visto y ha hecho?

—No tengo inconveniente —respondió Lestrade, tomando asiento—. Confieso sin reparos que sustentaba la opinión de que Stangerson estaba implicado en la muerte de Drebber. Este nuevo acontecimiento me muestra que estaba equivocado. Obsesionado con mi primera idea, me propuse averiguar qué había sido del secretario. Los habían visto juntos en Euston Station hacia las ocho y media de la noche del día 3. A las dos de la madrugada habían encontrado a Drebber en Brixton Road. La cuestión que me planteé era descubrir qué había hecho Stangerson entre las ocho y media y la hora del crimen, y qué había sido de él después. Telegrafié a Liverpool, dando una descripción del individuo, y advirtiéndoles que vigilasen los barcos americanos. Entonces empecé a visitar todos los hoteles y pensiones de las inmediaciones de Euston. Verá usted, pensé que si Drebber y su acompañante se habían separado, lo más probable era que este último buscara un lugar cercano donde pasar la noche y a la mañana siguiente lo esperaba de nuevo en la estación.

—Lo más probable es que hubieran establecido de antemano un lugar de encuentro —observó Holmes.

—Así ha resultado ser. Pasé toda la tarde de ayer haciendo averiguaciones completamente inútiles. Esta mañana comencé muy temprano, y a las ocho llegué al hotel Halliday, en Little George Street. Al preguntar si se alojaba allí el señor Stangerson, me contestaron inmediatamente que sí.

»—Sin duda usted es el caballero a quien está esperando —me dijeron—. Lleva dos días esperando a un caballero.

»—¿Dónde está ahora? —pregunté.

»—Arriba, en la cama. Pidió que le despertaran a las nueve.

»—Voy a subir ahora mismo —dije.

»Esperaba que tal vez mi súbita aparición le alterara los nervios y le hiciera decir algo imprudente. El botones se ofreció a mostrarme la habitación: estaba en el segundo piso, y conducía hasta ella un estrecho pasillo. El botones me indicó la puerta, y se disponía a bajar la escalera, cuando vi algo que, a pesar de mis veinte años de experiencia, hizo que me sintiese mal. Por debajo de la puerta salía un reguero de sangre roja, que había serpenteado a través del pasillo y había formado un charquito junto al zócalo de la pared opuesta. Di un grito, que hizo regresar al botones. Casi se desmayó al ver aquello. La puerta estaba cerrada por dentro, pero empujamos con el hombro y la derribamos. La ventana de la habitación estaba abierta, y junto a ella, acurrucado, yacía el cuerpo de un hombre en camisón. Estaba muerto, y llevaba muerto un tiempo, porque tenía los miembros rígidos y fríos. Al ponerlo boca arriba, el botones reconoció en el acto al caballero que había ocupado la habitación con el nombre de Joseph Stangerson. La causa de la muerte era una profunda puñalada en el costado izquierdo, que tenía que haber penetrado en el corazón. Y ahora viene lo más curioso del caso. ¿Qué suponen ustedes que había encima del cadáver?

Sentí un hormigueo en el cuerpo y tuve el presentimiento de que algo horrible se avecinaba, antes incluso de oír la respuesta de Holmes.

—La palabra «Rache» escrita en letras de sangre —dijo.

—Exactamente —admitió Lestrade con voz atemorizada.

Y quedamos unos momentos en silencio.

Había algo metódico e incomprensible en el modo de actuar de aquel asesino desconocido que hacía sus crímenes aún más espantosos. Mis nervios, bastante templados en el campo de batalla, se estremecían al pensar en ello.

—Alguien vio al asesino —prosiguió Lestrade—. Un repartidor de leche, que iba de camino a la lechería, pasó casualmente por el callejón que lleva a las caballerizas de la parte trasera del hotel. Advirtió que una escalera, habitualmente tirada por allí, estaba apoyada contra una de las ventanas del segundo piso, abierta de par en par. Después de pasar por delante, miró hacia atrás y vio que un hombre descendía por la escalera. Bajaba con tanta calma y aplomo que el muchacho supuso que se trataba de un carpintero o fontanero que trabajaba en el hotel. No le prestó demasiada atención, y solo pensó que era temprano para que hubiera iniciado ya la jornada. Le parece que el hombre era alto, tenía el rostro colorado y llevaba un largo gabán de color marrón. Tuvo que quedarse algún tiempo en la habitación después del asesinato, porque encontramos agua sucia en la jofaina, donde se había lavado las manos, y manchas de sangre en las sábanas, donde había limpiado cuidadosamente el cuchillo.

Eché una mirada a Holmes, al oír la descripción del asesino, que coincidía tan exactamente con la suya, pero no advertí en su rostro señales de júbilo o satisfacción.

—¿No encontró nada en la habitación que pudiera suministrarnos una pista del asesino? —preguntó.

—Nada. Stangerson llevaba la cartera de Drebber en el bolsillo, pero al parecer esto era lo normal, puesto que hacía él todos los pagos. Contenía ochenta y tantas libras, pero no habían tocado nada. Sean cuales sean los móviles de estos extraordinarios crímenes, desde luego el robo no figura entre ellos. En los bolsillos del muerto no había papeles ni documentos, excepto un telegrama, fechado en Cleveland hará aproximadamente un mes, con las palabras: «J. H. está en Europa». El mensaje no llevaba firma.

—¿Y no había nada más? —inquirió Holmes.

—Nada realmente importante. La novela que el hombre leyera antes de dormir yacía sobre la cama, y la pipa estaba en una silla al lado. Había un vaso de agua encima de la mesa, y en el alféizar de la ventana una cajita de madera para ungüento con dos píldoras.

Sherlock Holmes se levantó de un salto con una exclamación de júbilo.

—El último eslabón —gritó exultante—. Para mí el caso está cerrado.

Los dos detectives lo miraron atónitos.

—Tengo ahora en mis manos —dijo con convicción— todos los hilos de este enredo. Faltan, desde luego, algunos detalles, pero estoy tan seguro de cómo se desarrollaron los acontecimientos principales, desde que Drebber se separó de Stangerson en la estación hasta que se descubrió el cadáver de este último, como si los hubiera presenciado con mis propios ojos. Les daré una prueba. ¿Podría disponer de esas píldoras?

—Aquí están —dijo Lestrade, sacando una cajita blanca—. Las cogí, junto con la cartera y el telegrama, para guardarlas en lugar seguro en comisaría. Fue pura casualidad que las trajera conmigo, pues debo confesar que no les atribuyo la menor importancia.

—Démelas —dijo Holmes—. Díganos, doctor —prosiguió, dirigiéndose a mí—, ¿se trata de píldoras corrientes?

Evidentemente no lo eran. Eran pequeñas, redondas, color gris perla y casi trasparentes a contraluz.

—Por su poco peso y su transparencia, imagino que son solubles en agua —observé.

—Exactamente —respondió Holmes—. Y ahora, ¿le importaría bajar y traernos a ese pobrecito terrier que lleva tanto tiempo enfermo y a cuyos sufrimientos le pidió la patrona que pusiera usted fin ayer?

Bajé al piso inferior y subí la escalera con el perro en brazos. Su penosa respiración y su mirada vidriosa indicaban que estaba próximo a su fin. Su hocico blanco como la nieve proclamaba, en efecto, que había rebasado el límite habitual de la existencia canina. Lo puse sobre un almohadón, encima de la alfombra.

—Ahora partiré en dos una de estas píldoras —dijo Holmes, y, sacando su navaja, hizo lo que había anunciado—. Una mitad la vuelvo a meter en la caja para ulteriores propósitos. La otra la echaré en este vaso, que tiene una cucharadita de agua. Ya ven que nuestro amigo, el doctor, llevaba razón y que se disuelve rápidamente.

—Puede que esto sea muy interesante —dijo Lestrade, en el tono ofendido de quien teme que le estén tomando el pelo—, pero no veo qué relación puede tener con la muerte del señor Joseph Stangerson.

—¡Paciencia, amigo mío, paciencia! Comprobará usted a su debido tiempo que sí tiene relación. Ahora añadiré un poco de leche para que la mezcla tenga buen sabor, y veremos que el perro la lame de buena gana.

Mientras hablaba, vertió el contenido del vaso en un plato y lo colocó delante del terrier, que lo apuró en un instante. La seriedad con que actuaba Holmes era tan convincente que permanecimos sentados en silencio, observando atentamente al animal y esperando algún efecto sorprendente. Pero no ocurrió nada. El perro seguía tumbado en el almohadón, respirando penosamente, pero su estado no era mejor ni peor que antes de ingerir el brebaje.

Holmes había sacado su reloj, y, a medida que transcurrían los minutos sin resultado, una expresión de pesar y contrariedad se apoderaba de su semblante. Se mordía los labios, tamborileaba con los dedos en la mesa y mostraba otros síntomas de profunda impaciencia. Tan afectado estaba Holmes, que yo le compadecí sinceramente, mientras los dos detectives sonreían socarrones, nada entristecidos por su fracaso.

—No puede tratarse de una coincidencia —exclamó por fin mi compañero, levantándose de un salto y recorriendo la habitación de un lado a otro—. Es imposible que se trate de una mera coincidencia. Las mismas píldoras que yo sospechaba que se habían utilizado en el caso de Drebber se han encontrado después de la muerte de Stangerson. Y, sin embargo, son inocuas. ¿Qué significa esto? Sin duda toda mi cadena de razonamientos no puede estar equivocada. ¡Imposible! Y, no obstante, ese pobre bicho no ha empeorado. ¡Ah, ya lo tengo! ¡Ya lo tengo!

Con un grito de júbilo, se abalanzó sobre la cajita, partió en dos la otra píldora, la disolvió, le agregó leche y se la ofreció al terrier. Apenas había humedecido la desdichada criatura la lengua en el brebaje, cuando un temblor convulsivo recorrió todos sus miembros, y quedó tan rígido e inerte como si lo hubiera fulminado un rayo.

Sherlock Holmes dio un profundo suspiro y se enjugó el sudor de la frente.

—Debería tener más fe —dijo—. A estas alturas debería saber que, cuando un hecho parece oponerse a una larga serie de deducciones, es siempre susceptible de ser interpretado de otra manera. De las dos píldoras, una contenía el más mortal de los venenos y la otra era completamente inocua. Debería haberlo sabido antes incluso de ver la caja.

Esta última afirmación me pareció tan sorprendente que me costaba creer que mi amigo estuviera en su sano juicio. Allí yacía, sin embargo, el cadáver del perro, para demostrar que su conjetura había sido correcta. Tuve la sensación de que gradualmente se iban disipando las brumas que enturbiaban mi cerebro y empezaba a tener una vaga e incierta percepción de la verdad,

—Todo esto les parece extraño —dijo Holmes—, porque al comienzo de la investigación no supieron percibir la importancia de la única pista real que se les ofrecía. Yo tuve la suerte de asirme a ella, y todo cuanto ha acontecido a continuación ha venido a confirmar mi suposición original, pues era, de hecho, su lógica consecuencia. De ahí que cosas que a ustedes les dejaban perplejos y les complicaban todavía más el caso, fueran para mí esclarecedoras y reforzaran mis conclusiones. Es un error confundir lo extraño con lo misterioso. El más vulgar de los crímenes es a menudo el más misterioso, porque no presenta características nuevas o especiales que permitan extraer deducciones. Este asesinato hubiera sido infinitamente más difícil de resolver si el cuerpo de la víctima hubiera aparecido simplemente en la calle, sin todos estos aditamentos *outré* y sensacionalistas que lo han hecho extraordinario. Estos detalles extraños, lejos de hacer el caso más difícil, han producido el efecto de facilitarlo.

El señor Gregson, que había escuchado esta disertación con notoria impaciencia, no pudo contenerse por más tiempo.

—Mire, señor Sherlock Holmes —dijo—. Todos estamos dispuestos a reconocer que es usted un hombre inteligente y que tiene sus propios métodos de trabajo. Pero ahora necesitamos algo más que meras teorías y discursos. Tenemos que apresar al asesino. Yo expuse ya mis conclusiones, y parece que me equivocaba. El joven Charpentier no puede estar involucrado en el segundo crimen. Lestrade iba tras Stangerson, y parece que se equivocó también. Usted ha dejado caer insinuaciones aquí y allá, y parece estar más enterado, pero ha llegado el momento en que tenemos derecho a preguntarle sin rodeos todo lo que sabe del caso. ¿Conoce el nombre del asesino?

—No puedo menos de creer que Gregson tiene razón, señor —observó Lestrade—. Los dos lo hemos intentado y los dos hemos fracasado. Desde que estoy en esta habitación, usted ha afirmado en más de una ocasión que dispone de todos los datos precisos. Supongo que no nos los ocultará por más tiempo.

—Todo retraso en detener al asesino —observé yo— puede darle tiempo para cometer una nueva atrocidad.

Ante nuestra insistencia, Holmes dio muestras de irresolución. Siguió paseando arriba y abajo de la habitación, con la cabeza hundida en el pecho y el entrecejo fruncido, actitud que suele adoptar cuando reflexiona.

—No habrá más asesinatos —dijo por fin, deteniéndose de pronto y mirándonos—. Pueden descartar tal posibilidad. Me han preguntado si sé el nombre del asesino. Lo sé. Pero conocer su nombre es poca cosa en comparación con la posibilidad de atraparlo. Lo cual espero lograr muy pronto. Tengo grandes esperanzas de conseguirlo por mis propios medios, pero es un asunto que necesita ser manejado con delicadeza, pues nos enfrentamos a un hombre astuto y desesperado, que, como he tenido ocasión de comprobar, dispone de la ayuda de otro tan inteligente como él. Mientras este hombre no sospeche que alguien le sigue la pista, habrá alguna posibilidad de detenerlo, pero, si alberga la más mínima sospecha, cambiará de nombre y desaparecerá en un instante entre los cuatro millones de habitantes de esta gran ciudad. Sin ánimo de herir susceptibilidades, me veo obligado a decir que estos hombres no son contrincantes con los que pueda competir la policía, y por esa razón no les pedí a ustedes ayuda. Si fracaso, asumiré, por supuesto, toda la responsabilidad derivada de esta omisión, y estoy preparado para ello. Por el momento les prometo que, en el preciso instante en que pueda comunicarme con ustedes sin poner en peligro mis propios planes, lo haré.

Gregson y Lestrade no parecían en absoluto satisfechos ni con esta promesa ni con la despectiva alusión a la policía. El primero se sonrojó hasta la raíz de su cabello rubio, mientras los ojillos redondos del otro brillaban de curiosidad y resentimiento. Sin embargo, ninguno de los dos tuvo ocasión de formular palabra, pues sonó un golpecito en la puerta, y el portavoz de los golfillos callejeros, el joven Wiggins, introdujo su insignificante y desagradable presencia.

—Con permiso, caballero —dijo con una reverencia—. Tengo el coche abajo.

—Buen chico —dijo Holmes con afabilidad—. ¿Por qué no adoptan este modelo en Scotland Yard? —continuó mientras sacaba de un cajón unas esposas de acero—. Observen lo bien que funcionan los resortes. Se cierran de golpe.

—El modelo antiguo también funciona —comentó Lestrade—, si encontramos el hombre a quien ponérselas.

—Muy bien, muy bien —dijo Holmes con una sonrisa—. El cochero podría ayudarme a bajar el equipaje. Pídele que suba, Wiggins.

Me sorprendió que mi compañero hablara como si estuviera a punto de emprender un viaje, ya que no me había dicho nada al respecto. Había en la habitación una maleta pequeña, que cogió y empezó a atar con una correa. Estaba afanosamente ocupado en ello, cuando entró el cochero en la habitación.

—Écheme una mano con esta hebilla, cochero —pidió, apoyando una rodilla en la maleta y sin volver en ningún momento la cabeza.

El individuo avanzó con gesto hosco y desafiante, y bajó las manos para ayudar. En aquel preciso instante se oyó un chasquido seco, un tintineo metálico, y Sherlock Holmes se puso en pie de un salto.

—Caballeros —exclamó, con ojos centelleantes—, permitan que les presente al señor Jefferson Hope, el asesino de Enoch Drebber y de Joseph Stangerson.

Todo fue cosa de un instante... Ocurrió tan deprisa que ni tiempo tuve de darme cuenta. Conservo dos recuerdos: la expresión triunfal de Holmes y el timbre de su voz, y el rostro aturdido y furioso del cochero, que miraba iracundo las relucientes esposas que habían aparecido como por arte de magia en torno a sus muñecas. Durante un par de segundos permanecimos inmóviles como un grupo de estatuas. Luego, con un bramido de rabia, el preso se liberó de un tirón de las garras de Holmes y se precipitó contra la ventana. Madera y cristal cedieron ante él, pero, antes de que su cuerpo se proyectara fuera, Gregson, Lestrade y Holmes cayeron sobre él como perros de presa. Lo arrastraron al interior de la habitación y empezó una pelea terrible. Era tan fuerte y tan feroz que una y otra vez se liberó de nosotros cuatro. Parecía tener la energía convulsiva de un hombre en pleno ataque de epilepsia. Sus manos y su cara estaban terriblemente laceradas tras haber atravesado el cristal, pero la pérdida de sangre no había disminuido su resistencia. Solo cuando Lestrade consiguió cogerlo por la corbata y casi estrangularlo, comprendió que sus esfuerzos eran inútiles. Y, aun así, no nos sentimos seguros hasta que lo tuvimos atado de pies y manos. Hecho esto, nos levantamos sin aliento y jadeantes.

—Disponemos de su coche —dijo Sherlock Holmes—. Nos servirá para llevarlo a Scotland Yard. Y ahora, caballeros —prosiguió con una amable sonrisa—, hemos llegado al final de nuestro pequeño misterio. Pueden hacerme cuantas preguntas quieran, y no hay el menor peligro de que me niegue a contestarlas.

# SEGUNDA PARTE

## EL PAÍS DE LOS SANTOS

## 1

# LA GRAN LLANURA DE ÁLCALI

En la parte central del gran continente norteamericano se extiende un desierto árido y repulsivo, que durante muchos años sirvió de barrera contra el avance de la civilización. Desde Sierra Nevada hasta Nebraska, y desde el río Yellowstone al norte hasta el Colorado al sur, se extiende una zona de desolación y silencio. Pero la naturaleza no muestra el mismo talante en toda ella. Consta de altas montañas cubiertas de nieve, y de valles lúgubres y escondidos. Hay ríos de rápida corriente que se precipitan por dentados cañones, y hay enormes llanuras, blancas en invierno por la nieve y grises en verano por el polvo del álcali salino. Pero todo presenta, no obstante, las características comunes de aridez, inhospitalidad y aflicción.

No hay habitantes en esta tierra de desesperanza. Una que otra partida de pawnees o de pies negros la atraviesa alguna vez en busca de nuevos terrenos de caza, pero hasta los más audaces se alegran de perder de vista esas espantosas llanuras y de encontrarse de nuevo en sus praderas. El coyote acecha entre la maleza, el busardo aletea con torpeza en el aire, y el desmañado oso pardo se mueve pesado por los sombríos barrancos buscando el sustento que puede encontrar entre las rocas. Son los únicos habitantes de aquel desierto.

No existe en el mundo panorama más monótono que el que se divisa desde la ladera norte de Sierra Blanca. Hasta donde alcanza la mirada se extiende la vasta llanura, salpicada de manchones alcalinos y surcada de matas de arbustos enanos. En el último límite del horizonte se alza una larga cordillera, con los escarpados picos moteados de nieve. En este extenso territorio no hay signo alguno de vida, no hay nada que se relacione con la vida. No hay pájaros en el cielo azul acero, no hay movimiento en la tierra de un gris mortecino, y reina el silencio más absoluto. Por mucho que escuches, no hay ni sombra de sonido en el enorme desierto: solo silencio, silencio total y sobrecogedor.

Hemos dicho que no hay en la extensa llanura nada que se relacione con la vida. Pero no es enteramente cierto. Desde lo alto de Sierra Blanca se distingue un sendero que cruza serpenteando el desierto hasta perderse en la lejanía. Ostenta surcos de ruedas y lo han pisado muchos aventureros. Aquí y allá yacen desperdigados unos objetos blancos que brillan al sol y destacan sobre el monótono depósito alcalino. ¡Acercaos y examinadlos! Son osamentas: unas, grandes y toscas; otras, más pequeñas y más delicadas. Las primeras pertenecieron a bueyes, y las segundas a hombres. A lo largo de mil quinientas millas se puede rastrear esa espantosa ruta de caravanas por los restos dispersos de aquellos que cayeron al borde del camino.

El 4 de mayo de 1847, un viajero solitario contemplaba desde lo alto este mismo panorama. Por su aspecto habría podido tomárselo por el genio o el demonio de la región. A un observador le hubiera sido difícil afirmar si estaba más cerca de los cuarenta o de los sesenta. Su rostro era enjuto y macilento, y la oscura y apergaminada piel recubría tirante los salientes huesos; sus cabellos, largos y castaños, y su barba estaban veteados y salpicados de blanco; sus ojos hundidos ardían con un brillo poco natural, y la mano que empuñaba el rifle era apenas más carnosa que la de un esqueleto. Mientras estaba allí de pie se apoyaba en su arma para sostenerse, pero su elevada estatura y su potente estructura ósea denotaban una constitución fuerte y vigorosa. Sin embargo, su rostro demacrado, y sus ropas, que colgaban holgadísimas sobre los consumidos miembros, proclamaban la razón de aquel aspecto senil y decrépito. Aquel hombre se estaba muriendo..., se estaba muriendo de hambre y de sed.

Había avanzado penosamente por la quebrada hasta subir a este pequeño promontorio, con la vana esperanza de encontrar indicios de agua. Ahora se extendía ante sus ojos la gran llanura salada, y la distante cadena de agrestes montañas, sin el menor rastro de plantas o árboles que indicaran la presencia de humedad. En todo aquel extenso paisaje no había un resquicio de esperanza. El hombre observó con ojos extraviados e inquisitivos el norte, y el este, y el oeste, y comprendió que su vagabundeo había llegado a su fin y que iba a morir allí, en aquel árido peñasco. ¿Qué más da aquí o en un lecho de plumas dentro de veinte años?, se dijo, mientras se sentaba al abrigo de un peñasco.

Antes de sentarse, había depositado en el suelo el inútil rifle y también un fardo voluminoso envuelto en un chal gris, que llevaba colgado del hombro derecho. Pareció ser demasiado pesado para él, porque al descargarlo chocó contra el suelo con excesiva violencia. Surgió al instante del fardo gris un leve gemido y apareció una carita asustada de ojos marrones muy brillantes, y dos puñitos pecosos y con hoyuelos.

—¡Me has hecho daño! —dijo una voz infantil, en tono de reproche.

—¿Sí? —musitó el hombre con pesar—. Ha sido sin querer.

Mientras decía estas palabras, desenvolvió el chal gris y sacó a una hermosa niñita de unos cinco años, cuyos elegantes zapatitos, su vestidito rosa y su delantalito de hilo denotaban los cuidados de una madre. La niña estaba pálida y macilenta, pero sus saludables brazos y piernas reflejaban que había sufrido menos privaciones que su acompañante.

—¿Todavía te duele? —le preguntó el hombre con ansiedad, viendo que la niña se seguía frotando los apretados rizos dorados que le cubrían el dorso de la cabeza.

—Dame un besito y se me pasará —dijo con toda seriedad, señalándole la parte donde había recibido el golpe—. Es lo que hacía mamá. ¿Dónde está mamá?

—Mamá se ha ido. Me parece que volverás a verla dentro de muy poco.

—Se ha ido, ¿eh? Es raro que no me dijera adiós. Siempre me decía adiós, aunque solo se marchara al lado a tomar el té a casa de la tía, y ahora se ha ido tres días. Qué seco está todo, ¿verdad? ¿No hay agua ni nada para comer?

—No, no hay nada, cariño. Solo debes tener un poquito de paciencia más y después estarás bien. Apoya la cabeza contra mí y te sentirás mejor. No es fácil hablar cuando se tiene los labios como si fueran de cuero, pero creo que es mejor que te exponga cuál es la situación. ¿Qué es esto que has cogido?

—¡Cosas muy bonitas, cosas preciosas! —exclamó la niña con entusiasmo, mostrando dos resplandecientes fragmentos de mica—. Cuando volvamos a casa, se las daré a mi hermano Bob.

—Pronto verás cosas más preciosas que estas —dijo el hombre con convicción—. Solo tienes que esperar un poco. Iba a decirte... ¿Recuerdas cuando abandonamos el río?

—Claro.

—Bien, nosotros creíamos que íbamos a encontrar otro río enseguida, comprendes. Pero algo funcionó mal: la brújula, o el mapa o lo que fuera, porque no lo encontramos. Nos quedamos sin agua. Salvo unas gotas para alguien como tú, y..., y...

—Y no te pudiste lavar —le interrumpió su acompañante con gravedad, alzando la mirada hacia su rostro mugriento.

—No, ni beber. Y el señor Bender fue el primero en marcharse, y después el indio Pete, y después la señora McGregor, y después Johnny Hones, y después, cariño, tu mamá.

—¡Entonces mamá también está muerta! —gritó la niña, ocultando el rostro en el delantal y sollozando amargamente.

—Sí, todos se fueron, menos tú y yo. Pensé que había alguna posibilidad de encontrar agua en esta dirección, de modo que te me cargué al hombro y nos pusimos en camino. No parece haber servido de mucho. ¡Solo nos queda una minúscula posibilidad!

—¿Quieres decir que también nos vamos a morir? —preguntó la niña, dejando de llorar y levantando el rostro cubierto de lágrimas.

—Me temo que se trata, más o menos, de esto.

—¿Por qué no me lo has dicho antes? —exclamó la niña, riendo alegremente—. Me habías dado un susto. Porque nosotros, claro, no volveremos a estar con mamá hasta que hayamos muerto.

—Sí, entonces tú volverás a estar con mamá, tesoro.

—Y tú también. Le contaré lo buenísimo que has sido. Seguro que sale a recibirnos a la puerta del cielo con un gran jarro de agua y unos pasteles de trigo, calientes y tostados por los dos lados, como nos gustan a Bob y a mí. ¿Cuánto falta?

—No lo sé. No mucho.

Los ojos del hombre miraban fijamente el horizonte del norte. En la bóveda azul del cielo habían aparecido tres puntitos, que se acercaban con tanta rapidez que aumentaban de tamaño por momentos. Las manchas se convirtieron enseguida en tres grandes pájaros marrones, que, tras trazar varios círculos sobre las cabezas de los dos caminantes, se posaron al acecho sobre unas rocas. Eran busardos, los buitres del Oeste, cuya llegada presagia la muerte.

—Gallos y gallinas —exclamó divertida la chiquilla, señalando aquellas figuras de mal agüero y batiendo palmas para hacerles levantar el vuelo—. Dime, ¿este país lo hizo Dios?

—Pues claro que lo hizo —respondió su acompañante, algo sorprendido ante una pregunta tan inesperada.

—Hizo, allí abajo, el país del Illinois, y el Missouri —siguió la niña—. Pero tuvo que ser otro el que hizo esta tierra. No está ni mucho menos tan bien hecha. Se olvidó el agua y los árboles.

—¿Y si rezaras una oración? —propuso el hombre con timidez.

—Todavía no es de noche.

—No importa. Quizá no sea lo normal, pero a Él no le importará. Reza las oraciones que solías rezar en la carreta cada noche cuando cruzábamos los llanos.

—¿Por qué no las rezas tú mismo? —preguntó la niña, con ojos de asombro.

—Las he olvidado. No he rezado ninguna desde que medía la mitad que este fusil. Pero supongo que nunca es demasiado tarde. Tú rézalas en voz alta, y yo escucharé y haré de coro.

—Entonces tienes que arrodillarte, y yo también —dijo la niña, tendiendo el chal en el suelo con este propósito—. Tienes que levantar las manos así. Hace que te sientas bueno.

Era un extraño espectáculo, de haber habido alguien más que los busardos para contemplarlo. Codo con codo, los dos viajeros, la niña parlanchina y el aventurero audaz y empedernido, se arrodillaron sobre el estrecho chal. La cara regordeta de la primera y el rostro macilento y anguloso del segundo se volvieron hacia el cielo sin nubes en una ferviente plegaria al Ser Terrible al que se enfrentaban, mientras las dos voces —una, fina y clara, la otra, profunda y áspera— se unían en un ruego de misericordia y perdón. Terminada la plegaria, volvieron a sentarse a la sombra del peñasco, hasta que la niña quedó dormida, acurrucada contra el ancho pecho de su protector. Este veló el sueño de la pequeña durante un rato, pero la naturaleza pudo más que él. Llevaba tres días y tres noches sin permitirse un momento de tregua ni de reposo. Lentamente se le empezaron a cerrar los párpados sobre los ojos fatigados, y la cabeza cayó más y más sobre el pecho, hasta que la barba entrecana del hombre se mezcló con las trenzas doradas de su compañera, y ambos durmieron el mismo sueño profundo y sin ensueños.

Si el caminante hubiera permanecido despierto media hora más, sus ojos habrían contemplado un extraordinario espectáculo. A lo lejos, en el borde extremo de la llanura alcalina, se alzó una nubecilla de polvo, al principio muy delgada y apenas distinguible entre las nieblas, pero poco a poco más alta y más ancha, hasta formar una nube sólida, compacta y nítida. La nube siguió creciendo y se hizo evidente que solo podía provocarla una multitud de criaturas en movimiento. En tierras más fértiles, el observador hubiera llegado a la conclusión de que se aproximaba una de esas grandes manadas de bisontes que pastan en las praderas. Lo cual era, obviamente, imposible en aquellos áridos desiertos. Cuando el remolino de polvo se acercó más al solitario peñasco donde reposaban los dos desdichados, empezaron a distinguirse entre la bruma los toldos de lona de las carretas y las figuras de hombres armados, a caballo, y la aparición resultó ser una gran caravana que se dirigía hacia el oeste. Pero ¡qué caravana! Cuando su cabeza hubo alcanzado la base de las montañas, todavía no se distinguía su final en el horizonte. La extensa formación cubría la enorme planicie: galeras y carros, hombres a caballo y hombres a pie, innumerables mujeres que se tambaleaban bajo la carga, y chiquillos que caminaban con paso inseguro junto a las carretas o asomaban bajo sus toldos blancos. Evidentemente no se trataba de un grupo habitual de inmigrantes, sino más bien de un pueblo nómada forzado por las circunstancias a buscarse un nuevo país. Por el aire claro se elevaba desde aquella gran masa de seres humanos un confuso estruendo y un sordo rumor, junto al chirrido de las ruedas y los relinchos de los caballos. Pero ni siquiera ese estruendo bastó para despertar a los dos fatigados caminantes.

Encabezaba la columna una veintena o más de hombres graves, de rostro impasible, vestidos con ropas oscuras hechas en casa y armados de rifles. Al alcanzar el pie del risco, se detuvieron y sostuvieron entre ellos una breve discusión.

—Los pozos están a la derecha, hermanos —dijo uno de ellos, de boca enérgica, rostro afeitado y cabello canoso.

—A la derecha de Sierra Blanca... y así llegaremos al Río Grande —dijo otro.

—No temáis por el agua —exclamó un tercero—. Aquel que pudo hacerla manar de las rocas no abandonará ahora a su pueblo elegido.

—¡Amén! ¡Amén! —respondieron todos.

Estaban a punto de reanudar el viaje, cuando uno de los más jóvenes y perspicaces del grupo lanzó una exclamación y señaló el escarpado risco que había sobre ellos. En la cima se agitaba un trocito de tela rosa, que destacaba nítidamente sobre el fondo de rocas grises. Al verlo, frenaron los caballos y los hombres se descolgaron los rifles del hombro, mientras acudían al galope otros jinetes de repuesto para reforzar la vanguardia. La palabra «pielroja» estaba en todos los labios.

—No es posible que haya muchos indios aquí —dijo el hombre de más edad, que parecía estar al mando—. Hemos dejado atrás a los pawnees, y no hay otras tribus hasta que crucemos las grandes montañas.

—¿Me adelanto y veo de qué se trata, hermano Stangerson? —preguntó uno del grupo.

«Y yo, y yo», gritaron una docena de voces.

—Dejad vuestros caballos abajo y nosotros os esperamos aquí —respondió el mayor de ellos.

En un instante los jóvenes desmontaron, ataron los caballos y empezaron a subir la empinada pendiente, camino del objeto que había despertado su curiosidad. Avanzaban deprisa y sin ruido, con la seguridad y destreza propias de exploradores consumados. Quienes los observaban desde el llano los vieron saltar de roca en roca hasta que sus figuras se dibujaron contra el horizonte. Los guiaba el joven que había sido el primero en dar la alarma. Los que le seguían le vieron alzar de pronto las manos, como desbordado por el asombro, y, cuando se unieron a él, descubrieron algo que les causó idéntica impresión.

En la pequeña meseta que coronaba la árida planicie se erguía un gran peñasco solitario, y apoyado contra él yacía un hombre alto, de larga barba y facciones duras, pero extremadamente delgado. Su plácido rostro y su respiración regular indicaban que estaba profundamente dormido. A su lado yacía una chiquilla, que rodeaba con sus bracitos blancos y gordezuelos el moreno y nervudo cuello del hombre, y apoyaba la cabeza de cabello dorado sobre su levita de pana. La niña tenía entreabiertos los labios sonrosados, mostrando una hilera regular de dientes blancos como la nieve, y una sonrisa divertida retozaba en sus facciones infantiles. Sus piernecitas regordetas y blancas, que terminaban en unos calcetines blancos y unos bonitos zapatitos de hebillas relucientes, ofrecían un extraño contraste con los miembros largos y resecos de su compañero. En el saliente del peñasco que protegía a la insólita pareja acechaban tres solemnes busardos, que, al ver a los recién llegados, lanzaron estridentes gritos de disgusto y se alejaron con malhumorados aletazos.

Los gritos de los pajarracos despertaron a los durmientes, que miraron con asombro a su alrededor. El hombre se puso en pie y observó la llanura, que había estado tan desierta cuando cayó dormido y por la que ahora pululaba aquella enorme masa de hombres y animales. Su rostro adquirió una expresión de incredulidad y se pasó la huesuda mano por los ojos...

—Eso debe ser lo que llaman delirio —murmuró.

La niña permanecía a su lado, agarrada a los faldones de su chaqueta, y no decía palabra, pero miraba a su alrededor con esos ojos asombrados y llenos de preguntas de la infancia.

El equipo de rescate convenció rápidamente a los dos vagabundos de que cuanto veían no se trataba de una alucinación. Uno de ellos cogió a la niña y se la subió a los hombros, mientras otros dos sostenían a su depauperado acompañante y lo llevaban a las carretas.

—Me llamo John Ferrier —explicó el caminante—. Yo y esta pequeña somos lo que queda de un grupo de veintiuna personas. Los demás murieron todos de hambre o de sed allá abajo en el sur.

—¿Es hija tuya? —preguntó alguien.

—Creo que ahora sí —exclamó el otro, desafiante—. Es mía porque la he salvado yo. Nadie me la quitará. Desde hoy es Lucy Ferrier. Pero ¿quién sois vosotros? —prosiguió, lanzando una mirada de curiosidad a sus fornidos y morenos salvadores—. Parecéis un montón.

—Casi diez mil —dijo uno de los jóvenes—. Somos los hijos perseguidos de Dios..., los elegidos del ángel Moroni.

—Nunca he oído hablar de él —dijo el caminante—. Parece que ha elegido un buen puñado de gente.

—No bromees con lo que es sagrado —replicó el otro con sequedad—. Somos los que creemos en los textos sagrados, escritos en caracteres egipcios sobre planchas de oro batido, que fueros dadas a san Joseph Smith en Palmira. Venimos de Nauvoo, en el estado de Illinois, donde habíamos fundado nuestro templo. Buscamos un refugio donde escapar de los hombres violentos e impíos, aunque sea en el corazón del desierto.

Obviamente, el nombre de Nauvoo trajo recuerdos a John Ferrier.

—Ya veo —dijo—, sois los mormones.

—Somos los mormones —respondieron sus acompañantes a la vez.

—¿Y adónde vais?

—No lo sabemos. La mano de Dios nos guía bajo la persona de nuestro Profeta. Tienes que comparecer ante su presencia. Él dirá lo que hay que hacer contigo.

Habían llegado ya al pie del cerro y se vieron rodeados por multitud de peregrinos: mujeres pálidas de aspecto sumiso, niños robustos y sonrientes, y hombres preocupados, de ojos graves. Cuando vieron la corta edad de uno de los desconocidos y el desvalimiento del otro, dejaron escapar numerosas exclamaciones de asombro y compasión. Su escolta no se detuvo, sin embargo, sino que siguió adelante, acompañada por una muchedumbre de mormones, hasta llegar a una carreta, que destacaba por su tamaño y por su aspecto ostentoso y elegante. Llevaba uncidos seis caballos, mientras que las demás disponían solo de dos o, a lo sumo, de cuatro. Junto al conductor se sentaba un hombre que no podía tener más de treinta años, pero cuya imponente cabeza y expresión resuelta lo señalaban como jefe. Estaba leyendo un libro de lomo marrón, pero lo dejó a un lado al ver aproximarse a la multitud y escuchó atentamente el relato de lo sucedido. Después se volvió hacia los dos viajeros.

—Solo podemos llevaros con nosotros —dijo en tono solemne— si compartís nuestro propio credo. No queremos lobos en nuestro redil. Mejor que vuestros huesos se blanqueen en este desierto a que resultéis ser la pizca de podredumbre que acaba por corromper todo el fruto. ¿Vendréis con nosotros en estas condiciones?

—Iré con vosotros en cualquier condición —dijo Ferrier, con tanta convicción que los solemnes ancianos no pudieron evitar una sonrisa.

Únicamente el jefe mantuvo su expresión severa e impresionante.

—Llévatelo, hermano Stangerson —dijo—, dale comida y bebida, y también a la niña. Ocúpate también tú de enseñarle nuestras sagradas creencias. Nos hemos entretenido demasiado. ¡En marcha! ¡Adelante hacia Sión!

«¡Adelante hacia Sión!», gritó la muchedumbre de mormones, y las palabras se propagaron como una ola por toda la caravana, pasando de boca en boca, hasta morir en la lejanía como un leve murmullo.

Entre chasquidos de látigos y chirriar de ruedas, las grandes carretas se pusieron en movimiento, y pronto toda la caravana serpenteaba de nuevo por la llanura. El anciano a cuyo cuidado habían sido confiados los dos viajeros los condujo a su carreta, donde les aguardaba ya comida.

—Os quedaréis aquí —les dijo—. Dentro de unos días os habréis recuperado de vuestras fatigas. Entretanto, recordad que desde ahora y para siempre pertenecéis a nuestra religión. Lo ha dicho Brigham Young, y ha hablado con la voz de Joseph Smith, que es la voz de Dios.

## 2

## LA FLOR DE UTAH

No es este el lugar adecuado para rememorar las desdichas y privaciones que tuvieron que sobrellevar los emigrantes mormones antes de llegar a su refugio definitivo. Desde las orillas del Mississippi hasta las vertientes occidentales de las Montañas Rocosas, se habían abierto camino con una perseverancia sin parangón en la historia. Con tenacidad anglosajona habían superado cuantos obstáculos interpuso la naturaleza a su paso: hombres, fieras, hambre, sed, fatiga y enfermedad. Sin embargo, el largo viaje y los horrores acumulados habían estremecido los corazones de los hombres más templados. No hubo ni uno que no cayera de rodillas y entonara una plegaria, cuando vieron a sus pies el extenso valle de Utah, bañado por la luz del sol, y oyeron de labios de su jefe que aquella era la tierra prometida y que aquellos acres de terrenos vírgenes iban a ser suyos para siempre.

Young demostró enseguida ser tan hábil administrador como jefe resuelto. Se dibujaron mapas y se trazaron planos donde se proyectaba la futura ciudad. A su alrededor se distribuyeron y asignaron granjas, según las condiciones de cada cual. Al comerciante se le colocó en su comercio, y al artesano en su taller. En la ciudad surgieron calles y plazas como por arte de magia. En el campo se abrieron zanjas y se levantaron setos, se plantó y se limpió, y al siguiente verano la cosecha de trigo cubría de oro la región. Todo prosperaba en aquel extraño asentamiento. En primer lugar, el gran templo que habían erigido en el centro de la ciudad se hizo cada vez más alto y espacioso. Desde las primeras luces del amanecer hasta la caída del crepúsculo, no dejaron de oírse nunca los golpes de martillo y el chirrido de la sierra en el monumento que los emigrantes levantaron en honor de Aquel que los había guiado sanos y salvos entre tantos peligros.

Los dos viajeros, John Ferrier y la niña que había compartido su suerte y a la que había adoptado como hija, acompañaron a los mormones hasta el final de su largo peregrinaje. La pequeña Lucy Ferrier tuvo un viaje agradable en la carreta del viejo Stangerson, que compartía con las tres mujeres del mormón y con su hijo, un terco y atrevido muchacho de doce años. Una vez superada, con la flexibilidad propia de la infancia, la conmoción causada por la muerte de su madre, se convirtió muy pronto en el objeto de los mimos de las mujeres, y se adaptó a su nueva vida en aquel hogar ambulante con techo de lona. Entretanto, Ferrier se recuperó de las penalidades sufridas y demostró ser un buen guía y un cazador incansable. Se ganó el aprecio de sus nuevos compañeros con tanta rapidez que, cuando alcanzaron el término de su peregrinaje, se acordó por unanimidad que se le asignara un terreno tan extenso y fértil como a todos los colonos, con excepción del propio Young y de Stangerson, Kemball, Johnston y Drebber, que eran los cuatro principales Ancianos.

En el terreno así conseguido, John Ferrier se construyó una sólida cabaña de madera, que en años siguientes fue ampliada tantas veces que se convirtió en una espaciosa villa. Ferrier era un hombre con sentido práctico, hábil en los negocios y dotado para las actividades manuales. Su constitución de acero le permitía trabajar de la mañana a la noche mejorando y cultivando sus tierras. De ahí que su granja y todas sus pertenencias prosperaran de forma extraordinaria. En tres años estaba en mejor situación que sus vecinos, en seis era una persona acomodada, en nueve era rico, y en doce no había media docena de hombres en toda Salt Lake City que pudieran compararsele. Desde el gran mar interior hasta los distantes Montes Wasatch no había nombre más popular que el de John Ferrier.

Había una cosa, y solo una, en la que hería la susceptibilidad de sus correligionarios. Ningún razonamiento ni intento de persuasión le indujeron a tomar varias mujeres como hacían los mormones. Nunca explicó los motivos de su persistente negativa; se limitó a mantener su decisión con firmeza e inflexibilidad. Hubo quienes le acusaron de tibieza en su nueva religión, y quienes lo atribuían a su codicia de riquezas y su renuencia a incurrir en gastos. Otros, por su parte, hablaban de cierto primer amor y de una muchacha de cabellos de oro que se había consumido a orillas del Atlántico. Sea cual fuere la razón, Ferrier se mantuvo estrictamente célibe. En todos los aspectos restantes se ajustó a la religión del nuevo asentamiento y se granjeó fama de ser un hombre ortodoxo y de recta conducta.

Lucy Ferrier creció aislada en la cabaña, y ayudaba a su padre en todas sus tareas. El leve aire de las montañas y el balsámico aroma de los pinos hicieron las veces de niñera y de madre para la muchachita. Con el paso de los años creció y se hizo más fuerte, sus mejillas se colorearon y sus andares se tornaron más vivaces. Muchos viandantes que pasaban por la carretera contigua a la granja de Ferrier sentían revivir en su mente pensamientos olvidados hacía mucho tiempo, al vislumbrar su esbelta figura juvenil en los trigales, o al encontrarse con la joven montada en el mustang de su padre, al que cabalgaba con la gracia y soltura de una genuina hija del Oeste. Así pues, el capullo se hizo flor, y el mismo año que su padre pasó a ser el más rico de todos los granjeros ella se había transformado en el mejor ejemplar de muchachita americana de toda la costa del Pacífico.

No fue el padre, sin embargo, el primero en descubrir que la niña se había hecho mujer. Ocurre raras veces. El misterioso cambio es demasiado sutil y demasiado gradual para medirse por fechas. Y menos que nadie lo advierte la propia muchacha, hasta que el tono de una voz o el contacto de una mano estremecen su corazón, y descubre, con una mezcla de orgullo y de temor, que una naturaleza nueva y más amplia ha despertado dentro de ella. Son pocas las que no recuerdan ese día y el pequeño incidente que les indicó el comienzo de una nueva vida. En el caso de Lucy Ferrier, el incidente fue lo bastante grave en sí mismo al margen de su futura influencia en su propio destino y en el de otras muchas personas.

Era una cálida mañana de junio, y los Santos del Último Día andaban atareados como las abejas cuya colmena habían elegido por emblema. De los campos y de las calles brotaba el mismo zumbido de humana actividad. Por las polvorientas carreteras desfilaban largas reatas de mulas con pesadas cargas, todas hacia el Oeste, porque había estallado la fiebre del oro en California y la ruta cruzaba por la ciudad de los Elegidos. También había rebaños de ovejas y novillos, procedentes de tierras de pastos más lejanas, y caravanas de inmigrantes, hombres y caballos exhaustos por igual tras los rigores del viaje interminable. En medio de tan abigarrada multitud, abriéndose paso con la pericia de un consumado jinete, galopaba Lucy Ferrier, el bello rostro sonrojado por el ejercicio y el largo cabello castaño ondeando al viento. Iba a la ciudad para hacer un encargo de su padre, y, como en muchas ocasiones anteriores, se apresuraba a cumplirlo con la intrepidez de la juventud, pensando únicamente en su cometido y en el mejor modo de llevarlo a cabo. Sucios tras el viaje, los aventureros la miraban atónitos, y hasta los impasibles indios, que andaban de aquí para allá con sus pieles, moderaban su habitual estoicismo y se maravillaban ante la belleza de aquella muchacha de rostro pálido.

Ya había llegado a las afueras de la ciudad cuando encontró la carretera bloqueada por una gran manada de ganado, conducida por media docena de vaqueros de las llanuras de aspecto salvaje. Llevada por la impaciencia, intentó superar el obstáculo lanzando su caballo por lo que le pareció una brecha. Sin embargo, en cuanto se introdujo entre el ganado, las reses la rodearon y se encontró completamente aprisionada en aquella corriente movediza de novillos de feroz mirada y largos cuernos. Como estaba habituada a tratar con ganado, la muchacha no se arredró ante la situación, y aprovechó cuantas oportunidades se le presentaron para espolear a su montura, con la esperanza de abrirse paso a través de la manada. Por desgracia, los cuernos de uno de los animales, ya fuera por casualidad o aposta, chocaron violentamente contra el flanco del mustang, que enloqueció. Inmediatamente se alzó sobre las patas traseras, con un furioso relincho, y saltó y corcoveó de un modo que hubiera derribado a un jinete menos diestro. La situación estaba llena de peligros. Cada salto del caballo lo precipitaba de nuevo contra los cuernos, y lo enfurecía todavía más. Lo único que podía hacer la muchacha era tratar de mantenerse en la silla, porque caer de la misma significaba una muerte espantosa bajo las pezuñas de aquellos animales indómitos y asustados. Como no estaba habituada a situaciones inesperadas de este tipo, la cabeza empezó a darle vueltas y aflojó la presión de sus manos en la brida. Sofocada por la nube de polvo y por el vaho que desprendían los animales, estaba a punto de abandonar, desesperada, sus esfuerzos, cuando una amable voz, a su lado, le prometió ayuda. En aquel preciso instante, una mano fuerte y morena agarró al asustado caballo por el freno, y, abriéndose paso entre la manada, no tardó en sacarla de allí.

—Espero que no esté usted herida, señorita —dijo respetuosamente su salvador.

La muchacha levantó la mirada hacia aquel rostro moreno y decidido, y se echó a reír.

—No estoy herida —dijo con franqueza—; estoy terriblemente asustada. ¿Quién iba a pensar que Poncho se aterrorizaría de ese modo por un puñado de vacas?

—Gracias a Dios, usted se mantuvo en su montura —dijo él con gravedad.

Era un muchacho alto, de aspecto audaz, que montaba un poderoso caballo ruano, vestía ropas de cazador y llevaba un largo rifle al hombro.

—Creo que es usted la hija de John Ferrier —observó—. La he visto salir a caballo de su casa. Pregúntele si se acuerda de Jefferson Hope de Saint Louis. Si se trata del mismo Ferrier, mi padre y él eran grandes amigos.

—¿Por qué no va usted a nuestra casa y se lo pregunta personalmente? —propuso ella con cierta picardía.

Al joven pareció gustarle la proposición, y sus oscuros ojos brillaron de alegría.

—Eso haré —dijo—. Hemos pasado dos meses en las montañas, y no estamos demasiado presentables para hacer visitas. Tendrá que aceptarnos así.

—Mi padre tiene un motivo importante para estarle agradecido, y yo también —dijo la muchacha—. Me adora y, si esas vacas me hubieran pisoteado, no se hubiera consolado nunca.

—Ni yo tampoco.

—¡Usted! Bueno, no veo por qué razón habría de importarle a usted. Ni siquiera somos amigos.

El rostro moreno del joven cazador se ensombreció de tal modo que Lucy Ferrier no puedo contener la risa.

—No he querido decir esto —se excusó—. Claro que ya somos amigos. Tiene que ir a visitarnos. Ahora debo seguir adelante, o mi padre no volverá a encargarme nada nunca más. ¡Adiós!

—Adiós —respondió el muchacho, quitándose el sombrero de ala ancha e inclinándose sobre la manita de la joven.

Lucy hizo dar media vuelta a su mustang, le dio un golpe con la fusta y salió disparada carretera adelante entre una temblorosa nube de polvo.

El joven Jefferson Hope siguió cabalgando con sus compañeros, pensativo y taciturno. Juntos habían recorrido las montañas de Nevada en busca de plata, y ahora regresaban a Salt Lake City esperando reunir capital suficiente para explotar algunos filones que habían descubierto. Al joven le entusiasmaba el proyecto tanto como a los demás, pero ahora aquel repentino incidente había desviado sus pensamientos hacia otros objetivos. La imagen de la hermosa muchacha, tan fresca y saludable como las brisas de Sierra Nevada, había conmovido hasta lo más profundo su corazón volcánico e indómito. Cuando ella ya había desaparecido de su vista, se dio cuenta de que su vida pasaba por una crisis, y de que ni las especulaciones sobre la plata ni ninguna otra cuestión podían tener ya para él tanta importancia como esta realidad recién descubierta que absorbía todas las demás. El amor que había brotado en su corazón no era el repentino y cambiante capricho de un muchacho, sino la intensa y ardiente pasión de un hombre de fuerte voluntad y temperamento autoritario. Se había habituado a tener éxito en cuanto emprendía. Se prometió a sí mismo que, si el esfuerzo humano y la humana perseverancia podían servirle de ayuda, tampoco fracasaría en esta ocasión.

Aquella misma noche visitó a John Ferrier, y volvió otras muchas veces, hasta que su rostro fue familiar en la granja. John, encerrado en el valle y absorbido por su trabajo, había tenido pocas oportunidades de recibir noticias del mundo exterior durante los últimos doce años. Jefferson Hope podía contarle muchas, y lo hacía de tal modo que a Lucy le interesaban tanto como a su padre. Había sido pionero en California, y podía contar raras historias de fortunas amasadas y rápidamente dilapidadas en aquellos días felices e insensatos. También había sido explorador, cazador, buscador de plata y estanciero. Dondequiera que hubiera aventuras emocionantes, allí había ido Jefferson Hope a buscarlas. Pronto se ganó las simpatías del viejo granjero, que hablaba elocuentemente de sus cualidades. En tales ocasiones, Lucy permanecía callada, pero sus mejillas sonrojadas y sus ojos brillantes y felices decían a las claras que ya no era dueña de su joven corazón. Era posible que su honrado padre no hubiera reparado en estos síntomas, pero seguro que al hombre que había conquistado el cariño de la joven no le pasaron por alto.

Cierta tarde de verano, el joven llegó galopando por la carretera y se detuvo delante de la puerta. Lucy estaba en el umbral y salió a su encuentro. Jefferson pasó las bridas por la valla y avanzó a pie por el sendero.

—Me voy, Lucy —dijo, cogiéndole ambas manos y mirando su rostro con ternura—. No voy a pedirte que vengas conmigo ahora, pero ¿estarás dispuesta a acompañarme cuando yo vuelva?

—Y eso ¿cuándo ocurrirá? —preguntó ella, sonrojándose y riendo.

—Dentro de un par de meses como mucho. Entonces vendré a buscarte, cariño mío. Nadie podrá interponerse entre nosotros.

—¿Y mi padre?

—Ha dado su consentimiento, siempre que logremos poner estas minas en funcionamiento, lo cual no me preocupa en absoluto.

—Bien. Si mi padre y tú lo tenéis todo resuelto, no hay nada más que decir —susurró Lucy, apoyando la mejilla en el amplio pecho del joven.

—¡Gracias sean dadas a Dios! —exclamó Jefferson, con voz ronca, inclinándose para besarla—. De acuerdo, pues. Cuanto más tarde en irme, más duro me será hacerlo. Me esperan en el cañón. Adiós, tesoro mío, adiós. Dentro dos meses nos veremos de nuevo.

Mientras decía estas palabras, se apartó de ella a toda prisa, saltó sobre su caballo y se alejó al galope, sin volver la cabeza, como si temiera ver flaquear su decisión caso de echar una mirada a lo que dejaba atrás.

Lucy permaneció en el umbral, siguiéndole con la mirada hasta que lo perdió de vista. Entonces volvió a entrar en la casa. Se sentía la muchacha más feliz de todo Utah.

## 3

## JOHN FERRIER HABLA CON EL PROFETA

Habían transcurrido tres semanas desde que Jefferson Hope se marchara con sus compañeros de Salt Lake City. A John Ferrier se le encogía el corazón al pensar en el regreso del joven y en la inminente pérdida de su hija adoptiva. Pero contemplar el rostro radiante y feliz de la muchacha lo reconciliaba con aquel acuerdo más de lo que hubiera podido hacerlo cualquier argumento. Había decidido desde siempre, en lo hondo de su resuelto corazón, que nada lo induciría a casar a su hija con un mormón. Semejante casamiento no le parecía en absoluto un casamiento, sino una vergüenza y una desgracia. Pensara lo que pensara de las doctrinas de los mormones, en este punto era inflexible. Sin embargo, debía mantener los labios sellados, porque exponer una opinión heterodoxa era en aquellos tiempos un asunto peligroso en el País de los Santos.

Sí, un asunto peligroso..., tan peligroso que ni siquiera los más santos se atrevían a cuchichear, conteniendo el aliento, acerca de sus opiniones religiosas, por miedo a que algún comentario pudiera ser mal interpretado y pudiera acarrearles un rápido castigo. Los que habían padecido persecución se habían convertido ahora en perseguidores a su vez, y en perseguidores de la peor especie. Ni la Inquisición de Sevilla, ni la Vehmgericht alemana, ni las sociedades secretas de Italia fueron capaces de poner en marcha una maquinaria tan formidable como la que ensombrecía el estado de Utah.

Su invisibilidad, y el misterio que la envolvía, hacían esta organización doblemente terrible. Parecía ser omnisciente y omnipotente, y, sin embargo, nadie podía verla ni oírla. Todo aquel que se resistía a la Iglesia desaparecía, sin que se supiera adónde había ido o qué le había sucedido. Su esposa y sus hijos lo esperaban en casa, pero ningún padre regresó jamás para contarles qué habían hecho con él sus secretos jueces. Una palabra imprudente o un acto precipitado suponían el aniquilamiento, y nadie sabía cuál era la índole de ese terrible poder que pendía amenazante sobre sus cabezas. No era extraño que los hombres vivieran encogidos y temerosos, y que ni siquiera en el corazón del desierto se atrevieran a cuchichear las dudas que los oprimían.

Al principio ese poder vago y terrible se ejercía solo contra los recalcitrantes, que, tras abrazar la fe de los mormones, pretendían luego pervertirla o abandonarla. Pronto, sin embargo, se extendió su ámbito. Escaseaban las mujeres adultas, y, sin una población femenina lo bastante extensa, la poligamia es una doctrina estéril. Entonces empezaron a circular extraños rumores sobre inmigrantes asesinados y campamentos saqueados, en zonas donde jamás se había visto indios... Aparecieron mujeres nuevas en los harenes de los Ancianos, mujeres que languidecían y lloraban y llevaban impresas en el rostro las huellas de un horror inextinguible. Algunos viajeros de las montañas hablaban de bandas de hombres armados, enmascarados, sigilosos, que pasaban cerca de ellos en la oscuridad. Esas historias y rumores fueron tomando forma y consistencia, y fueron corroborados una y otra vez, hasta concretarse en nombres precisos. Hasta el día de hoy, el nombre de la Banda de los Danitas o los Ángeles Vengadores conserva, en los ranchos aislados del Oeste, resonancias siniestras y nefastas.

El poco conocimiento de la organización que producía resultados tan terribles, lejos de disminuir el horror que inspiraba a la gente, no hacía sino acrecentarlo. Nadie sabía quién pertenecía a esa implacable sociedad. Los nombres de quienes tomaban parte en acciones de sangre y de violencia en nombre de la religión se mantenían en profundo secreto. El mismo amigo a quien comunicabas tus dudas acerca del Profeta y de su misión podía ser uno de los que aparecieran por la noche para exigir a sangre y fuego un terrible castigo. De ahí que todo hombre temiera a su vecino y no confiara a nadie los secretos de su corazón.

Una hermosa mañana, cuando estaba a punto de salir hacia sus trigales, John Ferrier oyó el chasquido del pestillo de la cerca, y, al mirar por la ventana, vio que un hombre corpulento, de cabello rubio y mediana edad, ascendía por el sendero. El corazón le dio un vuelco, porque se trataba del mismísimo Brigham Young en persona. Lleno de inquietud —pues sabía que nada bueno podía resultar de tal visita—, Ferrier corrió a la puerta para recibir al jefe de los mormones. Este, sin embargo, acogió su saludo con frialdad, y le siguió hasta la sala con expresión adusta.

—Hermano Ferrier —le dijo, tomando asiento y mirando fijamente al granjero por entre sus pálidas pestañas—, los verdaderos creyentes hemos sido buenos amigos para ti. Te recogimos cuando te estabas muriendo de hambre en el desierto, compartimos nuestra comida contigo, te condujimos sano y salvo al Valle de los Elegidos, te dimos una buena parcela de tierra y permitimos que te enriquecieras bajo nuestra protección. ¿No es así?

—Así es —respondió John Ferrier.

—A cambio de todo esto solo te pusimos una condición: que abrazaras la fe verdadera y ajustaras tu vida a nuestras costumbres. Prometiste hacerlo, y, si los rumores son ciertos, no lo has cumplido.

—¿En qué no he cumplido? —preguntó Ferrier, extendiendo las manos en ademán de protesta—. ¿No he contribuido al fondo común? ¿No he asistido al templo? ¿No he...?

—¿Dónde están tus esposas? —inquirió Young, mirando a su alrededor—. Llámalas para que pueda saludarlas.

—Es verdad que no me he casado —admitió Ferrier—. Pero

había pocas mujeres, y eran muchos los que tenían más derecho a ellas. Yo no vivía solo: tenía a mi hija para atenderme.

—De tu hija precisamente quiero hablarte —dijo el jefe de los mormones—. Al crecer se ha convertido en la flor de Utah, y se ha ganado el favor de muchos hombres importantes de este país.

John Ferrier gimió para sus adentros.

—Corren rumores sobre ella que no estoy dispuesto a creer —prosiguió el Profeta—, rumores de que se ha comprometido con un gentil. Se trata sin duda de habladurías sin fundamento. ¿Cuál es la regla decimotercera del código de san Joseph Smith? «Que toda doncella adicta a la verdadera fe se case con un elegido; pues, si se casa con un gentil, cometerá un grave pecado.» Siendo esto así, no es posible que tú, que profesas el santo credo, permitas que tu hija lo viole.

John Ferrier no contestó, y se puso a juguetear nervioso con su fusta.

—Este será el único punto en que pondremos a prueba tu fe. Así lo ha acordado el Sagrado Consejo de los Cuatro. La chica es joven, y no la queremos casar con un viejo, ni privarla de toda elección. Nosotros los Ancianos tenemos muchas esposas, pero también tenemos que proporcionárselas a nuestros hijos. Stangerson tiene un hijo, y Drebber tiene un hijo, y cualquiera de los dos acogería con agrado a tu hija en su casa. Deja que ella elija entre ambos. Son jóvenes y ricos, y profesan la fe verdadera. ¿Qué dices a esto?

Ferrier permaneció en silencio unos instantes, con el ceño fruncido.

—Concédenos un poco de tiempo —dijo al fin—. Mi hija es muy joven, casi no tiene edad para casarse.

—Dispondrá de un mes para decidir —dijo Young, levantándose de su asiento—. Concluido este plazo, tendrá que dar una respuesta.

Estaba ya cruzando el umbral, cuando se volvió con rostro encendido de ira y ojos llameantes.

—¡Y hubiera sido mejor para vosotros, John Ferrier —rugió—, yacer como esqueletos blanqueados en Sierra Blanca que oponer vuestras débiles voluntades a las órdenes de los Cuatro Santos!

Con un gesto amenazador, Young traspuso la puerta, y Ferrier oyó sus pesados pasos en la grava del sendero.

Ferrier estaba todavía sentado, con los codos en las rodillas, considerando cómo le mencionaría el asunto a su hija, cuando una mano suave se posó en la suya, y, al levantar la mirada, la vio de pie a su lado. Le bastó contemplar su rostro pálido y asustado para saber que había escuchado la conversación.

—No lo he podido evitar —dijo la muchacha, en respuesta a su mirada—. Su voz atronaba toda la casa. Oh, padre, padre, ¿qué vamos a hacer?

—No te asustes —dijo él, atrayéndola hacia sí, y pasando su mano ancha y áspera por el rubio cabello de la muchacha—. De una forma u otra, lo resolveremos. A ti no se te va de la cabeza ese muchacho, ¿verdad?

Un sollozo y un apretón de manos fue la única respuesta de Lucy.

—No, claro que no. Y no lamento oírtelo decir. Es un joven prometedor y es cristiano, mucho más desde luego que esa gente de aquí, con todos sus rezos y sermones. Mañana sale una expedición para Nevada y me las arreglaré para enviarle un mensaje explicándole en qué aprieto nos vemos. O no conozco en absoluto a ese muchacho, o regresará a mayor velocidad que la del telégrafo eléctrico.

Esta descripción de su padre hizo sonreír a Lucy a través de las lágrimas.

—Cuando él llegue, nos aconsejará lo mejor —dijo—. Pero quien me preocupa es usted, padre. Se oyen..., se oyen historias tan espantosas sobre aquellos que se oponen al Profeta. Siempre les sucede algo terrible.

—Pero nosotros no nos hemos opuesto todavía a él. Ya nos preocuparemos cuando lo hagamos. Disponemos de todo un mes. Cuando este mes termine, lo mejor será largarse a toda prisa de Utah.

—¡Irnos de Utah!

—En eso pienso.

—Pero ¿y la granja?

—Conseguiremos todo el dinero que podamos, y renunciaremos al resto. A decir verdad, Lucy, no es la primera vez que me planteo hacerlo. No me gusta someterme a ningún hombre, como se somete esa gente a su maldito Profeta. He nacido americano libre, y todo esto es nuevo para mí. Supongo que soy demasiado viejo para aprender. Si ese tipo viene a merodear por los alrededores de la granja, se arriesga a encontrarse con una carga de perdigones que viaje en dirección opuesta.

—Pero no permitirán que nos vayamos —objetó la hija.

—Espera a que llegue Jefferson, y enseguida lo arreglaremos. Entretanto, no te preocupes, cariño, y que no se te hinchen los ojos de llorar, no sea que cuando él te vea me eche las culpas a mí. No hay motivo para sentirse asustado, no hay peligro alguno.

John Ferrier hizo esos consoladores comentarios en tono confiado, pero Lucy no pudo dejar de advertir que aquella noche ponía una atención especial al cerrar las puertas, y que limpiaba y cargaba cuidadosamente la vieja escopeta oxidada que colgaba de la pared de su dormitorio.

## 4

## HUYENDO PARA SALVAR LA VIDA

La mañana que siguió a su entrevista con el Profeta, John Ferrier fue a Salt Lake City y, tras encontrar a un conocido que se dirigía a las montañas de Nevada, le entregó un mensaje para Jefferson Hope. En él comunicaba al joven el inminente peligro que les amenazaba y lo indispensable que era su regreso. Hecho lo cual, se sintió menos inquieto y volvió a casa en mejor estado de ánimo.

Al acercarse a su granja, le sorprendió ver sendos caballos atados a los dos postes de la entrada. Todavía se sorprendió más cuando se encontró, al entrar en la casa, con que dos jóvenes habían tomado posesión de su sala. Uno de ellos, de cara larga y pálida, estaba recostado en la mecedora, con los pies encima de la estufa. El otro, un tipo de cuello de toro y facciones toscas y abotargabas, permanecía en pie delante de la ventana, con las manos hundidas en los bolsillos y silbando un himno muy popular. Ambos saludaron a Ferrier con una inclinación de cabeza, y el de la mecedora inició la conversación.

—Quizá usted no nos conozca —dijo—. Él es hijo del Anciano Drebber, y yo soy Joseph Stangerson, que viajó con ustedes por el desierto cuando el Señor alargó su mano y los acogió en el auténtico redil.

—Como lo hará a su debido tiempo con todas las naciones —añadió el otro con voz nasal—. El Señor muele despacio, pero muy fino.

John Ferrier se inclinó con frialdad. Había adivinado quiénes eran sus visitantes.

—Hemos venido —prosiguió Stangerson—, por consejo de nuestros padres, para solicitar la mano de su hija para aquel de nosotros dos que a usted y a ella les parezca mejor. Como yo solo poseo cuatro esposas y el hermano Drebber siete, creo que mi solicitud tiene prioridad.

—¡Nanay, hermano Stangerson! —gritó el otro—. La cuestión no es cuántas mujeres tenemos, sino cuántas mujeres podemos mantener. Mi padre me acaba de ceder sus molinos, y soy el más rico de los dos.

—Pero mi futuro es mejor —dijo el otro acaloradamente—. Cuando el Señor se lleve a mi padre, serán mías su curtiduría y su factoría de artículos de cuero. Además soy mayor que tú, y ocupo un puesto más elevado en la Iglesia.

—Es la chica quien tiene que decidir —replicó el joven Drebber, sonriendo a su propia imagen reflejada en el cristal—. Dejaremos en sus manos la elección.

Durante todo este diálogo, John Ferrier había permanecido furioso en el umbral, conteniéndose a duras penas para no descargar su fusta sobre las espaldas de sus dos visitantes.

—Oídme bien —dijo por fin, avanzando hacia ellos—. Cuando mi hija os invite, podéis venir a esta casa, pero hasta entonces no quiero volver a ver vuestras caras.

Los dos jóvenes mormones le miraron atónitos. A sus ojos, esa competición entre ellos por la mano de la muchacha representaba el máximo honor, tanto para ella como para su padre.

—La habitación tiene dos salidas —gritó Ferrier—: la puerta y la ventana. ¿Cuál preferís?

Su oscuro rostro tenía un aspecto tan furioso y sus enjutas manos un gesto tan amenazador, que los dos visitantes se levantaron de un salto y se batieron a toda prisa en retirada. El viejo granjero los siguió hasta la puerta.

—Cuando hayáis decidido cuál de los dos va a ser, me lo comunicáis —dijo con sarcasmo.

—¡Pagará usted esto muy caro! —gritó Stangerson, lívido de ira—. Ha desafiado al Profeta y al Consejo de los Cuatro. Lo lamentará hasta el fin de sus días.

—¡La mano del Señor caerá pesadamente sobre usted! —gritó el joven Drebber—. ¡Él se alzará y le golpeará!

—Pues entonces yo mismo empezaré con los golpes —exclamó Ferrier furioso.

Y se habría precipitado escalera arriba en busca de su rifle, si Lucy no lo hubiera retenido cogiéndolo por el brazo. Antes de que pudiera liberarse de ella, el ruido de los cascos de los caballos le indicó que los visitantes estaban ya fuera de su alcance.

—¡Jovenzuelos hipócritas y granujas! —exclamó, secándose el sudor de la frente—. Preferiría verte en la tumba, hija mía, que casada con uno de ellos.

—Y yo también, padre —dijo la muchacha con vehemencia—. Pero Jefferson estará pronto aquí.

—Sí. No tardará en llegar. Y cuanto antes mejor, pues no sabemos cuál será la siguiente jugada de estos granujas.

Ya era hora, en efecto, de que alguien capaz de aconsejar y de prestar ayuda acudiera en auxilio del anciano y valeroso granjero y de su hija adoptiva. En toda la historia del asentamiento no se había dado un caso tan flagrante de desobediencia a la autoridad de los Ancianos. Si el menor error era castigado tan severamente, ¿qué suerte le esperaba a este máximo rebelde? Ferrier sabía que su riqueza y su posición no le servirían de nada. Otras personas tan conocidas y tan ricas como él habían desaparecido con anterioridad y sus bienes habían pasado a la Iglesia. Era un hombre valiente, pero temblaba ante los vagos e imprecisos horrores que se cernían sobre él. Podía enfrentarse con ánimo sereno a un peligro conocido, pero aquella incertidumbre le destrozaba los nervios. Sin embargo, ocultó sus temores a su hija, fingiendo no conceder excesiva importancia a la cuestión, aunque la joven, con la clarividencia del amor, se daba perfecta cuenta de su ansiedad.

Ferrier esperaba recibir algún mensaje o reconvención de Young a propósito de su conducta, y no se equivocaba, aunque llegó de modo imprevisto. Al levantarse a la mañana siguiente encontró, para su sorpresa, un pedacito de papel prendido en la colcha de su cama, justo encima de su pecho. En él se leía, en letras grandes y desmañadas: «Se te conceden veintinueve días para que te enmiendes, y después...».

Los puntos suspensivos inspiraban más miedo que cualquier amenaza. A Ferrier le dejó perplejo que esta advertencia hubiera podido llegar hasta su habitación, pues sus criados dormían en una dependencia fuera de la casa, y las puertas y ventanas estaban bien cerradas. Estrujó el papel y no le dijo nada a su hija, pero el incidente le heló el corazón. Los veintinueve días eran obviamente lo que restaba del mes que Young le había concedido. ¿De qué servían la fortaleza y el valor ante un enemigo armado de tan misteriosos poderes? La mano que había prendido el papel hubiera podido atravesarle el corazón, sin que él llegara a saber nunca quién lo había asesinado.

Mayor fue su sobresalto a la mañana siguiente. Se habían sentado a desayunar, cuando Lucy lanzó un grito de asombro y señaló hacia arriba. En medio del techo alguien había garrapateado, quizá con el extremo de un tizón, el número veintiocho. Para su hija aquello resultaba ininteligible, y él no se lo aclaró. Durante la noche permaneció levantado y montó guardia con su escopeta. No vio ni oyó nada, y, no obstante, por la mañana habían pintado un gran número veintisiete sobre la puerta de la casa.

Así fueron pasando los días, y con la misma certeza con que amanece todas las mañanas comprobó que sus invisibles enemigos llevaban la cuenta e iban anotando en algún sitio bien visible cuántos días le quedaban del mes de gracia. A veces los fatídicos números aparecían en las paredes, a veces en el suelo, en ocasiones en pequeños carteles fijados en la puerta del jardín o en la valla. Pese a su vigilancia, Ferrier no logró descubrir el origen de estos avisos diarios. Al verlos se adueñaba de él un horror casi supersticioso. Estaba cada vez más ojeroso e inquieto, y sus ojos adquirieron la ansiosa mirada de un animal acorralado. Solo le quedaba una esperanza, y era la llegada del joven cazador desde Nevada.

El veinte se transformó en quince, y el quince en diez, pero no había noticias del ausente. Uno tras otro fueron descendiendo los números, y seguía sin dar señales de vida. Cada vez que se oía el paso de un jinete o que un cochero azuzaba a sus caballos, el viejo granjero corría a la puerta, creyendo que por fin le llegaba ayuda. Por último, cuando vio que el cinco daba lugar al cuatro y este daba lugar al tres, se descorazonó y abandonó toda esperanza de escapar. Sin ayuda de nadie y con sus limitados conocimientos de las montañas que rodeaban el asentamiento, sabía que no cabía hacer nada. Los caminos más transitados estaban estrictamente vigilados y controlados, y nadie podía transitar por ellos sin una orden del Consejo. Por muchas vueltas que le diera, no veía modo de escapar al golpe que se cernía sobre su cabeza. Sin embargo, no vaciló un solo instante en su resolución de perder la vida antes que aceptar lo que consideraba la deshonra para su hija.

Un atardecer estaba sentado solo, reflexionando profundamente en sus problemas y buscando en vano una salida. Aquella mañana había aparecido el número dos en la pared de su casa, y el día siguiente sería el último del plazo asignado. ¿Qué sucedería entonces? Una serie de vagas y terribles fantasías desfilaron por su imaginación. Y su hija..., ¿qué sería de su hija cuando él faltara? ¿No había modo de escapar a la invisible red que iba estrechando el cerco a su alrededor? Dejó caer la cabeza sobre la mesa y sollozó al pensar en su propia impotencia.

¿Qué era aquello? Había oído en medio del silencio de la noche, muy débil pero con toda claridad, un ruido como si alguien arañara suavemente. El sonido procedía de la puerta de la casa. Ferrier salió sigiloso al vestíbulo y escuchó con atención. Hubo una breve pausa, y después se repitió aquel ruido quedo e insidioso. Obviamente alguien daba suaves golpecitos en uno de los paneles de la puerta. ¿Sería un asesino de medianoche que venía a cumplir las criminales órdenes del tribunal secreto? ¿O acaso un agente que estaba notificando la llegada del último día de gracia? John Ferrier sintió que una muerte instantánea sería preferible a esa incertidumbre que le destrozaba los nervios y le paralizaba el corazón. Dio un salto hacia adelante, descorrió el cerrojo y abrió la puerta de par en par.

Fuera reinaban la calma y el silencio. La noche era agradable, y en lo alto centelleaban intensamente las estrellas. Ante los ojos del granjero se extendía el jardincito delantero, cerrado por la valla y la verja de entrada, pero ni allí ni en el camino se veía a nadie. Con un suspiro de alivio, Ferrier miró a derecha e izquierda, hasta que, echando por casualidad una mirada hacia sus propios pies, descubrió con asombro que en el suelo yacía un hombre de bruces, con los brazos y las piernas completamente extendidos.

Aquella visión lo turbó de tal modo que tuvo que apoyarse en la pared, y cubrirse la boca con una mano para contener un grito. Lo primero que pensó fue que se trataba de un hombre herido o moribundo, pero, mientras lo contemplaba, vio que reptaba por el suelo y se deslizaba dentro del vestíbulo con la rapidez y el sigilo de una serpiente. Una vez dentro de la casa, el hombre se levantó de un salto, cerró la puerta, y el asombrado granjero reconoció el rostro audaz y el gesto decidido de Jefferson Hope.

—¡Dios mío! —dijo John Ferrier con voz entrecortada—. ¡Qué susto me has dado! ¿Por qué has entrado así?

—Deme algo de comer —dijo el otro con voz ahogada—. En las últimas ochenta y cuatro horas no he tenido tiempo de echar un bocado ni beber nada.

Se precipitó sobre la carne fría y el pan que habían quedado encima de la mesa después de la cena, y los devoró con avidez.

—¿Resiste bien Lucy esta situación? —preguntó, una vez saciado su apetito.

—Sí. Ignora el peligro que corremos —respondió su padre.

—Mejor así. La casa está vigilada por todas partes. He tenido que reptar hasta aquí. Puede que sean condenadamente listos, pero no lo bastante para atrapar a un indio washoe.

Ahora que contaba con un fiel aliado, John Ferrier se sintió otro hombre. Cogió la curtida mano del joven y la estrechó efusivamente.

—Eres un hombre de quien se puede estar orgulloso —le dijo—. Pocos habrían venido a compartir nuestros peligros y nuestros problemas.

—Verá usted, amigo —respondió el joven cazador—. Yo le tengo a usted un respeto, pero, si estuviera usted solo en ese lío, me lo pensaría muy mucho antes de meterme en este avispero. Es Lucy la que me trae aquí y, antes de que a ella le pase algo malo, habrá en Utah un Hope menos.

—¿Qué vamos a hacer?

—Mañana es su último día, y si no hacen algo esta noche, están perdidos. Hay una mula y dos caballos esperándonos en el barranco del Águila. ¿De cuánto dinero dispone usted?

—Dos mil dólares en oro y cinco mil en billetes.

—Bastará. Yo tengo otro tanto. Debemos ir a toda prisa a Carson City, pasando a través de las montañas. Mejor que despierte a Lucy. Y menos mal que los criados no duermen dentro de la casa.

Mientras Ferrier estuvo ausente, preparando a su hija para el inminente viaje, Jefferson Hope metió todos los víveres que pudo encontrar en un paquete, y llenó de agua un cántaro, pues sabía por experiencia que en las montañas los manantiales son escasos y están distantes entre sí. Apenas había concluido estos preparativos, cuando regresó el granjero con su hija, vestida y a punto para la marcha. El saludo entre los enamorados fue cariñoso, pero breve, pues cada minuto era precioso y restaba mucho por hacer.

—Tenemos que irnos enseguida —dijo Jefferson Hope, en el tono bajo pero resuelto de alguien que ha calibrado la gravedad del peligro y ha decidido afrontarlo—. Las entradas de delante y de detrás están vigiladas, pero, si nos movemos con cautela, podemos escapar por la ventana lateral y correr a campo traviesa. Una vez en la carretera, estaremos solo a dos millas de la cañada donde nos esperan los caballos. Al amanecer nos encontraremos a medio camino, en plena montaña.

—¿Y si nos cortan el paso? —preguntó Ferrier.

Hope dio una palmadita en la culata del revólver que sobresalía de la parte delantera de su camisa.

—Si son demasiados para nosotros, nos llevaremos a dos o tres por compañía —dijo con una sonrisa siniestra.

Habían apagado todas las luces del interior de la casa, y desde la ventana en sombras Ferrier vislumbraba los campos que habían sido suyos y que iba a abandonar para siempre. Sin embargo, llevaba mucho tiempo preparándose para el sacrificio, y la honra y la felicidad de su hija le importaban mucho más que las riquezas perdidas. Parecía todo tan tranquilo y tan feliz, los susurrantes árboles y los vastos y silenciosos trigales, que era difícil cobrar conciencia de que por doquier acechaba la muerte. Pero la palidez y la grave expresión del joven cazador atestiguaban que, al acercarse a la casa, había visto lo suficiente para estar convencido de ello.

Ferrier llevaba la bolsa con el oro y el dinero, Jefferson Hope cargaba con las escasas provisiones y con el agua, en tanto que Lucy había reunido en un hatillo sus pertenencias más preciadas. Abrieron la ventana despacio y con mucho cuidado, esperaron a que una nube oscura ensombreciera la noche, y uno a uno se deslizaron por la ventana al pequeño jardín. Conteniendo el aliento y agachados, lo recorrieron a trompicones y se refugiaron al amparo del seto, que fueron rodeando hasta encontrar una apertura que daba al trigal. Justo al llegar a este punto, el joven agarró a sus dos acompañantes y los arrastró a la sombra, donde permanecieron silenciosos y temblando.

Era una suerte que el adiestramiento en sus praderas le hubiera proporcionado a Jefferson Hope el oído de un lince. Acababan de agazaparse él y sus amigos, cuando se oyó a pocas yardas el melancólico aullido de un búho, que fue inmediatamente contestado por otro muy próximo. En ese momento emergió del claro hacia el que se dirigían una figura vaga y difusa, y repitió el lastimero grito que les servía de señal. Y un segundo hombre surgió de las sombras.

—Mañana a medianoche —dijo el primero, que parecía estar al mando—. Cuando el chotacabras grite tres veces.

—De acuerdo —asintió el otro—. ¿Tengo que decírselo al hermano Drebber?

—Comunícaselo a él y que él lo comunique a los demás. ¡Nueve a siete!

—¡Siete a cinco! —respondió el otro.

Y las dos figuras se separaron en distintas direcciones. Sus últimas palabras habían sido, obviamente, una especie de seña y contraseña. En cuanto sus pasos se desvanecieron en la lejanía, Jefferson Hope se levantó de un salto y, tras ayudar a sus compañeros a pasar por el hueco que había en el seto, los guió a toda prisa a través de los campos, sosteniendo y casi cargando con la muchacha cuando parecían fallarle las fuerzas.

—¡Deprisa! ¡Deprisa! —decía de vez en cuando con voz sofocada—. Estamos cruzando la línea de centinelas. Todo depende de nuestra rapidez. ¡Deprisa!

Una vez en la carretera, avanzaron con facilidad. Solo en una ocasión se encontraron con alguien, y consiguieron refugiarse en un trigal y evitar que los reconocieran. Antes de llegar a la ciudad, el cazador se desvió por una senda estrecha y escarpada que conducía a las montañas. Dos negras cumbres dentadas surgieron ante ellos en medio de la oscuridad, y el desfiladero que cruzaba entre las dos era el barranco del Águila, donde les esperaban los caballos. Guiado por su certero instinto, Jefferson Hope se abrió camino entre los grandes peñascos y a lo largo de los cauces secos de los ríos, hasta llegar al rincón apartado, protegido por rocas, donde estaban atados los fieles animales. La chica montó en la mula, y el viejo Ferrier, con la bolsa de dinero, en uno de los caballos, mientras Jefferson Hope conducía al otro por un sendero escarpado y peligroso.

Era un camino desconcertante para quien no estuviera habituado a enfrentarse a la naturaleza en sus aspectos más agrestes. A un lado se erguía un enorme risco de más de mil pies de altura, negro, severo y amenazador, cuya rugosa superficie estaba cubierta de largas columnas basálticas, como costillas de un monstruo petrificado. Al otro lado, un delirante caos de enormes pedruscos y detritus impedía el paso. Entre ambos discurría el irregular sendero, tan estrecho en algunos puntos que había que avanzar en fila india, y tan accidentado que solo un jinete muy experto podría pasar por él. No obstante, a pesar de todos los peligros y dificultades, los fugitivos sentían el corazón ligero, pues cada paso aumentaba la distancia entre ellos y el terrible despotismo del que venían huyendo.

Pronto, sin embargo, tuvieron una prueba de que no habían abandonado todavía la jurisdicción de los Santos. Cuando ya habían alcanzado la zona más agreste y desolada del paso, la muchacha dio un grito de sobresalto y señaló hacia arriba. Sobre una roca que dominaba todo el paraje destacaba claramente contra el cielo la figura de un centinela solitario. Los vio en el mismo instante en que ellos lo descubrían a él, y su enérgico y marcial «¿quién vive?» resonó en el silencioso barranco.

—Viajeros a Nevada —dijo Jefferson Hope, con una mano en el rifle que colgaba de la montura.

Pudieron ver que el solitario vigilante mantenía el dedo puesto en el gatillo de la pistola, y los escudriñaba desde las alturas, como si la respuesta no le satisficiera.

—¿Con permiso de quién? —preguntó.

—De los Cuatro Santos —respondió Ferrier.

Su experiencia con los mormones le había enseñado que era esta la máxima autoridad a la que podía remitirse.

—Nueve a siete —gritó el centinela.

—Siete a cinco —respondió Jefferson Hope de inmediato, recordando la contraseña que había oído en el jardín.

—Adelante y que el Señor os acompañe —dijo la voz desde arriba.

A partir de este puesto de guardia el sendero se ensanchaba, y los caballos pudieron empezar a trotar. Al mirar hacia atrás vislumbraron al solitario vigía apoyado en su fusil, y comprendieron que habían dejado atrás el último puesto del pueblo elegido y que ante ellos les esperaba la libertad.

## 5

## LOS ÁNGELES VENGADORES

A lo largo de toda la noche recorrieron intrincados desfiladeros y senderos desiguales sembrados de rocas. Más de una vez se extraviaron, pero el profundo conocimiento que Hope tenía de las montañas les permitió volver a encontrar el camino. Al amanecer se extendía ante ellos un paisaje de belleza maravillosa aunque salvaje. Estaban rodeados en todas direcciones por altas cumbres cubiertas de nieve, que parecían empinarse una por encima de otra hacia el lejano horizonte. Las pendientes eran tan escarpadas a ambos lados que los alerces y los pinos parecían suspendidos sobre sus cabezas, como si bastara una ráfaga de viento para derribarlos estrepitosamente encima de ellos. Y no se trataba de un temor totalmente ilusorio, pues el árido valle estaba densamente salpicado de árboles y peñascos que habían caído de modo similar. Cuando ellos pasaban, una roca rodó pendiente abajo con gran estrépito, y despertó ecos en los silenciosos cañones y asustó a los fatigados caballos, que se lanzaron al galope.

A medida que el sol se alzaba despacio por encima del horizonte del este, los casquetes de las grandes montañas se iluminaron uno tras otro, como los faroles de una fiesta, hasta estar todos arrebolados y resplandecientes. La magnificencia del espectáculo alegró los corazones de los tres fugitivos y les dio nuevas energías. Al llegar a un impetuoso torrente que se deslizaba por un barranco, hicieron un alto y dieron de beber a los caballos, mientras ellos compartían un apresurado desayuno. Lucy y su padre hubieran querido quedarse un poco más, pero Jefferson Hope fue inexorable.

—A estas horas ya estarán tras nuestras huellas —dijo—. Todo depende de nuestra rapidez. Una vez a salvo en Carson, podremos descansar durante el resto de nuestras vidas.

A lo largo de todo el día se abrieron paso penosamente a través de desfiladeros, y al anochecer calcularon que estaban a más de treinta millas de sus enemigos. Para pasar la noche eligieron la base de un risco cuyas rocas les ofrecían cierta protección contra el gélido viento, y allí, apiñados para darse calor, disfrutaron unas pocas horas de sueño. Antes del amanecer, sin embargo, ya estaban en pie y se ponían de nuevo en camino. No habían visto signo alguno de sus perseguidores, y Jefferson Hope empezó a pensar que estaban fuera del alcance de la terrible organización en cuyas iras habían incurrido. No imaginaba lo lejos que podían llegar sus garras de hierro ni lo pronto que iban a cerrarse sobre ellos y aplastarlos.

Hacia la mitad del segundo día de su huida empezaron a acabarse las escasas provisiones. Sin embargo, eso no inquietó demasiado al cazador, ya que en aquellas montañas abundaba la caza y en el pasado había tenido que depender a menudo de su rifle para procurarse alimento. Eligió un rincón protegido, amontonó unas ramas secas y encendió un buen fuego para que sus compañeros pudieran calentarse, pues se hallaban a casi cinco mil pies sobre el nivel del mar y el aire era cortante y glacial. Después de atar los caballos y despedirse de Lucy, se echó el rifle al hombro y salió en busca de lo que se cruzara en su camino. Al mirar hacia atrás, vio al anciano y a la muchacha inclinados sobre la brillante hoguera, y a los tres animales inmóviles al fondo. Después se interpusieron unas rocas y los ocultaron a su vista.

Anduvo un par de millas, pasando sin éxito de un barranco a otro, aunque, por las marcas que había en la corteza de los árboles y por otros indicios, dedujo que abundaban los osos por los alrededores. Por último, tras dos o tres horas de búsqueda infructuosa, pensaba ya, desesperanzado, en volver atrás, cuando, al mirar hacia arriba, vio algo que le llenó de alegría. A trescientos o cuatrocientos pies por encima de él, en el borde de un saliente, había un animal que tenía la apariencia de una oveja, pero que iba armado con un par de enormes cuernos. El cuernos-grandes, o carnero de las Rocosas, pues así se llama, montaba seguramente guardia para una manada invisible al cazador, pero por fortuna estaba apostado en dirección contraria y no había advertido la presencia de Hope. Este se tumbó de bruces, apoyó el rifle en una roca y apuntó con firmeza un buen rato antes de oprimir el gatillo. El animal dio un salto, se tambaleó un instante al borde del precipicio y cayó con estrépito a la hondonada.

Era demasiado pesado para cargar con él, de modo que el cazador se contentó con cortar una pata y parte del lomo. Con este trofeo al hombro, se apresuró a volver sobre sus pasos, porque empezaba a anochecer. Sin embargo, en cuanto se puso en camino advirtió la dificultad a que se enfrentaba. Llevado de su afán por encontrar una presa, se había alejado bastante de los parajes que conocía, y no resultaba fácil identificar el sendero por el que había venido. El valle donde se encontraba se dividía y subdividía en varias cañadas, tan parecidas unas a otras que era imposible distinguirlas. Siguió una de ellas a lo largo de una milla o más hasta llegar a un torrente de montaña que estaba seguro de no haber visto nunca. Convencido de haber tomado el camino equivocado, intentó otro, pero con el mismo resultado. La noche se echaba rápidamente encima, y casi reinaba la oscuridad cuando se encontró por fin en un desfiladero que le era familiar. Ni siquiera entonces le resultó fácil seguir la ruta correcta, porque todavía no había salido la luna y los altos riscos que había a ambos lados hacían más profundas las sombras. Abrumado por su carga y exhausto por el esfuerzo, avanzó a trompicones, infundiéndose ánimos al pensar que cada paso le acercaba más a Lucy y que llevaba comida suficiente para el resto del viaje.

Había llegado a la boca del desfiladero donde había dejado a sus compañeros. Incluso en la oscuridad podía reconocer el perfil de los peñascos que lo rodeaban. Pensó que debían de esperarle ansiosos, porque había permanecido ausente casi cinco horas. Estaba tan alegre que se colocó las manos alrededor de la boca e hizo resonar en toda la cañada el grito clamoroso con que anunciaba su regreso. Se detuvo y esperó una respuesta. No llegó ninguna, solo su propio grito, que ascendió por los sombríos y silenciosos barrancos, y tornó a sus oídos en ecos innumerables. Gritó de nuevo, con más fuerza incluso que antes, y de nuevo no le llegó ni un leve murmullo de los amigos a los que había dejado hacía tan poco tiempo. Un pavor vago y sin nombre se apoderó de él, y echó a correr frenéticamente hacia delante, dejando caer, en su agitación, el precioso alimento.

Al doblar un recodo, apareció ante sus ojos el lugar donde había encendido el fuego. Todavía quedaba un brillante montón de ascuas, que evidentemente no había avivado nadie desde su partida. A su alrededor reinaba el mismo silencio mortal. Con sus temores trocados en certezas, aceleró el paso. Cerca de los restos de la hoguera no se veía ningún ser viviente: los animales, el hombre, la muchacha, todo había desaparecido. Era evidente que un repentino y terrible desastre había tenido lugar durante su ausencia, un desastre que los había alcanzado a todos ellos, pero que, sin embargo, no había dejado rastro.

Atónito y anonadado por el golpe, Jefferson Hope sintió que le daba vueltas la cabeza y tuvo que apoyarse en su rifle para no caer. Era, no obstante, esencialmente un hombre de acción, y se recuperó enseguida de su transitoria impotencia. Cogió un leño medio consumido de la humeante hoguera, sopló hasta hacer brotar la llama y procedió a examinar con su ayuda el pequeño campamento. El suelo estaba pisoteado por cascos de caballos, prueba de que un nutrido grupo de jinetes había alcanzado a los fugitivos, y la dirección de las huellas demostraba que después habían regresado a Salt Lake City. ¿Se habrían llevado a sus dos compañeros consigo? Jefferson Hope estaba casi convencido de que eso era lo que había ocurrido, cuando su mirada cayó en un objeto que le trastornó hasta lo más profundo de su ser. No muy lejos, a un lado del campamento, había un montículo de tierra rojiza, que indudablemente no estaba allí antes. Solo podía tratarse de una tumba recién excavada. El joven cazador advirtió, al aproximarse, que habían clavado en ella una estaca, con un pedazo de papel sujeto en la horquilla del extremo. La inscripción del papel era breve, pero elocuente.

> John Ferrier, otrora ciudadano de Salt Lake City, murió el 4 de agosto de 1860.

Así pues, el animoso anciano, del que hacía tan poco se había separado, estaba ahora muerto, y ese era todo su epitafio. Jefferson Hope miró frenético a su alrededor, para ver si había una segunda tumba, pero no había rastro de ella. A Lucy se la habían llevado sus terribles perseguidores en su camino de regreso, para que cumpliera su destino inicial: convertirse en una de las mujeres del harén del hijo de un Anciano. Cuando el joven tuvo la certeza del destino de la muchacha y de su propia impotencia para impedirlo, deseó yacer junto al anciano granjero en su última silenciosa morada.

De nuevo, no obstante, su espíritu activo se sacudió el letargo producto de la desesperación. Si ya no le quedaba nada, al menos podía dedicar su vida a la venganza. Además de una paciencia y una perseverancia indomeñables, Jefferson Hope poseía una capacidad para persistir en el furor reivindicativo que tal vez había aprendido de los indios entre los que vivió. En pie junto a la hoguera desolada, comprendió que lo único que podía mitigar su dolor era una plena y total represalia, llevada a cabo por sus propias manos contra sus enemigos. Decidió que su férrea voluntad y su infatigable energía se destinarían a este único fin. Con rostro adusto y pálido, volvió sobre sus pasos hasta el punto donde había dejado caer la carne, y, tras avivar el humeante fuego, asó la suficiente para alimentarse varios días. La envolvió luego en un hato y, a pesar de su cansancio, emprendió el camino de regreso por las montañas, siguiendo las huellas de los Ángeles Vengadores.

Caminó penosamente durante cinco días, con los pies hinchados y muerto de fatiga, por los desfiladeros que antes había atravesado a caballo. De noche se tumbaba entre las rocas y dormía unas pocas horas, pero antes de que amaneciera ya estaba de nuevo en camino. Al sexto día llegó al barranco del Águila, de donde partió su malograda fuga. Desde allí podía contemplar el hogar de los Santos. Agotado y exhausto, se apoyó en su rifle y amenazó con un gesto de su enjuta mano a la silenciosa ciudad que se extendía a sus pies. Mientras la miraba, observó que había banderas y otras señales festivas en algunas de las calles principales. Estaba haciendo conjeturas sobre lo que aquello podía significar, cuando oyó sonar cascos de caballo y vio que un jinete cabalgaba hacia él. Mientras se acercaba, reconoció en él a un mormón llamado Cowper, al que había hecho favores en varias ocasiones. Lo abordó, pues, a fin de averiguar cuál había sido la suerte de Lucy Ferrier.

—Soy Jefferson Hope —le dijo—. Seguro que me recuerda.

El mormón le miró sin ocultar su asombro. Realmente era difícil reconocer en aquel caminante andrajoso y desgreñado, de rostro mortalmente pálido y ojos feroces y desorbitados, al pulcro y joven cazador de otros tiempos. Sin embargo, cuando se convenció de su identidad, la sorpresa del hombre se trocó en consternación.

—¡Está usted loco viniendo aquí! —gritó—. Y mi vida no vale más que la suya si nos ven juntos. Los Cuatro Santos han dictado una orden de arresto contra usted por ayudar a huir a los Ferrier.

—No les tengo miedo, ni a ellos ni a su orden de arresto —dijo Hope con convicción—. Usted debe saber algo de este asunto, Cowper. Le conmino por lo que más quiera en este mundo a que conteste a unas preguntas. Nosotros dos fuimos siempre amigos. Por el amor de Dios, no se niegue a responderme.

—¿Qué quiere saber? —preguntó el mormón, incómodo—. Dese prisa. Las rocas tienen oídos, y los árboles, ojos.

—¿Qué ha sido de Lucy Ferrier?

—Se casó ayer con el joven Drebber. Ánimo, hombre, ánimo. Parece haberse quedado usted sin sangre en las venas.

—No se preocupe por mí —dijo Hope con voz tenue. Estaba mortalmente pálido, y se había dejado caer al pie del peñasco en que se apoyaba—. ¿Dice que se ha casado?

—Se casó ayer. Por eso ondean banderas en la Casa Fundacional. Hubo palabras entre el joven Drebber y el joven Stangerson sobre cuál de los dos se quedaría con ella. Ambos habían participado en el grupo que les dio caza, y Stangerson le había pegado un tiro al padre, lo cual parecía darle más derecho, pero, cuando hubo una reunión en el Consejo, los partidarios de Drebber fueron más fuertes, de modo que el Profeta se la entregó a él. Aunque dentro de poco no será de nadie, porque ayer vi la muerte en su rostro. Parece ya más un fantasma que una mujer. ¿Se marcha usted?

—Sí, me voy —dijo Jefferson Hope.

Se había puesto en pie. Su rostro tenía una expresión tan dura y firme, que se hubiera dicho cincelado en mármol, mientras brillaba en sus ojos un ardor salvaje.

—¿Adónde va?

—No se preocupe.

Se colgó el arma al hombro, descendió por el desfiladero y se adentró en el corazón de las montañas, donde tienen su guarida las fieras. Y ninguna de ellas era tan feroz y peligrosa como el propio Jefferson Hope.

La predicción del mormón se cumplió muy pronto. Ya

fuera por la terrible muerte de su padre o por efecto del odioso matrimonio a que se había visto forzada, la pobre Lucy no volvió a levantar cabeza, se consumió de pena y murió antes de un mes. Su embrutecido marido, que se había casado ante todo con ella para apoderarse de los bienes de John Ferrier, no demostró demasiado pesar por la pérdida, pero sus otras esposas la lloraron y la velaron la noche anterior al entierro, como es costumbre entre los mormones. Estaban agrupadas en torno al ataúd a primeras horas de la madrugada, cuando, ante su indecible temor y asombro, se abrió de golpe la puerta, y un hombre de aspecto salvaje, curtido por la intemperie y con la ropa hecha jirones, se precipitó en la habitación. Sin dirigir una mirada ni una palabra a las atemorizadas mujeres, se acercó a la blanca y silenciosa figura que había contenido el puro espíritu de Lucy Ferrier. Se inclinó sobre ella, posó sus labios con veneración en su fría frente y, cogiéndole la mano, le quitó del dedo el anillo de boda.

—No la enterrarán con esto —gruñó ferozmente.

Y, antes de que nadie pudiera dar la alarma, bajó a saltos la escalera y desapareció. Tan extraño y breve había sido el episodio que a las mujeres que lo presenciaron les hubiera sido difícil creerlo o persuadir a otros de su realidad, a no ser por el hecho incuestionable de que el aro de oro que atestiguaba la condición de casada de Lucy había desaparecido.

Durante unos meses Jefferson Hope permaneció en las montañas, llevando una vida extraña y salvaje, y alimentando en su corazón el ardiente deseo de venganza que lo poseía. Corrieron rumores por la ciudad acerca de una misteriosa figura que merodeaba por los suburbios y rondaba por los solitarios desfiladeros de las montañas. En cierta ocasión, una bala entró silbando por la ventana de Stangerson y fue a incrustarse en la pared, a menos de un pie de donde él estaba. En otra, cuando Drebber pasaba por debajo de un risco, le cayó encima un peñasco, y solo escapó a una terrible muerte echándose de bruces en el suelo. Los dos jóvenes mormones no tardaron en adivinar la razón de estos atentados contra sus vidas, y encabezaron reiteradas expediciones a las montañas con la esperanza de capturar o dar muerte a su enemigo, pero siempre sin éxito. Entonces adoptaron la precaución de no salir nunca solos ni después de anochecer, y de proteger sus casas. Transcurrido un tiempo, pudieron disminuir estas precauciones, porque nadie volvió a ver a su adversario ni a oír hablar de él, y confiaron en que el tiempo habría aplacado sus ansias de venganza.

Lejos de esto, el tiempo no hizo otra cosa que acrecentarlas. El cazador tenía un carácter duro e inflexible, y la predominante idea de venganza se había adueñado tan por entero de su mente que no restaba lugar para ninguna otra emoción. Era, no obstante, por encima de todo, un hombre práctico. Pronto constató que ni siquiera su constitución de hierro podía soportar la incesante tensión a la que estaba sometido. La vida a la intemperie y la falta de comida sana le estaban consumiendo. Si moría como un perro en las montañas, ¿en qué quedaría su venganza? Y sin duda esta era la muerte que le aguardaba si persistía en su empeño. Comprendió que sería hacerles el juego a sus enemigos, de modo que regresó de mala gana a las viejas minas de Nevada, para recuperar allí la salud y reunir dinero suficiente para perseguir su objetivo sin pasar privaciones.

Su intención había sido permanecer ausente a lo sumo un año, pero un cúmulo de circunstancias imprevistas le retuvo en las minas casi cinco. No obstante, transcurrido este tiempo, el recuerdo del daño sufrido y su ardiente deseo de venganza eran tan intensos como la noche memorable en que estuvo junto a la tumba de John Ferrier. Disfrazado, y bajo un nombre supuesto, regresó a Salt Lake City, sin preocuparle qué sería de su propia vida, con tal de conseguir lo que consideraba hacer justicia. Allí le aguardaban malas noticias. Unos meses antes se había producido un cisma en el Pueblo Elegido. Algunos de los miembros más jóvenes de la Iglesia se habían rebelado contra la autoridad de los Ancianos, y el resultado había sido la secesión de cierto número de descontentos, que habían abandonado Utah y se habían convertido en gentiles. Entre ellos figuraban Drebber y Stangerson, y nadie sabía adónde habían ido. Corrían rumores de que Drebber se las había ingeniado para convertir en dinero gran parte de sus bienes y que al marcharse era un hombre rico, mientras que su compañero, Stangerson, era pobre en comparación. No existía, sin embargo, ninguna pista sobre su paradero.

Muchos hombres, aun siendo vengativos, hubieran abandonado sus propósitos justicieros ante tamaña dificultad, pero Jefferson Hope no desfalleció un solo instante. Con el poco dinero que había reunido, complementado con los empleos que pudo encontrar, viajó de ciudad en ciudad por Estados Unidos, en busca de sus enemigos. Pasó un año tras otro, su cabello negro encaneció, pero él siguió adelante, cual un sabueso humano, con toda el alma puesta en el único objetivo al que había consagrado su vida entera. Finalmente su perseverancia se vio recompensada. Fue tan solo la fugaz visión de un rostro en una ventana, pero bastó para que supiera que en Cleveland, Ohio, estaban los hombres a los que perseguía. Regresó a su mísero alojamiento con su plan de venganza perfectamente trazado. Ocurrió, sin embargo, que Drebber, al mirar por la ventana, había reconocido al vagabundo que vio en la calle, y había leído la palabra muerte en sus ojos. Se apresuró a acudir ante un juez de paz, acompañado por Stangerson, que se había convertido en su secretario, y le aseguró que sus vidas corrían peligro a causa de los celos y el odio de un antiguo rival. Aquella misma noche fue detenido Jefferson Hope y, como no pudo depositar fianza, estuvo en la cárcel varias semanas. Cuando finalmente fue puesto en libertad, se encontró con que la casa de Drebber estaba deshabitada, y con que este y su secretario se habían marchado a Europa.

Una vez más el vengador había fracasado, y una vez más su odio concentrado le impulsó a proseguir la persecución. Sin embargo, sus fondos se habían agotado, y durante algún tiempo tuvo que volver a trabajar, ahorrando hasta el último dólar para el próximo viaje. Finalmente, cuando tuvo lo suficiente para subsistir, partió hacia Europa, y siguió el rastro de sus enemigos de ciudad en ciudad, trabajando en cualquier cosa, pero sin alcanzar nunca a los fugitivos. Cuando llegó a San Petersburgo, habían partido hacia París, y cuando los siguió hasta allí, se enteró de que acababan de emprender viaje a Copenhague. Llegó una vez más a la capital danesa con unos días de retraso, porque se habían ido a Londres, donde por fin logró dar con ellos. En cuanto a lo que allí sucedió, lo mejor será reproducir el relato del viejo cazador, tal como consta en el diario del doctor Watson, al que expresamos nuestra profunda gratitud.

## 6

## CONTINUACIÓN DE LAS MEMORIAS DE JOHN H. WATSON, DOCTOR EN MEDICINA

La furiosa resistencia de nuestro prisionero no parecía indicar ninguna animadversión personal hacia nosotros, pues, al verse ya impotente, sonrió con afabilidad y expresó su esperanza de no habernos lesionado en el curso de la pelea.

—Supongo que van a llevarme a la comisaría —le comentó a Sherlock Holmes—. Mi coche está en la puerta. Si me desatan las piernas, bajaré hasta él por mi propio pie. Ya no soy tan ligero como antes para que carguen conmigo.

Gregson y Lestrade intercambiaron una mirada, como si pensaran que la propuesta era una temeridad, pero Holmes aceptó de inmediato la palabra del prisionero y soltó la toalla que le había atado alrededor de los tobillos. Hope se levantó y estiró las piernas, como para asegurarse de que las tenía de nuevo libres. Recuerdo que pensé, mientras le miraba, que en pocas ocasiones había visto a un hombre de constitución tan poderosa, y que su bronceado rostro tenía una expresión resuelta y enérgica tan formidable como su fortaleza física.

—Si queda vacante una plaza de jefe de policía, creo que es usted el hombre adecuado para ocuparla —dijo, mirando con franca admiración a mi compañero de alojamiento—. El modo en que me ha seguido la pista es asombroso.

—Será mejor que me acompañen —les dijo Holmes a los dos detectives.

—Yo puedo conducir —dijo Lestrade.

—Muy bien. Y Gregson puede ir conmigo en el interior. Usted también, doctor. Se ha interesado en el caso, y puede unirse a nosotros.

Asentí encantado, y bajamos todos juntos. Nuestro prisionero no hizo ningún intento de fuga. Subió con toda calma al coche que había sido suyo, y nosotros le seguimos. Lestrade se encaramó al pescante, fustigó al caballo y nos llevó en muy poco rato a nuestro destino. Nos hicieron pasar a una salita, donde un inspector de policía anotó el nombre del preso y los nombres de los hombres de cuyo asesinato se le acusaba. El funcionario era un tipo pálido e impasible, que desempeñaba sus funciones de modo mecánico y rutinario.

—El preso comparecerá ante los magistrados en el curso de esta semana —dijo—. Entretanto, señor Jefferson, ¿desea hacer usted alguna declaración? Debo advertirle que se tomará nota de sus palabras y que podrán ser utilizadas en su contra.

—Tengo muchísimo que decir —afirmó nuestro prisionero pausadamente—. Quiero, caballeros, contarles todo lo relativo al caso.

—¿No sería mejor que lo reservara para el proceso? —preguntó el inspector.

—Quizá no haya ningún proceso —respondió—. No ponga esa cara de estupor. No estoy pensando en el suicidio. ¿Es usted médico?

Mientras formulaba esta última pregunta volvió hacia mí sus feroces ojos negros.

—Sí lo soy —respondí.

—En tal caso, ponga su mano aquí —dijo con una sonrisa, señalando su pecho con las muñecas esposadas.

Así lo hice, y advertí al instante la palpitación y la conmoción extraordinarias que reinaban en su pecho. Las paredes parecían temblar y estremecerse como lo harían las de un frágil edificio en cuyo interior funcionaba una potente máquina. En el silencio de la habitación, pude percibir un bordoneo y un zumbido sordo que procedían del mismo punto.

—¡Pero si sufre usted un aneurisma aórtico! —exclamé.

—Así lo llaman —dijo con placidez—. La semana pasada fui a ver a un médico, y me dijo que no tardaría muchos días en estallar. Ha ido empeorando con el paso de los años. Lo contraje debido a las muchas noches que pasé a la intemperie y mal alimentado en las montañas de Salt Lake. Ahora he concluido mi tarea, y no me importa el tiempo que me reste, pero no quisiera irme sin dejar testimonio de lo ocurrido. No me gustaría ser recordado como un vulgar asesino.

El inspector y los dos detectives mantuvieron una atropellada discusión sobre la conveniencia de permitirle relatar su historia.

—¿Considera, doctor, que el peligro es inminente? —preguntó el primero.

—Desde luego que lo es —respondí.

—En tal caso es evidentemente nuestro deber, en interés de la justicia, tomarle declaración —dijo el inspector—. Está usted autorizado, señor, a contarnos los hechos, de los que le advierto de nuevo se tomará nota.

—Con su permiso, me sentaré —dijo el preso, uniendo la acción a la palabra—. Mi aneurisma hace que me canse con facilidad, y la pelea que sostuvimos hace media hora no ha mejorado mi estado. Estoy a un paso de la tumba y no pienso mentirles. Todas las palabras que diga serán la pura verdad, y no me importa el uso que hagan de ellas.

Tras estas palabras, Jefferson Hope se recostó en su silla y empezó la sorprendente declaración que sigue. Hablaba de un modo tranquilo y metódico, como si los hechos que narraba no se salieran de lo corriente. Puedo garantizar la exactitud del relato, porque he tenido acceso al cuaderno de notas de Lestrade, donde las palabras del preso fueron anotadas con precisión a medida que las pronunciaba.

—A ustedes no les importa demasiado por qué odiaba yo a estos hombres —dijo—. Les bastará saber que eran culpables de la muerte de dos seres humanos, un padre y su hija, y que, por consiguiente, habían perdido el derecho a sus propias vidas. Dado el tiempo transcurrido desde el crimen, me era imposible conseguir pruebas para que se los condenara ante un tribunal. Pero yo sabía que eran culpables, y decidí que debía ser a un tiempo juez, jurado y verdugo. De haber estado en mi lugar, ustedes hubieran hecho lo mismo, caso de tener una mínima hombría.

»La muchacha de la que hablo iba a casarse conmigo hace veinte años. Se vio forzada a casarse con el tal Drebber, y esto le rompió el corazón. Yo quité el anillo de boda del dedo de la difunta y juré que ese hombre, al morir, lo tendría delante de los ojos y que su último pensamiento sería para el crimen por el que era castigado. Lo he llevado siempre conmigo, y les he seguido, a él y a su cómplice, por dos continentes, hasta que los atrapé. Imaginaban que acabarían con mi paciencia, pero no lo consiguieron. Si muero mañana, lo cual es bastante probable, moriré sabiendo que he hecho lo que tenía que hacer en este mundo, y que lo he hecho bien. Han muerto, y por mi propia mano. No me queda nada que esperar ni nada que desear.

»Ellos eran ricos y yo era pobre, de modo que no me fue fácil seguirlos. Cuando llegué a Londres, mis bolsillos estaban vacíos, y tuve que buscar trabajo para sobrevivir. Conducir un carruaje o cabalgar es para mí tan natural como caminar. Me dirigí a una oficina de coches de alquiler y conseguí enseguida un empleo. Tenía que entregar una cantidad semanal al dueño y el resto de lo que recaudaba quedaba para mí. Casi nunca era mucho, pero me las arreglaba para vivir. Lo más difícil fue aprender a orientarme, porque de todos los laberintos ideados por la mente humana Londres es el más desconcertante. Pero siempre llevaba un mapa, y, una vez localizados los principales hoteles y estaciones, me desenvolví bastante bien.

»Pasó algún tiempo hasta que descubrí dónde vivían mis dos caballeros, pero pregunté y pregunté hasta que finalmente di con ellos. Estaban en una pensión de Camberwell, al otro lado del río. En cuanto los encontré, supe que los tenía a mi merced. Me había dejado crecer la barba y no había posibilidad de que me reconocieran. Me pegué a ellos y los seguí hasta que surgió la ocasión. Estaba decidido a que no escaparan de nuevo.

»A pesar de todo, estuvieron a punto de lograrlo. Dondequiera que fueran en Londres, yo les pisaba los talones. A veces los seguía en mi coche y a veces a pie, pero era mejor el coche, porque entonces no podían despegarse de mí. Solo podía ganar algún dinero a primeras horas de la mañana o a últimas horas de la noche, y empecé a retrasarme en los pagos a mi patrono. Pero eso no me importaba, con tal de poder echar mano a los hombres que perseguía.

»Sin embargo, eran muy astutos. Debían pensar que cabía la posibilidad de que alguien los siguiera, pues nunca salían solos ni después de anochecer. A lo largo de dos semanas fui todos los días tras ellos en mi coche, y no se separaron ni una sola vez. Drebber estaba borracho la mitad del tiempo, pero a Stangerson no era posible pillarle desprevenido. Yo los vigilaba incansable, sin ver nunca la más remota posibilidad, pero no desesperaba, porque algo me decía que mi hora estaba a punto de llegar. Mi único temor era que esta cosa que tengo en el pecho estallara demasiado pronto y no me dejara concluir mi tarea.

»Finalmente, un atardecer que yo recorría en mi coche Torquay Terrace, que así se llamaba la calle donde se alojaban, vi que un coche de punto se detenía ante su puerta. Sacaron el equipaje y poco después salieron Drebber y Stangerson y se marcharon en el coche. Arreé a mi caballo y les seguí sin perderlos de vista, porque temía que levantaran el vuelo. Se apearon en Euston Station, y yo, tras encargar a un muchacho que cuidara de mi caballo, los seguí hasta el andén. Oí que preguntaban por el tren de Liverpool, y el empleado les respondió que acababa de salir uno y que no habría otro hasta dentro de unas horas. Stangerson pareció muy contrariado, pero Drebber se mostró más complacido que otra cosa. En medio del bullicio, me acerqué tanto a ellos que podía oír todas las palabras que intercambiaban. Drebber dijo que tenía un asuntillo personal que resolver y que, si el otro le esperaba, se reuniría enseguida con él. Su compañero le regañaba y le recordaba que habían acordado no separarse nunca. Drebber replicó que el asunto era delicado y que tenía que ir solo. No pude captar lo que Stangerson respondió a esto, pero el otro le lanzó una serie de improperios y le recordó que solo era un empleado a sueldo y que no era nadie para darle órdenes. Ante esto, el secretario dio por perdida la cuestión y se limitó a convenir con él que, si no alcanzaba el último tren, se reunirían en el hotel Halliday, a lo que Drebber respondió que estaría de regreso en el andén antes de las once. Y se largó de la estación.

»Por fin había llegado el momento que yo llevaba esperando tanto tiempo. Tenía a mis enemigos en mi poder. Juntos, podían protegerse el uno al otro, pero separados estaban a mi merced. Sin embargo, no actué con indebida precipitación. Ya tenía trazado mi plan. La venganza no es satisfactoria si el ofensor no tiene tiempo de darse cuenta de quién le hiere y de por qué se le castiga. Yo había dispuesto mis planes de modo que tuviera oportunidad de hacer comprender al tipo que me había agraviado que su viejo pecado terminaba finalmente con él. Casualmente, un caballero, encargado de inspeccionar unas casas de Brixton Road, había perdido en mi coche la llave de una de ellas. Fue reclamada y devuelta aquella misma tarde, pero en el intervalo saqué un molde de la misma y conseguí un duplicado. Así tenía yo acceso a un lugar de esta gran ciudad donde podía confiar en que no me interrumpieran. Ahora debía resolver el difícil problema de cómo llevar a Drebber a aquella casa.

»Él anduvo calle abajo y se metió en dos o tres tabernas, en la última de las cuales permaneció casi media hora. Cuando salió, se tambaleaba y estaba sin duda muy bebido. Cogió un cabriolé que había justo delante de mí. Le seguí tan de cerca que el hocico de mi caballo estuvo durante todo el viaje a menos de una yarda de su cochero. Cruzamos traqueteando el puente de Waterloo y recorrimos un montón de calles, hasta que, para mi sorpresa, nos encontramos de nuevo ante la casa donde se alojara. No podía imaginar cuál era su intención al regresar allí, pero proseguí adelante y me detuve a unas cien yardas. Drebber entró, y su coche se fue. Denme un vaso de agua, por favor. Tengo la boca seca de hablar.

Le di el vaso y se lo bebió entero.

—Eso está mejor —dijo—. Bien, había esperado un cuarto de hora, o más, cuando de repente llegó desde el interior de la casa el ruido de una pelea. Al instante siguiente se abrió de golpe la puerta y aparecieron dos hombres, uno de los cuales era Drebber, y el otro un joven al que yo nunca había visto. El individuo tenía a Drebber agarrado por el cuello del gabán y, al llegar a lo alto de la escalera, le propinó un empujón y una patada que lo mandaron al centro de la calzada. «¡Canalla!», le gritó, amenazándole con su bastón. «¡Yo te enseñaré a no ofender a una chica decente!» Estaba tan furioso que creí iba a golpear a Drebber, pero este corrió dando tumbos calle abajo, a toda la velocidad que le permitían sus piernas. Llegó hasta la esquina, y allí, al ver mi coche, me llamó y subió de un salto. «Lléveme al hotel Halliday», dijo.

»Cuando lo tuve dentro del coche, mi corazón dio tales saltos de alegría que temí que en aquel último momento estallara mi aneurisma. Conduje despacio, dando vueltas en mi mente a lo que sería mejor hacer. Podía llevarlo sin más al campo, y allí, en un camino apartado, mantener mi última conversación con él. Casi había decidido hacerlo de este modo, cuando el propio Drebber resolvió el problema por mí. La obsesión de beber se había apoderado de nuevo de él y me ordenó que me detuviera ante una taberna. Entró en ella, diciéndome que le esperara. Permaneció dentro hasta que cerraron y para entonces estaba tan borracho que supe que yo había ganado la partida.

»No imaginen que pretendía matarlo a sangre fría. De hacerlo así, hubiera sido un acto de estricta justicia, pero no podía decidirme a ello. Había resuelto hacía tiempo que él debía tener una oportunidad de salvar su vida, si quería intentarlo. Entre los muchos empleos que desempeñé en Estados Unidos durante mi vida errante, figuraba el de conserje y barrendero del laboratorio del York College. Un día el profesor estaba dando una clase sobre venenos y mostró a los estudiantes cierto alcaloide, así lo llamó, que había extraído de un veneno de flechas envenenadas de Sudamérica, tan potente que un mísero grano suponía la muerte inmediata. Observé dónde guardaban la botella que contenía el preparado y, cuando todos se fueron, cogí una pequeña cantidad. Yo era bastante buen boticario, de modo que introduje el alcaloide en pequeñas píldoras solubles, y metí cada píldora en una caja, junto a otra similar que no contenía veneno. Decidí entonces que, cuando llegara mi oportunidad, mis caballeros tendrían que coger cada uno una píldora de la caja, mientras yo me tomaría la restante. Sería tan letal y bastante menos ruidoso que disparar a través de un pañuelo. Desde aquel día siempre llevé conmigo las cajitas con las píldoras, y entonces había llegado el momento de utilizarlas.

»Estábamos ya más cerca de la una que de las doce, y la noche era borrascosa y desapacible. Soplaba un viento fuerte y llovía a cántaros. La tristeza del exterior igualaba a la alegría que yo sentía por dentro, una alegría tan intensa que hubiera podido gritar de pura exultación. Si uno de ustedes, caballeros, hubiera anhelado algo por espacio de veinte largos años y luego, de pronto, lo tuviera al alcance de la mano, entendería mis sentimientos. Encendí un cigarro y di una chupada para calmarme los nervios, pero me temblaban las manos, y las sienes me latían de excitación. Mientras conducía el coche, pude ver, con tanta claridad como los veo a ustedes en esta habitación, que el viejo John Ferrier y la dulce Lucy me miraban desde la oscuridad y me sonreían. Fueron delante de mí a lo largo de todo el trayecto, uno a cada lado del caballo, hasta que me detuve ante la casa de Brixton Road.

»No se veía un alma, ni se oía el menor ruido, salvo el gotear de la lluvia. Cuando le miré a través de la ventanilla, vi que Drebber se había acurrucado a dormir su borrachera. Le sacudí por el brazo.

»—Es hora de bajar —le dije.

»—Está bien, cochero —dijo.

»Supongo que pensó que habíamos llegado al hotel, pues bajó del coche sin decir palabra y me siguió a través del jardín. Tuve que caminar a su lado para sostenerlo, porque todavía tenía un poco pesada la cabeza. Cuando llegamos a la puerta, la abrí y le hice entrar en la habitación delantera. Les doy mi palabra de que durante todo el trayecto el padre y la hija caminaron delante de nosotros.

»—Esto está condenadamente oscuro —dijo Drebber, avanzando dentro de la habitación.

»—Pronto tendremos luz —dije, encendiendo una cerilla y aplicándola a una vela que había llevado conmigo—. Y ahora, Enoch Drebber —proseguí, volviéndome hacia él y acercando la luz a mi rostro—, ¿quién soy yo?

»Me miró con turbios ojos de borracho, y de pronto surgió en ellos una expresión de horror, y sus facciones se crisparon, lo cual me indicó que me había reconocido. Retrocedió tambaleándose, con el rostro lívido, y vi que el sudor brotaba de su frente y que le castañeteaban los dientes. Apoyé la espalda contra la puerta y lancé una estremecedora carcajada. Siempre había sabido que la venganza sería dulce, pero nunca había esperado una satisfacción como la que entonces me embargaba.

»—¡Maldito canalla! —le dije—. Te he seguido el rastro desde Salt Lake City hasta San Petersburgo, y siempre escapaste de mí. Pero ahora por fin tus correrías han terminado, porque uno de los dos no verá amanecer mañana.

»Él siguió retrocediendo mientras yo hablaba, y pude ver en su rostro que me creía loco. Y en aquellos momentos lo estaba. Las sienes me latían como si las golpearan con un martillo, y creo que habría sufrido un colapso si no me hubiera salido la sangre por la nariz disminuyendo la presión.

»—¿Qué piensas ahora de Lucy Ferrier? —grité, cerrando la puerta y agitando la llave ante su rostro—. El castigo ha tardado en llegar, pero te ha atrapado por fin.

»Vi cómo le temblaban los cobardes labios mientras yo hablaba. Habría suplicado por su vida, pero sabía perfectamente que era inútil.

»—¿Vas a asesinarme? —tartamudeó.

»—No es un asesinato —respondí—. ¿Quién llamaría asesinato a matar a un perro rabioso? ¿Qué compasión tuviste tú de mi pobre y querida Lucy, cuando la arrancaste del lado de su padre asesinado y la metiste en tu maldito y vergonzoso harén?

»—¡No fui yo quien mató a su padre! —gritó.

»—Pero sí fuiste tú quien rompió su inocente corazón —exclamé, mostrándole la cajita—. Sometámonos al juicio del Altísimo. Elige y trágatela. Una contiene la muerte y la otra la vida. Yo me tomaré la que tú dejes. Veamos si hay justicia en el mundo, o si nos gobierna el azar.

»Drebber se encogió y retrocedió, profiriendo espantosos gritos y pidiendo clemencia, pero yo saqué mi cuchillo y se lo puse en la garganta hasta que me obedeció. Entonces me tragué la otra píldora, y permanecimos unos instantes mirándonos en silencio cara a cara, esperando ver cuál iba a vivir y cuál iba a morir. ¿Olvidaré jamás la expresión de su rostro cuando los primeros espasmos le revelaron que el veneno estaba en su organismo? Me eché a reír y le puse el anillo de boda de Lucy delante de los ojos. Duró solo un momento, porque la acción del alcaloide es rápida. Un espasmo de dolor contrajo sus facciones, extendió los brazos hacia delante, se tambaleó y, con un ronco grito, cayó pesadamente al suelo. Le di la vuelta con el pie y le puse una mano en el corazón. No latía. Estaba muerto.

»La sangre había seguido brotando de mi nariz, sin que yo me diera cuenta. No sé qué fue lo que me indujo a escribir con ella en la pared. Tal vez la maliciosa idea de poner a la policía tras una pista falsa, porque me sentía alegre y eufórico. Recordé que en Nueva York habían encontrado a un alemán con la palabra «Rache» escrita junto a él, y que los periódicos de entonces habían atribuido el crimen a las sociedades secretas. Supuse que lo que había desconcertado a los neoyorquinos desconcertaría también a los londinenses, de modo que mojé un dedo en mi propia sangre y escribí la palabra en un punto adecuado de la pared. Entonces volví a mi coche, y comprobé que no había nadie por la calle, y que la noche seguía tormentosa. Había avanzado ya un trecho, cuando metí la mano en el bolsillo donde solía guardar el anillo de Lucy y descubrí que no estaba. Me dejó trastornado, porque era el único recuerdo que me quedaba de ella. Pensé que se me podía haber caído al inclinarme sobre el cadáver de Drebber, volví atrás y, tras dejar mi coche en una calle lateral, me encaminé decidido hacia la casa, pues estaba dispuesto a arrostrar cualquier riesgo antes que perder el anillo. Cuando llegué, me di de bruces con el policía que salía, y solo conseguí disipar sus sospechas fingiendo estar perdidamente borracho.

»Así acabó Enoch Drebber. Solo me restaba hacer lo mismo con Stangerson, y la deuda de John Ferrier quedaría saldada. Sabía que se alojaba en el hotel Halliday, y merodeé por allí todo el día, pero él no salió. Supongo que sospechó algo cuando Drebber no compareció. Era astuto el tal Stangerson, y siempre estaba alerta. Pero, si creyó que podía escapar de mí permaneciendo dentro del hotel, estaba muy equivocado. Averigüé enseguida cuál era la ventana de su dormitorio, y a la mañana siguiente, muy temprano, utilicé una escalera que estaba tirada en la callejuela de detrás del hotel y me introduje en su habitación con las primeras luces del alba. Lo desperté y le dije que había llegado la hora de que rindiera cuentas por la vida que había destruido tanto tiempo atrás. Le describí la muerte de Drebber, y le di la misma oportunidad de elegir entre las píldoras. En lugar de aprovechar la posibilidad de salvarse que yo le ofrecía, saltó de la cama y se precipitó hacia mi garganta. En legítima defensa, le clavé el cuchillo en el corazón. De todos modos, el resultado habría sido el mismo, pues la Providencia no hubiera permitido que su mano culpable eligiera otra píldora que la envenenada.

»Poco me queda por decir, y es mejor que sea así, porque estoy exhausto. Seguí con mi coche durante un par de días, con la intención de trabajar hasta ahorrar lo suficiente para volver a América. Estaba un día en las caballerizas cuando un golfillo andrajoso me preguntó si había un cochero llamado Jefferson Hope, porque un caballero solicitaba su coche en el número 221 B de Baker Street. Acudí sin la menor sospecha, y cuando quise darme cuenta este joven aquí presente me había puesto las esposas en las muñecas, con una habilidad que no había visto en mi vida. Esta es toda mi historia, caballeros. Tal vez me consideren un asesino, pero yo sostengo que soy un mero funcionario de la justicia, lo mismo que ustedes.

El relato de aquel hombre había sido tan conmovedor y su actitud tan solemne que le habíamos escuchado callados y absortos. Hasta los detectives profesionales, hastiados de cuanto se relaciona con el crimen, parecieron interesarse vivamente por la historia. Cuando concluyó, permanecimos unos minutos en silencio, solo roto por el chirriar del lápiz de Lestrade, que daba los últimos toques a su informe taquigráfico.

—Únicamente resta un punto sobre el que me gustaría recibir información —dijo por último Sherlock Holmes—. ¿Quién fue el cómplice que fue a buscar el anillo, en respuesta a mi anuncio?

El preso guiñó jocosamente un ojo a mi amigo.

—Puedo contar mis propios secretos —dijo—, pero no creo problemas a los demás. Leí su anuncio y pensé que podía tratarse de una trampa, o podía tratarse del anillo que yo buscaba. Mi amigo se ofreció a comprobarlo. Creo que usted reconocerá que lo hizo con ingenio.

—Sobre esto no cabe duda —dijo Holmes, cordialmente.

—Ahora, caballeros —observó el inspector con gravedad—, hay que cumplir con las formalidades de la ley. El preso comparecerá el jueves ante los magistrados, y se requerirá la presencia de ustedes. Hasta entonces yo seré responsable de él.

Tocó el timbre mientras hablaba, y una pareja de guardias se llevó a Jefferson Hope, al tiempo que mi amigo y yo salíamos de la comisaría y tomábamos un coche hacia Baker Street.

7

# CONCLUSIÓN

Se nos había advertido a todos que debíamos comparecer ante los magistrados el jueves, pero, cuando llegó el jueves, no hubo ocasión para testimoniar. Un juez más alto se había hecho cargo del caso, y Jefferson Hope había sido llamado a declarar ante un tribunal que le aplicaría la más estricta justicia. La misma noche de su captura reventó el aneurisma, y por la mañana lo encontraron tendido en el suelo de su celda, con una plácida sonrisa en el rostro, como si en los momentos anteriores a la muerte hubiera mirado hacia atrás y hubiera visto una vida provechosa y una tarea bien realizada.

—Esta muerte enfurecerá a Gregson y a Lestrade —observó Holmes, cuando hablamos del caso la tarde siguiente—. ¿En qué quedará ahora la fama que les iba a procurar?

—No veo que ellos hayan desempeñado un gran papel en la captura —respondí.

—En este mundo no importa demasiado lo que uno haga —replicó mi compañero con amargura—. Lo importante es de lo que uno es capaz de convencer a la gente que ha hecho. Lo mismo da —prosiguió, después de una pausa, en tono más animoso—. No me habría perdido esta investigación por nada del mundo. No hay un caso mejor entre todos los que recuerdo. Aunque era sencillo, presentaba algunos puntos muy instructivos.

—¡Sencillo!

—Bien, la verdad es que no puede calificarse de otro modo —dijo Sherlock Holmes, con una sonrisa ante mi sorpresa—. La prueba de su intrínseca sencillez es que, sin otra ayuda que unas deducciones de lo más corrientes, he podido echarle mano al criminal en menos de tres días.

—Es verdad —reconocí.

—Ya le había explicado a usted que todo lo que escapa a lo corriente es antes un indicio que un estorbo. Para resolver un problema de esta índole es de capital importancia razonar hacia atrás. Se trata de una práctica muy útil, y muy sencilla además, pero la gente no la ejercita demasiado. En los asuntos cotidianos es más útil razonar hacia delante y por ello se desdeña la otra posibilidad. Por cada cincuenta individuos capaces de razonar sintéticamente hay uno capaz de razonar analíticamente.

—Confieso —dije— que no acabo de comprenderlo.

—No esperaba que lo hiciese. Veamos si puedo exponerlo con más claridad. La mayoría de la gente, si usted les describe una serie de hechos, le dirá cuál va a ser el resultado. Son capaces de unir estos hechos en su mente y deducir de ellos lo que va a ocurrir. Hay, no obstante, pocas personas que, si usted les expone un resultado, son capaces de extraer de su propia conciencia los pasos que han conducido a él. A esa facultad me refiero cuando hablo de razonar hacia atrás, o analíticamente.

—Ya entiendo.

—Pues bien, este era un caso en que se nos daba el resultado y teníamos que descubrir todo lo demás. Deje que le exponga los diferentes pasos de mi razonamiento. Empecemos por el principio. Como sabe, me dirigí a la casa a pie y con la mente completamente libre de toda sensación. Empecé, claro está, por examinar la calzada de la calle, y, como ya le expliqué, vi distintamente las huellas de un coche, que, según deduje de mis investigaciones, tenía que haber estado allí en el curso de la noche. Por la escasa distancia entre las ruedas tuve el convencimiento de que no se trataba de un carruaje privado sino de un coche de alquiler. El habitual coche de punto londinense es considerablemente menos ancho que la berlina particular de un caballero.

»Ese fue el primer paso. Después avancé despacio por el sendero del jardín, que resultó estar compuesto de arcilla, especialmente apropiada para que se graben en ella las huellas. Sin duda a usted le pareció una simple franja de barro pisoteado, pero para mis expertos ojos cada marca de la superficie tenía un significado. No hay en la ciencia detectivesca rama tan importante y tan desdeñada como el arte de distinguir pisadas. Por suerte, yo siempre me he interesado en él, y la mucha práctica lo ha convertido en mí en una segunda naturaleza. Vi las profundas pisadas de los policías, pero también las huellas de los dos hombres que habían cruzado primero por el jardín. Era fácil deducir que habían estado allí antes, porque en algunos puntos sus huellas se habían borrado por completo al pasar los otros individuos por encima. Así construí el segundo eslabón de la cadena, y supe que los visitantes nocturnos habían sido dos, uno de ellos de considerable estatura, según calculé a partir de la longitud de la zancada, y el otro vestido a la moda, a juzgar por la pequeña y elegante impresión dejada por sus botas.

»Al entrar en la casa se confirmó esta última deducción. El hombre de elegante calzado yacía ante mí. El alto, por tanto, había cometido el asesinato, si de asesinato se trataba. El cadáver no presentaba herida alguna, pero la crispada expresión de su rostro me daba la certeza de que había visto llegar su fin. Nadie que muera de un ataque cardíaco o de cualquier muerte repentina por causas naturales muestra este gesto desencajado. Olfateé los labios del muerto, percibí un ligero olor acre y concluí que le habían obligado a ingerir un veneno. También deduje que le habían obligado por el odio y el miedo que se leía en su rostro. Había llegado a este resultado valiéndome del método de exclusión: ninguna otra hipótesis se ajustaba a los hechos. No vaya usted a imaginar que era una suposición inaudita. La ingestión forzada de veneno no es una novedad en los anales del crimen. Los casos de Dolsky en Odesa, o de Leturier en Montepellier acudirían de inmediato a la memoria de cualquier toxicólogo.

»Y ahora llegamos a la gran pregunta acerca del motivo. El objetivo del crimen no había sido el robo, pues no se habían llevado nada. ¿Sería, pues, la política, o habría por medio una mujer? Esta era la cuestión a la que me enfrentaba. Desde un principio me incliné por la última suposición. Los asesinos políticos solo quieren hacer su trabajo y largarse cuanto antes. Por el contrario, este asesino había actuado con mucha parsimonia y había dejado sus huellas por toda la habitación, lo cual indicaba que había estado allí largo rato. Tenía que haber sido un agravio personal y no político el que había provocado una venganza tan metódica. Cuando se descubrió la inscripción en la pared, me ratifiqué todavía más en mi opinión. Aquello era evidentemente una añagaza. Y el hallazgo del anillo zanjó la cuestión. Era obvio que el asesino lo había utilizado para que la víctima recordara a alguna mujer muerta o ausente. Al llegar a este punto, le pregunté a Gregson si, en su telegrama a Cleveland, había solicitado información acerca de algún aspecto concreto del pasado del señor Drebber. Usted recordará que respondió que no.

»Entonces procedí a escudriñar con cuidado la habitación, y el resultado confirmó mi opinión acerca de la estatura del asesino, y me proporcionó los detalles adicionales del cigarro Trichinopoly y la longitud de las uñas. Como no vi señales de lucha, había llegado ya a la conclusión de que la sangre que cubría el suelo había brotado de la nariz del asesino, a consecuencia de la excitación. El rastro de sangre coincidía con las huellas de sus pisadas. Es raro que un individuo, a menos que sea muy vigoroso, pueda sufrir este efecto a causa de la emoción, y aventuré la opinión de que el asesino era un hombre robusto de rostro rubicundo. Los hechos han demostrado que mi deducción era correcta.

»Tras abandonar la casa, hice lo que Gregson había omitido. Telegrafié al jefe de policía de Cleveland, limitándome a pedir información sobre las circunstancias relacionadas con el matrimonio de Enoch Drebber. La respuesta fue concluyente. Me notificó que en cierta ocasión Drebber había solicitado la protección de la ley contra un antiguo rival en amores, llamado Jefferson Hope, y que el tal Hope estaba actualmente en Europa. Ahora yo sabía que tenía la clave del misterio en mis manos y que lo único que faltaba era detener al asesino.

»Había llegado a la conclusión de que el hombre que entró en la casa con Drebber no era otro que el conductor del coche. Las huellas de la calle mostraban que el caballo se había movido de un lado a otro, cosa que no habría hecho de haber estado alguien a su cuidado. Y ¿dónde podía encontrarse el cochero, si no estaba junto a su caballo? Además, es absurdo suponer que un hombre en su sano juicio cometa un crimen premeditado ante los ojos, por así decirlo, de una tercera persona, que con seguridad lo denunciará. Por último, suponiendo que un hombre quiera perseguir a otro a través de Londres, ¿qué mejor recurso puede adoptar que conducir un coche público? Todas estas consideraciones me llevaron a la ineludible conclusión de que encontraría a Jefferson Hope entre los cocheros de la metrópoli.

»Si lo había sido, no había razón para suponer que había dejado de serlo. Por el contrario, desde su punto de vista cualquier cambio repentino podía atraer la atención sobre él. Era probable que, al menos por un tiempo, siguiese desempeñando su trabajo. No vi motivos para suponer que lo hiciera bajo un nombre supuesto. ¿Por qué iba a cambiar su nombre en un país donde este no era conocido por nadie? Así pues, organicé mi cuerpo detectivesco de golfos y los envié sistemáticamente a todos los propietarios de coches de alquiler de Londres, hasta que localizaran al hombre que buscaba. Usted guarda todavía el recuerdo reciente de lo bien que desempeñaron su cometido y de la rapidez con que yo saqué provecho de ello. El asesinato de Stangerson fue un incidente completamente inesperado, pero, en cualquier caso, nos hubiera sido difícil impedirlo. A través de él, como usted sabe, conseguí las píldoras, cuya existencia ya había conjeturado. Como ve, todo consiste en una cadena de secuencias lógicas, sin rupturas ni grietas.

—¿Es asombroso! —exclamé—. Sus méritos, Holmes, deberían ser públicamente reconocidos. Debería publicar una relación del caso. Si no lo hace, lo haré yo por usted.

—Haga usted lo que quiera, doctor —respondió—. ¡Mire! —prosiguió, tendiéndome un periódico—. ¡Fíjese en esto!

Era el *Echo* del día, y el párrafo que me señalaba estaba dedicado al caso en cuestión.

«El público», decía, «se ha perdido un caso sensacional con la repentina muerte de un tal Hope, sospechoso de haber asesinado al señor Enoch Drebber y al señor Joseph Stangerson. Probablemente ya no se conocerán nunca los detalles del caso, aunque sabemos de buena fuente que el crimen ha sido consecuencia de una antigua y romántica enemistad, en la que el amor y el mormonismo desempeñaron un papel principal. Al parecer, las dos víctimas pertenecieron, de jóvenes, a los Santos del Último Día, y Hope, el preso fallecido, también procedía de Salt Lake City. Aunque el caso no hubiera tenido otros efectos, pone al menos de manifiesto de modo destacado la impresionante eficacia de nuestro cuerpo de policía, y servirá de lección a todos los extranjeros, para que tengan la precaución de dirimir sus conflictos en sus propios países en lugar de traerlos a suelo británico. No es un secreto para nadie que el mérito de esta rápida captura corresponde por entero a los famosos funcionarios de Scotland Yard, señores Lestrade y Gregson. El individuo fue detenido, al parecer, en las habitaciones de un tal señor Sherlock Holmes, que ha demostrado, como aficionado, cierto talento detectivesco, y que, junto a estos maestros, podría adquirir con el tiempo hasta cierto punto su misma destreza. Es de esperar que se ofrezca algún tipo de homenaje a estos dos detectives de Scotland Yard, como justo reconocimiento a sus servicios».

—¿No se lo dije desde el principio? —exclamó Sherlock Holmes, echándose a reír—. Este es el resultado de nuestro «estudio en escarlata»: ¡que les hagan un homenaje!

—No importa —respondí—. Tengo todos los hechos anotados en mi diario, y el público los conocerá. Entretanto, confórmese con el propio convencimiento de su éxito, como el avaro romano al que no le importa el desprecio de la gente, mientras contempla en casa sus monedas:

*Populos me sibilat, at mihi plaudo*
*Ipse domi simul ac nummos contemplar in arca.*

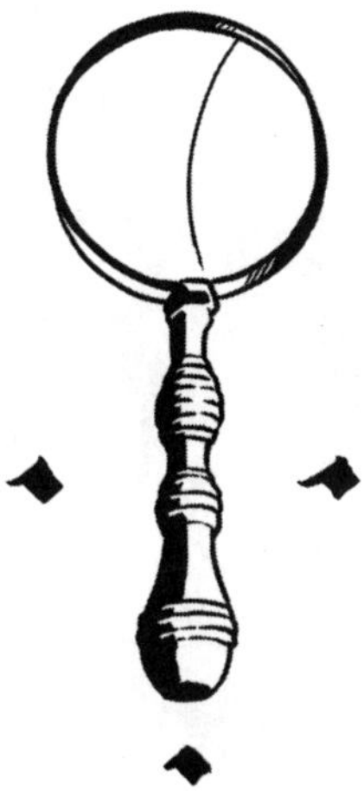

2017

# ESCÁNDALO EN BOHEMIA

Para Sherlock Holmes ella es siempre «la mujer». Rara vez le he oído mencionarla con otro nombre. A sus ojos eclipsa a la totalidad de su sexo y la supera. Y no es que sintiera hacia Irene Adler un sentimiento semejante al amor. Todos los sentimientos, y este en particular, parecían abominables a su mente fría, precisa, admirablemente equilibrada. Le considero la máquina razonadora y observadora más perfecta que ha conocido el mundo, pero como amante no hubiera sabido desenvolverse. Nunca hablaba de las pasiones más tiernas, salvo con sarcasmo y desprecio. Eran elementos valiosísimos para el observador, excelentes para descorrer el velo que cubre las motivaciones y acciones humanas. Pero para el avezado pensador admitir semejantes intrusiones en su delicado y bien ajustado temperamento suponía introducir un factor de distracción capaz de generar dudas en todas las conclusiones de su mente. Un grano de arena en un instrumento de precisión, o una grieta en una de sus potentes lupas, no serían más perturbadores que una emoción intensa en un carácter como el suyo. Y, sin embargo, solo existía una mujer para él, y esa mujer era la difunta Irene Adler, de dudosa y cuestionable memoria.

Últimamente yo había visto poco a Holmes. Mi matrimonio nos había distanciado. Mi completa felicidad, y los intereses centrados en el hogar que envuelven al hombre que se ve por primera vez dueño y señor de su propia casa, absorbían toda mi atención, mientras Holmes, cuya misantropía le alejaba de cualquier forma de sociabilidad, seguía en nuestras dependencias de Baker Street, enterrado entre sus viejos libros, y oscilando, semana tras semana, entre la cocaína y la ambición, entre la somnolencia de la droga y la fiera energía de su ardiente naturaleza. Le seguía atrayendo profundamente, como siempre, el estudio del crimen, y dedicaba sus inmensas facultades y sus extraordinarios poderes de observación a seguir unas pistas y desvelar unos misterios que la policía había abandonado como imposibles. De vez en cuando me llegaba una vaga noticia de sus actividades: que lo habían llamado desde Odessa en el caso del asesinato de Trepoff; que había esclarecido la peculiar tragedia de los hermanos Atkinson en Tricomalee, y por último que había resuelto con delicadeza y eficacia la misión relacionada con la familia real de Holanda. Salvo estos indicios de su actividad, que yo me limitaba a compartir con todos los lectores de la prensa, sabía muy poco de mi antiguo amigo y compañero.

Una noche —era el 20 de marzo de 1888—, regresaba yo de visitar a un paciente, pues había vuelto a ejercer la medicina civil, cuando mi trayecto me llevó a Baker Street. Al pasar ante la puerta que tan bien recordaba, y que siempre estará asociada en mi mente a mi noviazgo y a los siniestros incidentes de *Estudio en escarlata*, me embargó un vivo deseo de volver a ver a Holmes y de saber en qué estaba empleando sus extraordinarias dotes. Sus habitaciones estaban intensamente iluminadas y, al mirar hacia arriba, vi cruzar dos veces la oscura silueta de su figura alta y enjuta tras la persiana. Andaba a paso vivo por la habitación, impaciente, con la cabeza hundida en el pecho y las manos entrelazadas a la espalda. A mí, que conozco todas sus costumbres y sus estados de ánimo, esa actitud y ese modo de moverse me lo decían todo. Holmes estaba trabajando de nuevo. Había salido de los ensueños de la droga y husmeaba impaciente el rastro de un nuevo misterio. Tiré de la campanilla, y me condujeron a la estancia que otrora había sido en parte mía.

La actitud de Holmes no fue efusiva, rara vez lo era, pero creo que se alegró de verme. Sin apenas pronunciar palabra, mas con mirada afable, me señaló un sillón, me pasó su caja de cigarros y me indicó una licorera y un sifón. Después se plantó ante la chimenea y me examinó de arriba abajo con su peculiar estilo introspectivo.

—Le sienta bien el matrimonio —observó—. Me parece, Watson, que ha engordado siete libras y media desde la última vez que le vi.

—¡Siete! —respondí.

—Vaya, yo habría dicho que un poco más. Solo un poquito más, Watson. Y observo que ejerce de nuevo. No me dijo que tenía intenciones de volver a su trabajo.

—Entonces ¿cómo lo sabe?

—Lo veo, lo deduzco. ¿Cómo sé que hace poco se mojó usted mucho, y que tiene una criada torpe y descuidada?

—Mi querido Holmes —dije—, esto es demasiado. De haber vivido hace unos siglos, no cabe duda de que le habrían quemado en la hoguera. Es cierto que el jueves di un paseo por el campo y que regresé a casa en estado lamentable, pero me he cambiado de ropa y no puedo entender cómo lo ha deducido. En cuanto a Mary Jane, es incorregible, y mi esposa ya la ha despedido, pero tampoco me explico cómo lo ha averiguado usted.

Holmes rió entre dientes, frotándose las largas y nerviosas manos.

—Es lo más sencillo del mundo —dijo—. Mis ojos me indican que en la parte interior de su zapato izquierdo, justo donde da la luz del fuego de la chimenea, el cuero está marcado con seis rayas casi paralelas. Es obvio que las hizo alguien que rascó con muy poco cuidado el borde de la suela para desprender el barro incrustado. De ahí mi doble deducción de que ha estado a la intemperie con mal tiempo y de que tiene un espécimen particularmente maligno de rajabotas como criada londinense. En cuanto a su actividad profesional, si un caballero entra en mis aposentos oliendo a yodoformo, con una negra mancha de nitrato de plata en el dedo índice de la mano derecha y un bulto en el lado del sombrero de copa donde esconde el estetoscopio, debería ser realmente lerdo para no identificarlo como un miembro activo de la profesión médica.

No pude evitar una sonrisa ante la facilidad con que había expuesto su proceso deductivo.

—Cuando le escucho exponer sus razonamientos —observé—, me parece todo tan ridículamente sencillo como si pudiera hacerlo con facilidad yo mismo, pero, a cada nuevo paso de su discurrir, quedo desconcertado hasta que me explica el proceso. Y, no obstante, creo tener tan buenos ojos como usted.

—Desde luego —me respondió mientras encendía un cigarrillo y se dejaba caer hacia atrás en su sillón—. Usted ve, pero no observa. La diferencia es clara. Por ejemplo, ha visto un montón de veces los peldaños que llevan desde el vestíbulo hasta esta habitación.

—Un montón de veces.

—¿Cuántas?

—Bueno, cientos.

—En tal caso, ¿cuántos hay?

—¿Cuántos? No lo sé.

—¡Claro! No se ha fijado, no ha observado. Y, sin embargo, lo ha visto. A eso me refería. Ahora bien, yo sé que hay diecisiete peldaños, porque los he visto y los he observado. A propósito, ya que está interesado en estos problemillas y ha tenido la amabilidad de poner por escrito un par de mis insignificantes experiencias, tal vez le interese esto. —Me alargó una hoja de papel grueso y rosado, que yacía abierta sobre la mesa, y añadió—: Ha llegado en el último correo. Léala en voz alta.

La nota no llevaba fecha, ni tampoco firma ni dirección. Y decía:

> Esta noche, a las ocho menos cuarto, le visitará un caballero que desea consultarle un asunto de vital importancia. Los recientes servicios que ha prestado usted a una de las casas reales europeas demuestran que es persona a quien se le pueden confiar asuntos cuyo alcance no puede exagerarse. Estas referencias nos han de distintos puntos llegado. Esté, pues, en sus aposentos a dicha hora, y no le ofenda que su visitante lleve antifaz.

—Es realmente misterioso —comenté—. ¿Qué cree que significa?

—Aún no dispongo de datos. Es un error capital teorizar antes de tener datos. Sin darse cuenta, uno empieza a manipular los hechos para que se ajusten a las teorías, en lugar de ajustar las teorías a los hechos. Pero, en cuanto a la nota en sí, ¿qué deduce usted de ella?

Examiné con cuidado la escritura y el papel.

—El hombre que la ha escrito es seguramente una persona acomodada —observé, procurando imitar los procedimientos de mi compañero—. Un papel como este no se compra por menos de media corona el paquete. Es peculiarmente fuerte y consistente.

—Peculiar, esa es la palabra adecuada —dijo Holmes—. No es en absoluto un papel inglés. Colóquelo a contraluz.

Así lo hice, y vi una «e» mayúscula con una «g» minúscula, y una «p» y una «g» mayúsculas con una «t» minúscula, grabadas en la textura del papel.

—¿Qué cree que significa? —preguntó Holmes.

—El nombre del fabricante, sin duda. O, mejor dicho, su monograma.

—En absoluto. La «g» con la «t» significa «Gesellschaft», que en alemán quiere decir «compañía». Es una abreviatura habitual, como nuestra «cía». La «p» significa, por supuesto, «papel». Veamos ahora «eg». Echemos un vistazo a nuestro *Diccionario geográfico.* —Sacó del estante un pesado volumen marrón—. Eglow, Eglonitz..., aquí lo tenemos, Egria. Está en una región de habla alemana, en Bohemia, no lejos de Carlsbad. «Famoso por haber sido escenario de la muerte de Wallenstein, y por poseer numerosas fábricas de cristal y de papel.» Ajá, muchacho, ¿qué conclusión saca de esto?

Sus ojos centelleaban y expelió de su cigarrillo una triunfal nube azul.

—El papel fue fabricado en Bohemia —dije.

—Exactamente. Y el hombre que ha escrito la nota es alemán. Fíjese en la peculiar construcción de la frase: «Estas referencias nos han de distintos puntos llegado». Un francés o un ruso no pueden haber escrito esto. Solo los alemanes son tan desconsiderados con sus verbos. Por lo tanto, únicamente nos resta descubrir qué desea este alemán que escribe en papel de Bohemia y prefiere usar un antifaz a mostrar su rostro. Y aquí lo tenemos, si no me equivoco, para resolver todas nuestras dudas.

Mientras Holmes decía estas palabras, se oyó un nítido golpeteo de cascos de caballo, y el chirriar de las ruedas contra el bordillo de la acera, seguido de un enérgico campanillazo. Holmes soltó un silbido.

—Parece un tiro de dos caballos, por el sonido —dijo—. Sí —prosiguió, echando un vistazo por la ventana—, un bonito carruaje pequeño y un par de bellezas. Ciento cincuenta guineas cada una. De no haber otra cosa, Watson, al menos hay dinero en este caso.

—Será mejor que yo me vaya, Holmes.

—Nada de eso, doctor. Quédese donde está. Me siento perdido sin mi cronista. Y esto promete ponerse interesante. Sería una pena desaprovecharlo.

—Pero su cliente...

—No se preocupe por él. Yo puedo necesitar su ayuda, y

él también. Aquí llega. Siéntese en este sillón, doctor, y préstenos toda su atención.

Unos pasos lentos y pesados, que habían sonado en la escalera y en el pasillo, se detuvieron de inmediato detrás de la puerta. Siguió un golpe fuerte y autoritario.

—¡Adelante! —dijo Holmes.

Entró un hombre que difícilmente mediría menos de seis pies y seis pulgadas, con el torso y las extremidades de un Hércules. Su vestimenta era lujosa, de un lujo que, en Inglaterra, se hubiera considerado rayano en el mal gusto. Gruesas bandas de astracán ornaban las mangas y los bordes delanteros de su abrigo cruzado, mientras la capa azul oscuro que llevaba sobre los hombros estaba forrada de tela color fuego y se sujetaba al cuello con un broche formado por un solo y resplandeciente berilo. Unas botas de cuero que llegaban hasta media pantorrilla, con el borde orlado de una lujosa piel marrón, completaban la impresión de bárbara opulencia que emanaba de todo el conjunto. El visitante llevaba en la mano un sombrero de ala ancha, y le cubría la parte superior del rostro, hasta debajo de los pómulos, un curioso antifaz negro, que al parecer acababa de ponerse, pues aún mantenía la mano alzada junto a él cuando entró. A juzgar por la parte inferior del rostro, parecía un hombre de carácter fuerte, con un grueso labio inferior colgante y una mandíbula recta y alargada que sugería una firmeza que rayaba en la obstinación.

—¿Ha recibido mi nota? —preguntó con voz áspera y profunda y marcado acento alemán—. Le dije que vendría.

Nos miraba alternativamente al uno y al otro, como si no supiera a cuál de ambos dirigirse.

—Por favor, tome asiento —dijo Holmes—. Le presento a mi amigo y colaborador, el doctor Watson, que en ocasiones tiene la gentileza de ayudarme en mis casos. ¿A quién tengo el honor de dirigirme?

—Puede dirigirse a mí como al conde Von Kramm, un aristócrata bohemio. Entiendo que este caballero, su amigo, es un hombre de honor y discreción, al que puedo confiar un asunto de la más extrema importancia. De no ser así, prefiero comunicarme con usted a solas.

Me levanté para marcharme, pero Holmes me cogió por la muñeca y me obligó a volver a sentarme en mi sillón.

—O los dos, o ninguno —dijo—. Puede decir delante de este caballero cualquier cosa que desee decirme.

El conde encogió sus anchos hombros.

—En tal caso —dijo—, debo empezar exigiéndoles se comprometan ambos a absoluto secreto para dos años, pasados los cuales el asunto será no importante. En el presente no es exagerado decir que lo es tanto que puede tener influencia en la historia de Europa.

—Lo prometo —dijo Holmes.

—Yo también.

—Ustedes disculparán este antifaz —prosiguió nuestro extraño visitante—. La augusta persona que emplea mis servicios quiere que su agente no sea conocido por usted, y debo confesar enseguida que el título nobiliario con que me he presentado no es exactamente el mío.

—Estaba seguro de ello —replicó Holmes con sequedad.

—Las circunstancias son de gran delicadeza, y toda precaución ha de ser tomada para sofocar lo que podría crecer hasta convertirse en un escándalo inmenso y comprometer a una de las familias reinantes de Europa. Hablando claramente, la cuestión implica a la Gran Casa de Ormstein, reyes hereditarios de Bohemia.

—También estaba seguro de ello —murmuró Holmes, arrellanándose en su butaca y cerrando los ojos.

Nuestro visitante miró con evidente sorpresa la lánguida figura recostada del hombre que sin duda le habían descrito como el razonador más incisivo y el agente más enérgico de Europa. Holmes volvió a abrir lentamente los ojos y observó con impaciencia a su gigantesco cliente.

—Si Su Majestad se dignase condescender a exponer su

caso —observó—, yo estaría en mejores condiciones para aconsejarle.

El hombre saltó de su silla y empezó a recorrer la habitación de un lado a otro, presa de una agitación incontrolable. Después, con un gesto desesperado, se arrancó el antifaz y lo tiró al suelo.

—Tiene usted razón —exclamó—. Soy el rey. ¿Por qué habría de intentar ocultarlo?

—¿Por qué, en efecto? —murmuró Holmes—. Antes de que Su Majestad hablara, yo ya estaba seguro de que me dirigía a Guillermo Gottsreich Segismundo von Ormstein, gran duque de Cassel-Felstein y rey hereditario de Bohemia.

—Pero usted debe comprender —dijo nuestro extraño visitante, sentándose de nuevo y pasándose una mano por la frente blanca y ancha— que no estoy habituado a tratar estos asuntos por mí mismo. Sin embargo, la cuestión era tan delicada que no podía confiarla a un agente sin ponerme en su poder. He venido de incógnito desde Praga con el propósito de consultarle.

—Entonces consúlteme, por favor —dijo Holmes, volviendo a cerrar los ojos.

—Los hechos, resumidos, son estos. Hace unos cinco años, durante una prolongada visita a Varsovia, establecí relación con la famosa aventurera Irene Adler. No dudo que el nombre es familiar para usted.

—Hágame el favor de buscarla en mi índice, doctor —murmuró Holmes sin abrir los ojos.

Durante años mi amigo había seguido el sistema de recortar artículos concernientes a personas y cosas, de modo que era difícil mencionar un tema o un individuo sobre el que no pudiera proporcionar información inmediata. En este caso encontré la biografía de la mujer entre la de un rabino hebreo y la de un comandante que había escrito una monografía sobre los peces de las grandes profundidades marinas.

—¡Déjeme ver! —dijo Holmes—. ¡Hum! Nacida en New

Jersey el año 1858. Contralto... ¡hum! La Scala, ¡hum! Prima donna de la Ópera Imperial de Varsovia... ¡ya! Retirada de la escena... ¡ajá! Vive en Londres... ¡exacto! Creo entender que usted, Majestad, tuvo una aventura con esa joven, le escribió cartas comprometedoras y ahora está ansioso por recuperarlas.

—Exactamente. Pero ¿cómo lograrlo?

—¿Hubo un matrimonio secreto?

—No.

—¿Ningún papel o certificado legal?

—Ninguno.

—En tal caso, no comprendo a Vuestra Majestad. Si esta joven sacara las cartas para hacerle chantaje o con otros propósitos, ¿cómo iba a probar su autenticidad?

—Está mi letra.

—¡Bah! Falsificada.

—Mi papel de cartas personal.

—Robado.

—Mi propio sello.

—Imitado.

—Mi fotografía.

—Comprada.

—En la fotografía aparecemos los dos.

—¡Santo cielo! ¡Esto está muy mal! ¡Realmente Su Majestad ha cometido una indiscreción!

—Estaba loco... trastornado.

—Se comprometió gravemente.

—Entonces solo era príncipe heredero. Era joven. Incluso ahora tengo únicamente treinta años.

—Hay que recuperar la fotografía.

—Lo hemos intentado y hemos fracasado.

—Su Majestad tiene que pagar. Hay que comprarla.

—Ella no quiere vender.

—Entonces, robarla.

—Cinco intentos han sido hechos. Dos veces unos ladrones pagados por mí han registrado su casa. Una vez sustrajimos su equipaje cuando viajaba. Dos veces ha sido asaltada. No ha dado resultado.

—¿Ni rastro de la foto?

—Absolutamente ninguno.

Holmes sonrió.

—Desde luego es un problemilla precioso —dijo.

—Pero muy serio para mí —le reprochó el rey.

—Mucho, claro está. ¿Y qué se propone hacer ella con la fotografía?

—Arruinar mi vida.

—Pero ¿cómo?

—Estoy a punto de casarme.

—Eso he oído.

—Con Clotilde Lothman von Saxe-Meningen, segunda hija del rey de Escandinavia. Quizá usted conozca los estrictos principios de su familia. Ella misma es una verdadera alma de delicadeza. La sombra de una duda sobre mi conducta traería el asunto a su final.

—¿E Irene Adler?

—Amenaza mandarles a ellos la fotografía. Y lo hará. Yo sé que lo hará. Usted no la conoce, pero tiene un alma de acero. Tiene el rostro de la más hermosa de las mujeres, y la mente del más resuelto de los hombres. Antes de que yo pueda casarme con otra mujer, no hay nada que ella no esté dispuesta a hacer... ¡nada!

—¿Está seguro de que no la ha enviado aún?

—Estoy seguro.

—¿Por qué?

—Porque ella dijo que la enviaría el día que el compromiso fuera públicamente proclamado. Será el próximo lunes.

—Oh, entonces todavía nos quedan tres días —dijo Holmes con un bostezo—. Es una suerte, porque antes tengo que ocuparme de uno o dos asuntos importantes. ¿Por supuesto Su Majestad se quedará por el momento en Londres?

—Desde luego. Me encontrará en el hotel Langham, bajo el nombre de conde Von Kramm.

—Le enviaré unas líneas para tenerle al corriente de nuestros progresos.

—Hágalo, por favor. Seré todo ansiedad.

—¿Y en cuanto al dinero?

—Tiene usted carta blanca.

—¿Totalmente?

—Le digo que daría una de las provincias de mi reino por esta fotografía.

—¿Y para los gastos inmediatos?

El rey sacó de debajo de su capa una pesada bolsa de piel de gamuza y la depositó encima de la mesa.

—Hay trescientas libras en oro y setecientas en billetes —dijo.

Holmes garabateó un recibo en una hoja de su bloc y se lo entregó.

—¿Y la dirección de mademoiselle? —inquirió.

—Briony Lodge, Serpentine Avenue, Saint John's Wood.

Holmes lo anotó.

—Una pregunta más —dijo—. ¿Era la fotografía de tamaño grande?

—Sí, lo era.

—Entonces, buenas noches, Majestad, y confío en tener pronto buenas noticias que darle. Y buenas noches, Watson —añadió, cuando las ruedas del carruaje real rodaron calle abajo—. Si tiene la amabilidad de pasar por aquí mañana por la tarde a las tres, me encantará discutir ese problemilla con usted.

## 2

A las tres en punto de la tarde yo estaba en Baker Street, pero Holmes no había regresado todavía. La casera me informó de que había salido de casa poco después de las ocho de la mañana. Me senté junto al fuego, dispuesto a esperarle por mucho que tardara. Estaba ya profundamente interesado en la investigación, pues, aunque el caso no presentaba ninguna de las características macabras y extrañas que envolvían los dos crímenes que ya he relatado, su naturaleza y la elevada posición del cliente le conferían un carácter peculiar. Además, al margen de la naturaleza de la investigación que mi amigo se traía entre manos, había algo en su modo de controlar las situaciones, y en sus perspicaces e incisivos razonamientos, que convertía para mí en un placer estudiar su sistema de trabajo y seguir los métodos rápidos y sutiles con que desentrañaba los misterios más inextricables. Estaba tan acostumbrado a sus invariables éxitos que la mera posibilidad de un fracaso ni se me pasaba por la mente.

Eran casi las cuatro cuando se abrió la puerta y entró en la habitación un mozo con pinta de borracho, desastrado y patilludo, el rostro congestionado y las ropas impresentables. A pesar de lo acostumbrado que yo estaba a las maravillosas dotes de mi amigo para disfrazarse, tuve que mirarle tres veces antes de tener la certeza de que efectivamente era él. Con un gesto de saludo, desapareció en el dormitorio, de donde emergió a los cinco minutos con un traje de tweed y un aspecto tan respetable como siempre. Metiéndose las manos en los bolsillos, estiró las piernas ante la chimenea y rió con ganas unos segundos.

—¡Realmente, realmente! —exclamó.

Y entonces se atragantó y volvió a reír hasta quedar derrengado y sin aliento en la silla.

—¿Qué pasa?

—La cosa no puede ser más chusca. Estoy seguro de que usted no adivinaría jamás cómo he empleado la mañana ni lo que he estado haciendo.

—No puedo imaginarlo. Supongo que ha estado indagando las costumbres o tal vez vigilando la casa de la señorita Irene Adler.

—En efecto, pero el resultado ha sido insólito. Aun así, voy a contárselo todo. Salí de aquí poco después de las ocho, disfrazado de mozo de establo desempleado. Existe una maravillosa camaradería y solidaridad entre los hombres que trabajan con caballos. Si eres uno de ellos, sabrás todo lo que quepa saber. Encontré enseguida Briony Lodge. Es una joya. Tiene un jardín en la parte trasera, pero por delante llega hasta la calle. Dos pisos. Cerradura Chubb en la puerta. Amplio salón a la derecha, bien amueblado, con amplios ventanales hasta el suelo, y estos absurdos pestillos ingleses que hasta un niño podría abrir. Detrás no había nada especial, salvo que se puede acceder a la ventana del pasillo desde el tejado de la cochera. Di la vuelta a la villa y la examiné atentamente desde todos los ángulos posibles, pero no encontré nada que tuviera interés.

»Entonces anduve calle abajo, y resultó, como esperaba, que había unas caballerizas en un callejón que discurre junto a uno de los muros del jardín. Eché una mano a los mozos que estaban cepillando a los caballos, y recibí a cambio dos peniques, un vaso de cerveza, tabaco para cargar dos veces la pipa y cuanta información sobre la señorita Adler podía desear, por no hablar de la información sobre otra media docena de personas del vecindario por las que no sentía el menor interés, pero cuyas biografías me vi obligado a escuchar.

—¿Y qué hay de Irene Adler?

—Oh, ha hecho perder la cabeza a todos los habitantes del lugar. Es la cosa más bonita que camina bajo el sol. Eso dicen al unísono los hombres del Serpentine. Lleva una vida tranquila, da conciertos, sale todos los días a las cinco y regresa a las siete en punto para la cena. Raramente se ausenta a otras horas, excepto cuando canta. Solo tiene un visitante masculino, pero muy asiduo. Es moreno, guapo y elegante. Ningún día la visita menos de una vez, y en ocasiones dos. Se trata de un tal señor Godfrey Norton, de Inner Temple. Observe las ventajas de tener a un cochero como confidente. Lo han llevado a casa una docena de veces desde el Serpentine y lo saben todo acerca de él. Después de escuchar cuanto tenían que decir, empecé a caminar de nuevo por los alrededores de Briony Lodge, y a diseñar mi plan de batalla.

»Evidentemente el tal Godfrey Norton constituía un elemento importante del caso. Era abogado, lo cual no presagiaba nada bueno. ¿Cuál era la relación entre ellos dos y a qué obedecían sus frecuentes visitas? ¿Era Irene su cliente, su amiga o su amante? De ser lo primero, posiblemente habría puesto la fotografía bajo su custodia. De ser lo último, no era tan probable. Y de la respuesta a esta cuestión dependía que yo siguiera con mi trabajo en Briony Lodge o dirigiera mi atención hacia los aposentos del caballero en el Temple. Se trataba de un punto delicado y ampliaba el campo de mi investigación. Temo que le aburro con estos detalles, pero debo exponerle mis pequeñas dificultades si quiero que se haga cargo de cuál es la situación.

—Le sigo atentamente —respondí.

—Todavía estaba dándole vueltas a la cuestión, cuando llegó un cabriolé a Briony Lodge y se apeó un caballero. Muy bien parecido, moreno, de nariz aguileña, con bigote. Era, evidentemente, el hombre del que me habían hablado. Parecía tener mucha prisa. Le gritó al cochero que esperase y cruzó como una exhalación junto a la sirvienta que le abrió la puerta, con la desenvoltura de quien se siente en casa.

»Permaneció dentro una media hora, y pude vislumbrarle a través de las ventanas de la sala, andando de un lado a otro, hablando acaloradamente y gesticulando excitado. A ella no alcancé a verla. Finalmente salió, y parecía todavía más agitado que a su llegada. Al subir al carruaje, sacó un reloj de oro y lo miró con ansiedad. "¡Conduzca como si le persiguieran mil demonios!", ordenó al cochero. "Primero a Gross and Hankey, en Regent Street, y luego a la iglesia de Saint Monica, en Edgeware Road. ¡Medio soberano si llegamos en veinte minutos!"

»Allá se fueron, y yo me preguntaba si convendría o no seguirles, cuando apareció por el callejón un pequeño y bonito landó; el cochero llevaba la librea solo abrochada hasta la mitad, y la corbata debajo de la oreja, mientras las correas de los arneses se salían de las hebillas. Aún no se había detenido, cuando Irene Adler salió por la puerta del vestíbulo y se metió en el coche. Solo pude vislumbrarla unos segundos, pero era una mujer encantadora, con un rostro por el que un hombre se dejaría matar. "A la iglesia de Saint Monica", gritó, "y medio soberano si llegamos en veinte minutos".

»Aquello era demasiado interesante para perdérselo, Watson. Estaba dudando si debía echar a correr o colgarme del landó, cuando apareció un coche de punto. El cochero miró con recelo a un cliente tan andrajoso, pero yo subí de un salto antes de que pudiera objetar nada. "A la iglesia de Saint Monica", dije, "y medio soberano si llegamos en veinte minutos". Eran a la sazón las doce menos veinticinco minutos, y era obvio lo que se estaba tramando.

»Mi cochero condujo rápido como una centella. No creo haber ido tan deprisa en mi vida, pero los otros llegaron antes. El cabriolé y el landó, con los caballos humeantes, estaban ya ante la puerta de la iglesia. Pagué al hombre y me apresuré a entrar. En el interior no había un alma, salvo las dos personas a las que yo había seguido y un clérigo con sobrepelliz, que parecía estar discutiendo con ellas. Los tres formaban un grupito delante del altar. Yo avancé por la nave lateral, como cualquier transeúnte ocioso que se mete en una iglesia. De repente, ante mi asombro, los tres se volvieron hacia mí, y Godfrey Norton se me acercó corriendo a toda prisa.

»—¡Gracias a Dios! —gritó—. ¡Usted servirá! ¡Venga! ¡Venga conmigo!

»—¿Qué ocurre? —pregunté.

»—Venga, hombre, venga. Solo tres minutos, o no será legal.

»Me vi casi arrastrado hasta el altar y, antes de darme cuenta de lo que ocurría, me encontré farfullando las respuestas que me susurraban al oído, atestiguando cosas de las que no tenía ni idea, y, en definitiva, colaborando en el matrimonio de Irene Adler, soltera, con Godfrey Norton, soltero. Todo concluyó en unos instantes, y allí tenía al caballero dándome las gracias a un lado y a la dama dándome las gracias al otro, mientras el clérigo me sonreía delante. Era la situación más absurda en que me he encontrado jamás, y recordarla es lo que me ha hecho reír a mi llegada. Parece que había alguna irregularidad en la licencia de matrimonio, que el clérigo se negaba en redondo a casarlos sin la presencia de un testigo y que mi afortunada aparición había salvado al novio de tener que salir a la calle en busca de un hombre que hiciera de tal. La novia me dio un soberano, y pienso llevarlo en la cadena del reloj como recuerdo del evento.

—Esto supone un giro muy inesperado de los acontecimiento —dije—. ¿Y qué ocurrió después?

—Bien, vi mis planes seriamente amenazados. Parecía que la pareja podía partir de inmediato, y esto requería medidas enérgicas y urgentes. Sin embargo, se separaron ante la puerta de la iglesia: él regresó al Temple y ella a su casa.«Iré al parque a las cinco, como de costumbre», le dijo ella al despedirse. No oí nada más. Se alejaron en distintas direcciones, y yo me encaminé hacia mis propios objetivos.

—¿Que son...?

—Un poco de carne fría y un vaso de cerveza —me respondió, haciendo sonar la campanilla—. He estado demasiado atareado para pensar en comer, y es probable que esta noche lo esté todavía más. Por cierto, doctor, necesitaría su cooperación.

—Me encantará brindársela.

—¿No le importa infringir la ley?

—En absoluto.

—¿Ni correr el riesgo de ser arrestado?

—No, si es por una buena causa.

—¡Oh, la causa no puede ser mejor!

—En tal caso, yo soy su hombre.

—Estaba seguro de poder contar con usted.

—Pero ¿qué se propone?

—Cuando la señora Turner haya traído la bandeja, se lo explicaré todo.

Una vez la patrona se hubo marchado y él empezó a comer con apetito los sencillos alimentos dispuestos en la bandeja, prosiguió:

—Y ahora, mejor será que se lo cuente mientras como, porque no dispongo de mucho tiempo. Son casi las cinco. Dentro de dos horas debemos estar en el escenario de la acción. La señorita Irene, o mejor madame Irene, regresa a las siete de su paseo en coche. Tenemos que estar en Briony Lodge cuando llegue.

—Y entonces ¿qué?

—Déjelo de mi cuenta. Ya lo he dispuesto todo. Solo hay un punto en el que debo insistir. Ocurra lo que ocurra, usted no intervenga. ¿Entendido?

—¿Debo mantenerme al margen?

—Sí, no debe hacer absolutamente nada. Es probable que se produzca un pequeño incidente desagradable. No se sume a él. Llevará a que me hagan entrar en la casa. Cuatro o cinco minutos después se abrirá el ventanal de la sala. Usted debe apostarse cerca de él.

—Sí.

—Debe estar pendiente de mí, que me mantendré todo el rato al alcance de su vista.

—Sí.

—Y, cuando yo levante la mano, así, arrojará al interior de la habitación lo que ahora voy a darle, y, al mismo tiempo, lanzará gritos de ¡fuego! ¿Me sigue?

—Perfectamente.

—No es en absoluto peligroso —dijo, mientras se sacaba del bolsillo un cilindro del tamaño de un cigarro—. Un vulgar cohete de humo de los que usan los fontaneros, provisto de un pistón en cada extremo para que se prenda solo. Su tarea se limita a esto. Cuando lance el grito de fuego, muchas personas lo repetirán. Entonces diríjase al extremo de la calle, y yo me reuniré con usted al cabo de diez minutos. Espero haberme explicado con claridad, ¿no?

—Debo mantenerme al margen de lo que ocurra, situarme cerca de la ventana, estar pendiente de usted y, obedeciendo a su señal, arrojar dentro este objeto, después lanzar el grito de fuego, y esperarle en la esquina.

—Exactamente.

—Si se trata de esto, puede confiar por entero en mí.

—Estupendo. Pero creo que va siendo hora de que me prepare para el nuevo papel que he de representar.

Desapareció en su dormitorio y regresó a los pocos minutos caracterizado de clérigo amable, informal y sencillo. Su sombrero negro de alas anchas, sus pantalones del mismo color, su corbata blanca, su sonrisa bondadosa y su aspecto general de viva y benévola curiosidad eran tales que solo un actor como John Hare hubiese podido igualarlos. No se trataba únicamente de que Holmes cambiara de indumentaria. Su expresión, sus gestos, su misma alma parecían modificarse con cada nuevo papel que asumía. La escena perdió un magnífico actor, y la ciencia un perspicaz investigador, cuando se hizo especialista en crímenes.

Eran las seis menos cuarto cuando salimos de Baker Street, y todavía faltaban diez minutos para las siete cuando llegamos a Serpentine Avenue. Había oscurecido ya, y estaban encendiendo precisamente las farolas cuando empezamos a pasear arriba y abajo ante Briony Lodge, esperando la llegada de su inquilina. La casa era tal como yo la había imaginado a partir de la sucinta descripción de Sherlock Holmes, pero el lugar parecía menos tranquilo de lo que había esperado. Muy al contrario; para tratarse de la callejuela de un barrio apacible, estaba notablemente animada. Había un grupo de hombres pobremente vestidos fumando y riendo en una esquina, un afilador ambulante con su rueda, dos guardias flirteando con una niñera, y varios jóvenes bien trajeados, que paseaban arriba y abajo con un cigarro en la boca.

—Mire —observó Holmes, mientras deambulábamos por delante de la casa—, esta boda más bien simplifica las cosas. Ahora la fotografía se convierte en un arma de doble filo. Es probable que Irene Adler tenga tan pocas ganas de que la vea Godfrey Norton como nuestro cliente de que caiga bajo los ojos de su princesa. Ahora la cuestión es: ¿dónde encontraremos la fotografía?

—Sí, ¿dónde?

—Es muy improbable que ella la lleve encima. Es demasiado grande para poder ocultarla fácilmente entre sus ropas de mujer. Sabe que el rey es muy capaz de hacer que la asalten y la registren. Ya ha sufrido dos intentos anteriores de esta índole. Podemos dar por sentado, pues, que no la lleva.

—¿Dónde, pues?

—Su banquero o su abogado. Existe esta doble posibilidad. Pero me inclino a pensar que ninguno de los dos. A las mujeres les gustan por naturaleza los secretos y les encanta tener los suyos propios. ¿Por qué habría de confiar la fotografía a nadie? Puede fiarse de sí misma si es ella quien la guarda, pero no puede prever qué influencia indirecta o política puede ejercerse sobre un hombre de negocios. Recuerde, además, que proyecta utilizarla dentro de pocos días. Debe tenerla al alcance de la mano. Debe tenerla en su propia casa.

—Pero la han registrado dos veces.

—¡Bah! No sabían dónde buscar.

—¿Dónde buscará usted?

—Yo no buscaré.

—¿Qué hará, pues?

—Haré que ella me indique dónde está.

—Se negará.

—No podrá hacerlo. Pero oigo ruido de ruedas. Es un coche. Ahora siga mis instrucciones al pie de la letra.

Mientras Holmes decía estas palabras, asomó por la curva de la avenida el resplandor de los faroles laterales de un carruaje. Era un pequeño y bonito landó, que traqueteó hacia la puerta de Briony Lodge. Cuando se detuvo, uno de los tipos desocupados de la esquina se precipitó a abrir la portezuela con la esperanza de ganarse una moneda, pero fue apartado de un empujón por otro de los tipos, que avanzaba con la misma intención. Se entabló entonces una feroz disputa, a la que se sumaron los dos guardias, que tomaron partido por uno de los haraganes, y el afilador, que defendía con igual vehemencia al otro. Alguien descargó un puñetazo, y en un instante Irene Adler, que se había apeado del carruaje, se encontró rodeada por un grupo de hombres acalorados y vociferantes, que se agredían salvajemente unos a otros con puños y bastones. Holmes se introdujo entre ellos para proteger a la dama, pero, justo al llegar a su lado, dio un grito y cayó al suelo, con la sangre fluyéndole abundantemente por el rostro. Al verlo caer, los guardias salieron corriendo en una dirección y los vagabundos en otra, mientras varias personas mejor vestidas, que habían observado la refriega sin tomar parte en ella, se agolpaban para ayudar a la dama y atender al herido. Irene Adler, como seguiré llamándola, había subido corriendo los peldaños de la escalera, pero se detuvo en el último, su soberbia figura recortada contra las luces del vestíbulo, y volvió la vista atrás, hacia la calle.

—¿Está ese pobre hombre mal herido? —preguntó.

—¡Está muerto! —gritaron varias voces.

—No, no, ¡todavía vive! —exclamó alguien—. ¡Pero morirá antes de que podamos llevarlo al hospital!

—Es un tipejo valiente —dijo una mujer—. De no ser por él le hubieran afanado el bolso y el reloj a esa señora. Son una banda, de las más peores además. ¡Ah, ahora respira!

—No se puede quedar tirado en la calle. ¿Lo metemos en casa, señora?

—Claro. Llévenlo al salón. Hay un sofá muy cómodo. ¡Por aquí, hagan el favor!

Lenta y solemnemente, Holmes fue introducido en Briony Lodge y depositado en el salón, mientras yo observaba los acontecimientos desde mi puesto junto a la ventana. Habían encendido las lámparas, pero no habían corrido las cortinas, de modo que podía verle tendido en el sofá. No sé si en aquellos momentos él experimentaba remordimientos por el papel que estaba representando, pero sí sé que yo nunca me había sentido tan avergonzado de mí mismo como cuando vi a la deliciosa criatura contra la que estaba conspirando, así como la gracia y gentileza con la que atendía al herido. Y, sin embargo, hubiera constituido la más negra de las traiciones abandonar ahora el papel que se me había asignado. Hice de tripas corazón, y me saqué el cohete de humo del bolsillo. A fin de cuentas, pensé, no vamos a hacerle a ella ningún daño. Solo queremos impedir que se lo haga a otro.

Holmes se había incorporado en el sofá y se movía como si le faltara el aire. Una doncella corrió a abrir la ventana. En este preciso instante, le vi levantar una mano, y, obedeciendo a esta señal, lancé mi cohete dentro de la habitación, al grito de «¡fuego!». Apenas había salido la palabra de mis labios, cuando la multitud de espectadores, bien vestidos y mal vestidos —caballeros, vagabundos y criadas—, se me unió en un alarido general de «¡fuego!». Densas nubes de humo se arremolinaban en la habitación y salían por la abierta ventana. Pude entrever varias figuras que huían en desbandada, y un momento después oí la voz de Holmes desde el interior, asegurando que se trataba de una falsa alarma. Deslizándome entre aquella multitud vociferante, llegué hasta la esquina de la calle, y a los diez minutos me alegró sentir el brazo de mi amigo en el mío y alejarme de la escena del tumulto. Holmes caminó deprisa y en silencio un trecho, hasta que nos adentramos en una de las tranquilas calles que llevan a Edgeware Road.

—Lo ha hecho usted muy bien, doctor —observó—. No podía haber salido mejor. Todo va bien.

—¿Tiene la fotografía?

—Sé dónde está.

—Y ¿cómo lo ha averiguado?

—Ella me lo ha indicado, tal como le dije.

—Sigo sin entenderlo.

—No pretendo hacer de esto un misterio —dijo, echándose a reír—. La cosa no puede ser más simple. Usted, claro está, advertiría que toda la gente que había en la calle eran mis cómplices. A todos los había contratado yo para esta noche.

—Eso sospeché.

—Después, cuando empezó la trifulca, yo tenía un poco de pintura roja fresca en la palma de la mano. Corrí hacia delante, caí, me llevé la mano a la cara y me convertí en un penoso espectáculo. Es un viejo truco.

—Eso también lo imaginé.

—Entonces me metieron en la casa. Ella no podía negarse. ¿Qué otra cosa iba a hacer? Y me trasladaron al salón, que era exactamente la habitación que centraba mis sospechas. Era en el salón o era en su dormitorio. Y yo estaba decidido a averiguar en cuál de los dos. Me tendieron en un sofá, hice gestos de que me faltaba el aire, se vieron obligados a abrir la ventana, y usted tuvo su oportunidad.

—Y ¿para qué le sirvió a usted?

—Era de máxima importancia. Cuando una mujer cree que hay un incendio en casa, su instinto la impulsa a correr hacia lo que más quiere. Es un impulso irrefrenable, y en más de una ocasión he sacado provecho de él. Me fue útil en el caso del escándalo de la sustitución de Darlington, y también en el asunto de Arnsworth Castle. Una mujer casada se precipita hacia su bebé; una soltera hacia su joyero. Para mí era evidente que nuestra dama no tiene en la casa nada tan precioso para ella como el objeto de nuestras pesquisas. Correría a ponerlo a salvo. La alarma de fuego salió de maravilla. El humo y los gritos bastaban para quebrar unos nervios de acero. Ella reaccionó exactamente como yo esperaba. La fotografía está en un hueco, detrás de un panel deslizante, justo encima del cordón de la campanilla derecha. Irene Adler estuvo allí en un instante, y atisbé con el rabillo del ojo que estaba a punto de sacarla. Cuando grité que se trataba de una falsa alarma, la volvió a dejar, miró el cohete, salió corriendo de la habitación y no he vuelto a verla. Yo me levanté, presenté mis excusas y salí de la casa. Dudé si apoderarme de la fotografía en aquel mismo instante, pero había entrado el cochero, y, como me vigilaba estrechamente, me pareció más prudente esperar. Un exceso de precipitación podía estropearlo todo.

—¿Y ahora? —pregunté.

—Nuestra búsqueda prácticamente ha terminado. Mañana iré allí con el rey, y con usted, si desea acompañarnos. Nos harán pasar al salón para esperar a la señora, pero es probable que cuando llegue no nos encuentre a nosotros ni encuentre la fotografía. Seguro que a Su Majestad le encantará recuperarla con sus propias manos.

—¿Y a qué hora será la visita?

—A las ocho de la mañana. No estará levantada, y tendremos el campo libre. Además, debemos apresurarnos, porque este matrimonio puede implicar un completo cambio en su vida y en sus costumbres. Tengo que telegrafiar al rey inmediatamente.

Habíamos llegado a Baker Street y nos detuvimos ante la puerta. Holmes estaba buscando la llave en sus bolsillos, cuando alguien le dijo al pasar:

—Buenas noches, señor Sherlock Holmes.

Había varias personas en la acera en aquel momento, pero el saludo parecía proceder de un muchachito delgado con impermeable que había cruzado apresurado junto a nosotros.

—Yo he oído antes esta voz —dijo Holmes, mirando fijamente la calle mal iluminada—. Me pregunto quién diablos puede ser.

# 3

Aquella noche dormí en Baker Street, y por la mañana estábamos ocupados con nuestras tostadas y nuestro café cuando el rey de Bohemia entró precipitadamente en la habitación.

—¿De veras lo ha conseguido? —gritó, aferrando a Sherlock Homes por los hombros y mirando ansiosamente su rostro.

—Todavía no.

—Pero ¿tiene esperanzas?

—Tengo esperanzas.

—Vamos, pues. No puedo contener mi impaciencia.

—Necesitamos un coche.

—Mi berlina espera abajo.

—Bien, esto simplifica las cosas.

Bajamos, y partimos una vez más hacia Briony Lodge.

—Irene Adler se ha casado —observó Holmes—. ¿Casado? ¿Cuándo?

—Ayer.

—Pero ¿con quién?

—Con un abogado inglés que se llama Norton.

—Pero es imposible que ella le ame.

—Pues yo espero que así sea.

—¿Por qué lo espera?

—Porque esto le evitaría a Su Majestad todo temor de futuras molestias. Si la dama ama a su marido, no ama a Su Majestad. Si no ama a Su Majestad, no hay razón para que interfiera en los planes de Su Majestad.

—Es cierto. Y sin embargo... Bien. ¡Ojalá hubiera sido de mi condición! ¡Menuda reina hubiera sido!

Y el rey se sumió en un melancólico silencio, que no finalizó hasta que llegamos a Serpentine Avenue.

La puerta de Briony Lodge estaba abierta y había una anciana de pie en lo alto de la escalera. Nos dirigió una mirada sarcástica cuando nos apeamos de la berlina.

—¿El señor Sherlock Holmes, supongo? —dijo.

—Yo soy el señor Holmes —dijo mi compañero, dirigiéndole una mirada inquisitiva y un tanto sorprendida.

—¡Claro! Mi señora me dijo que era muy probable que usted viniera. Se ha marchado esta mañana con su esposo en el tren que sale a las cinco quince de Charing Cross hacia el continente.

—¿Qué? —Sherlock Holmes dio un paso atrás tambaleándose, pálido por la consternación y la sorpresa—. ¿Quiere usted decir que ha abandonado Inglaterra?

—Para no regresar jamás.

—¿Y los papeles? —preguntó el rey con voz ronca—. Todo está perdido.

—Veremos —dijo Holmes.

Pasó junto a la sirvienta y se apresuró hacia el salón, seguido por el rey y por mí. Los muebles estaban esparcidos en todas direcciones, con los estantes desmontados y los cajones abiertos, como si la dama los hubiera vaciado apresuradamente antes de escapar. Holmes se precipitó hacia el cordón de la campanilla, arrancó un pequeño panel deslizante y, metiendo la mano en la cavidad, extrajo una fotografía y una carta. La fotografía era de la propia Irene Adler en traje de noche; la carta iba dirigida a «Sherlock Holmes, Esq. Guardar hasta que la recojan». Mi amigo la abrió, y los tres la leímos a la vez. Estaba fechada la medianoche anterior y decía lo que sigue:

> Mi querido señor Sherlock Holmes:
>
> Realmente lo ha hecho usted muy bien. Me engañó por completo. No tuve la menor sospecha hasta la alarma de fuego. Pero entonces, al ver que me había delatado a mí misma, empecé a pensar. Meses atrás me habían prevenido contra usted. Me habían dicho que, si el rey recurría a un detective, sería a Sherlock Holmes. Y me dieron su dirección. No obstante, a pesar de todo esto, consiguió hacerme revelar lo que deseaba saber. Incluso después de concebir sospechas, se me hacía difícil desconfiar de aquel anciano clérigo, tan amable y cariño-

so. Pero, usted lo sabe, yo también tengo experiencia como actriz. La indumentaria masculina no es nueva para mí. A menudo me aprovecho de la libertad que confiere. Le dije a John, el cochero, que le vigilase, corrí escalera arriba, me puse mis «ropas de paseo», como yo las llamo, y bajé justo en el momento en que usted se marchaba.

Bien, le seguí hasta la puerta de su casa, y así supe que yo era realmente objeto de interés por parte del famoso señor Sherlock Holmes. Entonces, en un rapto de imprudencia, le di las buenas noches, y me dirigí al Temple para ver a mi marido.

Ambos pensamos que, dado que era perseguida por tan formidable antagonista, el mejor recurso era la huida. Así pues, mañana cuando venga usted, encontrará el nido vacío. En cuanto a la fotografía, su cliente puede dormir tranquilo. Amo y soy amada por un hombre mejor que él. El rey puede hacer cuanto le venga en gana sin que le ponga ningún obstáculo la persona a quien ha tratado tan cruelmente. Solo la conservo para protegerme a mí misma, y para disponer de un arma que me defienda de cualquier paso que él pueda dar en el futuro. Dejo una fotografía que tal vez a él le guste conservar. Y quedo, querido señor Sherlock Holmes, suya afectísima,

IRENE NORTON, *née* ADLER

—¡Qué mujer! ¡Qué mujer! —exclamó el rey de Bohemia, cuando terminamos de leer los tres la epístola—. ¿No le dije lo rápida y resuelta que es? ¿No hubiera sido una magnífica reina? ¿No es una pena que no sea de mi clase?

—Por lo que he visto de la dama, parece pertenecer, en efecto, a una clase muy distinta a la de Su Majestad —dijo Holmes fríamente—. Lamento no haber proporcionado a Su Majestad unos resultados más satisfactorios.

—¡Todo lo contrario, mi querido señor! —exclamó el rey—. Nada podría ser más satisfactorio. Sé que la palabra de Irene Adler es sagrada. La fotografía está ahora tan a salvo como si la hubiéramos echado al fuego.

—Me encanta oírle decir esto, Majestad.

—Tengo una deuda inmensa con usted. Dígame, por favor, de qué manera puedo recompensarle. Este anillo...

Se sacó del dedo un anillo de esmeraldas en forma de serpiente y se lo ofreció en la palma de la mano.

—Su Majestad tiene algo que yo valoraría todavía mucho más —dijo Holmes.

—Solo tiene que mencionarlo.

—¡Esta fotografía!

El rey le miró con estupor.

—¡La fotografía de Irene! —exclamó—. Desde luego es suya, si es eso lo que desea.

—Gracias, Majestad. Entonces, ya no queda nada pendiente en este asunto. Tengo el honor de desear a Su Majestad muy buenos días.

Holmes hizo una inclinación y, sin hacer caso de la mano que el rey le tendía, dio media vuelta y se encaminó, acompañado por mí, hacia su apartamento.

Y así fue cómo un gran escándalo amenazó al reino de Bohemia, y cómo los mejores planes del señor Sherlock Holmes se vieron frustrados por el ingenio de una mujer. Tenía costumbre de bromear sobre la inteligencia de las mujeres, pero a partir de entonces no le he oído hacerlo. Y, cuando habla de Irene Adler, o se refiere a su fotografía, utiliza siempre el honorable título de «la mujer».

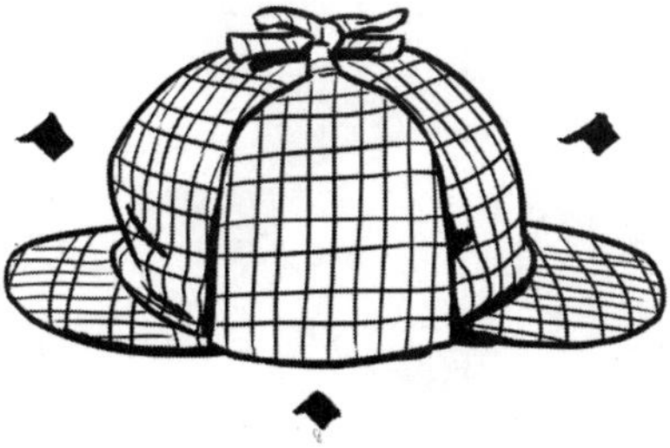

# EL PROBLEMA FINAL

Con el corazón apesadumbrado, cojo mi pluma para escribir estas líneas en las que dejo constancia por última vez de los singulares dones que distinguían a mi amigo, el señor Sherlock Holmes. De modo incoherente, y veo al profundizar en ello que inadecuado, he intentado narrar las extrañas experiencias que viví en su compañía, desde que el azar nos unió en la etapa de *Estudio en escarlata* hasta el momento de su intervención en el caso de «El tratado naval», que tuvo el indiscutible efecto de evitar un serio conflicto internacional. Mi intención era detener allí estas memorias y no hacer referencia alguna a aquel suceso que dejó en mi vida un vacío tan grande que no ha bastado el transcurso de dos años para colmarlo. Pero las recientes cartas en las que el coronel James Moriarty defiende la memoria de su hermano me obligan a exponer ante el público los hechos exactamente como sucedieron. Solo yo conozco enteramente la verdad y me alegra que haya llegado el momento en que nada justifique ocultarla por más tiempo. Que yo sepa, solo han aparecido tres menciones en la prensa: la que publicó el *Journal de Genéve*, el 6 de mayo de 1891, la noticia difundida por Reuters en los periódicos ingleses el 7 de mayo, y por último las recientes cartas a las que me he referido. La primera y la segunda eran extremadamente concisas, mientras que las cartas son, como voy a demostrar, una completa mixtificación de los hechos. Me corresponde, pues, a mí contar por primera vez lo que ocurrió entre el profesor Moriarty y el señor Sherlock Holmes.

Debe recordarse que, después de mi matrimonio y de haber abierto mi consulta médica privada, la estrecha relación que habíamos mantenido Sherlock Holmes y yo se vio en cierto modo alterada. Él seguía recurriendo de vez en cuando a mí, cuando necesitaba que alguien le acompañara en sus investigaciones, pero estas ocasiones se hicieron cada vez más raras, hasta llegar al punto de que en el año 1890 solo hubo tres casos de los que guardo notas. En el invierno de aquel año y en los comienzos de la primavera de 1891, leí en la prensa que el Gobierno francés le había confiado un asunto de gran importancia, y recibí dos notas de Holmes, fechadas en Narbonne y Nimes, de las que deduje que su estancia en Francia iba a ser prolongada. Me sorprendió, por lo tanto, verle aparecer en mi consultorio la noche del 24 de abril. Parecía más pálido y delgado que de costumbre.

—Sí, últimamente he maltratado un poco mi salud —reconoció, respondiendo más a mi mirada que a mis palabras—. He pasado una temporada un poco tensa. ¿Le importa que cierre las contraventanas?

La única luz de la habitación procedía de la lámpara situada sobre la mesa en la que yo había estado leyendo. Holmes caminó, pegado a las paredes, hasta las ventanas, cerró las contraventanas y echó el pestillo.

—¿Tiene miedo de algo? —le pregunté.

—Pues sí.

—¿De qué?

—De las pistolas.

—Mi querido Holmes, ¿qué quiere decir con esto?

—Creo que me conoce lo bastante, Watson, para saber que no soy en absoluto una persona pusilánime. Pero sería una estupidez más que un acto de valor negarse a admitir que nos acecha un peligro. ¿Podría darme una cerilla?

Aspiró el humo de su cigarrillo como si agradeciera su efecto relajante.

—Debo disculparme por comparecer a estas horas —dijo—, y además tengo que pedirle que sea esta vez tan poco convencional como para permitir que yo salga de su casa saltando el muro posterior de su jardín.

—Pero ¿qué significa todo esto?

Extendió una mano y vi, a la luz de la lámpara, que tenía dos nudillos heridos y ensangrentados.

—Como ve, no se trata de una nadería —me dijo con una sonrisa—. Al contrario, es algo lo bastante serio como para que a uno le lesionen la mano. ¿Está en casa la señora Watson?

—No. Está fuera de Londres visitando a unos amigos.

—¡Ajá! ¿Está usted solo?

—Sí.

—En tal caso me será más fácil pedirle que se venga conmigo una semana al continente.

—¿Dónde?

—A cualquier parte. Da lo mismo.

Había algo muy raro en todo aquello. No era normal que Holmes se tomara sin más unas vacaciones, y algo en su rostro pálido y fatigado me decía que estaba sometido a una fuerte tensión nerviosa. Leyó la pregunta en mis ojos y, juntando las yemas de los dedos y apoyando los codos en las rodillas, me explicó cuál era la situación.

—Es posible que no haya oído hablar nunca del profesor Moriarty —dijo.

—Nunca.

—¡Ahí radica lo genial y extraordinario del caso! —exclamó—. Este hombre contamina toda la ciudad y nadie ha oído hablar de él. Esto lo sitúa en la cima de los anales del crimen. Le aseguro, Watson, y hablo con toda seriedad, que, si pudiera derrotarle y liberar de él a la sociedad, consideraría que ha llegado a la culminación de mi propia carrera y estaría dispuesto a iniciar una vida más tranquila. Entre nosotros, los recientes casos en los que he prestado mis servicios a la familia real de Escandinavia y a la República Francesa me han dejado en situación de poder llevar una vida apacible y centrar mi atención en las investigaciones químicas. Pero no podría descansar, Watson, no podría quedarme tranquilamente sentado, sabiendo que un hombre como el profesor Moriarty anda suelto por las calles de Londres.

—¿Qué es lo que ha hecho, pues?

—Su carrera ha sido extraordinaria. Procede de buena familia y recibió una esmerada educación. La naturaleza le ha dotado además de unas excepcionales facultades para las matemáticas. A los veintiún años escribió un tratado sobre el teorema binomial, que causó sensación en Europa. Gracias a esto, obtuvo una cátedra de matemáticas en una de nuestras pequeñas universidades y todo parecía indicar que le aguardaba una brillante carrera. Pero Moriarty tiene unas tendencias hereditarias extremadamente diabólicas. Corre por sus venas un instinto criminal que, en lugar de atenuarse, aumentó y se hizo infinitamente más peligroso por sus notables facultades mentales. Empezaron a correr sombríos rumores acerca de él por la universidad, y por último tuvo que dimitir de la cátedra y venirse a Londres, donde logró un puesto de tutor en el ejército. Esto es por todos conocido, pero lo que voy a contarle ahora lo he descubierto yo.

»Como bien sabe, Watson, nadie conoce el mundo criminal de Londres mejor que yo. Durante años he sido consciente de que existe un poder oculto detrás del malhechor, un poder organizado que se interpone en el camino de la ley y que ampara al delincuente. Una y otra vez, en los casos más variados, como la falsificación, el robo o el asesinato, he sentido la presencia de esta fuerza, y he adivinado sus efectos en muchos de los crímenes sin resolver en los que no he sido personalmente consultado. Durante años intenté atravesar el velo que la envolvía, y por fin llegó el momento en que encontré el hilo y lo seguí hasta que me llevó, a través de mil recovecos, hasta el ex profesor Moriarty, el famoso matemático.

»Es el Napoleón del crimen, Watson. Es el organizador de la mitad de los hechos delictivos que tienen lugar en esta gran ciudad. Es un genio, un filósofo, un pensador abstracto. Tiene un cerebro de primera. Permanece inmóvil, como una araña en el centro de su tela, pero esta tiene mil hilos y los conoce perfectamente todos. Él no hace apenas nada. Solo planea. Pero sus agentes son muchos y están bien organizados. Si hay un delito que llevar a cabo, un documento que robar, una casa que desvalijar, un hombre que eliminar, se recurre al profesor, y el asunto se planifica y se ejecuta. Tal vez atrapen al ejecutante, y en este caso se encuentra el dinero para su fianza o para su defensa. Pero nunca se atrapa al poder central que ha utilizado al agente, ni siquiera se llega a sospechar su existencia. Esta es la organización que he descubierto, Watson, y he consagrado toda mi energía a desenmascararla y destruirla.

»Pero el profesor está rodeado de unas medidas de seguridad tan inteligentes que, hiciera lo que hiciera, parecía imposible obtener las pruebas necesarias para conseguir su condena. Usted conoce mis facultades, querido Watson, pero al cabo de tres meses me he visto obligado a reconocer que me enfrento a un contrincante dotado de una inteligencia igual a la mía. Mi horror por sus crímenes se funde con mi admiración por su talento. Pero por fin ha cometido un error, un error muy pequeño, pero mayor de lo que se podía permitir teniéndome a mí tras sus pasos. Ha llegado mi oportunidad, y, partiendo de este punto, he tejido mi red alrededor de él y lo tengo ahora todo a punto para cerrarla. En un plazo de tres días, es decir el próximo lunes, el profesor y los principales miembros de su banda estarán en manos de la policía. Seguirá el mayor juicio criminal del siglo, la aclaración de más de cuarenta misterios, y la horca para muchos de estos delincuentes. Pero, si actuamos prematuramente, pueden escapársenos entre los dedos, incluso en el último instante.

»Si hubiese podido conseguir todo esto sin que llegara a conocimiento del profesor Moriarty, todo hubiese marchado sobre ruedas. Pero es demasiado astuto. Ha seguido cada paso que yo daba para tejer las redes a su alrededor. Una y otra vez ha intentado escapar, y una y otra vez le he ganado la partida. Le aseguro, amigo mío, que si se escribiera un informe detallado de este silencioso duelo, podría considerarse el trabajo más brillante de la literatura detectivesca. Nunca había llegado yo a tal altura, y nunca me había dado la réplica a tal altura mi contrincante. Él es certero en sus golpes, y yo lo soy, si cabe, todavía más. Esta mañana he dado los últimos pasos, y solo necesitaba tres días para cerrar el caso. Pero estaba sentado en mi habitación, reflexionando sobre todo esto, cuando se ha abierto la puerta y ha aparecido ante mí el profesor Moriarty en persona.

»Tengo los nervios bastante templados, Watson. Pero debo confesar que sufrí un sobresalto cuando vi al hombre que tanto lugar ha ocupado en mis pensamientos en el umbral de mi casa. Su aspecto me era casi familiar. Es extremadamente alto y delgado; tiene la frente abombada y blanca, y los ojos muy hundidos. Bien afeitado, pálido y de aspecto ascético, conserva en sus rasgos cierto aire de catedrático. Tiene los hombros caídos por el mucho estudio y echa la cabeza hacia delante, haciéndola oscilar lentamente de un lado a otro como si se tratara de un reptil. Me observó con gran curiosidad y con el ceño fruncido.

»—Tiene usted menos desarrollo frontal de lo que esperaba —dijo al fin—. Acariciar con el dedo el gatillo de un arma de fuego cargada metida en el bolsillo del batín es una costumbre peligrosa.

»La verdad es que, cuando él entró, advertí de inmediato que mi persona corría un gran peligro. A él no le quedaba otra escapatoria que silenciar mi lengua. Cogí precipitadamente el revólver y me lo metí en el bolsillo, y ahora le estaba apuntando a través de la tela. Al oír su comentario, saqué el arma y la deposité sobre la mesa. Él seguía sonriendo y parpadeando, pero había algo en sus ojos que hizo que me alegrara de tener el revólver tan a mano.

»—Evidentemente usted no me conoce —dijo.

»—Todo lo contrario —repuse—. Evidentemente le conozco muy bien. Le ruego que tome asiento. Puedo dedicarle cinco minutos de mi tiempo, si tiene usted algo que decirme.

»—Todo lo que tengo que decirle ya le ha pasado a usted antes por la mente.

»—En tal caso, tal vez mi respuesta haya pasado ya también por la suya —repliqué.

»—¿Se mantiene en sus trece?

»—Por supuesto.

»Se llevó la mano al bolsillo y yo cogí la pistola de la mesa. Pero sacó simplemente una agenda donde había anotadas algunas fechas.

»—Usted se cruzó en mi camino el cuatro de enero —dijo—. El veintitrés me causó serias molestias, a mediados de febrero me ocasionó un grave trastorno, a finales de marzo obstaculizó seriamente mis planes, y ahora, a finales de abril, su continua persecución me ha puesto en una posición tan difícil que corro grave riesgo de perder mi libertad. La situación es insostenible.

»—¿Tiene usted alguna sugerencia? —inquirí.

»—Debe usted abandonar, señor Holmes —contestó, balanceando la cabeza como un reptil—. De veras, debe hacerlo, ¿sabe?

»—A partir del lunes —le respondí.

»—¡No me salga con esas! —dijo—. Estoy seguro de que un hombre de su inteligencia comprenderá que esta historia solo puede tener un final. Es necesario que usted abandone. Ha manipulado la situación de tal modo que únicamente me ha dejado una salida. Ha sido para mí un placer intelectual verle librar esta batalla y le aseguro, sin faltar a la verdad, que me dolería verme obligado a adoptar una medida extrema. Sonría usted si quiere, pero le aseguro que lo lamentaría de veras.

»—El peligro forma parte de mi trabajo —observé.

»—No se trata de un peligro. Se trata de una destrucción inevitable. Usted se ha cruzado en el camino, no de un solo individuo, sino de una organización muy poderosa, cuyo alcance, a pesar de su inteligencia, es incapaz de imaginar. Debe quitarse de en medio, señor Holmes, o será pisoteado.

»—Mucho me temo —dije, mientras me ponía en pie— que el placer de esta entrevista me ha hecho olvidar que hay asuntos importantes que me esperan.

»Él se levantó también y me miró en silencio, sacudiendo tristemente la cabeza.

»—Bien, bien... —dijo al fin—. Es una pena, pero he hecho cuanto he podido. Conozco todos los movimientos de su juego.

No puede hacer usted nada antes del lunes. Ha sido un duelo entre nosotros dos, señor Holmes. Usted espera llevarme al banquillo de los acusados. Yo le aseguro que nunca me llevará allí. Usted espera derrotarme. Yo le aseguro que no me derrotará nunca. Y, si es usted lo bastante inteligente para destruirme, le aseguro que yo podré hacer lo mismo con usted.

»—Me halaga usted mucho, señor Moriarty. Deje que le devuelva yo el cumplido diciéndole que, si estuviera seguro de lo primero, aceptaría gustoso, por el bien de la comunidad, lo segundo.

»—Puedo prometerle una de las dos cosas, pero no la otra —gruñó.

»Volvió hacia mí su encorvada espalda y se marchó, sin dejar de observarlo todo y de parpadear.

»Esta fue mi singular entrevista con el profesor Moriarty. Confieso que me dejó una sensación muy desagradable. Su modo de hablar, suave y conciso, logra impresionar más que cualquier bravuconada. Seguramente usted se preguntará: ¿por qué no recurrir a la policía? La razón es que estoy convencido de que el golpe final lo darían sus agentes. Tengo pruebas concluyentes de que sería así.

—¿Ha sufrido ya algún ataque por parte de ellos?

—Amigo mío, el profesor Moriarty no es hombre que deje crecer la hierba bajo sus pies. Al mediodía salí a resolver unos asuntos en Oxford Street. Al llegar al cruce de Bentinck Street con Welbeck Street, un carromato tirado por dos caballos giró de repente y se abalanzó como un rayo sobre mí. Salté a la acera y me salvé por una fracción de segundo. El vehículo huyó por Marylebone Lane y desapareció. Tras esto, no volví a bajar de la acera, Watson, pero, mientras caminaba por Vere Street, cayó un ladrillo desde el tejado de una de las casas y se hizo trizas junto a mis pies. Llamé a la policía e hice que examinaran el lugar. Había un montón de tejas y de ladrillos en el tejado, para llevar a cabo unas reparaciones, y dijeron que seguramente lo derrumbó el viento. Por supuesto yo no creí esta versión, pero carecía de pruebas. Después cogí un coche y fui a pasar el día a la casa de mi hermano en Pall Mall. Ahora he venido a visitarle a usted, y de camino hacia aquí me ha agredido un rufián provisto de una porra. He logrado derribarlo y la policía lo ha detenido, pero le aseguro con toda certeza que jamás encontrará conexión alguna entre el caballero contra cuyos dientes me he hecho polvo los nudillos y el retirado profesor de matemáticas, que, me atrevería a decir, está resolviendo fórmulas en una pizarra a diez millas de aquí. Ahora entenderá usted por qué razón lo primero que hice al entrar fue cerrar las contraventanas y por qué le he pedido permiso para salir por un lugar menos notorio que la puerta principal.

A menudo había admirado el valor de mi amigo, pero nunca tanto como en aquellos momentos, cuando estaba sentado allí, tratando una serie de incidentes que tenían que haber hecho forzosamente que aquel día fuera terrorífico para él.

—¿Pasará aquí la noche? —le pregunté.

—No, amigo mío, podría ser un huésped peligroso. Ya he hecho mis planes y todo saldrá bien. Las cosas están lo bastante avanzadas para poder seguir adelante sin mi intervención en lo relativo al arresto, pero mi presencia es imprescindible para conseguir la condena. Por lo tanto, no puedo hacer obviamente otra cosa que desaparecer durante los pocos días que quedan hasta que pueda entrar la policía en acción. Y sería un placer para mí que usted pudiera acompañarme al continente.

—Mi consulta tiene pocos pacientes en este momento —dije—, y mi vecino médico puede sustituirme. Me encantará ir con usted.

—¿Y salir mañana por la mañana?

—Si es conveniente, sí.

—Sí. Es muy conveniente. Estas son sus instrucciones y le ruego, querido amigo, que las obedezca al pie de la letra, pues se está jugando ahora una partida en la que usted y yo nos enfrentamos al canalla más listo y al sindicato criminal más poderoso de Europa. ¡Escuche bien! Esta tarde enviará por un mensajero de confianza el equipaje que desee llevar consigo, sin ninguna etiqueta, a la estación Victoria. Por la mañana mande a buscar un coche de punto, dando orden de que no cojan el primero ni el segundo que llegue. Suba a él y diríjase al lado de Lowther Arcade que da al Strand, entregando la dirección escrita al cochero y pidiéndole que no la tire. Tenga el importe a punto, y en el preciso instante en que el coche se detenga, precipítese por Lowther Arcade, calculando el tiempo justo para llegar al otro extremo a las nueve y cuarto. Encontrará una berlina esperándole junto a la acera, conducida por un tipo que llevará un grueso abrigo negro con el cuello ribeteado de rojo. Súbase a ella y llegará a la estación Victoria a tiempo para coger el Continental Express.

—¿Dónde le encontraré a usted?

—En la estación. Tenemos reservado el segundo compartimiento de primera clase empezando por la cabeza del tren.

—Este es, pues, nuestro lugar de encuentro.

—Sí.

En vano le rogué que se quedara a pasar la noche en mi casa. Temía evidentemente acarrear problemas al hogar bajo cuyo techo se refugiara, y ese fue el motivo que le obligó a marcharse. Con unas palabras apresuradas sobre nuestros planes del día siguiente, se puso en pie, salió conmigo al jardín, saltó el muro que da a Mortimer Street, llamó inmediatamente a un coche y poco después le oí alejarse en él.

Por la mañana, seguí las instrucciones de Holmes al pie de la letra. Mandé a buscar un carruaje, tomando las precauciones precisas para evitar que fuese uno que hubiesen preparado de antemano, y después del desayuno me dirigí a Lowther Arcade, que recorrí a toda la velocidad que me permitían las piernas. Me esperaba una berlina con un corpulento conductor envuelto en un abrigo oscuro. En cuanto estuve dentro, fustigó al caballo y salimos hacia la estación Victoria. Cuando me apeé, hizo dar media vuelta al caballo y se alejó deprisa, sin dirigirme siquiera una mirada.

Hasta aquí todo iba bien. El equipaje estaba allí, y no tuve dificultad alguna en encontrar el compartimiento, menos todavía por ser el único del tren con un rótulo de «reservado». Ahora mi único temor era que Holmes no apareciese. En el reloj de la estación solo faltaban siete minutos para la hora de salida. Busqué en vano la enjuta figura de mi amigo entre los grupos de viajeros. No había ni rastro de él. Pasé unos minutos ayudando a un venerable sacerdote italiano que, con un inglés chapurreado, intentaba explicarle al maletero que su equipaje debía facturarse vía París. Tras echar otro vistazo, regresé a mi compartimiento, donde me encontré con que el maletero, a pesar del rótulo, había instalado al anciano sacerdote italiano como compañero de viaje. Fue inútil intentar explicarle que su presencia allí constituía una intrusión, porque mi italiano era todavía más rudimentario que su inglés. Me resigné, pues, y seguí buscando ansiosamente a mi amigo con la mirada. Me sobrecogió un escalofrío al pensar que su ausencia podía deberse a que le había sucedido algo malo durante la noche. Habían cerrado las puertas y sonaba el silbido del tren, cuando...

—Querido Watson —dijo una voz—, ni siquiera se ha dignado darme los buenos días.

Me giré estupefacto. El anciano sacerdote volvió el rostro hacia mí. En un instante se borraron las arrugas, la nariz se alejó del mentón, el labio inferior retrocedió y la boca dejó de temblar, los ojos apagados recuperaron su brillo y la encogida figura se irguió. Un momento después, todo el cuerpo se contrajo de nuevo, y Holmes desapareció tan aprisa como había aparecido.

—¡Cielo Santo! ¡Qué susto me ha dado!

—Aún es necesario tomar todo tipo de precauciones —cuchicheó—. Tengo motivos para creer que nos siguen de cerca. ¡Ah! ¡Ahí tenemos a Moriarty en persona!

Mientras Holmes decía estas palabras, el tren había empezado a moverse. Miré hacia atrás y vi a un hombre alto que se abría paso a violentos empujones entre la multitud y que agitaba la mano como si quisiera que detuvieran el tren. Pero era demasiado tarde, porque este iba tomando velocidad e instantes después salía de la estación.

—A pesar de todas las precauciones que hemos tomado, ya ve que nos ha ido de un pelo —dijo Holmes, riendo.

Se levantó, se quitó la sotana negra y el sombrero que le habían servido de disfraz y los guardó en una bolsa de mano.

—¿Ha leído la prensa de la mañana, Watson?

—No.

—¿No sabe nada, pues, de lo ocurrido en Baker Street?

—¿Baker Street?

—Han prendido fuego a nuestras habitaciones. Sin grandes daños.

—¡Dios mío, Holmes, esto es intolerable!

—Debieron perder completamente mi pista después de que arrestaran al matón. De lo contrario, no habrían supuesto que yo regresaba a mi casa. Tomaron, evidentemente, la precaución de vigilarle a usted, y es esto lo que ha traído a Moriarty a la estación Victoria. ¿Ha cometido algún error mientras venía?

—He hecho exactamente lo que usted me dijo.

—¿Encontró la berlina?

—Sí, me estaba esperando.

—¿Reconoció al cochero?

—No.

—Era mi hermano Mycroft. En casos como este es una ventaja poder actuar sin recurrir a mercenarios. Pero ahora tenemos que planear lo que haremos con Moriarty.

—Como viajamos en un tren expreso que tiene conexión horaria con el barco, creo que nos hemos librado de él.

—Amigo mío, veo que usted no captó el alcance de mis palabras cuando dije que este hombre está al mismo nivel intelectual que yo. No supondrá usted que, si fuese yo el perseguidor, me daría por vencido ante un obstáculo tan nimio. ¿Por qué tiene, pues, tan baja opinión de él?

—¿Qué cree que va a hacer?

—Lo mismo que haría yo.

—Y ¿qué haría usted?

—Conseguir un tren privado.

—Es demasiado tarde.

—En absoluto. Nuestro tren se detiene en Canterbury, y el barco sale siempre con al menos quince minutos de retraso. Nos alcanzará allí.

—Se diría que somos nosotros los criminales. Hagamos que lo arresten en cuanto llegue.

—Sería echar por la borda tres meses de trabajo. Pescaríamos el pez gordo, pero los pequeños se escabullirían por todos los agujeros de la red. El lunes los tendremos a todos. No, no podemos ni plantearnos arrestarle ahora.

—¿Entonces?

—Nos apearemos en Canterbury.

—¿Y después?

—Tendremos que viajar en tren hasta Newhaven y cruzar desde allí a Dieppe. Moriarty hará lo que haría yo. Seguirá viaje hasta París, localizará nuestras maletas y esperará dos días en el depósito de equipajes. Entretanto, nosotros compraremos un par de bolsas de viaje, apoyaremos la economía de los países donde pasemos adquiriendo todo lo que nos haga falta, y llegaremos tranquilamente a Suiza vía Luxemburgo y Basilea.

Bajamos en Canterbury y tuvimos que esperar una hora para coger un tren a Newhaven.

Yo estaba mirando compungido el vagón de equipajes, que se alejaba rápidamente con todas mis pertenencias, cuando Holmes me tiró de la manga y señaló las vías.

—Ya lo ve... —dijo.

A lo lejos, de los bosques de Kentish ascendía una delgada columna de humo. Un instante después, una máquina de tren que arrastraba un único vagón tomaba a toda velocidad la curva de entrada a la estación. Casi no nos dio tiempo a escondernos tras un montón de maletas antes de que cruzara traqueteando y rugiendo ante nosotros y nos lanzara en pleno rostro una bocanada de aire caliente.

—Ahí va —dijo Holmes, mientras veíamos que el único vagón se ladeaba y se zarandeaba al pasar por las agujas—. Como puede ver, la inteligencia de nuestro amigo tiene sus límites. Hubiera sido un golpe genial deducir lo que yo deduciría y actuar en consecuencia.

—Y ¿qué habría hecho, caso de habernos alcanzado?

—No cabe la menor duda de que hubiera intentado asesinarme. Pero en este juego participamos dos. Lo que importa ahora es decidir si almorzamos aquí a una hora temprana o si corremos el riesgo de morir de inanición hasta poder comer en el restaurante de Newhaven.

Aquella noche llegamos hasta Bruselas, donde pasamos dos días, y al tercer día estábamos en Estrasburgo. El lunes por la mañana Holmes telegrafió a la policía de Londres, y por la noche nos aguardaba ya una respuesta en el hotel. Holmes abrió el sobre y luego lanzó maldiciendo el papel a la chimenea.

—¡Debía haberlo supuesto! —rezongó—. ¡Ha escapado!

—¿Moriarty?

—Han pillado a toda la banda menos a él. Se les ha escabullido. Al salir yo del país, no quedó nadie allí capaz de hacerle frente. Pero de veras pensé que les había puesto a este canalla en las manos. Lo mejor será que regrese usted a Inglaterra, Watson.

—¿Por qué?

—Porque ahora sería un compañero peligroso para usted. Este hombre lo ha perdido todo. Si vuelve a Londres está acabado. Si he interpretado correctamente su carácter, consagrará ahora todas sus energías a vengarse de mí. Eso afirmó en nuestra breve entrevista. Y creo que hablaba en serio. Le aconsejo de veras que regrese a su consultorio.

No era un consejo que pudiera tener la más mínima posibilidad de éxito con un tipo como yo, que era a la vez un viejo combatiente y un viejo amigo. Estuvimos discutiendo la cuestión durante media hora en la *salle-à-manger,* y aquella misma noche reanudamos juntos el viaje y nos dirigimos a Ginebra.

Pasamos una semana deliciosa merodeando por el valle del Ródano, y después, saliendo por Leuk, llegamos al puerto de montaña de Gemmi, aún cubierto de nieve, y luego, por Interlaken, hasta Meiringen. Fue un viaje encantador, con el delicado verde primaveral a nuestros pies y el virginal blanco invernal sobre nuestras cabezas. Pero yo me daba perfecta cuenta de que Holmes no olvidaba un solo instante la sombra que nos acechaba. Estuviéramos en los acogedores pueblos alpinos o en los solitarios puertos de montaña, yo advertía por las rápidas miradas escrutadoras que dirigía a los rostros de cuantos se cruzaban en nuestro camino su convicción de que no podíamos considerarnos en ninguna parte a salvo del peligro que nos amenazaba.

Recuerdo que en cierta ocasión, mientras paseábamos por las melancólicas orillas del Daubensee, se desprendió un peñasco de la cresta de una montaña que quedaba a nuestra derecha, rodó ladera abajo y cayó con estrépito en el lago, justo a nuestra espalda. Un instante después, Holmes había escalado la cuesta y, de pie en la cima, escrutaba el paisaje en todas direcciones. En vano le aseguró nuestro guía que en aquel lugar el desprendimiento de piedras era bastante habitual en primavera. No dijo nada, pero me sonrió con el aire del hombre que acaba de comprobar que era cierto lo que había profetizado.

Pero, a pesar de estar constantemente en guardia, no se deprimió en ningún momento. Al contrario, no recuerdo haberle visto nunca de tan buen humor. Se refirió una y otra vez al hecho de que, si tuviese la certeza de que la sociedad se libraba del profesor Moriarty, daría por felizmente concluida su carrera.

—Creo poder afirmar, Watson, que mi vida no ha sido completamente inútil —comentó—. Si hoy se cerrara mi historial, sería capaz de examinarlo con ecuanimidad. El aire de Londres es más grato gracias a mí. En más de mil casos, no tengo conciencia de haber usado nunca mi capacidad al servicio del mal. Últimamente me tienta más examinar los problemas de la naturaleza que aquellos, más superficiales, de los que es responsable el artificioso estado de nuestra sociedad. Sus memorias alcanzarán su punto final, Watson, el día que corone mi carrera con la captura o la muerte del criminal más astuto y peligroso de Europa.

Seré breve pero preciso en lo poco que queda por contar. No es un tema en el que me guste detenerme, pero soy consciente de que no debo omitir ningún detalle.

Llegamos al pueblecito de Meiringen el 3 de mayo, y nos hospedamos en el Englischer Hof, regentado entonces por el viejo

Peter Steiler. Nuestro hospedero era un hombre inteligente y hablaba perfectamente inglés, porque había trabajado tres años en el hotel Grosvenor de Londres como camarero. Siguiendo su consejo, salimos juntos el día 4 con la intención de cruzar las montañas y pasar la noche en la aldea de Rosenlaui. Nos dio instrucciones estrictas de no pasar junto a la catarata de Reichenbach, que queda a media altura de la colina, sin dar un pequeño rodeo para visitarla.

Es, sin duda, un lugar aterrador. El torrente alimentado por las aguas del deshielo se precipita por un tremendo abismo, del que asciende el agua pulverizada que se asemeja a la humareda de una casa en llamas. El abismo en el que se precipita el río forma un cañón tremendo, flanqueado por rocas relucientes y negras como el carbón, que se va estrechando hasta constituir una espumosa fosa de profundidad incalculable, de la que el agua se desborda y salta con fuerza por encima de los dentados bordes. La enorme masa de agua que cae constantemente y la espesa nube de vapor que asciende incesante aturden con su estrépito y con su movimiento a quien las contempla. Nosotros permanecimos cerca del borde, observando el destello de las aguas al estrellarse contra las negras rocas y escuchando el alarido casi humano que ascendía del abismo con el agua vaporizada.

El sendero trazaba un semicírculo para dar una vista completa de la catarata, pero terminaba bruscamente, y el viajero se veía obligado a retroceder sobre sus pasos. Dábamos, pues, media vuelta para regresar, cuando vimos que un joven suizo se acercaba corriendo con un carta en la mano. Iba dentro de un sobre del hotel que acabábamos de dejar y me la dirigía a mí el hospedero. Al parecer, a los pocos minutos de nuestra partida había llegado una señora inglesa en estado muy grave. Había pasado el invierno en Davos Platz y se disponía a reunirse con unos amigos suyos en Lucerna, cuando le sobrevino una repentina hemorragia. Creían que le quedaban solo unas horas de vida, pero sería un gran consuelo para ella ver a un médico inglés, de modo que, si yo quería regresar, etcétera. El bueno de Steiler me aseguraba en la posdata que consideraría que le hacía a él un gran favor, porque la mujer se negaba a que la atendiese un médico suizo, lo cual hacía recaer sobre él una enorme responsabilidad.

Era difícil negarse a una petición de ese tipo. Me resultaba imposible negarme al ruego de una compatriota que agonizaba en tierras extrañas. Pero tenía reparos en abandonar a Holmes. Acordamos por fin que el joven mensajero suizo se quedaría con él como guía y acompañante mientras yo regresaba a Meiringen. Mi amigo me dijo que se quedaría un rato más en la cascada y que luego iría paseando por la colina hasta Rosenlaui, donde yo podría reunirme con él por la noche. Mientras me alejaba, vi a Holmes, con la espalda apoyada contra una roca y los brazos cruzados, observando el correr de las aguas. Era la última imagen que iba a tener de él.

Cuando me hallaba cerca del final de la pendiente, volví la vista atrás. Era imposible, desde aquella posición, ver la catarata, pero sí podía ver la curva del sendero que conducía hasta ella. Recuerdo que un hombre caminaba apresuradamente por él. Pude distinguir su negra silueta dibujada contra el fondo verde.

Tardé poco más de una hora en llegar a Meiringen. El viejo Steiler estaba de pie en el porche del hotel.

—Bueno —le dije, acercándome presuroso—. Espero que la mujer no haya empeorado.

Un gesto de extrañeza pasó por su cara, y me dio un vuelco el corazón al ver que parpadeaba sorprendido.

—¿No ha escrito usted esto? —le pregunté, mientras me sacaba la carta del bolsillo—. ¿No hay una señora inglesa enferma en el hotel?

—¡No, no la hay! —exclamó—. ¡Pero la carta viene en un sobre del hotel! Ah, debió escribirlo aquel inglés alto que llegó después de que ustedes se marcharan. Dijo que...

Pero yo no esperé las explicaciones del hospedero. Corrí aterrado por las calles del pueblo, en dirección al sendero por el que acababa de bajar. El descenso me había llevado una hora. A pesar de todos mis esfuerzos, habían transcurrido otras dos cuando llegué de nuevo a la catarata de Reichenbach. En la roca donde había dejado a Holmes estaba todavía su bastón de montaña, pero de él no había rastro y fue inútil que le llamara a gritos. Obtuve por única respuesta el eco de mi propia voz al reverberar sucesivamente en los peñascos que me rodeaban. Fue ver aquel bastón lo que me dejó helado y enfermo. Probaba que Holmes no había ido a Rosenlaui. Se había quedado allí, en aquel sendero de tres pies de anchura, con un muro cortado a pico a sus espaldas y un abismo ante sus pies, hasta que le alcanzó su enemigo. También había desaparecido el joven suizo. Seguramente estaba pagado por Moriarty y había dejado solos a los dos hombres. Y después, ¿qué había sucedido? ¿Quién podría saber lo que había ocurrido después?

Permanecí inmóvil un par de minutos para recuperarme, porque lo terrible del suceso me había anonadado. Después empecé a pensar en los métodos de Holmes, e intenté ponerlos en práctica para esclarecer la tragedia. ¡Resultó, por desdicha, muy fácil! Nosotros dos no habíamos llegado, mientras hablábamos, hasta el final del sendero, y el bastón indicaba el punto en que nos habíamos detenido. La humedad que despide la nube de vapor mantiene siempre blando el suelo negruzco y hasta un pájaro dejaría huellas en él. Había dos líneas de huellas claramente perceptibles en el sendero, las dos alejándose de mí. No había ninguna de regreso. A pocas yardas del final, el suelo estaba pisoteado y embarrado, y las cañas y helechos de alrededor habían sido arrancados o destrozados. Me tumbé boca abajo y miré hacia el fondo; las minúsculas partículas de agua pulverizada saltaban a mi alrededor. Había ido oscureciendo y solo podía distinguir, aquí y allá, el brillo de la humedad en las negras paredes y, muy abajo, al final del cañón, el resplandor de las aguas revueltas. Grité, pero solo llegó hasta mí el rugido casi humano de la cascada.

Pero yo iba a recibir, a pesar de todo, unas últimas palabras de despedida de mi amigo y compañero. Como he dicho, su bastón había quedado apoyado en una roca que sobresalía junto al camino. Vi brillar algo sobre ella, alargué la mano y encontré la pitillera de plata que Holmes llevaba siempre consigo. Al cogerla, cayó al suelo ondeando un trozo de papel que había debajo. Lo desdoblé y vi que se trataba de tres hojas arrancadas de su bloc de notas, y dirigidas a mí. Era característico de mi amigo que la dirección estuviera tan clara y la letra fuera tan segura y precisa como si las hubiese escrito sentado en su despacho. Decían así:

> Mi querido Watson:
>
> Escribo estas pocas líneas por cortesía del señor Moriarty, que me espera para que entablemos la discusión final sobre las cuestiones que median entre nosotros. Me ha hecho un esbozo de los métodos de que se ha valido para esquivar a la policía inglesa y para mantenerse informado de nuestros movimientos. Esto confirma, desde luego, la elevada opinión que yo me había formado de su inteligencia. Me alegra pensar que podré liberar a la sociedad de los efectos que pudiera causar su presencia, aunque mucho me temo que hay que pagar un elevado precio y que esto apenará a mis amigos y especialmente a usted, querido Watson. De todos modos, ya le expliqué que mi carrera había alcanzado su cenit y que no podía imaginar para ella mejor final que este. De hecho, para serle sincero, yo estaba seguro de que la carta de Meiringen era falsa, y permití que usted se marchara porque preveía que iba a suceder algo así. Dígale al inspector Paterson que los documentos que necesita para la condena de la banda están en la carpeta M, dentro de un sobre azul y marcados con el nombre «Moriarty». Antes de salir de Inglaterra resolví todos mis asuntos y dejé los documentos relativos a mi herencia a mi hermano Mycroft. Le ruego transmita mis saludos a la señora Watson. Sinceramente suyo para siempre, querido amigo,
>
> SHERLOCK HOLMES

Bastarán unas palabras para redactar lo poco que aún queda por contar. Un examen realizado por expertos apenas si deja dudas de que la pelea entre aquellos dos hombres terminó, como solo podía terminar dada la situación, con la caída de ambos al abismo, abrazados el uno al otro. Resultaba inútil cualquier intento por recuperar los cadáveres y allí, en lo más hondo de aquella espantosa caldera de aguas revueltas y espuma efervescente, quedarán para siempre sepultados el más peligroso de los criminales y el más distinguido paladín de la justicia que haya tenido nuestra generación. Nada se supo del paradero del joven suizo, y no cabe duda de que era uno de los numerosos cómplices de Moriarty. En cuanto a la banda, el público recordará para siempre el modo en que las pruebas que Holmes había acumulado demostraron por completo la culpabilidad de todos sus miembros, y con cuánto peso cayó sobre ellos la mano de mi amigo, aún después de muerto. Pocos detalles salieron a la luz durante el proceso acerca de su terrible jefe y, si yo hoy me he visto obligado a exponer detalladamente su carrera, se debe a los individuos insensatos que han intentado reivindicar su memoria mediante ataques a aquel a quien siempre consideraré el mejor y más inteligente de los hombres que me ha sido dado conocer.

# LA AVENTURA DE LA CASA DESHABITADA

En la primavera del año 1894, todo Londres estaba interesado —y la gente de buen tono, consternada— por el asesinato del ilustre Ronald Adair, ocurrido en las más extraordinarias e inexplicables circunstancias. El público estaba ya al corriente de aquellos detalles del crimen que se habían divulgado durante la investigación de la policía, pero en aquella ocasión se había suprimido una gran parte porque, para la fiscalía, el caso era de una evidencia tan abrumadora que no era necesario dar a conocer todos los hechos. Solo ahora, casi una década después, se me permite proporcionar los eslabones perdidos que completan aquella singular cadena de sucesos. El crimen tenía interés en sí mismo, pero ese interés no era nada para mí comparado con una inconcebible consecuencia que me causó la mayor impresión y sorpresa que haya experimentado en mi azarosa vida. Incluso ahora, después de este largo lapso de tiempo, me estremezco al pensarlo, y siento una vez más esa repentina oleada de alegría, asombro e incredulidad que inundó mi mente por completo. Déjenme decirle a ese público que ha mostrado interés en esos atisbos que, en ocasiones, le he ofrecido de los pensamientos y acciones de un hombre muy singular que no debe reprocharme que no haya compartido lo que sabía, pues hubiera considerado mi primer deber hacerlo si no me lo hubiera impedido una prohibición tajante de sus propios labios: hasta el 3 del mes pasado no me fue levantada.

Como pueden imaginarse, mi estrecha relación con Sherlock Holmes había hecho que me interesara sumamente en el crimen y que, tras su desaparición, nunca dejara de leer con cuidado los diversos problemas que se dan a conocer al público. Y que incluso tratara más de una vez, para mi propia satisfacción, de emplear sus métodos en la resolución de esos casos, si bien con mediocres resultados. No obstante, no hubo ninguno que me resultara más llamativo que la tragedia de Ronald Adair. A medida que leía los informes de la investigación, que conducían a un veredicto de asesinato con premeditación contra una persona o personas desconocidas, me daba cuenta con mayor claridad de lo que nunca lo había hecho hasta entonces de la pérdida que la sociedad había sufrido con la muerte de Sherlock Holmes. Había puntos en este extraño asunto que, estoy seguro, lo hubiesen atraído, y los intentos de la policía se hubiesen visto complementados o, con más probabilidad, anticipados por la avezada capacidad de observación y la perspicacia de la mente del primer criminalista de Europa. A lo largo del día, haciendo mi ronda de visitas, le daba vueltas al caso en la cabeza y no encontraba explicación alguna que me pareciera adecuada. A riesgo de repetir lo ya sabido, resumiré los hechos tal y como llegaron el público al término de la investigación.

El ilustre Ronald Adair fue el segundo hijo del conde de Maynooth, en aquel momento gobernador de una de las colonias australianas. La madre de Adair había regresado de Australia para someterse a una operación de cataratas, y ella, su hijo Ronald y su hija Hilda vivían juntos en el 427 de Park Lane. El joven, que frecuentaba lo más granado de la sociedad, no tenía, hasta donde sabemos, enemigos ni vicios particulares. Había estado prometido con la señorita Edith Woodley, de Carstairs, pero habían roto el compromiso de mutuo acuerdo unos meses antes, y no había indicio de que eso hubiese acarreado ningún sentimiento demasiado profundo. Por lo demás, la vida de este hombre giraba en torno a un círculo de personas reducido y convencional, pues era de costumbres tranquilas y naturaleza desapasionada. Con todo, fue a ese joven y acomodaticio aristócrata al que le sobrevino la muerte de una forma muy extraña e inesperada entre las diez y las diez y veinte horas de la noche del 30 de marzo de 1894.

Ronald Adair era aficionado a las cartas, a las que jugaba constantemente, pero nunca apostaba hasta tal punto que le causase un perjuicio. Era miembro del club de cartas Baldwin, del Cavendish y del Bagatelle. Quedó probado que el día de su muerte después de cenar había estado jugando una partida de whist en el último de los susodichos clubes. También había estado jugando allí por la tarde. El testimonio de aquellos que habían estado jugando con él —el señor Murray, sir John Hardy y el coronel Moran— demostró que el juego era el whist y que las cartas habían estado bastante repartidas. Adair debió de perder unas cinco libras, pero no más. Su fortuna era considerable y tal pérdida no le hubiese afectado en absoluto. Había estado jugando casi cada día en uno u otro club, pero era un jugador prudente y solía ganar. Se descubrió por estos testimonios que, de hecho, con el coronel Moran como pareja les había llegado a ganar cuatrocientas veinte libras en una mano unas semanas antes a Godfrey Milner y a lord Balmoral. Esto fue lo que se reveló sobre su pasado reciente tras la investigación.

La noche del crimen volvió del club a las diez en punto. Su madre y su hermana habían salido a pasar la tarde con un pariente. La criada declaró que lo había oído entrar en el salón de la segunda planta, el cual servía normalmente de sala de estar. Le había encendido la chimenea en esa habitación y, como esta se estaba ahumando, había abierto la ventana. No se oyó ningún ruido procedente de allí hasta las once y veinte, hora en que volvieron lady Maynooth y su hermana. Como deseaba darle las buenas noches, trató de entrar en la habitación de su hijo. La puerta estaba cerrada por dentro, y no obtuvieron respuesta alguna a los gritos y golpes que dieron en ella. Consiguieron ayuda y forzaron la puerta. Encontraron al desdichado joven tendido cerca de la mesa. Su cabeza había quedado espantosamente mutilada por una bala de revólver de fragmentación, sin embargo no se encontró arma de ninguna clase en la habitación. Encima de la mesa había dos billetes de diez libras y diecisiete libras y diez chelines de oro y plata; el dinero estaba dispuesto en pequeños montones de diferentes cantidades. Había también unos números en una hoja de papel con nombres de algunos amigos del club al lado, de lo que se presumió que antes de su muerte intentaba calcular sus pérdidas y ganancias a las cartas.

Un examen minucioso de las circunstancias solo sirvió para complicar más el caso. En primer lugar, no se había podido dar con la causa por la que el joven había cerrado la puerta por dentro. Cabía la posibilidad de que fuera el asesino quien lo hubiera hecho y de que después hubiese escapado por la ventana. Sin embargo, había una caída de veinte pies, por lo menos, y un macizo de azafranes en flor al final de esta. Ni las flores ni la tierra presentaban signos de haber sido removidas, ni había huella alguna en la estrecha franja de césped que separaba la casa de la calle. Por lo tanto, aparentemente, había sido el joven quien había cerrado la puerta. Pero ¿cómo le había sobrevenido la muerte? Nadie hubiese podido escalar hasta la ventana sin dejar huellas. Supongan que un hombre hubiese disparado por la ventana, sería, ciertamente, un tirador excepcional aquel que pudiera infligir con un revólver esa herida letal. Por otra parte, Park Lane es una vía concurrida y hay una parada de coches de alquiler a menos de cien yardas de la casa. Nadie oyó ningún disparo. Y, a pesar de todo, había un hombre muerto, y estaba la bala de revólver, que había estallado vertiginosamente, como lo hacen las balas de punta blanda, y había infligido así una herida que le había debido de causar una muerte instantánea. Tales fueron las circunstancias del misterio de Park Lane, que se complicaba todavía más por la ausencia total de motivo, puesto que, como he dicho, ni se le conocía enemigo al joven Adair ni se hizo intento alguno de quitarle dinero u objetos de valor de la habitación.

Le di vueltas a estos hechos todo el día, procurando dar con alguna teoría que pudiera conciliarlos todos, y encontrar esa ley del mínimo esfuerzo que mi pobre amigo había afirmado que era el punto de partida de toda investigación. Confieso que apenas hice progresos. Por la tarde, estuve paseando por el parque; cerca de las seis me encontraba en Oxford Street, al final de Park Lane. En la acera, un grupo de ociosos, todos con la mirada puesta en una ventana en concreto, me indicaron la casa que había ido a ver. Un hombre alto, delgado, con gafas oscuras, del que sospeché seriamente que era un policía de paisano, estaba explicando alguna teoría de su cosecha, mientras los demás se apiñaban a su alrededor para escuchar lo que decía. Me acerqué a él lo que pude, pero sus comentarios me parecieron absurdos, así que me alejé algo indignado. Al hacerlo, me topé con un hombre anciano y contrahecho, que se había quedado detrás de mí, y le tiré al suelo varios de los libros que llevaba consigo. Recuerdo que, mientras los recogía, miré el título de uno de ellos, *El origen del culto del árbol*, y se me ocurrió que aquel tipo debía de ser algún pobre bibliófilo que, ya fuera por negocio o por afición, era coleccionista de ejemplares raros. Traté de disculparme por el accidente, pero era evidente que esos libros que con tan poca fortuna había maltratado eran unos objetos muy preciados a ojos de su propietario. Con un mueca de desdén, se dio media vuelta, y vi cómo su espalda encorvada y sus patillas blancas desaparecían entre la multitud.

Observar el número 427 de Park Lane apenas resolvió el problema que me interesaba. La casa estaba separada de la calle por un muro bajo con una verja que no tenía más de cinco pies de altura. Era muy sencillo, por lo tanto, meterse en el jardín, pero la ventana era completamente inaccesible, pues no había ninguna tubería ni nada que pudiera servirle ni al más ágil de los hombres para subir a ella. Más confuso que nunca, volví sobre mis pasos en dirección a Kensington. No llevaba ni cinco minutos en mi despacho cuando la doncella entró para decirme que una persona deseaba verme. Para mi sorpresa, no era otro que mi extraño y anciano coleccionista de libros: su rostro anguloso y arrugado me observaba enmarcado por su pelo blanco, y apretaba sus preciados ejemplares, al menos una docena de ellos, bajo su brazo izquierdo.

—Le sorprende verme, caballero —dijo con una voz extraña y ronca.

Le reconocí que así era.

—Bueno, caballero, tengo conciencia y, cuando por casualidad lo he visto viniendo hacia esta casa, mientras iba cojeando detrás de usted, he pensado para mí, voy a pasarme por su casa y así le hago una visita a ese amable señor y le digo que, si lo he tratado de manera un poco brusca, no ha sido con mala intención, y que le estoy muy agradecido por recoger mis libros.

—Le ha dado demasiada importancia a una nimiedad —dije—. ¿Puedo preguntarle cómo sabía quién era?

—Bueno, caballero, si no es tomarme demasiadas confianzas, soy vecino suyo, pues encontrará mi pequeña librería en la esquina de Church Street, y me alegrará mucho verle por allí, se lo aseguro. Tal vez usted mismo sea coleccionista, caballero; aquí tiene un *Aves británicas* y un *Catulo*, y un *La guerra santa*..., una ganga cada uno de ellos. Con solo cinco ejemplares podría rellenar ese hueco de la segunda balda. Parece desordenado, ¿no cree, caballero?

Volví la cabeza para mirar hacia la estantería que tenía detrás. Cuando me volví de nuevo, Sherlock Holmes estaba ante mí sonriéndome al otro lado de mi escritorio. Me puse en pie, lo miré durante unos segundos con absoluto asombro, y, entonces, parece ser que debí de desmayarme por primera y última vez en mi vida. Sin lugar a dudas vi arremolinarse una niebla gris ante mis ojos y, cuando se despejó, me encontré con el cuello desabrochado y el cosquilleante regusto del brandy en mis labios. Holmes se inclinaba sobre mi silla, con la botella en la mano.

—Mi querido Watson —dijo aquella voz inolvidable—, le debo mil disculpas. Ni se me había pasado por la cabeza que le afectaría tanto.

Lo agarré del brazo.

—¡Holmes! —exclamé—. ¿De verdad es usted? Pero ¿será posible que esté vivo? ¿Cómo logró salir escalando de ese horrible abismo?

—Espere un momento —dijo—. ¿Está seguro de que está lo bastante repuesto como para hablar de alguna cosa? Le acaba de provocar una grave conmoción esta reaparición mía tan innecesariamente teatral.

—Estoy bien, pero, efectivamente, Holmes, apenas puedo creer lo que ven mis ojos. Por Dios bendito, ¡pensar que usted, usted y no otro, se encontraría en mi despacho!

Lo agarré de nuevo por la manga y noté bajo ella su brazo delgado y nervudo.

—Bueno, en cualquier caso, no es un fantasma —le dije—. Mi querido amigo, qué alegría más grande verle. Siéntese y cuénteme cómo salió vivo de esa terrible sima.

Se sentó frente a mí y se encendió un cigarrillo con su desenfado de siempre. Llevaba la raída levita del vendedor de libros, pero el resto de ese individuo se hallaba en el montón de pelo blanco y libros viejos de encima de la mesa. Holmes parecía más delgado y vehemente incluso que antaño, pero había en su rostro aguileño una lividez que me decía que últimamente su vida no había sido saludable.

—Me alegra poder estirarme, Watson —dijo—. No es ninguna broma para un hombre alto tener que quitarse un pie de su estatura durante varias horas. Ahora, mi querido compañero, en lo referente a esas aclaraciones, tenemos, si puedo pedirle su cooperación, una dura y peligrosa noche de trabajo por delante. Quizá fuese mejor que le diera cuenta de toda la situación cuando terminemos este trabajo.

—Tengo muchísima curiosidad. Lo cierto es que preferiría oírlas ahora.

—¿Vendrá conmigo esta noche?

—Cuando quiera y a donde quiera.

—Igual que en los viejos tiempos. Tendremos tiempo para tomar algo de cenar antes de la hora de irnos. Bueno, entonces, vamos con esa sima. No tuve una gran dificultad en escapar de allí por la mera razón de que nunca estuve en ella.

—¿Nunca estuvo en ella?

—No, Watson, nunca estuve en ella. La nota que le escribí a usted era absolutamente sincera. No me cupo duda de que había llegado al final de mi carrera cuando vi la figura un tanto siniestra del difunto profesor Moriarty de pie en el estrecho sendero que conducía a la salvación. Leí una determinación inexorable en sus ojos grises. Por eso, intercambié algunas impresiones con él y obtuve de él su caballeroso permiso para escribir la breve nota que recibió usted más tarde. La dejé con mi pitillera y mi bastón y caminé por el sendero, con Moriarty pisándome los talones todavía. Cuando llegué al final, me encontraba acorralado. No sacó ningún arma, pero se abalanzó sobre mí y me zarandeó rodeándome con sus largos brazos. Sabía que su juego había terminado, y solo tenía ganas de vengarse de mí. Estuvimos a punto de caernos juntos por el borde del precipicio. Tengo algunas nociones, no obstante, de *baritsu*, el arte marcial japonés, que me ha sido de mucha utilidad en más de una ocasión. Me zafé de su llave, y, con un grito espantoso, pataleó como un loco y dio zarpazos al aire con ambas manos. Pero, a pesar de todos sus esfuerzos, no pudo mantener el equilibrio y se cayó. Me asomé por el borde y vi cómo caía durante un largo trecho. Entonces chocó contra una roca y rebotó hundiéndose en el agua.

Escuchaba con asombro esta explicación, que Holmes hacía entre calada y calada a su cigarrillo.

—Pero ¡las huellas! —exclamé—. Vi con mis propios ojos

que habían bajado dos personas por el camino y que no volvió ninguna.

—Sucedió como sigue. En el instante en que el profesor desapareció, me vino a la mente que el destino había puesto en mi camino una oportunidad verdaderamente extraordinaria. Sabía que Moriarty no era el único que me la tenía jurada. Había al menos otros tres cuyo deseo de vengarse de mí no haría más que aumentar con la muerte de su líder. Todos ellos eran hombres muy peligrosos. Sin duda alguna, uno u otro me ajustaría las cuentas. Por otro lado, si todo el mundo estaba convencido de que estaba muerto, esos hombres bajarían la guardia, se expondrían a ser descubiertos, y, más tarde o más temprano, podría acabar con ellos. Sería entonces el momento de anunciar que todavía me encontraba entre los vivos. Tan rápido funciona el cerebro que creo que había meditado todo esto antes de que el profesor Moriarty hubiese alcanzado el fondo de las cataratas de Reichenbach.

»Me puse de pie y examiné la pared rocosa que tenía detrás. En su vívida relación de los hechos, que leí con gran interés unos meses después, afirma que era una pared cortada a pico. No era cierto, si hablamos de manera literal. Asomaban unos pocos asideros pequeños y se insinuaba alguna cornisa. El acantilado es tan alto que escalarlo todo era obviamente imposible y era, asimismo, inviable marcharme por el camino mojado sin dejar alguna huella. Podía, es cierto, haberle dado la vuelta a mis botas, como ya he hecho en ocasiones parecidas, pero ver tres pares de pisadas en una dirección sin duda hubiese hecho pensar que era un truco. Así que, en general, lo mejor era que me arriesgara a escalar. No fue plato de gusto, Watson. La catarata bramaba por debajo de mí. No soy una persona miedosa, pero le doy mi palabra de que me pareció oír cómo la voz de Moriarty me gritaba desde el abismo. Un fallo hubiese sido letal. Más de una vez, cuando aparecía en mi mano un puñado de hierba o se resbalaban mis pies en los huecos de la roca, pensé que estaba muerto. Pero subí trabajosamente hacia arriba, y al final llegué a una cornisa de varios pies de profundidad, cubierta con un musgo verde y mullido, donde pude tumbarme con la mayor comodidad. Allí estaba tendido cuando usted, mi querido Watson, y su séquito estaban investigando de la manera más conmovedora e ineficaz posible las circunstancias de mi muerte.

»Por fin, cuando todos ustedes hubieron sacado sus conclusiones, inevitables y completamente erróneas, se marcharon al hotel y me dejaron solo. Me había imaginado que había llegado al final de mis aventuras, pero un inesperado suceso me demostró que todavía me aguardaban más sorpresas. Una roca enorme, que había caído de arriba, pasó resonando por delante de mí, chocó contra el camino y rebotó hacia el abismo. Por un instante, pensé que se trataba de un accidente, pero un momento más tarde, al mirar hacia arriba, vi la cabeza de un hombre contra el cielo cada vez más oscuro, y chocó otra roca contra la misma cornisa en la que estaba tendido, a menos de un pie de mi cabeza. Por supuesto, el sentido de aquello era obvio. Moriarty no había actuado solo. Un cómplice —e incluso ese único vistazo me había bastado para saber lo peligroso que era aquel cómplice— había estado vigilando mientras el profesor me atacaba. Desde la distancia, sin que lo viera, había sido testigo de la muerte de su amigo y de mi huida. Había esperado, y luego, tras dar un rodeo a la cima del barranco, había procurado tener éxito donde su camarada había fallado.

»No me llevó mucho tiempo pensar en ello, Watson. Volví a ver aquel rostro sombrío asomado por el barranco y supe que era el precursor de otro peñasco. Bajé a duras penas al sendero. No creo que hubiese podido hacerlo a sangre fría. Era cien veces más difícil que ascender. Pero no tenía tiempo de pensar en el peligro, pues otro peñasco me pasó silbando por el lado mientras colgaba con las manos del borde de la cornisa. A medio camino me resbalé abajo, pero gracias al cielo, fui a parar, hecho jirones y sangrando, al sendero. Eché a correr, hice diez millas por las montañas en la oscuridad, y una semana más tarde me encontraba en Florencia con la certeza de que nadie en el mundo sabía lo que había sido de mí.

»Solo confié en una persona: mi hermano Mycroft. Le debo mil disculpas, mi querido Watson, pero era crucial que se pensara que estaba muerto, y, con toda probabilidad, no hubiese escrito de manera tan convincente un relato de mi triste fin si usted mismo no hubiera creído que era cierto. En los últimos tres años he cogido varias veces la pluma para escribirle, pero siempre temí que su afecto por mí lo tentase a cometer alguna indiscreción que revelase mi secreto. Por eso me alejé de usted esta tarde cuando tiró mis libros, porque estaba en peligro en ese momento y cualquier muestra de sorpresa o emoción por su parte hubiese atraído la atención sobre mi identidad y causado resultados muy lamentables e irreparables. En cuanto a Mycroft, tuve que confiar en él con el fin de obtener el dinero que necesitaba. El curso de los acontecimientos en Londres no prosiguió tan bien como yo esperaba, pues, en el juicio de la banda de Moriarty, se dejó a dos de sus miembros más peligrosos, a mis enemigos más vengativos, en libertad. Por ello viajé dos años por el Tíbet, y me distraje visitando Lhasa y pasando unos días con el líder de los lamas. Es posible que haya leído las singulares exploraciones de un noruego llamado Sigerson, pero estoy seguro de que nunca se le hubiese pasado por la cabeza que estaba recibiendo noticias de su amigo. Luego crucé Persia, me asomé a la Meca, y le hice una breve pero interesante visita al califa de Jartum, cuyos resultados le comuniqué al Ministerio de Exteriores. De vuelta a Francia, pasé algunos meses con una investigación sobre los derivados del alquitrán de hulla que dirigí en un laboratorio en Montpellier, en el sur de Francia. Como aquello había concluido satisfactoriamente y, además, me había enterado de que solo uno de mis enemigos había permanecido en Londres, empecé a pensar en regresar cuando entonces mis movimientos se precipitaron por las noticias de este misterio tan curioso de Park Lane, que no solo me atrajo por sus propios méritos, sino que parecía brindarme una excelente oportunidad personal. Me vine a Londres de inmediato, pasé en persona por Baker Street, le provoqué a la señora Hudson un violento ataque de nervios, y descubrí que Mycroft había conservado mis habitaciones y mis papeles exactamente como siempre habían estado. Así fue, mi querido Watson, como a las dos del día de hoy me encontraba en mi viejo sillón de mi vieja habitación, y solo deseaba poder ver a mi viejo amigo Watson en el otro sillón que tan a menudo ha honrado con su presencia.»

Ese fue el extraño relato que escuché aquella tarde de abril —un relato que me hubiese resultado completamente increíble de no haber sido confirmado por la visión real de la figura alta y enjuta y el rostro afilado e impaciente, que nunca pensé volver a ver de nuevo—. De alguna manera se había enterado de mi propio pesar y su compasión se exteriorizaba más en su comportamiento que en sus palabras.

—El trabajo es el mejor antídoto contra la pena, mi querido Watson —dijo—, y tenemos uno para ambos esta noche que, si lo concluyéramos con éxito, justificaría la vida de un hombre en este planeta.

Le rogué, en vano, que me contara más.

—Oirá y verá bastante sobre ello antes del amanecer —me contestó—. Tenemos tres años del pasado por contarnos. Tendremos que conformarnos con hacerlo hasta las nueve y media, cuando comenzaremos con la notable aventura de la casa deshabitada.

En realidad, era como en los viejos tiempos, cuando, a esa hora, me vi sentado junto a él en un coche alquilado, con mi revólver en el bolsillo y el nerviosismo de la aventura en el corazón. Holmes estaba distante, adusto y silencioso. Cuando la luz de las farolas centelleaba sobre sus sobrias facciones, veía que fruncía el ceño absorto y tenía apretados sus finos labios. No sabía a qué fiera salvaje estábamos a punto de dar caza en la oscura selva del Londres criminal, pero estaba muy seguro, por el comportamiento de ese experto cazador, de que la aventura era una de las más serias, aunque la sonrisa burlona que de vez en cuando se abría paso entre su ascética melancolía no le auguraba nada demasiado bueno al objetivo de nuestra misión.

Me había imaginado que nos dirigíamos hacia Baker Street, pero Holmes detuvo el coche en la esquina de Cavendish Square. Observé que, mientras se bajaba, echaba un vistazo muy inquisitivo a derecha e izquierda, y en cada esquina ulterior se tomaba las mayores molestias para asegurarse de que no estaba siendo seguido. Desde luego, nuestra ruta era peculiar. El conocimiento de Holmes de los caminos menos frecuentados de Londres era extraordinario y en esa ocasión pasó velozmente y con paso seguro a través de una red de caballerizas y cuadras de cuya misma existencia nunca había sabido antes. Aparecimos por fin en una calle pequeña, bordeada por casas viejas, tétricas, que nos condujo a Manchester Street, y de allí a Blandford Street. Ahí dobló con rapidez por un pasaje estrecho, cruzó un portón de madera hacia un patio desierto y luego abrió con una llave la puerta trasera de una casa. Entramos juntos y la cerró tras nosotros.

El lugar estaba oscuro como boca de lobo, pero me pareció evidente que era una casa deshabitada. Las tablas del suelo desnudo chirriaban y crujían a nuestro paso, y, al estirar la mano, toqué una pared de la que colgaba el papel a jirones. Los dedos fríos y delgados de Holmes se cerraron alrededor de mi muñeca y me condujo hacia abajo por un largo vestíbulo, hasta que vi vagamente el borroso montante de abanico sobre la puerta. Ahí Holmes giró de pronto a la derecha, y nos encontramos en una habitación amplia, cuadrada, vacía, con densas sombras en sus esquinas, pero débilmente iluminada en el centro por las luces del otro lado de la calle. No había ninguna farola cerca y la ventana estaba llena de polvo, así que solo podíamos distinguirnos el uno al otro allí dentro. Mi compañero puso su mano en mi hombro y sus labios cerca de mi oído.

—¿Sabe dónde estamos? —susurró.

—Sin duda esto es Baker Street —respondí mirando a través de la ventana opaca.

—Exacto. Estamos en Camden House, que se halla enfrente de nuestro antiguo alojamiento.

—Pero ¿por qué estamos aquí?

—Porque tiene una vista magnífica de ese pintoresco caserón. ¿Le importaría tomarse la molestia, mi querido Watson, de acercarse un poco más a la ventana, con todo el cuidado posible de no ser visto, y luego mirar hacia nuestra antigua vivienda, punto de partida de tantas de nuestras aventuras? Veremos si mis tres años de ausencia me han arrebatado mi capacidad de sorprenderle.

Avancé cautelosamente y miré enfrente, a la conocida ventana. Cuando mis ojos la encontraron solté un grito ahogado de asombro. La persiana estaba bajada, pero había una potente luz en la habitación. La sombra de un hombre que estaba dentro sentado en una silla se proyectaba con un contorno nítido y negro a través de la iluminada ventana. No cabía duda acerca del porte de la cabeza, la anchura de los hombros, lo marcado de las facciones. El rostro estaba medio vuelto y el efecto era el de una de esas siluetas negras que les gustaba enmarcar a nuestros abuelos. Era una reproducción perfecta de Holmes. Tan asombrado estaba que estiré la mano para comprobar que el verdadero estaba detrás de mí. Y allí estaba, estremeciéndoese en silencio de la risa.

—¿Y bien? —dijo.

—¡Por Dios bendito! —exclamé—. Es increíble.

—Confío en que la edad no me pueda marchitar ni el hábito eche a perder mi infinita variedad[1] —dijo. Reconocí en su

1. Se trata de una paráfrasis de la obra de Shakespeare *Antonio y Cleopatra* (acto II, escena ii) en que Enobarbus describe a Cleopatra. *(N. del T.)*

voz la alegría y el orgullo que el artista obtiene de su propia obra.

—La verdad es que se parece a mí, ¿no cree?

—Juraría que es usted.

—El mérito de la ejecución hay que reconocérselo a monsieur Oscar Munier, de Grenoble, quien tardó días en hacer el molde. Es un busto de cera. El resto lo he preparado yo mismo durante mi visita a Baker Street de esta tarde.

—Pero ¿por qué?

—Porque, mi querido Watson, tengo el motivo más poderoso que se pueda tener para desear que cierta gente piense que estoy allí cuando, en realidad, estoy en otra parte.

—¿Es que cree que están vigilando las habitaciones?

—Sé que están vigilándolas.

—¿Quiénes?

—Mis antiguos enemigos, Watson. La encantadora sociedad cuyo líder yace en la catarata de Reichenbach. Recordará que ellos y solo ellos sabían que todavía estaba vivo. Más tarde o más temprano creerían que volvería a mi casa. La vigilaban constantemente y esta mañana han visto que llegaba.

—¿Cómo lo sabe?

—Porque he reconocido a su vigía cuando he mirado por la ventana. Es un tipo bastante inofensivo, Parker de nombre, estrangulador de oficio y un notable intérprete de birimbao. Él no me preocupa en absoluto. Pero me preocupa mucho la persona, mucho más temible, que hay detrás de él, el amigo íntimo de Moriarty, el hombre que lanzaba las rocas por el barranco, el criminal más artero y peligroso de Londres. Ese es el hombre que va a por mí esta noche, Watson, y ese es el hombre que ignora por completo que andamos tras él.

Los planes de mi amigo se iban revelando poco a poco. Desde este cómodo refugio, los vigilantes podían ser vigilados, y los perseguidores, perseguidos. Esa angulosa sombra de allí arriba era el cebo y nosotros éramos los cazadores. Permanecimos en silencio en la oscuridad y vigilamos las apresuradas figuras que pasaban y volvían a pasar por delante de nosotros. Holmes estaba callado e inmóvil, pero diría que se encontraba en un estado de profunda alerta y que su mirada se clavaba intensamente en la corriente de transeúntes. Era una noche desapacible y tormentosa, y el viento silbaba de forma estridente por la larga calle. Había mucha gente moviéndose de acá para allá, la mayoría envueltos en sus abrigos y corbatas. Una o dos veces creí haber visto la misma figura, me fijé en particular en dos hombres que parecían protegerse del viento en la entrada de una casa a bastante distancia calle arriba. Intenté atraer la atención de mi compañero sobre ellos, pero dejó escapar una breve exclamación de impaciencia y continuó observando la calle. Más de una vez movió nerviosamente los pies y golpeteó rápidamente con los dedos en la pared. Se me hizo evidente que empezaba a intranquilizarse y que sus planes no estaban resultando del todo como esperaba. Al final, al llegar la medianoche y despejarse poco a poco la calle, se paseó la habitación arriba y abajo presa de una incontenible agitación. Estaba a punto de hacerle algún comentario cuando levanté la mirada hacia la ventana iluminada y experimenté de nuevo una sorpresa casi tan grande como la anterior. Agarré el brazo de Holmes y señalé hacia arriba.

—¡Se ha movido la sombra! —exclamé.

De hecho, ya no era el perfil, sino la espalda, lo que aparecía ante nosotros.

Desde luego, tres años no habían suavizado las asperezas de su carácter ni su impaciencia ante una inteligencia menos despierta que la suya.

—Por supuesto que se ha movido —dijo—. ¿Acaso soy un ridículo chapuzas, Watson, tanto como para colocar un maniquí evidente y esperar que engañe a uno de los hombres más perspicaces de Europa? Hemos estado en esta habitación dos horas, y la señora Hudson ha hecho ciertos cambios en esa figura ocho veces, es decir, uno cada cuarto de hora. Los realiza desde la parte de delante, así que su sombra nunca puede ser vista. ¡Ah!

Respiró con una inspiración estridente y alterada. En la luz tenue vi cómo estiraba el cuello hacia delante, cómo todo su cuerpo estaba tenso por la concentración. Fuera, la calle estaba absolutamente desierta. Es posible que aquellos dos hombres aún estuvieran agazapados en la entrada, pero ya no podía verlos. Todo estaba silencioso y oscuro, exceptuando esa luminosa ventana amarilla situada frente a nosotros con la figura negra perfilada en su centro. De nuevo, en el absoluto silencio, oí aquella nota débil y sibilante que sugería una excitación intensa y contenida. Un momento después tiró de mí hacia el rincón más oscuro de la habitación, y sentí la advertencia de su mano sobre mis labios. Los dedos que me apretaban estaban temblando. Jamás había visto a mi amigo tan nervioso, y, sin embargo, la calle oscura seguía extendiéndose solitaria y sin movimiento alguno ante nosotros.

Pero, de repente, tomé conciencia de lo que sus sentidos, más agudos que los míos, ya habían distinguido. Un ruido bajo, sigiloso, llegó a mis oídos, no procedente de Baker Street, sino de la parte de atrás de la misma casa en donde nos encontrábamos ocultos. Una puerta se abrió y se cerró. Un segundo después, unos pasos avanzaron lentamente por el pasaje —pasos que se suponían silenciosos, pero que retumbaban desagradablemente por la casa deshabitada—. Holmes se puso en cuclillas contra la pared y yo hice lo mismo, mientras cerraba mi mano en torno a la empuñadura de mi revólver. Escudriñando en la penumbra, vi la silueta de un hombre, una sombra más oscura que la oscuridad de la puerta abierta. Se quedó de pie durante un instante, y entonces se adentró lentamente, agachado, amenazante, en la habitación. Esa figura siniestra estaba a menos de tres yardas de nosotros, y me preparé para hacer frente a su ataque, antes de que me diera cuenta de que no tenía ni idea de nuestra presencia. Pasó junto a nosotros, caminó de forma sigilosa hacia la ventana y, de manera muy callada y sin hacer ruido, la levantó medio palmo. Mientras se dejaba caer a la altura de esa apertura, la luz de la calle, que ya no atenuaba el cristal polvoriento, dio de lleno en su rostro. Aquel hombre parecía fuera de sí de entusiasmo. Sus ojos brillaban como dos estrellas y sus facciones se movían convulsivamente. Era un hombre entrado en años, con una nariz fina y prominente, una frente amplia y despejada, y un enorme bigote entrecano. Se echó la chistera hacia atrás, y brilló a través de su abrigo abierto una pechera de etiqueta. Tenía el rostro demacrado y moreno, surcado por arrugas profundas y brutales. En la mano llevaba lo que parecía ser un bastón, pero, cuando lo depositó en el suelo, produjo un sonido metálico. Entonces, del bolsillo de su abrigo, sacó un objeto voluminoso, y se entregó en una tarea que culminó con un chasquido ruidoso y agudo, como si un resorte o un cerrojo hubiesen encajado en su lugar. Aún arrodillado en el suelo, se inclinó hacia delante y tiró con toda su fuerza y peso de una palanca, lo que tuvo por resultado el que se oyera un ruido vertiginoso, chirriante, que terminó una vez más con un potente chasquido. Después se enderezó, y vi que aquello que tenía en su mano era una especie de arma, con una cantonera con una curiosa deformación. La abrió por la recámara, puso algo en esta e hizo un ruido seco con el cierre. Luego, poniéndose de cuclillas, apoyó el extremo del cañón en el alféizar de la ventana abierta, y vi su largo bigote inclinarse sobre la culata y el brillo de su ojo como si lo entrecerrase para ver por la mirilla. Oí un breve suspiro de satisfacción cuando se acomodó la cantonera en el hombro y vi aquel blanco asombroso, el hombre negro sobre fondo amarillo, que estaba claramente en su punto de mira. Por un momento se quedó rígido e inmóvil. Entonces su dedo apretó el gatillo. Se produjo un extraño y ruidoso zumbido, seguido de un prolongado tintineo de cristales rotos. Y, en ese instante, Holmes se abalanzó como un tigre sobre el tirador y lo lanzó de bruces contra el suelo. Este se puso en pie de nuevo al instante y, con una fuerza incontenible, cogió a Holmes de la garganta, pero lo golpeé en la cabeza con la culata de mi revólver y volvió a caer en el suelo. Me lancé sobre él, y, mientras lo sujetaba, mi camarada sopló por un silbato de manera estridente. Se oyeron pasos que corrían por la acera, y dos policías de uniforme más un inspector de paisano entraron en tromba por la puerta delantera y llegaron a la habitación.

—¿Es usted, Lestrade? —dijo Holmes.

—Sí, señor Holmes. He decidido encargarme yo mismo. Me alegro de verle de vuelta en Londres, señor.

—Creo que necesita un poco de ayuda extraoficial. Tres asesinatos en un año no habrán pasado inadvertidos, Lestrade. Aunque para el misterio de Molesey se las arregló con menos ayuda de la habitual..., quiero decir que se las arregló bastante bien.

Nos habíamos puesto todos en pie, nuestro prisionero resollando, con un leal agente a cada lado. Algunos vagabundos habían empezado ya a congregarse en la calle. Holmes se acercó a la ventana, la cerró y bajó la persiana. Lestrade había sacado dos velas y los policías habían destapado sus linternas. Por fin, iba a poder ver bien a nuestro prisionero.

Un rostro enormemente varonil y, a pesar de ello, siniestro se volvió hacia nosotros. Con la frente de un filósofo arriba y la mandíbula de un hedonista abajo, había debido nacer con una gran capacidad tanto para el bien como para el mal. Pero uno no podía mirarlo a los crueles ojos azules, con párpados caídos y cínicos, ni a la nariz fiera y agresiva, ni a la frente amenazante y surcada de profundas arrugas, sin inferir de ellos las claras señales de peligro que lanza la naturaleza. No hizo caso de nosotros, pero sus ojos estaban fijos en el rostro de Holmes con una expresión en la que se mezclaban el odio y el asombro a partes iguales.

—¡Es usted un demonio! —seguía mascullando—. ¡Un demonio pero que muy listo!

—¡Ah, coronel! —dijo Holmes mientras se adecentaba el

arrugado cuello de su camisa—. «Los viajes acaban con encuentros de amantes»,[2] como decía esa vieja obra. Creo que no he tenido el placer de verle desde que me colmó de atenciones cuando me encontraba en la cornisa de la catarata de Reichenbach.

El coronel seguía observando a mi amigo como si estuviera en trance.

—Un demonio pero que muy astuto —era todo lo que lograba decir.

—Todavía no les he presentado —dijo Holmes—. Este, caballeros, es el coronel Sebastian Moran, antiguamente en el ejército de Su Majestad en la India, y el mejor tirador de caza mayor que haya dado nuestro Imperio oriental. ¿Creo que no me equivoco, coronel, al decir que su marca de tigres cazados continúa sin haber sido igualada?

El feroz anciano no dijo nada, pero seguía fulminando con la mirada a mi compañero. Con sus ojos salvajes y su bigote encrespado, él mismo se parecía prodigiosamente a un tigre.

—Me asombra que mi sencillísima estratagema haya engañado a un *shikari* tan curtido —dijo Holmes—. Debe de resultarle muy familiar. ¿No ha atado usted un cabritillo a un árbol, permanecido en su copa con su rifle y esperado a que el cebo atraiga a su tigre? Esta casa deshabitada es mi árbol y usted es mi tigre. Posiblemente usted tenía otras armas de reserva en el caso de que hubiera varios tigres, o por la improbable hipótesis de que le fallara su propia puntería. Estas —señaló a su alrededor— son mis otras armas. La analogía es clara.

El coronel Moran se precipitó hacia él, con un rugido de rabia, pero los agentes lo contuvieron. La ira de su rostro era terrible a la vista.

—Confieso que me tenía reservada una pequeña sorpresa —dijo Holmes—. No había previsto que usted mismo utilizaría esta casa deshabitada y su idónea ventana delantera. Ha-

2. Cita de *Noche de reyes* (acto II, escena iii, 44-45), de William Shakespeare. *(N. del T.)*

bía imaginado que actuaría desde la calle, donde mi amigo Lestrade y sus alegres compañeros estaban esperándole. Exceptuando este detalle, todo ha ido como esperaba.

El coronel Moran se volvió hacia el inspector.

—Quizá tenga, o quizá no, una causa justificada para arrestarme —le dijo—, pero, como mínimo, es posible que no haya razón alguna para que deba soportar las burlas de este individuo. Si estoy en manos de la ley, que las cosas se hagan de manera legal.

—Bueno, me parece bastante razonable —contestó Lestrade—. ¿Hay algo más que tenga que decir, señor Holmes, antes de que nos vayamos?

Holmes había recogido el potente rifle de aire comprimido del suelo y estaba examinando su mecanismo.

—Un arma admirable y única —dijo—, silenciosa y de una potencia formidable. Conocí a Von Herder, el mecánico alemán ciego que la construyó por orden del difunto profesor Moriarty. Durante años he sabido de su existencia, aunque hasta ahora nunca había tenido la oportunidad de tenerla entre las manos. La dejo expresamente a su cargo, Lestrade, así como las balas correspondientes.

—Puede confiar en que nos ocuparemos de ella, señor Holmes —dijo Lestrade, mientras todo el grupo se encaminaba hacia la puerta—. ¿Tiene alguna cosa más que decir?

—Solo preguntar qué cargo piensa presentar contra él.

—¿Qué cargo, señor? Vaya, el de intento de asesinato del señor Sherlock Holmes, por supuesto.

—Nada de eso, Lestrade. No tengo ninguna intención de comparecer por este asunto, de ningún modo. De usted, y solo de usted, es el mérito del notable arresto que ha efectuado. Sí, Lestrade, ¡le felicito! Con su afortunada combinación habitual de astucia y audacia lo ha atrapado.

—¡Atrapado! ¿Atrapado a quién, señor Holmes?

—Al hombre que todo el cuerpo de policía anda buscando en vano: al coronel Sebastian Moran, quien disparó al ilustre

Ronald Adair una bala de fragmentación con un rifle de aire comprimido por la ventana abierta de la segunda planta frente al número 427 de Park Lane, el 30 del pasado mes. Ese es el cargo, Lestrade. Y ahora, Watson, si puede aguantar la corriente de una ventana abierta, creo que media hora en mi despacho con un cigarro podría brindarle algún entretenimiento provechoso.

Nuestra antigua residencia permanecía inalterada gracias a la supervisión de Mycroft Holmes y al cuidado directo de la señora Hudson. Cuando entré, vi, es cierto, un insólito orden, pero los viejos puntos de referencia estaban en su lugar. Allí estaba el rincón de química y la mesa machada de ácido, con montones de cosas. Sobre un estante estaba la hilera de increíbles álbumes de recortes y libros de consulta que muchos de nuestros conciudadanos se hubiesen alegrado de quemar. Los diagramas, el estuche del violín y el anaquel de las pipas —incluso la babucha persa que contenía el tabaco—, con todo ello se toparon mis ojos mientras miraba a mi alrededor. Había dos ocupantes en el cuarto: uno, la señora Hudson, que nos sonrió a ambos al entrar; el otro, el extraño maniquí que había jugado un papel tan importante en las aventuras de esa noche. Era una figura de cera a color de mi amigo, tan admirablemente ejecutada que era su copia exacta. Se encontraba sobre un pequeño velador y lo habían vestido con una bata vieja de Holmes, de tal manera que, vista desde la calle, la ilusión era absolutamente perfecta.

—Espero que haya extremado las precauciones, señora Hudson —dijo Holmes.

—Me he acercado de rodillas, señor, tal y como me dijo.

—Excelente. Ha llevado a cabo el asunto a la perfección. ¿Ha observado adónde ha ido la bala?

—Sí, señor, me temo que ha echado a perder este bonito busto suyo, porque le ha atravesado la cabeza y ha ido a parar contra la pared. La he recogido de la alfombra. ¡Aquí está!

Holmes me la tendió.

—Una bala blanda de revólver, como puede ver, Watson. Es una genialidad, porque ¿quién se imaginaría encontrar una cosa así disparada por un rifle de aire comprimido? Muy bien, señora Hudson, le estoy muy agradecido por su ayuda. Y ahora, Watson, déjeme verle en su antiguo asiento una vez más, porque hay varios puntos que me gustaría tratar con usted.

Se quitó con celeridad la levita raída y allí estaba el Holmes de siempre con la bata color pardo que había cogido de su efigie.

—Los nervios del viejo *shikari* no han perdido su templanza, ni los ojos su agudeza —dijo riéndose mientras inspeccionaba la frente destrozada de su busto.

—De lleno en el centro de la parte trasera de la cabeza y directamente a través del cerebro. Era el mejor tirador de la India y supongo que hay pocos mejores en Londres. ¿Le sonaba su nombre?

—Pues no.

—Bueno, bueno, ¡así es la fama! Pero, claro, si no recuerdo mal, tampoco le sonaba el nombre del profesor James Moriarty, que era uno de los grandes cerebros de este siglo. Bájeme mi catálogo biográfico del estante.

Pasó las hojas indolentemente, reclinado en su sillón y expulsando grandes nubes de humo de su cigarro.

—La «m» de mi colección es excelente —dijo—. Con Moriarty basta para hacer esta letra ilustre, y tenemos aquí a Morgan el envenenador, y a Merridew, de abominable memoria, y a Mathews, que me rompió el colmillo izquierdo en el vestíbulo de la estación de Charing Cross, y, por último, aquí tenemos a nuestro amigo de esta noche.

Me pasó el libro y leí:

> Moran, Sebastian, coronel. Sin empleo. Anteriormente en el 1.º de los batidores de Bangalore. Nacido en Londres en 1840. Hijo de sir Augustus Moran, primer barón del Exchequer, antiguo embajador británico de Persia. Estudios en Eton y Oxford. Servicio en la campaña de Jowaki, en la campaña

afgana, en Char Asiab (mención de honor), Sherpur y Kabul. Autor de *La caza mayor en los Himalayas occidentales*, 1881; *Tres meses en la selva*, 1884. Dirección: Conduit Street. Clubes: el Angloindio, el Tankerville, el Bagatelle Card Club.

En el margen había escrito, de la meticulosa mano de Holmes: «El segundo hombre más peligroso de Londres».

—Qué sorprendente es esto —dije mientras le devolvía el ejemplar—. Es la carrera de un respetable soldado.

—Cierto —respondió Holmes—, hasta cierto momento se comportó correctamente. Siempre fue un hombre con nervios de acero y en la India todavía se cuenta la historia de cómo se arrastró por una alcantarilla tras un tigre antropófago. Hay algunos árboles, Watson, que crecen hasta cierta altura y que luego, de repente, desarrollan alguna fea excentricidad. Lo observará con frecuencia entre los humanos. Tengo la teoría de que el individuo presenta en su evolución la serie completa de sus antepasados, y que un giro así de repentino hacia el bien o el mal significa alguna influencia poderosa que hereda de su linaje. La persona se convierte, por así decirlo, en la personificación de la historia de su propia familia.

—Desde luego, es bastante extravagante.

—Bien, no insistiré en ello. Sea cual sea la causa, el coronel Moran empezó a ir por el mal camino. Aun sin escándalo conocido, la India se le puso difícil. Se retiró, vino a Londres, y de nuevo adquirió mal nombre. Fue en ese momento cuando el profesor Moriarty trató de localizar a quien sería durante un tiempo jefe de su estado mayor. Moriarty le proporcionaba dinero generosamente, y solo se sirvió de él para uno o dos trabajos de alto nivel que ningún delincuente común hubiese podido acometer. Es posible que guarde algún recuerdo de la muerte de la señora Stweart, de Lauder, en 1887, ¿cierto? Pues bien, estoy seguro de que Moran estaba detrás de ese asunto, pero no se pudo probar nada. El coronel siguió con su tapadera de una manera tan inteligente que, incluso cuando se desarticuló la banda de Moriarty, no pudimos incriminarlo. ¿Recuerda ese día, cuando lo llamé a su cuarto, cómo cerré las contraventanas por miedo a las armas de aire comprimido? Sin duda pensó que era un exagerado. Sabía exactamente lo que hacía, porque sabía de la existencia de esa arma excepcional, y sabía también que uno de los mejores tiradores del mundo podía encontrarse tras su mirilla. Cuando estuvimos en Suiza, nos siguió con Moriarty, y, sin lugar a dudas, fue él quien me obsequió con esos endiablados cinco minutos de la cornisa de Reichenbach.

»Puede creer que leí los periódicos con bastante atención durante mi estancia en Francia, a la caza de alguna oportunidad de pisarle los talones. Mientras permaneció en libertad en Londres, mi vida era un auténtico sinvivir. Día y noche su sombra podía precipitarse sobre mí, y más tarde o más temprano le llegaría su oportunidad. ¿Qué podía hacer? No podía pegarle un tiro sin ser visto, o yo mismo acabaría en el banquillo de los acusados. Era inútil apelar a un juez. No pueden entrometerse basándose en lo que les hubiera parecido las sospechas de un loco. Así que no podía hacer nada. Pero seguí las noticias sobre crímenes a sabiendas de que más tarde o más temprano lo atraparía. Entonces sucedió la muerte del tal Ronald Adair. ¡Por fin, se presentaba mi oportunidad! Sabiendo lo que yo sabía, ¿no era evidente que lo había perpetrado el coronel Moran? Había estado jugando a las cartas con el chico; lo había seguido a casa desde el club; le había disparado a través de la ventana abierta. No cabía duda. Solo las balas eran suficientes para ponerle una soga al cuello. Me vine enseguida. Me vio el centinela, y supe que llamaría la atención del coronel sobre mi presencia. Moran no podía dejar de relacionar mi repentino regreso con su crimen y estar enormemente alarmado. Estaba seguro de que trataría de quitarme de en medio enseguida y que rescataría su arma homicida con ese propósito. Le dejé un blanco excelente en la ventana y, tras avisar a la policía de que podrían ser necesarios —por cierto, Watson, usted reparó en su presencia en aquella entrada con atinada precisión—, me instalé en lo que me parecía un puesto de observación sensato, sin que se me pasara ni por un momento por la cabeza que el coronel elegiría el mismo sitio para su ataque. Ahora, mi querido Watson, ¿me queda alguna cosa por explicarle?»

—Sí —dije—. No me ha aclarado cuál fue el motivo del coronel Moran para asesinar al ilustre Ronald Adair.

—¡Ah, mi querido Watson! Ahí nos adentramos en el reino de la conjetura, donde la mente más lógica de todas puede fallar. Cada vecino formulará su propia hipótesis con las presentes pruebas, y la suya puede ser tan correcta como la mía.

—Entonces, ¿ha formulado una?

—Creo que no es difícil explicar los hechos. Salió a relucir en la investigación que el coronel Moran y el joven Adair habían ganado entre ambos una considerable suma de dinero. Ahora bien, sin lugar dudas Moran jugaba sucio —de eso me di cuenta hace mucho—. Creo que, el día del asesinato, Adair había descubierto que Moran estaba haciendo trampas. Con mucha probabilidad había hablado con él en privado, y lo había amenazado con delatarlo a menos que renunciase a ser miembro del club y prometiera no jugar a las cartas de nuevo. Es poco probable que un jovencito como Adair montase sin pensárselo un feo escándalo delatando a un hombre reconocido y mucho más mayor que él. Seguramente actuó como estoy sugiriendo. Ser excluido de sus clubes hubiese significado la ruina para Moran, quien vivía de sus ganancias ilícitas en el juego. Por tanto, asesinó a Adair, quien en ese momento estaba tratando de calcular cuánto dinero devolvería, puesto que no podía beneficiarse del juego sucio de su pareja de cartas. Cerró la puerta por temor a que las mujeres lo sorprendieran e insistieran en saber qué estaba haciendo con esos nombres y monedas. ¿Le sirve con eso?

—No me cabe duda de que ha hallado la verdad.

—Se corroborará o refutará en el juicio. Mientras tanto,

pase lo que pase, el coronel Moran no nos molestará más, la célebre arma de aire comprimido de Von Herder embellecerá el museo de Scotland Yard, y una vez más el señor Sherlock Holmes es libre de consagrar su vida a estudiar esos interesantes problemillas que la compleja vida de Londres nos ofrece sin cesar.

Miss S. Cushing
4 Trafalgar Villas
Camberwell
London
15 DEC

# LA AVENTURA DE LA CAJA DE CARTÓN

Al escoger unos cuantos casos representativos que ilustren las excepcionales cualidades intelectuales de mi amigo, Sherlock Holmes, he tratado, hasta donde me ha sido posible, de seleccionar aquellos que sean lo menos sensacionalistas posible, a la que vez que ofrecen una muestra clara de sus aptitudes. Por desgracia, es imposible separar del todo lo sensacionalista de lo criminal, y un cronista se encuentra ante el dilema de sacrificar detalles que son esenciales para su exposición, y dar así una impresión falsa del problema, o utilizar asuntos que la suerte, y no la elección, le proporciona. Tras este breve prefacio, expondré mis notas de lo que resultó ser una secuencia de acontecimientos extraña y especialmente terrible.

Era un cegador y caluroso día de agosto. Baker Street parecía un horno, y el fulgor de la luz solar en el enladrillado amarillo de la casa de enfrente hacía daño a los ojos. Costaba creer que esas fueran las mismas paredes que descollaban de forma tan sombría a través de las nieblas del invierno. Teníamos las persianas medio bajadas, y Holmes estaba ovillado en el sofá, leyendo y releyendo una carta que había recibido con el correo de la mañana. En cuanto a mí, mi período de servicio en India me había adiestrado para resistir el calor mejor que el frío, y un termómetro a treinta y dos grados no era una adversidad.

El periódico matutino no tenía interés; el Parlamento estaba de vacaciones, todo el mundo se había marchado de la ciudad, y yo soñaba con los árboles de New Forest o la playa de guijarros de Southsea. Una cuenta bancaria agotada había hecho que aplazase mis vacaciones, y, en cuanto a mi compañero, nada en el campo ni en el mar presentaba el más leve atractivo para él. Le encantaba estar justo en el centro de cinco millones de personas, tendiendo sus filamentos por ellos, receptivo a cada pequeño rumor o sospecha de crimen sin resolver. El gusto por la naturaleza no se encontraba entre sus muchas cualidades, y solo cambiaba de paisaje cuando apartaba su mente del malhechor de la ciudad para rastrear a su mellizo del campo.

Tras comprobar que Holmes estaba demasiado absorto como para conversar, tiré a un lado el árido periódico, y, recostándome en mi asiento, me quedé en Babia. De repente, la voz de mi compañero irrumpió en mis pensamientos:

—Tiene razón, Watson —dijo—. Es cierto que parece una forma muy absurda de resolver un conflicto.

—¡Muy ridícula! —exclamé, y, entonces, súbitamente, al advertir que se había hecho eco del pensamiento más profundo de mi mente, me enderecé en mi asiento y lo miré con profundo asombro.

—¿Qué es esto, Holmes? —exclamé—. Esto va más allá de lo que hubiese podido imaginar.

Él se rió de buena gana ante mi confusión.

—Recuerda —dijo— que hace poco tiempo, cuando le leí el pasaje de uno de los apuntes de Poe en el que un razonador estricto sigue los pensamientos tácitos de su compañero, se inclinaba a tratar el asunto como un mero *tour de force* del autor. Al comentarle que tengo por costumbre hacer constantemente lo mismo, expresó su incredulidad.

—¡No, hombre, no!

—Quizá no con su boca, mi querido Watson, pero desde luego sí con sus cejas. Así que, cuando vi que arrojaba al suelo su periódico y empezaba un hilo de pensamientos, me alegré mucho de tener la oportunidad de leer sus gestos, e interrumpirlo al final, como prueba de que me había compenetrado con usted.

Pero yo seguía lejos de estar conforme.

—En el ejemplo que me leyó —le dije—, el razonador sacaba sus conclusiones de las acciones del hombre al que observaba. Si recuerdo bien, daba un traspié en un montón de piedras, miraba hacia las estrellas, etcétera. Pero yo he estado sentado tranquilamente en mi asiento, ¿qué pistas puedo haberle dado?

—Es injusto consigo mismo. Las facciones le son dadas al hombre como medio para expresar sus emociones, las suyas le sirven lealmente.

—¿Quiere decir que ha seguido el hilo de mis pensamientos mediante mis facciones?

—Mediante sus facciones y, en particular, sus ojos. ¿Recuerda cómo comenzó su ensoñación?

—No, no puedo.

—Se lo explicaré. Después de arrojar al suelo su periódico, que fue la acción que atrajo mi atención, estuvo sentado durante medio minuto con aspecto ausente. Entonces, sus ojos se quedaron fijos en el retrato, recientemente enmarcado, del general Gordon, y vi por la alteración de su rostro que había comenzado un hilo de pensamientos. Pero no le llevó muy lejos. Sus ojos se dirigieron de repente al otro lado, hacia el retrato sin enmarcar de Henry Ward Beecher, que se encuentra encima de sus libros. Después, fijó su atención en un punto un poco más elevado y, por supuesto, lo que significaba era obvio. Estaba pensando que, si se enmarcara la imagen, cubriría justo ese espacio vacío y que armonizaría con el retrato de Gordon de allí.

—¡Me ha seguido de maravilla! —exclamé.

—De momento, no podía andar desencaminado. Pero ahora sus pensamientos regresaron a Beecher, y lo miró detenidamente como si estuviera estudiando su carácter en sus facciones. Entonces, sus ojos dejaron de pestañear, pero usted siguió mirando al otro lado de la habitación, y tenía el rostro pensativo. Estaba recordando los episodios de la carrera de Beecher. Yo era consciente de que terminaría pensando en la misión que emprendió en nombre del Norte en tiempos de la guerra civil, porque recuerdo cómo expresó su irrefrenable indignación por la manera en que fue recibido por nuestra gente más alborotada. Lo sentía con tanta vehemencia que sabía que no podía pensar en Beecher sin pensar en eso también. Cuando, un momento después, vi que sus ojos se apartaban del retrato, sospeché que su mente se encaminaba ahora hacia la guerra civil, y , cuando vi que sus labios se apretaban, sus ojos centelleaban, y sus manos se crispaban, estuve seguro de que estaba pensando en la caballerosidad que habían mostrado ambos bandos en esa contienda heroica. Pero, entonces, una vez más, su rostro se puso más triste, y negó con la cabeza. Se estaba mortificando por la tristeza y el horror y la inutilidad de la pérdida de vidas. Su mano se acercó sigilosamente a su antigua herida y se insinuó una sonrisa en sus labios que me indicó que este método ridículo de resolver los asuntos internacionales se le había impuesto en su mente. En este punto estuve de acuerdo con usted en que era absurdo y me alegré de descubrir que todas mis deducciones habían sido correctas.

—¡Absolutamente! —exclamé—. Y ahora que me lo ha explicado, confieso que estoy tan sorprendido como antes.

—Era muy superficial, mi querido Watson, se lo aseguro. No me hubiera inmiscuido en su mente si no hubiese mostrado cierta incredulidad el otro día. Pero tengo en mis manos un pequeño problema que puede resultar ser más difícil de solucionar que mi pequeño intento de leer el pensamiento. ¿Ha visto en el periódico un breve párrafo que se refería al singular contenido de un paquete enviado por correo a la señorita Cushing, de Cross Street, Croydon?

—No, no lo he visto.

—¡Ah! Se le ha debido escapar. Tíremelo. Aquí está, debajo de la sección de economía. Tenga la amabilidad de leerlo en alto.

Recogí el periódico que me había lanzado y leí el párrafo indicado. Llevaba por título «Un paquete macabro».

> La señorita Susan Cushing, residente en Cross Street, Croydon, ha sido víctima de lo que debe ser considerado como una broma especialmente repulsiva, a menos que resulte haber algún significado más siniestro para el incidente. Ayer por la tarde, a las dos en punto, el cartero le entregó en mano un paquete pequeño, envuelto en papel marrón. Dentro había una caja de cartón que estaba llena de sal gruesa. Al vaciarla, la señorita Cushing quedó horrorizada al descubrir en ella dos orejas humanas, que, en apariencia, habían sido amputadas recientemente. La caja había sido enviada por paquete postal desde Belfast la mañana anterior, sin ninguna indicación acerca del remitente. El asunto es más misterioso por cuanto la señorita Cushing, que es una dama soltera de unos cincuenta años, ha llevado una vida muy retirada, y tiene tan pocos conocidos o corresponsales que le parece extraño recibir algo a través del correo. Hace algunos años, sin embargo, cuando residía en Penge, les alquiló unas habitaciones de su casa a tres jóvenes estudiantes de medicina, a quienes se vio obligada a echar a causa de sus costumbres ruidosas e intempestivas. La policía cree que esa atrocidad puede haber sido perpetrada por esos jóvenes, quienes estarían resentidos con ella y esperaban aterrorizarla enviándole esas reliquias de las salas de disección. Se le concede alguna probabilidad a la teoría dado que uno de esos estudiantes procedía del norte de Irlanda y, según creía la señorita Cushing, de Belfast. Entretanto, se está investigando el caso activamente, pues el señor Lestrade, uno de los más inteligentes detectives de nuestra policía, se está encargando del caso.

—Eso en cuanto al *Daily Chronicle* —dijo Holmes mientras terminaba de leer—. Ahora vamos con nuestro amigo Lestrade. He recibido una nota suya esta mañana en la que dice:

> Creo que este caso entra dentro de su campo. Estamos seguros de que vamos a aclararlo, pero hemos encontrado dificultades para obtener una base sobre la que trabajar. Por supuesto, ya hemos mandado un telegrama a la oficina de correos de Belfast, pero se entregaron un extenso número de paquetes ese día, y no tienen medios para identificar ese en particular ni para recuperar al remitente. La caja es de media pulgada de tabaco aromático y no nos ayuda de ninguna manera. La teoría del estudiante de medicina me sigue pareciendo la más factible, aunque, si dispusiera de algunas horas, me alegraría verle por aquí. Estaré todo el día en la casa o en la comisaría.

—¿Qué me dice, Watson? ¿Puede superar el calor y venir a Croydon conmigo por si se da la improbable posibilidad de conseguir un caso para sus anales?

—Estaba deseando tener algo que hacer.

—Lo tendrá entonces. Pida nuestras botas y diga que nos consigan un coche. Volveré en un momento, cuando me haya quitado la bata y llenado mi cigarrera.

Cayó un chaparrón cuando estábamos en el tren, y el calor era mucho menos agobiante en Croydon que en la ciudad. Holmes le había remitido un telegrama a Lestrade, así que este, tan larguirucho, tan elegante y con tanto aire a hurón como siempre, estaba esperándonos en la estación. Un paseo de cinco minutos nos llevó hasta Cross Street, donde residía la señorita Cushing.

Era una calle muy larga con casas de ladrillo de dos plantas, limpia y remilgada, con escalones de piedra blanqueada y grupitos de mujeres con delantal chismorreando en las puertas. Hacia la mitad de la calle, Lestrade se detuvo y llamó a una puerta, que abrió una pequeña criada. La señorita Cushing estaba sentada en la sala de estar, adonde nos hicieron pasar. Era una mujer de rostro sereno, con ojos grandes y dulces, y cabello entrecano que se le abombaba hacia abajo a la altura de las sienes. Tenía sobre el regazo un trabajado antimacasar y había una cesta de sedas de colores encima de un taburete junto a ella.

—Esas cosas horripilantes están en el cobertizo —dijo al entrar Lestrade—. Me gustaría que se las llevara de aquí cuanto antes mejor

—Así lo haré, señorita Cushing. Solo las mantenía aquí hasta que mi amigo, el señor Sherlock Holmes, las hubiese visto en su presencia.

—¿Por qué en mi presencia, señor?

—Por si deseaba hacerle alguna pregunta.

—¿Qué utilidad tiene hacerme preguntas cuando le digo que no sé nada en absoluto de esto?

—En efecto, señora —dijo Holmes tranquilizándola—, no me cabe duda de que ya la han molestado más que de sobra con este asunto.

—Ya lo creo que sí, señor. Soy una mujer tranquila y vivo una vida retirada. Para mí es algo nuevo ver mi nombre en los periódicos y encontrarme a la policía en mi casa. No quiero tener esas cosas aquí, señor Lestrade. Si desea verlas, tendrá que ir al cobertizo.

Era una cabaña pequeña en el estrecho jardín que estaba detrás de la casa. Lestrade entró y sacó una caja de cartón amarilla, con un trozo de papel marrón y algo de cuerda. Había un banco al final del camino y nos sentamos todos mientras Holmes examinó, uno por uno, los artículos que Lestrade le había tendido.

—La cuerda es extremadamente interesante —comentó alzándola hacia la luz y olfateándola—. ¿Qué le parece esta cuerda, Lestrade?

—Ha sido embreada.

—Justamente. Es un trozo de bramante embreado. Usted,

sin duda, se ha dado cuenta también de que la señorita Cushing ha cortado la cuerda con unas tijeras, como se puede ver por los extremos deshilachados. Tiene su importancia.

—No logro ver qué importancia tiene —dijo Lestrade.

—La importancia reside en el hecho de que se ha dejado intacto el nudo, un nudo de una naturaleza singular.

—Está anudada con mucho esmero. Ya había tomado nota de ese aspecto —dijo Lestrade muy ufano.

—Eso en cuanto a la cuerda, pues —dijo Holmes sonriendo—, ahora vamos al envoltorio de la caja. Papel marrón, con un olor inconfundible a café. ¿No lo había notado? Creo que es evidente. La dirección está escrita en caracteres bastante desmañados: «Señorita S. Cushing, Cross Street, Croydon». Con una pluma de punta ancha, probablemente una J, y con tinta de muy mala calidad. La palabra «Croydon» al principio ha sido escrita con una «i», que ha sido cambiada por una «y». Con todo podemos deducir que el paquete lo mandó un hombre, la escritura es inequívocamente masculina, de escasa educación y poco familiarizado con la ciudad de Croydon. ¡Por ahora todo bien! La caja es amarilla, de tabaco aromático, de media libra, sin nada distintivo excepto dos huellas dactilares en la esquina inferior izquierda. Está llena de sal gruesa del tipo utilizado para conservar cueros y otros propósitos comerciales menos refinados. E incrustada en ella se encuentran estos adjuntos tan particulares.

Sacó las dos orejas mientras hablaba, y, colocando una tabla sobre sus rodillas, las examinó minuciosamente, mientras Lestrade y yo, inclinados hacia delante cada uno a un lado, mirábamos a ratos esos vestigios espeluznantes y a ratos al rostro pensativo y entusiasmado de nuestro compañero. Al final los devolvió a la caja de nuevo y se sentó durante un rato meditando profundamente.

—Por supuesto, ha advertido —dijo por fin— que las orejas no forman un par.

—Sí, me había dado cuenta. Pero, si esto fuese la broma de

ciertos estudiantes desde la sala de disecciones, les resultaría sencillo enviar dos orejas desparejadas como un par.

—Exacto. Pero esto no es una broma.

—¿Está seguro?

—Esa conjetura está contundentemente en contra de las pruebas. A los cuerpos, en las salas de disección, les inyectan un fluido conservante. Estas orejas no revisten señales de ello. Están frescas, además. Acaban de ser cortadas con un instrumento desafilado, lo que difícilmente sucedería si lo hubiese hecho un estudiante. Por otra parte, el carbólico o el alcohol reforzado serían los conservantes que le vendrían a la mente a un médico, pero no la sal gruesa. Le reitero que aquí no hay broma que valga, estamos investigando un crimen y grave.

Un vago escalofrío me recorrió el cuerpo mientras escuchaba las palabras de mi compañero y veía la adusta gravedad que endurecía sus facciones. Este descarnado preámbulo parecía ser la antesala de algún horror extraño e inexplicable en la sombra. Sin embargo, Lestrade movió la cabeza como alguien que solo está convencido a medias.

—Hay inconvenientes en la teoría de la burla, sin duda —dijo—, pero más motivos contundentes hay contra la otra. Sabemos que esta mujer ha llevado una vida muy tranquila y respetable en Penge, y ahora aquí, durante los últimos veinte años. Apenas ha salido de su casa un día entero durante ese período. ¿Por qué demonios, entonces, le enviaría criminal alguno las pruebas de su delito, especialmente cuando parece, a menos que sea una actriz sumamente consumada, entender tan poquísimo del asunto como nosotros?

—Ese es el problema que tenemos que resolver —respondió Holmes—, y por mi parte, lo abordaré bajo el supuesto de que mi razonamiento es correcto, y que se ha cometido un doble asesinato. Una de estas orejas es de una mujer, pequeña, de formas delicadas, y con agujero para pendiente. La otra es de un hombre, bronceada, descolorada, y también con agujero para pendiente. Estas dos personas están, presuntamente, muertas, o hubiésemos sabido de ellos antes. Hoy es viernes. El paquete fue mandado por correo el jueves por la mañana. Por tanto, la tragedia ocurrió el miércoles o el jueves, o antes. Si ambas personas fueron asesinadas, ¿quién, sino su asesino, hubiese enviado este símbolo de su tarea a la señorita Cushing? Podemos asumir que el remitente del paquete es el hombre que buscamos. Debe haber algún motivo poderoso para enviarle a la señorita Cushing este paquete. Por tanto, ¿qué motivo? ¡Debe de haber sido indicarle que se había cometido el crimen! O para hacerle daño tal vez. Pero en ese caso sabe quién es. ¿Lo sabe? Lo dudo. Si lo supiera, ¿por qué llamar a la policía? Podía haber enterrado las orejas, y nadie se hubiese dado cuenta. Eso es lo que hubiese hecho si hubiese querido proteger al criminal. Pero, si no deseara proteger al criminal, daría su nombre. Aquí tenemos un enredo que tenemos que desembrollar.

Había estado hablando en voz alta y rápidamente, con la mirada perdida hacia la valla del jardín, y entonces, de repente se puso en pie de un salto y se encaminó hacia la casa.

—Tengo algunas preguntas que hacerle a la señorita Cushing —dijo.

—En tal caso, los dejaré aquí —dijo Lestrade—, porque tengo otro asuntillo entre manos. Creo que no tengo nada más que sacarle a la señorita Cushing. Me encontrarán en la comisaría.

—Nos asomaremos de camino al tren —respondió Holmes.

Poco después estábamos de vuelta en la sala de estar, donde la impasible dama seguía trabajando duro en su antimacasar. Se lo puso en el regazo cuando entrábamos y nos miró con sus francos y penetrantes ojos azules.

—Estoy convencida, señor —dijo—, de que ha habido una equivocación en este asunto, y de que el paquete no estaba destinado a mí en absoluto. Se lo he dicho varias veces al caballero de Scotland Yard, pero él simplemente se ha reído de mí en mi cara. No tengo ningún enemigo en este mundo, hasta donde yo sé, así que ¿por qué iba nadie a burlarse de mí así?

—Estoy empezando a pensar lo mismo, señorita Cushing —dijo Holmes, tomando asiento a su lado—. Creo que es más que probable...

Se quedó callado, y yo sorprendido, intentando ver lo que estaba mirando con singular atención en el perfil de la dama. Por un momento se pudo leer en su rostro entusiasmado tanto sorpresa como satisfacción aunque, cuando ella echó un vistazo alrededor buscando la causa de su silencio, él había vuelto a su reserva de siempre. Me quedé observando atentamente su pelo entrecano sin gracia, su elegante cofia, sus pendientes dorados, sus facciones serenas, pero no logré ver nada que pudiera justificar la obvia emoción de mi compañero.

—Hay una o dos preguntas que...

—Ay, ¡estoy harta de preguntas! —exclamó la señorita Cushing con impaciencia.

—Tiene dos hermanas, creo.

—¿Cómo ha podido enterarse de eso?

—Observé en el mismo momento en que entré en este cuarto que tenía un retrato de grupo de tres damas encima de la repisa de la chimenea, una de las cuales es sin lugar a dudas usted, mientras que las otras se parecen tan sumamente a usted que no cabía duda alguna del parentesco.

—Sí, está totalmente en lo cierto. Esas son mis hermanas, Sarah y Mary.

—Y aquí al alcance de mi mano hay otra fotografía, hecha en Liverpool, de su hermana pequeña, en compañía de un hombre que parece ser un sobrecargo de uniforme. Observo que no estaba casada por entonces.

—Es usted muy bueno observando.

—Ese es mi oficio.

—Pues bien, está totalmente en lo cierto. Aunque se casó con el señor Browner pocos días después. Él estaba en la ruta de Sudamérica cuando se la hicieron, pero le tenía tanto cariño que no podía soportar dejarla durante tanto tiempo, y entró en los barcos de Liverpool y Londres.

—Ah, ¿en el *Conqueror* tal vez?

—No, en el *May Day*, o así era la última vez que supe de él. Jim vino a verme aquí una vez. Eso fue antes de que rompiera su promesa de mantenerse sobrio; después siempre empinaba el codo cuando estaba en tierra, y con poco que bebiera se volvía rematadamente loco. ¡Cuando cogía un vaso acababa mal el día! Primero me tiró al suelo, luego se peleó con Sarah, y ahora que Mary ha dejado de escribirme no sé cómo les van las cosas.

Era evidente que la señorita Cushing estaba hablando de un tema que la afectaba profundamente. Como muchas personas que llevan una vida solitaria, al principio se mostraba tímida, pero luego acababa siendo sumamente comunicativa. Nos contó muchos detalles sobre su cuñado el sobrecargo, y luego, divagando sobre el tema de sus anteriores huéspedes, los estudiantes de medicina, nos soltó una larga relación de sus crímenes, y sus nombres y los de sus hospitales. Holmes escuchó todo atentamente, haciendo alguna pregunta entre medias de vez en cuando.

—En relación a su segunda hermana, Sarah —dijo Sherlock Holmes—. Me sorprende, dado que son ambas solteras, que no lleven la casa juntas.

—¡Ah, es que no sabe el genio que tiene Sarah o no se sorprendería tanto! Lo intenté cuando me vine a Croydon, y duró hasta hace cerca de dos meses, cuando tuvimos que separarnos. No quiero hablar mal de mi propia hermana, pero siempre ha sido una entrometida y una exigente esta Sarah.

—Dice que se peleó con sus familiares de Liverpool.

—Sí, y eso que una vez fueron sus mejores amigos. Vaya, que se fue allí a vivir para estar cerca de ellos. Y en cambio ahora se queda sin reproches cuando habla de Jim Browner. En los últimos seis meses que estuvo aquí, no hablaba de otra cosa más que de su alcoholismo y sus malos modos. La había cogido malmetiendo, sospecho yo, y le había cantado las cuarenta, y de ahí venía todo.

—Gracias, señorita Cushing —dijo Holmes levantándose y haciendo una inclinación—. Si no recuerdo mal, ha dicho que su hermana Sarah vive en New Street, Wallington, ¿verdad? Adiós, y siento mucho que la hayamos molestado con un caso con el que, como usted dice, no tiene en absoluto nada que ver.

Pasaba un coche cuando salimos, y Holmes levantó la mano.

—¿A cuánto queda Wallington? —preguntó.

—A tan solo a una milla más o menos, señor.

—Muy bien. Suba rápido, Watson. El hierro candente hay que batirlo de repente. Aunque el caso es sencillo, hay uno o dos detalles muy instructivos en relación a él. Pare un momento en la oficina de telégrafos cuando pase, cochero.

Holmes mandó un breve telegrama y durante el resto de la carrera se recostó en el respaldo, con el sombrero inclinado sobre la nariz para protegerse la cara del sol. Nos detuvimos delante de una casa que no era muy diferente de la que acabábamos de abandonar, y mi compañero le ordenó al cochero que esperara. Ya tenía la mano en el aldabón cuando se abrió la puerta y un joven caballero muy serio y vestido de negro, con un sombrero muy reluciente, apareció en el rellano de la entrada.

—¿Está la señorita Cushing en casa? —preguntó Holmes.

—La señorita Sarah Cushing está extremadamente enferma —dijo—. Lleva desde ayer sufriendo dolores cerebrales de gran intensidad. Como su consejero en temas médicos, no puedo permitirle que vea a nadie. Les recomendaría que vengan a verla dentro de diez días.

Se puso sus guantes, cerró la puerta, y se fue resueltamente calle abajo.

—Bueno, pues si no se puede, no se puede —dijo Holmes muy animado.

—Quizá no pudiera o no le hubiera contado mucho.

—No deseaba que me contara nada. Solo quería verla. Sin embargo, creo que tengo todo lo que quiero. Llévenos a algún hotel decente, cochero, donde podamos tomar algo de comer, y después iremos a la comisaría a ver a nuestro amigo Lestrade.

Pasamos una agradable comida juntos durante la cual Holmes no habló de otra cosa más que de violines, y relató con gran júbilo cómo había adquirido su propio Stradivarius, que valía al menos quinientas guineas, en un intermediario judío de Tottenham Court Road por cincuenta y cinco chelines. Esto le llevó a Paganini, y nos quedamos una hora más con una botella de burdeos mientras me contaba anécdota tras anécdota de ese hombre fuera de lo común. Ya estaba muy avanzada la tarde, y la luz ardiente se había suavizado en una luz dorada cuando llegamos a la comisaría. Lestrade nos estaba esperando en la puerta.

—Un telegrama para usted, señor Holmes —dijo.

—¡Ajá! ¡Es la respuesta!

Rasgó el sobre, lo hojeó, y se lo metió estrujado en el bolsillo.

—De acuerdo.

—¿Ha descubierto algo?

—¡Lo he descubierto todo!

—¡Cómo! —Lestrade se quedó mirándolo sorprendido—. Está de broma.

—No he estado más serio en mi vida. Se ha cometido un crimen escalofriante, y creo que ahora he desvelado cada uno de sus detalles.

—¿Y el criminal?

Holmes garabateó unas palabras en el dorso de una de sus tarjetas de visita y se la tiró a Lestrade.

—Ese es el nombre —dijo—. No puede arrestarlo hasta mañana por la noche como muy pronto. Preferiría que no mencionase mi nombre en absoluto en relación con este caso, pues he decidido que me asocien solo con aquellos crímenes que presenten alguna dificultad en ser resueltos. Vámonos, Watson.

Salimos caminando a grandes zancadas hacia la estación, mientras Lestrade seguía mirando con cara de alegría la tarjeta que Holmes le había lanzado.

—El caso —dijo Sherlock Holmes, mientras fumábamos esa noche en nuestro domicilio de Baker Street— es uno en el que, como en las investigaciones que ha titulado *Estudio en escarlata* y *El signo de los cuatro*, nos hemos visto obligados a razonar hacia atrás, de los efectos a las causas. He escrito a Lestrade para pedirle que nos proporcione los detalles de los que ahora carecemos, y que solo obtendremos después de que haya atrapado a su hombre. Se puede confiar sin miedo en que lo haga, porque, aunque está absolutamente desprovisto de razón, es tan obstinado como un bulldog una vez comprende lo que tiene que hacer. Y es justamente esa obstinación lo que le ha llevado a lo más alto de Scotland Yard.

—Entonces ¿su caso no está completo? —le pregunté.

—Está completo en lo esencial. Sabemos quién es el autor del repulsivo asunto, aunque una de las víctimas todavía se nos escape. Por supuesto, usted ha extraído sus propias conclusiones.

—Supongo que el tal Jim Browner, el sobrecargo del barco de Liverpool, es el hombre del que sospecha.

—¡En efecto! Es más que una sospecha.

—Pero a pesar de ello, no logro ver nada excepto indicios muy vagos.

—En cambio, para mi mente nada podría estar más claro. Déjeme repasar los principales detalles. Nos acercamos al caso, como recordará, sin prejuicio alguno, lo que siempre resulta una ventaja. No habíamos formulado ninguna teoría. Estábamos allí simplemente para observar y para obtener deducciones de nuestras observaciones. ¿Qué vimos primero? A una dama muy serena y respetable, que parecía libre de secreto alguno, y un retrato que me indicó que tenía dos hermanas pequeñas. Al instante, me cruzó por la mente, como un fogonazo, la idea de que, posiblemente, la caja hubiese tenido un significado para una de ellas. Dejé la idea a un lado a la espera de que pudiésemos refutarla o confirmarla cuando nos viniera bien. Entonces, fuimos al jardín, como recordará, y vimos el contenido tan peculiar de la pequeña caja amarilla.

»La cuerda era del tipo que utilizan los veleros a bordo de los barcos, y, enseguida, se hizo perceptible un olorcillo a mar en nuestra investigación. Cuando vi que el nudo era uno de los populares entre los marineros, que habían enviado el paquete por correo desde una ciudad con puerto, y que la oreja masculina tenía un agujero de pendiente, lo que es mucho más común entre los marineros que entre los hombres de tierra firme, estuve bastante seguro de que todos los actores de la tragedia había que encontrarlos entre nuestros estamentos marítimos.

»Cuando examiné la dirección del paquete, observé que era para la señorita S. Cushing. Ahora bien, la hermana mayor sería la señorita Cushing, y, aunque su inicial era una ese, podía pertenecer a una de las otras también. En ese caso, hubiésemos debido empezar nuestra investigación sobre nuevas bases. Por tanto, entré en la casa con la intención de aclarar este aspecto. Estaba a punto de decirle a la señorita Cushing que estaba convencido de que se había cometido un error cuando, es posible que se acuerde, dejé de hablar de repente. El hecho era que acababa de ver algo que me llenó de sorpresa y, al mismo tiempo, estrechaba el ámbito de nuestra investigación inmensamente.

»Como hombre de medicina, es usted consciente, Watson, de que no hay parte del cuerpo que varíe tanto como la oreja humana. Las orejas son todas distintas las unas de las otras. En el *Anthropological Journal* del pasado año, encontrará dos breves tratados escritos por mí sobre el tema. Por lo tanto, había examinado las orejas de la caja con ojos expertos y había tomado nota de sus peculiaridades anatómicas. Imagine mi sorpresa, entonces, cuando al mirar a la señorita Cushing, advierto que su oreja se corresponde exactamente con la oreja femenina que acababa de analizar. El asunto iba más allá de la mera coincidencia. Tenían el mismo acortamiento del pabellón, la misma curva ancha en el lóbulo superior, la misma circunvolución del cartílago interno. En todo lo esencial, era la misma oreja.

»Por supuesto, vi enseguida la enorme importancia de esa observación. Era evidente que la víctima tenía parentesco de sangre con ella, y, probablemente, en un grado muy cercano. Comencé a hablar con la señora sobre su familia, y recordará que, de inmediato, nos dio ciertos detalles extremadamente valiosos.

»En primer lugar, el nombre de su hermana era Sarah, y su dirección había sido la misma hasta hacía poco, así que era bastante obvio cómo se había producido el error y para quién tenía significado el paquete. Luego supimos de este sobrecargo, casado con la tercera hermana, y nos enteramos de que había sido tan íntimo en tiempos de la señorita Sarah, que esta, incluso, se había ido a Liverpool para estar cerca de los Browner, pero que luego una pelea los había desavenido. Esta pelea había puesto fin a toda comunicación durante unos meses, así que, si Browner hubiese tenido motivos para despachar un paquete a la señorita Sarah, sin lugar a dudas, lo hubiese hecho a su antigua dirección.

»Y así el asunto había comenzado a desenredarse por sí mismo de maravilla. Nos habíamos enterado de la existencia de ese sobrecargo, un hombre impulsivo; muy apasionado, recordará que dejó lo que debía de ser un destino muy superior con el fin de estar más cerca de su esposa; propenso, además, a episodios ocasionales en que abusaba del alcohol. Teníamos motivos para creer que su esposa había sido asesinada, y que un hombre, probablemente un marinero, había sido asesinado al mismo tiempo. Enseguida aparecen los celos, por supuesto, como el motivo del crimen. ¿Y por qué se enviarían esas pruebas del asesinato a la señorita Sarah Cushing? Probablemente porque durante su residencia en Liverpool había tenido algo que ver con los acontecimientos que condujeron a la tragedia. Advertirá que esta línea de barcos hace escala en Belfast, Dublín y Waterford; así que, suponiendo que Browner hubiese cometido los hechos y se hubiese embarcado de inmediato en el vapor, el *May Day*, Belfast hubiese sido el primer lugar en el que poder mandar por correo su terrible paquete.

»En ese momento era posible, obviamente, una segunda solución, y, aunque pensaba que era extremadamente improbable, estaba resuelto a dilucidarlo antes de avanzar. Un amante rechazado podía haber asesinado al señor y la señora Browner, y la oreja masculina hubiese podido pertenecer al marido. Había muchas objeciones y muy serias a esta teoría, pero era plausible. Por tanto, le mandé un telegrama a mi amigo Algar, del cuerpo de policía de Liverpool, y le pedí que averiguara si la señora Browner estaba en casa, y si el señor Browner había zarpado con el *May Day*. Luego seguimos hasta Wallington para visitar a la señorita Sarah.

»En primer lugar, tenía curiosidad por ver hasta qué punto la oreja familiar se había repetido en ella. Además, claro, podía darnos mucha información importante, pero no tenía yo todas conmigo de que quisiera. Debía de haberse enterado del asunto el día anterior, porque la noticia había corrido por todo Croydon, y solo ella podía haber entendido a quién se dirigía el paquete. Si hubiese deseado ayudar a la justicia, seguramente se hubiese puesto en contacto con la policía. Sin embargo, era nuestro deber, a todas luces, verla, así que fuimos. Descubrimos que las noticias de la llegada del paquete, porque su enfermedad data de ese momento, tenían tanto efecto sobre ella como para provocarle una fiebre cerebral. Estaba más claro que nunca que había entendido completamente su significado, pero estaba igual de claro que tendríamos que esperar algún tiempo para que colaborase de algún modo.

»Sin embargo, en realidad, no dependíamos de su ayuda.

Nuestras respuestas nos estaban esperando en la comisaría, adonde le habíamos indicado a Algar que las dirigiera. Nada podía ser más concluyente. La casa del señor Browner había estado cerrada durante más de tres días, y los vecinos opinaban que ella se había ido al sur a ver a sus familiares. Se había confirmado en las agencias marítimas que el sobrecargo Browner se había marchado a bordo del *May Day*, y calculo que llegará al Támesis mañana por la noche. Cuando llegue, se topará con el obtuso, aunque diligente, Lestrade, y no me cabe duda de que completará todos nuestros detalles.»

Las expectativas de Sherlock Holmes no quedaron frustradas. Dos días después, recibió un sobre abultado que contenía una breve nota del detective, y un documento mecanografiado que comprendía varios folios.

—Lestrade lo ha atrapado —dijo Holmes levantando la mirada hacia mí—. Quizá le interesaría oír lo que dice:

> Estimado señor Holmes:
>
> Conforme al plan que habíamos establecido con el fin de probar nuestras teorías [el plural es bastante sutil, ¿no, Watson?], fui al Albert Dock ayer a las seis de la tarde, y abordé el barco de vapor *May Day*, perteneciente a la compañía de barcos de vapor de Liverpool, Dublín y Londres. Al preguntar en él, descubrí que había a bordo un sobrecargo de nombre James Browner y que había actuado durante el viaje de una forma tan extraña que el capitán se había visto obligado a relevarlo de sus funciones. Al bajar a su litera, lo encontré sentado encima de un cofre con la cabeza entre las manos balanceándose adelante y atrás. Es un sujeto grande y fuerte, bien afeitado, y muy moreno —alguien del estilo de Aldrige, aquel que nos ayudó en el caso de la lavandería fraudulenta—. Se puso en pie de un salto cuando oyó mi oficio, y ya tenía mi silbato en los labios para llamar a una pareja de la policía del río, que estaba a la

vuelta de la esquina, cuando perdió todo su ímpetu, y me tendió las manos con bastante serenidad para las esposas. Lo trajimos a los calabozos con su cofre, porque pensábamos que podía haber algo incriminatorio, pero, a excepción de un cuchillo grande y afilado como tienen muchos marineros, no conseguimos nada. Sin embargo, descubrimos que no necesitaremos más pruebas, porque, al ser conducido a la comisaría ante el inspector, pidió hacer una declaración, que, por supuesto, fue tomada por escrito por nuestro taquígrafo. Teníamos tres copias mecanografiadas, una de las cuales le adjunto. Ha resultado ser, como siempre supe, un caso extremadamente simple, pero le agradezco que me ayudara en mi investigación.

Saludos cordiales.

Atentamente,

G. Lestrade

—¡Vaya! Es cierto que la investigación era muy sencilla —señaló Holmes—, aunque no creo que lo pensara cuando nos llamó por primera vez. Sin embargo, veamos lo que Jim Browner tiene que decir. Esta es su declaración tal como la realizó ante el inspector Montgomery en la comisaría de policía de Shadwell, y tiene la ventaja de ser literal.

¿Tengo algo que decir? Sí, tengo mucho que decir. Tengo que descargar la conciencia. Pueden colgarme, o pueden dejarme en paz. Me importa un comino lo que hagan. Ya les digo que no pego ojo desde que lo hice, y no creo que lo haga de nuevo hasta que lo supere todo despierto. Algunas veces es el rostro de él, pero la mayoría de las veces es el de ella. Nunca pasa un momento sin uno u otro ante los ojos. Él me mira con el ceño fruncido y como de reproche, pero ella muestra una especie de sorpresa en la cara. Ay, la pobrecilla, seguro que se sorprendió cuando vio la muerte en unos ojos en los que antes raras veces veía otra cosa aparte de amor.

Fue culpa de Sarah, ¡y ojalá que la maldición de un hombre destrozado la lleve a la ruina y le pudra la sangre de las venas! No es que yo quiera exculparme. Sé que volví a beber como el animal que era. Pero me hubiese perdonado, se me hubiese pegado como una cuerda a una polea si esa mujer nunca hubiese puesto el pie en nuestra casa. Porque Sarah Cushing me quería, esa es la raíz del asunto, me quiso hasta que todo su amor se volvió un odio venenoso cuando supo que pensaba más en la pisada de mi mujer en el barro que en todo su cuerpo y alma.

Había tres hermanas en total. La mayor era una buena mujer, la segunda era un demonio, y la tercera era un ángel. Sarah tenía treinta y tres, y Mary veintinueve cuando me casé. Éramos felices nosotros solos cuando nos fuimos vivir juntos, y en todo Liverpool no había mejor mujer que mi Mary. Y, entonces, invitamos al norte a Sarah una semana, y la semana se convirtió en un mes, y una cosa llevó a la otra, hasta que acabó viviendo con nosotros.

Yo me mantenía abstemio en esa época, y estábamos apartando un poco de dinero, y todo nos iba de fábula. Dios, ¿quién demonios se hubiera pensado que podía llegar a esto? ¿Quién se lo hubiese imaginado?

Yo solía estar en casa los fines de semana, y algunas veces, si el barco se demoraba por un cargamento, podía tener una semana entera de golpe, y, de este modo, veía mucho a mi cuñada, Sarah. Era una mujer alta y delgada, morena, y lista y apasionada, con una manera orgullosa de llevar la cabeza, y un centelleo en los ojos como la chispa de un pedernal. Sin embargo, cuando mi Mary estaba allí, nunca me paraba a pensar en ella ni una vez, y eso lo juro como espero que Dios se apiade de mí.

Algunas veces me había parecido que le gustaba estar a solas conmigo, o que me engatusaba para dar un paseo con ella, aunque nunca había pensado que fuese nada. Pero una tarde se me abrieron los ojos. Había llegado de improviso del barco y me encontré que mi esposa estaba fuera, y solo estaba en casa Sarah. «¿Dónde está Mary? —le pregunté—. Ah, se ha ido a pagar unas facturas.» Yo estaba impaciente y recorría la habitación de un lado a otro. «¿Es que no puedes ser feliz cinco minutos sin Mary, Jim? —me dijo—. Me parece de muy mala educación por tu parte que no puedas disfrutar de mi compañía ni siquiera un rato tan pequeño.» «Tienes razón, chica», dije yo, tendiéndole la mano amablemente, pero, en un instante, la tenía entre ambas manos, y ardían como si tuvieran fiebre. La miré a los ojos y me di cuenta de todo. No necesitó hablar ni yo tampoco. Fruncí el ceño y aparté mi mano. Entonces, por unos instantes se quedó a mi lado en silencio, y luego levantó la mano y me dio una palmada en el hombro. «¡Tranquilo, Jim, hombre!», me dijo, con una especie de risa burlona, y salió a todo correr de la habitación.

Pues bien, desde ese momento, Sarah me odió con todo su corazón y con toda su alma, y es una mujer que sabe odiar, ¡y mucho! Fui un tonto al dejar que siguiese viviendo con nosotros, un auténtico idiota, pero nunca le dije ni una palabra a Mary, porque sabía que le haría daño. Las cosas siguieron como antes, pero, después de un tiempo, empecé a darme cuenta de que Mary había cambiado un poco. Siempre había sido muy confiada y muy inocente, y en cambio ahora estaba extraña y suspicaz, quería saber dónde había estado y qué había estado haciendo, y de quién eran mis cartas, y qué tenía en mis bolsillos, y mil disparates así. Día tras día se volvía más extraña y más irritable, y teníamos incesantes broncas por nada. A mí todo eso me tenía perplejo. En esa época Sarah me evitaba, a la vez que ella y Mary se volvieron inseparables, ni más ni menos. Ahora puedo ver cómo estaba maquinando e intrigando, envenenando la mente de mi esposa contra mí, pero yo estaba tan ciego como un topo y no lo vi en ese momento. Entonces, rompí mi abstinencia y empecé a beber otra vez; creo que no lo hubiese hecho si Mary hubiese sido la misma de siempre. Así le di una razón para estar enfadada conmigo, y la distancia entre nosotros empezó a ser más y más grande. Y, entonces, irrumpió el tal Alec Fairbairn, y las cosas se pusieron mil veces más negras.

Al principio venía a mi casa para ver a Sarah, pero pronto también para vernos a nosotros, porque era un hombre encantador, y hacía amigos adondequiera que fuera. Era un tipo elegante y engreído, inteligente y de pelo rizado, que había visto medio mundo y podía hablar de lo que había visto. No negaré que era buena compañía y que tenía unos modales exquisitos para ser un marinero, así que creo que debió de haber un tiempo en que supo más de la popa que del castillo de proa. Durante un mes estuvo entrando y saliendo de mi casa, y ni una vez se me pasó por la cabeza qué daño podían hacernos esos modales delicados y marrulleros. Y, entonces, algo me hizo sospechar, y desde ese día perdí la paz para siempre.

Fue solo una nimiedad, ¡y tanto que lo fue! Había entrado en el salón de improviso, y, cuando cruzaba la puerta, vi un brillo de alegría en la cara de mi mujer. Pero, cuando vio quién era, desapareció, y apartó la mirada con un gesto de decepción. Eso me bastó. No había otra persona salvo Alec Fairbairn cuyos pasos hubiese podido confundir con los míos. Si hubiese podido verlo entonces, lo hubiese matado, porque siempre me he puesto como un demente cuando me viene el mal genio. Mary vio el brillo del demonio en mis ojos, y se precipitó a agarrarme. «No, Jim, ¡no!», me dijo. «¿Dónde está Sarah?», pregunté. «En la cocina», respondió. «Sarah —le dije al entrar—, el tal Fairbairn no va a poner un pie en mi casa nunca más.» «¿Por qué no?», dijo. «Porque lo ordeno yo.» «¡Ah! —respondió—, pues si mis amigos no son bien recibidos en esta casa, entonces yo tampoco lo soy.» «Tú puedes hacer lo que quieras —le dije—, pero como vuelva a ver la cara de Fairbairn por aquí otra vez, te mando una de sus orejas de recuerdo.» Estaba aterrada por la cara que tenía, creo, porque no respondió ni una palabra, y esa misma tarde se marchó de mi casa.

Pues bien, ahora ya no sé si esa mujer lo hizo por pura maldad, o si pensaba que podía volverme contra mi mujer alentándola a portarse mal conmigo. En cualquier caso, alquiló una casa justo a dos calles de distancia y daba alojamiento a marineros. Fairbairn solía quedarse allí, y Mary se pasaba para tomar el té con su hermana y con él. Con qué frecuencia no lo sé, pero la seguí un día, y, cuando forcé la puerta, Fairbairn se escapó saltando la tapia del jardín de la parte de atrás, como el canalla cobarde que era. Le juré a mi mujer que la mataría si la descubría en su compañía otra vez, y me la llevé de vuelta conmigo, sollozando y temblando, y tan pálida como la cera. Ya no había ni rastro de amor entre nosotros. Podía ver que me odiaba y me temía, y cuando al pensar en eso sentía la necesidad de beber, entonces también me despreciaba.

Así las cosas, Sarah se dio cuenta de que no podía ganarse la vida en Liverpool, de modo que volvió, tengo entendido, a vivir con su hermana en Croydon, y las cosas fueron tirando igual que siempre en casa. Pero, entonces, llegó esta semana y con ella todo el sufrimiento y la perdición.

Sucedió como se lo voy a contar. Nos habíamos ido en el *May Day* en una travesía de ida y vuelta de siete días, pero se había soltado un tonel y una madera del barco, así que habíamos tenido que regresar a puerto durante doce horas. Me marché del barco y me vine a casa, pensando qué sorpresa le daría a mi mujer, y esperando que, tal vez, se alegrase de verme tan pronto. Eso pensaba cuando doblé mi calle, y, en ese momento, pasó un coche a mi lado, y allí estaba, sentada al lado de Fairbairn, los dos charlando y riéndose, sin pararse ni un momento a pensar en mí mientras me quedaba mirándolos desde la acera.

Le digo, y le doy mi palabra de ello, que, desde ese momento, no fui dueño de mí mismo, y todo es como un sueño borroso cuando echo la vista atrás. Había estado bebiendo mucho últimamente, y ambas cosas juntas me volvieron el cerebro del revés. Ahora tengo algo que me palpita en la cabeza, como el martillo de un estibador, pero esa mañana me parecía tener todo el Niágara zumbándome y resonándome en los oídos.

Pues bien, eché a correr, y perseguí el coche. Tenía un pesado bastón de roble en la mano, y le digo que me puse rojo de ira desde el principio, aunque, mientras corría, también me di maña y me quedé atrás para verlos sin ser visto. Se detuvieron enseguida en la estación del tren. Había un buen montón de gente en la ventanilla, así que me arrimé a ellos sin que me vieran. Cogieron billetes para New Brighton. Así lo hice yo, pero cogí para tres vagones por detrás de ellos. Cuando llegamos, se pasearon por el Parade, y no estuve nunca a más de cien yardas. Por fin, les vi alquilar un bote y salir de paseo, porque era un día de mucho calor, y pensarían que haría más fresco en el agua.

Fue sencillamente como si hubiesen ido a mi encuentro. Había un poco de bruma, y no se podía ver a más de unos cientos de yardas. Yo también alquilé un bote para mí, y remé tras ellos. Podía ver borrosamente el contorno de su embarcación, pero estaban yendo casi tan rápido como yo, y debían de estar a una milla larga de la playa antes de que los alcanzara. La bruma era como una cortina alrededor de nosotros, y nosotros estábamos en medio de ella. Dios mío, ¿olvidaré alguna vez sus rostros cuando vieron quién estaba en el bote que se les acercaba? Ella dio un grito. Él me maldijo como un loco y me asestó un golpe con un remo, porque debía de haber visto la muerte en mis ojos. Acerqué el bote y conseguí darle con mi bastón, que le aplastó la cabeza como un huevo. Hubiese tenido piedad de ella, quizá, a pesar de toda mi locura, pero se abrazó a él, llorando por él, y llamándolo «Alec». Volví a golpear, y se quedó tendida junto a él. Yo, en esos momentos, era como una bestia salvaje cuando prueba la sangre. Si Sarah hubiese estado allí, juro por Dios que se hubiese unido a ellos. Saqué mi cuchillo, y, bueno, ¡ya está! Ya he dicho bastante. Me dio una especie de alegría salvaje cuando pensé cómo se sentiría Sarah cuando las tuviera como símbolo de lo que su entremetimiento había causado. Después até los cuerpos al bote, desfondé una tabla, y me quedé al lado hasta que se hubieron hundido. Sabía perfectamente que el propietario pensaría que habrían perdido el rumbo en la bruma, y que se habrían ido a la deriva mar adentro. Me limpié, regresé a tierra, y me fui a mi barco sin que nadie tuviera sospecha alguna de lo que había pasado. Esa noche hice el paquete para Sarah Cushing, y al día siguiente, lo enviaba desde Belfast.

Aquí tienen toda la verdad. Pueden colgarme, o hacer lo que les parezca conmigo, pero no pueden castigarme, porque ya he sido castigado. No puedo cerrar los ojos sin ver esas dos caras mirándome fijamente... mirándome como me miraban cuando mi bote se abrió paso por la bruma. Los maté rápidamente, y ellos me están matando despacio, y, si me sucede una noche más, estaré loco o muerto antes del amanecer. No me pondrá solo en una celda, ¿verdad, señor? Por piedad, no lo haga, puede que un día sea tratado como me trata usted ahora.

—¿Qué sentido tiene esto, Watson? —dijo Holmes solemnemente mientras dejaba caer el papel—. ¿Qué objeto cumple este círculo de sufrimiento y violencia y miedo? Debe tender a algún fin, o, si no, nuestro universo está gobernado por el azar, lo que sería impensable. Pero ¿a qué fin? Ahí está el gran problema permanente y eterno al que la razón humana está tan lejos de dar respuesta como siempre.

# LA AVENTURA DEL VAMPIRO DE SUSSEX

Holmes terminó de leer detenidamente una nota que le había llegado con las últimas cartas. Luego, con una risita sarcástica, que en él era lo más parecido a una risa, me la pasó.

—Creo que se encuentra en el límite de la combinación de lo moderno con lo medieval, de lo práctico con la fantasía más desenfrenada —dijo—. ¿Qué le parece, Watson?

Leí lo que sigue:

*46, Old Jewry*<br>
*19 de noviembre*<br>
*Asunto: Vampiros.*

Estimado señor:

Nuestro cliente, el señor Robert Ferguson, de Ferguson & Muirhead, comerciantes de té, de Mincing Lane, nos ha hecho una consulta en un comunicado de la misma fecha en referencia a los vampiros. Como nuestra firma está especializada en la tasación de maquinaria, difícilmente este asunto es de nuestra competencia, y, por lo tanto, le hemos recomendado al señor Ferguson que se ponga en contacto con usted y le exponga su caso. No hemos olvidado su afortunada intervención en el caso de *Matilda Briggs*.

Atentamente,<br>
Morrison, Morrison & Dodd<br>
El representante,<br>
E. J. C.

—*Matilda Briggs* no es el nombre de una joven, Watson —comentó Holmes en tono nostálgico—. Era un barco relacionado con la rata gigante de Sumatra, una historia para la que la gente no está todavía preparada. Pero ¿qué sabemos nosotros de vampiros? ¿Es de nuestra competencia? Cualquier cosa es preferible a la inactividad, pero parece que nos vemos mezclados en un cuento de los hermanos Grimm. Alargue el brazo, Watson, y veamos qué tiene la V que decir.

Me eché atrás en mi asiento y bajé el enorme libro de consulta al que se refería. Holmes lo puso encima de su rodilla y sus ojos se movían despacio y con cariño por los antiguos casos recogidos en él, que se entremezclaban con la información reunida durante toda una vida.

—*Viaje del Gloria Scott* —leyó—. Feo asunto. Me parece recordar que lo dejó por escrito, Watson, aunque no me siento capaz de felicitarle por el resultado. *Victor Lynch, el falsificador. Veneno de un lagarto: el monstruo de Gila.* ¡Un caso muy notable! *Vittoria, la belleza del circo. Vanderbilt y el ratero. Víboras. Vigor, el asombro de Hammersmith.* Bueno, bueno, con mi vieja enciclopedia. Es insuperable. Escuche esto, Watson. *Vampirismo en Hungría.* Aquí hay otra entrada, *Vampiros en Transilvania.*

Pasó las páginas impacientemente, pero, después de una breve y detenida lectura, tiró al suelo el enorme libro con un gruñido de decepción.

—¡Pamplinas, Watson, pamplinas! ¿Qué tenemos nosotros que ver con cadáveres vivientes que solo podemos encerrar en sus tumbas atravesándoles el corazón con una estaca? Es una pura locura.

—Pero —respondí yo— ¿y si el vampiro no fuera necesariamente un muerto? Una persona viva podría adoptar ese vicio. Por ejemplo, he leído que hay viejos que se beben la sangre de los jóvenes con el fin de mantenerse en su plenitud.

—Tiene razón, Watson. Aquí se menciona esa leyenda en una de estas entradas. Pero ¿debemos prestarle atención seriamente a ese tipo de cosas? Esta agencia tiene los pies en la tierra y así debe seguir siendo. El mundo es demasiado grande para nosotros. No necesitamos dedicarnos a los fantasmas. Me temo que no podemos tomarnos al señor Robert Ferguson muy en serio. Es posible que esta nota sea obra suya y puede que esclarezca en alguna medida lo que le preocupa.

De encima de la mesa, cogió una segunda carta que nos había pasado inadvertida mientras Holmes había estado absorto con la primera. Empezó a leerla con una sonrisa de diversión en el rostro que se fue esfumando poco a poco para dar paso a una expresión de intenso interés y concentración. Cuando hubo terminado, se quedó ensimismado durante un rato con la carta colgando entre sus dedos. Después, con un sobresalto, dejó por fin de estar absorto.

—Cheeseman's, Lamberley. ¿Dónde está Lamberley, Watson?

—Está en Sussex, al sur de Horsham.

—No demasiado lejos, ¿verdad? ¿Y Cheeseman's?

—Conozco bien esa zona, Holmes. Está llena de casas de hace siglos a las que llaman por el nombre del que las construyó. Tiene una Odley's y una Harvey's y una Carrinton's: se ha olvidado a sus constructores, pero sus nombres perviven en sus casas.

—Así es —dijo Holmes con frialdad: era una de las características de su temperamento orgulloso y hermético el que, aun cuando clasificase tranquilamente y con precisión cualquier información novedosa, raras veces se lo reconocía a quien le informaba—. Me temo que sabremos mucho más de la casa Cheeseman's de Lamberley antes de que termine este caso. La carta es, como me imaginaba, de Robert Ferguson. Por cierto, afirma que le conoce.

—¿A mí?

—Mejor léala.

Me tendió la carta por encima de la mesa. Tenía la misma dirección que la primera en el encabezamiento.

Decía:

Estimado señor Holmes:

Mis abogados me han recomendado que me ponga en contacto con usted, pero, en realidad, el asunto es de una naturaleza tan sumamente delicada que me resulta muy difícil hablar de ello. El interesado es un amigo en nombre del cual actúo. Este caballero se casó hará cinco años con una dama peruana, hija de un comerciante del mismo país, a quien conoció en relación con la importación de los nitratos. La dama era muy hermosa, pero el que ella tuviera origen extranjero y una religión distinta siempre ocasionaba un distanciamiento en los intereses y sentimientos del marido y la mujer, de ahí que, pasado un tiempo, el amor que profesaba a su esposa quizá se enfriase y viera su matrimonio como un error. Sentía que había facetas de su carácter en las que nunca podría ahondar ni comprender. Esto le resultaba aún más doloroso, pues era una esposa tan dulce como un hombre pudiera tener: todo indicaba que ella sentía auténtica veneración por su esposo.

Ahora vayamos al punto en el que ya me extenderé más cuando nos encontremos. En realidad, le escribo para que se haga una idea general de la situación y para preguntarle si estaría interesado en el asunto. La dama empezó a manifestar algunos comportamientos muy curiosos y bastante ajenos a su ternura y talante amable de costumbre. Era el segundo matrimonio del caballero y había tenido un hijo de su primera mujer. Este chico tiene ahora quince años, es un joven encantador y muy cariñoso, aunque sufre una desafortunada lesión por un accidente de su infancia. Dos veces han sorprendido a la esposa agrediendo a este pobre muchacho sin provocación alguna por parte de este. Una de las veces le golpeó con un palo y le hizo un gran cardenal en el brazo.

Esto tuvo poca importancia comparado con su conducta con respecto a su propio hijo, una cosita de menos de un año. En una ocasión, hace cerca de un mes, habían dejado unos minutos a este pequeño a cargo de su niñera. Un fuerte grito del bebé, como si le doliera algo, hizo que la niñera volviera a ver qué pasaba. Cuando entró corriendo en la habitación vio a la señora inclinada sobre el bebé y mordiendo, en apariencia, su cuello. Había una herida pequeña en el cuello de la que manaba un hilo de sangre. La niñera se quedó tan horrorizada que quiso llamar al marido, pero la dama le imploró que no lo hiciera y hasta le pagó quinientas libras para comprar su silencio. No le dio nunca una explicación y, por el momento, dejaron a un lado el tema.

Sin embargo, a la niñera aquello le había causado una impresión espantosa y, desde entonces, empezó a vigilar estrechamente a su señora y no bajó la guardia en lo referente al bebé, a quien quería de todo corazón. Le pareció que, del mismo modo que ella vigilaba a la madre, la madre la vigilaba a ella, y que, cada vez que se veía obligada a dejar al bebé solo, allí estaba la madre para estar con él. Día y noche protegía la niñera al niño, y día y noche la madre, sigilosa y acechante, parecía estar aguardando como un lobo a un cordero. Debo escribirle lo más increíble de todo, pero le ruego que se lo tome en serio, porque la vida de un niño y la cordura de un hombre dependen de ello.

Al final llegó un día terrible en que no se le pudieron ocultar más los hechos al marido. A la niñera la traicionaron los nervios; ya no podía soportar la tensión por más tiempo y le confesó todo al hombre. A este le pareció una historia tan descabellada como quizá le parezca a usted en este momento. Sabía que su esposa era una esposa cariñosa, y, salvo los ataques a su hijastro, una madre cariñosa. ¿Cómo iba ella, entonces, a causarle daño a su pequeño? Le dijo a la niñera que estaba delirando, que sus sospechas eran cosas de lunática, y que no toleraría esas calumnias contra su señora. Mientras hablaban, oyeron un repentino grito de dolor. Niñera y señor se precipitaron al cuarto del bebé. Imagínese lo que sintió, señor Holmes, al ver que su esposa se estaba poniendo en pie tras estar arrodillada junto a la cuna y ver sangre en el cuello desnudo del niño y en la sábana. Con un grito de horror, giró el rostro de su mujer hacia la luz y vio sangre alrededor de sus labios. Fuera de toda duda, había bebido sangre del pobre bebé.

Así está el asunto ahora mismo. Ella está encerrada en su habitación. No ha dado explicación alguna. El marido se ha vuelto medio loco. Sabe tan poco como yo del vampirismo más allá del nombre. Hasta ahora pensábamos que era un cuento disparatado de regiones extranjeras. Y, sin embargo, aquí, en el mismo corazón de la muy inglesa Sussex... bueno, acerca de todo ello podemos hablar con usted por la mañana. ¿Me recibirá? ¿Utilizará sus enormes aptitudes para ayudar a un hombre trastornado? Si es así, haga el favor de enviar un telegrama a nombre de Ferguson, a Cheeseman's, Lamberley, y estaré en su domicilio alrededor de las diez.

Atentamente,

ROBERT FERGUSON

P.D.: Creo que su amigo Watson jugaba al rugby en el Blackneath cuando yo jugaba en la posición de tres cuartos del Richmond. Es la única referencia personal que le puedo dar.

—Naturalmente que me acuerdo de él —comenté dejando a un lado la carta—. Bob Ferguson, el Alto, el mejor tres cuartos que haya tenido Richmond alguna vez. Siempre fue un buenazo. Es muy de propio de él preocuparse tanto por la suerte de un amigo.

Holmes me miró con aire meditabundo y negó con la cabeza.

—Nunca sé dónde tiene sus límites, Watson —me dijo—. Todavía hay en usted posibilidades por explorar. Tome nota de un telegrama como la buena persona que es: «Estudiaré su caso con mucho gusto».

—¡*Su* caso!

—No debemos dejarle pensar que esta agencia es una casa de idiotas. Por supuesto que es su caso. Envíele ese telegrama y olvidémonos del asunto hasta mañana.

A las diez en punto de la mañana siguiente, entraba Ferguson en nuestro domicilio. Yo lo recordaba como un tipo alto y flaco, de pies ligeros y buena cintura que lo habían llevado a sobrepasar muchas veces a la zaga contraria. Seguramente no haya nada más penoso en esta vida que ver la decadencia de un buen atleta al que uno ha conocido en su plenitud. Había echado a perder su magnífica figura, el cabello rubio le escaseaba y llevaba los hombros caídos. Me temo que le causé la misma impresión.

—¿Qué hay, Watson? —me dijo con una voz que seguía siendo grave y afectuosa—. No se parece ya mucho al hombre que era cuando le empujé por encima de las vallas contra el público del Old Deer Park. Me imagino que yo también he cambiado un poco. Pero lo que más me ha avejentado ha sido lo sucedido estos últimos días. Veo por su telegrama, señor Holmes, que es inútil fingir que represento a nadie.

—Es más sencillo ser directos —dijo Holmes.

—Naturalmente. Pero puede imaginarse lo difícil que resulta cuando se trata de una mujer a la que tiene la obligación de ayudar y proteger. ¿Qué puedo hacer? ¿Cómo ir a la policía con una historia así? Y, a pesar de todo, hay que proteger a los chicos. ¿Es una locura, señor Holmes? ¿Es algo hereditario? ¿Ha visto algún caso similar a lo largo de su trayectoria profesional? Por el amor de Dios, deme algún consejo, que estoy desesperado.

—Es muy comprensible, señor Ferguson. Ahora siéntese aquí y serénese y respóndame a unas pocas preguntas con claridad. Le puedo asegurar que yo no estoy en absoluto desesperado y que confío en encontrar alguna solución. Antes de nada, dígame qué medidas ha adoptado. ¿Su mujer sigue cerca de los niños?

—Tuvimos una bronca espantosa. Es una mujer muy dulce, señor Holmes. Si hay alguna mujer que haya querido a un hombre en cuerpo y alma, es ella. Le llegó al alma el que descubriera su terrible e increíble secreto. Ni siquiera quería hablar de ello. No respondió de ninguna manera a mis reproches, salvo mirarme con una especie de desvarío y desesperación en los ojos. Luego fue precipitadamente a su habitación y se encerró allí. Desde entonces, se ha negado a verme. Tiene una criada que está con ella desde antes de casarnos, una tal Dolores, que es más una amiga que una sirvienta. Es ella quien le lleva la comida.

—Entonces ¿el niño no se encuentra en peligro inminente?

—La señora Mason, la niñera, me ha jurado que permanecerá a su lado día y noche. Puedo confiar absolutamente en ella. Estoy más intranquilo por el pobre Jack, porque, como le contaba en mi carta, a él ya lo ha atacado dos veces.

—Pero ¿le hirió alguna de las dos?

—No, aunque le pegó violentamente. Resulta más horrible todavía porque el pobrecillo es un lisiado inofensivo. —La expresión desolada de Ferguson se mitigó al hablar de su hijo—. Podría imaginarse que la condición de mi querido muchacho ablandaría a cualquiera. Se cayó en su infancia y se le torció la columna, señor Holmes. Pero en su interior alberga el corazón más tierno del mundo.

Holmes había cogido la carta del día anterior y la estaba releyendo.

—¿Quién más vive en su casa, señor Ferguson?

—Dos sirvientes que no llevan mucho con nosotros. Un mozo de cuadra, Michael, que duerme en la casa. Mi esposa, yo, mi hijo Jack, el bebé, Dolores y la señora Mason. Eso es todo.

—Tengo entendido que no conocía muy bien a su mujer cuando se casó con ella.

—La había conocido hacía solo unas semanas.

—¿Cuánto tiempo lleva con ella esa criada, Dolores?

—Unos años.

—Luego, en realidad, Dolores conoce mejor la forma de ser de su esposa que usted.

—Sí, se podría decir que sí.

Holmes tomó nota.

—Sospecho —dijo— que puedo ser más útil en Lamberley que aquí. Es un caso en el que se impone que investigue sobre el terreno. Si la dama permanece en su habitación, nuestra presencia no le causará molestia ni inconveniente alguno. Nos alojaremos en la posada, por supuesto.

Ferguson se mostró aliviado.

—Tenía la esperanza de que viniera, señor Holmes. Hay un tren magnífico a las dos que sale de la estación Victoria si le es posible venir.

—Desde luego que nos es posible ir. Ahora mismo estamos ociosos. Puedo dedicarle todas mis energías. Naturalmente, Watson viene con nosotros. Pero hay uno o dos aspectos que deseo tener muy claros antes de empezar. Esta infeliz dama, según creo, parece haber atacado a ambos niños, al hijo de usted y al suyo propio.

—Así es.

—Pero las agresiones adoptan diferentes formas, ¿no es cierto? Ha pegado a su hijo.

—Una vez con un palo y otra con las manos desnudas de manera muy violenta.

—¿No dio ninguna explicación de por qué lo golpeó?

—Ninguna, excepto que lo odiaba. Es lo que decía una y otra vez.

—Bueno, se han dado casos así entre las madrastras. Diríamos que se trata de celos póstumos. ¿Es celosa por naturaleza?

—Sí, es muy celosa, celosa con toda la impetuosidad de su vehemente amor tropical.

—Pero el chico... tiene quince, según creo, y es probable que mentalmente sea muy maduro para su edad, dado que su cuerpo tiene limitada la acción. ¿No le dio una explicación de esas agresiones?

—No, me aseguró que no había motivo alguno.

—Antes de aquello, ¿se llevaban bien?

—No, nunca se apreciaron lo más mínimo.

—Pero, a pesar de ello, dice que es cariñoso.

—Nunca ha habido un hijo que adore más a su padre en este mundo. Mi vida es su vida. Le fascina todo lo que digo o hago.

Holmes volvió a tomar nota. Durante un rato, se quedó absorto en sus pensamientos.

—Sin duda, usted y el chico pasaban mucho tiempo juntos antes de este segundo matrimonio. Estuvieron muy unidos, ¿verdad?

—Muchísimo.

—Y, sin duda, el chico, que es tan cariñoso por naturaleza, sentía veneración por el recuerdo de su madre.

—Veneración absoluta.

—La verdad es que parece un chico muy interesante. Otro detalle más acerca de las agresiones. ¿Los extraños ataques contra el bebé y las agresiones contra su hijo se produjeron por la misma época?

—Así fue en el primero de los casos. Parecía que se hubiese adueñado de ella alguna especie de exaltación y que desahogase su rabia con ambos. En el segundo de los casos, Jack fue el único que la padeció. La señora Mason no tiene queja de ella con relación al bebé.

—Desde luego eso complica el asunto.

—La verdad es que no le sigo, señor Holmes.

—Probablemente no. Uno elabora teorías provisionales y espera a que el tiempo o un conocimiento más detallado las hagan saltar en pedazos. Una mala costumbre, señor Ferguson, pero el ser humano es débil por naturaleza. Me temo que su viejo amigo ha ofrecido una visión exagerada de mis métodos científicos. Sin embargo, solo le diré que, en este momento, su problema no me parece irresoluble y que puede contar con que estaremos en la estación Victoria a las dos.

Fue una tarde de un gris día neblinoso de noviembre cuando, tras haber dejado nuestras maletas en el Chequers, en Lamberley, transitamos en coche por la arcilla de un largo y serpenteante sendero de Sussex hasta llegar por fin a la casa de campo vetusta y apartada donde vivía Ferguson. Era un edificio grande y desangelado, muy viejo en la parte central y muy nuevo en las alas, que estaban rematadas con chimeneas de estilo Tudor y un tejado a dos aguas con tejas de Horsham salpicadas de liquen. Los escalones de la entrada se habían combado y en los viejos azulejos que revestían el porche había dibujados un queso y un hombre, blasón del constructor original. En el interior, los techos estaban estriados por pesadas vigas de roble, y los suelos irregulares, abombados y con profundas abolladuras. En todas partes del ruinoso edificio se percibía un olor a viejo y a decadencia.

Había un salón principal muy grande al que nos condujo Ferguson. Allí, en una enorme y rancia chimenea tras una pantalla de hierro con fecha de 1670, ardía y crepitaba un magnífico fuego de leña.

Cuando miré en torno a mí, vi que en la sala había una peregrina mezcla de fechas y lugares. Las paredes, revestidas de madera hasta media altura, probablemente fueran de la época del propietario original, un pequeño terrateniente del siglo XVII. Sin embargo, estaban adornadas en la parte baja por una acertada serie de acuarelas modernas, mientras que en la parte de arriba, donde la madera de roble daba paso al yeso amarillo, había colgada una cuidada selección de herramientas y armas sudamericanas que, sin duda, había traído la dama peruana que se encontraba en la planta superior. Holmes se levantó, con esa viva curiosidad que emanaba de su inquieta mente, y las estudió con cierta dedicación.

—¡Pero bueno! —exclamó—. ¡Pero bueno!

Había un perro de aguas echado en una cesta en la esquina. Se acercó despacio hacia su amo, caminando con dificultad. Sus patas traseras se movían de forma irregular y arrastraba la cola por el suelo. Luego le lamió la mano a Ferguson.

—¿Pasa algo, señor Holmes?

—El perro. ¿Qué le ocurre?

—Al veterinario también le extrañó. Una especie de parálisis. Pensaba que era meningitis, pero se está poniendo mejor. Estará bien del todo muy pronto, ¿a que sí, Carlo?

La cola gacha se estremeció asintiendo. Los ojos tristes del perro nos miraban a uno y a otro. Sabía que estábamos hablando de su caso.

—¿Sucedió de repente?

—En una única noche.

—¿Hace cuánto?

—Hará cuatro meses.

—Muy curioso. Da mucho que pensar.

—¿Qué conclusión saca de ello, señor Holmes?

—Una confirmación de lo que ya había pensado.

—Por amor de Dios, ¿en qué está pensando, señor Holmes? Para usted quizá sea un mero rompecabezas, pero para mí es una cuestión de vida o muerte. Mi esposa, una presunta asesina; mi niño, en constante peligro. No juegue conmigo, señor Holmes. Esto es algo mortalmente serio.

El enorme tres cuartos estaba temblando de los pies a la cabeza. Holmes le puso la mano suavemente en el brazo.

—Me temo que sea cual sea la solución le va a resultar dolorosa, señor Ferguson —dijo—. Me gustaría ahorrarle todo el sufrimiento que me sea posible. No puedo decirle más por el momento, pero, antes de marcharnos de esta casa, espero poder tener algo definitivo.

—¡Ojalá sea así! Si me perdonan, caballeros, voy a subir a la habitación de mi mujer para ver si ha habido algún cambio.

Se fue unos minutos, durante los cuales Holmes retomó su examen de las curiosidades de la pared. Cuando nuestro anfitrión volvió, estaba claro por la pesadumbre de su rostro que no había mejorado en absoluto. Venía con él una chica alta, delgada y de tez morena.

—El té está listo, Dolores —le dijo Ferguson—. Vaya a ver si la señora tiene todo lo que desea.

—Está *mu* malita —exclamó la chica que miraba indignada a su señor—. No *quie* comer. *Mu* malita. *Nesecita* un médico. Me da miedo estar sola con ella sin un médico.

Ferguson se me quedó mirando interrogante.

—Me alegraría mucho ser de alguna ayuda.

—¿Vería la señora al doctor Watson?

—Que venga. No le pediré permiso. *Nesecita* un médico.

—Entonces iré con usted sin más preámbulos.

Seguí a la chica, que estaba temblando presa de una fuerte agitación, escalera arriba y por un viejo pasillo. Al final de este, había una sólida puerta con remaches de hierro. Al verla, se me pasó por la cabeza que, si Ferguson trataba de abrirse paso por la fuerza hasta su esposa, descubriría que no era cosa fácil. La chica sacó una llave de su bolsillo y los pesados tablones de roble rechinaron sobre sus viejos goznes. Pasé adentro y ella me siguió rápidamente, cerrando la puerta al entrar.

En la cama, había tumbada una mujer que tenía, evidentemente, mucha fiebre. No estaba consciente del todo, pero, cuando entré, se incorporó con ojos aterrados y, no obstante, muy bonitos, y me miró con desasosiego. Al ver a un extraño, pareció tranquilizarse y se volvió a hundir, con un suspiro, en la almohada. Me acerqué a su lado con unas pocas palabras para que se calmara y ella continuó tendida mientras le tomaba el pulso y la temperatura. Ambos eran altos, pero, a pesar de ello, me dio la impresión de que ese estado lo causaba más una alteración mental y nerviosa que una verdadera indisposición.

—Está así un día y otro día. Me da miedo que se me muera —dijo la chica.

La mujer volvió su atractivo y encendido rostro hacia mí.

—¿Dónde está mi marido?

—Está abajo y desearía verla.

—No voy a verlo. No voy a verlo. —Parecía perderse otra vez en sus delirios—. ¡Es un desalmado! ¡Un desalmado! Ay, ¿qué tengo yo que ver con ese diablo?

—¿Puedo ayudarla de alguna manera?

—No. Nadie puede ayudarme. Es el fin. Se ha estropeado todo. Haga lo que haga, se ha estropeado todo.

La mujer debía de estar sufriendo alguna clase de extraño delirio. No lograba imaginarme al honrado Bob Ferguson actuando como un desalmado ni como un diablo.

—Señora —le dije—, su marido la quiere muchísimo. Está muy triste por estos sucesos.

Volvió a dirigir hacia mí aquellos impresionantes ojos.

—Me quiere. Sí. Pero ¿acaso yo no lo quiero? ¿No lo quiero hasta el punto de sacrificarme a mí misma en lugar de romperle el corazón? Así es como yo lo quiero. Y, a pesar de todo eso, ha sido capaz de pensar que yo... capaz de hablar de mí de esa manera.

—Le desborda la pena, pero no logra entenderlo.

—No, no logra entenderlo. Pero debería confiar.

—¿No quiere verlo? —le sugerí.

—No, no consigo olvidarme de esas palabras horribles ni de la expresión de su rostro. No quiero verlo. Ahora, váyase. No puede hacer nada por mí. Dígale únicamente una cosa. Quiero a mi hijo. Tengo derecho a mi hijo. Ese es el único mensaje que le quiero transmitir.

Volvió el rostro hacia la pared y no dijo nada más.

Bajé de nuevo al salón, donde Ferguson y Holmes seguían sentados junto al fuego. Ferguson escuchó de mal humor mi resumen de la entrevista.

—Pero ¿cómo voy a enviarle al niño? —dijo—. ¿Cómo sé

que no le va a dar otro extraño arrebato? ¿Cómo podré olvidarme alguna vez de cómo se levantó de su lado con su sangre en la boca? —Se estremeció al recordarlo—. El niño está a salvo con la señora Mason y debe quedarse con ella.

Una elegante doncella, lo único moderno que habíamos visto en la casa, había traído un poco de té. Mientras lo estaba sirviendo, se abrió la puerta y entró un joven en la habitación. Era un chico singular, pálido de cara y rubio de pelo, con unos ojos azul claro nerviosos que se iluminaron con un brillo súbito de emoción y alegría cuando se detuvieron en los del padre. Se precipitó hacia él y le rodeó el cuello con los brazos impetuosamente con la falta de miramientos de una chica enamorada.

—Ay, papi —exclamó—, no sabía que llegarías tan pronto. Habría estado aquí para recibirte. Ay, ¡me alegro tanto de verte!

Ferguson se liberó delicadamente del abrazo con ligeras muestras de incomodidad.

—Ay, amiguito —dijo, dando unas palmaditas en la cabeza rubia con mucha ternura—. He venido antes porque he convencido a mis amigos, el señor Holmes y el doctor Watson, de que se acercaran a pasar la tarde con nosotros.

—¿El señor Holmes? ¿El detective?

—Sí.

El joven nos observó con una mirada muy penetrante y, al menos a mí me lo pareció, hostil.

—¿Y qué hay de su otro hijo, señor Ferguson? —preguntó Holmes—. ¿Le importaría que conozcamos al bebé?

—Pídele a la señora Mason que baje al niño —dijo Ferguson.

El chico salió de allí con una curiosa manera de arrastrar los pies que me sugirió como médico que padecía una lesión en la médula espinal. Volvió poco después y tras él venía una mujer alta y huesuda que llevaba en sus brazos a un bebé precioso de ojos oscuros y cabello dorado, una mezcla fantástica de lo sajón y lo latino. Era evidente que Ferguson lo adoraba: lo cogió entre sus brazos y se puso a hacerle arrumacos de una manera muy tierna.

—Hay que tener valor para querer hacerle daño —murmuró cuando miró el bultito de un rojo encendido en el cuello del pequeño.

En ese momento, dio la casualidad de que miré a Holmes y vi en su expresión que observaba todo con una atención muy particular. Su rostro estaba petrificado, como si lo hubiesen tallado en marfil, y sus ojos, que se habían detenido un momento en el padre y el hijo, estaban ahora clavados con impaciente curiosidad en algo al otro extremo de la habitación. Al seguir su mirada, no fui capaz de suponer sino que estaba mirando el jardín húmedo y melancólico del otro lado de la ventana. Bien es verdad que había una contraventana medio cerrada y estorbaba la vista, pero, a pesar de ello, era indudable que Holmes le dedicaba toda su concentración a la ventana. Entonces, sonrió y sus ojos se dirigieron de nuevo hacia el bebé. En su cuello rollizo, se veía esa pequeña marca abultada. Sin decir palabra, Holmes la examinó con cuidado. Por último, cogió uno de los puños llenos de hoyuelos que se agitaban delante de él.

—Adiós, hombrecito. Has comenzado tu vida de manera extraña. Quisiera tener unas palabras con usted en privado, señora.

Se la llevó a un lado y habló con ella con gran seriedad durante unos breves minutos. Solo oí las últimas palabras, que fueron: «Espero que su inquietud llegue pronto a su fin». La mujer, que parecía una persona hosca y callada, se retiró con el niño.

—¿Cómo es la señora Mason? —preguntó Holmes.

—No muy agradable en apariencia, como puede ver, pero tiene un corazón de oro y se desvive por el pequeño.

—¿A ti te cae bien, Jack? —dijo Holmes, volviéndose de repente hacia el chico.

Su expresivo rostro se ensombreció y negó con la cabeza.

—Jacky es muy extremo en sus simpatías y antipatías —dijo Ferguson, que rodeó al chico con el brazo—. Por suerte, estoy entre las primeras.

El chico suspiró y arrimó la cabeza al pecho de su padre. Ferguson lo apartó con delicadeza.

—Venga, vete, Jacky, cariño —le dijo y se quedó observando a su hijo con ternura mientras se iba—. Y ahora, señor Holmes —prosiguió cuando el chico había salido—, creo sinceramente que le he hecho venir de manera absurda, porque ¿qué puede hacer usted salvo expresarme su apoyo? Debe de ser un asunto sumamente delicado y complejo, mirado desde su punto de vista.

—Desde luego que es delicado —dijo mi amigo con una sonrisa de diversión—, pero hasta ahora no me ha chocado por su complejidad. Ha sido un caso para la deducción intelectual, pero, cuando esa deducción intelectual primera queda confirmada punto por punto gracias a un gran número de incidentes independientes, entonces lo subjetivo se vuelve objetivo y podemos decir con seguridad que hemos logrado nuestro propósito. De hecho, ya lo había deducido antes de marcharnos de Baker Street y el resto ha consistido meramente en observar y confirmar.

Ferguson se llevó su enorme mano a la frente fruncida.

—Por amor de Dios, Holmes —dijo con irritación—, si ha sido capaz de penetrar en la verdad de este asunto, no me siga teniendo en vilo. ¿Cómo están las cosas? ¿Qué debo hacer? No me importa cómo ha dado con los hechos, con tal de que realmente sean ciertos.

—Le debo una explicación, por supuesto, y la tendrá. Pero ¿tiene inconveniente en que maneje el asunto a mi manera? ¿La dama puede recibirnos, Watson?

—Está enferma, pero se puede razonar con ella.

—Muy bien. Solo podemos aclarar el caso en su presencia. Subamos a verla.

—No querrá verme —suspiró Ferguson.

—Ya verá como sí —dijo Holmes y garabateó unas líneas en una hoja de papel—. Usted por lo menos va a poder entrar, Watson. ¿Tendría la amabilidad de entregarle esta nota a la dama?

Volví a subir y le di esa nota a Dolores, quien abrió cautelosamente la puerta. Al instante, se oyó un grito procedente del interior, un grito en que parecían mezclarse la alegría y la sorpresa. Dolores se asomó afuera.

—Los verá. Va a escucharlos —dijo.

A mi llamada, Ferguson y Holmes subieron hasta la puerta. Cuando entramos en la habitación, Ferguson dio uno o dos pasos hacia su mujer, que estaba incorporada en la cama, pero ella le rechazó con un gesto de la mano. Él se hundió en un sillón, mientras Holmes se sentaba asimismo junto a él después de saludar con una reverencia a la dama, que se le quedó mirando con unos ojos desorbitados por la sorpresa.

—Creo que podemos prescindir de Dolores —dijo Holmes—. Oh, como quiera, señora, si prefiere que se quede, no veo objeción alguna. Y ahora, señor Ferguson, le diré que soy un hombre muy ocupado con muchos clientes, y mis métodos han de ser breves y directos. La cirugía más rápida es la menos dolorosa. Permítame afirmarle algo que le dejará más tranquilo. Su mujer es una mujer excelente, muy cariñosa y a la que han tratado muy mal.

Ferguson se levantó dando un grito de alegría.

—Pruébelo, señor Holmes, y me sentiré en deuda con usted para siempre.

—Lo haré, pero, para ello, debo herirle profundamente por otro lado.

—Me da igual con tal de que pruebe su inocencia. Todo lo demás carece de importancia comparado con eso.

—Permítale exponerle, en tal caso, la serie de razonamientos que me pasaron por la cabeza en Baker Street. La idea de un vampiro me resultaba absurda. Esas cosas no se encuentran entre las prácticas criminales de Inglaterra. A pesar de ello, su explicación era precisa. Había visto cómo la dama se levantaba junto a la cuna del bebé con sangre en los labios.

—Cierto.

—¿No le vino a la mente que se podía chupar una herida abierta con algún otro propósito que el de extraer sangre de ella? ¿No recuerda a la reina de la historia inglesa que chupó una herida para extraer veneno de ella?

—¡Veneno!

—En Sudamérica forma parte del menaje de la casa. Mi instinto presintió la existencia de esas armas de la pared antes de verlas con mis propios ojos. Podía ser otro veneno, pero a mí me vino ese a la mente. Ese carcaj pequeño vacío junto al arco para pájaros era justo lo que esperaba encontrar. Si alguien hubiese pinchado al bebé con una de esas flechas empapadas en curare u otra droga del demonio, habría supuesto su muerte, a menos que se succionase el veneno.

»¡Y el perro! Si uno va a utilizar un veneno así, ¿no lo probaría antes para ver que no ha disminuido su potencia? No había previsto lo del perro, pero, al menos, supe ver lo que le pasaba y que encajaba con mi reconstrucción de los hechos.

»¿Lo entienden ahora? Su mujer temía que en algún momento atacasen a su hijo. Vio cómo sucedía y salvó así la vida del bebé, pero, a pesar de todo, no quiso contarle toda la verdad porque sabía cuánto quería usted al chico y tenía miedo de que se le partiera el corazón.

—¡Jacky!

—Lo he estado observando mientras le hacía arrumacos al bebé hace un momento. Su rostro se reflejaba claramente en el cristal de la ventana donde la contraventana hacía de fondo. Vi unos celos, un odio tan feroz como pocas veces he visto en un rostro humano.

—¡Mi Jacky!

—Tiene que afrontarlo, señor Ferguson. Es más doloroso todavía porque lo que le ha llevado a hacerlo es un amor viciado, un amor maníaco y exagerado por usted, y, posiblemente, por su difunta madre. Su alma se consume de odio por este hermoso bebé, cuya salud y belleza contrastan con su propia debilidad.

—¡Dios mío! ¡Es increíble!

—¿He dicho la verdad, señora?

La dama estaba sollozando con el rostro hundido en las almohadas. Ahora se volvió hacia su marido.

—¿Cómo iba a contártelo, Bob? Me imaginé el desengaño que supondría para ti. Era mejor que esperara y que lo oyeras de otros labios que no fueran los míos. Cuando este caballero, que parece tener poderes mágicos, escribió que lo sabía todo, me alegré.

—Creo que al señorito Jacky le prescribiría un año en el mar —dijo Holmes mientras se levantaba de la silla—. Solo hay una cosa en la que sigo a oscuras, señora. Puedo comprender perfectamente sus agresiones contra el señorito Jacky. La paciencia de una madre tiene un límite. Pero ¿cómo se ha atrevido a dejar al niño solo estos dos últimos días?

—Se lo había contado a la señora Mason. Lo sabía.

—Claro. Lo que lo imaginaba.

Ferguson estaba de pie junto a la cama; le faltaba la respiración y le tendía las manos, temblorosas.

—Supongo, Watson, que ha llegado el momento de que nos vayamos —dijo Holmes en un susurro—. Si usted agarra del codo a la excesivamente leal Dolores, yo la agarro del otro. Vamos, vamos —añadió mientras cerraba la puerta al salir—, creo que podemos dejarles que resuelvan lo demás entre ellos.

Solo tengo una nota más acerca de este caso. Es la carta que Holmes escribió como respuesta final a la que da inicio a este relato. Decía así:

Baker Street<br>21 de noviembre<br>Asunto: Vampiros

Estimado señor:

Con relación a su carta del 19 de noviembre, tengo el placer de informarle que he investigado el asunto de su cliente, el señor Robert Ferguson, de Ferguson y Muirhead, comerciantes de té de Mincing Lane, y que el caso ha concluido de manera satisfactoria.

Le agradezco su recomendación.

Sinceramente suyo,

SHERLOCK HOLMES

ALFAGUARA

# CLÁSICOS

EDICIÓN ILUSTRADA
ROBINSON CRUSOE
DANIEL DEFOE

La isla del tesoro
Robert Louis Stevenson

JULES VERNE
VIAJE AL CENTRO DE LA TIERRA

EDICIÓN ÍNTEGRA ILUSTRADA POR MAYTE ALVARADO
LA CASA DE BERNARDA ALBA
FEDERICO GARCÍA LORCA

JANE AUSTEN
ORGULLO y PREJUICIO
ILUSTRADO POR MARÍA HESSE

CUENTOS DE
EDGAR ALLAN POE

LAS AVENTURAS DE
TOM SAWYER
MARK TWAIN
DANI TORRENT

Peter Pan
EDICIÓN ÍNTEGRA ILUSTRADA POR
FERNANDO VICENTE
J.M. BARRIE

E.B. WHITE
ILUSTRADO POR
Garth Williams
Stuart Little

MOMO
Michael Ende

Michael Ende
LA HISTORIA
INTERMINABLE

LAS AVENTURAS DE
HUCKLEBERRY
FINN
MARK
TWAIN
DANI TORRENT

JANE AUSTEN
SENTIDO y SENSIBILIDAD
ILUSTRADO POR MARÍA HESSE

Louisa May
Alcott
Mujercitas
Ilustrado por
María Hesse

LAS AVENTURAS DE
PINOCHO
CARLO COLLODI
ILUSTRADO POR
HELENA PÉREZ GARCÍA

Edición íntegra
Drácula
Bram Stoker

EMILY BRONTË
CUMBRES
BORRASCOSAS

Jules Verne
Veinte mil
leguas
de viaje
submarino
Ilustraciones de Samuel Castaño
ALFAGUARA

Este libro se terminó de imprimir
en el mes de junio de 2021

# THE NAME GAME

Also by Beth O'Leary

*The Flatshare*

*The Switch*

*The Road Trip*

*The No-Show*

*The Wake-Up Call*

*Swept Away*

# THE NAME GAME

BETH O'LEARY

QUERCUS

First published in Great Britain in 2026 by Quercus
Part of John Murray Group

1



A CIP catalogue record for this book is available from the British Library

HB ISBN 978 1 52943 793 5
TPB ISBN 978 1 52943 794 2
EBOOK ISBN 978 1 52943 796 6

Typeset in Swift by CC Book Production

Printed and bound in Great Britain by Clays Ltd, Elcograf S.p.A.

FSC www.fsc.org MIX Paper | Supporting responsible forestry FSC® C104740

Papers used by Quercus are from well-managed forests and other responsible sources.

Quercus
Carmelite House
50 Victoria Embankment
London EC4Y 0DZ

John Murray Group
Part of Hodder & Stoughton Limited
An Hachette UK company

The authorised representative in the EEA is Hachette Ireland,
8 Castlecourt Centre, Dublin 15, D15 XTP3, Ireland (email: info@hbgi.ie)

For Lilsa-Lou

# The ISLE of ORMER

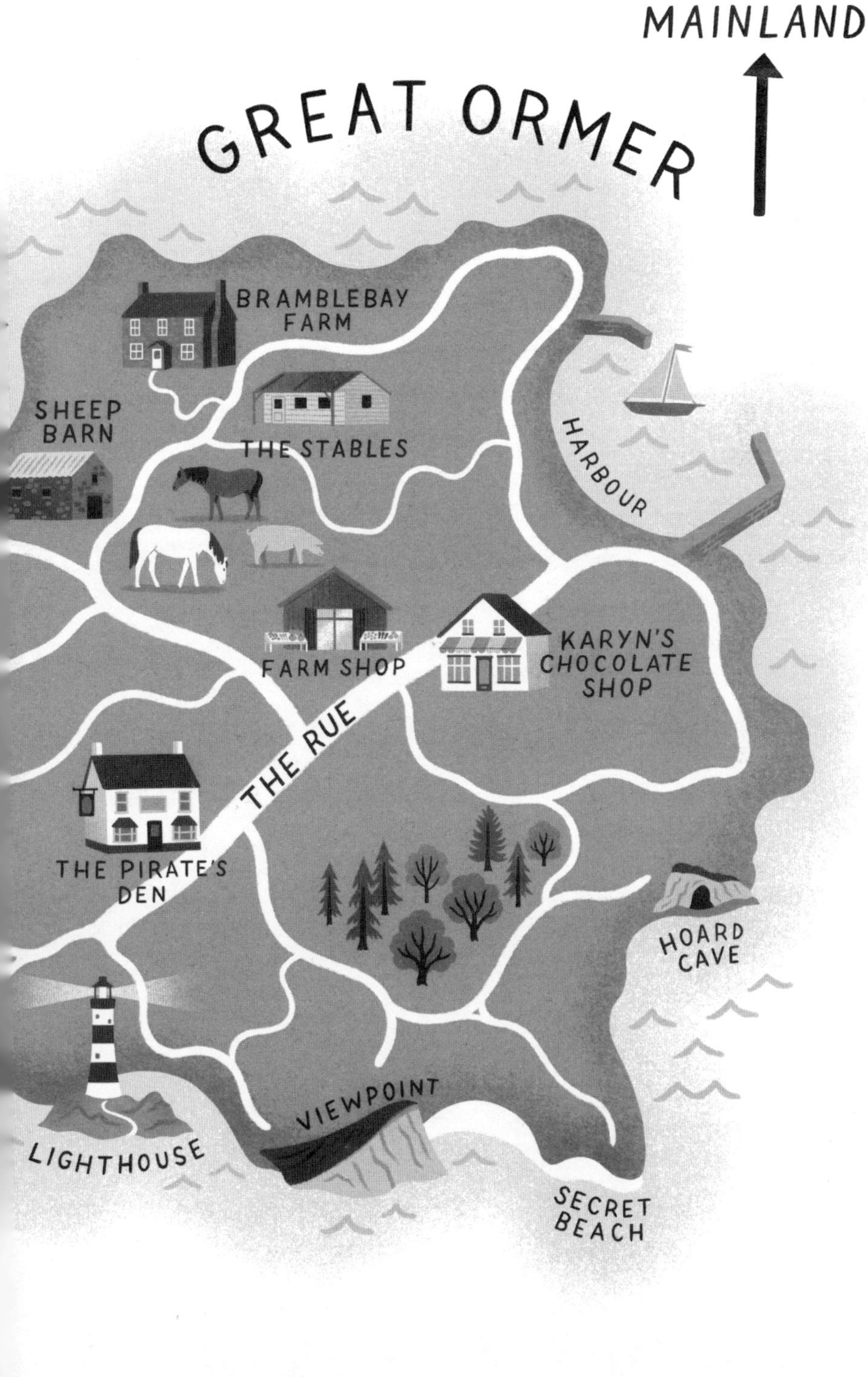
MAINLAND
GREAT ORMER
BRAMBLEBAY FARM
SHEEP BARN
THE STABLES
HARBOUR
FARM SHOP
KARYN'S CHOCOLATE SHOP
THE RUE
THE PIRATE'S DEN
HOARD CAVE
VIEWPOINT
LIGHTHOUSE
SECRET BEACH

# 1

*Friday 8th August 2025*

<u>First day of new life.</u>

What a sentence. Isn't it beautiful? Have wanted to write that for so long, and now here it is on page one of a brand new diary. Life. Starts. Here.

New me is:

- Peppy. Maybe not peppy, actually, that sounds annoying. But positive. Upbeat. Inclined to wear hair in bouncy pony-tail and look on the bright side, but does not require everyone else to do so (see: don't want to be annoying).
- Independent. New me relies on nobody else for validation. She makes her own decisions. She can do it alone.
- Bold. I mean, look at me. I'm on a boat, sailing towards a secluded island to start picture-perfect new life running island farm shop! Am going to be like one of those women on Instagram who lives on photogenic homestead and bakes their own bread with stunning vista in background. Except without all the Reddit content dedicated to whether or not I'm in a cult.

Am wondering where the line is between manifestation and kidding yourself. Want to fill diary with positivity but don't want to, you know, lie.

Truth is, I'm sitting here on a chugging old ferryboat, feeling a bit freaked out. Remembering former life of good job, nice coffee, steady boyfriend, and now considering future life of seclusion on relatively small rock in the English Channel. Don't want to seem spoilt, but argh, will there be a coffee machine on the farm?

Once again unsure if this is wild adventure or mad pre-midlife crisis. Horrible suspicion that you can't actually know until end of story, i.e. glorious happily-ever-after vs perishing sad and alone in farmyard.

Spirits lifting again as island approaches. It's beautiful! Rugged, shadowy crags jutting from the sea, tangles of wild flowers painting the rocks in greens and pinks . . . Looks too pretty to be real, like Sabrina Carpenter. Am buoyed by new confidence that my future is here on the Isle of Ormer, population 500. Soon to be 501.

Here's what I know about the Isle of Ormer:

1. There are no motorised vehicles on the island except tractors. Everyone gets around on horses and bikes, like mediaeval people. Feel positive about this, particularly given the six points on my licence.
2. The island is five kilometres by two kilometres. Tiny! With a real sense of community, according to Google. The perfect place to build a new family. (Getting ahead of myself, as per.)

3. Most of the land is farmed, and Bramblebay Farm has a shop, aka my new place of employment. Popular with visiting tourists, but a lifeline to the locals too. Am envisioning crates filled with earthy potatoes, fresh milk in glass bottles, and me swanning around with wicker basket under arm.
4. No street lights on the island. Great: fits perfectly with new resolution to go to bed at nightfall and rise with the dawn like the lark. Or the blackbird. Whichever bird gets the first worm, that's going to be me.
5. Ormer is a Crown Dependency, so kind of part of UK but not? It was feudal until 2006, which is the year Justin Timberlake released 'SexyBack', i.e. about five minutes ago. So: slightly odd. But they've got a democratically-elected government now, so that's all sorted, and I have decided to consider this whole business quirky and cute.

That's enough fact-based content for now – we've reached the harbour!

Arrived in harbour looking significantly more dishevelled than I did in Guernsey (sea air very bracing) but quickly realised Ormer is not a place where anyone gives a shit about how your hair looks. The harbour – a concrete walkway between the rocks, poking out into the sea – was awash with people in work boots and worn jeans. Above me, the cliffs were dark and imposing, all shadows and sharp edges in the sunshine. A cargo ship had just cleared off in time for the ferry to dock, and the harbour workers were busy shifting the cargo into battered, ancient-looking tractors to be carted up the hill.

It was immediately apparent that health-and-safety rules are pretty chilled here on the Isle of Ormer.

'Watch your head!' someone shouted at me.

I looked up. A rusted shipping container was swooping above me, dangling precariously from a crane-type structure on the harbour. I ducked – maybe screamed – and stumbled back.

'Watch your feet!' someone yelled.

I looked down to find myself mere inches from a precipitous drop into the sea. No railings, no big yellow warning signs, not even a casual traffic cone.

I stared around, slightly breathless. A few middle-aged tourists traipsed off the ferry behind me, dressed in white canvas hats, looking about as wary of the harbour activities as I was. A burly guy in his thirties barged through the middle of them, head down, a blue cap backwards on his head. His sports bag whacked me in the hip as he powered by, knocking me off balance.

'Hey!' I yelped.

He turned. The first thing I noticed was his deep scowl, then the grey eyes that met mine for a sharp half second, narrowed against the sun.

'You dropped something,' he said, nodding to the ground. His lip twitched slightly, as though he was trying to hold back a smirk.

'Excuse me?' I pressed a hand to my thundering heart as I scuttled further inland. This was not a comfortable place to lose footing.

The man pointed wordlessly, already walking backwards away from me.

Argh. It was this diary, precariously close to the edge – must have slipped out of the top of my bag when he knocked into me. Which meant he could now see the cover, complete with the message Brianna had doodled there while helping me pack yesterday:

<u>Secrets of my tender heart enclosed within</u>

I swore and went to snatch it up. The other side reads:

I'M CHARLIE JONES, MOTHERFUCKER,
BOW BEFORE ME

Would it be better if it had fallen that way around? Probably not, there were kids around.

'Thanks,' I said. 'Though I wouldn't have dropped anything if you'd not . . .'

He didn't care enough to hang around for the end of this sentence.

'Arsehole,' I muttered.

I watched him go. His neck was a bit sunburned, and his cap said CJ on it – my initials (how weird! I thought). Shame he was clearly a bit of a dickhead, because he was hot, actually. The rugged scowliness, the earthy-blonde scruff of hair beneath the cap, the long-sleeved tee clinging to defined pecs and biceps. It was giving 'I'm a hot mess – try to fix me, why don't you?'

Not a shame, actually, shouldn't have written that. Sexy rugged men are firmly off new life agenda, even unproblematic ones, and he had 'problem' written all over him. I focused on restoring the diary to the safety of my handbag and looked around the harbour again. A young woman in baggy skater-style shorts and an Explore Ormer T-shirt was waving to the tourists beside me, bouncing on the spot as if she couldn't wait to get started. Her black, curly hair was streaked with blue dye, and she had at least six piercings – nose, eyebrows, a few in her lips. She caught my eye and smiled. It lit her up – she had an earnest golden-retriever energy to her.

'Visiting for the day?' she said.

Probably not reasonable to be miffed by her mistaking me for a tourist, but nonetheless, felt disappointed.

'Actually, I'm moving here,' I said, adjusting my straw hat, and then wondering if the hat was what made me look like a tourist, and promptly removing it. But – hat hair, plus boat hair . . . I put it back on again. 'I'm the new farm shop manager.'

A tractor reversed by me at speed, the man in the driving seat twisted almost 180 degrees to look out of the dirty back window.

'Oh, no way!' the Explore Ormer woman said, beaming at me. 'You're Charlie! I'm Red. Tour guide, as of six weeks ago – I'm pretty new around here too, but it already feels like home. I've been helping out at the shop as well, since Rosie and Marly are so busy on the farm for harvest season – everyone's been desperate for you to arrive. I saw Rog bringing your luggage up from this morning's boat, I wondered when you'd get here! Didn't pack light, did you!'

Actually tried to pack as little as possible – donated bags and bags of stuff before leaving the mainland. Briefly wished I was a 'oh, my whole life is in this bag' sort of woman, but some things you just can't change.

Red pointed through an archway cut into the rock, with the words 'Welcome to the Isle of Ormer' in chipped paint above it.

'Head through there to get the rattle up to the Rue, if you don't fancy walking in the heat.'

I understood very little of this, particularly the rattle part, but was painfully aware of already seeming clueless, so just nodded and hoped all would become clear once through the archway.

This was not the case. Ahead of me was a steep, dusty road, a random collection of seemingly abandoned tractors, and a trailer that read 'Rog's Carting and Gardening and Waste Disposal! Call this number! I do all sorts!!'

Hovered for a while, listening to the waves, the seagulls, the chu-chu-chug of the old tractor engines. There were a few people about, all looking busy, all ignoring me. No sign of rude CJ cap guy. Was more disappointed about that than I should have been. Eventually Red and the plodding gang of tourists appeared behind me.

'Oh, still here!' she said cheerfully. 'Rog!'

Rog popped out of one of the abandoned-looking tractors like a cartoon character appearing from inside a flowerpot. He was wiry and sun-beaten, and when he smiled, he flashed several gold teeth. He wasn't a big man, but I felt quite sure that Rog would beat almost anyone in a fight, like a scrawny alley cat.

'Fifty pence each for the rattle,' he said, stretching out a palm.

The tourists dutifully unzipped their bum bags and produced fifty-pence pieces. Had they been forewarned about this? I wasn't getting an Apple Pay vibe from Rog and was starting to sweat. Would I be kicked off the island because I didn't have a fifty-pence coin? What was a rattle, and was it going to be as unpleasant as it sounded?

'Don't worry, this is Charlie, the new shop manager,' Red said, clocking my stricken expression. 'She's good for it.'

Rog eyed me with interest.

'Ooh. Welcome to Ormer,' he said. 'Hope you like cows.'

I blinked. Why did that sound vaguely threatening?

'Hop on, then, here we go,' he said.

Red began to usher the obedient tourists on to the trailer. I saw now that it was in fact some sort of transportation system – Rog was fixing it up to one of the ancient tractors, and the tourists were settling themselves into the rudimentary seats along the trailer's sides.

I joined them, and after a moment we started making our way up the wide rocky track cut into the hill. The trailer did indeed rattle. A *lot*. Clinging to the side, I was struck once again by a wave of panic. Was this life now? Dirt roads, decrepit tractors, ominous-sounding cows?

I gripped my seat, then lunged to catch my handbag as it went sliding out of my lap. Rog was driving the tractor as though it was a sports car, one palm flat on the steering wheel as he dragged us around a bend. A large carthorse plodded by, pulling a carriage containing two of the workers from the harbour. They barely blinked as they passed through the cloud of dust kicked up by Rog's tractor.

Had to shade my eyes with my hand when we reached the top of the hill. The track opened out to reveal a stunning sea view. The water of the Channel was dreamily blue, and the island's greenery tumbled away from us towards the cliffs, a scramble of wild flowers and bracken.

The panic quietened. Who wouldn't want to start life over in this place? It was magical.

Ahead of us were some single-storey shops, flat-fronted and painted magnolia yellow. I recognised it instantly: it was the Rue, the dusty track that serves as Ormer's high street. The carriage pulled away ahead of us, the carthorse swishing its tail to bat the summer flies away. There was a Wild Westness about it all, as though any second now a ball of tumbleweed would go rolling by.

Rog hopped off the tractor as Red helped the slightly shaken tourists out of the trailer.

'For Bramblebay Farm, you want to go thataway until you see the dairy,' Rog said to me, producing a bottle of water from one of the pockets in his cargo pants and taking a swig. 'Then turn right. If you hit the sea, you've gone too far.'

'Right,' I said. 'Thank you. I think I'm supposed to be staying at the old stables – is that near the farm itself?'

'Everything's near everything, love,' Rog said with a grin.

Felt horribly aware that I sounded like the archetypal city girl turning up in the one-horse town in stilettos. (Metaphorically – obviously wore trainers, I'm not that clueless.) Drew myself up a bit.

'Of course. I'll figure it out.'

Twenty minutes later, standing in the middle of a field surrounded by cows, was not quite so confident.

There was the dairy. There was the little footpath cut into the undergrowth, heading right. Hadn't hit the sea yet, but could see it hazily in the distance between two trees. And between the cows.

When they first came sauntering over to me, I'll admit I panicked a bit. Cows are a lot bigger and more . . . muscular than they look from a train window, and I don't think I've seen one in person (in cow?) since I took that hungover hike after Bri's wedding.

But the new me is a countryside person. She loves the great outdoors. She's going to work on a farm, for God's sake. So I pulled myself together and held my ground, plotting a reasonable escape route if the cows' slow amble developed into a sudden urge to stampede. As it happened, they just hung around, a bit like men who dance over in a club but don't know what to do next. Fine: I know how to handle hoverers. I stared at my phone, resolutely ignoring the cows, perplexed to find that Google Maps was convinced I was standing in the middle of a supermarket.

Looked around, then back down at the map. Everything else was right – it had me loaded in the right spot. But . . . Can Google Maps be wrong, I typed into Google. No, apparently. And yet, this was definitely not a Carrefour.

A brief foray down an Ormer-specific rabbit hole on Reddit and I discovered the problem: this tiny island is so random and remote the maps haven't been updated for years. No street view option either as there are no cars allowed. Once upon a time, presumably, a Carrefour had stood here, but now it was just grassland, and Rog's directions were all I had to go on.

Trudged on, trailing cows. The path had long since disappeared, and I was just starting to lose hope when I spotted a barn behind a hedge. Perking up, I set off towards it, but I'd obviously gone wrong somewhere, because there was no break in the hedge, and no way through.

Hadn't seen the farm shop at this point – no picture with the job ad – but it was described as a converted barn on the edge of the farm, and this looked promising. A bunch of old crates lying by the back door, a bike rack to the side . . . I figured I was just approaching it from the back.

I weighed it up. Return the way I had come and try to find the main entrance? Or hop the hedge?

It looked sturdy. Obviously had no idea what sort of bush it was made of, but there were branches in there that I could use as footholds, and I was hot and sticky from walking in the sun, and did not fancy running the cow gauntlet again.

The less I write about this bit the better. I don't fancy dwelling on it. The shredded Oliver Bonas dress, scratched-up thighs and entirely lost dignity are enough of a reminder.

I had bits of shrub in my hair. I was sweaty and dishevelled. I had a strong suspicion I smelled of cow. This wasn't the first impression I'd hoped to make on my new employer, but by this point I was just desperate to get out of the sun, so headed around for the front entrance.

There was no front entrance. I walked all the way around the grey stone barn and ended up back where I started: the back entrance. The only entrance.

Now that I was right in front of the door, I could see that a piece of A4 paper had been stuck beside it with the words 'Bramblebay Farm Shop' scrawled in biro. 'Farm shop hours vary. If you're after one of the Nicoles, try the farmhouse', it said underneath, with a helpful arrow pointing north, or possibly up to the sky. Then, in smaller, different handwriting, 'Don't forget Rog does all sorts! Call this number!!' And at the very bottom, in different pen altogether: 'If you're Charlie Jones, head on in, will be with you in a mo, just dealing with a goat thing!'

I was, apparently, in the right place.

To say that spirits had dipped at this point would be an understatement. The barn was almost as dishevelled as I was: corrugated-iron roof clumsily patched up, windows filthy, wood peeling on the wide barn doors.

And, stepping inside, things only got worse.

Not the shop itself. That was surprisingly bright and clean, given the outside of the barn. There were fridges full of – yes, milk bottles, and sacks of potatoes on the flagstones, and shelves of chutneys and pickles in charming jewel tones.

The problem was the familiar-looking man standing directly in my way.

'Excuse me,' I said, trying to step around him.

There wasn't much room – the shop was set up with crates of vegetables narrowing the space between the door and the till.

Man didn't move. He had his back to me and was looking around the shop. It was cap guy. He'd lost the cap, but clearly not the attitude.

'Excuse me,' I said again, louder, in that particular British way that can mean a great number of things, all offensive.

'We're not open,' he said, barely looking at me – he seemed to be examining the stock.

'That's fine,' I said. 'I work here.'

He turned at last. Arms folded, he stared at me. His eyes

weren't quite grey, as I'd thought earlier – they were actually a washed-out shade of denim blue, shadowed under a broody frown that was way too engrained to be only on my account. He had the sort of fair skin that can end up looking tanned because of the sheer number of freckles – there were darker ones around his eyes and across his nose too. I generally think of freckles as cutesy, but there was nothing cute about this man. Even his stubble looked pricklier than average.

'Who are you?' he asked.

'Charlie Jones.'

Wondered about shaking his hand, but his arms were resolutely folded, so aborted this plan and just stood there. It took powerful strength to resist the urge to check my hair for shrubbery.

'The new farm shop manager,' I added.

'That's right,' he said. 'And who are you?'

'What?'

'Yes, correct, I'm Charlie Jones, the new farm shop manager,' he said impatiently. 'And who are you?'

'No, sorry . . . I'm Charlie Jones, the new farm shop manager, is what I meant.'

The deep furrow between his eyebrows became – impossibly – deeper.

'No,' he repeated. 'You're not Charlie Jones. I'm Charlie Jones. And I'm the new farm shop manager.'

# 2

**New Message**
**From: Charlie Jones**
**To: Charlie Jones**
**Subject: Day one sober**

Hi. Hey. Here I am, holding myself accountable.

. . . This already feels incredibly strange. What do I do, just write down everything that happens? How do I know which things to pick? Do I write about the weather, or the walk up from the harbour, or the fact that the sadness is still clinging to me, as though it refuses to be left behind?

I feel incredibly self-conscious right now, but I suppose that'll wear off. A deal's a deal, so here goes.

I'm on the Isle of Ormer, starting my new life, but there's a woman here too, and she's trying to nick it.

My new life, I mean. She wants it. She just stood there in the middle of my farm shop looking like she might have been literally dragged through a hedge backwards, and told me *she's* the new farm shop manager. She's Charlie Jones, she said.

I told her she's not. Obviously.

'No, *you're* not Charlie Jones,' she snapped back. 'Or, well, I suppose you could be Charlie Jones. But you're not *the* Charlie Jones. You're not the person who got offered this job. Because that's me.'

She was tall, with a thick, dark fringe that almost touched her eyelashes. Her dress was bright blue and tied with a ribbon, the sort of thing you'd wear to a wedding or something, but she had sturdy trainers on, and scratches all over her legs. She was also beautiful, in a classic, poised, regal sort of way. Probably worth mentioning, as it somehow made the whole look even stranger – the mismatched outfit, the dishevelled hair. I couldn't really get a sense of who she was.

But anyway, whoever she was, she was *not* the new farm shop manager.

We did a bit more 'you're not Charlie Jones', 'no *you're* not Charlie Jones', and then Rosie Nicole showed up, which is probably a good thing, because me and Other Charlie could've been at it for a while, otherwise.

Rosie stopped in her tracks as soon as she saw us both. Her hair was pulled back with a flower-patterned scarf, and she was in long drapey tie-dye clothes, but in a Glastonbury way rather than an art-teacher way, if you know what I mean. She was younger than I'd expected – twenties. Her boots were sturdy and caked in mud.

She stared between me and Other Charlie with total bafflement.

'You must be Rosie!' Other Charlie trilled into the bemused silence, heading towards her with arms out for a hug. 'I'm Charlie Jones.'

'Oh my God! Hi! Welcome!' Rosie said, hugging her right back.

Hang on, I thought.

'Sorry, no.'

I stepped forward. They both looked up at me, a little alarmed, maybe. I tried to look less ogre-ish than usual.

'*I'm* actually Charlie Jones,' I said. 'And this is *my* job.'

Rosie's mouth fell open.

'You're Charlie Jones?' she asked.

'Yes.'

'But I thought . . .'

'I'm Charlie Jones,' said Other Charlie. 'That guy just . . . is as well.' She spread her hands. 'I'm as confused as you are, Rosie.'

'You're both called Charlie Jones?' Rosie looked back and forth between us.

'Yes,' we said in unison.

'And you both think you got offered this job?'

We confirmed this, once again in unison. I glared at Charlie – she kept taking all my lines.

Rosie looked totally stunned by this. 'I'm sorry, I don't understand. I only offered the job to one person – we only have the funds for one shop manager. I sent a letter . . . Does one of you have the job offer letter?'

We both reached for our phones in our back pockets, like two cowboys reaching for their guns.

I showed Rosie my photo of the letter. Other Charlie did the same.

I examined her screen. This is where things got very weird. It was the letter – the *exact* same one. There was the same crossing-out on line two. I have *no idea* how she got hold of it.

Rosie reached for one of the maps for sale by the till and began to fan herself. 'But neither of you has the original?' she asked.

It hadn't occurred to me that I would need to show the original. Who cares about originals these days?

'Did you send out two by accident?' Charlie suggested. 'I guess we both applied with the same name, which maybe confused the system?'

'What system? The post?' I said. 'That's the exact letter I had. It looked exactly the same.'

'That's not possible,' Charlie said. 'Rosie? That's not possible, right?'

'Could we have . . . sent two, somehow?' Rosie said faintly. 'I handed the letter to my wife Marly to sort, I didn't put it in the envelope myself . . . I can't believe . . . You're *both* called Charlie Jones?'

Now we were getting somewhere. Human error – or interference – seemed plausible.

'Could your wife have made a copy of the letter, and sent it to two of us?' Other Charlie asked.

'Well, we do have a scanner . . .'

Of course they have a scanner here. The technological equivalent of a horse and carriage.

'But why *would* she?' Other Charlie asked, looking at me. 'Why would she send the job offer to two people with the same name?'

The genuine bafflement on her face gave me pause. She looked as confused as I felt.

'She might have forgotten she posted the first one?' Rosie hazarded. 'And then did it again, but picked up the other Charlie Jones's application, and used their address . . .'

We all stood around for a minute, wearing similarly dubious expressions.

'What do I do now?' Rosie asked, wide-eyed.

'Don't you remember if the person you wanted for the job was a man or a woman?' Other Charlie asked.

'I didn't know,' Rosie said. She was beginning to look slightly tearful. 'I just know they were called Charlie Jones.'

'Well, which Charlie do you want to employ?' I asked.

'The one who . . . I don't know!' Rosie said, her voice rising a pitch. 'You *both* applied? You both want to work here? Which of you wrote that lovely handwritten letter about how special Ormer seems?'

'Me,' I said immediately.

'That was me,' said Other Charlie.

No way. I was not buying this.

'Do you have the winning application to hand?' I suggested. 'We could just check which of ours it is?'

Rosie went still. Then she started fanning herself more rigorously.

'Just let me think for a moment,' she said. She pressed a hand to her forehead.

'OK. OK. Two Charlies Joneses. Both want to come and live here. Both offered the job, apparently . . .'

I reiterated that finding the successful job application would almost certainly clear this whole thing up.

'Right,' Rosie said, and then, 'well, no, I can't do that. I . . . binned them all. Sorry. Burned them, actually – Marly does this thing where she stuffs spare paper into old loo rolls and it makes great firelighters. No. That won't work. Now that you're both here, and we've offered both of you the job, I think the only thing for it is to get to know you both. Yes. What do you think?' She looked between us. 'A trial period! It seems so unfair to send one of you home now. Why don't we just give you each a couple of months . . .'

'You want to . . . employ us both?' I asked slowly.

'Yes! Yes, what a great solution,' Rosie said breathily. There was something quaint about her – a bit otherworldly. 'We're always run off our feet during harvest season – I'm sure two managers would be a huge help.'

'And you'll pay us both?' I asked.

Rosie's eyes widened again. 'Oh. I forgot about the money part.'

I shared a brief side-eye with Other Charlie.

'Both of you really want to be here?' Rosie asked rather desperately.

'Very badly,' I said.

'More than anything,' Other Charlie said. 'I can't even tell you, Rosie. I've been so excited about this incredible opportunity – starting life over here in this beautiful place, with this amazing project, reviving the farm shop at the heart of the community . . . It's my dream.'

Her voice wobbled. I looked away from her. It's going to be a lot easier to keep hold of this job if I don't feel sorry for Other Charlie, but I've never been great at keeping other people's feelings out. All the more reason to start life over on a remote, secluded island, I say.

'It's my job,' I said. 'I'm sorry. But I'm not walking away from this.'

I can't go back home. Home isn't even there any more. This is me now, all there is of me: a name, a job, a totally new life.

The minute I stepped off that ferry and breathed it all in, I knew it was the right decision. I can be sober in this place. I can be better – I can be brand new.

'I guess you could interview us both,' Other Charlie said. 'See who you would rather give the job to?'

For the first time, at that, I felt nervous. I'm confident I'm right for this role, but this poised, attractive, well-spoken woman with her posh dress was definitely the kind of person who looked like she should be running a farm shop, not a scarred, bitter ex-bartender like me. If this actually was a misunderstanding, there's a chance she *was* the person who'd been offered the job.

This opportunity was a lifeline for me. The thought of losing it now . . .

'The trial period idea,' I said. 'It could work.'

Other Charlie's eyes were so sharp.

'But I can't pay you both,' Rosie said sadly.

'Well, I'd take half wages for the next two months,' I said, then belatedly ran the calculation, and winced. It'll be just about doable if I dip into savings.

'You'd do that?' Other Charlie asked.

'Would you? For this opportunity? You'd have to take the salary cut too.'

Her gaze was steady on mine. She was trying to figure me out. I imagine I was about as confusing to her as she was to me.

'This place has so much potential,' she said slowly. 'I wouldn't be surprised if we could justify two manager salaries at a place like this, once we've made some changes. If we work together, maybe we could both have a future at the farm shop.'

I met her gaze. What was this? A compromise – a peace offering? Why? It looked like an admission that the job wasn't hers, but then, perhaps by offering to take half pay, I looked like I was conceding something too. Should I just go back to the interview idea, I wondered, and take the risk?

Charlie was right: there were so many easy, obvious ways to fix the shop up. Visitors come to the island all through the summer, but there's nothing directing them here from the harbour. A bunch of tourists arrived on the ferry with me this morning, and they were just *gagging* to overpay for some island-made honey or something.

'You'll both work here for two months? But we only have to pay one person's salary?' Rosie asked.

We both said yes, avoiding each other's eyes now. I couldn't decide if I was being incredibly stupid or had just secured the safest way to keep my precious new life. The key thing was that Charlie and I evidently thought this job was the absolute dream, and were not willing to give it up, and Rosie seemed to think it was not very important, didn't really mind who did it, and mostly just didn't want to upset anyone.

I guess if you live on a beautiful farm on a stunning remote island, and you always have, then you maybe don't realise how incredible that is.

'And you'll just . . . sort the farm shop out? But for half pay?'

'For two months, yes,' I said. 'At which point, hopefully, we'll have each proven ourselves and you can pay us both.'

Or one of us will have given up and bowed out. Not me, obviously.

'That's *great*,' Rosie said, sagging back against the counter. 'Thank God. I'm so relieved I don't have to send one of you home.'

It wasn't ideal. It wasn't what I'd signed up for. But it was a hell of a lot better than losing this chance altogether.

'But what shall we call you both?' Rosie asked, brightening. 'We can't have two Charlies.'

I explained that I'd like to go by Jones anyway.

'Perfect! Meant to be!' Rosie said.

'I know you need to get on with things,' Charlie said smoothly. 'Are our bags . . .'

'They'll be at the stables, which is all set up for you.' Rosie's eyes widened. 'Oh. All set up for one of you.'

I closed my eyes for a moment. 'I'll stay somewhere else tonight,' I said, picking up my rucksack from the floor and yanking on my cap. By this point, I just wanted to get out of there. I was hot, I was stressed, I wanted a drink.

'The farmhouse is a B&B, right?' Other Charlie said. 'Perhaps Jones could have a room there?'

I know I'd just offered to give up the stables for the night, but still, she really ran with that, didn't she?

Rosie's face fell. 'Sorry, we're full. There are no spare rooms.'

Other Charlie turned to me with a sympathetic smile. 'Let me know if you need any help finding somewhere else.'

Hot, stressed, thirsty and irritated now.

'I should ask for references,' Rosie said suddenly. 'Can you give me someone to call, each of you?'

We both said that was fine. (Thank God she only asked for one person.)

'We'll take it from there in the morning, and give you a tour of the farm! Give me your numbers.' She pulled out a surprisingly up-to-date iPhone. I had her down as the sort of person with an ancient flip phone. 'I can't wait to get to know the two of you . . . Oh, I get such a good aura from you both.'

This made me seriously question Rosie's ability to read auras, but fine.

'Ormer is a really special place. And we love to take in strays here. Not to call you strays! But I just sense . . . a tender quality, bruised souls . . .' She waved a hand in front of our faces. 'Broken hearts, complicated pasts . . . I'm convinced the spirit of the island led you both here for a reason!'

'Fate, maybe,' Other Charlie said, with a smile.

Fate? No. An administrative mix-up, *maybe*. A meddling postal worker, at a push. But by far the most likely truth, as far as I'm concerned, is that Charlie Jones is a liar, so while I've agreed to work alongside her, I certainly don't plan on trusting her.

Well. There we go. Day one done – I'm off to find somewhere to crash tonight. Presumably there are other B&Bs on this island, although, now I think about it, there can't be *many*, given the size of the place. Hmm.

I'm not quite sure how to sign off this email. *With love* feels . . . well, yeah, not that. But *all the best* is pretty weird too. Maybe I'll just say,

Bye for now,

Charlie Jones

# 3

*Saturday 9th August 2025*

Just woke up in beautiful converted stables to sound of birdsong. Everything had warm, dreamy quality. Sunbeams through enormous windows, fluffy duvet tucked beneath my chin, promise of bright fresh start ahead of me.

Last night, walking to the stables in the dusk, it felt as though I'd met the real Ormer. The moment the last tourist ferry left, it was as if the island breathed out. The horse-drawn carts disappeared, replaced by the occasional local on a rusted bike with a sleepy dog trotting at their back wheel. Birds hopped out of hedgerows, as though they knew it was safe now. Everything was slower and softer. The dust kicked up by the tractors in the daytime was settling like glitter as the sun set, and the whole island shimmered.

As I woke in the stables, I allowed myself a minute to manifest my beautiful new life here. Me, slipping out of bed and into a cute dress and Birkenstocks ahead of a day at the farm shop. Overnight oats, freshly squeezed orange juice and a quality coffee machine waiting for me in the kitchen. The generous walk-in wardrobe transformed into a nursery – soft cream on the walls, a textured rug, a moon-and-stars mobile above the cot – all ready for me to take that next step I've been longing for.

Then I returned to reality.

'Just so you know,' said Jones, emerging from said walk-in wardrobe, 'that is not big enough to be a bedroom.'

. . . There had been nowhere else available to stay on the island. Not a single room, apparently – there isn't much accommodation anyway, as people generally come here on day trips from Jersey or Guernsey, and the island is (as discussed) tiny.

Thought there would be somewhere, though. But Jones rocked up at ten p.m. with a thunderous expression, chucked his bag on my sofa and announced that unless I wanted him to sleep in a cow barn, we were going to need to find a way to share.

And here we were. Both of us. Even though I was fine with the Jones-in-a-cow-barn plan, actually.

He stomped past the end of my bed – the only way out of his 'room', in fairness, is through mine. He was dressed in grey jogging bottoms and a sagging white T-shirt. Why are grey jogging bottoms such a good look on a man? It's not fair – when I wear them, I look like someone just broke up with me. I pulled the duvet up higher, though I needn't have bothered – he didn't look at me once.

'Is there coffee?' he said as he marched through the bedroom door, leaving it swinging open.

The stables are gorgeous, but it's definitely compact in here. There's this bedroom with its walk-in wardrobe, a bathroom with a surprisingly roomy shower and a free-standing bath that looks over the fields, and then the rest of the long building is a kitchen leading into a living space with a wood burner and cosy sofa. An idyllic place to live alone, or with a little one.

Not an idyllic place to live with a stranger who claims that your lovely new life belongs to him.

'I don't know,' I said, 'did you make coffee?'

'I've only just got up.'

'And I'm still in bed, in case you hadn't noticed.'

'I noticed.'

'OK, so, no, there is no coffee waiting for you in the kitchen, since I haven't even— Oh, all right then,' I finished. I'd just heard the shower door slam shut. 'I guess you're not part of this conversation any more.'

The shower turned on. I lay back on the pillow. Manifest, manifest, manifest. Maybe if I get really good at it, I can manifest him right back to the mainland.

Ten missed calls from Brianna. A string of irate WhatsApps:

- Hello? I know you're starting a new life but you can't get rid of ME, YOUR BARNACLE, YOUR LIMPET, YOUR ADDITIONAL LIMB
- What do you mean there's another Charlie Jones?! Surely not. How many bloody Charlie Joneses can there actually be in the world?
- I've googled, there are over a million Charlie Joneses in the world, who would have thought it! CALL ME BACK.

Yanked a cardigan on over my pyjamas and went outside to call her. She launched straight in.

'As if another person with that exact name has just by coincidence decided to take a job in a shop on a tiny arse-end-of-nowhere French island—'

'British island,' I interrupted. 'It's British.'

'Really? I looked on a map and it's right by France.'

'You want to talk Anglo-French history right now?'

'No, I really don't,' said Bri. 'You know I don't respond well to being educated. I want to talk about you. You backed down! You know they didn't offer the job to two people accidentally, but you didn't want to challenge this guy for lying about getting the job, so—'

Moved the phone away from my ear and winced. Brianna has always had a slightly Janice-from-Friends quality to her voice when particularly animated. On the few occasions I've visited her on the Eastside Close set, have noticed the cast get jumpy when she adopts this voice, and that several of them refer to her as 'Ms Director, ma'am'. Sometimes wonder whether I'm the only person in her life who isn't scared of her.

'Bri, look, it's a man's world,' I said, in my most sensible tone, when she paused for breath. 'The odds were in his favour, not mine. And maybe they did give him the job too! It's a reasonable explanation for how this happened, isn't it?'

'No! You're just letting him stay because you're scared. Why are you assuming he deserves this more than you?'

'Oh, I don't know, because he probably does?'

'What have we said about low self-esteem?'

'Men find it a real turn-on?'

'Eww, disgusting. But true. How old is he, by the way, the imposter – is he old?'

Thought about it. 'Mid-thirties, I reckon? But he's kind of –' lowered voice – 'rugged. Sort of ageless. You know, like . . . Daniel Craig.'

Glanced around nervously. Was standing on the little patio outside the kitchen, looking out at a hard-mown patch of hedged grass that would've been called a 'stunning south-facing garden' by a London estate agent, but that Rosie had called 'the wee patch if you'd come with a dog'. Last I heard, Jones was still in the shower, but I would not like him to hear me comparing him to a former James Bond.

'Ooh, OK, I get it: if he looked like Daniel Craig I'd let him sleep in my bedroom too. Tabbie! Have you washed your hands?'

Tabbie yelled an indignant yes in the background. Felt a pang of nostalgia for Bri's house, with Tabbie's crayon artwork in frames on the walls and her sticky jam fingerprints on the sofa arms.

'He's not in my bedroom, he's in an adjoining room.'

'Is there a door?'

'There's a doorway.'

'Uh-huh.'

'Look, it's not like that. You know where I'm at – I'm done, Bri. Romantically finito.'

'Sworn to celibacy?'

'Well, maybe not celibacy for <u>life</u>. But I want to be a mum someday soon, on <u>my</u> terms, and that means <u>no</u> men.'

'I do think that's wise,' Brianna said.

'And definitely not <u>this</u> man.'

'On account of how he's a job-stealing liar?'

'Well, that, possibly, and the fact that he seems to be in a perpetual bad mood. And now he's my colleague and housemate. Anyway –' I adopted my brightest Cheerful Charlie voice – 'I don't mind having a co-manager.'

'You don't mind working with the imposter?'

I mind. This was definitely not on the script of my picture-perfect new life, and nor was the massive salary cut. But . . .

'Running a remote farm shop is a super cute Hallmark movie job, but it's also a job and I don't have a ton of relevant experience, so . . . I don't mind sharing the load with someone else.'

'Don't say that experience thing to anyone else,' Bri said sternly. 'You've got to—'

'Fake it till I make it, yep, I know.'

'Do I need to come out there, however a person does that, and check you're really all right?'

'No!'

The idea of BMW-driving Bri getting pulled up the hill from Ormer's harbour in a tractor trailer made me feel very stressed.

'Fine, but don't trust this guy, OK? He could be a real con artist or something. And don't do anything mental,' Bri said. 'Don't join any weird island cults or sleep with anyone I wouldn't sleep with. Sensible me, that is, not the old me, she slept with that guy from Casualty, you don't want to be like her. I'll call you again later, Mabes needs me. Stay strong, remember you are going to be great at this job, and keep your eye on the prize.'

I had a chat with Tabbie before she lost interest in me and left Bri's phone on the sofa, and now I'm just sitting out on the sturdy little bench in the garden, listening to the island. You can't hear the sea from the stables, but it's misty this morning, and every so often a foghorn sounds through the white glow behind the hedges, reminding me that I'm never more than a short walk from the world's edge. I'm just taking it all in, one breath at a time. Maybe the grief and the sadness really have stayed on the mainland. Maybe I can find happiness here.

I'm not going to deny Jones his chance at this beautiful life – I'm not willing to risk the possibility that he might take mine. But if he does try to muscle me out or suggest to Rosie that she should just keep one of us on, then I'll come back at him with claws.

This new me might be positive and peppy and ponytaily, but she still knows how to fight her corner.

# 4

**New Message**
**From: Charlie Jones**
**To: Charlie Jones**
**Subject: Day two sober**

Two days since I left, two days since I last had a drink. I have what must surely be the world's worst hangover, and last night – honestly – I might have had a beer if there had been one in the stables. Or an open shop where I could buy one. I guess a perk of living on a remote rock with a woman who seems to only drink camomile tea is that I'm unlikely to really put that urge to the test.

Because, yes, I live with someone now. Me, aspiring hermit, the man who chose to come and live on a secluded island where nobody knows him. I now live with a woman *also* named Charlie Jones, who sings a medley of every track from *Reputation* in the shower, and leaves potfuls of gloopy, seed-speckled oats hardening on the kitchen sideboard, and shares not only my name and my house, but also my job.

She just barged into the kitchen, fresh out of the shower. It felt way too intimate. I could smell her shampoo. I could see a distracting amount of her legs. I shouldn't know that this random stranger has fluffy rabbit slippers, but I do.

This situation is too messed up. I need *some* part of my life that this female doppelgänger does not inhabit.

'Oh, who are you emailing?' she asked.

I snapped my laptop shut. 'Myself,' I said.

She paused midway through opening the fridge. 'Hmm!' she said. 'Quirky.'

'It's not important. Rosie rang while you were showering. She said Marly is going to drop by.'

'Ooh, lovely!' said Charlie, with a smile. 'See you soon!'

I watched her take her tea into the bedroom. That smile of hers. The airy positivity, the way she talks to me like we're friends even though she *must* want me gone. I don't know. It feels all wrong.

I have a very strong suspicion that Charlie Jones is full of shit.

More soon,

Charlie Jones

**New Message**
**From: Charlie Jones**
**To: Charlie Jones**
**Subject: Day two sober (cont.)**

This Marly is an interesting character. An Australian, a fair bit older than Rosie – early forties, maybe. Grey pixie cut, square face, unimpressed eyes. She marched into the stables out of the rain and stood in front of the wood burner, dripping rainwater from her waterproof. An adoring spaniel stood by her heel, spinning in the occasional excited circle. Charlie and I ended up sitting on the sofa side by side, looking up at Marly like schoolkids waiting for a telling off.

'I did not post two bloody letters,' she said, not bothering with a hello. 'I put Rosie's note in an envelope and handed it to . . .' She squinted for a moment. 'Someone. Galoshes? Kim? Anyway, whoever it was, they did the address and they'll have given it to Rog to post. And none of those people have any reason to engineer this bizarre situation, so who the fuck knows what's gone on.'

We stayed silent. I glanced at Charlie. She looked a bit wide-eyed. Finally unable to contain herself any longer, the spaniel made a dash over to the sofa to give us an excited sniff, until Marly called her back with a sharp 'Ginger, here.'

'But as weird as this overabundance of Charlies is,' Marly went on, as Ginger returned to her heel, 'it's got me two shop managers for the price of one, and I'm not the sort of woman who looks a gift horse in the mouth, even if she suspects the gift horse is playing funny buggers, do you know what I'm saying?'

We confirmed that yes, we got the idea.

'Fact is, either the island postal service is being more crap than usual, or someone is messing with us all, or one of you is lying about getting Rosie's letter. But honestly, she wants you both here, I'm run off my feet, and until you arrived, Galoshes was in charge of the farm shop, and she can't tell a profit margin from a turnip, so unless you're going to rob me, which I wouldn't recommend, by the way—'

Who would dare?

'—then I'm going to make the most of the free labour and let you both stay on until harvest festival – October 6th. All right? That's about two months. Then we look at the state of things and hope you've both earned your keep.'

Charlie and I nodded.

She glared at us. 'I don't trust either of you right now. But I'm not saying I won't one day. We're open-minded people here on Ormer. We believe in second chances. But cross us and you'll realise that this place isn't always as sweet as it looks to the tourists. We've got our own rules, and we make sure people keep to them, that's all I'm saying.'

*Drip, drip, drip*, went Marly's waterproofs.

'Now,' she said abruptly, marching back towards the door. Ginger scrabbled to catch up. 'Weather's clearing up. Time for a nice picnic lunch.'

So that's what we did. I'll be back to write again soon – Charlie wants to discuss something about kitchen rotas. I already know I'm going to hate this conversation.

Bye for now,

Charlie Jones

**New Message**
**From: Charlie Jones**
**To: Charlie Jones**
**Subject: Day two sober (cont.)**

Let me have a go at describing Bramblebay Farm.

Think . . . tumbledown stone walls, rolling golden fields, gnarly hedgerows, ripening blackberries, rich chocolate clumps of soil, knobble-kneed sheep, great swathes of wild flowers . . . and behind it all, the occasional glimpse of a flawless blue sea.

My endless hangover eased a little along with the rain as we headed out for the tour and picnic. I felt better just being outside, though travelling across the farm in Marly's rattling, rusty tractor did ramp up the nausea a bit. The farm is 200 acres, mostly arable, but a few animals, too, and several fields of apple and pear trees. We covered what felt like most of this before the promised picnic actually occurred.

Rosie met us there with a large basket on her arm. She was more practically dressed today – less flowy tie-dye – but there was still an oversized moon pendant sticking out of the zipper of her waterproof jacket.

We set up for lunch in the orchard, Ginger lying between us all. The grass was long and wet, peppered with flowers, and we had to dodge the wasps that were already circling some of the fallen apples. It smelled amazing – that post-rain scent, with the hint of sweetness from the fruit. It felt as if we were somewhere wilder than an orchard. Everything is a little wilder than average here – extra lush, extra verdant.

Marly bombarded us both with information about the running of the farm for the journey to the orchard, so I'd not heard much from Charlie. But now that we were eating sandwiches (cheese and pickle, but *good* cheese, island cheese, and locally produced pickle too – I need to check this out for the shop) it was conspicuous how quiet she was being.

As we ate, Marly asked us why we both wanted the job. Charlie and I glanced at each other; she looked slightly tense, I thought. I was too – was this going to be an interview after all?

'I'll go first,' Charlie said.

She was in a knee-length floral dress, her hair pinned back, and was wearing wellies, the kind with a buckle on the side. Pure class, that's what my dad would have said, but I wasn't sure – there was something about it that looked like a game of dress-up.

'I want a new start,' she said. 'I want to strip things back to the basics, and I think your amazing farm shop is such a perfect place to do that. I love that you sell local people local produce, like, we grow things, we pick them, we cook them, we eat them, it's so much more . . . *connected* than the way we live in a city.'

'You felt disconnected?' Rosie said softly. 'A little lost?'

'God, yes,' Charlie said. 'I felt like I needed to go back to the start line, you know?'

Rosie was gazing at Charlie with a total fascination that I'm not sure this conversation deserved. Was nobody aware that this was the vaguest possible answer to this question? Connectedness, fresh starts, a load of fluff about local produce that she presumably thought would chime with the two farmers sitting across from us?

'And what is it you want to do here?' Marly asked her.

She wasn't regarding Charlie with quite the same fascination.

'I want to start over and build the life that's right for *me*,' Charlie said, tucking a strand of hair behind her ear.

'What do you mean by that?' Marly asked.

'Gosh, I'm not quite sure yet,' Charlie said.

'Do you want to settle here? Long term?'

'I absolutely see a future on the island,' Charlie said, but Marly was already interrupting.

'What does that future look like, though?'

Charlie was flustered now. She stammered a bit about following dreams or something. Her eyes flicked to me, and then back to Rosie and Marly. She'd trailed right off, and for the first time since meeting her, I had a sense that we'd reached something real. This wasn't a topic she wanted to discuss.

'Marly, they're just settling in,' Rosie said gently, squeezing her wife's knee again. 'Please, don't feel you ever have to share anything with us that you're not ready to share. That's really important to us. We want to know you, of course, but we want you to show yourselves as and when you're ready.'

She pressed a hand to her heart. It was all quite intense from an employer – we're just the new shop managers, after all – and maybe Marly thought the same, because she broke the moment by shifting the conversation on to crisp flavours (I went salt and vinegar, obviously; Charlie chose ready salted, which has got to be a red flag).

'How about you, Jones?' Marly said, watching me insert crisps inside my sandwich with a nod of approval. 'What is it that you're seeking here?'

The plan is to keep myself to myself. No more friends to lose, no more relationships to screw up – just some time quietly getting sober and starting afresh. I wasn't intending to open up to anybody, least of all my new employers. But having watched Charlie bullshit her way through answering that question, I suddenly felt like telling the truth.

'I quit drinking thc day I left the mainland,' I said.

Charlie went still, watching me, a crisp held neatly between her forefinger and thumb. She looked a little shocked.

I told them that I wasn't a proper alcoholic, even as my head pounded. Even as that wolfish little voice in my head said, *In fact, why are you stopping drinking at all? Wouldn't it be lovely to have a lager with this picnic? And what would be the harm?*

'The rural way of life appealed to me as well,' I said, 'and the island life – I think it'll—'

'So, you're two days sober right now,' Marly interrupted. 'How's the withdrawal?'

'I'm fine,' I said, jamming my shaking hands between my knees. 'I assure you, it won't affect how well I can do my job.'

It probably was a bad idea to tell them about the drinking. But I think I'd needed to say it out loud. The way I need to write *day two sober* as the subject line on this email. Now I have no choice but to stick to it.

'Well, good for you, mate,' Marly said, rummaging in the bag and pulling out a large fruit tart wrapped in brown paper. 'I'm coming up to nine years.'

'Sober?' I asked, surprised.

She handed me a slice of the tart. Ginger's eyes tracked it. It was spiced apple, buttery and flaky, totally delicious.

'Yep. Stumbled on some seasonal work here while travelling the world, met Rosie, did the same as you – used moving here as a chance to start over. Rosie had not long inherited the farm, and there was so much to be done. I wanted to be the best I could be, for her.' Marly gave me a quick smile. 'It's good you told us. I appreciate that.'

When I made the decision not to go down the route of joining an alcoholic support group, it was because I was confident I could do this by myself, and I still feel that way. But today has been a fucking hard day. And it's actually quite good to know that if it gets *too* hard, someone on this island knows what that feels like.

Charlie asked Rosie about the story of the farm and how she inherited it. She was still flustered, I think. Maybe she didn't like that I'd found something to connect with Marly over – or maybe I'm being unfair. Thinking the worst of people, of situations, of anything – another bad habit I'd like to shake.

'When my parents died,' Rosie said. 'Ten years ago now.'

'Oh, I'm so sorry – of course, you don't inherit something without losing someone,' Charlie said, wincing slightly.

Rosie reached for her hand. 'It's OK,' she said. 'I can talk about them. I'd love to talk about them, actually.'

'It helps, doesn't it?' Charlie said. 'With grief? I find the more I talk . . .' Her cheeks pinked again – embarrassed at the admission, I think. 'Anyway, tell me about them – they must have been such special people to have created this incredible farm.'

Rosie explained that Bramblebay had actually been in the Nicole family for generations. Her parents had only run the farm for a few short years before their deaths in a car crash on the mainland.

Charlie said something generic – 'I'm so sorry', maybe, or 'sorry for your loss' – but the way she said it had real weight. The sorry of a person who knew that sorry would never mean enough. Whatever else Charlie is, she's someone who's lost people.

'Inheriting the farm when I was still a teenager was a *lot*,' Rosie said. 'I was so out of my depth. Sometimes I think I still am, even since meeting Marly and having her here with me to run the place. It's partly why we decided to recruit someone to manage the farm shop – it's so much more than just a place to sell our produce, but we weren't able to give it anywhere near the time and attention it needs. Imported goods cost a fortune here; locals really rely on us to sell food and products that are made on the island. The producers rely on us too.'

'No pressure,' Marly added dryly.

We were going to meet the committee of local producers on Thursday night, apparently – Rosie said they were excited to get to know us, and Charlie chirped about how great it would be to get their input on potential changes to the shop.

'Ah, it's not so much about . . . input,' Rosie said delicately.

'The local producer committee has a veto on any major changes to the shop,' Marly said. 'You'll need their approval to make any significant alterations. And any major spends need their sign-off. That's how things work here. It's a community shop, after all.'

Charlie and I exchanged a glance. Not to sound like I want to be farm shop king, but wasn't this island feudal until about five minutes ago? I'm already having to share decision-making with my female counterpart. I could do without a democratic committee with veto power.

'Wonderful!' Charlie said. I'd never heard her sound so insincere, and that was really saying something.

When the time came to leave, Marly put a hand on my arm to stop me as Rosie and Charlie headed for the tractor.

'Look, I know Rosie's got this whole thing about how you and Charlie were called here for a reason – her usual kooky stuff,' she said, with unmistakable affection. 'But this island *does* call to a certain kind of person. The fact it's got its own ways and its own government, fewer rules and restrictions . . . the fact it's pretty much a little rock in the middle of nowhere and nobody gives a damn about it . . . It appeals to a particular type, that's all I'm saying. There're a lot of people here who'll know what it feels like to want to get away and start over somewhere where life's a bit different.'

I thanked her, but she wasn't finished.

'There're a lot of people here who know what it feels like to hit rock bottom, too,' Marly said. 'Me included. OK? You need something – anything – you ask.'

Maybe it was the hangover, but my throat felt tight. She doesn't even know me. She didn't have to say that.

We began to follow Charlie and Rosie back towards the tractor through the orchard, Ginger dashing ahead of us, ears wet from the grass.

'Holds her cards close to her chest, that one,' Marly said, nodding to Charlie. 'I wonder why.'

Charlie looked like some sort of advert for Ormer right now, fingers trailing through the branches above her as she walked in her pretty flowery dress with the picnic basket tucked under her other arm. It was hard to imagine she could be up to anything genuinely nefarious. She looked too . . . bucolic.

'She's miserable, anyway,' Marly said. 'I can tell you that much.'

'Charlie? Miserable?'

I stared at the woman walking ahead of us. She looked like she might be about to break into a skip. Even her hair was perky.

'I know a wounded woman when I see one,' Marly said. 'And that girl has history. Whatever it is she's dealing with . . . it's broken her heart.'

I don't know what to make of that. It's easier to manage this woman's presence in *every* part of my new life when I can tell myself I don't need to feel bad for her. But I don't like the thought that Charlie might be miserable. And I don't like that I want to know why. Her past is none of my business, just like mine is none of hers. Right?

So long,

Charlie Jones

# 5

## *Peak District, one year earlier*

It's funny how life turns out, Charlie thought. She was not at all interested in cycling, for instance, and yet here she was at the crack of dawn (eight thirty a.m.) in a bike café in the Peak District, queueing behind two elderly men in skin-tight Lycra holding forth about wind speeds. She glanced back at her table, where Oliver and Fearne sat, both sweaty and energised from riding, and her heart warmed. She would follow those two anywhere, even if it meant a disgustingly early start and coffee that smelled faintly of bike oil.

Oliver looked particularly gorgeous – his cycling gear clung to the tight muscles of his shoulders and upper arms, and his hair was all mussed from his helmet, giving him a surferish bed-headed look. He caught her eye and gave her one of his trademark tiny smiles. Oliver could smile without really moving his face at all. He just *projected* a smile, capturing the essence in his eyes and the very slightest rise to the corners of his mouth.

It was easy to read his general expressionlessness as placidity – she had when Fearne had first introduced them – but he was actually very funny and warm. Just understated. Subtle. Charlie, who had never been described as understated, had found his calmness almost intoxicating: spending time with Oliver was like taking a warm bath or going to a yoga class. They'd been dating for three months now, and Charlie felt her brain chemistry was forever changed as a result. It was still chaos in there, but spending so much time with Oliver had made her realise how overstimulated she often was, and how much it benefited her to occasionally sit with someone in companionable silence.

'Make it a hazelnut latte!' Fearne yelled at Charlie across the café. 'No, sorry, back to gingerbread! A gingerbread mocha!'

Charlie grinned. Fearne was perhaps the reason why Charlie had never experienced much companionable silence before. She was the closest thing Charlie had to a sister – something Charlie would never have said in front of Brianna, who would definitely have taken offence. But her relationship with Bri was so complicated. And Fearne had come first: Brianna was a friend from secondary school, but Fearne had befriended Charlie when she was an odd, lonely six-year-old on the playground bench, the one everyone whispered about, even the parents. *She's adopted, you know. Did you see her crying at parents' evening? Miss Braddery says she's got 'issues'.*

Fearne was effervescent, exuberant, high on life. She swept Charlie up and loved her unconditionally, something Charlie had never experienced before and found frankly life-changing. Fearne's mind seemed to match Charlie's too – they both thought at 1.5 speed, with too many programs running at once.

As the two men in front of her in the queue spoke – just a *touch* too loudly – about carbon-fibre wheels, Charlie pulled out her phone and scrolled idly through her favourite bookmarked websites. The Isle of Ormer community page, the Isle of Ormer estate agency site, her Ormer Google Alerts . . .

'What can I get you?' the barista asked.

Charlie had become engrossed reading about plans to set up a Christmas tractor run on the island. God, how adorable.

'Two flat whites, please, and one—' She looked over her shoulder again.

'White chocolate hazelnut latte with cream on top!'

'—of those,' she said – Fearne had been loud enough for the barista to catch every word.

As she returned to the table, Charlie almost collided with a young woman in padded leggings clutching a large takeaway cup.

'Oh my goodness,' she said, stepping in front of Charlie to speak to Oliver. 'You're Oliver Brennon, right?'

Charlie watched Oliver's face cloud with embarrassment, just as Fearne's lit up with total delight.

'He *is*,' Fearne said, rocking her chair on to its back two legs and clapping her hands gleefully. 'Are you a fan?'

'I've seen you race – you're amazing,' the girl said to Oliver.

*Oh my fucking God*, Charlie mouthed at Fearne behind the girl's back, then she had to go back to biting her bottom lip to keep from laughing. As far as she was aware, this had never happened to Oliver before. He was a semi-pro downhill mountain biker, as Fearne was – that's how they'd become friends, and it was Fearne who'd introduced Oliver and Charlie – but it was not a profession that made one famous. Except in a bike café, maybe.

'Will you be competing at Downhill Dash next weekend?'

'Yeah, yeah, I'll be there,' Oliver said, rubbing his jawline awkwardly. His eyes flicked to Charlie and warmed with amusement as he clocked her jumping on the spot slightly, back to mouthing *oh my fucking God* again.

'I'll be cheering you on!' the girl said, heading off to the door with a smile.

'Maybe she'll bring pompoms!' Charlie said as she slid into her chair.

Oliver put his face in his hands as Fearne laughed uproariously.

'You're *famous*,' Fearne said. 'Oh my God – Charlie Jones, the WAG!'

'Please. Is Taylor Swift a WAG?' Charlie said.

But she was slightly thrilled by it all, actually. She knew Oliver was a total catch – of course – but sometimes she found herself comparing him to her ex more than she should have. She'd loved Berty so much, that was the trouble. They'd got together as teenagers, when she'd hardly believed that anyone, let alone the aloof, handsome Berty, wanted to take *her* out to a movie. Even after almost two decades together, Berty had never stopped being her dream guy – she'd always felt so blessed to have found him.

And then he'd left her. Walked out of their flat with a random assortment of their shared possessions shoved in the suitcase they'd taken to Barbados the summer before.

But now she was with lovely, gorgeous Oliver, so none of that mattered anyway. And if she didn't quite idolise him as she had Berty, that was probably a good thing – perhaps it wasn't healthy to love a person so much. It certainly hadn't felt healthy when Berty had left. Nobody should cry as much as she had cried; nobody should feel so agonisingly undone. Oliver was sexy and enigmatic, but less assertive and dominant than Berty had been. Berty-lite. Just what she needed.

Still, meeting one of Oliver's fans did give him an air of mystique that he might have otherwise been lacking, a little.

The barista brought their coffees to the table, smiling at Fearne's effusive thanks – nobody did gratitude more earnestly than Fearne. The three of them sipped their drinks. Oliver still looked amusingly uncomfortable. He was such a nice guy; Charlie felt bad for even thinking of him as in any way *less* than Berty. She gave him an extra warm smile over her coffee cup; his eyes crinkled back at her.

'We should get these for the shop,' Fearne said, pointing at the set of vintage cycling jerseys hanging beside the TV currently playing old highlights from the Tour de France.

'This is why I'm on decor,' Charlie said, examining the garishly coloured T-shirts. 'And also why there is a Pinterest board. Neon does not say *Vintage, Please*, Fearne.'

'Does it not?' Fearne pouted, unoffended.

She was not *always* the perfect business partner – absent much of the time for training and racing, uninterested in details, questionable taste – but the two of them had dreamed of opening a vintage clothing shop together since they were at school, and Charlie felt lucky every time she unlocked the door of *Vintage, Please*. She felt lucky all the time, really. Except occasionally at 3 a.m. when the insomnia was bad and the worst thoughts crept in, and she'd find herself thinking, *you're still not good enough, are you, Charlie? Will you ever be?*

'Oh, you're obsessing over your island again!' Fearne said – she'd just shamelessly unlocked Charlie's phone, seemingly in order to check the weather forecast. 'A tractor run. Adorbs. Shall we go see it this Christmas?'

'No!' Charlie said, a little too loudly. 'No,' she repeated, in a more measured sort of way. She focused on Oliver – Fearne was not difficult to distract, thankfully, and this ought to do it. 'You look *so* uncomfortable with your life of fame,' she said to him, leaning over to press a kiss to his cheek. He reached for her, pulling her on to his lap and burying his face in her neck.

'You delight in my embarrassment,' he said, voice muffled.

Fearne grinned, instantly sidetracked. 'Don't worry, Oliver, one bouncy blonde does not a fan club make.'

'It's a good thing!' Charlie said, giggling as she extricated herself and returned to her seat. 'It means your profile is rising.'

'I don't want my profile to rise,' Oliver said, hands still linked with hers. He twisted several of her rings between his fingers, sobering a little. 'I just want to ride bikes. Really fast. And win races.'

'What for?' Charlie asked.

Fearne and Oliver seemed surprised by the question. She gave a small shrug. She'd always assumed Oliver's competitiveness was at least in part a desire for fame and glory – why else did winning matter?

'Because it's *fun*,' Fearne said, just as Oliver said, 'Because it makes me feel alive.'

There was another silence. Charlie could have guessed Fearne's response to her question – Fearne's brain was an easy read for Charlie, like curling up with a comfort book. Oliver's was a surprise, though. He clocked their expressions and gave a rueful laugh.

'Sorry,' he said. 'Was that melodramatic?'

'A *bit*,' said Fearne.

'Were you waiting for "The Wind Beneath My Wings" to kick in?' he said, returning to his usual poker face.

'Kind of,' Charlie said, relaxing slightly as they settled back into their normal rhythm. 'If you're going to say things like "it makes me feel alive" then you need to work on your delivery.'

'Yeah, it was nowhere near grand enough – "alive" needed caps lock, a distant stare, some gesticulating at the very *least*,' Fearne said, twisting in her seat. 'Did we not order cakes?'

'You didn't say you wanted cake,' Charlie pointed out, already knowing this was not going to matter.

'Millionaire shortbread!' Fearne yelled as she headed to the till.

Oliver and Charlie watched her go.

'She's going to come back with something else,' Charlie said.

'Oh, I know.' Oliver gave Charlie a little, secret smile. 'Hi,' he said. 'Thanks for coming today.'

'Of course!'

They kept smiling at each other for a while, Charlie's wide and goofy, Oliver's small and smouldering. He really was gorgeous. And *hers*.

'You look cute in the mornings,' Oliver said.

'No I don't,' she said. 'I look headachy and cross. It's not my fault, it's just how my face wakes up. I've tried a silk pillow, but there's nothing doing.'

'Muffins!' Fearne said, plopping back into her chair and plonking a large tray of baked goods in the middle of the table. 'I got every kind. Even the oaty one. Though I don't want that one. Looks bird foody. Oh my God, Oliver, what's that you're wearing?'

Oliver blinked at her with the patience of a man who had been friends with Fearne long enough to expect this sort of treatment.

'Oh, it's an air of celebrity!' Fearne said, with a cackle.

Charlie grinned into her coffee cup, good mood blooming. Screw 3 a.m. Charlie – these two glorious humans were surely all she would ever need. Who was she to long for more?

The next weekend, Charlie was hauling spare bike wheels into the boot of her car and examining her face idly in the window of her downstairs neighbour's flat. Mornings definitely didn't suit her.

'Best girlfriend ever,' Oliver said, kissing her on the cheek as he passed her his bag. 'First prize. Every time.'

Charlie glowed. Oliver had never learned to drive, and since they'd got together, she had taken charge of ferrying him to competitions across the country. Oliver competed at a higher level than Fearne – he had a sponsorship deal now with an energy drink company, and talked about giving up temping in pubs and going full-time – so there were quite a few of these races, but Charlie didn't mind. She tended to stay in the car, watching the set-up through the window. She would bring a Thermos of her special coffee from home, and a library book, with its fingerprinted, laminated cover, the serrated edges digging into her palms.

'Did you get any sleep last night?' Oliver asked as they settled into the car.

She shook her head, starting the engine. 'Some,' she said. 'It was all right.'

Charlie's sleeping patterns had been a major point of conflict with Berty. During her spells of insomnia, she would feel almost stiflingly claustrophobic, lying there still as a corpse with her eyes wide open. But if she allowed herself to roam, she'd wake him, and he'd huff about it. Oliver was so chilled out, in contrast – he'd just head back to his place if she was struggling to sleep. He made everything easy.

'You binge-watch *Grey's Anatomy* again?' he asked, with one of his tiny smiles.

'Absolutely,' Charlie said, though actually she couldn't even remember what she had watched – sleepless nights tended to turn blurry the next day. 'I'm basically a doctor now.'

She reached for her Thermos, then glanced down, fumbling fingers unable to find it in the drinks holder.

'Charlie!'

Her head whipped back to the road just in time to catch a white car in the lane beside her indicating – she was in their blind spot. She braked hard, eyes flying to the rear-view mirror. The white car switched lanes, the driver holding up a hand in apology for not clocking her sooner.

'Oh my God,' Charlie breathed, pressing a hand to her chest. Her heart had already been thundering – now she could feel its beat right down to her toes on the pedals.

Oliver let out a trembling breath. 'Are you OK?'

'Yeah, I'm fine, no biggie.'

He said nothing. She glanced at him.

'What?' she said.

'That was quite a close shave,' he said carefully, after a moment.

'Not my fault, though.'

'No, but I just . . . I've been wanting to talk to you for a little while about . . . You're not always that careful? With yourself, I mean.'

'Careful with myself? What does that even mean?'

'Like yesterday, on the stairs at my place . . .'

Charlie frowned, bewildered. Oh, yes, she'd tripped – but she'd always been clumsy. They joked about it: she was the classic rom-com heroine, destined to stumble into some charming man's lap or spill her drink down the back of his shirt.

'And you trapped your finger in the door, too? Last week. The tiredness doesn't help, but I do wonder if we need to talk about it,' Oliver said. 'The – the accidents. Your concentration always seems to be—'

'Interrupted by my boyfriend? This is our junction, please just let me get in lane.'

Oliver went quiet, startled into silence, perhaps. She'd snapped more than she'd meant to, but Oliver had never talked to her like this before, and it was making her hot and panicked. She could feel an argument brewing – they never argued, and it felt even nastier for being new.

Charlie drove with aggressive care, indicating loudly and early, checking her mirrors as though she was on her driving test. Then she stopped doing that, because it felt odd, and actually made it a lot harder to drive. What did her trapping her finger have to do with someone pulling into her lane unexpectedly? She simmered resentfully as the satnav's voice filled the car.

'I'm sorry,' Oliver said, a little wretchedly. He didn't like conflict either. 'I really didn't want to upset you, just to say that you seem quite distractible at the moment, and—'

'I am not distractible!'

In fact, when Charlie set her sights on something, *nothing* distracted her. She'd been this way with the shop. For months, all she had talked about was retail costings, rent prices, Pinterest boards of decor inspiration. She'd driven everyone mad with it, even Fearne. The trouble was, her fixations didn't usually quite reach completion, which then made the whole business seem less like focused productivity and more like whimsy. She loved to plan, but actual *execution* was so much harder.

'I mean distractible like . . . struggling to concentrate,' Oliver said. 'I'm not trying to be critical, honestly, Charlie, you know I think you're amazing. I'm just trying to say I'm a bit worried about you.' He took a deep breath, turning to look at her properly. 'I wonder if you should go to the doctor.'

'The *doctor*? What would I say, my boyfriend thinks I'm pathologically scatty?'

'I'd say you're sleeping worse than when we first got together, and you're forgetful, less coordinated . . .'

'I'm just tired! And I've always had patches of bad sleep when things are stressful, you know this.'

'What if it's a brain thing?'

'What brain thing?' Charlie said, eyes wide. 'Being a busy woman, that brain thing?'

'No, like . . . a tumour.'

'What?' Charlie said, with an incredulous laugh. 'Where is

this coming from? I'm *fine*. If there was something wrong with me, don't you think I'd want to fix it?'

'I don't know. You're not really a thinking-about-the-future kind of girl,' he said, voice soft, as though the sentence already held the apology he knew would need to follow it.

Charlie blinked in shock. Is that how he saw her? Nobody, surely, could live in the moment less than Charlie Jones. She thought constantly of the family she wanted; she built and rebuilt her future a thousand times a day. Why did he think she had those Google Alerts set about the Isle of Ormer? Why did he think she talked so much about her childhood, how unloved she had felt, the cruelty in how her adoptive parents had handled the death of her birth parents? Her eyes pricked with tears. She had not had to explain these things to Berty. He had known her for so long, and so deeply. It was exhausting trying to start a life over with someone new – like finding yourself logged out of everything, with no clue to your passwords.

'Believe me, Oliver,' she said, voice sharp now, 'if anything threatened the future I want for myself, I wouldn't hesitate to deal with it.'

# 6

*Monday 11th August 2025*

My brain is a great big squished-up mess of information about yields, ciders, grains, cow poo (very important, apparently). Am full of hope and excitement.

Not because of the cow poo. (Did I need to write that?) It's because now that I'm here, in this wonderful wild place, actually starting a family my way seems possible. Sure, it's not exactly the way I used to dream it would happen, and, yes, being here on the island will probably make the fertility treatment appointments (they're in Guernsey) a little bit more of a faff . . . but Brianna was right: the opportunity was so perfect, and it just had to be here. It had to be different. After denying what I want for so long, this feels so right.

And oh, I want it. But the feeling's different now that I've made the decision to do it alone. The panic has gone. I always said I wouldn't let anything get in the way of the life I want, but I wasn't being honest with myself about what that life was, that was the problem – and now I am. No more secretly, quietly longing for something I don't have. I'm going out and getting it. For myself, by myself.

Won't take any steps now until the job's confirmed – probably sensible. Don't fancy managing the fertility drug injections while squashed into a one-bed with someone else, for starters. Plus I want a support network in place before my baby comes along, and right now my new life involves – kind of by definition – absolutely zero people I know. But it's obvious everyone looks out for each other here, just like I hoped. Saw someone fixing up a neighbour's cart this morning, and Rog has already offered to help us brighten up the garden at the stables ('this looks shit', he said, when he dropped a few imported groceries around for us, 'you want some bedding plants?'). There's even a sign Sellotaped to the wall in the farm shop that reads, 'We help each other out here on the Isle of Ormer. If you need a hand, but you're not sure who to ask, call the Ormer Neighbourhood Deputy who will put you in touch with a friendly face'.

A friendly face! Back home you'd have to really look like you were going to buy something if you wanted to get one of those from anyone.

Life's simpler here, and it's beautiful – so much better than it looks online. The towering cliffs, the little moon-shaped sandy bays, the island tracks dappled tortoiseshell under the trees . . . It feels as though there's more light and shade here – more colour. It would be the most magical place to raise a child.

However. Raising a child on my own will mean I really need a steady income and somewhere to live, ideally minus large grumpy co-worker in walk-in wardrobe. Which means working with Jones to a) Turn Bramblebay Farm Shop into sufficiently profitable business to sustain two managers and b) Figure out how to get the stables to myself asap. Having accommodation as part of the job – with space for a nursery – was a huge part of the appeal, and cannot raise baby with alternative, burlier Charlie Jones occupying (considerably more than) half the space. (He's a natural manspreader. Even his towels manspread across the bathroom floor.)

Back soon – off to meet our staff!

The permanent* staff.

*Apparently 'loads of other people help out now and then'. Presumably we pay these people, but nobody has mentioned how this works, or if any records are kept. Note: legalities of this??

Rog: Yes, Rog the tractor driver, postal worker, island gardener. Seems that on the Isle of Ormer, one does not simply do one job. One either does half a job (see: Charlie Joneses) or all the jobs (see: Rog, and everyone else). Apparently he helps out with cleaning and DIY at the shop.

Galoshes: Think her name is actually Sally, but nobody would confirm this. Pink hair, pink glasses, lots of pink. Aged about sixty-five. Works as full-time shop assistant, very morose, said 'but that's not how we do things' three times in initial meeting. Am flagging as potential pain in the arse.

Red: Friendly tour guide from the harbour. Early twenties, at a guess? Part-time shop assistant – helps out at 'busy times', which nobody could define and apparently cannot be planned for. Strikes me as someone who has been through tough times but nonetheless remains resolute in her opinion that humans are great. Current fave.

Toby: Nineteen years old. Full-time shop assistant, sweet, mumbly, with prawn-like posture. Almost invisible behind hair carefully gelled to cover most of his face. It's a lovely face and I felt an immediate maternal desire to tell him so, but repressed it – inappropriate. Need to have a baby soon or am at risk of aggressively mothering anyone under the age of twenty.

Not a bad bunch. But vibes were weird. Toby not looking at anybody, Galoshes glaring at me a lot, Rog spending half the meeting taking calls about gardening jobs, Jones and I tussling to take charge of the conversation . . . It did not scream 'well-honed team'. Am putting staff issues top of the farm shop to-do list. Well, maybe not top. Top is probably 'create sign for farm shop so people actually know it's there'. But then it's figuring out the issues between all the team members.

Now I'm thinking about it, there is a lot to put on the farm shop to-do list. Had hoped this job would be idyllic escape, but am starting to feel a bit stressed. What if I can't do it? What if I get it all wrong, and make the place even worse, and then I lose my job and, worse, everyone here thinks I'm the dickhead who turned up and ruined everything?

I won't get a second fresh start. Really can't screw this up.

Just a reminder to self: no sad thoughts, no sad thoughts, no sad thoughts. Blank slate! New life! Starting over, la la la! I shall expand and grow like the apples in the orchard. Have started a Pinterest board for the farm shop and it's filled with gorgeous autumnal delight. This will cheer me up.

All right, had a little cry. That's fine, that's allowed. Can't just repress feelings through sheer force of will – that way lies traumatising your future children with your emotional inadequacy. Very Boomer. Must avoid.

Oh, God, this is all quite hard, isn't it? Jones is back now – went to speak to the owners of a boujee rental in Little Ormer (other end of the island) who were away over the weekend, but even they don't have any availability until October, so it seems the accommodation problem remains. We're about to sit down at the kitchen table for summit on this topic. Would very much like this place to myself, but imagine he feels the same way. Whatever the reason for this bizarre mix-up, there's only one dream new life available, and we're both trying to fit into it. Things are getting bloody cramped.

Both played it very 'I'm a mature, sensible adult' for the summit. Cordially sat down at table with cups of camomile tea. (New me is a camomile tea person. Jones grimaced with every single sip, so not sure he's on board. It was a bit dusty. Maybe more local honey next time, though not sure how much more would actually dissolve in there.)

Discussed the fact that sleeping arrangements from last few nights are not ideal. We have agreed to work together, but I do not want to live with this man, and he does not want to live with me.

'Yeah, no, absolutely not,' he said.

There was a real tone to it.

'Though obviously I'm an excellent housemate,' I said.

He snorted.

'At least I don't leave towels on the bathroom floor,' I said.

'No, you just don't turn on the extractor fan, or put anything in the dishwasher.'

Confrontational, unfriendly silence.

Tried again.

'Look, I don't want a housemate. I want to settle down.'

Felt him looking at me curiously over his mug at that, so I got up to put things in the dishwasher (loudly and pointedly).

'On your own?'

'Sorry?' I said, without turning.

'It's just, normally when people say they want to settle down, they want to settle down together. With someone.'

'Yes, well, there is no someone any more. I'll be settling down on my own.'

'Ah,' he said, his voice a little softer now. 'Yeah. I think that's what I'll end up doing, too.'

Bristled slightly at this – wasn't saying I have 'ended up' alone. This is what I've chosen. Also, no way this man will end up alone. He's a bit messed up and complicated, undoubtedly, but what's a murky past and a bit of alcoholism when you're an attractive man in your thirties? He'd clean up on the apps.

Anyway. His relationship status is not my business. Whatever his deal is, he needs to be dealing with it out of my walk-in wardrobe.

'But the job had accommodation included,' he said. 'Ultimately, the stables . . . This place is part of the deal. For me.'

'Or me.'

Unmistakable rise in tension.

'Not you. But yeah.'

'It could be me.'

'It's not you. You know it's not you.'

'I am actually very confident the job wasn't offered to you,' I countered, slamming a bowl into the top rack of the dishwasher, 'but let's not get into this, shall we? We've agreed to share.'

'Yeah,' he said, a little darkly for my liking.

On my glare, he added, 'You can't be that confident the job isn't mine, or you'd have made a play to have it all to yourself. But you didn't. You agreed to share.'

'I'm not a risk-taker,' I said. Is that strictly true? Not sure, actually. 'And there was a lot at stake. So I compromised. Besides, you did the same.'

'Like you say,' he said steadily, 'there was a lot at stake. It's a prepackaged ready-made new life, isn't it? And somewhere so epic.' He waved a hand out at the island glimmering beyond the kitchen windows.

Felt a little unsettled by how much he got it. Am often unsettled by Jones. He's just . . . distracting. Find myself feeling jittery around him.

'Well then. We both want the same thing. We just need to sort the sleeping situation,' I said.

'We do.'

'There's nowhere else available.'

'No.'

Silence. Stalemate.

'This is getting us nowhere. I'm going to go shower,' he said.

Felt like I should say, you can't, it's my shower, but didn't. And now he's in there, using up all the hot water. Am even more hyper aware of him than normal, knowing he's showering just on the other side of that door.

Things are prickly. Worryingly so. Our alliance is precarious. Without it, there's the risk he'll try to oust me and keep the stables and the job for himself, and I'm not in a strong position here. I don't know that he didn't get the job fair and square. If he starts kicking up trouble with Rosie and Marly, it might be curtains for me, and the very thought of having to head back to the mainland . . .

Not an option. Ugh, I'm crying again! Am doing so much better, am genuinely happier than I have been in so long, but I'm feeling so much stuff. Sad! Guilty! Ashamed! Joyful! Maybe now I've finally started being honest with myself about how I feel, I can't bloody stop? It's so annoying – how can I leave the past behind when it keeps sneaking up on me like this? Just want to be Charlie, the Charlie I'm finding here, and mustn't let this business with Jones get in the way.

But also have nowhere else to stay.

We're stuck. Am going to ring Rosie. Marly is quite straight-talking, no bullshit – Jones's sort of person. Think I'll click better with Rosie, who believes things happen for a reason, an idea that basically got me here.

Very positive conversation with Rosie. She was quite sympathetic to our plight – think she considers the Charlies mix-up to be her fault, which it might be, to be honest. She is lovely but absolutely radiates benevolent incompetence, and I have no other workable theories for how the hell this has happened, aside from Jones being some sort of scheming liar, but if he is one, he does a very good job of pretending not to be.

Anyway, we're getting a door put on the walk-in wardrobe.

'A door,' Jones said, when we reconvened at the farm shop later.

The plan was for us to give the place a deep clean after closing. I'd turned up in dungarees and rubber gloves; felt irrationally irritated to find him in the same clothes he'd been in for the staff meeting earlier. Jeans, plaid shirt. Just made me feel like he wasn't taking any of this stuff seriously.

He stared at me across the shop floor with those shadowy grey-blue eyes. This man does not mind a bit of eye contact.

'And as soon as there's a spare room at the B&B, one of us will get first dibs,' I continued, setting to work on the shop windowsills. Outside the darkening sky was flecked with silver drizzle. 'Do you want to scrub the front door?'

'I thought I'd fix up the roof first. Is anyone moving on from the B&B soon?'

'Well, no,' I admitted. It was immensely satisfying to discover a lovely Cotswold Green colour under the grubbiness covering the paintwork. 'Rosie said nobody plans to leave any time soon. But she said it's all very casual, and people do come and go a bit . . .'

'Right. Great. So for now, we're getting a door.'

'Look, I don't want to share with you either. I'm trying to be positive.'

'Yes,' Jones said, and there was that tone again. 'I can tell.'

He headed out of the shop door, leaving it open behind him. His tendency to walk out mid conversation was also extremely irritating.

'Are we done, then, or . . . '

'No?' he said, from outside. 'I'm just getting the ladder.'

I scrubbed harder and raised my voice so he could still hear me.

'You know, if the living situation bothers you and you want to leave, you're really welcome to.'

'Am I?' he drawled. 'Thanks.'

Heard him clanking around outside with the ladder. I peered out of the window I was cleaning. He was carrying a fresh sheet of corrugated iron. Where the hell did he get that from? And when? He's barely left my sight for the last three days.

'If the walk-in wardrobe doesn't suit you, I mean,' I pushed. 'You don't have to stay.'

He paused at the window, looking in at me through the rain-stained glass.

'Who says I'm getting the wardrobe? Why do you get the bedroom?'

This was just how we'd done things so far. When he'd turned up at ten p.m. I'd already set up in the bedroom, and we'd made him a bed from sofa cushions in the wardrobe, then he'd stayed there again on nights two and three . . .

'I'd like the bedroom,' he said. 'We should flip for it.'

Met his steady eyes through the glass. He has crow's feet that suggest he liked to laugh once, though I've barely seen him crack a smile since we got here.

We *could* flip for the bedroom. But then, I thought, I might lose. There had to be a better way.

'Here we are again, with the risk-avoidance, hmm,' he said, moving away again. 'Would you rather alternate?'

I mulled it over.

'Each of us gets one week in the bedroom, one week in the wardrobe, on and off,' he continued. 'We could make the wardrobe more habitable, I imagine. A single bed, take out the shelving to create more floor space . . .'

He was up the ladder now. I heard a soft grunt as he shifted the corrugated iron. After a moment, I leaned forward to get a look through the window, my cheek almost pressed to the glass.

'Are you wearing a toolbelt?' I asked, slightly shocked.

'Uh-huh.'

'Where and when did you get that?'

'It's Rog's.'

'Right, but . . .' I trailed off. It was good that he was fixing the roof. I do not know how to fix a roof. But as annoying as it had been when he'd rocked up seemingly unprepared for a deep clean, it was actually more annoying that he was now doing something extremely useful involving tools and . . . <u>skills</u>.

Skills I very much do not have.

Also, the jeans and plaid shirt were <u>so</u> much hotter with the toolbelt addition.

'I'm open to alternating,' I said in a raised voice, trying to get back on topic as he banged around on the roof above me. 'We could add some plants, some soft lighting . . . It could work in the short term.'

'Good. We're getting somewhere.'

He climbed down the ladder again and wandered off, presumably to pick up some more accessories from whatever Mary Poppins bag he was getting all this shit from. By the time he returned – with a box of nails, of course – I'd done the front two windows and the barn door.

'Nice work,' he said, raising his eyebrows slightly as he stepped into the shop again. He lifted his gaze from the door frame to me. Bam, eye contact.

Felt flustered. Everything Jones says and does is kind of

*intense*, I think that's what I've been trying to put my finger on. And with him around *all* the time, it gets a bit stressful. Even the way he talks has an intensity to it – his voice is low and soft, like someone who might read you a bedtime audiobook. The sort of voice that makes you do a lovely little shiver.

We kept working for the next hour or two, mopping the floor three times over and clearing the rubbish around the barn. We didn't talk much, but I always knew exactly where he was. We'd had our first argument, reached our first agreement, and now we were officially working together. There was an air of 'keep your friends close, keep your enemies closer' about the whole thing.

As the sky turned navy outside the windows, I thought about what I wanted from my life here: this unique place, this supportive community, this prepackaged fresh start, as Jones called it. I didn't have to lose any of it because of this man. He didn't *have* to be the enemy.

Turned to look at him after a good twenty minutes of mopping in total silence. 'Shall we just go to the pub for a drink?'

He stared at me, full bin bag in one hand, brush in the other. Realisation dawned.

'Oh, God, sorry, not the pub,' I said, cheeks going hot. 'Sorry!'

'You can say pub in front of me,' Jones said, with slight amusement. 'I'm not operating under the illusion that pubs don't exist.'

'No, but . . . Sorry. Why don't we go for a walk or something?'

'You want to go for a walk with me?' He held my gaze, his own unreadable.

'I want to have a conversation with you where we're not all . . . snippy. I want to chat.'

'Chat.'

'Yes! Like you did with Rosie and Marly. Why not? We need to work together now, don't we? Shouldn't we try to get along?'

At last, he looked away from me. Felt my shoulders drop slightly, as though he'd physically let me go.

'I'm not here to make friends,' he said, hefting the bin bag over his shoulder.

'Oh, I'm sorry, are we on The Bachelor?' I pretended to peer out at the empty fields.

'It's nothing personal. But I don't want to chat. Or walk. Or pub. I just want to keep myself to myself.'

'But . . . we're managing the farm shop together. We live together. We don't even have a door between our bedrooms, currently,' I said, baffled. 'I'm really not sure how you're going to do that.'

'Me neither,' he said, slipping a hammer into his toolbelt and heading back inside. 'But for now, I think we should just try to pretend we each have the stables and the shop to ourselves.'

So . . . that's what we did. We kept cleaning – separately – until it got too dark to work, and then I announced I was going home, and he headed back too, walking along the track behind me. We weren't close enough to be walking together, but we definitely weren't far enough apart to be not together, either. And neither of us said a word.

Every time I glanced over my shoulder, he'd look away, fixing his gaze on the skyline. I tried to do the same, and act like there wasn't a bigger, maler, grumpier Charlie Jones on my tail, but even when I picked up the pace to drop him, he kept sneaking into my brain anyway. I'd alternate between rageful made-up conversations with him ('if you think freezing me out will make me go back to the mainland, you've got another think coming, mister!') and accidentally dwelling on the sight of him with the toolbelt strapped around his hips. Isn't it annoying when someone is hotter than they deserve to be?

There was a moment when we got back to the stables, though – hardly avoidable, really, unless I'd slammed the door in his face on my way in. He murmured a low 'thank you' as he moved on through to get himself a glass of water. First time he'd spoken to me in hours.

I stayed in the entrance as he braced himself at the kitchen sink, knocking back a whole glassful, back muscles bunched beneath that plaid shirt. He met my eyes as he turned to place the glass above the dishwasher. Clink.

He swiped the pad of his thumb across his bottom lip, and a tiny shiver moved through me.

Jones takes up more space than he has a right to. More air, more attention, more of everything. When he's a few steps away, it feels like he's closer, and when he's close, he might as well be in my head. This island is tiny and this house is tiny and he seems to fill every corner of it.

Anyway, now I'm writing in the kitchen while he's in the walk-in wardrobe. Am trying to act as though I'm here on my own, like he said. But I can hear him moving around. Can hear the low swish of him pulling his jumper off over his head, the slight sigh as he settles back on the bed, the quiet tap of his keys on his laptop keyboard.

How the hell am I meant to pretend this man isn't here when it feels like he's bloody everywhere?

# 7

**New Message**
**From: Charlie Jones**
**To: Charlie Jones**
**Subject: Day seven sober**

We now have a door on the walk-in wardrobe. It's astonishing how little difference it makes to my awareness of Charlie's presence on the other side of it.

Anyway, this isn't what I sat down to write about. Tonight, we met the committee. Local producers with a mandate to 'help steer and inform' the running of the Bramblebay Farm Shop. And, I discovered later, *also* the running of the post office, the ferry service and the island itself. If there is a committee, these twenty people are on it. In fact, they even make up Ormer's government. All democratically elected, but since there are twenty-two roles and only twenty people stood for election, I'm not sure how relevant that is.

I'll try to paint a picture of the meeting.

'My chocolate boxes need to be at the till,' was how Karyn introduced herself to me.

'Oh, hi, you're the chocolatier?' Charlie said. 'I tried your truffles, they're incredible!'

Karyn ignored her. 'And don't think we don't know that Toby's mum's bread gets front-of-store placement because her son works at the shop. It's favouritism. Nepotism.'

'Fascism, I'd go so far as to say,' Doc Laurry said solemnly, with an almost imperceptible twinkle in his eye. The island GP, he was there because the rare and obscure herbs he grows in the cottage garden outside Ormer's medical centre are sold at the shop, but also, I suspect, because he enjoys the entertainment.

He'd brought biscuits – shortbreads studded with homegrown lilac blossom and basil. I expected people to give them a wide berth, as the flavour was a bit experimental, but it seemed the committee was familiar with Doc Laurry's baking. They were all gone before I had a chance to try one.

Everyone was also drinking Gamede cider, pressed and bottled at the pub from Bramblebay apples. This was more troubling than the lack of biscuits. I don't even like cider, but the condensation beading on the bottles was enough to make my mouth water. That wolfish voice said, *Come on, it's basically juice, and you're so tense – you'll be much more relaxed for this meeting if you just have a drink.*

It's surprised me how hard this week has been. I didn't expect to want a drink *this* much, or maybe I'd not expected the desire to be quite so . . . devious. The voice sounds just like my rational voice, and always has such good reasons why one drink would be fine. I thought after seven days sober I'd feel *more* confident that I can do this, but I'd say I actually just feel humbled, and a little scared.

Charlie shot the doctor an amused look before returning her attention to the rest of the committee. We'd cleared a space in the middle of the shop, piling the vegetable crates around us to create enough room for a central trestle table and a chair for everyone, though of course we'd miscounted, which had caused some drama eventually resulting in Charlie and me roaming around chairless between the cabbages and leeks, trying to give the impression we were running the meeting while Galoshes used a parsnip as an impromptu gavel.

Charlie raised her voice over a dispute about the ratio of milk bottles to home-made pies in the fridges, trying to gather everyone's attention. She suggested going around and introducing ourselves.

'We all know each other,' Galoshes said. 'And we know who you two are, too. Now, on to the bike parking. We need more of it. Lots more of it.'

'Hear hear,' said a man who I suspect runs the island bike rental shop.

'But *we* don't know who *you* are,' Charlie said, a little louder.

'You'll figure it out,' Galoshes said. 'There aren't many people on this island. I think we can all agree we should drop the mustard from the condiments.'

'Just because Bill's not here—' someone began, but Charlie was talking again.

'I have an agenda,' she said. 'I'd really appreciate if we could stick to it. And I'd like you each to introduce yourselves.'

'No offence,' Galoshes began. She struck me as a 'no offence' type of woman. A 'someone has to say it' sort of woman. 'But we do things the Ormer way at these meetings and we're not about to change that just because you're here for a bit.'

'Here for a bit?' Charlie said.

She looked at me. I shrugged. I'd vote for letting this play out. It would be interesting to know how these meetings usually operated anyway, and, if I'm totally honest, concentrating on not wanting a cider was taking quite a lot of my bandwidth. Charlie rolled her eyes at me, and I felt a twinge of guilt for not chipping in, but my fresh start is meant to be about focusing on me. I'm not here to help Charlie out.

In the end, it was Doc Laurry who stepped in.

'Let's show the Charlies an Ormer welcome, now,' he said, with warm but unmistakable authority.

'What, get 'em to walk behind Baptiste's horse when he's let her have apples?' someone said, to a chorus of titters.

'Not *that* kind of Ormer welcome. Let's all introduce ourselves and remember that the island needs new blood, and the Nicoles need help. Rosie's parents asked me to look out for that girl and look out for her I shall. So, hello. I'm Doc Laurry. Island GP, Deputy for Health and Emergency Services, herbalist, experimental baker.'

He looked pointedly at the woman beside him, who was short, apple-cheeked and wearing a large suede cowboy hat.

'Kim,' she said gruffly. 'Sheep farmer over on Patchwork Farm, Little Ormer, over the ridge. Deputy for Education, Environment, Agriculture and Sea Fisheries. I supply sheep's cheese, at the moment, and the wool for Galoshes' knitwear.'

Karyn the chocolatier came next, with a nervous glance at Galoshes. Then Gintaras the basket-weaver introduced himself, then Jerry the milkman – the island's sole constable, and Deputy for Law Enforcement – and then *another* Karen, this one possibly more hostile than the first, and around it went, every government role more impressive-sounding than the last. I belatedly realised I should really have written these down.

Charlie began handing out agendas as the last few committee members introduced themselves. Galoshes wouldn't even take hers. Charlie blinked down at her in astonishment, and then eventually placed the sheet of paper very deliberately beside Galoshes' parsnip gavel.

'Ooh, deliveries to islanders!' someone said, reading from the agenda. 'I like that idea.'

'That's ridiculous,' Galoshes snapped. 'Rog is run off his feet as it is, delivering the imported stuff.'

Charlie suggested that someone other than Rog could do our deliveries. The room fell silent. Everyone regarded Charlie with horror. Galoshes slowly removed her pink-framed glasses and placed them on top of Charlie's agenda.

'Look. Don't take this the wrong way, but you're still an outsider here – you don't know how things work. Trust is earned on Ormer. We don't just hand it out to strangers, *particularly* ones who don't *necessarily* deserve to be here.'

A glance was exchanged with Karyn. (Or maybe Karen.) Then they all looked at me.

'Sorry?' I said, feeling I might have missed something.

'We're on your side,' Galoshes said, at a volume that might possibly have been intended as a whisper, if I was being really generous.

Charlie was turning red. I tried very hard not to feel sorry for her, I really did. Walls up, don't look directly at her, think about something else.

Deciding not to care about other people is not as easy as I thought it would be.

'It isn't a competition. We're hoping to get the shop to a point where both of us will be able to stay on,' I said.

'Only one of you deserves the job, though, really. Rosie only meant to offer it to one person,' Galoshes said.

'What makes you so sure that person was Jones, and not me?' Charlie said, in her cheeriest tone. She was breathing a bit too fast; the papers in her hands were trembling.

'Well.' Galoshes pursed her lips. 'Only one of you turned up looking like you'd been through the wringer, with half a bush in your hair. Not very professional, was it?'

I winced. 'Hang on, Galoshes, that's—'

'How do you know about that?' Charlie interrupted, now beet red.

Galoshes looked at her with genuine pity. 'You've never lived somewhere like this before, have you?'

Thankfully, at this point, before Galoshes could make Charlie cry, a pig walked in.

'Oh my God,' Charlie said. 'Is that a pig?'

Everyone looked quite interested. They peered over their glasses, shifted their chairs to get a good vantage point, made remarks like 'oh, it's one of Baptiste's, I think!' Only Charlie and I seemed to find this situation shocking – even the pig was pretty nonchalant about it.

It was . . . big. We had a dog growing up, a German Shepherd. A big dog. This pig was bigger, and a dirty off-pink colour with brown spots; it had wiry hair all over its body and looked like a barrel of pure muscle.

This was an absolute bruiser of a pig.

'I'm not sure it *is* one of Baptiste's, you know,' observed the woman who supplied mushrooms. 'I'd say that's one of Rosie's new ones.'

Everyone agreed that a fence must be down at Pipit Spinney, whatever that meant. Having surveyed us all for a few moments, the pig was heading for the hessian potato sacks pushed to the edge of the shop to make room for the committee meet-up. It snuffled and grunted, its trotters click-clacking on the flagstones.

To my shame, Charlie moved fastest.

'Hey!' she said, waving her hands at the pig. 'Not that way!'

The pig must have weighed a good three times as much as Charlie. She looked tiny in the face of it, despite her height. I started to feel a bit uneasy. Pigs can be dangerous, can't they?

'This way,' I tried. 'Come this way, pig.'

I was not in the headspace for this.

'Here, pig! Here, pig!'

Some of the committee members were openly laughing at us now. The pig was ignoring us and snuffling at a sack of potatoes. I felt a rising tide of panic. Rosie and Marly were not going to trust us with their shop if a roaming pig ate all their stock, were they? And Charlie was getting so close to it. I didn't like it.

She was typing away on her phone. I wanted to tell her to either move away or at least *look* at the massive animal she was trying to coax out of a tight corner, but instead settled for asking her what she was doing.

'Googling,' she said.

The committee members were now roaring with laughter.

'We need to stay calm and quiet,' Charlie read, and then shot the committee a surprisingly venomous look. The pig had obviously flustered some of the pretence out of her.

'Then we need to— Hey! No!'

She hauled up a sack of potatoes and dragged it away from the pig, who just followed the bag – and Charlie. It was starting to huff, and its feet were getting skittery on the flagstones.

'You're stressing it out,' called Gintaras the basket-weaver. 'That's not good for pigs.'

'*It's* stressing *me* out!' Charlie said. 'Co-manager, would you like to co-manage this situation with me, perhaps?'

I asked Charlie what Google said, grabbing some vulnerable cabbages from a crate and shifting them to a higher shelf. I also suggested she might want to step back a bit more, which she ignored.

'I'm on the Pork Information Gateway,' she said, glancing back and forth between her phone and the pig currently following her around the farm shop as she walked backwards, now dragging the potato sack. 'It says we need witch's capes. Or . . . sorting boards. What are these things?'

'You've not got 'em,' said Kim the sheep farmer. 'Which is all that matters right now, I reckon.'

The farm shop was starting to feel very small, with the pig advancing on Charlie, the vegetables, and the gaggle of motley local producers. I was sweating and unfocused. I want to believe this was because of the stressful pig situation, but honestly, I was still feeling rough. I was a lot better than I had been at the start of the week, but with all those bottles of cider sitting open on the table . . .

'Maybe just . . . lure it back to the field that way?' I said to Charlie. 'But from further away? Maybe? Step back a bit?'

'You want me to walk backwards with a bag of potatoes and a pig coming at me, all the way to a random field?' Charlie said, wide-eyed, and then, before I could answer, 'That's quite a good idea.'

The pig began to toss its head, losing its focus on the sack of potatoes and careening into a tower of crates. Apples cascaded everywhere. The pig really didn't like that. The mood shifted; even the committee members started to look a little perturbed.

I offered to take the potato sack and switch places with Charlie, but she insisted – quite irritably, I thought – that she could handle it.

And then the pig ran at her.

I moved before I was even aware I was moving. It wasn't smooth or heroic – I stumbled over chairs, tripped between legs and root vegetables. But I got to her just in time, and threw her flat against the barn wall.

I wrapped myself around her, putting my back to the pig, bracing myself for impact. Charlie shrieked. She was trembling in my arms, her thick, dark hair in my face, her elbow rammed into my stomach.

But impact never came. I was not impaled from behind by a stressed pig. I was just pressing a beautiful woman against a wall, my arm braced above her head, for no reason at all.

This is weird to write about. But I said I'd write about everything. And this was definitely something.

Charlie looked up at me, breathless, her hair a mess, and her expression wasn't a carefully contrived smile or a bright blank look, it was bare and open. Her eyes said, *I can't believe you helped me.*

Or something like that. I don't know. But there was a complexity of emotion beneath the panic in her expression that I related to so deeply, I felt it somewhere in my gut. I looked into her eyes and saw someone who knew that bad things happen, and had gone a very long time without anybody standing in her corner.

Charlie looks beautiful when she's faking a smile, but she looks even more beautiful when she's not faking anything. And she was pressed against me, each breath of hers moving me too – that's how close we were. Body to body, hot skin beneath rumpled clothes.

Up until this point, I'd ignored the fact of Charlie's body altogether. Even when she was wandering through the kitchen in a towel or painting her toenails bare-legged on the sofa. Even when she was getting changed into her pyjamas on the other side of a door and I could hear the slow swish of silk moving over her skin.

Or, OK, I'd *mostly* ignored it.

But with the adrenaline, and her hot breath on my collarbone, and the bare, almost curious look on her face, that suddenly became completely impossible.

Anyway, someone shouted bravo around about then, and everyone started clapping, which snapped me right out of it. I turned to look over my shoulder. The pig, inexplicably, was gone.

'Went out that way,' Kim said, pointing helpfully to the only door.

Charlie shifted a little underneath me and I pulled back instantly, embarrassed that I hadn't moved sooner. She was still breathing heavily, and her pupils were dilated. She touched the back of her head – I had done my best to soften the blow, but it had definitely hit the wall as I had shoved her out of harm's way.

She asked me if I was OK.

'Me? What? I'm fine. Are *you* OK?'

She lifted a hand to my forehead and frowned. 'You're hot.'

I stepped back. 'I'm fine.'

It came out too gruffly. She started a bit, like I'd jolted her. Someone – Karyn, maybe – said I was a hero, and everyone agreed, and lots of people patted me on the back. I watched as Charlie rearranged her expression into a perfectly calm smile.

'So sorry for the disturbance to our first committee night – but at least we made it memorable!' Charlie said to everyone. 'I think we'd better call it a night. I'll shoot over to the farmhouse and let Marly and Rosie know about the roaming pig, and Jones the local hero will head off in pursuit of it, see if he can make sure the poor thing doesn't get lost.'

I snorted with laughter, though I couldn't tell quite how barbed the *local hero* comment was – was she teasing, or pissed off?

'Feel free to help yourself to more ciders if you want to stay a while and keep chatting. They're on the—'

'Shelf over there,' I said, before she could say *on the house*. 'You all know where the till is.'

Our eyes met. Her lips curved in a slow smile, and I had a feeling that was a real one. A thank you for being on her team. Teasing, then.

I need to be careful. It'll help if she keeps the act up – the fake smiles, the cheeriness. I've never gone for fakery. I just need to forget the emotion I saw in her eyes as I pressed her to the wall. I need to forget the brief grin on her face when she said *actually, that's quite a good idea*, like deep down she's a woman who thrives under pressure. Like there's a lot more to her than it seems.

I can just about handle a beautiful woman intruding on my new life. But a beautiful, *interesting* woman would be very, very bad news.

CJ

# 8

## *London, eleven months earlier*

Jones was uncomfortable, which meant he was at the bar. Stuart had gone home, despite it being *his* birthday party – work emergency – but had urged Jones to stay and 'mingle', and, with no excuse to leave, he felt obliged to do as he was told. Without a glass in his hand, he kept finding himself running his thumb across the bare skin at the base of his ring finger. Each time he felt the absence of his wedding band, something seemed to trip in his chest.

'Oh my God, am I invisible?' said the woman beside him.

He looked at her. Her hair was an extraordinary shade of luminous ginger; she was wearing the scrubs the characters on actual *Scrubs* wore, pale blue and ill-fitting. She looked vaguely familiar, but he couldn't quite place her – perhaps he'd met her at one of Stuart's things before. Either way, she definitely was not invisible.

'I've been here for twenty minutes. Five eighteen-year-olds in crop tops have come and gone with their drinks. Is this the universe giving official notice that I'm past it?' she asked.

She wasn't actually looking at Jones, and he wasn't sure if he was supposed to respond. Surely the answer was obvious, anyway – she didn't look much older than thirty.

'Hey, what can I get you?' one of the bartenders asked Jones.

'Please don't do this to me,' the woman said to the bartender, who looked understandably confused.

'I think she was first,' Jones said, tilting his head her way.

For the first time, she turned her gaze on him. His stomach bottomed out. She was the classy, grown-up sort of beautiful that belonged in teacher–student fantasies. Arched brows, quick eyes, a long, elegant neck.

It was the strangest feeling to look at her and *notice*. He had been a married man for so long. It was just habit now to *not* notice a beautiful woman, or rather to notice in the way one might notice an interestingly shaped cloud or a trailer for a new programme on one of the few remaining streaming services you'd not caved and signed up to. *Huh, that's nice*, was his default reaction to a woman like this.

But he was single now. Wasn't that why he was at this party? Single, alone, and – according to his friends – far too mopey about it. He was supposed to put himself out there. That was the *idea*.

'Or I could buy your drink,' Jones said, inadvertently cutting across whatever she was beginning to say. 'Sorry. Go on.'

She tilted her head to the side, smiling slowly. 'He's a gentleman *and* he apologises.' She turned to the bartender. 'Please can I have a large glass of house white and whatever this polite, observant man would like?'

'Oh, no,' Jones said, slightly horrified. He was pretty hazy on how dating went these days, but he was definitely meant to buy *her* a drink. 'I should pay.'

'Don't disappoint me now,' the woman said. 'Chivalry's dead, didn't you know?'

'I didn't,' Jones said. 'Do I still pull back your chair when we head over to a table?'

She looked surprised, and then faintly delighted. He was quite surprised himself. Who knew he still had a bit of flirtation left in him?

'You do not,' the woman said. 'Nor do you walk on the road side, open my car door or carry my bag up the stairs to your flat. You *do*, however, make the first move once we're inside.'

She flashed him a grin that made him hot all over.

'I'm Aspen,' she said. 'And I don't like wasting my time. Do you want to take me home?'

She was the perfect rebound. Sexy, bold, hilarious – every day he spent with her left him faintly breathless.

She was a midwife, working with the community team, so was called out to home births at all hours of the day and night. This only added to the whirlwind of life with her – if she was on call, she might spend twenty-four hours stretched across his bed like a lazy ginger cat, or she might answer her phone while he was still inside her, and hop off with a quick 'sorry!', already reaching for her car keys. It was completely discombobulating. Jones loved it.

The relationship crept up on him, though. He felt instinctively that it was just a casual thing – he never took her out on dates or introduced her to his parents or close friends. They just spent their days and nights together sometimes, doing whatever they did, and having sex in between. It was only when he received a text from Aspen saying *Don't forget toilet roll!* that he wondered if this easy, companionable way of life was actually a committed relationship. When he thought about it, he did spend at least four or five nights a week with Aspen. They ran errands together, had toothbrushes at each other's flats, ate together often – he was pretty much a vegetarian now, thanks to her influence. He knew a lot about her job; she knew all the various dramas at the bar where he worked too.

He brought it up one night over takeaway ramen, once he'd had enough beer to make himself brave. They were chatting about Aspen's friend having a baby at her birthing centre – she showed him a picture of the happy couple with their daughter, recounting the numerous inconvenient places the father had fainted during the labour.

'I can't imagine being a dad right now,' Jones said. 'I'd probably faint too. Listen, can I ask you something?'

'Of course.' She put down her phone.

'Am I your boyfriend?' he said, a little more abruptly than he'd intended.

Aspen looked up at him through her eyelashes. 'Do you like the idea of me sleeping with other guys?'

'No,' he said, quite honestly.

'Do you want to sleep with other women?'

'Where would I get the energy from?'

She grinned. 'Then it looks like you're in a relationship with me, yes.' She twisted her noodles around her fork. 'How does that make you feel?'

There was a slight tension to the question. She knew, of course, about his ex-wife, and though he had shared hardly any details, he suspected Aspen was also aware of quite how utterly the break-up had overturned his life. It was hard to spend any time with Jones and *not* notice this. He had 'formerly married' written all over him, from the clothes he wore to the tragically small collection of plates in his bachelor pad's cupboards.

'Good,' he said, after some thought.

She laughed. 'Your straightforwardness is extremely sexy, do you know that?'

'I've definitely not been told that before,' he said, and then winced at himself – it was a thoughtless reference to his ex. Why did he *do* that? He knew Aspen didn't like it, and he wouldn't either, in her shoes.

Her smile did drop a little. 'I really appreciate it,' she said, after a moment. 'The straightforwardness.' She glanced at her phone, which had flashed up with a new message. Not work, though, not someone going into labour – she put it back down again, but her expression remained distracted.

'All OK?' Jones asked.

'Yes! Yes, sorry – you have my undivided attention,' she said, refocusing on him.

He felt it, too – Aspen could really bathe you in her spotlight when she wanted to, one of those people who made you feel like you *mattered*. But the beam faltered, and her eyes weren't quite as warm as usual.

'Sorry,' she said, picking the phone up again. 'It's my sister. The baby's still so little, and she's having a bit of a hard time, do you mind if I . . .'

'Of course,' he said.

She squeezed his shoulder and let her hand linger there as she moved away from the table. The contact made his skin tingle. He'd got so lucky with her – she was caring and thoughtful as well as fun and sexy. 'What genie lamp did you rub to land that one?' his mate from the bar had asked the week before, and he'd laughed, but she *did* seem almost too good to be true.

A month or so later, Jones noticed to his surprise that life with Aspen was still rolling along very smoothly. In fact, he was feeling quite – dare he say it – *happy*.

He was meeting Aspen at an auction event for a perinatal mental health charity she was involved with, hosted at a community space down the road from the hospital. He was late – held up at the bar, some drunk arsehole had smashed up a toilet cistern – and walked in to the event expecting to find it packed with minglers. But it was sparse, and too bright; lots of polished pine on show and zero ambience. His eyes found Aspen within seconds in the thin crowd, her red hair glowing, her elegant neck holding a rather stubbornly raised chin.

He headed to the bar for a beer before going over to her – she was talking to someone grey-haired and important-looking anyway. As he waited for his drink, there it was: a quiet bumblebee hum of contentment in his belly. Strange. It hadn't even been a particularly good day. Why was he feeling so cheerful?

'Hey,' he said to Aspen, when she'd made her polite excuses and he could steal her away for a kiss. 'This is great.'

'Don't lie,' she said, with spirit. 'It's shit.'

He barked a laugh. 'It's not shit. It's just too big a space and the lighting's not right.'

'No amount of ambient lighting is going to make anyone give a crap about women's healthcare,' Aspen said, knocking back her drink and stalking towards the bar. 'Nobody *cares*.

Women are half of people! More than half! I was just chatting to someone whose research is on endometriosis and it was so depressing – she's going to have to change tack because she just can't get funding.'

Jones gestured to the bartender to get Aspen another drink, wondering whether he should confess that he didn't know what endometriosis was. He rarely engaged with this sort of charitable thing, not because he didn't care, but because he found it near-excruciating to expose himself to the raw inadequacy of humanity when he could do so little about it. He'd flail, make huge donations he couldn't afford, feel uselessly miserable. As it was, he was already planning to bid much more than he should on a cruise holiday this evening, having read a traumatic birth story pinned up by the bar. Why was the world so bitterly cruel?

'I'm sorry,' he said instead. 'I'd be furious all the time if I was a woman.'

Aspen looked at him in surprise, and then laughed.

'I kind of am, actually,' she said, looping her arm through his.

'Are you?' he said, grabbing their drinks with a thank you to the bartender. 'You're always so positive.'

'I suppose I just repress it. Don't worry, society taught me how from a very young age.'

'Oh, good?'

She laughed again as they made their way beneath a sign that read *If it takes a village . . . why do we expect women to do so much of it alone?*

It had taken Jones a while to get used to how little looking-after Aspen required. He was a nurturer at heart – or had been told so – and was actually slightly thrown at how often Aspen just got on and sorted things herself, whether it was managing her leaking fridge or her family dramas. Walking in here, seeing the empty hall and that set to her jaw, he'd thought, *She needs me*. He'd got himself a cold beer and headed over in full confidence he could turn this evening around for her, already tasting what that would feel like. But she seemed to have lifted her own spirits.

'You're something special, you know that?' he told her, pressing a kiss to the fiery crown of her head, but the happy hum in his belly was quieter now, and he couldn't help wishing that he'd had the chance to *do* something for her. He'd liked feeling purposeful for a minute. Much of the time, honestly, he wondered why Aspen bothered keeping him around.

Jones was not the sort of person who wanted to explore his own psyche; he wasn't at all comfortable with spiritual thinking, or philosophical questions like *Who am I?* and *What am I feeling?* He felt a little afraid of such things, actually – deep down he suspected that if he began to dig, he might uncover more than he'd bargained for. Hardly surprising, then, that what he thought he wanted from Aspen wasn't what he needed at all.

When her father died, quite suddenly, she went from needing him very little to needing him an awful lot. They had been together for four months, and were still spending most nights together – Jones's flat was closer to the birthing centre, so it often made sense for Aspen to crash there. Jones had, by this point, got to know Aspen's argumentative, tight-knit family, but her father Alisdair lived in America, so they'd never met.

Her mother came to her flat to impart the news in person;

Bridget was already wracked with sobs when Aspen answered the door, despite the fact that she had divorced Aspen's father almost two decades ago and had described him at the last family dinner as 'too up his own arse to find his feet', a phrase that Jones had puzzled over for much of dessert. Alisdair's primary crime, it seemed, was earning no money while married to Bridget, and then earning a lot once he left her. He was an artist, 'discovered' by a music producer in the late 2010s and propelled from pennilessness into the LA creative scene.

'What a loss!' Bridget was wailing, doubled over on the sofa, the sleeves of her fluorescent pink dress draping to the carpet. 'Oh, what a great loss!'

'Mum, please, I can't . . .' Aspen paced back and forth, white with shock.

'We've lost such a great man!' Bridget cried. 'How will I cope?'

Jones watched Aspen's shoulders stiffen. There was a look on her face he'd only ever glimpsed before – not sadness, he'd seen her saddened plenty of times, but something sharper and rawer. She caught him looking at her across the living room and her expression shifted; she began to cry. He went to her and held her. But he thought of that initial expression again, later. He had a sense, sometimes, that Aspen wore a mask with him – with everyone, perhaps. He didn't know what to make of that except that it was disconcerting.

Alisdair had died of a heart attack, brought on by 'hard living', Bridget said, from which Jones had inferred that the LA creative scene had had something to do with it. Aspen seemed to have had no sense of her dad living 'hard' at all; to her, he was the sweet, artistic father who had steered her through a childhood with the exhausting Bridget, and could do no wrong, despite walking out on them. 'He waited until I was at university,' she'd said to Jones when the divorce had come up. 'He always thought of us first.'

Aspen coached her mother through the early throes of grief, despite her own devastation. Jones had noticed that Aspen's mother seemed to lean on her more than he thought normal, though he had a stilted, stereotypically British relationship with his own parents, so this whole situation was quite odd to him. His mother would *never* have shown up on his doorstep in tears, not even if his dad had died.

Jones found those days after Alisdair's death hard – he didn't know quite how to behave. Things still felt so new with Aspen; *I'll see how it goes*, he'd say to himself whenever he thought about a future for them, but this all seemed so serious, and suddenly he was The Boyfriend, the person who would need to hold her up while she held up her mother. And he *wanted* to be – of course he wanted to help her. But he was ashamed to find himself missing those easy, sexy, early days. He thought he'd wanted Aspen to need him, to lean on him, but now that she *was* relying on him, he found himself feeling a little . . . panicked.

She was behaving differently, too. She was snappy, and much less predictable; sometimes she'd suddenly jump down his throat about something, then the next moment she'd be in his arms again, telling him she loved him. Jones had the sense that life was speeding ahead no matter how often he jabbed at the 'stop' button. He was stressed at work – the bar was performing badly, its owners getting antsy and talking of closing – and his flat seemed to have become an entirely shared space. He'd hardly noticed it when Aspen had been cool and self-sufficient, but now he saw that they were pretty much living together. This was definitely not the moment to discuss that, though, so he held her every night and nodded as she'd say *thank God I've got you* or *I'm so glad we met*, ignoring the uneasy sensation worming through him.

She was so vulnerable now; she loved him, relied on him. Jones couldn't walk away from someone who needed him – it had been agony the first time, and he felt sure that doing it again would break him.

# 9

*Friday 15th August 2025*

The pig thing. If I could draw the facepalm emoji, I would.

Not ideal, was it? The committee sipping their drinks and watching me dash about. The shame of it all. How desperately I longed for them to like me, how incredibly vital that felt.

Ugh. Thought writing this down would help but it's giving me flashbacks. I'm having . . . the nasty feeling. The stifling sickening get-me-out-of-this-body feeling. If I could peel myself away and escape from my own brain I'd do it. I want to disappear.

I hate this. And I hate it more because I was never like this before, was I? Definitely got panicky occasionally, but it used to make me better – it pushed me to work harder, take extra precautions. Anything to avoid feeling this way.

But now when the feeling comes, it takes over. I'm not me, I'm just this. A twitching, whining, frightened animal running scared.

How am I ever going to be a mother when I'm such a child?

Monday 18th August 2025

Been a few days. I'm doing better.

It always passes, that's the thing to remember.

Hope Jones didn't notice me falling apart.

Just reflecting back on The Night of the Pig.

Went straight from the shop to Marly and Rosie's farmhouse to fill them in. It's one of those beautiful rambly houses, all nooks and extra bits, nothing quite matching. The higgledy slate roof is dotted with dormers and Velux windows. Rosie was just letting Ginger out of the ornate old wooden door as I reached the front garden.

'Hey, Charlie, are you OK?'

She stretched a concerned hand out to cup my cheek as Ginger greeted me, tail a blur. Rosie's a toucher, and I love it – I miss being touched. She seems wise beyond her years, or at least considerably wiser than me.

Told her about the pig, and she listened patiently, nodding along.

'OK. We can sort the pig,' Rosie said calmly. 'What else is wrong?'

'What? Oh, nothing else,' I said, as the panic beat through me. 'I'm fine!'

She tilted her head. Ginger sat down firmly on my foot, as if to say, 'you're going nowhere'.

'Really, I'm fine!'

'OK.' She smiled. 'Well, when you're ready to talk about whatever it is – about anything – I'm here. Just in case you needed to hear that.'

Had to look down at Ginger because my eyes were suddenly full of tears. It's hard, isn't it, when someone is nice to you in a moment when it would be totally impossible to be nice to yourself?

'Why don't you come in?' Rosie said after a moment. 'Here, Ginger – come away, give the woman some space. I was just about to head out to get movie-night snacks for Red and a couple of the other B&Bers, but they can wait, if you want a cup of tea.'

I hesitated as Ginger dashed back inside. Would love to get to know Rosie a little better. And the B&B looked so inviting behind her, with a cosy rug on the hall floor and a dark-blue Aga just visible in the kitchen beyond. But when I have this want-to-disappear feeling, doing something like sitting trapped in someone's kitchen for the duration of a cup of tea, trying to act like I'm not absolutely steeped in fear and self-loathing, is kind of impossible. Particularly if the person is perceptive. I'm good at pretending to be fine, but Rosie has already proven herself to be dangerously skilled at reading me.

'I'd absolutely love to, but can we rain check?' I said. 'I think I just need to get home and shower. I'm kind of . . . piggy.'

'Well, if you're sure . . . Before you go, can I borrow your phone?' Rosie asked. 'Marly's out, but she'll round up the pig if I can get hold of her. Mine's inside somewhere.'

This was said with characteristically dreamy vagueness. Rosie does give the impression of being a person who misplaces things. Passed her mine, and she fumbled around with it for so long that I laughed.

'You want me to show you how to call someone? Wow, you've ended up in the real depths of my apps there, shall I . . .'

'Sorry! I'm useless.'

'You're lovely,' I told her, and she smiled at me.

'Please do come around for that tea some time, Charlie.'

Her expression was almost wistful. Assured her we'd have tea soon and headed back to the stables, trying to figure out whether that exchange had made me feel more or less miserable. Rosie and Marly are so inquisitive. I want a friendly island community, but ideally the kind of friendly that isn't especially interested in the life I had before I got here. Incurious friendly.

The sort of friendly that still allows me to keep my secrets.

Just came home after a slow shift at the farm shop and found Jones making coffee and a bacon sandwich. He didn't offer me one – not that I'd have said yes, but still. Our wary truce felt more fragile than ever. Since the pig event, I've been squirrelling myself away in the small bedroom, barely meeting his eyes when we've crossed paths, and definitely haven't done my fair share of the cleaning and cooking. Have been telling myself I'm only doing what he wanted – he said keep to ourselves, didn't he?

'Have you managed to explore the island much yet?' he asked as he rifled through the cupboards for the ketchup. He looks good from behind. Something about the muscular shoulders and narrow waist combo. From the front you notice the scowl and the biceps, and maybe overlook the fact that his build's actually quite athletic.

'You've not been getting out and about much,' he continued.

I stopped checking him out.

'I went for a run this morning,' I said, irritated.

'That's where you went first thing?'

'Oh, so you did know I'd gone out.'

'It's hard not to notice you. Here, I mean – with the two of us practically on top of each other.'

My brain, immediately: remember what it felt like when Jones was looking down at you, arm braced above your head, hips against yours, pinning you to the wall?

. . . because, yes, there may be a secondary reason I've been avoiding Jones. It's hard enough to act normal with another person when I'm having one of these phases, but add in the fact that said person has seen me swoon in their arms as they saved me from a rampaging pig? It would be too much for anybody, no?

'You stuck to the main tracks on the island, right?' Jones asked, turning to face me. He seemed to have no issues looking at me post pig incident. He was still doing his intense eye contact thing, trying to hook me in whenever I risked a glance his way. 'As in, the paths where the horses and carts go?'

Implication being that I've only explored about as far as the visiting tourists. This rankled, maybe because it's true – I haven't ventured as far into the wildness of the island as I might have. Want to say it's because I'm so busy with the farm shop, which I am, but if I'm honest, it's also because I'm nervous of going further afield.

I do love it here. But all the things I love are also the parts that scare me a bit. The wildness, the lack of, you know, health-and-safety stuff. Take Windward Ridge, for example.

It's this absolutely stunning isthmus (just googled this word, what an absurd collection of consonants) that connects Little Ormer and Great Ormer, with a narrow path running all the way along the ridge. The land drops off on either side, falling away from you into two sandy beaches far below. Like a walkway through the sky. Stunning – genuinely breathtaking. And there's a set of steps cut into the rock, all the way from the top of the ridge down to the sea. It looks like an incredible place to swim – the water's almost turquoise where it touches the sand.

But the steps are literally just . . . steps. No handrail. No sign saying, maybe watch your footing a bit because you're miles above the ground on a very steep downhill staircase. And it makes me feel nervous.

Which is very much not the attitude I was shooting for when I turned up here, determined to start life over. To find my brave again. To be the woman I want the mother of my future child to be.

'I'm planning to go hiking soon,' I said. This was true, in the sense that right then I had just made this plan. My week is ridiculously busy, though, packed with cleaning, stocktake and restructuring the shop layout – I panicked slightly. Really don't have time to start hiking. 'Next Monday, maybe. When the shop's next closed.'

'Great idea,' Jones said, taking a bite of his sandwich. 'Tackling Pook Rock, perhaps?'

I had no idea where that was. How did he suddenly know the island better than me? We've only been here for ten days.

Was alarmed to notice that even though Jones was irritating me, I was no longer able to use this to help me overlook his attractiveness. Even eating a bacon sandwich looked good on him. Found myself gazing at his forearms, his hands, his mouth. Has the barn-wall moment addled my brain?

'Absolutely,' I said. 'That's top of my list. How's your . . .' I couldn't think of the right word for it. 'Recovery? Going?'

'I'm fine,' he said. Bit short – embarrassed, maybe. 'And you?'

'Yep! I'm fine too.'

'Great.'

We clattered about the kitchen in silence.

'Good that we're both fine,' Jones said.

'Yep.'

He sighed. He looked as though he was deliberating.

'Are you OK?' he asked eventually, putting his sandwich down on the plate.

'I just said—'

'Charlie, I don't want to get involved in your life, at all, but your hands are shaking so much you're spilling water down your arm.'

Put down the glass of water I just poured and knotted my hands behind my back. Didn't think he'd notice the shaking. It's just a stress thing that plays up when my sleep is bad.

'You seem a bit . . . anxious,' he said. 'Are you? Anxious? In general, I mean?'

'What? Like, do I have anxiety? Oh, no, I'm a bit highly strung, that's all. Probably haven't eaten enough.'

Actually do find it super hard to eat when I'm in one of these phases – generally just exist on juice and teas for a while.

'You know, it's OK if you found that whole situation with the committee tough. They were kind of . . . arseholes to you.'

The corner of his mouth lifted in a small, sympathetic smile. I could feel tears coming on again, and then I started to go red, because crying in front of this man would be intolerably humiliating, so my face decided to blush, because that was better, and then I just had to leave, because of all the stuff going on in the face department, and then said something like, 'Oh I'm fine, thanks though, nothing I can't handle!'

Even though it would have been obvious to absolutely anybody, let alone my unsettlingly intuitive life-double, that I am not handling this well at all.

Fled to the bedroom. And now here I am, googling Pouque Rock (not Pook Rock, apparently), just to bloody spite him. Which is me all over, isn't it? What was it Brianna said when we first talked about the idea of me coming here? 'Have you ever in your life done something because you wanted to, and not because you thought it would impress someone else?'

Wednesday 20th August 2025

Dramatic morning at the shop. Had a biscuit-related showdown. More soon.

Got there early this morning to finish repainting external window frames. Found Jones already doing it – had wondered where he'd headed off to so early, after scattering his coffee grounds across our kitchen counter. Could've had a lie-in if he'd told me he was doing the windows today. Swallowed back a grumpy comment to this effect when I spotted that Red was also here, sitting on the counter inside, eating a pot of chocolate ice cream.

'I paid for it!' she told me when I came in, hastily swallowing her mouthful. Her blue-streaked curls were scraped back, and she was fresh-faced and dewy, with a blob of chocolate ice cream melting on her nose. Of course Red had paid for her ice cream. She strikes me as the sort of person incapable of deviousness.

'You know you don't need to be here for another –' I checked the time on my phone – 'two hours, right?'

'Rosie's getting a mural painted on the wall at the farmhouse,' she said, wiping her nose. 'Something that commemorates the Nicole family history. Toby's painting it.'

'Oh, he's an artist?'

She nodded, eyes briefly lighting up. 'He's really good.'

'Wow, who knew! And you're therefore here avoiding Toby because . . .'

She froze, caught out. 'No, I didn't mean that! I was just hungry. For ice cream.'

As predicted, she was an abysmal liar. She wiped her hands on her board shorts.

'Let's get started! I can help you with stuff, since I'm here,' she said. 'My dad's a builder, I'm great at DIY if you want to redo the shelves like you said the other day?'

She might be bad at lying, but she was good at distracting me. Have used this trick a few times myself over the years, but nonetheless, it worked.

'Ooh, really? I want to rearrange that whole wall.' I pointed. 'Fewer shelves, and wider ones, so that we can really showcase the— What? You hate it?'

Red was pulling a face.

'Sorry! Sorry. I don't hate it, but Galoshes will,' Red said, dropping her voice slightly. 'She said the other day that she'll see stock reduced "over her dead body".'

'I did not know anyone could care so much about dried goods.'

Red laughed, and then immediately looked repentant.

'Galoshes is kind of scary, isn't she?' Red said, dropping her voice even further.

'No,' I said, even though I literally lay awake last night thinking exactly this. 'All right, we'll leave the shelves for now – I want to create a little cake stand area by the till, start selling coffee and some of Doc Laurry's amazing biscuits.'

'Absolutely not,' came Galoshes' voice from behind me. 'We are <u>not</u> a café.'

Red's face froze as she stared at Galoshes over my shoulder. I turned slowly. Galoshes was dressed all in black bar her pink glasses, and was wearing a truly formidable expression.

She <u>is</u> scary.

'Lots of farm shops double up as—'

'It's a no,' Galoshes said. 'And that's that.'

'You can't actually decide that.' Was trying to sound confident but was already starting to sweat.

'You think the committee will vote for what you want? Nothing happens on this island without my say-so, Miss Charlie Jones, and the sooner you learn that, the better.'

She turned on her heel and walked out. Don't even know why she walked in. It was still almost two hours until anyone's shift started.

'I think she's probably right about that,' Jones said through one of the barn windows.

Had almost forgotten he was here, still painting the woodwork outside. Could've piped up when it would actually have been useful, couldn't he? Felt hot and embarrassed. Wished he'd not seen all that.

'I didn't realise managing the shop was a spectator sport,' I said to him.

He raised his eyebrows enquiringly.

'You could've helped instead of just watching me.'

'Oh, because you would have loved me to barge in and manage that situation for you.'

He was leaning his forearms on the window, infuriatingly nonchalant, a smear of paint on his neck.

Having a co-manager was a lot less useful than I'd expected. He just distracted me, did the things I wanted to do before I did, or did things I didn't want doing at all. I'd shown him my updated profit-and-loss calculations yesterday and he'd said, 'Yeah, these match mine', even though he'd not even told me he was going over the accounts. And it had taken me ages.

Folded my arms and looked at him through the window, taking a deep breath and reminding myself to play nice.

'I'll go tidy the space where you guys wanted to put those new picnic benches,' Red said, scuttling towards the barn door as the tension thickened.

'You're right, actually,' I said to Jones once she'd left. 'I do prefer you just spectating. You can stay out there and keep your thoughts on how I manage Galoshes to yourself.'

OK, so, not my best playing nice. But nobody else was around to see, so felt safe to let a little snark out.

'I didn't say anything about how you manage Galoshes.'

Grabbed the broom and started sweeping the floor – just

needed to do something, really. Jones stayed where he was, leaning on the windowsill.

'Not walking off mid conversation this time?' I shot at him.

'I thought you told me to stay out here and spectate.'

Glanced at him as I attacked the shop floor with my broom. There was amusement on his face now. He leaned his chin on one hand, waiting for a comeback I didn't have.

Fine, I thought. You want to watch? Then watch.

I leaned the broom against the potato sacks and shrugged out of my jumper. Underneath I was in a tight cami and low-rise jeans, the ones that cling to my hips. My skin prickled as I turned my back on him again. I wasn't cold. It was the brazenness of it, I think. Ostensibly there was nothing wrong with what I'd done – nothing indecent about what I was wearing, and it wasn't exactly seductive, was it, sweeping the floor?

But it didn't feel like that. It felt like I was saying, 'I know you're watching me, waiting for me to put a foot wrong. So look at me, then. Look at me on my terms. Look at me the way I keep finding myself looking at you.'

Jones said nothing, but he didn't move away, either. My skin seemed to fizz. Suddenly every move I made felt deliciously deliberate. I've played to the male gaze plenty of times in my life – sucked myself in, hitched myself up, been the beautiful thing a guy wants to see. This wasn't that. It was about where the power lay, I think, and my intention.

There's something in the way Jones looks at me. That intensity I've been trying to find a name for. It's as if he really sees me, instead of just looking – and he's calling bullshit every time he meets my eyes.

It's unnerving. It puts me on edge. But it's kind of thrilling, too.

So I was playing, I think, when I shrugged out of my jumper. This time I wasn't going to duck away or dodge his gaze, I was going to make it mine.

There was no sound but the sweeping of the broom. Heard him breathe in, just once, when I bent to shift a couple of crates. An unsteady two-part inhale that went right to the core of me. My heart thumped, but still I didn't give him my attention. I just held his.

He didn't move off until Red came back in, chattering about the plans for the picnic benches, and the spell seemed to break. She didn't react at all to the sight of me, which reminded me how ordinary it was to be sweeping the floor in old jeans and a strappy top.

Crazy, really, because for a moment there, I felt the sexiest I've felt in a very long time.

# 10

**New Message**
**From: Charlie Jones**
**To: Charlie Jones**
**Subject: Day thirteen sober**

I don't know if I'm strong enough to do this.

I'm inside the Isle of Ormer pub, The Pirate's Den. I've got a lime and soda and my laptop.

I underestimated how challenging this would be. It's the *sound*, that warm pub hubbub. And the smell . . . lager sourness, the hint of old woodsmoke . . . fuck, it's genuinely agonising resisting the urge to buy a drink. When did I get this bad? How did it happen? I thought these emails were a weird idea to start with, but right now typing this out is pretty much the only reason I'm not at the bar.

The pub door just swung open. The fresh air was a relief. The breeze here smells different from the breeze on the mainland – a hint of the sea, maybe, a kind of sharp, bright cleanness. Writing stuff down all the time is changing how I see the world – I'm always looking for words for things these days.

I should leave. But where would I go? I came to the pub because I didn't want to be at the stables. Charlie's there, and we had this strange intense . . . moment, I guess, at the shop earlier, and now our constant proximity feels more unmanageable than ever.

The truth is, as much as I try to give her space, if she's there I just seem to drift in her direction, as though there's a constant current running her way.

I know way more than I should, too. I know she's been struggling lately. I'm pretty sure she had a panic attack the night of the pig. Yes, we have a door between our bedrooms now, but it's not a very good one. They're still essentially interconnecting rooms, and when somebody is struggling to breathe, you can definitely hear it. I'd stood by the door, hand raised to knock, for an embarrassingly long time.

She's made it so clear she doesn't want my help. I really understand that feeling. But . . . sometimes a person *does* need a bit of help, even if they don't want it.

Should I be doing more for her? Pushing harder, asking more questions? Was I right to walk out of there tonight and leave her on her own even when I knew she was having a hard time?

I guess I'm having difficulty figuring out where the line is between being a hermit and just being a dick, you know?

CJ

**New Message**
**From: Charlie Jones**
**To: Charlie Jones**
**Subject: Day thirteen sober (cont.)**

Home now. I didn't have a drink. I did have a slightly surprising evening, though.

Part of the reason I wanted this job so badly was the remoteness. The isolation. Five hundred people, I thought. That's hardly any. A farm on a place like that, it'll be beautiful – and there'll be no shortage of solitude.

But I got that bit wrong. It turns out I'm actually *never* alone here. Someone is always about, whether it's Rog in his cart, or Marly half-visible behind whatever she's carrying – a huge stack of crates, a tower of loaves, and, once, an actual sheep – or one of the committee members advising me on how to do my job, expertise unknown.

Tonight, at the pub, it was Red, wearing a Pirate's Den T-shirt and carrying a tray of beers.

'You need to get out of this pub,' she said cheerfully, distributing the drinks amongst the tourists on the next table.

I questioned this, obviously – was she kicking me out? Then her eyes flicked to the pub door, held open by a guy waiting for his friend. I followed Red's gaze just as Charlie turned her head away, too late to hide the fact she'd been looking at me through the door.

I got up and moved past Red. It was more of a relief than I'd like to admit when I stepped outside. Charlie was in running gear, and jogging away down the Rue, her heels kicking up dust.

'So you've told everyone, then?' I called down the track.

She slowed, then swivelled to look at me.

'Excuse me?'

'That I'm an alcoholic.'

I think that was the first time I've said that word out loud. It tasted wrong in my mouth. I wanted to take it back immediately.

She smoothed her ponytail, walking back to me. 'Actually, I've told nobody, though you did tell Rosie and Marly, and this is the sort of place where news *really* travels, so I doubt it's still a secret.'

'And what did you think getting me kicked out of the one pub on this island would achieve, exactly?'

Her cheeks were pink. 'You think I got you kicked out of the pub? You think that's why I'm here?'

'What, it's a coincidence I spot you outside the pub just when Red tells me I have to leave?'

'Yes, I think on this tiny island with about five walkable roads it *is* a coincidence that you spotted me outside the pub.'

'You were looking at me,' I said. 'When I looked out.'

She blustered for a moment, then said, 'OK, yeah, I was looking at you. I spotted you as I ran by and I thought, oh no, Jones is in the pub. I wonder if he's having a drink.'

'I really don't need you to look out for me.'

'I wasn't looking out for you. I was looking *at* you.'

She flushed the instant she realised what she'd said. I thought of the moment this morning, in the shop. I keep going over and over it. I don't even know how to write what happened, because it was nothing – we were having a bit of an argument, she turned away from me, ignored me and got on with cleaning. That was it.

But it wasn't it. Something in the *way* she turned, the way she shrugged off her jumper, the way she moved her body . . . She'd known I was staring. She'd liked it.

I'd liked it.

If Charlie and I are so determined to ignore each other, then why do we keep catching each other looking?

'I wasn't interfering, I wasn't trying to get you kicked out of the pub, I'm just slightly invested, I guess, in you staying sober,' she said.

Even now I'm still not sure I believe her. Red looks up to Charlie. I wouldn't be surprised if she'd been able to persuade Red to kick me out.

'If we're done here, I'd like to get on with my run,' she said. 'As someone mentioned, I could do with getting out more.'

The sun had already set. I didn't love the idea of Charlie jogging after dark, given there are no street lights here. There's only one constable on the island, and it's Jerry from the dairy, who looks like a child's drawing of a constable – smiley and rosy-cheeked. He doesn't give the impression that he has much experience fighting crime.

This place does feel incredibly safe in the daytime, but there is a lawlessness to the Isle of Ormer too. It feels like anything is possible here, and that goes both ways. A nasty drunk might see it as a different kind of opportunity.

'Did I say that you don't get out enough?' I asked. I was pretty sure I hadn't, or at least, not like *that*. 'You're very quick to read everything I say in the worst possible way.'

'Says the man who decided I'd conspired to have him removed from the pub because I happened to be passing by.'

Red poked her head around the door of the pub.

'This looks a little tense!' she said. 'Can I make a suggestion?'

She waved a napkin at us both. Charlie reached for it first. There was a map drawn on it in wobbly biro.

'If you want a place to be that isn't the pub –' Red pointed at the napkin – 'try here.'

She handed me my laptop and satchel – I'd left everything at the table. As the door swung shut again behind Red, Charlie and I stood in silence, looking down at the scrawled lines on the napkin.

'Well,' Charlie said, 'this is perfect. I was looking for somewhere new to explore.'

She pocketed the napkin and started moving away. Like she was going there right *now*, in the darkness. I thought of that table of drunk tourists in the pub.

'I'll come,' I said.

'What, now? With me? On my run?'

'You said the other day we should chat. And walk. Would you be up for making it a walk? I'm not really in the right footwear.'

'I thought you said you weren't here to make friends.'

Yeah, that hadn't been my finest hour.

'I'm not. I'm not trying to be your friend.'

'What *are* you trying to do, then?'

I sensed that if I told her I didn't like her running around the island in the dark on her own, she'd send me straight back to the stables. She clearly felt safe enough to be out and about at night, and it definitely wasn't my place to query whether she was right. I should be getting *away* from this woman. Not staring at her. Not spending time with her. Not thinking about her in the rare moments she wasn't there.

But . . . I looked down the dim track ahead of us.

'Red says this place is a good alternative to the pub,' I said. 'And I shouldn't go back in there.'

I can't believe I played the alcoholic card, or, indeed, that the alcoholic card could ever be useful.

Charlie's expression softened. She reached into the pocket on the side of her leggings, pulled out a head torch, and told me to keep up.

Red's map sent us down a track into a wood, dense with ferns. It was dark enough between the trees that I kept stumbling and grazed a palm, not helped by the fact that only Charlie had a light, and every time she looked around she'd send the beam shooting off in random directions, e.g. directly in my eyes.

We crossed a stream – I heard it rather than saw it, the undergrowth was that thick – and then the path seemed to hug its way around the curve of a cliff. The only hint I had that we were near the sea was the sound of waves, and the fact that the ground to my left dropped away so sharply I'd only need to take one wrong step to go tumbling. Then, suddenly, the woods opened out to reveal a beach below us.

It was a tiny cove, with the stream that had run through the woods dissecting the sand in a dark line, reaching for the sea. There were a few groups gathered on blankets or camping chairs with lanterns, and plenty of people on their own too, everyone looking out to the water.

Charlie and I headed down the steep steps in the rock. We hadn't said a word to each other since leaving the Rue. By the end it was a scramble, but then we were on the sand, and it was sinking beneath my heels. Someone was playing a guitar, just riffing quietly. A few people raised their heads as we went by, but nobody spoke to us.

'This is . . .' Charlie began, then trailed off.

I didn't know what to call it either. It reminded me, oddly, of walking into a church.

Charlie asked if we should sit. I hadn't planned to spend the evening with her, but what else was there to do, now that we were both here?

She loosened her hair from its ponytail, looking out at the sea as we sat down together. I wished I had a bottle of something – a crisp, cold lager, a hoppy IPA. I don't think I really know how to do moments like that without a drink.

'I assume you're keeping everyone at a distance because Rosie's right,' Charlie said eventually. 'That you're heartbroken. Grieving, maybe. She said we both have "bruised souls", but I sense you're not into the woo-woo stuff, so I'm paraphrasing.'

'I'm not into the woo-woo stuff, you're right.'

'Much too manly for that.'

I frowned and protested, then stopped – Charlie was biting back a smile. She brushed the sand from her palms and reached to tug off her trainers and socks so she could sink her toes in. I copied her. The sand was cold. The need for a drink became a little quieter, so I buried my feet deeper. Beside me, Charlie did the same.

'You should know,' Charlie went on, 'you don't get the monopoly on miserable.'

I looked sideways at her. She was drawing Xs in the sand with her finger. Whenever I look at Charlie, I think it'll make the need go away – the urge to take her in, see a little more of her. But it doesn't. Looking away is even harder than not looking at all.

'Heartbroken and grieving too?' I said.

'Rosie's a great reader of people.'

'And you're telling me this because . . .'

'Oh, I don't know,' Charlie said. 'Because you could really screw up my life, and I'd rather you didn't?'

'You want me to like you.'

She flinched.

'I want you to remember I'm a person,' she said. 'Maybe you do deserve this beautiful opportunity, after whatever it is you've been through. But maybe I do too.'

I thought of the moment I'd had her quivering in my arms, up against the wall. Not just how good it had felt – though that came to my mind too – but the way she'd suddenly seemed *real*.

It's a problem that comes with sadness, I think – you lose the ability to see someone else's pain through the haze of your own. She's right: I've not let myself believe that she really might need this opportunity in the same way I do.

'What happened to you?' I asked.

She looked at me in surprise.

'Before,' I clarified. 'What brought you here? What's got you so bruised, as Rosie would say?'

'That's a very personal question from a man determined not to get to know anybody. What are you asking for – want to compare traumas? See who needs this fresh start the most?'

I guess I deserved that. The guitar player had shifted to a song I recognised – it took me a minute to realise it was Noah Kahan's 'Call Your Mom'. The music caught the bittersweet feeling in my chest and seemed to make it bigger, the way a great song can.

'I actually just thought you might want to talk,' I said.

She'd been leading me there, hadn't she? That *maybe I do too* was surely an invitation to ask, even if she didn't know it. And for all my resolutions, I couldn't resist. I used to live for moments like these. Proper deep chats, genuine connections . . .

She swiped a hand through the kisses she'd been drawing in the sand. 'I lost someone. But I think I lost myself long before that, really. I've spent a great deal of my life waiting for people to give me the life I want, but I realise now that I need to be the one to *take* it, actually. By myself, for myself.'

'You've not given me many specifics there,' I said, though actually what she'd said had hit me in the chest the same way the guitar music had – I understood the desire to look after yourself more than I'd like her to know.

'You think you deserve them?'

There was a sharpness to that sentence that felt more honest than anything Charlie had said to me so far.

'I guess I've not given you much reason to trust me.'

'No.'

'Well. All right. What would you like to know?'

I figured there was no reason I couldn't give her a few specifics.

'What was your last job, before you came here?' she asked after a moment.

I told her about the pub, and gave her a sense of how miserable I'd been there.

'The only upside was my dad was proud,' I said. 'My parents drank too much too. I never saw so much of him as when I could get him a free beer.'

Her expression was serious. She has such an expressive face, all nuance.

'I'm sorry.'

'That's all right. My parents aren't bad people or anything, they're just . . . complicated. We aren't close any more. I'm not sure my mum even knows I'm here.'

'Mine doesn't either.' She tilted her head as she looked at me. 'So we have that in common.'

'And I lost someone,' I said softly. 'So, yeah. Rosie got the grieving part right. There's that too.'

'That and the bruised soul,' she said.

It *was* all a bit woo-woo for me. But actually, it was a pretty perfect phrase for how I felt. Bruised right down to the core.

Anyway, I'm home now, and tired tonight. I can hear Charlie's asleep on the other side of the door. I relaxed once I felt her breathing settle. She's so often awake. I don't know how she survives the days.

I keep thinking of her saying, *by myself, for myself.* I told her a little about my past to help her trust me, but it's made me see her in a new way, too. Between that and the strange moment in the shop this morning, she's thrown me completely off balance.

I should be focused on my future – who is this new Charlie Jones, this *me* I'm building here? – but I can't. I'm too busy wondering who the *other* Charlie Jones is.

Goodnight,

Charlie Jones

# 11

*Monday 25th August 2025*

Shop's closed, and I told Jones I would be hiking today, and hike I shall!

Hurray!

Feeling a teeny bit nervous, actually.

My plan is to explore the west coast, hitting the apparently famous Pouque Rock for a little solo picnic and then heading home. Only thing is, today has sort of got away from me – have been sorting 'pharmacy corner' at the shop, which contains several drugs I'm not sure we can legally sell – and now it's a bit late.

Can't back out, though. Have been wearing hiking gear conspicuously all morning and announcing that I'm 'off in a minute' since about 11 a.m.

Plus it's a totally gorgeous day. We're tipping towards September now, and I think I like the island even better than I did in that scorching week when I first arrived. Summer is lovely, but it's all a bit obvious, isn't it? Autumn is so much more interesting, and it's officially on its way.

Right, have wasted another fifteen minutes writing about

hiking, messaging Red for advice about hiking, and reminding Jones I'm about to go hiking. He was in the kitchen, snacking – have been leaving out sugary treats for him lately, as the internet says they help with alcohol cravings, and may have created a monster. Lately Jones gets through about eight of Doc Laurry's cardamom custard creams per day.

Ooh, Rosie just dropped around some hiking boots – apparently my trail-running shoes won't cut it, and Red texted her asking if she had spares for me on the off chance. Isn't that so nice? Ended up having massive chat out on the track, and then Red cycled by and joined in, and even Kim the sheep farmer (typically Team Galoshes) stopped her tractor for a while to talk. She's actually fabulous. Has an anecdote for everything. And always wears such good hats.

Stood in the sunshine with a bunch of fascinating, open-hearted women and could have burst with the loveliness of it. Also got loads of great Ormer gossip. Found out when Kim divorced her husband, he tried to get her farm on the grounds that she wouldn't be able to manage it herself. After she took him to court over it, she stood for Deputy for Agriculture just to piss him off. And Red actually left home on the mainland because her dad kicked her out for being bisexual, and Rosie heard her story and immediately took her in at the B&B and gave her a job, and now Red wants to live here for ever.

Women! We're so great. Am buoyed up by sisterhood, feminism, girl power et cetera – genuinely feel much less nervous about the walk now. Though I really should get going. Never mind, it's good I'm leaving late – I'll time my Pouque Rock picnic with the sunset!

*

Pausing mid hike to jot down some gorgeousness. Am so glad I've ventured off the main tracks at last. It's just stunning view after stunning view. There's a tumbledown stone mansion I'd never have seen if I wasn't on the narrow coastal path – it's on the craggy rocks above Fortitude Bay, which was completely deserted today, like a secret paradise. Also found a tiny abandoned bird's nest in a patch of wild flowers. Very hokey I know, but I just sat for a while with it in my palms and stared at it. It was like . . . the perfect home in miniature. And then there's the sea, disappearing and reappearing every time the track takes me to a peak in the rocks.

It's about an hour and a half until sundown, but that'll be fine – Google Maps directions aren't loading, as per, but doesn't look like far to go.

This rock Jones was on about.

It's actually kind of an island. An islet? It's a humped, grassy-topped dot to the west of Ormer, connected to the coast by a short, rocky track, wet with seawater. Right now, I'm sitting on it.

A few months ago, I would never have crossed those slippery stones. I'd have left the adventuring to everyone else. This wasn't my kind of fun.

Now, though, I think I get why people make so much fuss about the Great Outdoors. It's the freedom. If I'd slipped on those stones and made a fool of myself, there would've been nobody here to see me.

I'm sweating. My arm muscles are shaking from scrambling up to the plateau at the top of the rock. It's grassy up here, and the greenery is scattered with star-shaped yellow flowers.

There's a single rock in the centre, a natural pyramid shape, and it's the perfect place to rest with my diary and a squished-up custard cream.

Food is somehow better when you've been hiking. I feel . . . looser, softer, more here. Kind of peaceful, actually. I'm not trying to prove anything to anyone right now. There aren't any members of the committee around to win over (rare on Ormer, I've learned). This beautiful place even softens the memory of them laughing at me during The Night of the Pig. It just . . . doesn't matter what they think of me, does it?

It's something I've said to myself a million times – who cares what anyone else thinks! – but out here alone in the wilderness it actually hits home. Who? Cares? You know? Who cares!

And it's so tiring. Trying to be what I think other people think I should be. It's even tiring to write that sentence down – look at it, what a mess it is, all the thinking in there.

I wanted to be someone new, coming here, and I've been trying so hard to pull that off, but maybe I've been approaching this all wrong. If I really want to start a new life, I've got an opportunity, haven't I?

If I can be anyone I like . . . wouldn't it be nice to actually be me?

What. The fuck.

The walkway has disappeared??

It was just there. I just walked across it.

I've only been . . . what, half an hour?

And now it's as if it never was. Between here and the rocky beach opposite there's nothing but water.

This isn't an almost-islet. This is an islet.

I'm trapped on this rock!?!

I've called Rosie, Red, Marly, Rog, Toby, Toby's mum and even Galoshes. Not a single person is answering their phone. This bloody low-tech island. I'm not even surprised. Rosie left her phone balanced on top of a fence post for three days last week.

I'm alone. There's nobody who can help me.

I'm actually really scared.

Don't want to call him. Don't want to call him.

I'm not going to. Turns out I would actually rather die alone on a rock than let Jones know that I'm dying alone on a rock, so that's . . . healthy.

Feel so embarrassed. Half the island knows I'm stuck here, too. I've sent most of them panicky messages to that effect. Am sitting leaning against the pyramid-shaped rock, staring out at the darkening hulk of the island, quite possibly about to sink into the sea, and all I can think is . . . everyone's going to think I'm such a fool.

I so desperately want them all to think well of me. And now they all know I can't even go for a hike without humiliating myself.

Trying to hold on to that new feeling I had, the knowledge that it doesn't matter what everyone thinks. But the wanting-to-disappear feeling is rising through me again and I can't help it – I'm crying. Keep thinking about Galoshes and Jones laughing about me at the shop tomorrow, everyone talking about me at the Pirate's Den. Feel desperate to get out of here, to get out of my own fucking head.

I'm so afraid.

The awful, crawling, fearful sensation seems so huge out here. Nothing else to do, nowhere to look but out into the darkness.

I feel like this more often than I would like to admit. And lately . . . more than ever, and worse than ever, too.

Is this . . . normal?

Jones's voice keeps going around in my head. *Are you anxious?*

I've said that I'm 'feeling anxious' before. It's just a word you use, isn't it, like *worried* or *obsessing*? But I've never really approached the thought that it could be, you know, official. Pathological. *Proper* anxiety.

But what if it could be?

What *am* I feeling? Usually I hate this sensation so much I just shove it down, try not to think about it. But what is actually going on right now?

I'd say . . . the feeling starts in the centre of me and spreads outwards like a firework. It sizzles down my limbs. My heart pounds. I get clammy with horror. Hot and cold all at once. And within seconds it's taken me over, occupying the entirety of my mind, edge to edge, giving me no space for a single rational thought. Honestly, it is a sensation so unpleasant that I think I would rather die than feel it, which is bizarre, completely bizarre, because surely what I'm afraid of *is* death – why else would I care that I'm stranded alone on a darkening rock in the middle of the sea, if not for the danger?

*

You know, I don't think it is the danger I'm scared of, if I'm truly honest. The bad feeling isn't about that part, not for me. The awful, clawing, self-loathing terror is about . . . what everyone else will think.

This is horrible. It is horrible to see all this written down.

I just googled am I anxious?

Do non-anxious people ask Google whether they're anxious?

There's a test for anxiety disorder. You can do it online if you want. GAD-7, it's called, which sounds more like a military plane, or maybe something you can do instead of A levels? But anyway, it gives you a nice score to tell you how mad you are.

And apparently I'm A* mad. A total anxious wreck.

Definitely shouldn't talk like that. Mental health awareness is so important! And I have friends back on the mainland with this sort of stuff – would never tell them they're mad. Wouldn't even think it.

Me, though . . .

That's a different story. Because I am not allowed to have anxiety. People with anxiety have a real problem, like a proper life-affecting mental health issue, whereas me? I'm just . . . well. I'm just not brave enough, not together enough. Not good enough.

Though that GAD-7 score was pretty conclusive.

I don't know what to do with it. Keep flicking my phone on and staring at the questionnaire again.

- Over the last two weeks, how often have you been bothered by not being able to stop or control worrying?
- Being so restless that it is hard to sit still?
- Feeling afraid as if something awful might happen?

And on it went. I mean, are they serious? This is me almost all the time these days. But isn't this the natural way to behave when you've learned that the worst possible thing can happen?

Aren't I just . . . right?

# 12

***Brecon Beacons, four months earlier***

Charlie was parked up with a Gillian McAllister novel and an excellent view of the extremely steep hill that Oliver and Fearne planned to cycle down today. She squinted through the drizzle that sequinned her windscreen. It turned the scenery around her into an abstract painting: streaks of burnt-orange bracken, the heavy grey of the rock face, and the smudgy shapes of her two favourite people at the very top, barely distinguishable from their bikes.

On the drive, Fearne had asked – as she did periodically – whether she could tempt Charlie to have a go.

'You can borrow my bike!' she'd enthused (she always said this, too).

'Would I really be the Charlie you know and love if I opted to spend my free time on a wet rock?'

'It's so fun, though, Charlie!' Fearne had said, leaning forward into her seat belt to pop between Charlie and Oliver in the front seats. 'And is it *really* more fun to spend your time in a stationary car?'

Charlie's explanation – the cosiness, the reading time, the fact that she was still part of things without having to throw herself down a cliff face – hadn't satisfied Fearne, but Oliver hadn't seemed bothered. He always took Charlie as she was. That was nice. It didn't mean he was apathetic, just that he didn't want to change her.

Charlie's phone buzzed. She put her book down, using her car keys as a bookmark.

*Hey, you doing ok?*

It was from Berty.

It was the oddest sensation to see his name on her phone again. She and Oliver had been together almost ten months, and things were going dreamily. If they ever argued, it was because Oliver worried about Charlie, a trait that she found difficult because it reminded her of Berty, who had often been overbearing. But she'd recently met Oliver's parents, who both struggled with depression, and had learned a little about the effect that had had on Oliver's childhood. It was hardly surprising that he worried about her – it was what he'd grown up doing, as his mother and father dipped in and out of periods where they were almost unable to care for him. These days, when he fussed over Charlie, she felt much more comfortable reassuring him that she was just fine.

Oliver was the new life she had chosen, and she was committed to making it work.

The trouble was, she had spent twenty years with Berty. She had been so sure he was her future. When she had imagined building her family – when she'd started her very first mood board of the life she wanted, on the Isle of Ormer, with the wild cliffs and the chequered farmland – it had been Berty sitting beside her. *I can't wait for us to start our life there together*, he'd said.

Oliver never said things like that.

She clicked the phone screen off and stared resolutely towards the hill ahead of her. It was heavily wooded, and those tiny smudgy people had set off into the paths between the trees, so she could no longer see Fearne or Oliver, but she imagined their hunched figures zooming between the trunks. She was here with her wonderful best friend and her gorgeous boyfriend. Screw Berty. He'd left her, left that dream, left her absolutely heartbroken. She didn't even need to reply.

What did he want, though? Why was he getting in touch?

The phone buzzed again.

*I know Brianna will have told you I'm seeing someone too – I'm happy for you and this Oliver guy and obviously not trying to interfere. I just worry about you sometimes. It would be nice to know you're ok. X*

Charlie breathed in sharply. Brianna had *not* told her Berty was seeing someone. They'd not spoken much lately – Bri could be so judgemental, and last time they'd hung out she'd launched into a great tirade about the 'state' of Charlie's life. Charlie had also noticed herself feeling a little afraid to speak to her about Oliver because she sensed Bri didn't approve of him. Charlie kept up contact nonetheless, which Oliver found baffling. *Why are you still even friends?* he asked her once. *She doesn't seem to make you happy.*

*What a strange thing to say*, Charlie had thought. *That's not how friendship works at all.*

So yes, Charlie would have expected Brianna to tell her that Berty was dating someone. Why hadn't she?

Charlie was so absorbed she didn't notice the hum of helicopter blades above until it was loud enough to shiver through the car's bodywork. The helicopter was a red one. It was flying low – very low, actually. Everything else was quiet. Aside from the helicopter's ominous, loudening roar, Charlie heard nothing but the wind and the odd bleat from a sheep grazing between tussocks of grass. She stared out of the windscreen and thought, *Does he love this new person the way he loved me, with every fibre of his being?*

The helicopter was close enough now that she could read the letters on its side, though it took her another moment to register their meaning. It didn't help that the first line was in Welsh. *Wales Air Ambulance Charity. Funded by the people of Wales.*

She sat up straighter. The helicopter seemed to be heading towards a clearing on the hillside. It was landing, its blades loud as thunder now. Everything else was so still and quiet, moorland stretching out on either side of her car, but the space around the helicopter was a whirlwind. Trees bent and buffeted, grasses lay flat.

Her phone buzzed for a third time. This time, it didn't stop.

She looked over at the driving seat, where she'd set her phone down. *Fearne calling.* It spun, slowly, in little lurching movements, like a child's toy.

Charlie looked back at the helicopter lowering itself to the ground. There was nobody else on that hillside. Only Fearne, and Oliver.

As she stared back at the phone – she couldn't answer, she couldn't – another message appeared at the top of the screen from Berty. The full message didn't show, just the first line.

*Also, I can't help wondering if you're still looking for –*

# 13

**New Message**
**From: Charlie Jones**
**To: Charlie Jones**
**Subject: Day eighteen sober**

You know what we didn't think about when we decided Charlie and I could cohabit? The laundry.

There's just . . . lingerie. Everywhere. I've only ever lived with women who I've *seen* in the lingerie before it's hanging from the washing line in the garden or draped over the radiator in the bathroom. It's totally different when you see the lingerie *first*. Your brain starts trying to fill in the gaps.

What a ridiculous email this is. It's one a.m., relatedly. I'm going to sleep.

Night,

Charlie Jones

**New Message**
**From: Charlie Jones**
**To: Charlie Jones**
**Subject: Day eighteen sober (cont.)**

The less said about last night's email the better. Who knew I could be that embarrassing when stone-cold sober?

I want to write about exploring Ormer. That's a much more worthwhile topic. I got up early on Saturday and Sunday, heading out to explore sandy coves and caves dripping with stalactites, woodland where the leaves are already beginning to turn golden. Yesterday I grabbed Red as she brought a herd of tourists up to the farm shop as part of her new tour route, and grilled her for a location to visit today, while the shop's closed.

She started coming up with ideas, but Galoshes shushed her – she shouldn't be telling me too much when I'm not a 'local', apparently. After a brief pause for me to assure a tourist that he *was* allowed to look at the cabbages (Galoshes has a real thing about people touching the stock) I asked what one needs to do to become a local. After all, Red has only been here for a couple of months, and is still staying up at Rosie and Marly's B&B.

'You just have to stick around,' Toby piped up from the till. 'That's literally it.'

Red flinched. She has developed a strange aversion to Toby lately. Charlie and I have discussed it, and apparently Charlie's broached the topic with Red in case there's something worrying there, but Red insists that she has no problem with Toby. She just . . . never looks directly at him any more. Toby, on the other hand, spends an enormous amount of his time gazing at Red. It's on our list of staff issues to resolve – we've started amending the shift pattern because if you leave the two of them alone together the shop becomes deathly silent and very uncomfortable.

Red was saved from interacting with Toby by the arrival of Doc Laurry with a tray of cacao and chestnut macarons. This time I wasn't about to miss out – I was reaching for one before he even started speaking. Galoshes, meanwhile, was examining the tray with horror.

'Don't tell me,' she said. 'Tree bark and something-or-other, I'll bet.'

'Charlie asked me to bring in some samples?' Doc said, with an unconcerned smile.

'Did she now!' Galoshes said.

The biscuit was ridiculously delicious. The sort of thing you'd get in an expensive restaurant with a teaspoonful of salted-something ice cream on top. (Charlie's right, we have to sell these.)

'Galoshes has never been a fan of my concoctions. I believe she considers them –' Doc consulted Galoshes – 'uppity?'

'Look, no offence, Doc, but we're a farm shop,' Galoshes said. 'We're here to sell good food to local people. Not pretentious biscuits to nobby tourists.'

A passing tourist with a basket full of pickles looked a little startled at this. I pulled Galoshes aside, away from the main shop floor.

'Please, Galoshes, trust us on this one. The changes Charlie and I have made so far, even just the layout, the way stock is labelled, the decor – we're making considerably more money for the shop this week than last. Red bringing tourists up here on the tour has helped a lot too. We're *up*. Don't you want to be up?'

'Charlie is so obsessed with the tourists,' Galoshes snapped. 'She keeps changing everything around without telling me, and I can never find anything any more for real customers.'

I could relate to this – Charlie and I aren't exactly communicating about plans, and I often feel on the back foot when I walk into the shop in the morning. It isn't helping.

'Shall I come back another time, with the samples?' Doc said tactfully.

His tray was almost empty anyway. Toby was at the till, looking panicked at the volume of tourists forming a queue.

'That might be best,' I said. I took the last of the biscuits, though. For research.

After the rush of sales, Red shepherded her tourists back out of the shop again, all clutching their new local produce. As she walked out, she pointed to a spot on the map of Ormer that Charlie had fixed up next to the door.

'Try there,' she whispered to me with a quick thumbs up. She had holes in the cuffs of her long-sleeved top, as if for this very purpose. 'Great views – people often hang up there.' Then, on the glare she was getting from Galoshes: 'What? Look at his face. He just wants to be part of things!'

I explained to Galoshes that I was *not* trying to be part of things.

'Don't tell me, love, I don't give a shit,' she said.

Galoshes' attitude is also, incidentally, on the list of staff issues to resolve.

Bye for now,

Charlie Jones

**New Message**
**From: Charlie Jones**
**To: Charlie Jones**
**Subject: Day eighteen sober (cont.)**

Tonight I think I saw the real Charlie for the first time.

I headed for the spot Red had tapped on the map. I could only reach it by scrambling up a steep narrow track in dense undergrowth, and for a long time it felt as though I was just getting deeper and deeper into a giant blackberry bush, but eventually I emerged on to a peak with a view that stretched all the way across to Little Ormer. The whole island lay below me – I could even see the winding trail on Windward Ridge joining the two halves of Ormer, like a rope holding the island together. I traced the fields of Bramblebay Farm, realising I recognised almost all of them – the wheat fields Marly and Rog harvested yesterday, the gem-green clover field, the orchards with their higgledy lines of trees.

There were wine and beer bottles on many of the picnic blankets around me, and I almost turned back around and headed home, but then I heard someone shout *Jones*. It was Marly. She waved me over to introduce me to a couple of farmers from the east side of the island. She handed me a lemonade without asking if I wanted anything stronger, but nobody commented or seemed surprised. Nothing staying private on this island has its pluses: it saves you having to explain yourself to anyone.

'We're talking exes,' Marly told me, after insisting I sit down with them. 'You got any really nasty ones?'

'A really good one, actually,' I said, then winced. What was my second rule, after not drinking? Leave the past in the past.

'Oh! A good ex!' one of the farmers said, knocking back his beer. 'Do I smell heartbreak?'

I shook my head. 'I owe her a lot. More than I could ever repay.'

'Money?' Marly asked.

Something in her voice made me glance at her. There was a sharpness to it. She was looking at me keenly – it was a good reminder to keep things vague.

'Not that kind of owing,' I said. 'She helped me turn my life around. I wouldn't be here without her.'

We talked a little bit about the drinking, too, and I ended up saying the word *depression* – I don't even know why. I came here to *stop* burdening people with my shit, but Marly's too easy to talk to, and it felt so good to be out there in the fresh air chatting about stuff that actually matters.

'Ah,' Marly said, when I mentioned depression. 'I'd been wondering.'

'Whether I'm depressed?'

'Where the empathy comes from. Real empathy is one of the few upsides of bad shit happening, in my experience. Some people just turn mean, but the good ones get wiser, connect better . . . Oh, I know you're shooting for a lone wolf thing, but I don't buy it – you're a connector through and through.'

I made it clear that this was not correct, and I am in fact an aspiring hermit.

'Give you one tiny nudge and all your feelings come spilling out,' Marly said, grinning at me. 'It's a good thing, especially in a man – take the compliment.'

After that, the conversation quickly descended into a lot of complaining about farming – which, to be fair, did seem like a profession with a lot to complain about. I settled back to listen as the sun set pink over the island. There was rain forecast for the night ahead, and you could feel it in the air. The sadness was still there – it's so fucking dogged – but it was a nice way to spend an evening. The nicest I've had in a really long while.

'Where's Charlie tonight?' Marly asked me.

I explained that she'd gone off hiking, planning to watch the sunset at Pouque Rock.

Marly's face went blank and she checked her watch. 'That'll have been high tide.'

Everyone exchanged glances.

'What?' I said. 'What's the problem with that?'

'It means the rock will be cut off from land.' Marly pulled a face. 'Do you think she was prepared to get marooned with bad weather on the way?'

I checked my phone. 'She's not called or anything.'

'Shit,' Marly said. 'I've got three missed calls from her.'

I was already moving. It was me who suggested Pouque Rock, me who encouraged her to get out of the stables more. The viewpoint is only about fifteen minutes from the rock, and – I figured – a lot less if I ran. I had no idea what I was going to do when I got to there – it's not like I had any means of crossing the water and reaching her – but I did know that I hated the thought of Charlie there all alone.

I also hated the fact that she'd called Marly, and not me.

The rain began as I scrabbled down through the brambles to the main island tracks. I yanked my hood up and ran faster, heading straight for the coast. The light was low as I wound my way along the narrow tracks of the coastline. I squinted towards the horizon. There was an erratic, blinking light in the direction of Pouque Rock.

It got larger very quickly. I breathed out in relief as I realised a very wet, very angry Charlie Jones was approaching me at speed across the rocks.

She was soaking, and still wearing the overpacked rucksack

she'd put on that morning for the hiking trip she'd been going on about for days.

'You! You!' she said, the minute she saw me. 'Just the person I wanted to see!'

In her sports leggings, with her hair dripping wet and her eyes flashing, she looked like a totally different person.

'Are you all right?' I asked, swiping the rain out of my eyes and scanning her over. 'Did you actually *swim* off the rock and back to land?'

I thought of her on the night of the pig, eyes bright as she sped-read information about pig management while walking backwards around the shop. There was so much more grit to Charlie than anybody realised. Maybe even her.

'Don't play innocent with me. I know you sent me out here to scare me. Try Pouque Rock, you said! I told you when I left that I planned to watch the sunset here.'

I tried to interrupt, but she kept going.

'And not once did you mention any tides! Not once did you bring up the fact that I'd be cut off from land as the heavens opened . . .'

She turned her face up to the sky. Even in the grainy evening light I could see the flush of anger on her chest and neck.

'Do you really think I wanted you stuck there in the dark on your own?' I asked, slightly appalled. I know I've been keeping Charlie at a distance since we met, maybe being a little terse . . . but have I really given her reason to think *that* badly of me?

'I think you're a standard entitled man who is used to getting what you want, and this new life of yours hasn't gone quite how you hoped it would, and—'

This time I didn't let her keep going. I don't often get angry, but I did then. 'You think I always get what I want? You think I wanted to be a sad old lonely drunk? Is that what you think?'

The rain was getting thicker and harder. I was already drenched through.

'I think you don't want me here, and you found an opportunity to scare me back to the mainland.'

'That's just bullshit. If I wanted to get rid of you, I wouldn't do it by recommending a hiking route. Come on, we need to get out of the rain,' I said, striding off in the vague direction of home.

I was a little lost, to be honest. I hadn't ever walked those trails in low light before, and everything looked a bit different. But I couldn't go that far wrong, could I? There was the sea, so that ruled that direction out, and any other route would get me back to the farm eventually.

'Oh, so you had something else planned?' Charlie called from behind me. 'What were you going to do, poison my morning coffee? Set another pig on me?'

'I *saved* you from the pig, remember?'

'I did not need saving! And the farm is the other way!' she yelled.

She was jogging to keep up with me, the rain falling hard enough that it blurred my vision and I could taste it on my tongue.

'I'm not trying to go back to the farm!' I lied.

I spotted the island lighthouse perched on the cliff edge ahead of us – defunct right now, its light out of service, but still, somewhere dry to wait out the rain.

'Oh, sure, because why would we want to go—'

'There, the lighthouse!' I said, pointing. 'We need somewhere to shelter.'

The lighthouse's whitewashed walls looked grey and ghostly. Charlie was holding her hood over her hair now, other arm shielding her eyes as the rain came down in torrents. I started to run, and she did too, jostling past me to overtake. I sped up alongside her, and then we were squeezing between sodden bushes and scrambling up wet rocks shoulder to shoulder, and at some point, one of us started to laugh.

Was it me who started it, or Charlie? I honestly can't remember, but it all seemed so ridiculous – the two of us, grown adults, soaked to the skin, racing to reach the lighthouse, yelling at each other about pigs and sunsets. I was *so* wet. And I *really* wanted to get to the lighthouse before her. I personally think I've been very mature about sharing my job, lodgings, name and life with this woman, but at that particular moment, I didn't feel mature at all.

I wanted to *win*.

We both broke into a sprint as the ground levelled out. When we reached the concrete platform around the lighthouse, neither of us slowed, racing for the shelter under the lighthouse balcony. I touched the wall first, and then Charlie collided with me just as I turned to lean against the stone. She came at me with enough impact to knock me back into the wall.

The next few moments happened so quickly I still can't untangle it all. Soaked cold skin, hot breath, both of us still half laughing – and my body pressed to the wall, Charlie trying to find her balance . . .

Her face tipped up. My hand found her waist, to steady her, I guess, or maybe not, because once I had a grip on her I didn't want to steady her at all. My hand slid around her waist, fingers splayed across her lower back. Her eyes were on my lips. She breathed out once, sharply, and I recognised the sound from when I'd had her underneath me against the farm shop wall. It had been sexy then, but now it was unbearable.

I pulled her against me.

And fuck. I don't know. My other hand was on the back of her neck, snagging in the wetness of her hair, and then it was happening, I was kissing her, she was kissing me, both of us so drenched our lips were slick and messy and then—

She pulled back with a gasp.

'Oh my God,' she said, chest heaving. 'What?'

Maybe it was the adrenaline. Maybe it was just the fact it'd been a while. Or maybe it was Charlie, this new real one, rain-washed and impossibly tempting with her clothes slicked to her skin. But I wasn't thinking, *what the hell did I do that for?* I was thinking, *why am I not still kissing you?*

'I don't . . . know,' I said.

I was breathless too. I still had one hand on her, on her waist. It hadn't felt right just to let her go.

She took another step away, out of my grasp, far enough that the rain hit her. She shrieked and ducked back under the shelter of the balcony again.

'OK,' she said, pressing her back to the wall beside me. 'Right. OK. That was . . . I don't quite . . .'

'No. Me neither,' I said, then cleared my throat. 'Sorry. I think we lost our heads for a second there.'

'Right. Rain madness. Shall we just pretend that didn't happen?'

'That sounds –' *completely impossible*, I thought – 'like a good idea,' I said.

I was coming back to the real world again. The world where it's incredibly weird for me to grab Charlie by the waist and kiss her in the pouring rain.

Funny, because it didn't *feel* weird at all.

Charlie tipped her head back and closed her eyes. With her hair sodden, she had pushed that heavy fringe back off her face, and it totally changed her – I could see the arch of her eyebrows, and the little worried frown between them. She still looked beautiful, but in a different way. Less guarded, more human. I found that I very badly wanted to touch her again. I took a steadying breath.

'I really wasn't trying to murder you, you know,' I said. 'With the rock. And the hike.'

'Well, that was maybe a little dramatic. But you don't trust me.'

The rain was a sheet of solid grey, heavy enough that it splashed our feet as it hit the concrete. I was still so shaken. I've *never* had a kiss like that. Not just the intensity of it, but the way it genuinely seemed to come from nowhere. I didn't think it through even slightly. I was doing it before any thinking had even started. That's just not . . . me.

'Look,' I said. 'This. Us. As in, the job mix-up. It's *hard* to trust you – don't you feel the same about me? I can't work out why you're here, ultimately, and without that, I—' I pushed my wet hair back. 'It's just a *very* weird coincidence.'

She looked down at her hands, twisting her fingers together. They were white with cold. I wanted to pull her into me again and warm her up. It was such an odd impulse, right there in the middle of a conversation about how hard it is to trust her. I've never wanted to hold someone I've known so little – not like that, anyway, not the way I wanted to hold Charlie.

'So what's your explanation for it all?' she said eventually. Her voice was trembling too – we might have moved on from the kiss, technically speaking, but we were both still vibrating with it.

I thought about her question. I've thought about this a lot.

'I can't figure it out. But I can't shake the thought that the job was mine and you tried to take it for yourself. You got a copy of the acceptance letter somehow, saw an opportunity . . .'

'I've thought the same about you, obviously. That you're pretending you got the letter.'

She hadn't looked at me since the kiss. She stared out at the steady, endless rain.

'I was surprised when you arrived. If I was stealing the job from you, I would have expected you,' I said.

'Same goes.'

She *had* looked surprised when we met. Shocked, actually, with her scratched-up legs and her sweet blue dress, staring at me open-mouthed.

'I've been choosing to believe it was a mix-up between Rosie and Marly,' she said. 'I find it makes me less annoyed about having you around.'

It was refreshing to talk this way, with a stripped-back version of Charlie, who was honest about wanting me gone.

'Whenever you're with Rosie and Marly, you act like you're happy to share this job and everything else with me. But I know you're not. Why has it taken this –' I meant the rain, the rock, not the kiss, but as I said it, the meaning shifted – 'for us to finally have a proper honest conversation about it? Why are you always being so –' I couldn't think of a kinder word for what I wanted to say – 'fake?'

'I *am* happy to share,' she said, as if catching herself. 'I am. It's fine. I can handle you.'

Her eyes flicked to mine for the tiniest moment, a glance through her eyelashes. I swallowed, caught off balance – she's gorgeous, she just kissed me, I *always* love her eyes on me – but I kept pushing. I was getting close to something real.

'I think you're nice to me in the hope I'll be nice back,' I said. 'Because otherwise, I might try to work out how you got this job. I might want to know what game you're really playing.'

'You make me sound like some kind of evil mastermind. I'm almost flattered.'

'I don't know who you are.'

'Me neither,' she said quietly.

She turned her head and looked at me properly at last. The eye contact sent a lightning bolt through me, the same way the kiss had. What is it about this woman? When she's not with me, I think about her; when she is, I can't look away. And yet she's still such a mystery to me. No matter how much I stare, I never get more than a glimpse.

'For what it's worth, I'm not putting on some fake persona because I'm a job-stealing con artist. If I'm being fake, it's –' she huffed a laugh – 'wishful thinking, I guess. I wanted to be someone new when I came here. Someone better. Broderie dress, high ponytail, competent, independent . . .' She went still, as though something had struck her. 'The sort of woman who could do it on her own.' She laughed suddenly. 'God, I'm such a joke.'

'Do what on her own?'

'Never mind.' She squinted out into the darkness. 'Come on. I think the rain is getting a little lighter out there.'

'It's definitely not. Don't stop talking now. I like you like this.'

'What, angry?'

'Open. Candid.'

'You're very emotionally aware for a man.'

'You know, that's the second time someone has told me that today.'

I really thought I'd been doing quite well at the gruff and unapproachable thing. I guess not.

Charlie was quiet for a while, but she made no further movement to step out into the rain.

'I take it back, what I said about you being someone who always gets what you want,' she said. 'I don't think I was really talking about you, there, to be honest. I know being an addict is impossibly hard. Losing control of your own life like that. And getting sober . . . I appreciate you're going through something tough. So I'm sorry.'

I wondered whether I should say I was sorry, too, for the kiss. But I found I wasn't at all. So after a few minutes of silence, I said, 'I'm sorry you got stranded on a very small rock in the Channel because of me.'

'Well, thanks. It wasn't really your fault. And it was character-building. I think you might've been right about the anxiety.'

Her neck was bared, her hair all pulled over the other shoulder. I wanted to press my lips against it. Get closer to her, get *more* of her. I wonder if you can become addicted to a person. I think maybe I could.

'There's nothing wrong with having anxiety,' I told her, forcing my gaze away.

'That really does not feel true.'

'Right. No. I guess it's not nice.'

'But then, according to you, neither am I.'

That made me laugh – her voice was so sardonic. It was pure, true Charlie, I think.

'Do you think, between the two of us, with all our baggage, we add up to about one competent farm shop manager?' Charlie asked.

The rain was actually getting a little lighter now. I could see the moon, a pale sliver above the cliffs.

'Yeah, I reckon so,' I said.

'Not if we carry on like this, though. At the moment, we redo almost everything the other person does. Yesterday you stayed thirty minutes to cash up when I'd already done it. What did you think I'd done, stolen a tenner?' she asked.

'I don't know. Maybe. Nobody can ever get the till to balance, and I don't know what your game is.'

'There is no game, Jones,' Charlie said. All at once she sounded exhausted. 'There's just me, trying to live my own life, and a bunch of people who can't add up trying to count the till. I don't want to steal from the shop. I want it to do well. You want it to do well. We've got an advantage, with two of us, and we're wasting it because we can't trust each other to do anything right.'

'What do you suggest?'

'We should split our duties, for starters. And we should start communicating properly. We should have co-manager meetings.'

I pointed out that we live together (a fact that she might be able to ignore but I absolutely cannot) and are together a *lot* of the time, so meetings surely aren't necessary.

'But we don't talk,' she said. 'Not like this. Not properly.'

I thought, *If we talked like this every night, I wouldn't stand a fucking chance.*

She squeezed the sleeve of her hoodie, sending a little stream of water on to the concrete between us. I looked down at my sodden trainers. The walk home was going to be wet and cold even if the rain eased off.

'I really don't know how we both ended up with this job, Jones. I can promise you that,' she said.

And I believed her. For the first time, I really did.

'Maybe it was . . . Rosie, then, and Marly?' I said, shaking my head even as I said it. 'Could they have orchestrated the whole thing? Maybe they saw that there were two applicants with the same name, and figured they could have two employees for the price of one?'

'That's crazy,' Charlie said. 'For starters, only two nutters would actually stay for the job for half pay.'

'Fair point.'

'There is something about them, though,' Charlie said. 'Don't you think they ask very personal questions for employers?'

My stomach bottomed out as I thought about what I'd shared with Marly that afternoon.

'Why would they want to know personal stuff about us?' I said.

'I really don't know. But they did totally roll with it when we both turned up. They've not pushed to work out which of us they actually offered the job to, not even once.'

'Why would they, when they could have two of us?'

'True. I hope it's nothing more than friendliness. I like Rosie. Plus she said I have a lovely aura. I've really been clinging to that.'

I laughed, then stretched a hand out. A fat raindrop hit my palm, and then another, but it was definitely slowing. One of us said it was time to go – me, I think.

'We need to do things differently,' Charlie said quietly. 'The farm shop is doing well, despite the Committee for Not Changing a Single Thing Ever—'

I snorted with laughter. Another flash of Charlie.

'—but it would be doing better still if we worked together properly.'

She was right. I'd been so focused on shutting her out that I'd refused to acknowledge it, but the best way to give myself a future here was to trust the woman beside me. You can trust someone and still keep them at a distance, right?

'How about we say that the first farm shop co-manager meeting is tomorrow, in the kitchen, at seven thirty,' she said. 'Nobody shall question the other person's "game", nobody shall insinuate anybody doesn't deserve to be here. There will be no, you know, no rain madness, no losing our heads . . .'

'I'm not going to kiss you in the kitchen at half seven in the morning, Charlie,' I said, though the moment I'd said it I imagined doing it, and it didn't actually seem ridiculous at all.

'Right, obviously. We'll just have a sensible, adult discussion about what's best for the shop.'

'Do you think you can trust me?' I asked her.

'I find trust a little tricky, these days,' Charlie said. 'But I'll try.'

I'm in bed now – the main room today – and we've lit the fire, which has warmed the whole of the stables. My skin is still tingling from the cold rain. I've thought a lot about everything

Charlie said about the job mix-up, but I've thought even more about the kiss.

It's so completely unlike me to get carried away like that. It was such a dangerous thing to do. Now I'm tense and on edge. I should be keeping my life as simple as possible right now, not kissing the woman whose life is inexplicably, inexorably tangled up with mine.

Rain madness, she called it. But if it was nothing more than a wild, unthinking moment, then why am I lying here longing for it to happen again?

Goodnight,

Charlie Jones

# 14

*Thursday 4th September 2025*

Spoke to Doc Laurry about anxiety. Grabbed him after the committee meeting (abject disaster, as per – nobody would agree to stocking Doc's biscuits, even though they all demolished the ones he brought for the meeting, because they're too scared to cross Galoshes. But at least nobody told me I didn't deserve to be here this time. Well, not out loud. A fair few of them were saying it with their eyes).

'So you know anxiety,' I said. 'You know, anxiety disorder?'

'Do you want to call the medical centre and book an appointment with me?' Doc Laurry said, not unpleasantly.

'No, no, I just want to ask . . . theoretically . . . about getting a diagnosis? Of anxiety? How do you get one of those? Do you need one?'

Doc reminds me a bit of Santa. If you crossed him with the Dalai Lama. He has a white beard and a patient, twinkly sort of smile.

'I like you, Charlie. I think you're livening this place up, and goodness knows it needs that. I wish we had somebody like you on the medical board – if you think the produce committee are a bunch of sticks in the mud, you should meet my lot. But

I don't give medical advice except during appointments, when I have sight of my patient's medical notes, and can make an informed judgement.'

Obviously do not want to make an appointment. Said something hedgy about checking my availability. Doc removed his glasses and sighed.

'If a patient felt they had an anxiety disorder, and wanted to discuss medication—'

'Not medication,' I said. 'Not that there's anything wrong with it, I just hate pills.'

'Well, all right, if that was how the patient felt, then I would direct them towards some online resources, and discuss CBT, and talking therapy . . .'

'That's it?' I said. 'There's no more stuff you'd do? To make it official?'

'Official for whom?' Doc asked, with a twinkly smile.

Didn't really know what to say to that. But it felt like quite an important question. Why <u>do</u> I feel like I <u>can't</u> have anxiety? Like I'm not allowed to? Like I want a doctor's note that I can . . . what, wave at people who think I'm just making excuses?

Which people?

Galoshes pops into my head. And my mother. Jesus. Let's not look at <u>that</u> parallel too closely.

'If we can let go of the judgement of others, Charlie, then we can know true freedom,' Doc said, and with that, and a pat on the arm, he ambled away.

'I'm so sorry,' came a breathy voice behind me, 'but I heard all of that, and I feel like I need to fess up immediately or I will stew over this for days feeling awful.'

It was Rosie. She stepped out from behind Marly's tractor, which was parked outside the farm shop where the committee meeting had taken place. It was late enough that we could only see each other by the light of the shop – Jones was tidying up in there with Red. Would usually have helped them, but since the insane rain kiss (all I am writing on this subject – it must be forgotten) I'm trying to cut down on my Jones time where possible.

'Before you say anything else,' Rosie said, 'I just want to tell you . . . I'm such an anxious person. Well, better than I used to be, but . . .' She ticked off on her fingers. 'I'm petrified of dentists. I can't go in cars – I'll never drive one. And I get this abstract terror about the end of the world that kicks in whenever I'm stressed or tired, or sometimes just hungry, to be honest. I'll say to Marly, but what if there's another Covid and this time we don't find a vaccine and we're all wiped out, even us, even here on the island? And she's like, shall I toast you a bagel, sweetheart?'

That made me laugh. 'Oh, I'm sorry, that sounds horrible, but—'

'Funny, right? Laughing at the anxiety is one of my top tricks.'

She looped her arm through mine and began walking me away from the shop, towards the track that would lead us to the Rue.

'May I show you another?' she asked.

Looked at her, with her erratic, frizzy curls and her warm smile, and thought to myself, did you really plot to get two Charlies at your farm shop? Why would you do it? Fetish for Charlie Joneses? Fondness for mischief-making? The very idea seemed totally ridiculous now that I was with her. But then, when I'm with Jones, it seems just as ridiculous to think he's lying about getting the job offer, too. And we both ended up here somehow.

'I'd love that,' I said after a moment. 'Thank you.'

When we reached the track, she didn't turn towards the Rue – she led me to a stile into one of the Bramblebay fields left fallow this season, sown with wild flowers instead. Even at that time it was a-buzz with insects. The footpath took a petal-strewn route through the centre of the field, and there was a flattened patch of grass at the other side, the sort that might be created by a deer looking for somewhere cosy to sleep.

Rosie lay on the ground and looked up at the sky. She patted the grass, so I lay down beside her. Was struck afresh by how incredible it is to see the sky unpolluted by endless city traffic. Thousands of those stars had been hidden from me before coming here, but they'd been shining up there all along.

'Do you know how big the universe is?' Rosie asked.

'Umm,' I said, 'does anyone?'

'It's infinite,' Rosie said dreamily. 'It stretches out for ever. And do you know how small you seem to the universe?'

'I'd guess . . . pretty small?'

'Yeah.' Rosie sighed. 'Isn't that nice? Feeling so insignificant?'

'I don't generally like feeling insignificant,' I said cautiously.

'Really?' Rosie turned her head to look at me. 'You should. It's lovely. Who cares about the dentist when there are countless stars? I am but a speck in this great universe, and the dentist is a speck too, and when I blink out of existence, will anyone care that I had to get a filling? No they will not.'

'And you find this . . . helpful?'

'It helps me let go,' she said. 'When the fear feels big –' she pointed up into the dark sky – 'I remember what big actually is.' She smiled as she turned to look at me. 'Does the committee make you anxious?'

'Yeah,' I said, swallowing the sudden lump in my throat. This felt surprisingly exposing to talk about. 'Yeah. Galoshes especially.'

'I get that. But they're just people, just like you, and they're all a bit scared as well – they struggle with change. Remember we still don't have street lights here, let alone all the cool things you Charlies are introducing up at the shop.'

'It's not like we're putting in touchscreens for ordering,' I said, looking back up at the stars. 'We've not removed a single item of local produce or cut anyone's pay.'

Was shocked to feel myself close to tearing up. I just *really* want to do a good job here. I need to, to justify everything, and I *want* to, because I care about this place. Even more than I imagined I would.

'It's OK, Charlie,' Rosie said softly. 'You're doing really well. And you don't have to make the shop brilliant overnight, OK? It's not all about the shop – we want you here, and we want you to feel welcome. I promise you the committee will come around. They're giving you a hard time the way a class of teenagers would give a new teacher a hard time – it's almost traditional. If you can let it wash over you, it'll pass.'

It was odd, that comment. *It's not all about the shop*. Because . . . it *is* all about the shop, isn't it? What did she want me here for, if not to turn the shop around? Isn't that why they hired me? Or rather, why they hired both of us?

*Friday 5th September 2025*

Keep meaning to write about the co-manager meetings. We've had loads now, without arguing ~~– or kissing~~.

Vibe is completely different at the stables since the lighthouse convo. Jones and I are extremely polite to each other these days. Almost too polite, actually. Yesterday he thanked me four times for putting enough water in the kettle for him to have a tea too. But it's good. Definitely better than trying to pretend the other person doesn't exist. And we've divided management roles at the shop, we're splitting shifts so we both have more time instead of getting on top of each other every day . . . It's all working very well.

Things are a bit . . . heightened, though. Do my absolute best to avoid getting too near to him, but can only do so much when we're literally living the same life. He's everywhere I am, by definition. At work, at home . . . Like, he'll come into the kitchen while I'm washing up, and it's a very small kitchen, so when I turn he's barely a step away, in a rumpled shirt that shows the freckles across his collarbones. Grey eyes full of messages I can't interpret, hair ruffled like I've had my fingers through it. And if our hands touch, or our arms brush . . . it never feels like nothing, the way it should. It feels like a shortcut back to that night. Rain, laughter, a momentary loss of sanity.

You'd think all the exposure would help, but I'm more jittery with him than ever. Funny really as he's actually a very calm person, very measured and deliberate in everything he does. The assured type – the sort of man who would look you right in the eyes in bed, one steady hand on your jaw, then touch you just where you wanted him to, staying totally composed while you begged and whined and writhed.

. . . maybe at this point worth mentioning that my little crush on Jones has grown somewhat since the lighthouse incident. Am not going to write about the kiss, obviously. Just mean that I'm no longer thinking of him as an imposter trying to steal my job, and that's changed matters. It was pretty much the only turn-off he had going for him, and now it's gone, and he's just a really good-looking man living in my house, showering in my shower, naked, every day, right there.

~~And now I know he's a good kisser.~~

Sometimes find myself daydreaming about doing something I shouldn't. Like leaving the bedroom door open while I'm getting changed and he's in the kitchen. Or kicking the covers off when I go to bed first, in the big bedroom, and I know he'll have to tiptoe through to the small room, but if the curtains are open and the moonlight's coming in, he might see me lying there in my little pyjama set . . .

Getting him to look at me, basically. I get a bit giddy when Jones looks at me. He holds eye contact like it's something physical. And I think . . . I've always been someone a bit different depending on who's looking, but I can't do that with Jones, because he just looks. At *me*.

By the time he turns away, I'm usually a little flushed.

But obviously all of this is just fantasy, and when we're actually together, we are just very, very polite.

I have my rule. No men. Not now. I'm searching for a different sort of love of my life, and if I let myself fall for another guy, I know what I'm like – I'll lose my conviction. I'll start thinking about what he wants, whether he would be interested in me if he knew I'm pursuing motherhood on my own, so maybe I shouldn't be, and so on and so on.

So no men. No sexy eye-contacty men who make me feel fluttery and safe all at the same time.

And no more thinking about the kiss.

### Friday 12th September 2025

Found myself sitting at the kitchen table this morning, drinking coffee and wondering, who am I?

I blame Rosie. She got me thinking all . . . existentially with her giant universe chat the other week.

Who am I, though? You know? Like, who actually am I? If I do have anxiety, how much of what I think I am is actually . . . that?

I guess giving the anxiety a name separates it from me. And that means I can hate it – the feeling, the thoughts – without hating myself. Before that night on Pouque Rock, whenever I considered my, like, personality, I was so busy either despising or trying to ignore this part of myself I rarely got much further than that.

But now I'm thinking . . . OK, I'm anxious. What else am I?

Oh, bollocks. Briefly pausing existential crisis as forgot to tell Marly we don't need any more wheat to decorate the shop – can see her through the window carrying a whole sheaf over her shoulder like she's stepped out of a tapestry. Shop is already festooned in autumnal decorations thanks to paid-for 'natural crafting' session with Karen from the committee, who runs them for tourists (desperate attempt to get her onside. Medium success. She chats to me now when she drops off her flowers, especially since I started ordering larger bouquets and displaying them in buckets outside the front door. If Galoshes is around, though, I get the cold shoulder.)

BRB.

Marly quite irritated – wheat was heavy, apparently. I ended up saying we did need additional sheaf after all. Will just decorate the toilets with it. No reason we can't have seasonal loos.

### Saturday 13th September 2025

New day. Am looking in wardrobe. All dresses are very mumsy. Jones was so right about me faking it when I got here. Shouldn't have splurged on new outfits before leaving the mainland – was a costly mistake. Did I really think wearing a knee-length skirt would help me transform into a competent single mum? My self-belief was at rock bottom, wasn't it?

May not quite know who I am, but am suddenly confident it's <u>not</u> a puff-sleeve dress person.

'Umm, he-llo,' was how Red greeted me when I got to the shop today. 'Slay, Charlie!'

Could've sworn it was Galoshes and Toby on today, but Galoshes is nowhere to be seen. After close inspection of the shop, finally spot Toby hiding behind the display of Doc Laurry's obscure dried herbs.

Poor Doc Laurry – he's still on standby to bake us daily biscuits for the shop. He's rearranged his whole schedule at the medical centre and everything, but each time we try to move forward, it gets to the weekly committee meeting and stalls. This time it was blocked on 'environmental grounds' (something about Doc's use of manure when growing certain ingredients), thanks to Kim, who did at least have the decency to apologise to Doc about it afterwards. Galoshes has made this her vendetta, and it's clear that until we can talk her around, Doc's outrageously delicious biscuits will remain an Ormer secret, and all those equally delicious profits from hungry tourists will elude us.

'Wow, is "slay" still in?' I asked Red as I chucked my handbag into the back room.

'I'm an Ormerer now. We travel by horse and cart here. I think I can get away with slaying for another century or two.'

'Noted. You like it? I'm trying to wear what I actually want to wear.'

She didn't seem to think this at all odd. Red strikes me as someone who wakes up in the morning and chooses what she wants to wear based on what will bring her joy, without thinking about who she'll be seeing and what they might think. How thrilling. Maybe I'll get there one day?

Meanwhile Toby was sorting packets of dried herbs and looking more-than-usually uncomfortable about the direction this conversation had taken.

'What does this outfit say to you?' I asked Red, twirling.

I'm wearing a long skirt patterned in red and gold – something from my old life that I've always loved, but have styled differently now that I'm an island woman. I'm in a pair of battered brown leather boots that Rosie gave me (the woman is a font of good shoes) and a cosy cream jumper, which I've tucked into the skirt, because I'm too millennial to do otherwise.

'It says . . . earthy goddess,' Red said after a minute of gratifyingly close examination. 'Earthy goddess who gets shit done.'

Delighted with this. Think it might be my true identity? Going to try it out for the rest of the day.

### Tuesday 16th September 2025

Oh my God.

Think I know why the till doesn't bloody balance.

Just nipped back to the shop at the end of the day to grab a jar of honey for my camomile tea (which really needs the honey. Sometimes wonder if I should just not bother with the teabag at all.)

Paused at the door – light was on behind our new Bramblebay Farm Shop sign. The shop's flagstones were freshly mopped, which meant Rog had finished up. Maybe he left the light on by accident, I thought.

Then there was a noise. A thud.

Someone was in there.

A thief! I thought. What do I do?!

Habit told me to ring 999, but immediately realised it would probably be quicker to message Jerry direct. He's the constable, and he also supplies our milk – we speak most days. Suddenly found myself thinking of lovely Jerry the milkman in different light. He's one of my favourite committee members, but he's also <u>deeply</u> unintimidating. And he was the person who was going to see off this thief?

Maybe I should ring . . . someone else? First thought was Jones – he can really loom, and has a good glower when he's pretending to be a dickhead. But felt a righteous feminist indignation at having to call my male counterpart to sort this situation. What a pain in the arse it is, being a woman. Maybe I should learn martial arts, then shit like this wouldn't scare me so much.

Tiptoed around to the next window to peek in. Was aiming to get a good look at the thief, decide whether I could sort the situation without martial arts skills or men.

It was Rog. With his hand in the till.

He was humming, and shoving a couple of twenties in his back pocket.

Rog! Stealing! From the shop! Am floored, to be honest. I like Rog. He's sweet – he was one of the first people I ever spoke to on this island. He helped me plant the flowers in our garden, and he never complains about doing four hundred jobs at once.

Belatedly realised he was heading for the door. Looked around frantically. There was the bush I climbed over on my first day here – can't actually believe I did that, it does not look mountable right now – and the bike racks, and the new picnic benches we finally got the committee to allow us . . . Nowhere to hide. At last moment I regained my wits and dove around the side of the barn, flattening myself to the wall as Rog ambled off down the track, spinning the farm shop keys on his finger.

A thief in our midst! Feel crappy about it. Our motley team at the farm shop is completely dysfunctional – nobody gets along, nobody can agree on what the shop needs, but . . . it's our team.

Am a bit gutted. But I guess Rog is going to have to manage with one fewer job.

# 15

**New Message**
**From: Charlie Jones**
**To: Charlie Jones**
**Subject: Day forty-one sober**

Charlie left me a steaming hot coffee on the kitchen table this morning, with a note.

> *Sorry to skip co-manager meeting, but really had to go for a run and clear my head. We need to talk when I'm back. Also, Red will need a hand at the harbour when the morning deliveries come in – all our dried fruit has been dispatched and they've sent us way too many prunes! Rosie has suggested we do a campaign around Keeping Ormer Regular, i.e. she is way too nice and doesn't want to complain/return them. Don't worry, I'm on it. Feel confident you'd agree that bowel-related promotions are not on-brand. Make sure they're turned away, please! Xx*

When I first met Charlie, she seemed acutely unfunny – the sort of person who can't take a joke. Now that she's being herself, she makes me laugh more than I've laughed in . . . longer than I can remember.

I said something like this to her the other day, and she told me not to judge a woman by her 'sensible dresses', and that many of the funniest women she knew spent a great deal of their time pretending not to be. The more I thought about that, the sadder it seemed. I'm ashamed to think of all the people I overlooked, in my old life. You have so much less to give when you're drunk and unhappy and pretending not to be.

At least things are different now. I really do think I've changed. Maybe I'm uncovering the person I used to be, or maybe I'm becoming a new version of myself, but either way, I'm getting somewhere.

The coffee is just how I like it – gold-top milk from Jerry's dairy and a splash of Ormer honey. I'm just here, in the quiet of the kitchen, drinking it.

This probably doesn't seem noteworthy enough for an email. But it is, actually. Because I'm sitting here with a good coffee that someone cared enough to make me, thinking about the ways I want to be better, and I'm feeling glad to be alive.

And with that, I'll say,

Bye for now,

Charlie Jones

**New Message**
**From: Charlie Jones**
**To: Charlie Jones**
**Subject: Day forty-one sober (cont.)**

'You look different,' Charlie said, when I arrived in the shop.

'So does this.' I pointed to the ceiling.

Charlie has hung swathes of orange velvet from the barn roof, between all of her handmade autumnal decorations. It looks great – the tourists will love it, but it's not so much that it'll alienate the locals, though Galoshes did spend some time muttering about what a pain the drapes were when she was trying to dust away the spiderwebs. But muttering is Galoshes' side gig – I'd be alarmed if she didn't.

Charlie was examining me, undeterred by my chat about the drapes. I immediately went hot. Charlie rarely looks at me for long – she's always the first to drop eye contact or turn away. When she does meet my gaze, it's electric.

'Is it the shirt?' she asked.

It wasn't the shirt. I'd worn it before. I'd just tidied myself up a bit. I'd styled my hair instead of leaving it however it was when I got out of bed, given myself a proper close shave, put on some aftershave, and had that coffee.

It was just a coffee, obviously. But also, it was the first time in a very long time that I actually felt one hundred per cent pleased to be here, on this planet, existing. So, in that sense, not just a coffee.

'Yep, shirt's new,' I said. 'You said in your note we need to talk?'

'Yeah, I . . .' Charlie glanced over at Toby, who was explaining to a tourist why Ormer soil produces the best potatoes. She looked back at me. 'You look *happy*,' she said, as though the thought had just dawned. 'Properly happy. That's what's different.'

'Don't ruin my image now, Charlie. You know the guys down at the harbour refer to me as Charlie Jones the Frowner? To differentiate me from you, I guess.'

She didn't laugh. 'Let's talk about my stuff later,' she said after a moment. 'Now doesn't feel like the time.'

'You sure?'

'I'm sure. It can wait.'

I hesitated.

'I did have something I wanted to mention to you, actually, if that's OK?' I said.

Ever since the night at the lighthouse, Charlie is very careful around me. It grates on me, to be honest – that urge for more of her is there all the time – but I understand why she's doing it. I want to keep my distance too – that's been my agenda ever since I got here. So I'm being extra polite as well.

'We need to move forward with the coffee machine and biscuits.' I lowered my voice when I said *coffee machine*, and lowered it even more for *biscuits*. Galoshes wasn't in today, but no doubt this conversation would make it back to her somehow. 'We've got less than three weeks until our deadline, and profits are up, but not . . .'

'Not two salaries' worth,' Charlie said. She sighed. 'I know. I know. But Galoshes was right – nobody on that committee will cross her. We're stuck until she comes around to the idea.'

'Could I talk to her about it?'

Charlie paused. A few weeks ago, she'd have said a point-blank no – the biscuits were her idea. But we are working together now. We are an actual team. And I didn't want to say it, but we both knew Galoshes has much more of a problem with Charlie than she does with me.

Charlie's shoulders slumped. 'Ugh. That would actually be great. Thank you.'

She smiled at me – a quick, tantalising flash – then headed off to meet with Rosie about harvest festival events, which was next on our list of activities to bring tourists to the shop. On rolled the day, same old new life. Except . . . that coffee feeling hung around.

When you're sad, you think sadness is what you need. You want to sink into it, let it cover you – the sadness is bad, but it's familiar, and it disguises itself as something right, as though feeling anything else would be a lie.

For a long time, I've thought that the only thing that can help me surface from the misery is a drink. When I'm drunk, I'm not exactly happy, but I'm free from the awful grip of that sadness, and that's such a fucking relief.

But the coffee this morning reminded me what actual contentment feels like. And it was better than drunk has *ever* felt.

So yeah. Same old new life. But . . . different.

So long,

Charlie Jones

**New Message**
**From: Charlie Jones**
**To: Charlie Jones**
**Subject: Day forty-two sober**

I've not written about this yet – what does that say, I wonder – but Marly and I have started going for bike rides.

If Marly had said to me when I arrived here, 'Let's go for a bike ride before work every Thursday,' I would have shut that idea down immediately for several reasons. 1) Planned bonding activities make me want to jump off cliffs. 2) I didn't want to make friends. 3) I don't ride bikes.

But she didn't suggest it. One day I was walking up to the farm shop from the post office, and Marly was out on the tandem bike she shares with Rosie.

She asked me if I wanted a lift. 'Just dropped Rosie up at Pipit Spinney,' she said. 'Got a spare seat.'

I told her no, thanks.

'You sure? It's at least a twenty-minute walk from here, if you're heading to the farm shop.'

'Anywhere else on this planet, that would be considered close.'

Marly laughed. She was doing her best to cycle beside me at walking pace – not easy on a tandem. She tilted, and I lurched to catch her.

'Jeez, saviour complex much? I can handle my bike, Jones.'

I apologised, obviously, and kept my hands fisted by my sides after that.

'Come on. Hop on. I'll do all the legwork, if that's what you're worried about. I'm used to it with Rosie – she always gets distracted by the scenery and forgets to pedal.'

'You don't want me on there. I'm a terrible back-seat driver.'

'I can really see that. But go on. I won't take no for an answer. Rain's on the way, and I don't want you serving in my shop looking like a wet rat. No, not a rat. That's not right. A –' she examined my face as she wobbled along on the tandem – 'badger. A wet blonde badger.'

I climbed on. I told myself it was mostly to end this particular line of conversation, but as soon as my feet were on the pedals, I knew it was more than that.

I've taken everything so slowly since I quit drinking. Walking pace, literally. But feeling the wind in my hair, even on a tandem, was *so* good. I've not been exercising, apart from walks; I forgot the absolute rush that comes when your heart beats in your chest and the air catches in your throat. There are so many things I've not trusted myself to do since realising I was an alcoholic. But it was time to get myself moving again.

I rented a bike, a battered, rattled old thing that I immediately fell in love with. And next time I saw Marly on my way to the shop, she was on her mountain bike instead of the tandem, and I ended up joining her for a bit of a loop – I was early, we were chatting anyway. Then it happened the following

Thursday too, and the one after that. Before I knew it, I was waking at half five on a Thursday specifically to meet Marly by the signpost on the corner of the Rue.

This morning's ride was a particularly good one. Marly and I paused midway, spreadeagling ourselves in the ferns on the side of the track, our bikes propped up against two giant pine trees. The woods are one of my favourite spots on Ormer – less obvious than the beaches and cliff tops, but they get better the more you get to know them. Like most things.

Marly was querying the idea that I came to start a new life here with no plans to make friends, fall in love, or really interact with anybody. I explained that, yeah, I wanted to be alone, which is why I loved the sound of a farm job on a remote island in the middle of the Channel.

'You chose to work in a *shop* in a small, tight-knit rural community. Maybe you thought you wanted to be alone, but I'd argue your subconscious wanted different. Do you have family? Any abandoned loved ones back on the mainland?'

'I've not abandoned anybody. Anyone who I left behind was quite happy to see me go.'

'I can't imagine that,' Marly said.

I thought she was being sarcastic, but she wasn't, apparently.

'You think you're such a piece of shit, don't you?' she said. 'Well, you're not. I don't hang out with shitty men. And I like hanging out with you.'

'I don't exactly think I'm a piece of shit –' any more – 'but I do think I have a tendency to drag people down.' I couldn't look at her as I spoke. 'I like hanging out with you too, but . . . you might not like me so much when you get to know me better, that's all. When I'm depressed, for instance, I'm pretty hard work.'

'Oh, so you're trying to keep us all at a distance for our own good!' She pointed at me as we both stood, reaching for our bikes again. 'Very thoughtful. Very silly. I'm a grown-up girl, Jones, I can look after my own emotions, thank you. So can Charlie, by the way, in case you've been wondering. And for what it's worth, you're absolutely terrible at shutting people out, so stop trying to be something you're not.'

She had to raise her voice for that last part – I was riding again, and she was chasing me down. I thought of how hard I'd been on Charlie for being fake when she got here, and winced, because Marly was probably right. I've been pretending to be something I'm not too. Maybe it's time to accept that I'm a really bad hermit.

I like people. I like connecting with people. And if they're willing to hang out with me, and let me into their lives, well, maybe I should let them decide that for themselves.

We headed for Windward Ridge. The sky was grey, and the bracken on the cliffs around us was turning rusty orange. I could *feel* the season shifting. As I reached the ridge path, I spotted a group of figures walking slowly across the bay to our left and slowed to take a closer look. I could see Galoshes' pink hair, and Kim the sheep farmer's habitual cowboy hat.

Marly came up beside me, dropping one foot to the ground. 'Huh,' she said. 'That's the whole shop committee down there.'

She was already leaning her bike against the railings and heading for the steps to the beach below. I followed her down the narrow steps cut in the side of the rock. We made it safely to the bottom and picked our way across the sand towards the committee members. Kim spotted us first, and nudged Galoshes.

'How are you going, you lot?' Marly called as we approached.

There was a definite response to our presence, but it was hard to say exactly what that was. Awkwardness? Alarm? Galoshes greeted us first, and then Karyn said, 'Look, it's not a coup, or anything.'

'Karyn!' Galoshes said.

'What! You know they were thinking it.'

'I wasn't thinking it,' Marly said. 'But I'm glad to hear it all the same.'

'Told you we should have met in the old pirate cave,' Kim muttered.

'I'm not hiding out in a cave,' Galoshes snapped. 'We've nothing to be ashamed of. Just a group of locals getting together, doesn't have to be official, we're just "hanging out".'

The heavy air quotes around *hanging out* did not reduce my suspicions.

'If you guys have concerns,' I said, 'Charlie and I would love to hear them.'

'That's balderdash and you know it,' Galoshes said. 'You don't want to hear from us. You'd plough on with everything without committee sign-off if you were allowed. I'm just updating the committee, as is my right.'

'Nobody is trying to impinge on your rights, Galoshes,' Marly said, sounding slightly weary.

This all needed dialling down a notch. I did my best to project calm.

'Galoshes,' I said, 'can I speak with you privately, please?'

She narrowed her eyes, and then, after a moment, turned on her fellow committee members.

'Well, off you go,' she said, swatting them away with both hands.

They scattered. Marly went with Jerry, murmuring something about needing to discuss a calf, so it was just me and Galoshes on the beach. We began pacing slowly across the sand, following the committee's footsteps. It's always easier to talk while walking.

'What do you need from us, Galoshes?' I asked.

Her expression was full of suspicion. 'I don't need anything from you,' she said.

'To make you feel comfortable with the changes at the shop, I mean.'

'It's not about feeling *comfortable*. It's about what this place is, and what people like you want to make it.'

There was a lot to unpack there.

'What do you think I want to make it?' I settled on after a moment.

'Posh. Expensive. A café that sells a few local bits. Not a proper shop for the community. A gimmick for the tourists instead.'

'You're right – we are trying to draw in more tourists. So are most of the business owners on this island, Galoshes – tourism is the key industry here.'

'You think I'm stupid? Of course I know that. But there are some places that are *ours*, here. You'd get it if you'd grown up on the island. There's the Ormer the day visitors see – Windward Ridge, the bathing pools on Little Ormer, Karyn's chocolate shop. Then there's the real Ormer. The Ormer that's still here out of season. The cliff paths without signposts, the ones whose names are in old Ormerese and not written down nowhere. The bays no tourist'll ever find. The old Ormer families, like the Nicoles – good people, island people, community people. The shop was part of that world. And you're turning it into the other thing.'

For the first time, I considered the possibility that Galoshes wasn't just being obstructive because she didn't like change. I allowed myself to wonder whether on some level, she might be being obstructive because she wanted to protect something important. We *were* turning the shop into 'the other thing' – at least a little. And maybe that would make us easy profit, and ensure we could both stay on as co-managers, but was it right?

'I hear you,' I said. 'Let me think on that.'

Marly wandered back over in time to catch Galoshes' surprised expression.

'All friends over here?' she said.

'I've always been friends with Jones,' Galoshes said.

I laughed.

'What! I have. I've always been nice to you.'

'You've been civil to me. I'll give you that. But not to Charlie.'

'I'm nice to Charlie.'

'You're not nice to Charlie.'

'Fine, I'm not. But she's . . .' Galoshes pulled a disapproving face. 'There's something about her – she's not telling us something, I'd bet my cat on it. And she's too *much*. With all her pumpkin decorations and her trendy clothes and her airs and graces.'

'When people say women are too much,' Marly said, 'it usually means they're intimidated.'

'They mean that if they say it about you, because you are bloody intimidating,' Galoshes told her.

'Charlie's got lots of ideas, and she's driven. People like her, too. The committee might all vote with you out of loyalty, Galoshes, but I'll tell you now, she's won at least half of their hearts already. She's good at this job,' I said.

'You're being very nice about your competition.'

'She's my teammate. Not my competition.'

'We'll see,' Galoshes said. 'I'd watch your back, Jones. Say what you like – I don't trust her.'

I do trust her, actually. And I really don't want to be watching my back. I *want* to trust Charlie. I'm choosing to. I'd rather be a hopeful dupe than the bitter, lonely man I became back home.

Bye for now,

Charlie Jones

# 16

***London, five months earlier***

Jones knew that you could not stay in a relationship out of pity. That was an *awful* thing to do. But he also knew that Aspen was struggling, and had been every day since her father's death. She'd recently fallen out with Bridget, too, which was hitting her hard considering all the issues she had with her mother. And it wasn't that Jones didn't care for Aspen, or enjoy his time with her. In fact, it had been very easy to slide into her life. Her friends were becoming his friends, which was handy, since he'd lost many of his own in the break-up of his marriage. Her belongings now peppered his sparse bachelor pad, giving it her signature style – classy, candle-heavy, lots of velvet cushions in earth tones.

He was almost shocked to discover how easy it was to stay in a relationship that he knew, deep in his gut, was not quite right.

It did not occur to him that it might have an impact on him that he could not yet see. That faking contentment came at a cost, and waiting to leave her meant putting both their lives on hold.

On a crisp day in early April, Aspen suggested a trip to the theatre with a couple of new friends. Jones wasn't a theatre person – he found theatre people either intimidatingly cool (floaty, posh, lots of jewellery) or enthusiastically uncool (loud, overfriendly, constantly changing hair colour) and neither variety ever seemed to take to him. But lately Aspen was picking up new friends all the time, and wanted to do different things, really *make the most of London*, and he saw this as a good sign. In the early stages of her grief, she'd not wanted to go anywhere at all.

It was a matinee, as they would both be working in the evening, something he was already dreading – work, like all elements of his life, had become increasingly stressful and unenjoyable.

The roads were thick with traffic on their walk from the tube, and the air smelled distinctively like London: warm car fumes, petrichor. Jones found himself longing for fresh air and a little space – London was losing its charm of late.

'So they won't talk in the Shakespeare kind of way?' he said to Aspen.

Her red hair was piled on to the top of her head, exposing the sweeping line of her neck above her collarless jacket. She looked breathtakingly beautiful. Why did he not *feel* it the way he should? It was as if she were a work of art he didn't understand – the fault lay in him, he knew, but how could he correct it?

'They will,' Aspen said distractedly, searching through her handbag. 'But they'll be dressed in modern clothes.'

'Oh,' Jones said. That wasn't going to help much.

'If you don't want to come, I can just go with Marc and Stefano,' Aspen said.

'No, no,' Jones said hastily. 'I'm looking forward to it.'

He'd just get himself a drink and zone out. In these sorts of situations Jones had an ability to think about absolutely nothing if he had to – a kind of meditative state, but without any of the resulting zen. More like . . . an off switch. He had been relying on it a lot lately.

They made their way through the crowds on the pavement with the ease of consummate Londoners – parting mid conversation for two influencers with selfie sticks, turning sideways to make room for the vendor selling caramelised nuts from a cart. But one particular car horn cut through the usual hubbub: an Uber driver was hooting repeatedly.

'What's . . . oh,' Aspen said, standing on tiptoes.

A crowd was gathering around a grey saloon car in the bus lane, stuck behind a string of number 26 buses. Aspen slipped into the bustle so fast she lost Jones for a moment, and by the time he'd pushed through, she was on her knees beside the car's open door, and there was blood all over her cream collarless jacket.

His heart stopped. A woman was screaming from inside the cab, a guttural roar.

'She can't have a baby here,' someone in the crowd said. 'She'll *die*.'

'Don't be ridiculous,' Aspen snapped, shrugging off her jacket, always keeping her grip on the woman's leg, just switching hands. 'I'm a midwife. She's perfectly safe. She's doing brilliantly. If you don't have anything helpful to say, give me your coat.'

'My coat?' the man said, dumbfounded. 'What for?'

'To catch the baby in,' Aspen said, with satisfaction.

The man backed out of the crowd. Aspen glanced around, searching for Jones. The woman was kneeling on all fours on the back seat, her long skirt covering her from the onlookers, her face invisible inside the vehicle.

'I'm here,' Jones said, pushing through to stand at Aspen's side. 'What can I do?'

He'd already taken off his coat and handed it to her.

'Can you go around and talk to her? Tell me if she seems woozy? She's in transition. Her pulse is good, but I've not had time to check more than that.' She cursed. 'I wish I had my bag with me. Gloria, you said, right? Gloria, you're doing *great*. I'm just sending a colleague around to talk to you through the other door, OK? She's got nobody with her but the Uber driver, who's on the phone to the ambulance,' Aspen added in a mutter to Jones. 'Try to act midwifely.'

Jones looked up towards the driver's seat, where he saw the blank, panicked face of a young man in driving gloves with a phone pressed to his cheek. This man had gone through fearing for his upholstery and was now visibly concerned that someone might perish in his back seat.

'On it,' Jones said, already moving around the car.

The woman didn't lift her head when he opened the other passenger door. She was half hidden behind a tangle of sweat-soaked hair, and her shoulders shook with sobs.

'This is not how it was supposed to happen,' she said, voice hoarse. 'There's a birth plan in my bag. My sister's meeting me at the hospital.'

Jones covered her hand with his on the car seat.

'Please,' she said. 'I can't do this.'

Aspen talked about work a lot, so Jones knew losing faith like this wasn't just common in transition – the very last stage before the baby came – but a symptom of it. If Gloria wanted to give up, that meant she was almost there.

'You can. You can do it,' Jones said, trying to channel Aspen's confidence, though he actually couldn't imagine how Gloria would be able to do this at all.

Gloria roared her way through another contraction. Jones gripped her hand. Aspen always made birth sound so beautiful – she was passionate about giving women a voice in their own labour, about rewriting the cultural narrative around birth. But this just seemed . . . terrifying. His ex-wife had known she didn't want children, so the idea of childbirth wasn't something he'd ever dedicated much time to thinking about, and though they'd talked in the abstract about labour when Aspen discussed her job, he'd had no idea it would be like *this*. It was absolutely wild. How on *earth* had mankind kidded themselves that men were the strong ones?

Gloria let out another deep, guttural sound. Jones remembered something Aspen had once told him and tried suggesting Gloria should relax her jaw; she swore at him so colourfully he found himself genuinely slightly offended for a moment.

'That's amazing,' Aspen was telling Gloria, who had begun to growl. 'You're doing it! Listen to your body. Your baby's coming, Gloria, this is it.'

'Not here,' Gloria panted.

'Here,' Aspen said firmly. 'Definitely here. I've got you, Gloria. I'm really good at this, OK? And I'm telling you, you're almost there.'

The next few minutes were a primal blur, and some of the strangest moments of Jones's life. Soon, Aspen was calling his name – perfectly calm, with a streak of blood on her cheek like warpaint – and handing him his coat, now soaked and stained. Gloria's baby was pressed to her mother's chest, screaming and pink beneath the blood, and Gloria's face was beatific. Jones himself felt fundamentally changed. As though he'd just seen some sort of religious miracle, perhaps, or a supernatural occurrence.

The ambulance was five minutes away, much to the Uber driver's profound relief. Aspen had climbed in beside Gloria now, and smoothed the woman's hair back from her face as Gloria shifted her top, bringing the baby beneath it to keep her warm. Her little eyes were scrunched closed, her tiny hands balled in fists. Jones leaned on the car door, looking down at them all. It seemed almost impossible that this miniature creature would eventually grow into a person, with opinions and habits all her own.

'Isn't she beautiful?' Aspen whispered.

Jones nodded, awed. 'That was amazing.'

'Right?' Aspen said, beaming at him.

He couldn't remember the last time he'd seen her smile that way. Something fluttered inside him. He did love Aspen, he *did*. Perhaps he simply couldn't fall in love the way he had once – perhaps when your heart had been broken that badly, it was never quite the same again.

'*You* were amazing,' he told her. 'We're sacking off Shakespeare, right? Shall we go to the pub instead? You deserve a drink after that.'

Aspen's smile dropped to something questioning. 'It's half one. And I'm on shift later.'

'Right, right,' he said hurriedly. 'Of course.'

His brain was like cotton wool. Gloria's roars still seemed to be ringing in his ears, and his broken heart felt sorer than ever, for reasons he couldn't quite name, but felt sure were to do with the baby. He looked down at the child's tiny, bloodstained feet. She was the smallest person Jones had ever seen.

Jones pressed his hand to his chest. What was it he was feeling? Whatever it was, it was big, and he didn't understand it at all.

# 17

*Friday 19th September 2025*

Guess what was in the pile of post Rog just brought me?

Should probably say at this point: still haven't told Jones about Rog. Or fired Rog. I know it's bad, but he's not been on shift anyway, and Jones is just so happy at the mo! Can see the change in him. Can't bear to share this crappy news and watch his good mood disappear.

Am just going to handle it myself, I've decided. If I was here solo, this would be my task alone – no reason for me to drag Jones into it to help me. Will fire Rog today. Thought about doing it just now, on the doorstep, but really didn't want to, to be honest, then saw the return address on the top parcel and could suddenly think of nothing else but opening that envelope.

Rog has brought me my sperm catalogue.

It's not called that, obviously. The very fancy fertility clinic calls it the sperm donor bank. But it's a big glossy catalogue full of men's profiles, and any one of them could be the father of my child.

There are no photos, but even so, it reminds me of flicking through a dating app – except I don't have to talk to these people. Or fall in love with them. Or let them break my heart.

They can't hurt me, they can't let me down and they'll never leave me.

And looking through this catalogue brings me a step closer to the dream that I fought to hold back for so long. All the little elements that I'd catch myself thinking about when I wasn't strong enough to shut the longing down. A first flicker of movement in my belly. A first cry. A first grip of a hand that I'll hold through a first feed, and first steps, and first heart-break – a hand I'll hold as long as they need me to, whenever they need me.

Even writing it makes me cry, right here on these pages, but this time I'm not crying because I'm scared I'll never have all those firsts. I'm crying with hope.

I can joke about sperm catalogues and make out like it's all fun and easy but in truth this feels so monumental I can hardly bear it. My test results were good; I have the money. With help from one of these beautiful men who donated their sperm, I can probably have a baby. It won't be easy – have enough friends who've gone through fertility treatments to know that, and I've seen single mums struggling through those early months with a newborn on their own, but . . . I also know without a shadow of a doubt that it'll be worth it.

There are no words, really, for the way I want this. I've imagined each of those small steps so many thousands of times, always knowing that my chances diminish by the day unless I find the mythical man for me before it's too late.

But here I am. Single, independent. And closer to my baby than I've ever been.

*

Was going to fire Rog as soon as I headed to the shop, I really was. But got there to a stressed Marly: Rosie was out of action with bad cramps, so we were needed on the farm! We left Toby in charge at the shop. (Spoiler alert as I am writing this at the end of the day: he survived! Which, let's be honest, it did not look as if he would when I suggested the idea.)

We were enlisted to clear the flints from Pipit Spinney, one of my favourite spots on the farm. It's this wedge-shaped little field that's too small to be much use – you can hardly get a tractor in there – but I love it because it has the most amazing sea view, and because it's surrounded by wild hedgerows packed with flowers and minibeasts. This morning I swear I saw a stoat, which I thought was an extinct animal, so got very excited about it until Marly told me 'they're like bloody rats, don't encourage them', as though maybe I'd make them too big for their little stoat boots. She didn't let Ginger catch it, though, which is about as close as Marly gets to having a soft spot for something.

Anyway, Jones and I rolled our sleeves up (or, more accurately, tucked our trousers into our socks) and waded into the post-pig mud to clear the stones. It was totally back-breaking work, and Jones was obviously better at it than me because he's a big muscular man and I'm very much not that. But was also surprisingly lovely. Ginger wagging between us, the smell of freshness and roots and reality in the autumn air . . . Gorgeous.

Brianna rang me while I was there. I stepped out of earshot to take the call, finding a tree stump where I could sit down.

'Hey! Ooh, wow, it's nice not bending over for a minute.'

'Hello,' Brianna said, 'what have I interrupted?'

'Moving flints!'

'Moving . . . Never mind. I saw your shortlist – are you seriously considering letting a man called Keith put his sperm into you?'

'Bri! He won't be putting anything anywhere, it's a medical procedure, very straightforward, very non-sexual, and also, he's not actually called Keith. I just gave them all names so I don't get the contenders muddled – they're just called, like, Donor 1989 or whatever.'

'Oh. Why would you choose Keith? Nobody fancies Keith.'

'I don't want to fancy him,' I said, a little impatiently. 'That's the joy of this! I'm not required to sleep with him at all!'

'Are you still very anti having sex with anyone?'

Found myself gazing at Jones across the field as she said this.

'Sex is not relevant to the sperm conversation,' I said. 'Once again, Bri, this is the point.'

'No, I get that, I've segued.'

'Seamless, as always.'

'What if you do meet someone one day? What if they mind that Keith's your baby daddy?'

'Then they'd need to work on being a bit more open-minded, wouldn't they?' I said. 'Seriously, though, I don't want to think about meeting someone or falling in love. I'm done with that. I want to do this alone, for me.'

My voice broke a bit on that last word. God, authenticity is embarrassing.

'And you know I love that for you,' Brianna said. 'But please. Not Keith. He's a Pisces, anyway – it would never work.'

'It doesn't have to—'

'I'm teasing, I'm teasing.' There was a beat. 'Do you think, if you met someone who really wanted to be a father . . .'

'Your obsession with me having a traditional family structure is giving me the ick.'

'It's not about that. You know I totally support you in becoming a single mum. I just don't know that I want you to write off romantic love for ever as part of this decision.'

'You're just way too happily married to talk to about this. It's hard to find someone who's as perfect for me as Stu is for you, and I'm done with waiting on that miracle to occur before I get to have a baby. I know some people are lucky and get pregnant well into their forties, but I'm scared, Bri – I might not be one of those people. And honestly, I don't want to wait until then anyway. You know what it feels like, wanting a baby – how overpowering that feeling can be.'

'Well, what if your little one is five and then you meet the love of your life?'

'My little one is going to be the love of my life!' I chirped, then I toned down the Cheerful Charlie voice – am really trying to give up on all that fake stuff. 'I'm just not thinking about romantic love right now.'

'I get that. Believe me. You know I love my kids more than life itself. But I also love my husband, and it's not either/or, that's all I'm saying. You've got more than one love story in that big smushy heart of yours.'

'My heart is not smushy. Smushed, maybe.'

'Oh, please. You sound happier than you've sounded in years. Are you telling me you're still heartbroken?'

Hmm. Didn't answer for a while.

'Having a little poke around in that chest cavity, are you?' she asked, after I'd been quiet for a bit too long.

'Gross. No, I haven't really thought about romance for a while, I guess. So I'm thinking about it.'

Was actually buying time. The whole chat had shaken me a bit.

'I guess . . . if . . . one day . . . someone who really, honestly wanted children, and would love mine like their own . . . God, it feels weird to even say it. But yes, I suppose it's theoretically possible I could date this theoretically open-minded man who wants kids. Or, specifically, wants my kid.'

'There we go,' Brianna said with satisfaction. 'She's ready to love again, ladies and gentlemen.'

Of course will not be loving again right now, as discussed. But what she said about being happy . . . I am, actually. The grief is still there, the loss, the guilt, but it doesn't press on me the way it did. Doesn't . . . suffocate me. I've been so busy, so preoccupied, so focused on my new goals – I haven't even noticed that the broken heart I thought I'd carry for ever has been quietly mending.

No more delaying. Am on a Rog hunt.

Ugh, my stomach's churning. Don't want to do this. He's going to hate me, for starters. Rest of the team will too, and the committee – everyone loves Rog. But what else can I do?

At least I've managed to keep Jones out of it. Feel quite proud of myself, really. Am not naturally inclined to be Bad Cop, but am being brave and taking one for the team.

Hmm. Bad afternoon. Jones did not see it that way. More when I have a chance to write.

*

Eventually tracked Rog down on his tractor on the way to one of the polytunnels up at the northern end of Bramblebay, where they're still picking the last of the strawberries.

'Rog, we need to talk!' I shouted up at him over the roar of the tractor's old engine.

'What's that?' he yelled down at me.

'We need to talk! Can you turn off the engine please, Rog?'

'What do you want with Benji?'

'What? No, the engine, Rog.'

'Benji's a good dog, but he's not much help with the sheep – is it Kim who sent you?'

'No, Rog, I'm just – could you turn off the engine?'

'Tell Kim to try Baptiste's collie, he's not bad in a pinch. I'm on my way to the strawberries!'

'Right! Can you . . .' I was doing a very awkward jog to keep pace with the tractor. 'Can you spare a minute?'

'Do you want to climb in?' Rog said, finally stopping. 'Can't hear you all the way down there!'

Hitched up my skirt and climbed the steps to the tractor cabin. It was surprisingly snug and cosy in there, though as soon as we started moving the juddering motion made my teeth chatter.

'Sheep emergency, is there?' Rog said, flashing me a gold-toothed smile.

'Sure,' I said, giving up. 'Thanks for the sheepdog advice. While I have you, can we talk about something else, please?'

'Oh, hello, another Charlie Jones!' Rog said, waving enthusiastically to Jones, who was cycling towards us, standing up in his saddle, peering into the cab of Rog's tractor. He looked a little surprised to see me. Had never seen Jones on his bike before, though it lives propped up by our front door. A little lurch of emotion went through me at the sight of him in his helmet, looking for a split second like he was someone else entirely. Least he was wearing one, though – loads of islanders don't.

'Charlie? What are you doing?' he called. Or at least, I assume that's what he was saying. Rog wasn't wrong – it was hard to hear up there. I asked Rog to turn off the engine for a moment.

'I've been calling you,' Jones said, dropping one foot to the track as he came to a stop. 'We need you back at the shop. Red's had to duck out for a bit.'

'Why?'

'She's . . .' Jones's eyes flicked to Rog. 'Can you come down?'

I sighed – had really geared myself up for the hard conversation with Rog – but dismounted again. Jones immediately took my arm to pull me aside. He was windswept from cycling, and the smell of the island breeze had caught in his jumper. I resisted the alarming urge to breathe him in.

'She's crying,' he said grimly.

'Red?' I said, horrified enough to stop checking out Jones in his jumper. 'But Red's so . . . cheerful! That's like her whole personality!'

'I'm not sure cheerful is anyone's whole personality.'

'Maybe that's where I went wrong when I got here.'

Jones laughed, then said 'What?' when I looked at him in surprise.

'Look at you, laughing at my jokes. You barely cracked a smile week one here.'

'Well, you got funnier,' he said, the corner of his mouth twitching.

The way his eyes crinkle when he smiles . . . I had to look away. The conversation with Brianna was still fresh in my mind, and it was such a little thrill to make this shadowy, complicated man laugh.

'Did you need something from Rog?' Jones said.

'What? Oh, shit.'

Rog had set off again. I yelled his name and chased his tractor down the track.

'Can't stop, Charlie! I'm already late after sorting the plumbing at Karyn's place!'

Could well believe that. Rog is always late.

'What do you need Rog for?' Jones said from behind me.

I sighed, slowing to a walk. 'Don't ask. You don't want to know.'

'Is it shop business?'

'Yes. I wanted to keep you out of it until it was done, so you didn't have to bear the brunt of everybody's outrage too, but . . .' I stopped walking. Found myself actually quite desperate to share the burden. 'I need to fire Rog.'

Jones stared at me as Rog chugged off into the distance behind us. 'You're going to fire Rog? One of our four employees? Without discussing it with me first?'

'Trust me. If you knew what I know—'

'Which I don't.'

'Well, I just thought—'

'What happened to trusting each other?'

'This isn't about trust! I just didn't want you dragged down into all this. Galoshes already hates me, but she's all right with you, and you've been really getting somewhere with the coffee and biscuits thing, and if you were part of this—'

'She might get the mistaken impression that we're jointly managing the shop?'

'She might blame you!'

'This is about trust,' Jones said grimly. 'You don't trust me to be able to handle it. Are you even going to tell me why we're firing a good man who works hard and does a great job?' He paused. 'Sometimes? If he turns up?'

'I saw him stealing, Jones. That's why the till never balances at the end of the day.'

Jones was silent for a moment. 'You actually saw him?'

'Yes. He took a couple of twenties out while he was cleaning and locking up.'

Jones breathed out slowly. 'All right. I'll talk to him.'

'Talk to him?'

'Get his side of things.'

'Are you serious? Do you not believe me when I say I saw him stealing?'

'I believe you thought you saw that. But I also believe in giving people a chance.'

'So do I!' I was so frustrated I could have cried. 'But I also believe what I saw!'

'Leave the Rog situation with me,' Jones said. There was no crinkling around the eyes now. 'Why don't you focus on Galoshes instead? She's been dismantling all your autumnal decorations while you were out.'

'She's— What?'

'Yeah. She knows you're too scared of her to bollock her for it, I imagine.'

Jones was angry. I've only seen him properly angry once before – that moment when we were drenched by the lighthouse, when I told him he was an entitled man used to getting what he wanted. But this time, there was no danger of this ending in a kiss. His arms were folded tightly across his chest and his glower was fierce. I was having to fight to keep from crying. Had got used to the warm, caring Jones – hadn't realised how much he'd changed until he was back to this scowly, shut-off stranger again.

'Your issues with Galoshes are getting in the way of progress in the shop. She's not going to agree to anything until she believes we're good people who aren't trying to turn the shop into some gimmicky tourist trap. I'm doing what I can, but the fact is you're fifty per cent of this, she doesn't trust you, and we have two and a half weeks to get that shop to a place that justifies two salaries. Sort it, please,' he said, climbing back on his bike.

'Jones—'

'I'm done,' he said. 'Unless there's anything else you've not deigned to tell me because you think I can't cope with it?'

'What? No, no, it wasn't . . .'

He was already cycling away.

# 18

**New Message**
**From: Charlie Jones**
**To: Charlie Jones**
**Subject: Day forty-three sober**

Fuck, I'm angry.

I hate being angry.

It makes me want a drink.

**New Message**
**From: Charlie Jones**
**To: Charlie Jones**
**Subject: Day forty-three sober (cont.)**

I'm back at the stables now. Charlie's out somewhere – avoiding me, probably. I wish I'd been calmer when she told me about Rog. I keep seeing her face when I snapped at her. She looked hurt, and disappointed, and . . . anxious. Which I *hate*.

But I also hate being treated like I can't cope. The wolfish voice in my head thinks I can't cope either, at least not without a beer or two, and it's hard enough ignoring that all day without Charlie acting like one small problem will make me fall apart.

*Look at you, though*, the voice says. *A little argument with your co-worker and you can feel the darkness creeping in again. You're this close to having a drink.*

But the darkness *won't* close over me today. And I've *not* had a drink. I've lit the log burner – a fire is just the right kind of high maintenance – and I'm mainlining Doc's custard creams. Sugar, keeping busy, and learning my lesson. If I really saw Charlie as a co-worker, I wouldn't care nearly as much about her opinion of me. I need to put my walls back up – I need to concentrate on what I came here to do, and focus on my future.

The shop profits aren't high enough to justify two co-manager salaries from October yet. And I've been ignoring the possibility that we won't get there, because frankly I've not wanted to think about it. Charlie and I are a team now, we're . . . well, we're whatever we are, friends I guess, if you can call someone a friend when you want to stare at them all the time.

But I need to face reality. If we don't step things up a gear, there will only be funds for one of us to stay on. And I need to ask Marly exactly what that decision looks like, because that person has to be me.

First off, though, I need to speak to Rog.

CJ

**New Message**
**From: Charlie Jones**
**To: Charlie Jones**
**Subject: Day forty-three sober (cont.)**

I eventually tracked Rog down – he was still at the polytunnel, picking late into the evening with Marly and a few of the remaining summer workers.

A lot of people have assumed the worst of me, over the years. It's the ogrish looming, probably, the fact I'm not much of a smiler. So I'm not going to do that to Rog. I'm done with the darkness, the pessimism – when I'm not depressed, I'm a person who hopes for the best and looks for the good. So that's what I did in the polytunnel this evening.

I just asked him, straight up.

'Rog, did you take some cash from the shop till the other day?'

'Hmm? Oh, yeah, probably,' he said distractedly. 'For the extras fund. We always take it out the farm shop till – all one business, isn't it? It evens out, that's Rosie's logic.'

'That's . . . Rosie's . . . logic?'

'So you know there's always a few B&Bers who don't pay, right? Like Red?'

I did not know this. My face said as much. Rog rounded on Marly, who glanced up briefly over her row of strawberry plants.

'You didn't tell them that?'

'Did they need to know?' Marly asked, head back down.

'Yeah!' Rog said. 'They've seen me taking cash out the till and they think I'm nicking it!'

Marly stopped. 'Oh. Shit. Sorry. He's not stealing it. You picking over there, Jones, or just having a yarn?'

'The till never balances,' I said, pinching a few strawberries and putting them in Rog's container.

'No, well, it wouldn't,' Marly said, 'because when we need petty cash for the B&Bers who aren't paying rent, you know, for snacks, treats, extras, we just take it from the till.'

'You can't do that,' I said. 'It's an accounting nightmare.'

'Accounting is a nightmare anyway, and it's much easier than going all the way to the cashpoint in the post office.'

I didn't even know where to begin with this, so instead I asked why some people at the B&B don't pay.

'Rosie,' Marly said, as though no more explanation was needed. On seeing my bemused expression, she sighed, hands a blur as she moved her way down the line of strawberry plants. 'Her parents did it – any young person in trouble, having a tough spell, they'd have a room at Bramblebay Farmhouse. When we decided to convert the place into a B&B, it was really important to Rosie to keep up what her parents had started, even if we were mostly putting in the extra bedrooms to try to make some money. So there's always at least one person there who's on reduced rent, no rent, whatever – Rosie decides. It's entirely at Rosie's whim. Completely nonsensical.'

And very Ormer.

'That's actually lovely,' I said.

I still have no idea how both Charlie and I ended up getting this job, and Marly and Rosie being something to do with it is top of the list, but how can I think badly of these women? How can I think they'd create this messy situation on purpose?

'Anyway, I'm the farmhouse guardian,' Rog said. 'I'm the one people call if there's trouble. Or they need a snack.'

'Of course you are.' I sighed, trying to refocus. 'From now on, you don't just take random amounts of cash out of the till. We need to document where all the money comes from and goes to. Is there a business account for the B&B?'

'Right, someone said "business" – I'm out! Can't be doing with the business talk!' Rog declared, moving off down the polytunnel, hefting his tub of fresh strawberries.

'Rog, you're a business owner,' I pointed out. 'In fact, you own about a hundred businesses.'

'Stop saying business! I just do odd jobs!'

I wonder what Rog's tax return looks like. I bet it's an interesting read.

'I'm done too,' Marly said, stretching out her shoulders. 'Rosie's out this evening with Charlie – fancy a non-alcoholic cocktail at the farmhouse? What?' she added, at my surprised expression. 'Do I not seem like a non-alcoholic cocktail woman?'

'Not really,' I said. 'Sorry.'

'Well, we all have different sides to us, Jones, don't we? Virgin sex on the beach?'

It ended up being an unexpectedly nice evening, the sort of spontaneously enjoyable night that I would've thought could only happen with alcohol. We sat with Ginger in the snug that Rosie and Marly use as their living room – the main one is given over to the B&B guests. It was cosy, packed with a sofa set that didn't really fit, dotted with family photos.

'All Rosie's,' Marly said, when she saw me looking. 'My family and I aren't really on family-snap terms.'

'I'm sorry.'

'Don't be. It's not the lesbian thing, they're not homophobes, they're just narcissistic wankers.' She nodded to the biggest photograph, in the centre of the mantlepiece – a young couple, eighties clothes and hair, big smiles. 'Rosie's parents. I wish I'd known them. By all accounts they were *not* wankers. It's kind of sad to know I could've had an extended family if the Nicoles had lived – a good one.'

'They do look nice,' I said. 'Very . . . parental.'

'I know exactly what you mean. Like a stock photo of a good mum and dad. It's the kind eyes,' Marly said, stroking Ginger's ears as she examined them. 'And the way they're holding each other. So much love.' She sniffed. 'My parents were childhood sweethearts too. Definitely didn't end with a marriage like that. Yours?'

I wasn't sure quite what to say. 'Complicated,' I told her, in the end. 'Though I didn't really realise how complicated until recently. Funny what you accept as a kid, isn't it? You assume your life is the norm. But they screwed me up more than average, I'd say. We're not estranged or anything, just . . . not close.'

'Sorry to hear it, mate.'

'You know, you do have another family, now,' I said, a bit tentatively. 'Here on the island, at Bramblebay, with Rosie. You've built your own one.'

'True.' She gave me a fleeting smile over her glass. 'What about you? Is that your plan – build a family here? I've seen you eye-flirting with Charlie.'

'Charlie and I aren't talking right now. And if you saw any eye-flirting, that'll be the last of it.'

Marly sat up, interested, and Ginger mimicked her so precisely I couldn't help smiling.

'Really? What happened?' Marly asked.

I explained that I'd caught Charlie in Rog's tractor, moments from firing him. Marly found it hilarious, annoyingly. Her guffaws of laughter really took the sting out of my argument that Charlie had behaved abominably.

'Ah, she was trying to be nice,' Marly said, waving it off. 'You wouldn't care so much if you weren't obsessed with her.'

I protested this; Marly silenced me with a look.

'I've wanted to ask you what happens if we can't justify both our salaries,' I said instead. 'How will you choose who stays?'

Marly waved that off too. 'Let's cross that bridge. I suspect the answer will become obvious pretty soon.'

'What do you mean?'

She looked at me shrewdly. 'Just know I'm rooting for you.'

We moved on to discussing something else, though now I'm home I'm realising how uncomfortable that made me. Was she saying I'd get the job over Charlie, if it came to it? I should be pleased, obviously. But I can't help thinking it doesn't seem very fair.

CJ

**New Message**
**From: Charlie Jones**
**To: Charlie Jones**
**Subject: Day forty-four sober**

Charlie didn't get home until after midnight. I'd left the farmhouse around eleven, but I wasn't in bed, I was just watching the fire die down, drinking endless lemonades, writing that last email and ignoring the voice telling me it wouldn't be a big deal to have a glass of wine.

'I spoke to Rog,' she said. Her tone was muted. 'I'm really glad he wasn't stealing.'

'Mm. Me too.'

We said nothing for a while. I didn't let myself look at her. I just fiddled with my lemonade bottle and stared into the fire. If we didn't live together, there was no way we'd have spent any time together this evening. Everything still felt raw.

'Did you figure out what's going on with Red?' I asked into the silence.

'No. She'd pulled herself together by the time I got there. She says she's fine. I'll get to the bottom of it eventually. I mean – we will.'

Her voice wobbled a little. I couldn't help it: I looked at her then. I thought of Marly laughing at me, telling me I wouldn't care so much about the Rog thing if I wasn't obsessed with her. Charlie had her hair pulled up in a clasp, and there was a little worried frown just visible beneath her fringe. Despite the day we'd had, I wanted to smooth it away with a kiss.

It occurred to me that I'm so rarely angry, and when I am, it's almost always with myself. What had hurt about Charlie's behaviour was the fact she'd confirmed something I loathe about myself. And that it had been Charlie, of all people, to do this – the person whose opinion I have apparently come to care about immensely. The woman I am, look, let's be honest, obsessed with.

Fuck.

Charlie met my eyes and took a deep breath in and out.

'I'm sorry,' she said. 'I shouldn't have assumed the worst about Rog. And I shouldn't have tried to handle it without you. I thought I was being mature and taking responsibility. Challenging the anxiety by taking on something everyone would dislike me for.'

'There're two of us. You don't *have* to take all the responsibility,' I said, but in truth the anger had gone out of me. And I liked that she'd apologised like that, without messing around or diluting it. Just a sorry and an explanation.

She moved around the sofa and perched on the arm. I could smell her perfume – it's rich and floral, too complicated to pick out one particular scent, and it lingers around this place all the time. Getting a proper hit of it made me close my eyes for a moment.

'It's just been so nice seeing you happy lately,' she said. 'I didn't want to wreck that. Though . . . I did, in the end.'

'I don't need you to look after me, Charlie. I actually need to know I can cope, I think, without any crutches at all. No alcohol, nobody who I lean on to keep me going . . .'

'There's a big difference between leaning on alcohol and leaning on a friend. And I never thought you couldn't cope, I just wanted things to be good for you, that's all.'

I felt a little shot of pleasure when she said that.

'Good, for me, is being someone who's an equal, not someone who needs babying, or looking after,' I said, resisting the urge to ask, *Why do you want things to be good for me? Do you find yourself thinking about me all the time, the way I find myself thinking about you?*

She nodded. 'I get that. I'm sorry.'

Again, there was a lovely simplicity to that. I've never had an argument end quite like this one. I tried to give her back the same.

'I'm sorry for what I said about Galoshes. That doesn't have to be on you – it's not your fault she's so unreasonable with you.'

'No, you were right, though. It's such an obstacle for us. I need to find a way to make her like me.'

'No, you don't. You need to find a way to show her she should respect you. You're a pretty impressive person,' I said softly. 'Shouldn't be hard.'

'Ha. I don't feel it when I'm around her. I just feel . . .' She pulled a face. 'Anxious.'

'Still feel new saying that?'

'Still new. Speaking of . . .' She slid her foot across the sofa to nudge the empty bottle of lemonade in my hand. 'Well done.'

'Thank you. I've had four, and two mocktails at Marly's.'

'Wow. You're well hydrated.'

I told her yes, I was, and also high on sugar, and possibly lemons.

She laughed. 'Does it help? The lemony sugar?'

'Sort of. You can't avoid yourself with a bottle of lemonade. Not that alcohol really lets you do that. It's just a trick of the light. You still end up face to face with yourself in the end, you're just doing it with a hangover and no idea what you did last night.'

'Ah, sitting with the uncomfortable sensations instead of avoiding them. Yes. I'm trying this. I've been reading about anxiety.'

'Yeah?'

'It's good. I feel hopeful. Maybe I won't always feel so afraid.'

'Have you thought about medication?'

'I have. I think it's not for me right now. But I'm not ruling it out. I'm trying the Ormer method of managing the mind.'

'Which is?'

'Fresh air, proper food, and talking the bad stuff out loud to anyone who'll listen, which is probably everyone because this is an island full of eavesdroppers. And if those tricks fail you, go and pet one of the carthorses.'

'I'm sure the NHS will be prescribing carthorses in no time.'

She smiled, and then yawned, covering her mouth with her hand. 'I should get to bed. Sleep is part of the Ormer method too. I'm in the little room, right?'

I didn't want her to go to bed. I wanted her to stay here and talk to me all night, or at the very least to go to *my* bed, to slip into the double with me tonight. Every night.

Completely fucking obsessed.

'Before you go . . . Coming back to the trusting each other thing,' I said, trying to gather myself.

She paused on her way towards the bedroom door. 'Yeah?'

'It would be a lot easier if you didn't lie to me.'

Her eyes widened slightly. 'I didn't lie to you.'

'You didn't tell me what you saw Rog doing. If you had . . .'

'I get I did the wrong thing. But I wasn't being dishonest. There's a difference between withholding something and lying, Jones.'

I let her go with that, but I pondered it for a while. *Is* there a difference between withholding and lying? I'd have said yes, once, but now I'm not so sure. A lie is a lie, right? However you tell it, or don't.

Which makes me a total hypocrite, doesn't it?

CJ

# 19

*Sunday 21st September 2025*

OK. So, in the interests of talking the feelings out loud to anyone who will listen, including my own diary: my anxiety has been bad since the argument with Jones. Feel like the whole of my insides are sort of poisonous. Churning and swilling around like something toxic in my belly. And my brain's full of panicky white noise, and I'm just <u>worse</u> at everything right now, which makes me more anxious, because I get anxious about being bad at stuff, so here I am, swan-diving into a vicious spiral.

Right! Cheering up now!

Sorry, I'm actually done with this fake positivity. This is my diary, for God's sake. Who am I pretending <u>for</u>?

Guess it was naive, really, thinking this place could be my dream life. Your dream life isn't a place, it's not a job, it's not a persona you give yourself: independent mama-to-be in her Boden dress! It's a dream. Not real.

The fear's real. That's about it.

Tuesday 23rd September 2025

Hey. It's me again. Charlie Jones, instead of a terrified little fawn-type creature wandering around in her clothes.

It's good to be back. The feeling is still there, but I can see glimpses through the clouds now. The world doesn't look totally terrifying, all is not lost – I know I'm OK, even if I don't completely feel it.

What's set me off (kind of hate this phrase – is very 'hysterical woman' – but can't think of a better one) is what Jones said about Galoshes. Specifically, the fact that <u>my</u> issues with Galoshes are the reason the shop isn't making more money.

Truth is, if Galoshes liked me, we would already be serving Doc's biscuits and fancy flat whites. We'd have autumn decorations that weren't constantly being rearranged, and stock laid out the way we wanted it, and staff who actually listened to us.

I've tried so hard to impress Galoshes, but I'm still failing, and because of that, I'm either going to lose my job here in two weeks' time, or . . . Jones is.

What would he do? Would he go back to the mainland? There are so few jobs here out of season – what else <u>could</u> he do?

So . . . yes. The anxiety is a little quieter now that I've figured out where it's coming from, for sure. But the truth is, I'm still scared.

Let's focus on the good things.

- The catalogue of donors. That letter from the London fertility clinic, explaining how encouraging the results of my tests were. The possibility of a future I can build all on my own.

- The cows. Have formed a weird bond with a few of them, who often come over to eye me on the walk to the shop. They don't ask anything of me, they just hang around, like they know I might want company. It's kind of sweet.
- The autumn sunshine. Crisp blue island skies. Birdsong at dusk. Ormer, basically – the clean air, the open space, the earth beneath my feet.
- Jones. He knows I'm not myself at the moment. He doesn't try to talk to me about it – just does little things to make my life easier. Handles the early-morning deliveries at the shop so that I can go for a run when I wake up. Quietly stores my leftovers in the fridge if I don't eat a proper meal in one sitting, because he knows sometimes I can manage a second try later when the anxiety's loosened up a bit. And yesterday he just . . . put his hand on my shoulder. He didn't say anything or do anything, just put his hand there. We hardly ever touch except by accident. I don't dare – I know I'd like it too much. It was strange how affecting it was, having his hand resting on my shoulder. I've never had someone just accept how I'm feeling that way before. Whatever the reason we ended up living this strange, shared life together, I'm grateful for him – even if he is an extremely troublesome distraction.

*

Have been thinking. Wonder if part of the reason my anxiety's got worse lately is that I'm feeling a bit . . . guilty. And not just about the job stuff – about the people here.

I knew when I decided to come to Ormer that I'd have to hold parts of my past back from the community I hoped to join here. Wanted new friends, new neighbours, and it didn't bother me that I'd have to keep the odd thing from them, because we all do that, right? Even Brianna doesn't know everything about me.

But now I'm here, it's different. Have ended up sharing so much of my real self with people – just last night Rosie and I went to the pub and ended up swapping notes on the ridiculous shit we both worry about, and it was so lovely. Came home feeling the best I have in ages. Guess I hadn't counted on wanting to share myself (my real self?) with so many of the people here. After all, never did much of that back home.

Also hadn't counted on Jones.

It's even harder to hold myself back with him than it is with the others. He's a proper empath, I think – he hurts when you're hurting, he cares. Can see why he turned up here determined to keep everyone at a distance. If you let people in that way, just by nature, then it must be extra painful when they let you down.

But look at this conversation we had at dinner tonight. This is classic Jones. Planned to chat about the shop – 'what's up with Red and Toby' was top of my agenda – but instead we ended up talking about what it means to be a good person. The man cannot do surface-level. It's deep chat or nothing. Here, look:

'Do you believe in karma?' he asked me, spooning the rice on to our plates.

Had made korma, which was, genuinely, how this had come up.

'Not really. I think things happen for a reason, though.'

'What reason, then?'

This made me pause.

'I think people maybe . . . get what they deserve.' I winced as I said it. Wasn't necessarily a nice thought.

'Isn't that karma? The idea that your luck is influenced by your good and bad decisions in the past?'

We made our way to the table. Outside it was already dark – the evenings are drawing in now, and we'd closed the curtains on the long windows that line one side of the stables, to keep it cosy.

'I guess I like to think I'm not just the decisions I've made. That maybe even when I was making bad ones, I was still a good person.'

One of the things I love about talking to Jones is that he never sidesteps or tries to laugh things off. He absorbs what I'm saying and really thinks about it, every time, no matter what it is.

'I wish I had your faith in yourself.'

This took me aback. He saw my expression.

'I know you say you don't know who you are these days. But you do believe you're a good person,' he said.

'I guess . . . I do. Actually. Deep down. I know I've made a lot of mistakes, and my brain does annoying stuff that I hate, but I think generally, my intentions are kind.'

I watched how this landed with him.

'Your intentions,' he repeated.

'Right. I mean, what <u>is</u> good and bad? Everyone has different ideas of it, don't they?' I shrugged, reaching for a paratha, hot from the frying pan. 'I've been thinking about this a lot lately. I spend a huge amount of time trying to work out what other people think of what I've said and done, but really, that's not a sensible way to work out if those things are "good" or "bad", because you'd never get the same answer. Galoshes thinks I did the wrong thing suggesting Toby run the farm shop solo on the morning when we were helping out on the farm; Toby's mum thinks I did the right thing.'

'You definitely did the right thing.'

'Well, that's your opinion too, but thanks. What I'm saying is, I know my intentions were to help Toby see his potential, and push him – gently – into building his confidence. My intentions were kind. I won't get everything right, obviously, and if it had gone wrong I'd have felt really sorry about it, but I wouldn't think that decision made me a bad person.'

After a long silence, Jones turned his face away.

'Are you OK?' I asked.

He wiped his eyes.

'Oh, God, sorry – did I make you cry?'

He shook his head and then, laughing at himself, nodded. And I just fucking melted. This man. I never knew it could be sexy to see a guy cry, but it was. Something about the combination of hard muscle and the way he turned his face away, the vulnerability in someone so strong . . . It made me want to crawl into his lap and hold him, get closer, get as close as can be.

'I just needed to hear that,' he said hoarsely. 'Thank you. It made me feel . . .'

'Sad, apparently,' I said, pointing to his tears. Trying to break the tension. Anything to stop me reaching for him.

'No,' he said. 'It made me feel like I could let something go.'

Jones and I have both very pointedly left our pasts in the past. That's fine when you're being rivals, or frenemies, or co-workers, or even friends, which I think is where we've got to, now. And it's fine in a crush, too – I fancy Jones, but I don't need to know what he was like when he was growing up.

But as he scrubbed the tears from his cheeks, I realised I really wanted to know what he needed to let go. I wanted to know everything. Past, present, future.

And that . . . that's a major worry.

# 20

**New Message**
**From: Charlie Jones**
**To: Charlie Jones**
**Subject: Day forty-seven sober**

Acknowledging the Charlie obsession has not helped with the Charlie obsession.

She's in the bath right now. 'I'm just going to chill and read,' she said, drifting by with a paperback, and then she undressed on the other side of the door and slipped into the water with a long, soft sigh.

We won't live together, soon. Whatever happens, come October 6th, one of us will move out – if we're both staying, it'll be easy to find accommodation elsewhere by then, with tourist season ending. A bit of space between us should be a good thing. It'll help with the obsession, surely. But it doesn't feel like a good thing.

I spend almost every minute of my day with Charlie, and honestly, I don't know how I'll be able to handle a minute less of her.

CJ

**New Message**
**From: Charlie Jones**
**To: Charlie Jones**
**Subject: Day forty-eight sober**

I just had a conversation with Toby.

This is big news. Toby is an astonishingly accomplished conversation dodger. He has done hours – days – of shifts with me and has still managed never to utter more than five words at a time in my presence.

It's not that he's unfriendly – he's just very shy, I think. Everything I know of him is impressive: rumour has it he's doing well on an Open University course, and he's a runner, and we occasionally cross paths around the island when I'm out mountain biking (though he does often turn around when he sees me and run the other way). Most impressive of all, though, he's a hugely gifted artist. Marly showed me the mural he's painting at the farmhouse when I was there the other night, and it's incredible – this massive stylised depiction of the Nicole family's history on the island right through to the present day.

Anyway, today, Toby came to me. He sidestepped over from behind the till while I was sorting the fridges and cleared his throat. I was so surprised it took me a while to realise he didn't just want me to move out of his way. Toby's hair was, as usual, gelled to cover as much of his face as possible; I could see about half an eye.

'I need some advice,' he whispered.

'Sure. What can I do for you?' I said.

'I don't know if you've . . . noticed . . .' Toby trailed off, playing with the laces of his hoodie.

I suggested we could sit down in the sunshine, grab a hot drink. As we are – famously – not yet up and running serving coffees, we're all still making our own in the back room, and the picnic benches are languishing, generally used to store things or lean bikes against.

Toby remained completely silent as I made us both a coffee and we sat opposite each other on one of the benches. It was warm enough to sit out here, just – there's a bite in the wind, now, and I was grateful for the latest of Galoshes' handknitted jumpers I'd acquired. Everyone knows Charlie has changed her look since getting here – the sweet ribboned dresses are long gone, and she's always in a pair of chunky boots under some sort of long skirt or her favourite jeans – but I have too, really. I am very much a woolly jumper man these days.

'So what's up, Toby?'

'You may have noticed . . . some tension . . . between Red and me.'

I said something vague like, Oh, really? As though I didn't have this very issue written on my to-do list.

'The thing is . . . The only person I can talk to about stuff is my mum,' Toby said, his voice getting smaller and smaller. 'Well . . . my mum and Red. Before. But . . . something changed. And I have . . . no idea what.'

'With Red?'

He nodded.

'You guys were friends? Or more than friends?'

'More than friends,' Toby said, in such a quiet whisper I had to duck forwards to hear him.

'Really!' I said, then tried to dial down the surprise.

Why *was* I so surprised? Toby is a good guy, and I'd have guessed that Red is just the sort of person to see through things like shyness and bad hair to spot herself one of those.

'I know,' Toby said miserably. 'We had the most amazing few weeks together when she arrived. We stayed up all night talking, camped under the stars . . . I've never been so happy. She made me feel . . . enough. More than enough.' He hung his head. 'Then she stopped talking. And I figured . . . she'd just seen sense . . . and gone off me. But she won't . . . even look at me. I think she's . . . upset . . . but I don't know what I did . . .'

'Have you asked her?'

He blinked across the table at me. What I could see of his face was a picture of desolation. It was a helpful reminder that while life in your thirties has its challenges, anything beats being a teenager.

'Any time I try to speak to her . . . she just runs off. And she leaves all my messages on read. I don't know . . . what to do . . . but you seem . . . you know, you seem like you've probably . . . dated loads of women . . .'

I choked on my coffee.

'I mean, I have dated some women,' I said. 'But I wouldn't say

I'm an expert in romance. I am single, for starters.'

'Right, but . . . You're good at talking to everyone . . . And Charlie always stares at you when you're not looking . . . And I'm pretty sure the girl tourists hang out in the shop more when you're around . . .'

I was keen for him to elaborate on this.

'Like that one earlier . . . who was trying to choose a yogurt for like . . . ten minutes? Oh, you meant Charlie? Yeah she's always looking at you, and finding reasons to be near you, that kind of thing . . .'

This delighted me far too much. With a great deal of effort, I returned my attention to Toby's love life, and suggested he could write Red a note.

'A note?' He stared at me, perplexed. 'But I don't . . . I don't even know what I'd say.'

Which is how I ended up helping a nineteen-year-old write a love letter this afternoon.

And now, ridiculously, I'm off to deliver it. Toby went wide-eyed with terror at the thought of pushing it under Red's door at the B&B, so I took pity.

I'll write again soon, when I'm done playing cupid with the staff.

So much for not getting emotionally involved . . .

Bye for now,

Charlie Jones

**New Message**
**From: Charlie Jones**
**To: Charlie Jones**
**Subject: Day forty-eight sober (cont.)**

Here's how that went.

'Jones,' Marly said in surprise when she found me on the farmhouse doorstep.

Ginger shot out from behind her, colliding with my shins in her enthusiasm to say hello. I scratched her ears.

'Sorry, I know it's late. I need to hand deliver a love note. Is Red in?'

'*Red*? No! What about Charlie? Red's way too young for you – Charlie's a proper grown-up. She could handle you. Here, Ginger, it's only Jones, have some composure, girl.'

'I'm not giving Red a love note from *myself*, Marly. For one thing, I'm her employer.'

'Oh. That too.'

'It's from Toby.'

'*Oh*, that lovesick little pup – I wondered why he'd stopped coming around. They had a falling-out, have they?'

Marly opened the door and let me into the hall, Ginger racing ahead of us. The fire was crackling in the living room – their first of the season, Marly told me – and there was a large cast-iron pot bubbling on top of the Aga in the kitchen.

'He's not sure what happened, actually,' I told her. 'Red kind of ghosted him.'

'You can't ghost someone on the Isle of Ormer. It's impossible. The old guy who used to own the tourist tat shop tried to do it to Rog to avoid paying him for something, and news got around so fast it was discussed at the next night's parliamentary meeting.'

Intrigued, I asked what happened to him.

'I told you when you arrived, Jones – we look after our own here. And we have our own rules.'

'Swimming with the fishes, is he?'

'Ormer Parliament created a new law just for him. They made it illegal to sell figurines, just for a bit. Don't laugh, he'd have rather been thrown in the ocean, I reckon. The man had a shop full of china he had to ship back to the mainland. Anyway, Red's working at the pub tonight,' Marly went on, looking down at the envelope I was holding. 'You want me to take the note for her?'

'Toby asked me to push it under the door. I was given very specific instructions.'

Marly grinned. 'Third door on the left as you go up.' She headed back towards the kitchen, Ginger at her heel. 'Come by for pudding once you're done playing postman – Karyn's been testing new chocolate pots, Rosie wangled all the duds for us!'

I headed up the stairs. And look, it's not that I went snooping.

I just did some maths on my way down the corridor. I know everyone who's staying at the B&B at the moment – they're all long-term guests and they stop at the shop now and then. There's Red, then a couple of older guys who served in the US army and struggled to find their feet afterwards, an octogenarian living out her dream of island life, a lawyer just out of a nervous breakdown, and that's it.

Five guests. But as I walked along the corridor, I noticed six rooms. There was another door, labelled *Private*, which I assumed led to Rosie and Marly's room, and then the bedrooms were all numbered, with B&B-style room names. 1. Fritillary, 2. Kestrel, 3. Minke, 4. Fulmar, 5. Gannet, 6. Puffin. A small name card had been added below each room name with the guest staying there, in Rosie's curly handwriting. But Puffin room had no guest, and the door wasn't clicked into the frame.

When we first got here, we asked Rosie if there was a room spare, and she said no. Marly promised she'd tell me as soon as anyone moved on from the B&B, since their booking system is 'unofficial', which I think means it only exists inside Rosie's head.

So I was surprised to find a seemingly unoccupied room. And it was so easy, as I walked past, to give the door a gentle push and check inside.

The double bed was made, but untouched. There were no personal possessions visible, just a clean towel waiting on the chair beneath the window, and a little stack of books on a shelf by the bed, with titles like *The History of Ormer*, *The Channel Islands Through the Ages*, *Ormer Families*. It looked like the perfect B&B bedroom, waiting for its guest.

I pulled the door closed and made my way to Red's door, kneeling to push Toby's note beneath it. When I headed back downstairs, I went into the kitchen to find Marly with her holey socks up on the dining table, eating a chocolate pudding from what looked like a recycled yogurt pot.

'G'day,' she said. 'Mission accomplished?'

'Yeah, thanks.' I took the pudding she nudged my way. 'It's lovely up there. I've never actually been upstairs before.'

'Oh, thanks – all Rosie. I'm not really the decor type. Give me a tractor any day. Hard to believe she's the one with the farmer genes, sometimes.'

I considered finding a subtle way to ask the question, but honestly, Marly's my friend, she's a straightforward person, and I'd so much rather be open with her.

'Who do you guys have staying at the moment?' I asked.

Marly ran through the list of names.

'Five people. But six rooms?' I said.

I kept my tone as light as possible, but still, she stiffened.

'Puffin's not available.'

I just about swallowed back on saying *it looked pretty available* – I didn't want to confess to looking behind a closed door.

'You keep a whole room empty?' I said instead. 'Why?'

'It's not empty. It's . . . reserved.' She sighed. 'I know how it sounds. You need a room, we have a room spare . . . But I can't give you Puffin.'

I told her I get it – it's none of my business. But the pudding kind of stuck in my throat.

Marly looked at me for a long moment. 'It could be your business,' she said. 'I know Rosie said you can take as long as you need to open up to us about why you're here, but it's been almost two months, Jones. It's time to find out who's the best fit here, do you understand me? You or Charlie?'

She was giving me this look. As though she was trying to tell me something without saying it.

'Sorry, what? What does the shop have to do with the empty room?' I asked.

'No, nothing. It's not about the shop. It's about you.'

'Me?' I backtracked. 'What do you mean, me or Charlie – we're hoping we can both stay, aren't we?'

'Forget it, Jones,' Marly said, getting up and chucking the yogurt pot in the sink. 'You want to carry on playing games, then carry on playing them. But keeping your cards close to your chest might not be the best way to manage the hand you've been dealt.'

She just walked off after that, leaving me to show myself out. I stood for a moment in their farmhouse kitchen, absolutely bewildered. What game did she think I was playing? What did she mean, *it's about you*? And what the hell did an empty room at the B&B have to do with me and Charlie?

So long,

Charlie Jones

# 21

## *Guildford, four months earlier*

Charlie's phone rang. It was Oliver.

'Just checking in,' he said, clearing his croaky throat.

Every time Charlie answered the phone and heard Oliver's voice, a shadow of what she had felt that day in the Brecon Beacons would move through her. *Fearne calling*, her phone had said.

She had known somebody was dead, or dying – she had seen the medics from the air ambulance unloading the stretcher as she reached for the phone on the car seat. There had been an unspeakable, sickening moment of suspension as it rang. The truth hadn't quite been true yet, at least not for Charlie. In that instant, she'd thought, *Thank God it wasn't Fearne.*

But the panicked voice on the other end of the line had been Oliver's. He had used Fearne's phone – in the tangle of their crash amongst the trees, it was the only one that he could find.

Oliver had lived.

And Fearne was gone.

Her dearest friend, that effervescent bubble of a human being, who had been her sister, who had taught her what it felt like to be loved. She was dead, and Charlie woke up every morning thinking the knowledge of it might be the end of her too.

'Charlie?' Oliver said now, his voice still scratchy. 'Are you OK?'

Charlie was standing in the middle of Fearne's flat. She was clearing the place out. Fearne's family lived in Cornwall, and had left shortly after the funeral; they had each chosen sentimental items, but Charlie had insisted that she would take on the burden of clearing the apartment for them. Bri was on her way over to help soon. She hadn't known Fearne like Charlie had – they'd never quite gelled. Both such strong personalities, perhaps, that a room couldn't hold the two of them at once. But Brianna was a person who showed support by showing up, and Charlie couldn't seem to shake her off at the moment.

'I'm fine,' Charlie said, staring down at all of Fearne's pots and pans. The woman never cooked – why had she owned so many saucepans? Charlie sipped her Thermos of coffee and rubbed at her blurry eyes. 'I should be the one checking on you. How's your arm?'

He'd fractured a bone in the crash; his arm was in a sling, and there was something schoolboyish about it, this strapping man with his arm in its little bandage hammock.

'It's fine. It's whatever. I don't deserve looking after.'

She frowned. 'That's crazy, Oliver, no.'

'It should have been me,' Oliver whispered.

'Oliver . . .'

Every time he said this, her stomach swooped with guilt. Did he know what she'd thought? Was that moment written on her, the split second in which she'd wanted him dead?

'It was my fault,' Oliver said, his voice thick with tears. 'It was my fault she died.'

'It wasn't your fault,' she said forcefully into the phone, using her other hand to sift through saucepan lids.

Oliver could not seem to hear this enough, and his absolute conviction that somehow he could have saved Fearne sometimes rubbed off on Charlie. She would find herself thinking perhaps *she* was to blame. She'd been reading Berty's texts when Fearne had crashed. Sometimes she thought that was simply bad karma – she had let her ex in, and was being punished. Sometimes she imagined that she'd missed something important on that hillside, something that could have saved Fearne. She could have called the air ambulance instead of Oliver; perhaps he could have used his hands to stabilise Fearne's spine, and then she would not have died. *You killed Fearne*, she would think to herself. *You basically killed her yourself.*

These sorts of extreme thoughts were not new to Charlie. They sidled into her brain and took up residence now and then. *You're a piece of shit*, her inner voice would say out of nowhere, often at three in the morning, when her defences were at their weakest. *Everyone will see it eventually, and they'll all leave you. It's what you deserve.*

The thoughts had worsened since Fearne's death. Sometimes they sounded like Berty: *There's something very wrong with you*, she'd think, and she would almost hear his voice telling her so in the dark.

People who met Charlie would never, ever expect that she sometimes wondered such things. She seemed bubbly and fun. Obliging. A bit of a loose cannon, a bit scatty, kind of high-intensity, but certainly not *mad*. And Charlie felt sure that only a mad person, or a very bad person, could think the thoughts she did in the middle of the night, so every morning she forcibly forgot them, brushing them away as she combed her hair and styled her fringe. By the time she had her morning coffee, she was Charlie Jones again: sweet, fun, and perfectly normal.

Brianna finally arrived at Fearne's flat two hours late, a tornado with bin bags and cleaning products. She looked Charlie up and down in Fearne's hallway.

'I knew you wouldn't be looking after yourself.'

'Hi, Bri,' Charlie said wearily.

'I don't know if you just don't want me in your life at the moment, or whatever, but you've dodged way too many of my calls over the last six months,' Brianna said grimly, as she pulled Charlie into a fierce hug. 'And I am not a person who can handle being ignored. I'm leaving the assistant director in charge for this, and he couldn't find his way out of a wet paper bag, so you better actually talk to me or I'll have ruined Friday's episode of *Eastside Close* for nothing.'

Brianna pushed past Charlie and began to sort Fearne's belongings into piles. Charlie winced every time she touched something.

'You need some fresh air. You look terrible. Are you eating? Sleeping?'

'Not you too,' Charlie said, before she could stop herself.

Last night Oliver had been fretting about her again – she'd forgotten their plans for the day, and then she'd left the light on in her car and run the battery down. But wasn't she allowed to be a little all over the place right now? Everyone was always so hard on her.

And Bri was the worst. Her judgemental concern about Charlie's well-being had always been much more irritating than Oliver's soft questioning ever could be. Charlie flashed back to the conversation they'd had when Charlie had first begun to distance herself from Brianna. *You seem like a bit of a mess*, Bri had said, in that blunt way of hers. *There's nothing in your fridge – just wine and margarine. And when did you start wearing odd socks? Is that a fashion thing?*

'Oliver still fussing over you?' Bri said shrewdly. 'How's he doing? He and Fearne were good friends, weren't they?'

'He's . . .' Charlie wasn't sure what to say. Oliver seemed to be withdrawing into himself; every time they spoke, he was a little duller, his eyes a little blanker. 'He's struggling. He was there with her when she – when Fearne – when she died.'

'Christ,' Brianna said, pausing midway through bagging up a bunch of Fearne's pompom cushions. 'Poor man. That must be hard for you as well, though. Are you having to look after him, too?'

'I don't mind. I love him.'

Brianna looked slightly surprised.

'Wow, right,' she said. 'And you want the same things?'

This question threw Charlie slightly, and Brianna – of course – noticed.

'The kids thing,' she said. 'He knows how you feel about it?'

'We've . . . It's not come up yet.'

'Charlie . . .'

She felt ashamed.

'It was too early to begin with, too casual, and then . . . We've not really been in that place . . .'

'But you do think you're good together?' Brianna asked. On Charlie's exasperated, exhausted look, she softened. 'I'm worried about you. And I'm worried he's not helping. I wonder if you need a fresh start, Charlie. Is this guy really the person you need?'

'He is. He's the right person for me.'

But even as she said it, it felt wrong. Fearne was the person she needed, not Oliver. And there it was again, the blast of guilt. Berty popped into her head, just to hammer the feeling home.

She doubled down. 'Oliver's perfect,' she said, reaching for a bin bag. 'He's everything I want, all right?'

The week after Fearne's funeral, Oliver had gone to bed, and he barely got up in the weeks that followed.

It was not simply grief. Charlie knew that, because surely there could be no grief heavier than hers, and *she* was not rotting under the duvet, sullen and unresponsive. Brianna told her Oliver was depressed, but Charlie couldn't quite believe that – she knew you weren't meant to think things like this, but she felt Oliver was just not that sort of *person*. He was scrappy and resilient and determined. He was surely suffering from something else, something physical. She didn't know, because he hardly spoke.

Still wracked with grief herself, she cared for him with great tenderness, as though she were enacting a montage of a Kind and Supportive Girlfriend. Unfortunately, nobody was watching; the reality was exhausting, and she often found her kindness wearing thin. She would sometimes leave his house and sit on a particular bench opposite, let her head collapse forwards onto her knees, and simply sob.

But she kept going. She imagined Fearne often – they'd known each other so well Charlie hardly needed Fearne around to access Fearneness these days, and that trait became half blessing, half curse. She would feel Fearne behind her, standing on tiptoe to rest her chin on Charlie's shoulder, or would hear her cackling laugh from nowhere. It was beautiful and excruciating every time she caught a trace of her.

Oliver had these moments too. They talked about them sometimes, on his better days. It was this that kept her coming back – the fact that he understood. And perhaps the guilt, too. The knowledge that some deep, awful part of herself had wished for a moment that he'd died on that hillside. That when it came to the fork in the road, the sliding doors moment, she'd wanted the universe to choose Fearne.

'Do you know,' Oliver said one day, as they lay facing each other in his bed. 'We haven't kissed? Since Fearne died?'

The room was filthy. Charlie cleaned the house often, but Oliver filled it with mess again: uneaten food, unwashed clothes, unopened post from races he'd entered before Fearne's death. Charlie hated being in his house now – hated being with him, sometimes, if she was truly honest with herself. It was so hard to remember the sexy, understated, self-confident man he had been.

'Oh,' Charlie said. 'I . . . I guess we haven't.'

'Do you still love me, do you think?' Oliver asked.

His tone was curious rather than pained. After a moment, he took her hand from where it lay on the bed between them.

'It's OK,' he said.

'I must love you,' Charlie said, and she was shocked to find her eyes filling with tears as she said it.

'I'm so sorry,' Oliver whispered. 'Looking after me like this has been hard for you. Of course you've fallen out of love with me.'

'Oliver, God, don't,' she said, beginning to cry. 'I *do* love you.'

'In a way,' he finished for her. 'You love me in a way. But not in the way that you loved Berty.'

She shut her eyes tightly, squeezing two tears on to the pillow beneath her.

'You've done so much for me,' Oliver said, wiping her tears away. 'Especially these last few weeks. But you don't have to stay with me just because I'm . . . like this. You can leave, Charlie.'

'I don't want to leave you,' Charlie said, and she meant it.

True, she didn't love him with the fiery endlessness with which she had loved Berty. But she did care for him, and she owed him, too. Or was it Fearne she owed? Whoever it was, she felt a deep, cosmic obligation to keep returning to this squalid place.

'Can we stay together like . . . friends?' she asked, and then cringed at herself. 'I just mean that I still want to help you get back on your feet, and talk to you about Fearne, and still see you . . .'

It occurred to her only as she said this that it might actually be true.

'I want you in my life,' she whispered.

Oliver smiled. A tiny, Oliver smile, the first she'd seen in several weeks.

'Well, I like being in your life, Charlie. So that works.'

It did work, sort of. They fell into a routine as Oliver began to recover, a kind of mutually supportive grief. They would stay up late on his tiny balcony over the A road, drinking toasts and sharing stories of Fearne. Charlie would go to work the next day, and try to turn the shop she'd built with Fearne into something that could exist without her.

But Charlie couldn't shake Brianna's words from the night at Fearne's flat. *I wonder if you need a fresh start, Charlie.*

When Fearne was alive, they'd sometimes joked that it was Fearne's world, and everyone else was just living in it. And in a sense, it had been, for Charlie. It hadn't particularly bothered her: she loved Fearne, and was happy to let her best friend lead. She didn't mind her days being filled with bikes, and when Fearne's handsome friend wanted to take her out on a date, she didn't mind that either. But now Fearne was gone, Charlie had been left in a sort of . . . ghost life. Even her job was a dream she had shared with Fearne. She was estranged from her adoptive parents, and had no other family, yet; she had nothing to anchor her but an ex-boyfriend who moved through the same ghost-town she did.

She woke up one morning with a pounding head, stared across at her bedroom wall, and realised she had no idea what she and Oliver had done the previous night. Had they cooked pasta for dinner? One day was sliding miserably into the next; they were not in the first pit of grief, but wherever they were now was viscous and gloomy, an emotional quagmire. Charlie reached blindly for her phone and began to doom scroll, as she did every morning, but part of her recoiled as she did it. She was looking for escapism, presumably, but where was the pleasure in this? Where was the pleasure in anything, lately?

It was fate, Charlie told herself later. She turned to her usual bookmarked pages – Isle of Ormer property, the Isle of Ormer official site, the community Facebook page – and there it was, advertised in gold letters above an image of the island in its emerald-green splendour.

*Are you seeking a different kind of life?*
*Would you like to join a warm, friendly community*
*on a beautiful, secluded island?*
*Farm shop manager required at Bramblebay Farm.*
*Apply to Rosie Nicole, Bramblebay Farm, Isle of Ormer*

Charlie could hardly believe how perfect it was.

She handwrote her application. She stretched the truth a little on her CV – *Vintage, Please* was not *quite* the resounding success she made it sound – but her cover letter was all truth. She wrote about how she had been fascinated by the Isle of Ormer for many years. She wrote about how it was time, at last, to live the dream she had made so many mood boards about. And she finished her letter by saying that more than anything, she hoped Bramblebay Farm might be her *home*, the home she'd always longed to find.

# 22

*Wednesday 24th September 2025*

Anxiety's not been so bad today – honestly can't say why, maybe it was facing the fact the Galoshes stuff was triggering it? Or maybe it's just Ormer Ormering away around me in its beautiful autumn colours, reminding me that the great big gorgeous world gives no shits about the nonsense knots I'm tying in my own head. The Rosie method – the big-sky method. Whatever the reason, it's an absolute <u>relief</u> not to feel like I want to climb out of my body for a while.

Came home from work and Jones was out. Felt weird. Bit disappointed – he's usually in on a Wednesday night. We tend to have a cosy evening, cook something with a lot of cheese in it, switch the lights out early (have got in habit of going to bed at same time, because of bedroom logistics. We say goodnight through the door once we're both tucked in – it's all sickeningly cute, and there I lie, thinking about him topless).

Eventually spotted Jones out of the kitchen window. He was gardening. Odd – I've never seen him garden before. Rog and I did some planting out there a few weeks ago (before I almost accused him of theft) and am not actually sure Jones had yet noticed. But there he was, with my trowel, hacking away at something in the soil. Looked hard going. Plus it was almost dark.

By the time I'd got my trainers on and headed out to query this new activity he was sitting on our garden bench, sipping at a coffee with the satisfaction of a man who had Achieved Something. I looked at the flower bed.

'Umm. You dug up all my primroses?'

'What?' Jones said, pausing mid sip and giving the flower bed a double-take. 'What primroses?'

I pointed at the heap of greenery now sitting by the hedge.

'Oh, shit,' Jones said, putting his coffee down beside him. 'Those weren't weeds?'

'Those weren't weeds,' I confirmed.

'Oh, no. I'm so sorry.'

Shifted his coffee to the side so I could sit down. 'Hope that's decaf,' I said, peering into his mug.

'Well, it's not whisky,' he said slightly distractedly. He was still gazing at the flower bed. 'Do you think I can replant them?'

'You could try,' I said, eyeing the squished primroses. 'What inspired the sudden Monty Donning?'

'Bit of a weird day. You know Toby's in love with Red?'

'I did sort of figure, with all the longing gazing.'

'They were together for a few weeks,' Jones said, reaching down to flip over one of the more distinct-looking primroses from the heap beside us. 'They're really not weeds? There aren't any petals, or . . .'

'Not yet,' I said, trying not to laugh. 'They're not in flower right now.'

'You'd have killed me for ruining your flower bed six weeks

ago,' Jones said, looking up at me with a little smile as he straightened.

When I first met Jones, he was so heavy. Heavy brow, heavy shoulders. These days, he's lighter. There's still a shadowy quality to him – a sense of complexity, maybe – but it reads as maturity rather than messiness. I remember when I first saw him at the harbour, I thought his whole vibe was very 'I'm a hot mess, try to fix me'. Now it's more, 'I've got layers, want to see?'

'I'd only have minded because I'd care so much what Rog would think about us wrecking the flower bed he built. And what the rest of the committee would think when they walked along the track and saw our garden.'

'Ah, and you're done trying to impress people now?'

'Absolutely,' I said, having just spent my day relentlessly trying 'casual chat' with Galoshes (my latest unsuccessful tactic for winning her over). 'Did you say Red and Toby were together?' I asked, rewinding.

'I know. An intense summer romance, apparently. All sorts of grand promises made. Then Red just stopped replying, and started avoiding him whenever possible. It's been driving him crazy.'

'That doesn't sound like Red. She wouldn't mess someone around like that.'

'That is actually not the mystery of the evening,' Jones said, chucking the remnants of his coffee into the grass. 'I went to the farmhouse to drop off a love note for her from Toby—'

'I'm sorry, you what?'

Jones looked distinctly embarrassed, which made the whole thing even cuter.

'Look, it's a long story, the boy was very upset . . .'

'How's the grumpy island hermit act going for you, by the way?' I asked.

He leaned his shoulder into me, a teasing nudge. All very friendly and PG, but my body didn't think so. My stomach went swoopy. I leaned back, just a little – prolonging the moment, maybe turning it into something else. Sitting shoulder to shoulder with him in the darkening garden, I found myself thinking, I don't just want him. That swoop in my stomach, it's pure, undiluted longing.

And honestly, I thought that feeling was gone for good. Thought I'd grown out of it, had been through too much. Surely you can only want someone like this when you don't know how easily they could hurt you.

I pressed my shoulder to his and savoured it, and all the while I was thinking . . . Oh, no.

'So, yeah, there's a spare room at the B&B, but they won't let us use it,' Jones was saying, moving away slightly, breaking that connection between us.

'What?'

I was busy having my terrifying epiphany: Jones, my job-stealing knitwear-wearing deep-chatting room-mate, had shifted from the category of 'distractingly hot guy but obviously won't go there' to 'major, major problem'. Because you can't ignore a stomach swoop like that. It's rare. It's precious. It demands your attention.

'A whole empty room. And Marly got so weird about it. She started talking about the shop, and us, as if me being told about the room was conditional on me telling them stuff about me, and my life? Then she got sort of pissed off at me.'

'Sorry,' I said, catching up, 'there is a spare room? But we can't have it? Why not? Do they not trust us in their house?'

So weird to think we could've potentially stayed on the island without being housemates. Imagine not saying good-night to Jones through the wall every evening, or brushing against him as we pass in the kitchen, or talking the way we do over dinner sometimes, the way I've never talked to a man before. Don't think I actually knew men could be as interesting as Jones.

'I have no idea,' Jones said. 'I've been out here ruining your flower beds trying to think it all over. Do you think it has something to do with the job mix-up? Somehow?'

'The room? How could it?'

'I really don't know,' he said.

He paused for a moment, looking at me in the darkness. I shivered.

'What will you do, if we can't get the shop running a better profit by harvest festival?' he asked softly.

'We will.'

'We really might not.'

I looked away. 'We will. I've got a plan with Galoshes. You'll see.'

He seemed relieved. Which just demonstrates the problem with the stomach swooping. Because I don't have a plan with Galoshes at all – just didn't want him to worry. The sort of shit you do for a person you like way too much.

Thursday 25th September 2025

New day. Have pulled myself together and stopped lusting after my inconveniently named room-mate. Well, not stopped, but have redirected my brain to other, more productive avenues. Don't know what I was thinking last night – I've let this crush get too far. No more sexy daydreaming about Jones. The plan is solo motherhood. There is no way to do that with a man in the mix.

Helpfully massive job crisis to deal with anyway – it's less than two weeks until harvest festival, which means the Galoshes problem needs sorting now.

Have decided to tackle this one element at a time. The most pressing issue is not the in-my-face insubordination, it's the fact she's blocking the coffee and biscuits. We're losing precious days to prove the concept – we're almost out of time. Had a brainwave on my run this morning, though. One thing I learned in my old job is that a woman who feels powerful will relax. And I think Galoshes feels powerless right now. So as much as I want to show her who's boss, and force her to do as she's told . . .

'How would you do it?' I asked, sitting down opposite her as she ate her lunch on one of the farm shop picnic benches.

She looked startled, and then irritated. Not surprising. This was absolutely an ambush.

'This is my lunch break,' she said, taking a very deliberate bite of her pasty.

'Then you can have the time back. I want to know how you'd do it. How could we introduce coffee and biscuits at the farm shop, but do it the Ormer way?'

Her chewing slowed a little. She swallowed, looking at me with narrowed eyes through her pink-rimmed glasses. I bit down on the anxious impulse to tell her not to worry and that I'd come back later. There was no later. I was out of time.

'The Ormer way? Do you even know what that means?'

'No,' I said. 'Not really. I would really like to, though.'

'Well. I suppose I'd offer discounts for locals, so they could afford it too.'

'Good idea.'

She looked at me suspiciously.

'What else?' I asked.

'When they used to serve drinks down at the post office, some of us would just wander over with a mug.'

'Bring your own mug – love it.'

'And the coffee wouldn't be some fancy forty quid a bag stuff. Just normal coffee.'

Winced a bit at this. But fine – we can still put some nice farm-shoppy touches on the flavour description on the chalkboard. 'Amber tones', 'cinnamon-edged', that sort of thing. I mean, who's to know? It's like wine, everyone's just making it up.

'And any leftovers go to those families on the island who need it. We all know who they are. No fuss, we'd see it gets to where it should go.'

'I'd need a little more detail on that, but absolutely, we would want to avoid waste anyway.'

Galoshes put her pasty down. 'Are you serious about this?'

'I'm serious about this. I realise we've been a bit heavy-handed here. This isn't just a shop, it's a community centre. We need to make sure the changes reflect that, as well as making money.'

Galoshes folded her arms. 'And tell Doc to tone down the wankery.'

I burst out laughing. 'I might word it differently, but all right – we'll keep it simple to begin with, shall we?'

After a long, agonising moment, Galoshes nodded once.

'Really?' I said, my voice a bit too shrill. 'You won't block us at tonight's meeting?'

'I wouldn't block you,' Galoshes said, affronted.

'Right . . .'

'But I think Baptiste's objections on animal rights grounds might be revoked, now you mention it.'

'Animal rights?'

'All that butter.'

I laughed again. Galoshes remained entirely straight-faced, adjusting her glasses, but there was maybe a <u>hint</u> of warmth in those eyes. Progress, definitely.

Just read back over all this and feel so great about it. Have got somewhere with Galoshes! She still doesn't respect me, of course, but who cares? (. . . I care. Enormously. Find it hard to think about anything else, actually. But progress is progress, and at least now while I'm obsessing about impressing Galoshes I can do it next to the Bramblebay Farm Shop coffee machine.)

Next job is harvest festival planning. Ormer does harvest festival in a big way – there's a tractor procession, orange leafy wreaths on every door on the Rue, the chocolate shop sets up a stall on the harbour selling gingerbread and pumpkin-spiced hot chocolate . . . but Bramblebay Farm has never been involved.

Which is ridiculous. We should be at the <u>heart</u> of harvest festival. We're a farm! There is no harvest without us! So, buoyed up by coffee and biscuit success, am plotting new festival schemes while Red manages the till. Thinking donkeys should be involved. More soon.

Returned to the shop floor to find Red nowhere to be seen. That girl does a disappearing act like nobody else – often find she has vanished when Toby is around, and then reappears as though she was never gone – but nonetheless was quite surprised. She was supposed to be in charge while I stepped out to think about donkeys.

Then heard the sound of sniffling. Crying, unmistakably.

Crept towards the till. Red was crouched behind the counter, curls falling forward, shoulders shaking with sobs.

'Oh, Red, what is it?' I asked, coming around the counter to duck down beside her.

She jumped. 'Shoot,' she said, tugging her sleeves over her hands to wipe her face, expertly dodging her piercings. 'I'm so sorry, Charlie, I was just taking a minute, if I'd heard the door open I would have . . .'

'Don't worry about it. Hang on.'

Hopped up and flicked our sign to Closed. People could wait a minute for their pumpkins and leeks.

'What's going on, honey?'

She was sitting cross-legged on the floor now, staring miserably at her own feet.

'Please talk to me. Are you OK?'

'I'm fine.' She wiped her cheeks again. 'I'm so sorry to be making such a fuss.'

'Please don't say that. Do men make a fuss?'

She paused for a moment. 'No, they never do, do they?'

'Right! So we're not doing that either. You're upset. I'm sure you're upset for a good reason. Even if the good reason is "my hormones are doing a mad dance today because my period is due".'

That got me a little smile. I leaned to pinch her a pack of travel tissues from by the till. Would put them through later. Or just steal them, maybe, since apparently we are all quite chill about borrowing from the shop when needs be.

'I can't talk about it,' Red whispered. 'There's nobody I can tell. I've not spoken to my parents since they kicked me out, and my brother lives on the other side of the planet, and he never picks up when I call him anyway . . .'

Leaned in to hug her, and let her cry into my shoulder.

'I promise I've known my fair share of everything going dramatically wrong, and I'm a great listener. And a great keeper of secrets. I won't tell a soul anything you don't want me to tell.'

She pulled back slowly, and reached for the pocket of her hoodie. Her hand stayed there, clutching something.

'I don't know what to do,' she said miserably.

'That's OK. Maybe I'll know.'

'I can't say it.'

'That's OK too. You can write it down. Mime it. I'm excellent at interpreting all forms of expressive dance, too.'

Was staring at the hand in her pocket – felt sure that when she brought it out, saying anything wouldn't be necessary. Could see her loosening up a little. After a long moment, she gave me the bravest wobbly smile as she pulled her fist from her hoodie and showed me what was inside.

A pregnancy test. Two lines.

My heart did a small, guilty hiccup. But just a small one. Six months ago, seeing a positive pregnancy test in someone else's hand would have made me wretched with jealousy, then full of shame at not being able to feel joyful for them. Then would descend into panic as I went through the same old cycle of thoughts: what if I'm not with the right man, what if he'll never want kids with me, what if I never have this? Then I'd probably spend a day trying to convince myself I didn't want it that badly anyway, and there was plenty of time, and it was fine, I was fine, it was fine to wait.

I know myself so much better now. If I'd realised back then how anxious I can get about other people's opinions of me, I'd have clocked that I'd spent the last decade tiptoeing around wanting kids in case I freaked out my boyfriend or he thought I was being (God forbid) Too Much. I'd have recognised that I do want a baby, a lot, and didn't want to wait.

Sitting there with Red, it was easy to let the envy pass through me and drift away again, because I understood it. I've forgiven it. Even better: I've taken this choice into my hands. No more subtle hinting and desperately hoping. No more letting a man decide when it's time. I'm doing this on my own. I'm in control.

So I smiled at her. 'Red,' I said softly. 'You're pregnant.'

She burst into another flood of tears, leaning into me again. It was a totally awkward mess of a hug, but she didn't seem to mind, so I held her as best I could on the shop floor and let her cry.

'Oh, honey . . . Do you not want—'

'I do. I want to have the baby,' she whispered into my shoulder. 'But . . . Charlie . . .'

Ding! went the little bell above the shop door.

We sprang apart in a flurry of tissues. I tried to stand up, ended up getting stuck under Red's knee, bashed my elbow on the counter, belatedly realised her hair was caught in the button on my shirt collar, and by the time this impromptu game of Twister was over, Marly was there, leaning over the counter, staring down at us with a perplexed expression.

'Are you two . . .'

She trailed off. Her gaze had landed on the pregnancy test lying on the flagstones between us.

I looked at Red's face. In the split second of silence, she gave a tiny, pleading, desperate shake of her head.

I turned to Marly. 'That's mine,' I said. 'Sorry. That's mine.'

Swiped it up and shoved it in my pocket. Silence stretched.

'If you could just pretend you never saw that, I'd appreciate it,' I said to Marly.

The enormity of what I'd just done was sinking in. Marly was studying our faces. Red's was tear-stained, while my make-up was presumably unsmudged.

'Red found the test in the bathroom,' I said. 'She was upset because she didn't know whether to speak to me about it.'

This was actually totally excruciating. Yes, I've made peace with the envy, but pretending to be pregnant when it's something I want so badly my heart aches . . . that's a whole other ball game.

'Charlie . . . there's no midwife on the island,' Marly said to me, her eyes serious. 'Doc Laurry is lovely, and brilliant, but he'd be the first to say he doesn't specialise in women's health. We don't recommend anyone stays on the island if they're pregnant.'

Ah. I glanced at Red. Her hands were twisted together and her bottom lip was shaking.

I knew she was staying at the B&B, earning her keep by working here. Knew she couldn't go home to her parents. And I guess I knew why she didn't want Marly to find out she was going to have a baby.

Which meant that for now . . . I was going to have to keep up another lie.

And this lie . . . Oh, this lie hurt.

# 23

**New Message**
**From: Charlie Jones**
**To: Charlie Jones**
**Subject: Day fifty sober**

It was a clear day today, blue skies and orange leaves. Rosie insisted on Marly taking a Friday off, and Charlie was managing the shop, so Marly and I decided to cycle down to the beach by Hoard Cave, one of the spots on the island I wanted a closer look at. Red had told me that pirates used to stash stolen goods there; I had visions of chests of gold coins.

Marly said nothing about the spare room. I didn't either. I just wanted a ride with my friend, mix-ups and mysteries put aside. She was quiet, though, like something was preoccupying her.

'Have you seen Charlie today?' she asked eventually, as we left our bikes on the shingle and began to pick our way across to the cave.

It was only accessible at low tide, but thankfully I am well aware of the tide times these days – or at least, I have an app for that.

I told Marly I'd seen Charlie at breakfast, leaving out the part where my heart soared because Charlie ate the whole bowl of overnight oats I'd made for her. She's not felt able to eat a meal in one go for ages. She slept properly last night too. I love it when she's less anxious. There's a strange kind of satisfaction to it. It's like watching your football team winning the game. *Fuck you, anxiety*, I thought, as she smiled at me over her mug of coffee. *My girl's going to take you down.*

I realised Marly was giving me a slightly odd look. She said she'd seen Charlie yesterday, and that she'd 'had some stuff to tell her'.

'Really? What stuff?'

She scanned my face for a moment before staring out to sea.

'Some stuff about the harvest festival. The whole barn dance plan.'

I had to ask her to repeat this, for obvious reasons.

'Barn dance. It's a fun idea. Very tourist friendly, and a good use of the old sheep barn.'

I had a lot of questions at this point. The old sheep barn with only half a roof? Had we looked into insurance for this? Had anyone confirmed that the barn would stay standing for the duration of a barn dance, however long one of those was?

'Charlie thought a harvest festival barn dance would encourage people to bring the celebration up here, spend some money at the farm shop. Jerry's got a folksy, country sort of band, they'll do the music—'

'Jerry the milkman? The constable? Who runs the second-hand book trailer?'

Yes, apparently.

'What even is barn dancing? I'm not actually sure.'

'Oh, you know,' Marly said, pausing briefly between the rocks to do some kind of country-and-western style jig on the sand. There was a lot of arm-pumping involved, as though she was trying to inflate an airbed. 'Someone yells out the moves, everyone joins in . . .'

'This sounds terrible,' I said, with genuine horror. 'Enforced dancing? And you think this is a good idea?'

'I'm not going to be bloody dancing, am I?' Marly said. 'I'll be on the bar. But Rosie's in love with the whole plan. There's also something involving a donkey, but I'm hazy on the details.'

I asked who on the island has a donkey, and Marly said there were some wild ones on Little Ormer, which did not fill me with good feelings about whatever Charlie had planned. We were almost at the cave now, its entrance a dark shadow on the cliffs ahead. Marly swung her rucksack from her shoulder and chucked me an old-fashioned, clunky torch.

I approached the cave, the beam of my torchlight catching the shine on the wet sand inside. Our feet left thick, sludgy footprints as we stepped in, heads ducked.

It got dark quickly. The sound of slow-running water echoed around us.

'Keep going,' Marly said, when I faltered, seeing the cave narrow to a slit just about wide enough for one person.

'What, down there?'

'You want to see the hoard? Or not?'

I didn't know what that was, but I knew I wanted to see it. Marly nudged me in the back with her torch and I twisted to squeeze through the gap. There was an inch of water between the stones under my feet now, and we were dropping; I had to cling to the rocks around me as I climbed down the narrow passageway. The wet boulders beneath me were streaked in strange colours, rusty blues and pale greens. Eventually the walls of the cave began to widen on either side, and then it opened out again into the most extraordinary cavern.

I shone my torch around. The walls of the cavern were dotted with the strangest alien-like creatures – anemones, Marly told me. They looked like hundreds of giant red gemstones, or boiled sweets stuck to the cave walls, shining wet and vibrant. It was an amazing sight. We stood in hushed silence, gazing around us.

'It never gets old, this place. You get it, I know you do. The island's home for you, isn't it?' she said eventually, her voice echoing quietly through the cavern.

'I think it might be, yeah.'

She smiled. 'Want a picture? Here, give me your phone. I left mine at the farmhouse.'

She took a moment fiddling around trying to open my camera app.

'You all right there, Grandma?' I said.

She took revenge by taking a candid shot that I can confirm, now that I've got my phone back, was extremely unflattering.

'There you go,' she said, handing my phone over.

I frowned. She looked distracted again. Disappointed, even, as though I'd said something that she'd hoped I wouldn't say.

'Sorry, the grandma thing was a bad joke,' I said, suddenly thinking of all the ways it might be insensitive. Rosie and Marly didn't have any children, but perhaps it was a painful topic for them; for all I know, she might long to be a grandma one day, but it isn't on the cards for her.

'What? No, jeez, I don't care about that. Come on, let's get back before we're drowned by the rising tide, shall we?'

I followed her out of the cave.

When I first met Marly, she really didn't strike me as the mysterious, unreadable type. She was so straightforward. But lately I feel like half the time I don't understand what she's trying to tell me.

And the strangest thing is, as I walked behind her back through the cave, my torch light caught on her back pocket, and the unmistakable shape of her phone. So she didn't leave it at the farmhouse at all.

Why would she lie?

I feel a bit low this evening, which is unfair, really, because who am I to judge Marly for holding things back?

I'm starting to see everything so differently from when I first arrived here. Secrets don't feel harmless any more – I'm not sure how I ever kidded myself they were. The idea that I can leave the past behind seems increasingly ridiculous now that I'm sober. I'm finding myself constantly looking back to the man I used to be, and the thought of *never* telling anybody here about my life before they met me . . . it doesn't feel freeing. It feels like a new kind of burden to carry.

Especially with Charlie. I just read this email through and saw I'd called her *my girl* – I didn't even notice myself typing it. It didn't feel strange. It felt true.

Maybe it could be, if Marly and Rosie let us both keep our jobs? If Charlie and I are just co-workers, not competing for anything, not living together . . . could it happen, then?

I'm not sure how she feels about me now, but Toby says she stares at me. And there was that kiss, in the rain, at the lighthouse . . .

I don't know. I can't believe I'm even letting myself consider it – I came here so determined to keep *everyone* at a distance. But honestly, these days, I spend most of my time longing to pull Charlie close.

Night,

Charlie Jones

# 24

*Sunday 28th September 2025*

Feel powerful urge for a list. Always a sure sign I'm stressed out.

Here's the situation:

- Red thinks she's about 10 weeks pregnant.
- Toby is the father. (Poor confused Toby – but more on this soon.)
- Red needs to see a midwife.
- Red doesn't want Marly and Rosie to know she's pregnant, because she's worried they won't let her stay at the B&B.
- Toby doesn't know Red is pregnant.
- Marly thinks I'm pregnant.

Red's pretty overwhelmed right now, so I didn't want to go too hard on the whole 'you need to see a midwife! You need to tell Toby! You need to tell Marly!' stuff. But she does, she does, and she does. Can't go on with Marly thinking I'm pregnant – it's too hard. And there's only so long that I can be all that Red needs here.

*

Pouring with rain today – have just ducked into the pub to write this out. They've lit the open fire, so I'm drying off here, waiting out the weather, figuring out what and how to tell Jones about today when I get home.

It's been an intense afternoon.

Red asked me over to the farmhouse to help her sort her head out, as she put it. We sat on her bed – 'Is this weird?' she asked. 'Being my boss and seeing how messy my bedroom is?' I explained that being a boss is not the same as being your mum and I really don't care about the state of her bedroom as long as she knows how to sell an onion that's slightly past its best. Though it really was a state in there. Clothes and shoes everywhere, Chappell Roan posters stuck to the walls with dried-out Blu Tack, several plates growing new species of mould.

'I don't know how to tell Toby,' Red said, fiddling with an envelope.

'Oh my God, is that the love note?'

Very nearly finished this sentence with that Jones wrote – saved it just in time.

'How do you know about that?'

'Just . . . Toby mentioned it to Jones.'

'He did?' Red's eyes were wide. 'What does he think is going on? He must be so confused. But he's so young, Charlie – he's nineteen. He still lives with his mum! I can't tell him he's going to be a father.' The last word was said in a whisper.

'He only lives with his mum because rentals are really limited on this island,' I said, pointing a finger at her. 'And you're young too!'

'I'm twenty-three.'

Said with gravity, as though announcing that she was in fact middle-aged.

'He's a kind, sensible guy, Red, and he loves you. I think you should tell him soon, especially if you're sure you want to have the baby.'

'I am sure,' she said solemnly, and she pressed one hand to her stomach, which made mine turn over.

'Good.' Took a little moment to collect myself, then ploughed on. 'And you love him, don't you? Don't you want him to be part of all of this?'

'Right now, it's . . . mine,' she said, so quietly I almost couldn't hear her. 'Like a little precious secret. Once I tell him, it'll be a problem, won't it?' Her eyes filled with tears. 'We'll have to work out what to do, how to manage, I mean, we have no money, neither of us have a place to live that's ours . . .'

'Could you live with Toby's mum?' I suggested.

'I don't know! I don't know, and I just . . . don't want to think about it all right now.' She looked down at her hand, pressed to her belly. 'For now, I just want it to be my precious secret. Does that make any sense?'

I sighed. Because yes. It made total sense to me.

Left her with a (fresh and clean) plate of biscuits from the pantry downstairs, a large bottle of water, and firm instructions to stay hydrated. On my way down the corridor, couldn't help stopping outside Puffin room. The door was clicked shut now – Jones said it was ajar when he came by. But I'm not as scrupulous a person as him, let's be honest, so I peeked inside. Then stepped inside, and closed the door behind me, because if you're going to snoop, you might as well actually do it properly.

Why was that room empty? Whose had it been, or who was it waiting for? And did that person have something to do with the mix-up that brought me and Jones here together?

I moseyed around, doing the sort of random low-key 'searching' that someone might do for approximately five seconds on the telly before zoning in on the spot in the room where all the secrets were hidden (Look, a book sticking out on a bookcase!). Didn't work, unfortunately. Everything was very nondescript. The room was decorated pretty neutrally compared to the B&B as a whole, as though it was waiting for someone to bring their character to it.

Headed for the little stack of books on the shelf by the bed. They were all about Ormer – hardly surprising for a guest room on the island. Tugged out The History of Ormer and flicked through it, and finally got my TV-detective 'bingo' moment.

There were a few sheets of paper folded in the centre of the book. I opened them out. The pages were typed, with photographs dotting each one.

It was a list of people, each with a picture beside them. And every single person on the list was called Charlie Jones.

Got home to find Jones fast asleep on the sofa, in front of the crackling log burner. Was slightly shocked by how impossible it was to hold back a smile at the sight of him, especially given pounding anxiety after B&B discovery. With his hair messy and his checked shirt unbuttoned enough to show the hair on his chest, the firelight caught the sweetest side to him.

'You're home late,' he said, cracking an eye open.

'And you're not even using the bed. If you were willing to

take the sofa, why did we have that argument about sleeping arrangements when we first arrived here?'

'You stole half my new life. I was irritable.' He yawned, stretching. 'Where were you?'

Dropped my bag on the floor by the sofa (have decided that, since Jones leaves everything on the floor and cannot be trained out of this, I will just start doing the same. If you can't beat 'em, etc.).

'<u>You</u> stole half of <u>my</u> new life, thank you,' I said, but I was thinking of the list, the other Charlies. Seemed like the two of us ending up with half a new life wasn't a coincidence at all. 'Budge up,' I said.

Jones shuffled along the sofa, swinging his legs around so there was room for me. He smiled as I sat down beside him, then frowned.

'You're feeling anxious?' he said. It was only half a question – he already knew the answer. He laid one steadying hand on my arm. 'What can I do?'

God, I could have wept at the loveliness of that question. It was impossible to resist the urge to lean into his shoulder, so I let myself rest my head there and closed my eyes.

'I went to the room,' I said.

'At the farmhouse?'

'Mm. And look.' I shifted to pull out my phone. I'd taken a photo of each page of the list before putting it back where I'd found it.

Charlie Jones from Wisconsin, Charlie Jones from Paris, Charlie Jones from Llandrindod Wells . . . all with their little profile pictures beside them. Some had more information beneath their name:

- likes dogs
- one of four siblings
- works in banking

'What the fuck?' Jones breathed, scrolling down to the page below. 'This was in that room? At the farmhouse?'

I nodded.

'What the fuck?' he said again. 'What does it mean? Why . . . are they obsessed with Charlie Joneses?'

'A Charlie Jones fetish is currently my top explanation,' I said. I wasn't even joking. 'They didn't contact you, did they, about the job? Like how they recruit people for Love Island from TikTok?'

'What? No, I just . . .' He looked back down at the list on my phone, his brow furrowed. 'I never spoke to Rosie or Marly before we came to the island.'

'Well, me neither.'

'But they knew who we were,' he said slowly, and then paused. 'Except they didn't. I'm not on here. You're not on here either.'

'Nope.'

He kept flicking through the pictures, searching each page in turn.

'What does it all mean?' He rubbed his eyes as he handed my phone back.

I tucked my feet up underneath me. 'You know those big dog gatherings they do? Five hundred cocker spaniels all in one place?'

He started laughing. 'That, but for Charlie Joneses?'

'Right. There are four hundred and ninety-eight more of us on this island right now, waiting for the big meet-up.'

Was still close to him from leaning on his shoulder. Our knees were touching, our bodies turned towards each other. It was lovely – too lovely, dangerously lovely – but the anxiety was still roiling in my stomach, and it wasn't just the business with the farmhouse and the shop. The more I get to know Jones – the more I fall for him, if I'm truly honest with myself – the more I find myself coming back to that question of my intentions.

When I arrived here, my intention was to start a new life. It was nothing to do with anybody else, I reasoned – it was mine and my future child's, and any truths I decided not to share wouldn't hurt anybody. They were just part of the fresh start. Nobody here had a right to know about who I was before I got here, except Marly and Rosie, but as long as I'm doing a great job at the farm shop, I can keep the guilt about that at bay.

But the closer I get to people – to Jones – the harder it becomes to say that my intentions are entirely positive. If I'm being truthful, I'm now hiding parts of myself because I'm afraid of how everyone will feel about me if they find out the truth.

'Shall we have one of your honey and camomile teas?' Jones asked. 'Forget about the whole weird situation for a while? I don't want to talk about it if it's making you feel more anxious.'

He gave me the ghost of a smile, eyes crinkling, and my whole body warmed in response. Reminded myself very sternly that I didn't come to this island for the tingly, glowy feeling I get when Jones smiles at me – I came to this island determined to leave men aside.

Just hadn't counted on a man like this one.

'It might be nice to talk about something else for a while,' I said. 'Mostly because we can't do much about this, can we? We can't ask Rosie or Marly without confessing that I went poking around in their guest room.'

'When you first turned up here, I would never have thought you had that in you.'

'Ah, when I was Fake Charlie? Yeah, well, you can definitely claim some of the credit for me embracing my true self: the snoop.'

'I barely did anything. Just pissed you off in the rain one day.'

'You goaded the good girl out of me.'

His smile was slow and a little sweet. I wondered if he could talk about that night without thinking of the kiss in the rain. I definitely can't. Can't even write about it now without going there. His body hard against mine, his lips slick with rainwater . . .

'I like you a lot better when you're not behaving yourself,' he said, stretching his arm across the back of the sofa.

My breath quickened. Glanced at his crinkling grey-blue eyes and then looked away quickly, because that felt like a very risky place to look. His gaze wasn't just soft and sweet now. There was heat there.

'Does getting nastier really count as personal growth?' I said, through a laugh.

'You're never nasty.'

'What am I, then?'

It was a dangerous question, and I knew it. But I wanted to hear what he thought of me. Wanted to catch him in this moment – sleepy, walls down, knowing smile on his face – and hear him say what I suspected we both knew.

There was something here. It had grown slowly, like the two of us, and it was absolutely going nowhere, couldn't go anywhere. But it felt so good. I looked away, my gaze finding my handbag. I keep the catalogue of donors in there – don't want to leave it lying around the stables. Stared at the bag and tried very hard to remember exactly why flirting with Jones was such a bad idea.

'You're thoughtful and kind,' he said softly. 'Funny, too. You get the best out of people. You're scared, sometimes, and you do the thing anyway. You're brave. And you're so beautiful that I want to stare at you nonstop. I thought for a while if I looked enough, I'd get you memorised, and I could quit, but it really hasn't worked that way.'

I kept my eyes fixed on that handbag. It began to swim in my vision.

'One all,' I said. 'You made me cry, this time.'

He reached a hand out to squeeze my ankle. His hand lingered, then, when I didn't pull away, it stayed. The way I was sitting, knees to the side, legs tucked, meant his knuckles were tantalisingly close to my upper thigh. I wanted him to move, just a little. Imagined him stretching out his fingers, climbing his hand up the curve of my hip and gripping me there.

'Charlie. I never thought . . .' His voice was husky.

The look in his eyes sent a feeling through me, a kind of inversion of the anxiety: a firework, but a good one. I looked down at his hand on my ankle. Slowly, fully in the knowledge that I shouldn't, I slid my hand over his. Just this – his hand on me, mine on him – was enough to send desire beating through me. It was becoming so bloody hard to remember why we shouldn't do this. Had a wild vision of telling him, I want a baby, and of him saying, I want a baby too, right now, let's have a baby together, but of course it was crazy. It would never happen like that. I know exactly how it would go: I'd fall for him, then either scare him off or let him string me along for far too long, and all the while I'd lose yet more precious time.

'Charlie,' he said again, his voice deeper. Almost a warning.

Knew I should let go of his hand. Move away. Keep my eyes down.

Instead, I looked up and met his gaze. Saw pure, raw longing there, and felt it surge through me in response, and knew I was done for. Reason was gone. There was nothing I could do except lean forward to kiss him.

He moved in the same moment. We met halfway, lips fierce as we collided with a searing kiss. My hands were in his hair, tugging and clawing, and his fingers worked their way under my jumper, searching for skin, finding it. He gripped my hip. I lay back, pulling him over me as we kissed harder. Wild and messy. He ground against me, just once, and I cried out – I was already lost in it, lost with him.

I honestly don't know how long it was before I saw sense. He said 'Charlie' again – moaned it, his lips against my neck. That was what pulled me up short.

'Jones,' I said breathlessly.

He stopped instantly. Heard something in my voice, I guess, or felt it in my body.

'You OK?' he asked, smoothing my fringe back from my forehead.

I could feel his chest heaving against mine.

'I just . . . I can't,' I said, and he was already moving off me, straightening his shirt, shoving back his hair. His eyes were warm and kind, but he gripped the sofa cushion as he settled back into it, as if he needed something to hold him steady.

'I'm sorry, I didn't mean to get . . .' He took a breath, running a hand over his face. 'I was trying to tell you, I never thought anyone could make me feel . . .'

I said his name again, pulling my knees up to my chest. His eyes searched my face.

'No?' he said. 'You don't feel the same?'

His voice cracked a bit. Felt like my heart might crack too, but I said what I needed to say, because I had to.

'I can't,' I whispered. 'Not right now. That's not what . . . I'm not in a place where I can . . .'

But I found myself reaching out and lacing my fingers over his again, filling in the gaps. His expression was full of yearning. I love how Jones's emotions are always right there in his eyes: the anger, the sadness, now the hope. I was full of yearning too, still am right here with my notebook in my bed, but the resolution I'd made was loud in my mind. No more men choosing my future for me. No more letting them decide.

'I can't do this right now,' I whispered instead. 'I'm so sorry.'

'OK. Of course. That's OK.'

I knotted my fingers more tightly through his, my whole body aching. Didn't mean to kiss him again, but we were so close, and everything that had just happened was right there, like a note still hanging in the air.

This kiss was light, barely there, but it instantly lit that blaze in me again. My heart beat in my throat. He lifted a hand to my hair but hardly touched me this time, fingertips as light as his lips on mine. I let out a noise, the sound of that yearning in my chest. His thumb slowly traced my jaw and the sparks went all the way to my toes.

'I won't – I won't do that again,' Jones said, pulling back slightly. 'I'm sorry.'

'No, I'm sorry. I just . . . I wish I could, but I can't.'

The whole conversation was half silence – neither of us managed to finish a single thought. And all the while I was on <u>fire</u>. I ran my thumb across the back of his hand, tracing the freckles there, trying to steady myself. Wanted to say <u>maybe one day</u>, but that wouldn't have been fair. Wanted to say <u>please have a baby with me</u>, but that would be ridiculous. Wanted to say <u>There's so much I'm not telling you</u>, but what would be the use in that?

So we sat there, silent, hands touching, both flushed and breathing fast. I wondered what he wasn't saying, either. All the gaps and the holes and the fears we couldn't let go.

'I'm glad we're here, all the same,' Jones whispered. 'Both of us, I mean. I'm glad our paths crossed the way they did.'

'Me too,' I said quietly. At least I could give him that much.

# 25

**New Message**
**From: Charlie Jones**
**To: Charlie Jones**
**Subject: Day fifty-three sober**

I can't write about last night.

I can't write it all down here. It's too intimate. I can't even write down why I can't write it down.

But I can say that I haven't stopped thinking about it for a single second since.

The problem with living with the woman you're falling in love with is that once you've decided not to kiss again, or not to do all the other things you want to do, you're still just both there. Together. She took herself off to bed first, afterwards, but popped back into the kitchen to get a glass of water in those pyjamas, the pale blue ones with the little shorts, and I felt like I was going to go mad if I didn't touch her.

*Right now*, she said. *I can't do this right now.*

Is it reasonable to feel hopeful after that? Or am I being delusional? To me, *not right now* conveys a possible *yes right now*, one day. She's been very open about the fact that she turned up here grieving and brokenhearted. I don't mind waiting until she's ready, if that's what she wants.

Is it what she wants, though?

Bye for now (see – it implies that I'll be back, doesn't it?)

Charlie Jones

**New Message**
**From: Charlie Jones**
**To: Charlie Jones**
**Subject: Day fifty-three sober (cont.)**

Reading over the below, I think perhaps that email was even more embarrassing than it would have been if I'd detailed everything that had happened on the sofa with Charlie. I am thirty-seven. I am an adult. What am I doing? What would I advise Toby to do?

I just need to talk to Charlie and finish a sentence. I need to ask her what she needs from me right now, and whether after *right now* is over, there's any chance she might want . . . I don't know. Me, I guess. She's gone to the shop for the early shift, but we're meeting to discuss harvest festival this lunchtime, so I'll see her then, and have time to talk to her properly afterwards.

It doesn't have to be all fraught and angst-ridden. We just need to have a grown-up conversation. There are a lot of things to consider here. Our living situation. The job share.

The bizarre list of Charlie Joneses from the Bramblebay Farmhouse spare room. I need to keep a level head.

. . . but I can't stop thinking about last night, that's the problem. I honestly cannot stop the memory of it from appearing in my mind, over and over, every beautiful second of it. I've been sitting here with my laptop on my knees, in bed, getting absolutely fuck all done, and it's absurd. My head is not level. I am not feeling like a grown-up at all. I'm feeling like a teenage boy, and I don't know what the hell to do about it.

So long,

Charlie Jones

**New Message**
**From: Charlie Jones**
**To: Charlie Jones**
**Subject: Day fifty-three sober (cont.)**

Let me recount the harvest festival meeting, explosive secrets and all.

The rain was thick and heavy; everyone arrived at the farm shop dripping, then shed all their waterproofs at the door.

'Change is coming,' Galoshes said ominously. 'You can feel it in the air.'

'What a depressing spin on autumn,' Charlie said.

'Can we talk about my squash bobbing idea?' Red asked.

'You know I'm all for the harvest theme, but can't we just do regular apple bobbing?' Charlie asked. 'Apples are autumnal too, aren't they? I mean, you mull them – that's basically the test.'

We were standing in the middle of the shop, the rain coming down on the roof with that satisfying pitter-patter that always makes me think of camping. Charlie was dressed in a long skirt and a woolly brown jumper, her hair pulled up in a clasp; she looked fresh-faced and beautiful, and every time I glanced at her, I knew she could feel it. It was something in her posture – her usual poise was just a little more self-aware. I had to swallow my smile as her cheeks pinkened under my gaze. *She doesn't want a relationship right now*, I reminded myself. But I'm a patient man. I can wait.

This is the problem with hope – once it kicks in, you can't shut the bloody thing up.

Meanwhile Red was waving a round courgette under my nose.

'Is that not the most autumnal thing you ever did see?'

She seemed much happier than she had been last week, though I've had no update from Toby. He was still gazing longingly at her from where he stood beside Galoshes, so I assumed their relationship issues remain unresolved. I found myself thinking, *Why don't they simply talk to each other?* and then remembered that I too have absolutely no idea where I stand. I was probably gazing longingly at Charlie too. Maybe you never grow out of being foolish when you're in love. I can't decide if that thought is depressing or lovely.

I tried to return my attention to the courgette situation, and asked Red if she meant it was autumnal because it was yellow.

'It's just *fun*. Vegetables in unexpected shapes are fun. And apple bobbing is so done. We want to do things the Ormer way!'

'I like apple bobbing,' Toby offered. 'And I'm . . . pretty Ormer. Seventh generation.'

He blushed beet red, and I gave him an encouraging look. When we first got here, he'd never have spoken up in a meeting like that.

'You'll *love* squash bobbing then,' Red said, very brightly, though without looking at him. She deflated slightly as everyone remained in puzzled silence. 'All right, I'll be straight up with you. Rosie planted way too many of these, and nobody's buying them, so she's bribing me to win you around to the idea, OK?'

'Ah. Did Marly by any chance advise against this crop?'

'I suspect so?' Red said, trying to suppress a grin.

I grinned too, and then my smile dropped – I remembered that list in Marly's spare room, and the fact that my friend was hiding something from me. A few weeks ago, it would have been proof that I was right about keeping my walls up – and it's true that the whole business would hurt a lot less if I'd kept Marly at a distance. But I don't think I ever *could* have. That plan was never realistic. I am not a man with walls, and I just have to live with it.

'Out of interest, what was Rosie's bribe?' Charlie asked.

'She said she'd let me drive her tractor.'

Charlie laughed. 'Honey, sort out Rog's dodgy Wi-Fi and he'll let you borrow one of his for a week,' she said.

Rog, of course, was late for this meeting – something to do with delivering a trailer to a sheep farmer, or possibly it was the sheep he was delivering, I forget. When Rog calls me to make his excuses, I generally just tune out these days.

'He's been bugging me to go around and fix it since I got here,' Charlie told Red. 'Apparently I look "tech savvy".'

'It's the fringe,' Red said.

'Right? I cut it in myself, you know.'

This was an excellent excuse to stare at her, under the guise of examining her hair. Though, now that I was actually looking at it more closely, I noticed that her roots were peeking through – I hadn't realised she wasn't naturally brunette, but the hair at her parting was pale.

'No way! Do you have a before and after?'

Charlie paused at that. 'Maybe somewhere,' she said. 'Next on the agenda: donkeys.'

Charlie was definitely avoiding my eye. Unlike Toby, I actually saw this as an excellent sign. You don't avoid somebody's eye if you still see them as a friend. You avoid someone's eye if *not right now* means *maybe soon.*

'Don't be daft,' said Galoshes. 'You'll never catch 'em.'

'I was talking to Baptiste about it, and he said those donkeys aren't actually wild – they're domesticated but broke out of someone's garden one day and never came back.'

'Are you suggesting we offer donkey rides?' I said, with horror. 'On semi-feral donkeys?'

'No, no! I just want them in the field behind the sheep barn where the dance is happening, for the photo opportunities. Tourists love an animal, and the pigs are already occupying West Hilly Field – we just need a good shot in the other direction.'

'Dance?' Galoshes said, with suspicion. 'What dance?'

'The barn dance,' Charlie said. 'And before you tell me you hate the idea—'

Galoshes promptly confirmed that she did indeed hate the idea.

'I have the perfect job for you,' Charlie told her.

'I refuse to do it.'

'You don't even know what it is.'

'I'm not doing it, whatever it is.'

Charlie's eyes flicked to me. I watched her take a deep breath, and then return her gaze to Galoshes.

'Galoshes, until October the 6th, I am your boss,' she said.

'Half of my boss,' Galoshes said. 'The smaller half.'

'In what—' Charlie gathered herself. 'That means that until

Monday, I have the power to fire you.'

'You wouldn't dare,' Galoshes said immediately.

'When I first came here, no, I wouldn't have dared. But I've come a long way, and learned a lot about myself, and frankly, I've tried everything. I've cajoled you, included you, placated you, and you still won't treat me with even a gram of respect.'

'I said yes to your biscuits, didn't I?' Galoshes said.

'That was a start,' Charlie acknowledged. 'But doesn't actually make up for the constant insubordination.'

'You've tried the carrot, now for the stick, eh? I don't buy it. You wouldn't fire me.'

'Please. Give me a final straw. Give me one last reason.' Charlie's voice dropped deeper. 'And see if I'll do it.'

There was a long, tense moment. I was having to fight extremely hard not to smile. Charlie looked magnificent – chin lifted, shoulders back as she stared Galoshes down. The little tremor in her bottom lip was only mine to see, and I wanted to kiss it slowly and tell her how proud I was.

'What exactly is the job?' Galoshes said at last.

'Dance caller.'

'What?' Galoshes said, with menace.

'You would be the person telling everyone at the barn dance what to do.'

Galoshes paused.

'Everyone?'

'Everyone. You shout, they dance. So, shall we try that again? Galoshes, I've got a job for you at the barn dance, would you like to hear about it?'

'Yes. Please,' Galoshes said, after a very long moment.

Charlie smiled, and something seemed to soar in my chest. I don't think I've ever felt pride for another person like that. I love that I know how big this was for her, and that I get to see her triumph over it – that I'm the one person who knows she's just proven how fucking brave she is.

'Wonderful. You'll make a fantastic caller. I'll send you some links—'

'I won't look at 'em,' Galoshes said, and then, on Charlie's look, 'Not because it's you, just because I don't do the internet.'

'I'll . . . I'll show you them,' Toby offered, blinking fast. 'If . . . you want?'

'Wonderful,' Charlie said. 'Great teamwork, guys. Now, I have to shoot. I'll see you all in the morning.'

'You won't be home for dinner?' I blurted.

I realised, from the interested look from Galoshes and Red, that this was perhaps not something I should say in front of all the staff. They knew our living situation, but probably didn't imagine we ate dinner together every night, because that would be . . . coupley. Charlie met my eyes for one quick moment and then looked away again. Definitely flustered.

'Not tonight,' she said, already on her way towards the door. 'I've got three hours' worth of dances to choreograph with Jerry and the Merry Milkmen, so don't wait up!'

So much for talking. I sighed, then noticed Red watching me with a shrewd look on her face, and tried to pull myself together. *Don't wait up* probably gave everyone the wrong impression too. I cleared my throat and asked Galoshes to give me a hand moving the boxes of new coffee beans from the shop floor to the back room.

'This is the ridiculous "autumn spice" blend?' Galoshes grumbled, as we started stacking them. 'If one more thing in this shop has "autumn" slapped on it, the whole barn will turn into a bloody pumpkin, I swear. What happens when autumn finishes? Will it be like this in winter, too?'

'Halloween first, I imagine.'

Good to know that Galoshes' new respect for Charlie wasn't going to put a stop to the whinging. It wouldn't be Bramblebay Farm Shop without the constant background noise of Galoshes complaining.

'I don't know what's got into that Charlie,' Galoshes said, shifting a box with a very loud groan. 'Maybe it's the pregnancy hormones, but she's finally grown some balls, so to speak!'

I froze. Galoshes headed off through the back-room door, turning when she clocked I hadn't followed.

I don't know what I said, exactly. Something shocked.

Something like, *Charlie's not pregnant*, or *no, she's not*, or . . . the kind of nonsensical, desperate thing you say when the future you've just started to dream about abruptly falls apart.

'Oh,' Galoshes said, seeing my expression. She glanced behind her to check the rest of the staff were out of earshot. She actually looked slightly penitent, for once. 'I overheard – Rosie did tell me not to tell anyone, and she's not even twelve weeks along yet. But I thought you of all people would know, what with you two living together and all.'

Well, now I do know.

And obviously this changes everything.

So long,

Charlie Jones

# 26

## *London, two months earlier*

It was late July. Jones and Aspen had weathered a wet, argumentative spring together, full of serious life matters – the funeral of an old friend of Jones's, the falling-out between Aspen and her mother, a problem with Jones's hot-water tank. Grown-up things, as though they were aging faster than they should be.

Their relationship felt right *just* enough of the time. When Jones's commitment wavered, Aspen's eyes would suddenly sparkle again, and she'd tug him to bed, and he'd forget everything but the fun of her. There was something so sexy about seeing Aspen rumpled and laughing – she was generally put-together and efficient, but in Jones's bed, she was deliciously dishevelled.

As the months slipped by, he thought often of the day when Gloria had given birth in the back of that Uber. The baby's tiny, alien feet, its unearthly cry. The feeling that had grown in his chest, strange and suffocating, too complex for him to understand.

He eventually figured it out in the queue for the tills at the Co-op one day. The woman in front of him had a toddler dragging at her hand and a baby perched on her other hip; she looked off-balance, and he wondered if he should offer to hold something for her, before realising the only thing he could take from her was a child.

He stared at the baby, then the toddler. These small, needy people, these little agents of chaos. He thought of Gloria's newborn with its tiny bloodstained hands, and he realised – *I do not want a child.*

It was something to which he had never given a great deal of thought. He was still young, mid thirties; he had been in a marriage where kids weren't on the cards, so the question had been irrelevant, and Jones never dwelled on things that weren't relevant. As a single man, before he had met Aspen, the thought had crossed his mind – *Perhaps I will end up having kids one day.*

But he did not want a child. That is what that feeling was. He had looked at the tiny baby and felt sure of it, and the nasty, uneasy sensation that had followed was a sort of shame. It wasn't that he didn't find the baby cute. He just knew he didn't want to be a father, in the way one knows these things – that you love someone, that you need a glass of wine, that you've forgotten something important. It was simply not for him.

Which was fine. No need to feel shame about it, he told himself. But still the shame persisted, and he could not say why.

The reason became clear a week later on a sun-bleached St James's Park. He and Aspen were picnicking, as she called it – overpaying for small pots of things that did not go together, ideally from M&S. But when Aspen arrived, she was not in her trademark scrubs or loose skirt and silk top – she was wearing a baby.

'Hello,' Jones said, staring at the child in the sling on her front.

'I know,' Aspen said, already starting to laugh. 'Surprise!'

An elderly couple nearby glanced over and smiled. He and Aspen looked like a perfect young family, Jones realised with a jolt.

'My sister had a childcare crisis, so we've got a little gate-crasher on our hands.'

'Ah. This is baby Mabel?'

'This is baby Mabel,' Aspen said, kissing her niece's head.

'Right. Well, shall we sit? Can you sit?'

Jones did not like how much this had thrown him. Aspen looked happy – happier than usual – and she was so competent handling the baby that he could suddenly see her as a mother.

As Aspen busied herself finding a shady spot for Mabel to kick about in, Jones realised with dawning horror that the shame he felt was not because he didn't want to be a father. It was because he suspected Aspen wanted to be a mother.

At first, he had stayed with Aspen because it was the kind thing to do. She'd been grieving; she said she needed him, and he didn't want to hurt her. But was it still the kind thing? He watched Aspen tickle baby Mabel's tummy, and closed his eyes for a moment.

'Aspen,' he said.

Jones knew he had his faults, but he liked to believe he could tell right from wrong. And this was not right.

'Do you want to have a baby?'

She looked up at him, crouched over the baby, her necklace dangling in front of Mabel's nose. The expression on Aspen's face was heartbreaking. It was as if he had made some sort of beautiful announcement, had told her the best news in the world. She looked *overjoyed*.

'I mean, yeah. Yes. Do you?' she asked, sitting back on her haunches.

'I'm so sorry,' he said.

He was wrong: *this* expression was heartbreaking.

'What?' she said.

'I'm really sorry. I don't want to have a baby.'

'Oh,' she said, putting a hand on his thigh. 'God! We're not talking about right *now*, are we? I know you don't want a kid right now. We've talked about this.'

He frowned. Had they talked about this?

'Early on, before we made it official?' she said, returning her attention to baby Mabel, who was kicking her fat heels on the picnic blanket. 'That night we had ramen at yours. We talked about Conor fainting when his wife was giving birth, and you said you can't imagine yourself being a dad *right now*.'

'What?' He vaguely remembered the takeaway, but couldn't recall this conversation at all.

'Yeah! And I'm not putting any pressure on.' She smiled – a little tightly, he thought. 'Not right now is fine.'

'But, Aspen . . . I'm not saying not right now. I'm saying I don't want kids.'

He had kept his voice gentle, but her eyes instantly filled with tears.

'I'm so sorry,' he said. The shame swirled in his stomach.

'You don't have to decide now!' she said, blinking fast. 'I was a no too in my twenties.'

'But I'm not in my twenties, Aspen. I'm thirty-seven. And I really feel sure about this.'

'How *can* you be?' she said, her voice rising. 'You were a not-right-now like, six months ago. What happened?'

'I don't even remember saying that. It was just a throwaway remark, I guess – like, wow, imagine being a dad at this point in my life. I don't know. I honestly don't remember it.'

Aspen picked up Mabel, holding her in her lap like a shield. Her tears spilled over; she swiped them away with frustration.

'A throwaway remark,' she said bitterly.

'I mean, I assume so? I don't remember. I'm sorry.'

'Do you remember what I said to you when we first met?'

'What?'

'I told you not to waste my time.'

Aspen struggled to her feet with Mabel in her arms. She began thrashing around with the sling, trying to get Mabel in; Mabel frowned, then squawked in protest, then began to cry.

'Can I help you?' Jones said, getting up clumsily.

'No,' Aspen said, and her voice was like steel. 'No, you really can't.'

'Aspen, please, don't be like this. I love you,' he said, a little helplessly. He felt awful.

'Do you really?' she snapped, fixing the last strap around Mabel's shoulders. 'Or are you just fucking incapable of being alone?'

# 27

*Friday 3rd October 2025*

Brianna just rang. Having resulting loss of mojo. Feel quite peeved.

'Have you booked an appointment to get it on with Keith?' she said.

Was walking down the Rue, heading for the chocolate shop – we were out of pumpkin spice truffles, because whatever Galoshes thinks, seasonal is seriously selling. The coffee machine has been up and running for a week now, and we're the busiest we've ever been, despite peak tourist season coming to an end. Doc's biscuits are flying.

'Keith the sperm guy!' Brianna explained, when I asked her what the hell she was on about.

'Oh. Didn't we decide against Keith?'

'Right, well, whoever, whichever father you settled on.'

'I've not booked my first proper appointment at the Guernsey clinic yet,' I said. 'And you don't just get to wander in and grab a pot, if you know what I'm saying – there are a bunch of things to do first.'

'You've not booked it?'

This was full of subtext.

'You know I did the initial stuff and got myself checked over before I even got to the island,' I said, swinging open the door to the chocolate shop. 'It's not like things aren't in motion.'

Karyn gave me a gratifyingly cheery wave.

'I just thought you would be raring to go, now that you're feeling so much better in yourself, and you're sure the island is where you want to do this . . .'

'I was. I am! I am.'

Grabbed all the pumpkin spice truffles, piled them under my chin, and made my way to the till with my phone wedged to my ear. The signal down this end of the Rue was always terrible, and Brianna's voice crackled as she said, 'You're not having second thoughts, are you?'

'Of course not!'

'Not getting distracted by the cute boy you kissed last weekend?'

'No,' I said, a bit too loudly. As though I hadn't spent the entire week daydreaming about making out with Jones on the sofa. 'Sorry,' I mouthed at Karyn, who had jumped a little. 'Bri, now isn't a good time. I'm still totally committed to the plan, all right? I've just been busy. And I'm probably going to lose my job in a minute.'

'Fair point,' Bri said. 'What is your plan to support your future child when your cut of the inheritance runs out?'

'Wow, you're fun today! Let me call you back,' I said, hanging up and dropping the phone on the counter. 'Sorry, Karyn. All these, please.'

'Ah, I remember those days,' Karyn said with a smile as she tapped away at the till to apply the farm-shop discount. 'When you just <u>have</u> to have something! Glad my truffles are hitting the spot. It was always capers, for me.'

'Right,' I said, checking the message that had just popped up on my phone screen. 'Wait, sorry, capers?'

*I shouldn't have called you from work, I'm in bosslady mode and went too hard. My question is, do you think you're going to wait and see if things get serious with Jones, instead of pursuing this solo? Do you even know if he wants kids? Isn't he Mr Island Hermit – didn't he turn up determined to be alone . . . ? I'm worried I've pushed you in the wrong direction by wanging on about how you still have room in your life for romantic love. Xxx*

'I just loved them! Here you go, sweetie,' Karyn said, sliding a large paper bag across the counter.

Thanked her (ignoring weird caper chat – the woman is a committee member and just called me 'sweetie' <u>and</u> smiled at me, so if she wants to talk about obscure tiny vegetables that's fine with me) and made my way back to the farm shop with the truffles, mood distinctly dampened. Was Bri right? <u>Was</u> I delaying on starting things with the fertility clinic? Thought that by shutting things down with Jones, and keeping my plans a secret, could keep myself safe from that temptation. But maybe even that wasn't enough.

Despite all my resolutions . . . am I letting that daydream of a love story with Jones get in the way of the real dream I came here to find?

Jones also being weird today.

'Are you OK?' he said, when I returned to the shop. 'You look a bit flushed. Do you need to sit down?'

'Pardon?' I said, unpacking the truffles. 'Oh, no, I'm fine, I'm just in too many layers.'

I'd called the fertility clinic on the way here – they had an opening on Sunday, so I'm all booked in for then, and was feeling quite weird about it. (Still am, tbh.) Also pretty sure I get flushed every time I'm in Jones's presence now – have been avoiding him so scrupulously this week that I've hardly put it to the test.

'Do you want to go home and change? I can stay a bit longer if you need me to. Or get you something from the stables and drop it back on my way to Rog's cart?'

'What?' Risked a suspicious glance his way, then checked my outfit. 'Have I been shat on by a bird or something, and you're too polite to tell me outright?'

'Please do not say shat in front of the customers,' said Galoshes, who had appeared just in time to see me disgrace myself in some way, as she is wont to do.

'There aren't any customers right now, Galoshes.'

'Not with you swearing like a sailor, there aren't.'

Decided to rise above. Even Galoshes could not pretend I was putting customers off – this was a rare moment of calm in a hectic week of us all crash-coursing barista training (watching a lot of videos about milk frothing) and trying to keep up with the demand for Doc's already-famous chocolate and cherry biscuits.

'Rog's cart?' I asked Jones.

He was looking particularly gorgeous in a checked shirt and jeans haphazardly tucked into mud-caked brown boots. He's started wearing his hair swept back from his face – it's a lot longer than it was when he first arrived here. It's a <u>very</u> good look. Whenever I've seen him this week, can pretty much only get through it by reciting to myself, He is not the plan, he is not the plan, he is not the plan.

He'd make a really hot dad, went a very bad voice in my head.

'He's going to teach me how to drive a horse and cart,' Jones said, looking an adorable mixture of embarrassed and delighted.

'What! What for?'

'Well, I can't drive a tractor.'

'I wouldn't worry about not having a special tractor licence, Jones – this is Ormer. Haven't you seen the licensing prices?'

Pointed to the sign that had once lived stuck inside the farm shop window, now pinned to our community noticeboard. Toby's idea, actually – sweet, conscientious Toby, who still has no idea he's going to be a father.

The sign reads:

*GET YOUR LICENCES FOR 2025 NOW.*

*Available in the Constable's Office 2 p.m.–4 p.m. Tues and Weds.*

*Carriage Driving: £12*

*Tractor: £15*

*Firearms/shotgun: £5*

Whenever I see it, it reminds me how this island looked when I first arrived on the Rue in the dust and sunshine. A tiny Wild West.

'I don't actually have a driving licence at all, though,' Jones said sheepishly.

'You don't drive!'

He shook his head.

'I wonder whether Jerry would ask.'

'You'd hope.'

'But . . .'

'Yeah. Probably not.'

We grinned at each other. Uh-oh, prolonged eye contact. Absolutely deadly. I looked away instantly, but he'd already made me go hot again. Was thinking about the way he'd felt on top of me, the hungry kisses against my neck, my jaw . . .

'I'm making us stew tomorrow,' he said, with a decisive nod. 'Lots of vegetables. Maybe some cavolo nero. You look a bit peaky. You need to make sure you're getting enough iron, and since you don't eat meat . . .'

Am slightly surprised – not by the comment about iron, because you get this about twice a week if you're a vegetarian, but by Jones's sudden interest in my diet. Cannot decide if this is oddly paternalistic or quite sexy. Probably a highly problematic combination of both.

'Have you had your booking appointment with a midwife yet?' Marly asked me when I arrived at the farmhouse to see Red a few hours later.

Was still quite grumpy. Has been that sort of day. Cannot seem to win: am either getting flack from Bri for being insufficiently pregnant or from Marly for being pregnant and not doing enough about it. Hate this lie. Want to be up at the B&B checking on Red as much as I can, but that means being around Marly and Rosie, who both keep mothering me and my painfully non-existent baby – Marly has obviously shared with her wife, which I do get, but only makes this harder. Rosie and I are friends, and now I'm lying to her as well. More lying.

Though, since finding that bizarre list of Charlie Joneses, am pretty sure she's lying to me about something, too. And I've still got no plausible explanation as to what.

When did everything get so messy? It's all lies and secrets and people pretending to be things they're not. Where's my beautifully simple new life gone??

# 28

**New Message**
**From: Charlie Jones**
**To: Charlie Jones**
**Subject: Day fifty-eight sober**

Pregnant. *Pregnant.*

It's been almost a week since I found out, and I'm really not sure I'm any closer to processing this. Meanwhile harvest festival is occupying every waking thought that isn't dedicated to Charlie, because she has the most ambitious plans for this barn dance, and I have become a person who cannot say no to her. So anyway, I'm off to try and catch a donkey now.

So long,

Charlie Jones

**New Message**
**From: Charlie Jones**
**To: Charlie Jones**
**Subject: Day fifty-eight sober (cont.)**

I'm covered in mud, freezing, and have a very large bruise on my shin. I think Galoshes filmed everything, so that's great.

Anyway, there is now a donkey in the appropriate field, looking very photogenic. Well done me.

Christ, I want a drink. I'm trying so hard, here, but I feel as though all the connections I've made on this island aren't even real. Marly's got a completely bizarre list of Charlie Joneses in her spare room and we can't work out why. Charlie's pregnant – presumably the father is someone I know here, or a tourist, because Galoshes said she's not twelve weeks along yet, so it must have happened while we were both on the island, and I just . . . I don't know if I can handle all this.

I was with her all the time in those early weeks here. I keep going over and over every day. When *could* she have met someone? Who the hell could it be?

I need to go and shower. And then what? The evenings have been so hard this week. I don't trust myself to go out. The pub will be warm and easy. I can imagine how good a beer would taste right now – I'm sure I'd feel better within just one sip.

At least there's nothing alcoholic in the house. If I just stay here, I think I'll be OK.

Bye for now,

Charlie Jones

**New Message**
**From: Charlie Jones**
**To: Charlie Jones**
**Subject: Day fifty-eight sober (cont.)**

I was just out the shower, having finally removed the mud from my ears, and heard someone hammering on the door. I ran down in my towel and yanked the door open to find Marly on the doorstep with her arms folded and Ginger wagging at her heel.

'Just tell me why you came here,' she said, as Ginger surged at me. 'I've been rooting for you, mate, I really have, but it's harvest festival in two days and it's crunch time, buddy. Why did you come here?'

'Is this urgent? Or can I go and put some clothes on?' I asked, trying to pet Ginger without losing my grip on the towel.

I was feeling so strung out – I'd spent the whole shower thinking of all the reasons why it would be perfectly fine to go to the pub tonight.

'Yes, it bloody well is urgent. You're upsetting my wife!'

'What? How am I upsetting Rosie? Will you just come in, Marly? I'm freezing.'

'You honestly have no idea why I'm asking you this?' she said, putting her hands on her hips.

'No! I don't have a single clue! Can you tell me what's going on?'

'No!' Marly yelled, yanking off her flat cap and slapping it against her leg. Ginger jumped, returning to Marly's heel. 'Not unless you *know*, I can't! Rosie has been very clear on this, and she'll kill me if I push you, so you have to say it *first*, Jones!'

'Say what first? What are you talking about?'

'You really don't know?'

'I really don't know.'

She dropped her head. 'Fuck,' she said, turning away. 'I so hoped it was you.'

What is going *on* around here? Secrets and lies, secrets and lies. The future I'd dreamt up here suddenly looks so unrealistic – did I really think I could have something that good?

I mean, Charlie's *pregnant.*

I just don't know if I can deal with all this without a drink. Maybe I could go to the pub and have a lime and soda, or something? I need to be somewhere warm and busy, with *people* around. Yeah, I might do that – better than kicking around alone here, right, waiting for Charlie to come home?

To be honest, I might just go and have one drink at the pub – I think I could handle one these days, and it would make this all feel a hell of a lot easier.

Bye for now,

Charlie Jones

**New Message**
**From: Charlie Jones**
**To: Charlie Jones**
**Subject: Re: Day fifty-eight sober (cont.)**

Hello! Hi!

OMG, she writes back!

That last email of yours had me freaked, my friend, so here I am, replying. I know, I know, we had a rule, but that was designed to snap us out of the weird co-dependent thing and we're totally snapped-out now, so I'm declaring replies permitted. New lives are all very well, but sometimes you need an old buddy who gets the context, you know?!

Because holy shit, you have a lot going on over there.

But you're so strong. I know you've got this. Look at the subject line of this email. You made it this far. Can you really bear the thought of going back to zero? If you're reading this in the pub: get out. Go, now, walk out the door into the fresh air, take yourself down to the beach, and remember that you only need to stay sober for another five minutes, and then another, and so on. You can do anything for five minutes.

Listen, I've been thinking for a while about coming out to the island. And guess what: you've freaked me out enough that I've only gone and decided to actually do it! I've booked a flight. I've booked a ferry. That's right, Mr Jones (lol, still so weird) – I'm coming to see you!!

Stay strong, my friend. You've got this.

With love,

Charlie x

# 29

## *Guildford, nine weeks earlier*

One day, Charlie returned home from *Vintage, Please* to find that Oliver had let himself into her flat.

This was not in itself unusual. They still had keys to each other's places, still hung out most nights, might let themselves in if the other person wasn't home yet.

More surprising was the state of chaos around him.

He was sitting on the floor at the end of her bed. Half the clothes from her wardrobe were strewn across the duvet; he'd upended some old shoeboxes, sending the heels she'd worn in her twenties splaying across the bedroom carpet like snapshots of old nights out.

'What the hell?' she said, standing in the doorway. 'Oliver?'

'Brianna called me,' he said. 'I'm freaking out about you.'

For the last month, Charlie and Oliver had settled into a sweet, platonic friendship that was in some ways more intense than their relationship had ever been – sometimes they would still sleep in bed together, or hold hands, and often they would cry in each other's arms. He knew about the job she had been offered on the Isle of Ormer, and he'd encouraged her to go. It had been a long time since he'd fretted about her the way he used to, when they were a couple. So what the hell was this about?

'What did Bri say to you?' Charlie asked carefully.

'I can help you,' Oliver said. 'You can talk to me, Charlie.'

'I know I can,' she said. 'What did Brianna say?'

'She said . . . to look around the flat for anything you might be trying to hide from us.'

Charlie was shocked to feel a spike of fear – until that moment she'd genuinely felt she had nothing to keep from him. His steady, beseeching gaze told her he saw that truth in her face. She smoothed down her canary yellow dress, busying herself picking up high heels. Her head was suddenly buzzing. It was very important that she did not think too hard about this.

'Wow, I've not worn these since . . . Oh, way back – before I was even married. Berty used to love them.'

'Charlie . . .'

Charlie could feel that inner voice trying to elbow its way into the room. *You're awful, you're a piece of shit. Oliver is going to find out, and he's going to stop caring about you, just like Berty did. Just like your parents did.*

'These crystals on the straps! So adorably 2010. I probably wore these with a bandage dress.'

'Brianna says . . . She says you're not OK, Charlie.'

Oliver stood and made his way through to the kitchen. Charlie's heart began to hammer as he started searching through the cutlery drawer, then the cupboard of mugs.

'Oliver, stop it!' She grabbed his arm as he reached for the cupboard under the sink, but he shook her off and opened it.

He pulled out the cardboard box behind the cleaning products.

Charlie let out a sound so thick with shame it was almost animal – a whimper, a mew. With teeth-gritted force, she pulled herself together.

'That's no big deal, Oliver! It's just my backup box. It's just where I keep spares.'

His expression was grim as he placed the box on the kitchen table and took off the lid.

Three half-empty bottles of spirits lay inside. Vodka, gin, whisky. She'd hated the taste of all three of them, once, but these days she wasn't fussy.

When she had first begun the backup drinks box, Charlie had congratulated herself on her forethought. She was notorious for running out of alcohol – for running out of everything, actually. It had been a favourite inside joke with Fearne – whenever she came for dinner, she'd message beforehand to say, *What've you not got enough of, then? Want me to pick up some milk? Bread? Eggs?*

And running out of wine was the worst. The evening would just be getting started – they'd just be warming up. Who wanted to pop out in the rain to the corner shop then?

At first it had been two bottles of wine. A red, a white. Then she'd drunk those herself, on a couple of evenings when setting up the shop had been stressing her out and she'd needed something to help her relax. So she'd replaced them a few times, and then, when that had become tedious – she would still end up running out – she'd opted for gin. It was more space efficient.

'I can't believe I didn't see it,' Oliver said, closing his eyes. 'You've been . . . Oh, God, I used to worry about you so much, but I never thought . . . The slurring, the forgetfulness, all the times you insisted on bringing coffee in your own Thermos from home . . .'

Charlie would do almost anything to escape from this conversation. She stared at the kitchen window, contemplating jumping from it.

'It's my fault,' Oliver said, sitting down unsteadily. 'I should have noticed. Of all people, I should have noticed. But I've been drinking too much too, since Fearne died, probably even before then, really, and I just . . . I'm so sorry, Charlie. I let you down.'

Charlie leaned forward on the table, looking at the backup box. Her heart seemed to be beating behind her eyes, a pulsing, awful thump. She'd had a drink already today. There was a backup box at the shop too.

She was not surprised that Oliver hadn't noticed her drinking – she was extremely good at hiding it. In fact, much of the time, even she could go about her day without looking directly at it. It took a lot of mental effort, but it was possible.

*Oh, God*, she thought, and there was the voice, the one that came to her at 3 a.m., when the night stripped her bare and she could not hide from herself. *You're a disgusting addict. You're useless, you're worthless. No wonder nobody wants you.*

*You're an alcoholic. You have to stop drinking.*

'It's OK, Charlie,' Oliver whispered.

She began to cry.

Berty had said it too, when he'd left her. *I don't know what else to do, Charlie*, he'd said, as he'd packed up his suitcase, face red with crying. *I'm so sorry. But you're an alcoholic. And I can't be with you unless you stop drinking.*

Oliver, by contrast, had made it so easy. His friends from the downhill-racing scene were fun – thrill-seekers and adrenaline junkies – and her drinking seemed tame in his context; he was chilled, flexible, had always been happy to stay at his place if she wanted him gone. He also, crucially, did not know her the way Berty did, so the drinking had been much easier to hide.

She'd thought that was why the universe gave him to her – to make life easier, softer, more fun. But as she slowly lowered herself down in the chair opposite and looked into those grey-blue eyes, with the crinkles at the corners, the thought occurred that perhaps the universe had brought Oliver to her for *this* moment. The moment when more than anything she needed a kind friend who knew what it was to be ashamed and miserable.

'I'm so sorry,' she sobbed, laying her head on her forearms. 'I'm so sorry.'

'Why are you apologising? Charlie, shh, it's OK.'

He leaned across the box to stroke her hair. The kindness almost undid her. For a very long time, almost all of Charlie's mental energy had been consumed by the dance of denying her addiction. Those awful, truthful 3 a.m. moments, when she had lain in the darkness and known she should stop drinking alcohol, had become harder and harder to delete each morning. Every time she reached for her favourite gin glass – the tumbler that sat just right in the palm of the hand – she faced the cognitive dissonance that came with very badly wanting to regain control over her life, and very badly wanting a drink. It was exhausting. And now, at last, she was letting some of that go.

Oliver let her cry. Eventually she lifted her head and looked at him through swollen, bleary eyes.

'Thank you,' she said hoarsely. 'For being so kind.'

'Here's what we're going to do,' he said, squeezing her hand.

At some point in the last half hour he had removed the box from the table; Charlie felt a wild lurch of panic at the thought that the bottles might be gone, until she spotted them on the floor by his feet.

'You're going to go and talk to a doctor about quitting alcohol. I am too. You're going to go to the Isle of Ormer, to that amazing farm you showed me, and . . .'

He trailed off; Charlie was shaking her head.

She wanted that more than anything – more than Oliver could possibly know. But she wasn't ready for her dream life, her family. This wasn't how the Isle of Ormer chapter was supposed to start.

'I can't go. I don't want to take it. The job.'

'But you've been so excited about it,' Oliver said, frowning.

'No.' She shook her head again. 'I need to sort myself out. I can't go right now. It's not the right time. You're right: I need to stop drinking.' She could barely get the sentence out, it terrified her so much. 'That has to be the priority. I can't go now.'

'You're sure? It's such an amazing job, Charlie – it's a once-in-a-lifetime thing, isn't it? A total fresh start, in your dream location . . . You've been fascinated with that island ever since I've known you, and I doubt many chances come up to work there. Maybe it would *help* you get sober.'

She stared at him across the table. He looked exhausted too, she realised. And he'd just told her he was also drinking too much. He had lost not just a close friend but his passion – he hadn't been on a bike since Fearne's death. He'd had a truly awful time too.

'I'm sorry,' she whispered again. 'You deserve so much better than all this. Than me.'

'What do you mean? Charlie . . .'

'You know, we were so badly suited,' she said, wiping her face. 'You're so driven and determined, and I can never stick to anything. You're all cool and understated, and I'm . . .' She gestured down at her outfit: a yellow 70s dress she kept meaning to shorten, but never got around to sorting. 'And you're *steady.* You'll be someone's rock. A family man, maybe. You know I don't even want kids?'

Oliver's surprise was evident. 'You don't?'

'I never did. Berty and I were on the same page about it from the start, so I guess I . . . I didn't think to bring it up with you, and . . .' She was making excuses. She swallowed and lifted her chin. 'I should have told you straight away. I'm sorry.'

'Right. Huh. Well, I guess I didn't bring it up either.'

'You want a family?'

'I do,' Oliver said after a moment. 'When I feel like I'm good enough for one.'

'I want that for you. I want you to start over, and figure out who you could be without me and Fearne and booze, and meet somebody who's the perfect fit for you . . .'

She was crying again, partly for Oliver, and partly, she realised, for Berty. Brianna had finally caved and given her all the details of his new relationship, and it broke Charlie's heart to know that he had done exactly that – left her, found himself, found someone who fitted him better.

She stood, needing to escape the table and all its intensity, and wandered to the fridge, where she had pinned the handwritten letter that Rosie Nicole had sent her, offering her the job at Bramblebay Farm Shop. *Dearest Charlie,* it began. *Thank you so, so much for your application. I was so thrilled to read it.*

Brianna had laughed at it when she was here last, reading out the charming instructions on how to get to the farm – *head for the dairy, but be sure to turn right before you reach the field of Jersey cows.*

'*This* is the job offer? That's it? You just turn up with this letter and say Hi, I'm Charlie Jones?'

'I wasn't even going to bring the letter,' Charlie had said, with a grin. 'I don't think they have an HR department, Bri, I think this is about as official as it gets.'

'Fuck me,' Bri had said, snapping a photo of the letter. 'Might nick this note off you and take it myself. I quite fancy an idyllic new life. Hello, I'm Charlie Jones! Honest!'

At the time Charlie had been giggly and playful, laughing along – drunk, unbeknown to Brianna, though perhaps that was when she'd guessed at it. Fearne hadn't known either. Lovely Fearne, who had always been drunk on life, and never thought it strange when Charlie was a little giddy too.

Charlie stood in front of the fridge now, running her finger across the signature on the bottom of the letter. *Rosie Nicole.*

Brianna's words popped back into her head. *That's it? You just turn up with this letter and say Hi, I'm Charlie Jones?*

Charlie glanced over her shoulder at Oliver. He looked so

broken. Did anyone need a fresh start more than him? And if he were there, at the farm, becoming part of that community . . . then she wasn't losing this chance altogether. She could live it vicariously. If she let Oliver take the opportunity instead, then she could ask him to tell her *everything*, and that way when the time came, when she was finally ready, she'd be so much more prepared.

'I've got a crazy idea,' she said. 'Hear me out, OK?'

# 30

**New Message**
**From: Charlie Jones**
**To: Charlie Jones**
**Subject: Are you actually coming to Ormer???**

Are you actually coming here, because if you are, we really need to get our story straight. I mean, you cannot tell everyone you're called Charlie Jones. You know that, right?

PS Thank you. I left the pub. I went to the beach. It helped.

**New Message**
**From: Charlie Jones**
**To: Charlie Jones**
**Subject: Re: Are you actually coming to Ormer???**

Hello, queen of subterfuge here. You dated me for a year and it took you that long to realise I drank gin most mornings. I think I can handle hanging out with your new friends without giving the game away, Oliver.

PS Well done – I knew you would!!

**New Message**
**From: Charlie Jones**
**To: Charlie Jones**
**Subject: Re: Are you actually coming to Ormer???**

OK, so, also do not call me Oliver.

**New Message**
**From: Charlie Jones**
**To: Charlie Jones**
**Subject: Re: Are you actually coming to Ormer???**

Lol! Yes, of course! Starting now, I'm on it, JONES. Who shall I be? I've always liked the name Absurdia – Fearne and I went to the circus once on a school trip and the woman who walked the tightrope had that name, and I've loved it ever since.

I'm so excited. You know I've been ADDICTED to your emails (a healthier option, though, right?!) – meeting everyone is going to be like meeting celebrities. I wonder if Rog will sign my boobs.

**New Message**
**From: Charlie Jones**
**To: Charlie Jones**
**Subject: Re: Are you actually coming to Ormer???**

You cannot call yourself Absurdia. That's a totally weird name. You need to *not* draw attention to yourself. Which flight will you be on? What's your ferry?

**New Message**
**From: Charlie Jones**
**To: Charlie Jones**
**Subject: Re: Are you actually coming to Ormer???**

Flight details and ferry details attached! Can't wait to see you, dear friend xx

**New Message**
**From: Charlie Jones**
**To: Charlie Jones**
**Subject: Re: Are you actually coming to Ormer???**

Charlie, you're going to be here *tonight*? I haven't sorted you anywhere to stay!

**New Message**
**From: Charlie Jones**
**To: Charlie Jones**
**Subject: Re: Are you actually coming to Ormer???**

Can't I just crash on your sofa at the stables? I know it's a bit of a squeeze with your excellently-named room-mate living there too (DYING to meet her) but you know I'm not fussy. Since I've stopped drinking I sleep like a LOG, by the way – who knew the whole insomnia thing was totally alcohol related! I thought it was meant to HELP you sleep. No more 3 a.m. self-hating for me though! Aren't you proud?

**New Message**
**From: Charlie Jones**
**To: Charlie Jones**
**Subject: Re: Are you actually coming to Ormer???**

I'm really proud. You know I am. But you cannot sleep on my sofa. Things with Charlie . . . as in, Ormer Charlie . . . are really new and positive right now, and my ex-girlfriend turning up with a ridiculous fake name is definitely likely to throw a spanner in the works. I'm going to find you a place to stay, though – there must be somewhere, we're coming out of high season now.

This is such a mess, Charlie. The lies I told to get here seemed so harmless when we were cooking it all up in your kitchen, but I'm falling in love with this woman, and I just don't think I'm a person who can build a genuine future without sharing the past. I can hardly bear to type it, but as I was sitting on the beach last night I realised . . . part of the reason I'm feeling shitty again is because I *know* I'm doing something wrong now. And I have to make it right.

I have to tell her how I ended up here, being Charlie Jones. How I was desperate, lost, didn't stand a chance at quitting drinking if you and I kept living the life we'd been living together, with Fearne's absence at every turn . . . How you gave me the fresh start you'd found for yourself, and said I could just call myself Charlie Jones, and it sounded so easy, kind of fun, really, the sort of thing Fearne would find hilarious . . . Oh, God, it looks even worse than I thought now I've written it all out.

I *do* have to tell Charlie, don't I? I've been dodging that truth for weeks, but your email saying you were on your way was a total shock to the system. I've lived as Charlie Jones for two months now. Sometimes I almost forget that you're real, and I'm not.

You know I'm looking forward to seeing you, but I have to ask . . . are you coming here to take it all? The job, the new life? This is a really awful, unacceptable thing to say, but I don't know if I'm quite ready to give it back. I love it here. I'm sober, I've got friends, I'm falling for someone, I'm *settled*. Fucking hell, I *like* myself when I'm Charlie Jones. This whole crazy plan of yours actually worked – I *am* Jones to all the people in my life here. I have made a proper, genuine fresh start.

I'm so sorry. I know I owe you so much. If you want the name, the job, it's obviously yours to have back. I'll confess it all to everyone right now if you need me to. But I'd really love to be able to stay here on this island, somehow. If we can find a way. If Charlie can ever trust me when she knows the truth.

**New Message**
**From: Charlie Jones**
**To: Charlie Jones**
**Subject: Re: Are you actually coming to Ormer???**

OMG Oliver, I don't want to take your new life away from you! I'm SO happy you're doing so well. And I know that when I gave you this opportunity (and my favourite cap) I was giving it to you for good (though actually I really miss my CJ cap so maybe I could have that back. Kidding. Kind of. It just REALLY goes with my brown leather jacket!)

So yeah, no, I'm not trying to steal this life from you. I just want to come and be part of it. You can keep being Jones the farm shop manager if you like. Maybe you can just employ your old mate Absurdia.

That said, I think it's a great idea for you to tell new Charlie about your real name. It's only a name, anyway – like I said when we decided you'd take the job, you're still you! You're just borrowing my helpfully unisex name, given to me by parents who weren't even my real parents and never loved me anyway 😔 And if you're feeling bad because you didn't *technically* earn the job, well, we all know my CV was pretty fictitious anyway, and yours would have been way better. You've done a million retail jobs alongside racing and you were always amazing when you helped out at *Vintage, Please*, plus pub work is still customer-facing, so your last job was pretty relevant too. So . . . nothing to feel bad about.

I'm sure new Charlie will get it. If not, you can always have your name changed by deed poll and then you're not even lying about it, lol. But yeah, maybe tell her soon.

I have a cool idea on accommodation. Couldn't I just crash in the spare room at Bramblebay Farmhouse, at the B&B?! What was it called – Puffin room? I'll basically just want somewhere to shower and sleep after all the travelling. You don't even have to tell Rosie and Marly I'm there tonight, I'll be quiet as a mouse. Just leave me with some good snacks, go tell the woman you love that you love her and you're actually called Oliver (no biggie) and then let me come and join the fun tomorrow morning!

Can't wait to meet your new Charlie Jones. As if you fell in love with another one. What are the chances?!

C x

# 31

*Saturday 4th October 2025*

Spent the afternoon with Red – am now pretty desperate to get her to see a midwife, and tell someone else she's pregnant. Starting to feel horribly guilty. Marly keeps talking to me about leaving the island and I can't explain why that's really not necessary, and meanwhile Red still hasn't had any of the checks she needs at this stage of her first trimester, and I can't figure out how to help her without telling someone. Ugh.

Anyway, was really looking forward to the hearty stew Jones said he was making us tonight. But came home to find the stables cold, dark and empty. No idea where he is. Have got the log burner going and am currently in the bath, with lots of bubbles, making the most of having the place to myself. But I'm a bit . . . sad. Don't think of him as a guy who promises to do something and then doesn't follow through.

A helpful reminder to stay focused, really. Fertility clinic appointment tomorrow – my journey starts here. My journey. Am thinking of Red, hugging her knees on her B&B bed, agonising over how to tell Toby about the baby, wondering what he'll say, what it'll mean for their relationship, and am reminded of exactly why I didn't want to hand that kind of power to a man.

*Sunday 5th October 2025*

Currently on the crack-of-dawn ferry to Guernsey. Feels very wrong watching Ormer shrink away behind me. The reverse of my first entry in this diary, the first day of my new life. Which is ridiculous! I'm not leaving, nothing is coming to an end. Just have an appointment – an exciting one. I guess being here on the deck is reminding me how much Ormer feels like home now. Don't ever want to have to leave.

On the way back now, and my head is <u>full</u> of that awful anxious white noise feeling, but let me try to write a bit about what happened in Guernsey.

It was so busy and hectic after life on Ormer. Cars seemed to be travelling at a hundred miles an hour, and the shop fronts seemed so bright and garish, the other boats in the harbour so gigantic. Actually totally . . . hated it. The air tasted sour and nasty to me, and the trees dotting the roadside looked like over-pruned imitations of real ones. God knows what I'd think of London these days.

The fertility clinic was up the hill, about a twenty-minute walk. It was cool inside. There were lots of plants around, the kind with little grey pebbles inside their pots.

'Could you fill out this form for me, please?' the receptionist said.

- Name.
- Address.
- Previous address.

- GP's address.
- NHS number.

Stared down at the form, and realised how delusional I've been.

Those tests back in London were in my old name. Everything was in my old name. I can play at being Charlie Jones in the strange world of Bramblebay, Windward Ridge and the Pirate's Den pub, but outside of the dreaminess of Ormer's little bubble, there's a system. We have to identify ourselves somehow.

What will I put on my child's birth certificate?

What will I say when she asks about my life before she was born?

What will I tell her when she questions where she's from, when she wants to know about the Joneses?

It hit me right there in the clinic. Becoming Charlie Jones was only ever a fantasy of a life, and I want more than that. I want a future.

Still on the ferry back to Ormer, out on the uncomfortable wooden benches on the deck with my back to everyone so nobody can tell I'm crying half the time.

Just rang Brianna.

'How do you think Mum would feel if I tried to get back in touch?' I asked her.

'Are you kidding me? She'd throw a fucking party! All would be forgiven.'

Not sure about that.

'Yeah, she likes to hold a grudge, but not when it comes to

you. You were always her little bestie. She calls me every two days to check up on you, you know that?'

'Really? She does?'

'Look, I get why you drew a line with her in the spring – you needed the space to grieve, she was expecting you to be at her beck and call coaching her through it . . . It was a mess. You were right to set some boundaries. But she and I both knew you wanted a family and weren't saying it out loud. I'm sure she was extra clingy and needy because that's the only way she knows how to be close with you. She was trying to be there for you.'

'By constantly ringing me to talk about how sad she was that Dad died?'

'I didn't say it was a good method. But I think if you reached out to her now, and opened up to her about wanting to have a kid on your own . . .'

'She won't get it. She'll say "a baby needs two parents" and I'll just feel horrible and completely lose sight of what I think about the whole thing.'

'I don't know. You're stronger than you used to be – I don't think that would shake you the way it would have, once. And I reckon she'll get it more than you think. You know, when I had the miscarriage, she told me she and Dad tried for four years before she had you. Hence the age gap between us. She wanted the whole "two under two" thing, but instead we're five years apart.'

'You're kidding. How do I not know this?'

'People don't talk about fertility and stuff. I mean, fucking hell, you were so unwilling to talk about how badly you wanted kids that you moved to an island in the middle of the Channel and told everyone to call you Charlie.'

That made me laugh. 'That was your idea, thank you very much.'

I mean, really, it was Brianna through and through, wasn't it? My bad-influence big sister, who used to pinch us Wispas from the corner shop on Friday afternoons, who got her first job in telly by walking on to the set of *Eastside Close* and pretending to be a runner.

*Look at this*, her message had read, with the photo of that handwritten letter. *Charlie's been offered this job, but she's just told me she's not taking it! Crazy, right? What a missed opportunity!*

Had always loved Brianna's updates on Charlie – classic shameless, boundary-less Bri. When Brianna sent me the picture of the letter, I'd just quit my job in a tearful blur, decided to end yet another failed relationship, dyed my hair and cut myself an extremely high-risk fringe, and was facing the terrifying reality that I wanted a family more than anything, but was once again single.

After years of trying so hard at *everything*, I had ended up with nothing.

*What a total dream of a job*, I had messaged back. *Can't believe she's giving that up! xx*

Brianna had called me immediately.

'So,' she'd said, without a hello, 'I have an amazing idea. *You* take it.'

'I take what?'

'The job.'

'*Charlie's* job?'

'She's taken your man, babe.'

'She has not. He's not my man any more. And as far as I'm aware, he's not her man again yet.' I paused. 'Is he?'

'OK, well, no, but she's been messaging him. Since before you officially broke up, I'm pretty sure.'

'You like Charlie. Are you this much of a bitch to all your friends?'

'I just know where my loyalties lie! She's a friend, you're my sister. End of. Plus she's been the flakiest flake for the last three months since her mate died—'

'Bri! I imagine she's probably been grieving?'

'I know, I know, why do you think I've been going around to check on her so much! I am actually officially worried about her, to be fair, but she's refusing to talk to me about what's up, so I've put someone else on the case. Someone more touchy-feely. Anyway, you're not taking anything off her because she doesn't even want it. It's a dreamy new life going to waste!'

'Brianna . . .'

'The first thing I thought when I saw that letter was, Oh my God, it's like these people exist in another time, sending hand-written letters and being like, just rock up and turn right at the cow field! How easy would it be for someone to scam them? And then Charlie says she's not going to take the job, and I'm thinking . . . well, someone should, right?'

'Bri, don't be crazy.'

'That is like saying, water, don't be wet. You know this. But you also know I'm a genius.'

'It's immoral! Like you say, it's a scam. That job was offered to Charlie.'

'Charlie will have lied through her teeth to get it.'

'Then it should go to someone else who applied.'

'Or to you. Why not? It's not a scam if you're only trying to do a good job, is it? You'd be great at running a farm shop! It's perfect – you desperately need a fresh start. You might even end up building a life there – a cute little island community could be the perfect place for a single mum . . .'

I remember how a shiver had gone through me when she'd said that. But not a bad shiver, an excited shiver. A decade ago I'd have rather died than be a single mum. It would have scared the hell out of me. But I was thirty-seven. I wanted a baby so badly that sometimes I thought of little else, despite constantly telling myself I was in no rush, didn't mind waiting, blah blah blah. Was the next step really downloading Hinge again, scrolling through all the mediocrity, no doubt settling for less than we deserved? Was it really better for my hypothetical child for me to rush into a relationship with yet another man who'd probably end up leaving me one day?

'I don't even know if they have like, maternity care on this island of hers,' I'd found myself saying. I was already half gone.

'Are you kidding me? You're always going on about how you hate the medicalisation of pregnancy and birth, you big hippy. And what a perfect place to raise a kid! They could run wild on the cliff tops and eat organic stuff from your shop! Ooh, I'm googling, there's a little school there.'

'Oh my God,' I'd said, melting. 'An island school?'

'There's nothing to stop you doing it. I'll be your reference, if they ask for one.'

'What if Charlie's already turned it down? Said she's not coming?'

'She hasn't. I asked. She said something vague about how that wouldn't be necessary – she's just going to flake and not show up, hundred per cent. This is Charlie we're talking about. Literally all you have to do is say you're called Charlie Jones,' Brianna had said. 'You've never liked your name anyway. Come on. It would be fun. And rebellious. You've never rebelled in your life, you might like it. You know it's always suited me very well.'

'Until you got married to a man called Stuart and settled down and had two babies.'

'Becoming a boring suburban mum was the most surprising thing I could do by the time I hit thirty-five and you know it. Why are you not loving this plan as much as I am? It's a ready-made new life.'

'I couldn't. I just couldn't.'

'Why not? I mean, come on, you want to. And have you ever in your life done something because you wanted to, and not because you thought it would impress someone else?'

'Wow. Ouch.'

Most of the people in my life back on the mainland thought of me as confident, bold, outspoken – not the sort of person who pandered to the opinions of others. But Brianna knew the truth. That's sisters for you, I guess.

Though Jones saw the true me pretty quickly too. That night in the rain at the lighthouse, when he'd looked me right in the eyes and told me he liked me better when I wasn't faking anything . . .

Anyhow, I'd told Bri that it would have been wrong – it was stealing. But even as I'd said it, if I'm totally honest, the thought of nicking this from under Charlie's nose had been a little satisfying, given the context.

'Who gets hurt?' Brianna had asked.

'Well . . . I guess . . . the people who own the farm and end up with a really inexperienced farm shop manager?'

'Screw that, you have a degree, you've got experience working in retail . . .'

'I worked at Next in my sixth form summer.'

'Right! Great! I think you'll be amazing at the job. You have watched a lot of Hallmark movies.'

'This isn't how the world works. I can't just pretend to be someone else.'

'Please! You've been pretending to be someone else for years. This is a chance to be yourself at last, Aspen.'

Just never, ever imagined the lie could get so big.

Am last off the ferry – what you get for hiding away on the deck – and just saw a guy filing off the boat who looked . . . terrifyingly familiar. Got major heebie-jeebies. Am reminding myself that many men wear their cap backwards. In fact, Jones was when I first saw him at the harbour all those weeks ago. (Charlie Jones, I mean – Ormer Jones.)

Oh my God I think it's him. I think it might actually be him?!

I can't believe this. What's he doing here? On Ormer? My Ormer?

Oh, God. It is him.

It's Berty Jones.

# 32

## *London, early August*

Jones did not know what he was going to say when he got to Aspen's flat. He felt alternately wronged, angry, guilty and ashamed as the number 43 bus trundled its way through the streets of London. Had he led her on? He'd never said he wanted a child. She'd never told him *she* did. On paper, he was in the clear – but the nagging feeling of shame remained.

And then, in that wonderful way of hers, his ex-wife messaged at just the right moment.

*Hey Berty. I just want you to know that I've quit drinking. I'm seven days sober. I'm so sorry for everything I put you through. I love you, always. C x*

He closed his eyes and leaned his head against the bus window as emotion flooded through him. This time even Jones could not mistake it: it was relief, and love, overwhelming in its intensity.

Only now could he admit how deeply he had longed for this moment. Seeing *Hey Berty* beneath her name again seemed almost too good to be true. Jones had ditched his first name at sixth-form college, when he'd got tall, and good at sports, but he would always be Berty to Charlie. She had known him since secondary school, back when he'd been an awkward scrawny kid and she'd been the beautiful-but-odd girl who followed Fearne around.

She'd loved him even then, and she still loved him now. *I love you, always.*

He opened the message and scrolled up and down, though he'd long ago deleted their message history in an attempt to stop reading through the beautiful minutiae of their marriage, so the screen barely moved with his thumb. He wanted to keep the message lit there, as bold and bright as his wonderful wife. She had been the pride of his life, with her tumble of unruly dark waves and her little vintage dresses, her endless new projects and her scrappy, wounded, ever-hopeful heart. He had known from the age of fifteen that he would love her for ever.

Until the drinking. He closed his eyes again. She was sober. He could hardly let himself believe it. The end of his marriage had been truly excruciating – he had left because he had tried everything he could think of, and did not know what else he could do for her, but even so, it had felt like such a betrayal, and more than that, it had felt *wrong*. He didn't *want* to separate. He wanted her, the love of his life, but she was buried inside a new wine-drunk woman who wouldn't acknowledge that she had a problem, and he didn't know how to get her back. Their mood board had hung in the kitchen, dotted with photos of that magical island she had introduced him to a few years ago, of plans for winters spent chasing the sun around the world and summers back on the Isle of Ormer. Walking away from her had meant rewriting his whole life plan, and he hadn't known how to do it.

As the bus pulled up at the stop by Aspen's flat, Jones clicked the screen off, taking a deep, steadying breath. Charlie always knew what Jones was feeling, and what he needed, and it seemed that still held after almost a year and a half apart. He felt dizzy with the urgent desire to see her, aware all of a sudden of the aching hollow inside himself that had remained empty ever since he'd walked away from her.

But he had to face Aspen first.

When Aspen answered the door, he blinked in surprise. She looked gorgeous, as always, but also entirely different: her trademark ginger hair was gone, dyed dark brown, and she'd cut in a fringe. It made her look like a very sexy librarian. Aspen's ability to transform herself was part of the reason that it had taken them a while, when they'd met at Stuart's birthday party, to realise they'd known each other at school. Back then she'd just been the silent, watchful younger sister of Charlie's friend Brianna, with carrot-orange hair and limbs that seemed too long for her, like a crane fly.

As he looked at her now, he noticed with vague wonder that even though he could see how stunning she was, one short text from his ex-wife had effectively killed all attraction he felt for her.

'Hello,' she said, with a guarded smile.

'Hi. New hair.'

'I needed a change,' she said, already walking through to the living room. 'Can I get you a drink?'

The formality of it all felt incredibly strange; he'd had sex with Aspen on that sofa, held her while she cried in his lap on that armchair, fixed the skirting board by the TV himself.

'I'm fine, thanks.'

They sat. Jones felt almost painfully uncomfortable. He stared at the carpet.

'You were right,' he said eventually. 'I did waste your time. I'm very sorry. I think . . . I did know you were serious about me in a way I just . . . couldn't be, about you. I wanted to – but I couldn't.'

For a moment she just regarded him from the bay window, her tea cupped in her palms. Poised as ever. For all her warmth and charm, there was something unreachable about Aspen. An unimpeachable, flawless outer shell that she'd worn even in grief.

'I so hoped you were different,' she said. 'You had your shit together. You'd been married, you knew how to commit.' She sighed, looking out of the window.

'Why didn't you ever tell me how much you wanted a baby?' he asked, after a long moment.

'I knew you were just out of a very serious relationship with a woman who didn't want children. I didn't want to scare you off, I suppose. I thought that once you were settled in a new serious relationship, you might start to think about having a family, if your partner wanted one. And you made that comment, about not wanting to be a dad *right now* . . .'

'I don't even—'

'Yes, I know,' she said, voice sharp. 'It was a throwaway remark.'

'I'm sorry. It was thoughtless. But you never seemed . . . I just got the impression you were fun and easy about stuff. I honestly didn't think about the whole kids thing until the day with the Uber.'

She looked down at her tea for so long, he wasn't sure if he was supposed to say something else.

'You have no idea what it's like,' she said at last. 'The ticking clock. Wanting a child so much you feel like you're living the wrong life, because all you want is to be a mother, but you date men, and you date men, and men are just *shit*, you know? They *all* fall short. But I kept hoping, and I told myself every time that the next one would be better. And, yes, I maybe . . . wasn't upfront about what I wanted right away with you. But in my *vast* experience of the dating scene, men spook easily, and sometimes they don't know what they want until a woman has shown them.'

Jones raised his eyebrows before he could help himself.

'What?' she said. 'Tell me – did you know you wanted to get married when you met your ex?'

'I mean . . . I was a child when I first met Charlie.'

'What gave you the idea of proposing when you did?'

He thought about it, and then stopped thinking about it, because that was proving Aspen's point.

'This has nothing to do with Charlie, anyway,' he said, but he knew instantly it was a lie. If he'd not received that text on the way here, what conversation would he be having? There was a horrible truth in what Aspen had told him at St James's Park: he did hate being alone. If he couldn't have Charlie . . . He shifted in his seat. Aspen had been a great second choice, and he couldn't say with certainty that he'd have given her up for anything but the possibility of his Charlie coming back to him.

Aspen was watching him shrewdly.

'You never did love me the way you loved her, did you?'

'I . . . I was with her for most of my life, Aspen, it's hard to explain that sort of relationship to . . .'

'Someone like me? Someone who can't make them stick?'

'I didn't say that.'

The tension was rising. Jones was beginning to sweat. He had never told Aspen why he'd left Charlie – he'd never told anybody. The drinking had been her secret, and it would have been disloyal to share it. But without it, it was hard to explain the nature of their break-up – how he really had thought there was no hope left for them, but how now that there was . . .

'Well, anyway, you can close off this chapter now,' she said. 'Your fun year with *fun* Aspen. A year that doesn't matter to you. A year I'll never get back. You'll go back to her, presumably? Yes, I can see in your face you're already half there.'

'I'm not! I'm not. And it's not that I didn't love you, Aspen,' Jones said, readjusting his cap. He didn't want things to end like this – he didn't want to leave her with the impression he'd treated her badly, particularly as he was just starting to think with horror that he might have done. 'It's more that you're . . .'

'Mm. I get it, don't you worry.' Aspen's smile was cold and brittle as she said, 'I'm *just* not Charlie Jones, am I?'

# 33

**New Message**
**From: Charlie Jones**
**To: Charlie Jones**
**Subject: Hellooooo**

Hey,

I told you this was a great plan. I've been squirrelled away up here in Puffin room all night and all morning, and I promise nobody's clocked I'm here. I've been quiet as a mouse. You were so hilarious last night. It basically took the threat of me sleeping on a random dark bench for you to sneak me in here, and look! No harm done! I told you so.

That said, if you *could* come and get me soon, that would be fab. I didn't totally think through what it would feel like staying in this room, and I've run out of snacks, plus I want to hear how it went when you told new Charlie your real name. Have you found her yet?!

Also, I dodged when you asked about Berty while we were getting me set up here – I'm sorry. I know you and I aren't really standard exes but we *were* together and I felt weird discussing him with you! Which is so daft given you've written me a hundred emails about how much you luuurve Charlie. (I called that long before you did, by the way. 'Oh, she's such a nuisance!' he says. 'Oh, I wish she wasn't here!' Load of bollocks.)

As soon as you get back from your Charlie-hunting mission I promise I'll fill you in on everything that's gone down between me and Berty over the last couple of months. Short answer is, yes, I still love him, God so much, and we've been messaging loads, but that's it so far. I'm so scared that if I go back to him I'll fall off the wagon and screw it up again, and how the hell do you know when you're ready?? You know?

Anyway, wow, I can see why you sent me all those emails, this is great, isn't it? Way easier than talking in person. Especially when there is almost no entertainment. Hint hint.

I found the list of Charlie Joneses, by the way, in the book about Ormer. You never mentioned whether I was on there on not. Did it not occur to you that I might want to know? I mean, it was me who got offered your job in the first place . . .

Charlie x

# 34

*Sunday 5th October 2025*

For about five seconds after recognising Berty Jones, I just stood there on the ferry in the island mizzle in absolute blank panic. My first thought was that he was here on behalf of his wife, coming to get me for nicking Charlie's job. Not sure what 'coming to get me' would have involved, but nonetheless, anxiety was through the roof.

'Excuse me,' he called, once he'd stepped on to the harbour.

I was just getting off the ferry. Red was there, helping people in her tour-guiding T-shirt; found myself reaching to clutch her arm as I stepped to land. She looked at me, puzzled, as Berty went on, 'I'm looking for Charlie Jones?'

'Oh, fuck,' I muttered.

Red got the idea and pulled me behind her, out of view. I told her I loved her through the cloud of her curls.

'What's going on, Charlie?' she whispered over her shoulder. 'Who is that guy?'

'Which Charlie Jones?' someone on the harbour called back at Berty, to a chorus of laughter.

I realised – shit – half of the island was out here, preparing for tomorrow's festivities. Barn dance is tonight, but main festival kicks off tomorrow, so the harbour was getting decked out in full orange-and-gold glory. Galoshes, Rosie and Marly were there, and I could see at least six members of the committee, even while cowering behind Red. And there was Jones – my Jones, Ormer Jones, looking windswept in an old brushed-cotton shirt as he ducked his head so that Marly could speak in his ear.

'Got a couple of Charlie Joneses about,' Rog shouted good-naturedly, taking an armful of gourds from his trailer.

'What did you say?' Berty asked.

'Kind of a funny story, actually,' Rog said. 'They both showed up for the same job, up at the—'

'Oliver?' Berty said.

Nobody responded to this. He said it again. I obviously had no idea what he was talking about, and was pretty preoccupied trying to work out how the hell I was going to navigate this situation (*why* didn't I just tell Jones about the name thing sooner? Now it was going to be *awful*) but did slowly clock that Berty was looking in Jones's direction.

And Jones was looking *very* windswept, actually. Maybe more . . . frazzled.

'Look, mate, I can explain,' Jones said.

Never heard Jones call anyone mate before.

'Oh, so she came here for you, did she?' Berty said, readjusting his cap – always a tell that he's feeling something, an experience Berty has never been particularly comfortable with.

'No, hang on, it's not like that, she—'

'So where is she? Where's Charlie?'

He was looking around now. I shrank back, but it was too late – Galoshes had spotted me.

'There she is,' she said.

Berty's eyes settled on me. I saw the exact moment he recognised me – he looked totally astonished. If I hadn't been completely panicking at the imminent public humiliation (actual worst nightmare – in front of most of the committee, in front of Jones . . .) then might almost have been a little bit satisfied.

'Aspen?' he said.

My eyes went straight to Jones. He was stiff, arms crossed over his chest, staring at Berty.

'What the hell?' Berty said to me. 'What are you doing here?'

'I can explain,' I said, a little desperately.

'You think this woman's called Charlie?' Berty said, turning back to Rog.

'Ain't she?' Kim called. 'That's Charlie Jones and that's Charlie Jones.' She pointed at each of us in turn.

Berty's face was a picture of disbelief.

'You think that's Charlie Jones too?' he said, pointing to Jones.

'He's not called Charlie Jones?' Galoshes asked sharply.

Complete hush across the little harbour now. Remember hearing the ferry creaking behind me, and waves lapping against rock, and feeling totally disassociated from all of it.

Berty's expression was dark as he pointed to us in turn.

'You all honestly think that these two people here have the same exact name? They are both called Charlie Jones? You think that's an actual plausible coincidence, do you, and that they both turned up here at the same time for, what . . . no reason at all?'

'Well, it's just one of those weird things, isn't it?' Rog said, after a slightly defensive silence. 'Like those stories about people who get swapped at birth or accidentally inherit each other's houses or whatever.'

'That man is called Oliver. That woman is called Aspen.'

Everyone was staring at us. Anxiety was pulsing through me – could hardly bear it. It was crushing, awful. Wanted to crouch down on the ground in a ball, or perhaps throw myself off the edge of the harbour – not to die, it wasn't about that, it was just about doing something to make the feeling stop. Needed to get out, get away, go somewhere nobody in the world could see me.

Galoshes marched over.

'You're not Charlie Jones,' she said, looking at me.

'No.' My voice was croaky. My whole body was trembling. 'I'm so sorry for—'

'And you're not Charlie Jones.' Galoshes turned back towards ~~Jones~~ Oliver.

'No,' he said simply. He wasn't looking at me. He turned to Marly and Rosie. 'I'm sorry I didn't tell you. Both of you.'

'But,' Rog piped up, 'if you're not Charlie Jones, and you're not Charlie Jones . . .' His face was crumpled in bewilderment. 'Marly and Rosie offered that job to someone called Charlie Jones, didn't they?'

'They did,' Galoshes said grimly.

'So where the hell's the actual Charlie Jones?' Rog said.

'Thank you,' said Berty. 'Where the hell is my wife?'

Lot of commotion after that. Don't quite know what happened, really – was in my own little hell, the anxiety gnawing at my insides.

Red gripped my arm, the way I'd gripped hers as I'd stepped off the ferry.

'Are you OK?' she said.

'I'm so sorry,' I whispered, as everyone around began to speak to me.

'You're who?' . . . 'You lied to us?' . . . 'Who the hell even are you?'

'Hey, come on. I'm sure you had your reasons. Give her some space!' Red said to the crowd around us, pulling me through so I was closer to Berty, ~~Jones~~ Oliver, Rosie and Marly. I nearly tripped over an absurd heap of pumpkins.

'You're really not called Charlie Jones?' Rosie said to me, and her eyes filled with tears.

'I'm so, so sorry,' I said shakily. 'It didn't seem like this big a lie when you were all theoretical people, and the farm shop was just some cute idea . . .'

'I'm so sorry,' Oliver said.

There were tears in his eyes too, and he still wasn't looking at me. Anxiety roared through me. What if he hates me now? And who even is he? He felt suddenly like a terrifying unknown, and it made me realise that until this moment he'd seemed so safe to me. Someone I could trust. Now he was a stranger. That night we'd shared on the sofa, all the gaps and silences . . . We'd hidden so much from each other – how could I have felt I knew him so deeply? I'd not even known his name.

And he'd not even known mine.

Did it matter? Don't know, can't tell – even now I'm writing this I'm too churned up to figure it out.

'You're not called Charlie Jones either?' Rosie asked him, hushed.

'I'm really sorry. I don't know what else to say. Charlie suggested I could step into her shoes and come here, and . . .'

'Charlie did?' Rosie straightened. Her hand tightened on Marly's. 'So you know her? The person who actually applied for the job?'

'My wife,' Berty said.

Guess we were officially dropping the 'ex', then. No surprise there.

He looked at Oliver. 'Do you know where she is? Is she OK?'

'She's fine. She's good, actually – the best I've seen her.'

Berty stiffened. 'You've seen her? Is she here, then? She sent me a message this morning about coming here, but it was pretty random even by Charlie standards and I freaked out that she'd . . . you know.'

Not sure what that meant.

'She's safe,' Oliver said. 'She's OK.'

Berty's shoulders sagged.

'So there is a real Charlie Jones? Who wrote me that letter? Who applied for this job?' Rosie said insistently.

'Yeah, yeah, there is,' Berty said. He checked his phone, then his gaze turned to me. 'And what exactly are you doing here, Aspen?' he said, with uncharacteristic sharpness.

Felt myself flush hot with shame. 'It was Brianna's idea,' I blurted.

'You know Brianna?' Oliver asked.

'She's my sister. How do you know Brianna? Who even are you?' My voice cracked slightly.

Oliver looked lost. 'I'm . . . I'm a friend of Charlie's. That's how I knew Brianna – through her. Did you know Charlie? As in, Charlie Jones?'

'That clears things up,' Galoshes said.

'This is Aspen,' Berty said shortly. 'We dated for a while. When Charlie and I were apart. When you were dating Charlie.'

This was directed at Oliver.

'Oh my God,' I said, staring at Oliver. 'You dated Charlie Jones? As in, the Charlie who's friends with my sister? Berty's ex-wife?'

'Yeah. I mean, Charlie and I have been just friends for a long time,' Oliver said – not sure if it was for Berty's benefit or mine. 'She wanted this job, but then she . . . changed her mind, and suggested that I could just step into her shoes here. I know it was wrong,' he said, turning to Rosie and Marly. 'I should never have done it. And once I had done it, I should have told you. I kept telling myself it was just a name, and it didn't matter as long as I was doing a good job . . .'

'It did matter,' Marly said. 'It really fucking did.'

'But this Charlie,' Rosie said, looking between us all. 'The one who actually applied to work at Bramblebay. Where is she?'

'I'm so sorry, Rosie,' Oliver said, just as Berty said, 'That's what I want to know.'

Berty did a sudden double-take at Rosie. '*You're* Rosie?' he said. 'Rosie Nicole?'

'Yes. Yes,' Rosie said, clutching one hand to the scarf at her throat.

'Oh, fucking hell,' Berty said, removing his cap altogether.

'It's her, isn't it?' Rosie whispered. 'Your wife.'

'I can't . . .' Berty paused. 'She should be the one to tell you.'

Rosie looked almost frantic as she turned to Oliver, who was reading a message on his phone.

'Where is she?' Rosie said, letting go of Marly to reach for Oliver's arm. 'You have to tell me where she is.'

'OK, well, she says it's fine to tell you all, so . . . I'm very, very sorry about this,' Oliver said, eyes flicking to the furious-looking Marly. He looked wretched. 'But Charlie came to the island kind of spontaneously and there was nowhere available for her to stay, and she suggested . . . She thought maybe she could . . .'

'Jones – Oliver – whatever your name is,' Marly said bluntly, 'spit it out, would you?'

Oliver swallowed. 'The real Charlie Jones is currently in your spare room.'

Shocked silence. Then, all of a sudden, Rosie doubled over and began to laugh.

The whole group exchanged glances over her back.

'She's in my spare room! She's in my spare room!'

'She just needed a safe place to stay for the night and I wanted to find, well – you, before you met her . . .' Oliver said, directing this to me.

We had a brief moment of fleeting, precious eye contact before Marly began to hoot with laughter too.

'All this fucking time! All the investigating!' she said, doubling over beside Rosie and putting her arm around her wife's shoulders. 'And now she's just turned up and made herself at home in the spare room!'

'What's going on?' Berty said.

'What's going on,' Rosie said, straightening up and wiping her eyes, 'is that I have kept a room empty at the B&B ever since my parents died, and I discovered in their will that they had another child. My sibling was put up for adoption ten years before I was born. I've searched for them every single day since I found out. I've always said that when they come home, there will be a room ready for them at the family farmhouse.'

'Oh my God,' Oliver said under his breath.

'The only thing I know about this person is the name they entered when they signed up to an ancestry app – one of the billions I downloaded and gave my DNA to. We matched six years ago. Full siblings. They deleted their profile, and it barely said anything anyway, but I got the notification, and I've known since then that my sibling, whoever they are, is called Charlie Jones.'

I thought of how long Rosie had spent scrolling through my phone on the night of the pig, when she asked to borrow it to ring Marly. My heart plummeted. She'd hoped I was her sister, and she was looking for that app on my phone to prove it. Presumably she'd tried to search Jones's phone too, or Marly had. And that list of people called Charlie Jones, tucked away in a book about Ormer history . . .

'And then someone named Charlie Jones applied for a job on the farm. Finally, after all these years, I knew they were ready to meet me. The letter I got with their application wasn't explicit, but . . . I think Bramblebay Farm could be my home, they said.'

'Shit,' Oliver said. 'Charlie asked me to write her emails and tell her everything that I did here. Every single detail. She said she thought it would be good for me to keep myself accountable, and I figured she was probably interested because she's always been obsessed with this island, but . . . I guess you said where you were based in your profile on that ancestry app?'

'I said absolutely everything I could,' Rosie said, smiling, her eyes full of tears. 'I was desperate for them to find me. And then, after all these years of searching, in amongst all those job applications, there was that name.'

'So that's why you let both the Charlies stay on!' Galoshes said to Rosie, with satisfaction. 'I knew we didn't need two bloody farm shop managers.'

'When the two of you turned up, I didn't have a clue what to do,' Rosie said. 'Two Charlies! I didn't understand it at all, but I wasn't about to turn away a Charlie Jones. What if I sent away the person who was my only living family? Only one of you could have written that letter, of course, but the other one had still chosen to come here, and that in itself seemed like it had to mean something. I just couldn't work it out. One of you had to be an imposter, but it could just as easily have been the person who wrote the application, so that wouldn't help me. I had to get to know you both, and try to figure it out. It's been so hard, spending time with you, hoping against hope but also knowing that you might be a fraud, with any number of possible motives for pretending to be a relation of mine . . .'

'I'm so, so sorry, Rosie,' I said. 'I had no idea the lie would cause you so much pain.'

Rosie gave me a small smile. 'I suppose you couldn't have known. But I wish you'd told me the truth. I was hoping . . . I hoped it was you.'

So awful to know that while we've been becoming friends, she's been hoping I'm family. Can hardly bear to write all this down. Am just so ashamed of myself.

'Everything we shared,' I told her, 'it was all real. It was all me. I hope you can forgive me, Rosie.'

Rosie wiped her eyes. 'I'll try, of course, I just . . . This has all been so intense, the hope, the wondering . . .'

'Come on,' Marly said, tugging Rosie's arm. 'Let's go home. Let's meet your Charlie Jones.'

# 35

*Guildford, yesterday*

Charlie Jones had spent most of her life waiting to be ready.

When she found out that her adoptive parents had lied about the death of her birth parents, back in 2019, she thought it might be time. Spurred on by grief and fury, she even signed up to the Who-Might-I-Be app – she did the swab and everything. But the moment she found her sister, the moment she saw Rosie's beautiful smiling face on her profile page, Charlie panicked.

She wasn't good enough yet. Her finances were a mess; she and Berty were still living in a tiny, rented flat in the grey pocket of London where they'd grown up, and she hated her job on the tills at Sainsbury's, and she wasn't *cool* enough yet, she wasn't long-lost sister material.

Charlie's adoption story was so unlike all the beautiful ones she would stalk on social media. Winny and Simon Morrissey had adopted Charlie as a last-ditch effort to save their marriage, and it had not worked. But neither of them would leave, then, because of Charlie – they felt it would be wrong. As a result, much of the time, everybody involved felt painfully unloved, none more so than Charlie, who learned at every turn that she was a much-resented inconvenience.

She had always believed her birth parents were dead – her mum and dad had told her as much from birth – so she would not let herself dream of finding them. But the Morrisseys had almost no relations, just a few distant cousins and an aunt who couldn't travel, and Charlie always longed for a *family*. A sibling, maybe. She felt deep in her heart that she had one out there somewhere, a person who would understand her in a way that nobody ever had, not even Fearne, not even Berty.

And then she'd learned that her birth parents had lived until 2019. All along, they'd been out there, alive and real – a truth her parents only told her once it was no longer true. The Nicoles died in a car accident when Charlie was twenty-eight.

The rage Charlie had felt was unlike anything she had experienced before. How *could* her parents have kept this from her? They had stolen something priceless; they had robbed her of a chance to understand the story of how she came to be. She couldn't forgive it.

Her fury was the fuel she needed to cut herself off from her adoptive parents altogether. Aside from a few reconciliation attempts they'd made over the years, they had not spoken since. It was around this time that drinking slipped from something fun to something necessary, and finding her blood relatives shifted from a childhood fantasy to Charlie's greatest life goal. She became obsessed with becoming worthy of them – it was suddenly imperative that she leave her job and do something *cool* and unusual, and when Fearne suggested they turn *Vintage, Please* into a reality, Charlie jumped on it. She felt like a blank page; she had to make something of herself.

Because the only thing equal to the powerful desire to find

her birth family was the overwhelming fear that they wouldn't want her back.

She had screen-grabbed Rosie's profile the second they matched on the Who-Might-I-Be app, and then instantly deleted her account. She must have opened that screenshot a hundred thousand times. Her fascination with the Isle of Ormer had begun there – she'd learned all about the Nicole family, *her* family, and their longstanding history on the island. Berty and Fearne had encouraged her to reach out countless times, or even just to visit Ormer without declaring who she was, but Charlie would always say the same thing. *I'm not ready.*

But how does a person know when they're ready? When would Charlie ever be good enough?

She had come so close when she'd seen the farm shop advert. A *job* on the very farm her sister owned – it was too perfect an opportunity to miss, and it came to her when she was so close to rock bottom. As though Rosie was already looking out for her.

She applied. She got the job, thanks, she thought, to her rather inflated CV – Charlie had always been good at a positive spin. And she had planned to go, she really had. She knew Fearne would have wanted her to; Berty had moved on with Brianna's pretty little sister; there was no joy left for her at *Vintage, Please* without Fearne.

But then Oliver found the backup box underneath her sink, and Charlie finally faced the truth that she had a problem.

And that meant she was *definitely* not ready.

How about now, though? What about October the 4th, 2025, when she was more than two months sober, when the contract on her flat was coming up for renewal and she had the perfect opening to move elsewhere? *Vintage, Please* was doing better online than in-store, these days; she was glad she'd kept it going, but was considering giving up the bricks-and-mortar shop and moving the business to online-only. She could manage it from anywhere if she did that – even from a tiny island in the middle of the Channel.

For the last two and a half months, Charlie had woken up, wanted a vodka orange, and made herself a cinnamon-syrup-laced coffee instead. She had fought through the early shakes and cravings; she had gone to her AA meetings, wept on the phone to her sponsor, joined an online sober community, and through all of it, she had marvelled at herself. She had never thought she was a particularly strong person. Who knew she had this kind of staying power?

Every day, she had allowed herself a few messages to Berty – a reward at the end of each sober evening. He was impatient to meet up, but she had set herself a goal: three months sober before she could see him again. She had to earn it.

She had read Oliver's emails over and over, gleaning every detail she could, and said to herself, *Maybe next month I'll visit him in Ormer. Maybe next month I'll be ready.*

She might never have got there, if it hadn't been for that peculiar *other* Charlie who had turned up in Oliver's emails. The brave, beautiful one with slightly bendy morals who had searched that empty room at the farmhouse and found a list of Charlie Joneses. That particular email from Oliver had given Charlie the first clue that her sister knew her name.

She had deleted her profile so fast all those years ago. Within *seconds* of the match being made. Frenzied googling told her that once her profile was gone, there was no way for Rosie to know they'd matched, unless she'd happened to be in the app at that precise moment. But the list of Charlie Joneses in Rosie's spare bedroom told Charlie the one thing that she longed to hear more than anything.

Her sister wanted to know her.

# 36

*Sunday 5th October 2025*

We did try to streamline the meeting-Charlie group. Galoshes, for instance, seemed a superfluous addition, as did I, if we're honest, but Marly said a firm 'she's coming too' when I suggested hanging back. Rog insisted on joining in, because who else would drive us there? And Red just needed a ride back to the B&B to change. Was a bit of a squeeze in Rog's trailer. Felt very close to a lot of people who were quite annoyed with me.

Should've known there was no such thing as a ready-made new life. The past doesn't disappear just because you hit restart.

On the plus side, astonishingly, I hadn't fallen apart. Anxiety was almost unbearable. But actually, my great big worst possible thing was happening: <u>everyone</u> thought badly of me right now. I was completely exposed for their judgement. And I hadn't run. Had said sorry. Had let everyone feel what they needed to feel without trying to justify my actions or wriggle my way out of it all somehow. I was sticking around, sitting with the discomfort (understatement. Feel like I want to claw the dread out of me) and I was going to do my best to make it right.

'So, let me get this straight,' Berty said to me, leaning forward to rest his forearms on his knees as Rog fired up the tractor engine. 'Brianna told you that Charlie had got a job offer working in a farm shop here, but had decided not to take it. So you thought it was going spare . . . and decided to pretend it was yours?'

'It sounds very bad when you say it like that,' I said. My voice shook. 'I really didn't think it would do any harm.'

'What about us?' Marly asked.

I cringed. 'I promise you, if I'd sucked at this and the farm shop had made no money I'd have left. That was something I told myself from the start. I would only stay if I genuinely did a good job.'

Which had not helped with the anxiety about getting the committee onside.

'Well. Fair play. I checked the ledgers in the back room yesterday. This week, the shop is making more than twice what it made this time last year, and bringing in the biscuits and coffees has made a massive difference.'

There was a shocked pause. That interject had come from Galoshes.

'What?' She shrugged, lifting her chin in my direction. 'I've always known there's something off about her. Now I know what it is. We've all done shit we're not proud of here, haven't we? Ormer's swimming with people who wanted to start over, and nobody wants to start over because they've made such a great go of it first time. She lied, but the only harm she did was something she could hardly have guessed would happen.'

'And in fairness, Charlie herself had the same idea as Aspen,' Oliver said.

The sound of my real name in his voice made the hairs stand up on my arms.

'That's why Charlie gave it to me,' he went on. 'It was the ideal opportunity for a fresh start. I should have thought of it, actually – the idea that you and I came to the job via the same route,' he said to me. Another fleeting moment of eye contact, enough to make my cheeks heat. He was the only person I wanted to look at me. 'The job and the name were ripe for the taking, so . . . two of us took them.'

'And Charlie wanted you to do this? She suggested it?' Berty said to Oliver.

Could see how much it was all pissing him off. His jaw was tense and he was back to fiddling with his bloody cap again. He told me once that his ex-wife thought it looked cool when he wore it backwards – might explain why I always found the affectation so annoying. In retrospect, Berty had talked a lot about his ex-wife.

'Look, there's nothing to feel insecure about – she and I are just friends,' Oliver assured him, 'and we have been for a long time. Ever since Fearne died.'

Was Fearne the person he'd spoken about on the beach that night? The one he'd lost? After weeks of knowing so little about his past, I was suddenly immersed in it, and it felt so surreal. Like starting again, or . . . the opposite, I don't know.

'I suspect Charlie hoped I'd tell her all about you, actually, Rosie,' Oliver said.

'Did you?' Rosie breathed.

He smiled one of his tiny, warm smiles, and nodded.

'I can't believe she's here,' Rosie whispered. 'I can't believe she's ready to meet me at last.'

Had been very much in-the-moment until this point – there's

only so much you can absorb when you're this anxious, and, if we're honest, this confused. But it suddenly hit me that I was on my way to see the real Charlie Jones. We'd met back when I was a kid, and had chatted briefly at Brianna and Stuart's wedding, but I didn't know her particularly. Had always thought she seemed fun, and dressed well. Since dating Berty, I'd added a few more opinions, many of which were probably a bit unjust, but it's hard to think pure, kind thoughts about the ex-wife of your boyfriend, especially when a little buried bit of you knows he's still in love with her.

Realised she would probably be pretty angry when she discovered I'd stolen her job. And her name. Doubt she liked me much before even getting to that stuff, for all the same reasons I'd not particularly liked the idea of her, either.

'Oh God,' I whimpered, very quietly.

'Are you doing OK?' Red asked beside me. 'It's all out there now. It must be a bit of a relief, right?'

'Oh, oh,' I said, turning to her and clutching her hands. It wasn't all out there yet. 'I'm a midwife.'

Her eyes widened slightly.

'As in,' I backpedalled, before I revealed Red's pregnancy to the whole trailer and thus pissed off the one remaining person who seemed to like me, 'I've wanted to tell you that for ages, because we were talking, weren't we, about how Doc Laurry should hire a midwife on the island . . .'

Glanced at Marly, who was looking at me with a slightly warmer expression. Suppose she thought that was why I'd decided to stay on the island when pregnant even though there was no qualified midwife here. And that had been the idea – it was the reason I felt comfortable planning to start a family on the island. It would've been lovely to explain that and be free of all the lies, but this one wasn't mine to dispel.

'Right! We were talking about that!' Red said, a bit too loudly, as though she was performing in a pantomime. She really was a terrible liar.

'You're a midwife?' Oliver said.

He was looking at me wonderingly. My stomach flipped when our eyes met, just like it always did back when he was Jones. Guess my body hadn't got the memo that this man was a stranger now.

'I am,' I began, and then I stopped short, because a thought hit me.

Charlie Jones didn't want a baby. Brianna had told me that as soon as I'd started dating Berty – she'd known how badly I wanted a family before I'd been ready to admit it to myself.

Oliver had been in a relationship with Charlie before coming here. Does that mean he didn't ever want a baby either?

Not that it matters. This is exactly why I wasn't getting involved with ~~Jones~~ Oliver. No men, nobody else's opinion to consider.

But judging by the way my stomach plummeted when I remembered that Charlie Jones had never wanted a baby . . .

I've been considering Oliver's opinion already, without even noticing.

For fuck's sake. When will I learn?

When we arrived at the farmhouse, there was a bit of kerfuffle in the corridor outside Puffin room as everyone faffed about deciding who should be the one to knock on the door. In the end, we assembled in an impromptu ranking of how important it was for us to see the real Charlie Jones, and it went like this:

1. Berty (worried ex-husband clearly itching to re-proclaim his love)
2. Rosie (probably long-lost sibling, but too nice to tell Berty this meant she should definitely go first)
3. Marly (supportive sister-in-law who has put up with a lot of Charlie-Jones-related trouble)
4. Oliver (?? ex-boyfriend, now very good friend, apparently? Not that I should care etc.)
5. Galoshes (pushy)
6. Me (hiding)

Red and Rog stayed in the kitchen to make a round of teas. Tried to stick around with them, but Marly looked daggers at me and said, 'Nobody ever sorted their life out by hiding in the kitchen.' So I watched in sickened anticipation as Berty knocked on the door of Puffin room and called a soft, 'Charlie?'

Would she recognise me? If Oliver had been filling her in on everything going on here, he'd presumably mentioned the <u>other</u> Charlie Jones. She'd probably not worked out who I was either – the only person who could have cleared it all up was Bri, I suppose, as she's the one person who knew us all. Plus her husband Stuart, whose birthday party I'd been at when I'd gone home with Berty.

Wiped my sweating palms on my trousers and considered becoming a person who prayed. Though, I thought, what exactly was I praying for? That Charlie Jones wouldn't think badly of me? Of course she would. She should, frankly.

For a second out there in the corridor I imagined the whole thing from Charlie's point of view. She was here to meet her sister. She was about to see her ex-husband for the first time since . . . that funeral Berty went to back in the spring? That was the only time he'd told me he'd seen Charlie since the separation. So this was a big day for them.

I, meanwhile, was a woman who'd dated her husband while they were apart – a temporary blip in their love story. I did not matter.

It sounds so obvious, but the thought totally floored me. Suddenly properly understood what Rosie had been saying that night we'd stargazed together. I spend all my time wondering what everyone thinks of me, when the reality is they're hardly thinking of me at all. Yes, Charlie likely won't be best pleased to hear what I've done. But how freeing to realise that actually, I'm a tiny speck in the great big tapestry of her life, and this moment right here with Rosie was her story, not mine.

# 37

## *Isle of Ormer, now*

Charlie was sitting cross-legged on the bed, staring down at three pages of Charlie Joneses. There were tears in her eyes.

It was Rosie's handwritten marginalia on the printout that had got her. The little notes about each person she thought was a contender: Charles from North Yorkshire (*the nose??* she'd written beneath his photo), Charlotte from Geneva (*moved there aged 18, born in London*). It was heartbreaking and beautiful all at once. Little did Rosie know that searching for similarities like this, obsessing over the details, creating this room in preparation for the moment – all of these small acts *were* the similarity. This was absolutely something Charlie Jones would do.

She knew they were coming – Oliver had messaged ahead – but when she heard Berty's voice on the other side of the door, she felt suddenly paralysed. *I'm not ready*, she thought, *Oh, please, I'm not ready.* The door swung open in the face of her silence, and there he was: brow furrowed in concern, cap backwards, polo shirt a little too tight. He always did shrink things in the tumble dryer, she found herself thinking – even at a time like this, Charlie's brain would not entirely dedicate itself solely to one single thing.

'Berty?' she whispered.

It was too good to be true. She was not allowed to see him yet – she was not three months sober. But here he was, her gorgeous giant of a husband, in the Nicole family farmhouse. It was a scene she had painstakingly created on her mood board and thought of every single day. The farmhouse, the love of her life, and behind him . . .

Her sister.

'Oh,' she said, on an inhale. Everything ran through her head at once: her hair was in childish pigtails to keep it out of her face while she was reading, she wasn't wearing the dress she'd set aside for meeting Rosie, she wasn't ready, she wasn't ready . . .

But it all evaporated within seconds, because Rosie's eyes were just like her own, and they too were full of tears.

'It's you,' Charlie choked out.

'You're Charlie Jones?' Rosie breathed.

'Who isn't?' Charlie said, grinning through her tears as she swung her legs off the bed and met Rosie halfway.

They stopped abruptly, face to face and just as breathless as each other. Charlie was ten years older than Rosie, and looking at her younger sister was dizzying – she had never seen herself in somebody else in this way, never known her own features on another face. Rosie's curls were tighter than hers, and mousier; they were held back from her face with a yellow silk scarf, and her earrings were little wooden cherries. Charlie couldn't get enough of the details: the slightly wonky eyeliner, the Charlie-like dip in the centre of her chin, the tremble in her bottom lip. Everything about her was perfect.

'You know,' Rosie said, reaching a tentative hand to cup her sister's cheek, 'you might choose to call yourself Charlie Jones, but to me, you're Charlie Nicole.'

They sat together on the back step, underneath a blanket Rosie said their mother had knitted, and they talked. Their hands met often – Rosie was affectionate, but tentative, a little afraid – *Is it OK for me to say that?* she'd say, stumbling over herself. There was just so much to tell.

Berty was there, a quiet, solid, reassuring presence in the corner of Charlie's vision, as he had been for so much of her life – her nurturer of a husband, a sweetheart in a frat boy's disguise. She knew he'd followed her out here to the island because he was worried about her, and she was fiercely proud that he had no need to be: she was seventy days sober. But she also knew that he was here because after two months of constant messaging, he was nudging her to take the step back to him. Charlie had always struggled with the final leap – Berty was the one who helped her jump.

Today, though, Berty hung back. This afternoon was about Charlie and Rosie.

Eventually the autumn chill drove the sisters back inside. On her way through, Charlie paused in the doorway of the farmhouse living room, looking at the back wall, which was painted in an extraordinary work of art. It was clearly about the island, though it was abstract enough that Charlie couldn't pinpoint precisely why she knew that – it was the colours, the feeling. And through the golds and greens of its scenery were tiny scenes: figures conjured in a few brushstrokes, some meeting, some hand-in-hand, some walking away.

'It's the story of our family,' Rosie said, moving past her to lift her hand to the wall. 'Toby painted it for me. He's an amazing local artist – he'll be famous one day. Here.' She pressed her finger to a scene in the centre. 'This is you.'

'What?' Charlie said, her voice catching. She stepped forward.

'I didn't tell Toby the specifics – Doc Laurry was the only one on the island who knew about you, and of course he wouldn't tell a soul, because of patient confidentiality. Mum and Grandma moved to the mainland when they found out Mum was pregnant at sixteen, and the family kept the pregnancy a secret – Mum and Dad were so young, I suppose. I wanted to honour their choice to keep that part of their story back from the islanders. And I wanted to honour you, too. I wanted it to be your decision to make yourself known to your wider Ormer family once you were ready. But I did ask Toby to add in a baby.'

The tiny figure was wrapped in a cream brushstroke of blanket and caught in a swirl of sea spray, or cloud, perhaps.

'You were a secret, but you were always at the heart of the story. That's how I see it.' She swallowed, tracing the baby's tiny cheek. 'I like to think they would have told me about you, one day, if they'd lived. I have to believe they would.'

'Do you know . . . why . . .' The sentence died in Charlie's throat.

Rosie shook her head, her eyes filling with tears again. 'I'm sorry. I know so little. I felt so angry about that, after they died – the way they kept you from me. But if you'd like to, I'd love to try to find out more together. Lots of people here on the island knew Mum when she was a teenager, for instance. I've never started those conversations, because it didn't feel right to without you, but . . .'

Charlie nodded, unable to speak. Rosie's smile was soft. She looked back at the painting, pointing.

'And this is me,' she said.

There was a young woman – a teenage girl, maybe, wild-haired in loose, bright clothes. She was shading her eyes with her hand, searching for something in the swirls of colour around her.

'Looking for you,' Rosie said.

Charlie's throat tightened. She pressed her fingertip to the baby at the centre of the painting. Baby Charlie. *I love you*, she thought, as she looked at that helpless child, and it seemed so obvious that the tiny lost baby deserved nothing *but* love – a revelation to Charlie, who had always believed she was intrinsically, fundamentally unworthy of it.

When Charlie breathed in again and wiped her eyes, Rosie was there, smiling, waiting for her.

'There's something else I'd like to show you. If you think you're ready to see more?'

She led Charlie through to the kitchen and bent to pull a small keepsake box from the bottom of the large dresser behind the well-worn dog bed. Charlie thought for an instant of the box under the sink in her flat, packed with vodka, whisky and gin, and another warm wave of pride moved through her. So many parts of Charlie had been hidden away, waiting for her to be brave enough to show them. And now she had nothing left to face. Charlie had owned her drinking problem. She had come here to meet her sister, and Rosie had welcomed her with warmth and love. She had lost Berty, and then she had lost Fearne, and through the awful days of grief she had discovered the priceless truth that she could exist without the two of them to bolster her.

'I'm ready,' she said.

The box held many details of Rosie's search for Charlie, but it also contained everything Rosie had found when their parents had died. A tiny grey knitted hat. A photograph of a baby, fingered so many times the little bundle was almost unrecognisable as a baby at all. And a note.

*I want you to know*, it read, *that I will always love you. I can't be your mama. But you will always be my baby.*

'I think she wanted it to go with you, to your new family,' Rosie said. 'But for whatever reason – oh, sweetheart.'

Charlie could hold it in no longer. She had begun to sob.

Rosie held her. She smelled of roses and Parma Violets, and she hugged Charlie the way Charlie longed to be hugged – like she would never let her go.

The rest of the afternoon was an extraordinary, glorious blur. New faces, a new *home*, as she was assured it was – a whole farm that she had imagined a million times but that turned out to be both more beautiful and considerably muddier than she had ever anticipated.

And Aspen. Aspen was a surprise.

Charlie had been given a very brief rundown of the whole situation after meeting Rosie, and had absorbed approximately ten per cent of it, registering only the important fact that Berty seemed as displeased by Aspen's presence on Ormer as she was. It was only later, when she caught sight of Aspen talking quietly with Berty in the living room, that she dedicated any time and energy to the woman who had, apparently, decided to steal her dream life.

She folded her arms as she entered the room, levelling her gaze at Aspen. As adults, they'd only spoken properly once, at Brianna and Stuart's wedding; Charlie had liked her, then. She was beautiful, just like Brianna – the resemblance was uncanny, despite Aspen having dyed that amazing ginger hair brown. Charlie marvelled to feel none of the usual envy pass through her. Siblings used to fill her with longing, but now, she had her own.

She scanned Aspen, trying to compile everything she knew about her. She was a midwife; she'd always done well in school, the good-girl counterpoint to Brianna's rebelliousness. She was perpetually dating, never with much success. And, judging by Oliver's recent emails, she was pregnant.

With a dizzying shot of fear, Charlie considered the possibility that it could be Berty's baby. But no, he'd broken up with Aspen in July, and it was October now. Surely Aspen would be showing, and her stomach was conspicuously flat in her low-rise jeans and tank top. She didn't look pregnant at all, in fact.

'So. You stole my job,' Charlie said to Aspen. 'It was Brianna who came up with the whole plan, presumably?'

It was hardly surprising – Bri had been the one who'd planted the idea in Charlie's head too. *That's it? You just turn up with this letter and say Hi, I'm Charlie Jones?* she'd said, and when Charlie had looked across the kitchen table at Oliver, her kind, sad, broken friend, those words had come back to her.

'I'm so sorry,' Aspen said. Her eyes were wet; she was holding back tears. 'If I'd had any idea that this place meant so much to you . . .'

'It's fraud, you know, what you did,' Charlie said.

'And what I did,' Oliver said from behind her.

She turned to look at him. Berty-lite, as she'd thought of him – but with Berty actually here, the contrast was more apparent. Berty was taller, more assertively muscular; Oliver had the compact build of a mountain biker, just as Fearne had had, and his energy was milder, more subtle. He paled beside Berty's clear-cut edges. Charlie immediately scolded herself for the comparison – Oliver was her friend, and she loved him dearly.

'You could have told me, you know,' Oliver said gently. 'I would still have come, and told you everything you wanted to know.'

'Nobody knew about Rosie but Fearne and Berty,' she said.

She locked eyes with Berty. There was a fierce pleasure in his face that made her shiver with delight. They had always been like this – all fire and strength and unity. Even now, with Oliver and Aspen in the room, she felt and resented every centimetre of the space between them.

'I see,' Oliver said.

And he probably did. Charlie had never met anybody as *understanding* as Oliver. Could she have stopped drinking without that? She wasn't sure, but for a brief moment in their lives, Berty had not been able to reach her, and Oliver had. Charlie returned her attention to Aspen. Had she been that for Berty? Had she given him something Charlie couldn't? She loathed the very thought, but Berty did seem a little different, somehow. Less inclined to step in and save her, perhaps – and that would be good for them, now that Charlie had learned she could save herself.

'I'm so glad you decided to come here,' Aspen said, 'and I'm so happy for you and Rosie.'

'All's well that ends well, is that what you're trying to say?' Charlie said, but she didn't like the sharpness in her own voice, and felt her shoulders sag.

She did not actually feel particularly angry with Aspen for stealing her job and her name. It was the kind of joyfully chaotic, ballsy thing Charlie herself might dream of doing. She just hated her because she'd had some small piece of Berty, and Charlie would never be able to abide that.

But it seemed that Aspen had found a home here. She had her own shit to deal with, if she really was pregnant – Charlie found herself feeling a little sorry for her. Plus everyone else seemed to like her, interestingly, even Marly, Rosie's delightfully takes-no-shit wife, and that woman everyone called Galoshes, who Charlie had thus far only heard complaining about things.

And Oliver. Oliver definitely liked her, which Charlie begrudgingly had to admit was a point in her favour – Oliver was an excellent judge of character. After all, he'd chosen her, and Fearne.

'Tell me if there is something I can do to make up for what I've done,' Aspen said, 'and I'll do it.'

*That* was an interesting offer.

# 38

*Sunday 5th October 2025*

Am just going to copy out Charlie's little list in here. It's fairly self-explanatory. Though might add some notes of my own.

<u>Things Aspen Denby can do today (October 5th 2025) to make up for identity theft, job theft, rental property theft and theft of hairstyle</u>

Did *not* steal her hairstyle. Cutting in a fringe mid life crisis is a classic move, and she doesn't own being brunette.

Did do the other stuff though. So . . . should probably just let her have the hair thing.

1. Immediately give up stolen job as co-manager of the farm shop

Knew this was coming. Obviously cannot object. And actually, as much as I love the farm shop, I miss midwifery, and this island is failing its women, IMO. Red belongs here, she wants to be here, and what, she has to leave because she's pregnant? That's crap.

This is the push I need to speak to Doc Laurry and make a case for bringing a midwife on to the medical team, which is currently made up of 1) Doc Laurry, 2) Rog (occasional tractor-ambulance driver), 3) Baptiste (resourceful vet, 'can do humans at a push').

Problem is, am no longer sure he or the island will ever want me. In fact, am fairly confident the Ormer gossip mill will be working overtime right now, spreading the word that I'm a lying fraudster.

A huge part of me wants to flee. Head back to the mainland, give up on the dream I've found here, hide from the shame of it all. That's what I would have done, once.

But Ormer is my home now. And I don't want to go.

How can I stay, though? When everyone hates me? Don't know how I'll survive the barn dance tonight, let alone try to build a life here after what I've done.

But I want to do it. I'm going to do it.

I've screwed up, I've done everything wrong, but am a tiny bit proud of myself nonetheless.

2. Lend Charlie Jones (original, one and only) a pair of hiking boots

Somewhat surprised by this one. As tense as things are between me and Charlie, I actually quite like her, you know – she's quirky in a way that reminds me (no surprise here) of Rosie. She also has the wounded life-has-been-hard-on-me energy that always makes me interested in someone. All the best people are a bit screwed up, right? The happy untraumatised tell terrible anecdotes, in my experience.

But didn't think we were yet at sharing-clothes status. Am fairly sure she strongly dislikes me. When I looked surprised at the shoe request, she just said: 'You've been wearing my shoes for two months. Metaphorically. And you look like a size five.'

Was expecting her to come to the barn dance, but Rosie shook her head when Marly suggested it. We were gathered around the fire in the farmhouse living room, everyone on their fifth or sixth cup of tea (though Marly has me on decaf, for obvious reasons. Sigh).

'There's plenty of time for meeting everyone, but not today, right?' Rosie said to Charlie.

Charlie's eyes were swollen from crying and her cat-eye eyeliner was all smudged.

'Not today. I came here for you,' Charlie said to Rosie, 'but he—'

'Came here for you,' Berty and Rosie said together.

'We have a lot to talk about,' Charlie said. 'We'd like to explore the island a bit – all the places we would talk about when we used to dream of the day we'd move here. Berty's determined to get to Pouque Rock today.'

Oliver and I exchanged a quick glance, like, are you telling her about high tide, or am I?

'Shh,' Marly whispered, catching our shared look. On our confused expressions, she jerked her head towards the kitchen. 'More biscuits needed! You two?' she barked at us.

We dutifully followed her. We shared another tentative glance – by this point in the day we'd been doing a lot of glancing, not a lot of talking. Back to how we'd begun. But where else were we meant to start? I was just about surviving the fact that everyone on this island hates me right now, but when I thought that Oliver might hate me . . .

'Don't you dare mention about high tide at the rock,' Marly said, clattering around in search of biscuits. 'Sunset, stranded on Pouque together . . . it's perfect.'

'Perfect for what?' Oliver asked her.

Marly rolled her eyes, exasperated. 'Berty's going to re-propose, isn't he? Come on.'

Oliver looked at me, testing how I felt about that, maybe. Was a little surprised to discover that I was genuinely happy for them. With a bit of space and distance, it was easier to see that Berty wasn't a bad guy. He just wasn't my guy.

'Wouldn't they be better off at the viewpoint?' Oliver said to Marly. 'Being stranded together in the sea sounds romantic but is actually just quite inconvenient, surely?'

'Do not interfere. Don't you think you've got in the way of those two enough?' Marly said.

At some point mid-afternoon Marly's anger had melted into a sort of mock irritation – I'd guess she was approximately ten per cent mad at us, ninety per cent over it, but still planned to make us suffer.

'I resent that,' Oliver said.

'The way I understand it, they're star-crossed childhood sweethearts and you're . . . the fling?'

Oliver just looked amused by this. Smiling without smiling, that way he does, all crinkling eyes. I had to look away, staring blindly at the Aga.

'You know me, Marly. You must know I would be a terrible fling,' he said.

'True. Way too intense. But you!' Marly turned on me. She was enjoying herself now. 'You were definitely the fling.'

'I was not!' I said. 'What is it about me that says fling, exactly?'

'You're too hot to be anything else,' Marly said, almost kindly.

'You don't say fling to me,' Oliver said.

Think it was the first sentence he'd uttered directly my way since we were in the trailer. It made me want to cry again. I longed to step into his arms for a hug, and just breathe him in, the man I knew, not the stranger called Oliver. His eyes were soft and full of meaning, but I didn't know what the meaning was.

We needed to talk, but every time either of us made a move to leave the farmhouse – either alone or together – Marly would say, 'Ah-ah, nope, no sneaking off.' Couldn't tell if she was just enjoying torturing us or wanted to make sure we didn't flee the island before the barn dance we were supposed to be running this evening.

'Well, you two are the exes, anyway,' Marly said. 'The baddies. The villains.'

'What is it people say?' Oliver said. 'Everyone is the villain in someone else's story.'

'Oh, no,' I said, horrified. When most of your life has been dedicated to impressing everyone you've ever met, this is a pretty foundation-shifting thought.

Marly patted us both on the arms. 'Better make sure you're the hero in your own, eh?'

3. Save a dance for Oliver

The final and most surprising task of all. Can't decide if Charlie attempting to matchmake me and Oliver is patronising ('here, have my ex!') or incredibly big of her.

Either way, I didn't need telling to save a dance for Oliver. I owe him an explanation, and not just about my name.

All the truth-telling today has been excruciating, but it's felt freeing, too. When I arrived here, I committed to singlehood because I knew if I dated, I'd relinquish control of my journey to motherhood to yet another guy. Losing my dad should have been the moment when I realised how short life can be, that I shouldn't waste another minute, but it wasn't. Too painful to teach me anything, maybe – too overwhelming, what with learning about his addiction, his life in LA, the parts of him I'd never been allowed to see. It took falling out with my mum, and the shock of realising Berty didn't want a child, for me to realise how much of my life had been about other people's approval.

I had to do this by myself, for myself.

But if I'm really ready to become a mother alone, then I should be able to tell Oliver the truth as simple fact, not a question or expectation, as it's always been with men before. Should be able to say, I want to get pregnant within the next year, without any part of me waiting for him to allow it, withhold it or judge me for it. And I think I can – I think I'm ready. Standing there on the harbour telling the truth about my name made me realise I'm so much stronger than I used to be. And clocking that Oliver probably doesn't want a kid has kind of made it easier too. I need to let him go – properly.

I know what I want. I want to be a mother, and nobody's

judgements or opinions are going to stop me following that path on the timeline I've chosen.

I suspect everyone, Oliver included, thinks the two of us need to talk about our real names, but honestly, I'm not sure I even care what he calls himself. Throughout the day today it's become so obvious that he's still him. He's no different now that he's Oliver to me instead of Jones. He's still the first man ever to challenge me to be myself – to want me to be. Still the first man ever to hear that I'm afraid and rename that a kind of bravery.

Still the first man to make me wild enough to kiss him in the pouring rain when every logical part of me said I shouldn't.

I know he hoped there was a future for us, once. Maybe knowing I'm called Aspen changes that for him, but for me, there is only one reason I can't give Oliver my heart, no matter how much I want to.

Off to the barn dance now. Here's to telling the truth, the whole truth, and nothing but.

And also . . . mastering line dancing.

# 39

**New Message**
**Draft**
**From: Charlie Jones**
**To:**
**Subject: Barn dance debrief**

I'm not sure I'll send this one. Emailing feels strange now that we've seen each other again – I think I almost forgot that the person I was emailing was *you*, if that makes any sense. But I want to write this all down anyway. For me.

Marly just told me where you and Berty have gone, and I'm so pleased for you, Charlie. I think I knew, even when we were in love, that you would never stop loving him. When Fearne died, and the two of us were such a fucking mess, I remember thinking that you talked about Berty in the same way you talked about Fearne. Like he was gone.

It still hurts so much that neither of us can have Fearne back. But it makes me really happy that you *have* got Berty back. I hope you're having the most amazing time eloping, or vow renewing, whatever you two are calling it, and I'm looking forward to you coming back home to the island.

Because I think that's just what it is, now – home.

Yesterday on the harbour, I was totally floored to discover who Aspen really was. I felt a little betrayed, too – which is *so* hypocritical, of course, but Aspen and I have talked a lot about being real with each other, and it hurt to know that even when she dropped the facade, she was still playing a role with me.

But then Marly locked us in that farmhouse with you all . . . and it was so obvious how hard Aspen was finding the day. Watching her make teas with shaking hands, watching her squaring her shoulders to face you, all I could think was, *I know how she's feeling. I know who she is.* She has so much going on right now – she's *pregnant*, and dealing with that, and her anxiety must be on overdrive with everyone talking about her. All I wanted to do was pull her into my arms and tell her she was being so brave.

And ask her about Aspen. Who she is – no, not that, I know who she is, but who she *was*. I can't believe I ever thought I could leave Oliver behind and be this new, sober, healed man, as though it was possible to sever myself from the mistakes I'd made and start again. I *am* the mistakes I made. Without them, I wouldn't be me. And I want Aspen to know *me*.

So this was my mindset when I pulled on my cowboy boots (borrowed from Rog) and headed to the sheep barn.

My eyes found Aspen the second I stepped inside the ramshackle old structure, despite the whole place being total chaos. She was in one of the dresses she wore when she first arrived here – a paisley peach-coloured one, paired with a cowboy hat, plaits and boots. Dressing up again, but this time, there was no disguising her.

I don't know what a barn dance is supposed to be like, and as the preparations went on, it gradually became clear that nobody else did either. Galoshes was watching YouTube videos of line dances at full volume on Toby's phone (nobody dared ask her to use headphones), Kim kept telling everyone that it was nothing to do with cowboys and we were all wearing the wrong things, and even the band seemed a bit confused: Jerry and the Milkmen were briefly under the impression they needed to perform a cappella.

'Gingham!' Aspen kept saying. 'We need more gingham!'

'What's your name again?' Rog would shout back. Genuinely – he just couldn't get the hang of it.

'You know what, Rog,' Aspen said eventually, in exasperation, after shamefacedly reintroducing herself to about a hundred Ormer residents who had popped into the old sheep barn to 'help' throughout the hour before the dance. 'You can just call me Charlie if you want.'

Rog seemed greatly relieved, and finally focused on fixing tarp across the giant hole in the sheep barn roof. (That building was barely a building, really. I'm astonished we all survived the night unscathed and unsued.)

'She's doing well,' Marly said approvingly, as we set up the bar at the back. 'I thought she'd turn tail.'

I pointed out that Marly had not really allowed this option. She'd practically barred the door at the farmhouse all afternoon.

'Look, you two had to face the music right away or nobody would ever forgive you,' Marly said.

She was completely right, of course. 'Thank you,' I said. 'For bringing us to the farmhouse this afternoon, and . . . for everything, really. For being my friend. I'm so sorry I lied to you.'

'Hey, we're all putting on a front in one way or another. You two just went a little too far.' She paused. 'Maybe more than a little.'

'I know. And Rosie . . .'

'Yeah. She was so invested. I was too, in the end. I thought it was you, for what it's worth. I was genuinely looking forward to having you as a brother-in-law, mate.'

I could only apologise, but Marly waved me off.

'I've simmered down now, I know you couldn't have had any idea that whole situation was going on. And Galoshes is right – you and Aspen have transformed the shop and we're making more money than we ever have before. It's not like we *actually* tried to hire someone good for that job. We literally chose them based on their name, didn't we? But you've both been great. Let's just call it a happy accident. Even this . . .' She spread her hands to take in the absolute carnage in the sheep barn. 'You've brought new energy to the farm – to the island, actually.'

I told her how incredibly grateful I was that she hadn't kicked us both out.

'Oh, you are fired,' she said. 'Was that not obvious?'

'Oh. Right. Well, fair enough.'

'I'll leave it to the real farm shop manager to decide if she wants to hire you back sometime,' Marly said to me with a wink. (So . . . maybe when you get back from eloping, you could give me a job? Please?)

I figured Aspen and I would finally be able to talk when the event got going, but I should have watched some YouTube videos, because it turns out country dancing is not conducive to conversation.

Galoshes really took to the role of caller.

'Get into groups of six!' she yelled at the crowd, half tourists, half locals. Someone had managed to persuade her to wear an autumn-themed crown, and she had to blow orange plastic maple leaves out of her eyes every few breaths. 'Then split into two! No, split into two! Two threes! Split into threes! Come on, keep up, split the six into two threes! That's it! Now! Join hands! In a six! Now . . . music!'

Jerry and the Milkmen dutifully began. The tempo was a lot faster than I expected. Aspen was in my group (thanks to some machinations by Marly, I couldn't help thinking) but had ended up holding hands with Red and Toby, while I'd landed Kim and Karyn.

Within half an hour we were all significantly more advanced. I was whirling Kim around on my arm and then doing three jumps on one leg and then . . . I forget now, but it was pretty technical. I was out of breath, sweaty, and the longest I'd managed to spend with Aspen was about two seconds of hand-holding and an uncomfortable instance of stepping on her toe.

'Pairs for this next one!' yelled Galoshes, her autumn crown now lopsidedly dangling over one ear.

Aspen and I locked eyes. Her chest was heaving and she had flushed cheeks. I thought instantly of that night on the sofa at the stables, and it was as if the chaos of the barn dance faded to grey around her.

'Please,' she said, approaching me, 'save me from another dance with someone who wants to interrogate me about my immoral decision-making.'

'You don't know what I want to talk to you about yet,' I said, then saw the way her eyes flickered fearfully at that, and immediately took her hand. 'Aspen, it's OK. I get it. I did exactly the same thing.'

Aspen's plaits were unravelling, and her pupils were dilated; there was a kind of wildness about her tonight. I didn't know if it was the dancing or the honesty, but I liked it. She looked like herself.

'No, you took an opportunity that was gifted to you by a friend,' Aspen said, as Galoshes commanded us all to join hands and 'start spinning'. 'I stole something.'

She slipped her hand into mine. I thought, *That belongs there.*

'You stole something you thought was going spare,' I told her as we began to dance.

'I thought about what I wanted and didn't consider the consequences for other people.'

'Actually, you did. You just backed yourself to do a good job for Marly and Rosie, even if you didn't have the relevant experience – and you did. Do you see me feeling bad for taking the job? I feel bad for the lying and the mess we've caused, but I know I was good enough for that job.'

'Yeah, but you're a man,' Aspen said miserably. The two of us began to spin in a rapid circle. 'You think you're good enough for any job.'

'Correct. Honestly, it's great. You should try it.'

'Being a man?'

'Overinflated ego, overconfidence – seriously, it's brilliant.'

She was beginning to laugh now. I love that I know how to get her smiling again when she's feeling afraid or overwhelmed. With my parents, I always longed to be able to shake them out of their dark spells, but you know better than anyone that depression doesn't work that way. I don't know much about anxiety – yet – but I'm learning that distraction actually does work when Aspen's anxious, and I love it. I love knowing I can do something when she's struggling.

'What is it you told me? Come back to your intentions,' I told her. 'You never intended to hurt Rosie.'

'My intention was to do something for me,' Aspen said, her voice small.

Galoshes yelled a lot of instructions at this point, and then some tips for Doc Laurry, who was carting Baptiste from the floor after an unfortunate interaction with Rog's sharp elbow.

'And is doing something for you such a crime?' I said, when everyone was back to dancing again.

'It literally is, actually, when it's fraud.'

We parted at that, pairing up with different people, under Galoshes' instruction. I let Aspen's hand go reluctantly, then took Red's, and did a double-take, frowning. She was crying again.

I asked her if she was all right as we linked arms, trying to avoid Rog's elbows.

'Happy tears,' she said. 'I talked to Toby.'

It suddenly felt very appropriate to be skipping. I've been rooting for that kid from the start. The nice boys never win, especially when they've made bad hairstyling decisions, but Toby deserved to get the girl.

'I'm really glad,' I told her. 'Well done, Red.'

'Tell Aspen thank you,' Red said with a tearful smile, as we disentangled. 'She'll know what for.'

'Red says thank you,' I told Aspen, as our hands connected again. 'She talked to Toby.'

'Oh!' Aspen's face lit up. 'That is the best news! And Rog says he wants to know if you're actually sober or if that was "part of the act".'

'Rog is having the hardest time getting his head around all this, isn't he?'

'I'm still not convinced he understands who Berty is.'

Aspen was out of breath now. I wondered fleetingly if she should be jumping around this much when pregnant, and then remembered that she's a midwife, so probably knew what she was doing. By this point I was longing to talk to her about the pregnancy – I mean, I've been longing to for days – but if she wasn't ready to discuss it, I *had* to wait. This was her story to share.

'Are you jealous of Berty?' she asked.

The question surprised me. I thought for a moment. *Was* I? I mean, kind of, yeah.

'For having a whole year of you? Absolutely,' I told her.

She dug her teeth into her bottom lip to try to keep the smile from growing, and I knew I was right to feel hopeful.

'So you're not . . . you know . . . still deeply in love with Charlie and pretending you're over it? For instance?' she asked.

'Am I Berty Jones, you mean?'

She blushed, but didn't correct me.

'No. I'm not, I promise, Aspen. Charlie and I are just good friends – we never made sense as a couple. After my friend Fearne died, the two of us just kind of . . . looked after each other. I'm not sure how healthy it was – we weren't together, but we weren't apart either. But it got us through.'

'I'm so sorry about your friend. I wish you'd . . .'

'Told you?'

'Well. Yeah. But I get it – if anyone does, I do. You figured it would help, right? Starting over and leaving all the pain behind . . .'

We ducked under an archway of arms.

'There she goes,' I heard someone say. 'That's the one who lied to everyone.'

I glanced across at Aspen. Her jaw had tightened, and I could see she was fighting to hold back tears. It hadn't escaped me that everyone was being a lot harder on Aspen than they were on me – just like the committee had been when we arrived.

'I'm sorry they're—' I started saying, but she had begun to speak.

'What was it you said about overconfidence?'

'I . . . think I said it's great?'

'Right. I'm going to give it a go, I think,' Aspen said, dropping my hands, lifting her chin and marching through the dancers towards Galoshes and her microphone.

'There she goes! Brazen as anything!' someone said.

'Will you shut up?' I snapped at them.

'Jones!' Red said in surprise behind me. 'I mean – Oliver.'

'Everyone's treating Char— Aspen like crap. Hardly anyone's talking about what *I* did.'

'Oh, well, yes, it's sexism, through and through,' Red said, coming to stand beside me as Aspen scaled the stage. 'Is this a good idea?' she asked speculatively.

'I have a good feeling about it,' I said.

'Excuse me, everybody?' Aspen said, taking the microphone from Galoshes' hands. 'If I could just interrupt.'

'Really?' Red said beside me. 'I have a kind of ominous feeling.'

'I want to introduce myself. Properly. Hi, I'm Aspen.'

The mutterings around us were not positive.

'A lot of you are upset with me, which is totally understandable. I came here under false pretences, and I took a job that wasn't rightfully mine. I'm so sorry for deceiving you, and I know lots of you will feel like you don't know me now. So I want to just take a quick moment to tell you my story.

'I'm thirty-seven years old. For the last ten years, I've wanted to have a baby.'

Everyone was absolutely silent now.

'I dated. I fell in love, a lot, and kind of . . . wishfully, you know? Maybe this guy is good enough. Maybe this guy. Maybe this one. I got so good at reshaping myself for different people, and being the woman they wanted, because that was my best shot, right? If I could just get a man to stick, I could have the life I ached for. Because when I say I wanted a baby . . . I mean, the wanting consumed me. I hid it, of course, because nobody likes a crazy lady who's desperate to pin you down and have your babies, do they? *That's* definitely not sexy. So I played it cool, and I lied, and I trained myself to be the perfect girlfriend.

'In the end, there was nothing special about the guy who broke me. I think that was *why* it broke me. As soon as he told me he didn't want to have a kid, I realised, I don't even like you that much. I like the idea of you, and I like what you might be able to give me, but what the hell am I doing trying to tie my life to somebody who I don't even love?'

'Oh, poor soul,' someone murmured behind me. 'There's nothing quite like that baby fever.'

'I needed to change something. Something *big*. And then the opportunity to work at the farm shop here on Ormer, and be somebody else, just landed in my lap, and I . . . took it. It's not like me. I promise. But it was such a unique chance, and I needed something drastic.

'I know this sounds strange, but almost as soon as I got here, I *stopped* pretending. As Charlie Jones, I started to ask myself who I actually am when I'm not trying to fit what someone else thinks I should be. I started to learn about myself and what I really want. I committed . . .'

Her voice faltered, and then she forged on.

'I committed to pursuing motherhood solo.'

'Good for you, sweetheart!' someone shouted.

Aspen's eyes filled with tears. 'Thank you,' she said, with fervour. 'But you don't need to say that. You actually don't. Two months ago, I knew I couldn't tell anyone my plans, because if they judged or questioned me, I'd lose sight of what I wanted. But I've come a really long way, and I don't think there's anything any of you could say that would change my mind. I know what I want. And I'm not going to let anyone hold me back any longer.'

Her eyes drifted to me, just for a moment. I thought of what she'd said that night we kissed on the sofa – she'd told me she *couldn't*, not now, that she wasn't looking for a relationship. I'd figured she was still heartbroken over an ex, or grieving a lost love. I'd never imagined that the reason she was determined to keep me at a distance was because she was afraid I'd ruin her plans to have a child.

'Anyway, thanks for your time,' she said. 'And nice to meet you all again properly.'

I pushed my way through to her as she handed the microphone back to Galoshes.

'Aspen, that was amazing,' I said, reaching for her hand.

I thought she'd be exhilarated, proud of herself. But her eyes were filled with anxiety when she looked at me.

'So, hey, turns out, you? Different category from everyone else!' she said, pulling her hand from mine and backing towards the barn doors, which were thrown open to the autumn sunset.

'What? Aspen . . .'

She was heading for the exit, for the open fields with their perfectly picturesque donkeys providing photographs for the tourists watching the dancing from outside. The farm shop was just visible across the other side of the field, its freshly painted windows catching the setting sun. I chased Aspen down, calling to her.

'Aspen, please, talk to me.'

'Please, don't. If you say a single word right now there is a major risk I'm going to crumble, and I'm doing *so* well.'

'What do you think I'm going to say to you?'

'Oh, I don't know, that you're never going to look at me the way you used to look at me now that you know? That you're not interested in me any more? It's not so much about what exactly you say, it's how much I fucking care, that's why you can't say it. I'm scared you're going to change my mind.'

I shouted at her to slow down. She was heading for Windward Ridge. We were on the western edge of the farm, and it was only a few minutes' walk away; we were almost there at Aspen's pace, half running through the sunset. The ridge was shadowed in the low sunlight, its path looking narrower than ever.

'Why don't you just wait and see what I actually say, and how it makes you feel?' I called.

'Nope! No thank you!' she yelled, powering on. 'I like you way too much. And I can't give you that power over me, not now, so we're just going to have to . . . never have a conversation again, and just . . . avoid each other for ever . . .'

She was slowing a little now as she approached the ridge path, reaching a hand out to steady herself on the balustrade.

'I know Charlie didn't want kids.' Aspen still had her back to me. The wind picked up her plaits as we left the shelter of the cliffs, opening up to the sea breeze. 'So I guess you probably don't either. But can you just . . . not say it?' Her voice broke. 'I don't want to hear you say it.'

'Aspen . . . I *know*,' I said. 'And I love you. And I'm still here, chasing you down cliff edges to talk to you. I *know*. What does that tell you?'

She went still. Then she turned, very slowly, her eyes wide and wet with tears.

'Did you just say you love me?' she asked in a whisper.

I nodded, my heart suddenly pounding. I hadn't meant to say it. It had just come out, because it was so obvious to me, I think – as though I'd almost forgotten she could possibly not know.

'Wait,' she said, eyes still wide. 'What do you mean, you know? What do you know?'

'I know you're pregnant.'

I was whispering too, and for a moment I wondered if she'd not heard what I'd said. She was staring completely blankly at me, framed against the cliffs of Little Ormer. And then—

'Sorry, what?' she said, full volume.

So, yes. That was the barn dance. After that . . . we figured we should probably go home and talk.

# 40

*Sunday 5th October 2025*

We lit the fire and made peppermint teas. Have given up on camomile – in the interests of being fully open and honest with each other at last, we both admitted it tastes like dust.

As we moved around each other in the stables, dark falling outside, I kept thinking of him standing there on Windward Ridge, his hair all scruffy in the wind, his gingham shirt billowing, as he said I know. And I love you. It was warm and cosy in the stables, but I was still shivering.

Once he was settled on the sofa, I showed him the catalogue of donors.

'I've had the first couple of meetings and tests. Tentatively chosen a donor. But that's it.' My voice sounded all trembly. Was so scared to say it out loud to him, even now, even when he'd told me he loved me.

Stared down into my peppermint tea as Oliver looked at the catalogue.

'I can't believe you're not pregnant,' he said hoarsely.

His reaction had been hard to figure out back on the ridge – he'd seemed completely floored by it as we walked home side by side, the sun sinking over the island. We'd talked about the logistics of how he 'found out' – Galoshes, who I'm sure had delighted in letting that one slip – but we'd not got past the details to how he actually felt.

'I'm so sorry,' Oliver said instantly, reaching forward to touch my knee. 'What a thoughtless thing for me to say to you.'

His hand on my leg made me think of the night we kissed, and my tears threatened to spill over. Had to turn my eyes up to the ceiling, which hardly ever works as well as you think it will, then I was just crying in earnest, wet and exhausted and relieved, in a way, because at least now it was all out there at last.

'It's OK,' I said through the tears. 'I mean, I do want to be pregnant – I will be, in the next year. And there's just . . . there's nothing you can say, I mean, I can't let you hold me back from this, I just . . .'

Oliver shuffled closer, legs tangling with mine. 'You do get what this all means, don't you? What I said on Windward Ridge? I love you.'

There was something about the way those words sounded in Oliver's soft, low, bedtime voice, with his gaze holding mine. I've had men tell me they loved me before, but nobody else has ever said it so I felt it right in the very centre of my soul, as though they were speaking to something deep within me.

'Aspen . . .' Oliver reached for my hand. 'I thought you were pregnant the day after we kissed. I was a little thrown at first, sure, and I wondered . . . well, I obviously wondered who the father was, given that you've been here for a couple of months now, so it was probably . . . someone on the island . . .'

'Oh, wow, you must've . . . Who . . . ?'

'Believe me,' Oliver said, voice warm with amusement, 'I was really struggling to put that one together.'

I started to laugh. 'Oh, my God, did you think I was, like, having Rog's baby?'

'I mean, I assumed a tourist fling, actually, but I did wonder when you'd found the time.'

I wiped my eyes. The laugh had loosened something in my chest. I looked down at the freckles on the backs of his hands, the ones I'd traced that night I'd told him I couldn't be with him.

'Do you want to know how I feel about having children, Aspen?'

'No,' I said instantly, letting go of him and covering my face with my hands. 'Oh, God. Yes? I don't know. I mean, even if you say you're OK with me pursuing motherhood on my own, then I don't know that I could ever quite believe you.'

'Really?' His voice was light. 'Don't you get what I'm saying to you? I told you I love you. And I thought you were pregnant.'

'Yes, I know that, I—'

'I was already ready to love you and your baby.'

I almost couldn't absorb his words. I just blinked at him, my heart beating so hard.

'What are you . . . what are you saying?'

'I'm saying, if this is really the reason you've decided you don't want to be with me, you're going to have to come up with something else.'

I threw myself across the sofa and wept as he closed his arms around me, that huge, kind heart pressed hard against mine.

'I've always wanted a family,' Oliver said. 'In answer to the question you have spent the last two months not asking me.'

'Don't, don't,' I sobbed into his shoulder. 'It's too much.'

'It's the truth. Charlie never actually told me she didn't want kids until we broke up. But I do want children, as it happens.

And I'm not going to ruin your plans, or ask you to slow down for me. I just want to love you.'

So I let it in. I let myself say it – the other big secret I've been carrying far longer than I'd like to admit.

'I love you,' I told him, and kissed him, my tears on our lips.

It was my first time ever saying it with my whole self, not a single thing held back. It felt so new – richer, lovelier, deeper than any I-love-you I'd said before.

'Are you sure?' Oliver said, pulling back from me for a moment. 'You know I can be . . . hard work. I want to say I won't ever go through a dark patch again, but I can't promise it, and . . .'

'I love you,' I said again, leaning my forehead to his. 'I love you now, and I'll love you then.'

He closed his eyes and breathed out slowly.

'I didn't know I could feel like this.'

'Feel like what?'

'Like the future is the brightest place.'

I smiled. That made me so happy to hear.

'What happens now?' I whispered, settling my body fully over his on the sofa.

He shuffled down a little, bringing his arm around my waist. 'Well,' he said, in that soft, shiver-inducing voice of his, 'accommodation's sorted. I'm suddenly very open-minded about sharing this place with you. Job, though . . .' He chuckled – I felt the rumble of it through his chest against mine. 'I've been fired. I'm pretty sure you have too.'

'Oh, Charlie'll hire you back again,' I said. 'And I'm going to put together a case for an island midwife. Put it to the medical board, to Doc Laurry. If they say no, I'll find some work I can do remotely, but it'll have to be something to do with midwifery, whatever it is. It's what I was born to do.'

'Why did you leave midwifery? If you don't mind me asking?'

'You can ask me anything.' I chose my words carefully. 'I realised my personal life was affecting my ability to do the job. I wanted a baby very badly, and I was pretending I didn't, so that was . . . difficult. I think I needed to work through processing that, and being honest with myself. I'm ready to go back now.'

His hand tightened on my waist. 'There's so much I want to talk about. Especially when it comes to you becoming a mother.'

Didn't think I reacted, but I must've stiffened or something, because he lifted a hand to my hair, nudging my face up to look at him.

'Hey,' he said gently. 'I don't mean I need to talk about whether, or when. I don't want to hold anything up. But I'd like to know where you see me.'

He glanced towards the catalogue of donors, which had slid to the floorboards beside the sofa.

'Well . . . Where do <u>you</u> see you?'

His hand stroked my back. 'You don't know much of my story yet,' he said, 'but you should know I've always been a dreamer. Very ambitious. Always overreaching. I was a downhill racer, you know? Mountain biking, fast, downhill. <u>Very</u> competitive.'

I was fascinated. 'No way! I thought you worked in a pub?'

'Oh, I did – I temped in all kinds of jobs, because you can't make much money in downhill racing, even if you're at the top of the game.'

I bit back a smile. 'And you were?'

'I was.' His face was serious. 'Until Fearne died.'

'It was . . . a biking accident?'

He nodded. 'It should have been me,' he whispered. 'I'd had some wine the night before – just dinner out with Charlie, but it had been enough. I was hungover. If I hadn't been, I'd have taken the lead. It would have been me that hit that root first.'

'Oliver –' I brushed his hair back, kissed his forehead, then his cheeks, then his sad, soft eyes – 'it wasn't your fault.'

'You helped me believe that, actually. Now, whenever I start to feel guilty about Fearne's death, I think about my intentions, instead of blaming myself. It helps me see that I couldn't control what happened to Fearne. You can only do what you can do, and the fact is, I couldn't save her. If I could have, I would have, a hundred times over, but I couldn't.'

I pressed my forehead to his chest for a moment, thinking of my dad. I hadn't even known about his struggles with addiction over in LA, let alone tried to help him with them. I'd idolised my dad, but he'd always kept me at a distance no matter what I did. It had been a shock to learn that the drugs were probably the reason for that distance. That maybe he had been protecting me by keeping me away. I wish he hadn't. If I could have helped him, I would have – a hundred times over, as Oliver put it – but I've had to let go of that guilt. You can only do what you can do.

I wish Dad and I had got a chance to truly know each other – his full self and mine. But the money he left me is allowing me to become a mother, and I knew him enough to be sure he'd have found joy in that.

I know I need to call my mum soon. I owe her an apology for the way I behaved after Dad's death, but I'd just wanted some time to grieve without always thinking about what she needed from me. 'Is doing something for you such a crime?' Oliver had said at the dance, and I'd thought, well yeah. Until I came here, pretty much everything I did was in service to other people, and not in a good, selfless, I'm-a-great-midwife way – I mean everything I did was either to impress someone else or make them happy. I'd completely lost touch with myself, so much so that I couldn't even acknowledge the one thing I wanted more than anything.

But still – should call Mum. Bridget Denby is needy, chaotic, co-dependent, and all the things I don't want to be as a mother, but she's still my mum, and I love her.

'The racing was a good outlet for the competitive spirit,' Oliver said, bringing me back to him. 'I stopped riding after Fearne died.'

'And channelled your competitive spirit into trying to see me off the island?'

'I was never . . .'

He trailed off as I laughed, then slid his hand down to my hip. My skirt was ruched up, and I shivered. He was tantalisingly close to bare skin. But I didn't want to stop talking – it felt so good to be uncovering all his layers at last.

'You know I don't get on with the woo-woo stuff,' Oliver went on wryly, 'but I don't drive, and I ended up on an island where people can pretty much only get about on a bike, so . . . I got back in the saddle again. It's been so good for me.'

I resettled on top of him, delighting in every inch of us that was touching. It seemed slightly miraculous – all those weeks obsessing over moments when his shoulder touched mine, and here he was, mine to touch.

'So you were saying . . . I asked you where you see yourself.' I forced myself to say it instead of sliding around the topic, the way I always would have in the past. 'In terms of me having a baby. You were saying that you're very ambitious . . .'

'Right. I may not think I deserve much in life, but I want a lot.'

'Oh yes?'

'So when I told you the future looked bright to me . . .' He pressed his lips to my hair, thumb circling on my hip. 'I meant, I've already imagined it. I want it all. I want to live here, with you, and turn that walk-in wardrobe into a nursery. I want to build a cot from scratch. I want to ask you to marry me when we're here, in front of the fire, on a night as perfect as this one, and I want to love your child like they're mine. I want them to be mine. However they come into the world.'

He pulled me even closer, arms wrapping around me tightly.

'But we only started dating about –' he lifted his head slightly to check his watch behind my shoulder – 'twenty minutes ago. So it's probably a little soon for all that. I told you: chronically overambitious.'

I was crying again. 'Do you know how fucking rare you are?' I said, pressing a tearful kiss to his lips.

'Are you kidding? There are three Charlie Joneses on this island,' he said, seeking my mouth again as I pulled away. 'We're common as stoats.'

He laughed as he kissed me, and I felt so lucky. Luckier than I thought possible, even when I was at my most wilfully hopeful, back when I first arrived here. I've made so many mistakes, but if they led me here, maybe they weren't mistakes after all.

And it's OK if not everyone sees it like that. I know I'm not perfect. I'm Aspen, in a way I've never let myself be before – I'm messy and complex and oh, to be loved like this, as I am instead of as I think I ought to be . . .

It feels like the perfect way to start.

# 41

## *Isle of Ormer, five years later*

Oliver no longer raced because it made him feel alive. The heart-pounding thrill he'd craved as a younger man eluded him now, anyway. It didn't excite him to take risks – he had so very much to lose.

But he still raced to win.

'You're going down, bike boy.'

Aspen's cycling helmet was jammed over the enormous ginger bun at the nape of her neck. She was poised at the starting line Rog had drawn with a stick in the dirt, which had already been disputed several times because tourists kept scuffing it. Tradition was tradition, however, particularly on the Isle of Ormer. At the first Harvest Festival Bramblebay race, the starting line had been drawn with a stick, and so it always would be.

'Save it for the bedroom, Aspen. What *will* the committee say?' Oliver shot back, biting down on a small smile as her cheeks went pink.

He could still make Aspen blush just by looking at her. Sometimes he'd do it at council meetings – she was the Deputy for Health and Emergency Services, now that Doc was scaling back his duties, and Oliver had somehow got roped in to being

Speaker, because (he suspected) he was the only one who could get anyone to shut up. While everyone argued about the Ormer constitution, Oliver would hold Aspen's gaze across the table and watch her slowly lose focus on anything but him.

'Ready?' Rog yelled, adjusting his orange bucket hat. A permanent feature ever since his hair had gone from thinning to altogether absent, this hat was now as iconic an element of Ormer life as Toby's famous harbour mural.

'Ready,' Oliver and Aspen confirmed in unison.

'Set?' Rog shouted.

There was a pause.

'Are you expecting us to—'

'GO!' Rog yelled.

Aspen pulled ahead initially. Her technique was shoddy, but it was that grit of hers – it was as if she could simply will herself into the lead. Tourists and locals cheered from the sidelines as Aspen, Oliver and the rest of the entrants raced down the Rue, ducked low, wholly focused on the finish line, which was just visible between the ears of Oliver's trusty steed.

'Come on, Maple, old girl,' Oliver muttered, digging in his heels.

The Bramblebay donkey race was now one of the island's major tourist attractions. It was widely regarded to be Aspen's idea, but really, it was Galoshes who was responsible. She had told Aspen that the donkeys were untrainable, and so Aspen had decided she would train them all. In her long-running quest to find out who she was beneath her anxiety, Aspen had been delighted to discover that she was actually an extremely stubborn person, something she had announced to Oliver a few years ago, as though he hadn't known it all along.

'And Toby and Stardust win the prize!' Rog yelled.

'What!' Aspen shouted, straightening up on her donkey as she and Oliver crossed the finish line at what was, essentially, a slow trot.

The donkeys were trained, but they weren't *fast*.

'Sorry,' Toby said, pulling off his helmet and ruffling up his hair. He wore it in a ponytail these days, or loose around his shoulders, but never hiding his face. Fatherhood had stripped away many of Toby's insecurities. *When you're this happy, and this tired*, he'd told Oliver once, *it's really hard to care about forehead acne.*

Aspen's phone rang before she could contest the result, which was probably for the best, since Toby had won by at least two donkey lengths.

'Brianna,' she said to Oliver's unasked question, answering on speaker as they offered their donkeys carrots from the barrels waiting at the finish line.

'Hey, so, are you still riding a donkey like the island nutter you have become?' Brianna said.

She sounded out of breath, or a little strained, perhaps, as though she'd just climbed a hill.

'No, why?' Aspen said, glancing at Oliver.

Tourists milled around them, clutching cinnamon-spiced coffees and pumpkin-shaped buns, squinting at the sky as the inevitable autumn drizzle began.

'Just that I'm having some . . . contraction-like sensations,' said Brianna, 'and I wonder if you could drop by the B&B for—*Whooo . . .*'

Aspen's eyes widened as she listened. She scanned the crowd, then waved a frantic hand at Kim, gesturing for her to take their donkeys.

'You're in labour, you wally,' she said into the phone.

'Not possible,' Brianna said, once her contraction-like sensation was over. 'My babies are always late.'

'Well, this baby's an early bird, just like her auntie,' Aspen said, already heading down the Rue at a jog. 'Can Galoshes hold the fort for another few hours?' she asked Oliver, who was reaching for his phone to check. 'I need you too, Eliza's on holiday. Rog, where's the ambulance?'

'Parked up behind the pub. We used it to tow up the last batch of wines for the— Why, do you need it for an actual ambulance-type thing?' he said, jerking to attention.

'My sister's birth plan says, *Get me to a hospital and give me all the drugs*,' Aspen said grimly. 'So if we don't have time for part one . . . she's going to really want the gas and air cannister.'

Aspen's new nephew arrived screaming and belligerent in Rosie and Marly's living room three hours later. Brianna had invented several new swear words during labour; when Rosie had innocently asked if she'd had paracetamol yet, Bri had roared at her so loudly that Charlie had called from up at the farm shop to ask whether one of the cows was trapped in the fence again.

Now Brianna lay with her third child in her arms, sweaty and queenly and convinced that this situation was everybody else's fault.

'We did *tell* you it was risky to visit at thirty-eight weeks,' Aspen called from the utility room, where she was tugging warm towels out of the tumble dryer.

'Do you *want* her to kill you?' Oliver muttered under his breath.

'She would never kill me,' Aspen said. 'I brought the pain relief.'

Aspen had been magnificent, in fact. It had been a long time since Oliver had seen her at work – he'd attended one inadvertent home birth before, when she'd called him to bring her bag from the medical centre at short notice, and had fallen more in love with her with every second she'd spent coaxing a stranger to do the hardest thing she'd ever done. Today he'd been banished by Brianna – 'I still have some dignity left,' she'd yelled at him – but had heard everything from where he and Marly sat in the kitchen, Stuart on speakerphone between them. Aspen had a gift. Within ten minutes of her arrival, Brianna's blood pressure dropped to safe levels again, as though her sister's voice had magical properties.

'Darling!' came a loud voice from the hallway. One with *different* properties.

'Oh, now you turn up, Mum!' Brianna yelled over her new son's head.

'You know I don't do the blood and guts part,' Bridget Denby said, as she swanned in with two large paper bags. 'But I brought pastries, made by that handsome doctor. What a silver fox! And Berty wants to know if there's anything you need? He said witnessing one birth with Aspen was enough – he's hovering outside in that fancy new tractor of his.'

Bridget and Brianna were visiting together for Aspen's birthday – they'd come a month early, because of Brianna's due date, and were insisting on throwing Aspen a large party, which she had largely ended up organising herself.

'Coward,' Brianna said, taking an enormous bite from a cherry Danish. 'You can tell him Aspen's finished sewing up my—'

'Brianna!' Bridget squealed, covering her mouth.

'Oh, just tell him to come in, half the bloody island's here anyway – and his wife's in the kitchen making me some sort of broth that'll heal my womb, or whatever hippy shit Charlie's into these days. God knows who's running that shop. None of you ever seem to do any work here. Every time I visit it's all seasonal festivities and endless biscuit-fuelled committee meetings, which I'm starting to think are just excuses to— *Mum*, back off, will you, I'm like twenty minutes post-partum, I do not need mascara on!'

'For the photos!' Bridget protested. 'For Stuart!'

'He'll be here in an hour,' Marly said from the doorway. 'He chartered a boat from Portsmouth, apparently.'

'Oh, how sweet,' Bridget cooed.

'That'll have cost a fortune,' Brianna said, but Oliver knew her well enough to see how pleased she was.

'Have you checked in with Galoshes? Everything OK?' Aspen asked him, preparing her weighing scales for the baby.

She was flicking through paperwork with her other hand; the frown between her eyebrows was so obvious to Oliver, a sentence that didn't need saying.

'Aspen needs space to check these two out properly,' he announced to the room. 'I'll go relieve Galoshes,' he told her, kissing the top of her head. 'You're amazing.'

'Thank you,' she said, tilting her head up to look at him upside-down. Perhaps it was the new angle, but he saw her afresh for a moment, his beautiful, brave, extraordinary girlfriend, and a wave of wonder passed over him. He felt the kind of lucky a person can only truly feel when they've been low enough to know how bad life can be.

She was everything. He could need nothing more.

Extraordinary, then, to head home to the stables and be greeted by two pyjama-clad little whirlwinds racing from the front door in their slipper socks. To have everything he needed and so much more.

'Dad!' Effie yelled. 'Is it true we've got a new cousin?'

He lifted her up. She wrapped her legs around his waist as her sister toddled determinedly up the track to join them, comforter in one hand, china teapot in the other.

'It's true,' Oliver said, raising a hand to Galoshes as she smiled at him from the doorway. 'All OK?' he asked, as he put Effie down and reached for Hunter's outstretched arms, gently extricating the teapot from her fingers before picking her up for a cuddle. He breathed her in and felt himself instantly settle.

'They're terrors,' Galoshes said. 'Nobody ate any vegetables. I've been recruited to join the Paw Patrol. I think I'm getting a glitter-induced migraine.'

Oliver laughed. 'Thank you,' he said.

'Any time,' Galoshes said, ruffling Effie's hair as she headed off. 'Oh, and before you get cross with me about the pen on the new bedroom wall, just remember who convinced everyone to give you a second chance when Charlie and Berty first showed up here!'

'Oh, please – everyone gets a second chance on the Isle of Ormer,' Oliver said, as he took Effie's hand and hefted Hunter on to his other hip.

'We all need to stop advertising that fact,' Galoshes called over her shoulder. 'This place is overflowing with troublemakers these days.'

Oliver snorted. It was true that the island population had grown over the last couple of years, and yes, there were more backstories to go around than you'd find in the average crowd, but there was nobody on this island who embodied its spirit better than Sally 'Galoshes' Lowe.

The girls were too excited to sleep until their mum got home with news of their baby cousin's name, so Oliver eventually conceded defeat, made hot milks and let them join him in front of the log burner. Aspen returned around eight, hands on hips, smile on her face.

'Excuse me,' she said. 'Where's *my* hot milk?'

They got the kids down within half an hour after that, milky and sleepy, loose-limbed. As Aspen and Oliver collapsed together on the sofa, non-alcoholic beers in hand, Oliver reached for Aspen's ankles, pulling her feet into his lap.

'Tons of gossip from the B&B,' she said, yawning. 'Rosie and Charlie have got a new lead about Charlie's adoption at last – some guy over in Jersey who claims to know something. And the little boy who Marly and Rosie took in last year, the one with the dinosaur obsession? Returning in the morning. Social services rang Marly while I was finishing up with Bri's stats. He's back in foster care.'

Marly and Rosie had begun fostering soon after Charlie's arrival on Ormer, and they'd not looked back since.

'Berty's picking him up off the first ferry tomorrow. Any excuse to drive that new tractor,' Aspen said, but her tone was fond now, softened by years of sharing a small island with her ex-boyfriend, a man who she had come to love in a way she never could have if they'd stayed together.

'It never stops around here, does it?' Oliver said, with mock seriousness, shifting his hands across the arches of Aspen's feet.

She gave a little moan and he smiled the slow smile of a man who knows it's not going anywhere, they're both too exhausted, but he *likes* that sound.

'It never stops,' she agreed. 'And it all goes too fast.'

'You OK?' he asked, hand stilling on her ankle.

'Mm.' She shifted around so she could curl into him, her face against his chest. 'Just . . . feeling big-sky feelings. It's been a hell of a day. I keep thinking that I've lived so many of the beautiful moments I used to imagine with you, and it makes me feel panicky, because it's flying by and I can't . . . catch it all. I know it's an incredibly lucky problem to have. Loving your life so much you don't want it to go by. But it's getting to me all the same.'

She turned her face up to his, a silent invitation for a kiss. He pressed his lips to hers, cool and hops-sweet.

'You don't need to catch it, Aspen,' he whispered. 'You just need to let it fly.'

She nodded, leaning against his chest again. They watched the fire die down, breathing together as the birds quietened outside the stables. Oliver knew what people meant when they called their partner their *other half*. It was not that he had not been whole before her, but rather that he wouldn't be whole after her, now. He had grown and changed around the woman curled at his chest, and then again, and again, until he was a man of four parts: Oliver, Aspen, Effie, Hunter. Strange, really, that he had come here as Jones, determined to remake himself, and had ended up rewritten by the woman who had once shared his name.

The woman he hoped might accept the ring in his shirt pocket, and perhaps even choose to share his name again.

# Author's Note

The Isle of Ormer doesn't exist, but it was inspired by the Isle of Sark, which has 500 recorded inhabitants, no street lights, and no cars. Sark was feudal until 2008, and the ambulance there is tractor-drawn. Lots of the geography of Ormer is based on that of Sark – check out La Coupée if you'd like to see the inspiration for Windward Ridge, and for the Rue, try looking up the Avenue. (All the people, events and businesses are sadly fictitious, though – I *wish* I could get a cinnamon latte at the Bramblebay Farm Shop, or some pumpkin-spice truffles from Karyn the chocolatier . . .)

Like my characters, I was introduced to this island by a job ad. My husband saw that Sark was advertising for a doctor, and we found ourselves briefly fascinated by the idea of trying out a different sort of life, just as my Charlies do. The more we read, the more we realised it wasn't for us, though – so I invented two people for whom it would be perfect, and sent them there instead.

# Acknowledgements

First of all, I'd like to thank Tanera, my agent, who understands my brain in a way nobody else does ('yes, I see', she said immediately, when I said 'I want this story to be shaped like an X'). I feel so lucky that *The Flatshare* found its way to you, and that you somehow steered us all the way from there to here. Thank you also to Laura, who has had the near-impossible task of filling Tanera's shoes while she's on maternity leave, but has somehow pulled it off – I'm so grateful to you for all your guidance and support.

Next, I'd like to thank the editors who have worked on this book with me, particularly Cassie Browne, an extraordinarily talented editor (and wonderful human) who has helped shape my books from *The Switch* onwards, and who I'll miss enormously now she's leaving Quercus. To Kat Burdon and Cindy Hwang, thank you so much for the insights you've brought to this novel too – as always, you've made it infinitely stronger.

Thank you to the wider team at Quercus and Berkley for all their incredible work reaching readers: Ella Patel, Emily Patience, Ella Horne, Katy Blott, Elizabeth Vinson, Kalie Barnes-Young, Chelsea Pascoe, Charlotte Webb and so many more. Thank you to Mary Darby and Sheila David too, for spreading this story even further around the world.

Thank you to Hels of @thehelsproject, @jtayauthor, @amandablair4 and others who shared their home birth stories or midwifery experiences with me. You might like to know that you ended up educating me on the idea so brilliantly that you changed my perception entirely, and contributed to me having my second baby at home!

I'm forever grateful to the incredible author friends I've found along this journey – Gilly McAllister, Lia Louis, Lucy Clarke, Caroline Hulse, thank you for the voice notes, the writerly sympathy and the beautiful books you write, too. To the bloggers, journalists and booksellers who share their love for my stories – thank you *so* much for helping my books to find new readers. And to the readers who have given this book a chance: thank you. I'll never stop feeling lucky that I get to write you stories, and I hope this one has brought you joy.

Finally, to my little family. This is your novel, Lils – it began when you were a dream and a hope, was written with you sleeping on my chest, and will publish with you as a joyful, determined two-year-old trying to steal your brother's bike. (I'm guessing, as these acknowledgements are written months before publication, but I'm confident of my prediction.) Both you and Bug have filled my life with a kind of love I couldn't have imagined before I knew you – and I spend a lot of time imagining love. Thank you. And Sam, thank you for every quiet, beautiful thing you've done to enable me to write and promote this book, all while achieving extraordinary goals of your own. You are amazing, and I love you, I love you, I love you.

RAISING READERS
Books Build Bright Futures

Dear Reader,

We'd love your attention for one more page to tell you about the crisis in children's reading, and what we can all do.

Studies have shown that reading for fun is the **single biggest predictor of a child's future life chances** – more than family circumstance, parents' educational background or income. It improves academic results, mental health, wealth, communication skills, ambition and happiness.[1]

The number of children reading for fun is in rapid decline. Young people have a lot of competition for their time. In 2024, 1 in 10 children and young people in the UK aged 5 to 18 did not own a single book at home.[2]

Hachette works extensively with schools, libraries and literacy charities, but here are some ways we can all raise more readers:

- Reading to children for just 10 minutes a day makes a difference
- Don't give up if children aren't regular readers – there will be books for them!
- Visit bookshops and libraries to get recommendations
- Encourage them to listen to audiobooks
- Support school libraries
- Give books as gifts

There's a lot more information about how to encourage children to read on our website: **www.RaisingReaders.co.uk**

Thank you for reading.

hachette UK

[1] OECD, '21st-Century Readers: Developing Literacy Skills in a Digital World', 2021, https://www.oecd.org/en/publications/21st-century-readers_a83d84cb-en.html

[2] National Literacy Trust, 'Book Ownership in 2024', November 2024, https://literacytrust.org.uk/research-services/research-reports/book-ownership-in-2024